乾嘉詩文名家叢刊

張寅彭 · 主編

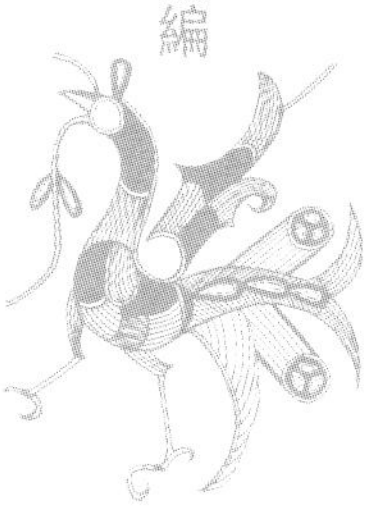

# 孫原湘集

中

王培軍 點校

人民文學出版社

二月四日病起時春光半矣而籬落梅花繁豔如故葢爲寒氣所勒至此始全放也

病過春分始倚闌，春情如雪未闌珊。芬芳留得遲來好，光豔生從瘦裏難。似欲言時須領會，悄無人在獨盤桓。憐卿耐盡清寒況，不肯先開待我看。

### 踏春詞

出城衣帶襲風和，踏遍長隄輭緑莎。人影不隨流水去，桃花偏近墓門多。埋愁未卜青山地，行樂難揮白日戈。無限世間須了事，一回春好一蹉跎。

### 湖樓

纔上高樓思不禁，酒痕先認隔年襟。人多感慨情猶淺，春過清明緑漸深。有目難窮芳草盡，無言又見夕陽沉。桃花對客偏如笑，未識憑闌一片心。

## 杏殤詩

哭孫杏林也。孫生甫周，能言笑呼翁矣，三月四日，方陳設晬盤，豆創忽發，閲八日殤，舉家惜之。爰效東野《杏殤》之作，以紓予哀。

去年生汝杏花香，今歲花時賦杏殤。不道嘉名成語讖，從今寒食怕思量。人間郇落無仙種，天上紅雲是故鄉。何苦暫來還卽去，欠伊東野淚千行。

畫堂風暖試氍毹，晬日提戈笑鳳雛。纔學步猶須母抱，乍知言已解翁呼。能將滿座懽心引，爭不全家淚眼枯。我爲汝親翻忍痛，彊收悲咽謝元夫。

幾番燈下暗淒其，苦憶投懷索笑時。薄福那堪爲汝祖，他生知道是誰兒。伯孫成立雖虛望，叔子重來未可知。流輩莫嗤孩抱物，鍾情每事近於癡。

喘絲將斷玉成灰，一夕猶看汝百回。索乳祇餘聲欲絕，含飴還望口能開。藥方終誤庸醫術，蓬矢難驅疫鬼災。今日招魂空翦紙，九原誰抱汝歸來。

桐棺如匣僅容身，送汝臨門倍愴神。草草便埋三尺土，匆匆只作一年人。犀錢玉果歸枯冢，繡褓珠衣化劫塵。爭得六仙人下世，一枝重茁杏林春。

## 目疾遣興

人身有雙童，如國有宰相。宰相如昏蒙，百官職俱曠。進退與物礙，取舍惟人求。天君雖湛然，舉動豈自由。絶無一隙明，翻居口鼻右。直是三不開，豈止五歇後。

婢言海棠開，兒報櫻桃熟。頗似今世人，徒以耳爲目。既廢杜顗學，空戴子夏冠。内視減思慮，惟思張湛言。終朝閉門坐，怕見公孫述。有時頭觸柱，人道楊行密。

客來當面坐，謂我目無人。卿不入我目，非我敢拒卿。既思誡自蔽，再拜謹謝客。我不能爲青，亦豈敢爲白。

客有謂我言，汝疾緣好色。天使障輕雲，毋許見傾國。我思色可好，好之是公心。不知子都美，子輿昔垂箴。或者今世人，妍媸悉顛倒。天獨怒我目，一見輒了了。掩卻離婁明，以揚瞽者眉。昨聞朱衣神，乃是師曠爲。

## 殘春

一夜風兼雨，開牕百舌呼。緑深蝴蝶静，花落美人孤。小院衣初減，高樓病未蘇。出門見芳草，愁思滿平蕪。

## 同人拉觀水嬉余以目疾高臥而已

貪與諸君笑語緣，卻來攤飯木蘭船。看朱祇恐翻成碧，知白何妨自守玄。暫使此心如木石，不勞雙眼過雲烟。人間多少魚龍戲，只供閑鷗一覺眠。

## 青梅

折得青枝綠葉中，未黄時節最玲瓏。齒牙清脆憑誰勝，嗜好酸鹹豈俗同？馬上卽今多渴戍，酒間若箇是英雄。年來世味多嘗遍，莫把調羹問相公。

## 内子名佩蘭屈宛仙夫人字恊蘭嘗並寫如蘭圖近歸夫人懋儀自上海歸寧日遣女奴馳詩筒往來兩家夫人自號蘭皋予爲作蘭閨三友歌

徐蘭字芬若，爲吾邑詩人之冠。仙去不可作，一蘭齊名起閨閣。一蘭託根縹緲巔，一蘭挺秀瀟湘邊。兩蘭性體並芳潔，心是蘭心舌蘭舌。清吟日日吐蘭芬，風吹詩香滿縣聞。一蘭新從海上至，别擅奇芬發幽思。幽思春融融，來入雙蘭叢。朝吟芳澤畔，莫吟空谷中。三花同一氣，勝如百和香。三人同一心，其言倍芬芳。峩者冠，博者帶；躍者馬，張者蓋。五策摹典墳，七步不如孃子軍。六韻哦湘靈，五言不敵夫人城。我讀三家詩，如品幽蘭萼。玉榦黃殿講，金稜趙師博。素心鄭少舉，妙處各有託。一春方苦病目深，對此忽如篦刮膜。三人壓倒翁素蘭，前明翁太常女。我愧不及徐芬若。

## 蘭皋覓句圖

風吹幽蘭何處香，令人詩夢飛瀟湘。夢如輕雲去無迹，賸有詩情尚堪覓。詩情不在紙上生，澹蕩只在空中行。正如蘭芬起微婉，著意求之轉覺遠。雙眸入水水不如，不求珍珠求慧珠。忽然拈花作微笑，吟到成時剛絶妙。一詩脫口香滿城，大家聞著芳蘭馨。門外詩人方索句，踏遍湘皋無覓處。

## 姚將軍彈琴歌

將軍豈作赤松想，自愛名山抱琴往。西峰滴滴翠欲流，東峰沉沉月初上。一彈洗秋籟，再彈淨秋心。吟揉綽注兼衆音，似指非指琴非琴。忽然悠揚跌宕去，又復迴旋鉤勒住。飄蕭細響搖輕雲，歷落停聲墜飛露。曲終一聲寂然止，手整瑤徽斂琴起。山空月瘦風不鳴，疑有餘聲繞君指。方今瀕海銷烽烟，除卻組練兵高眠。英雄放下射賊手，游戲只弄青琴絃。將軍聲清如霹靂，將軍雙手玉軫色。時清祇覺一身閑，勇大誰知萬人敵。玉帳牙旗對碧阿，將軍自抱琴摩挲。請將鳳柱鵾絃理，好奏白狼朱鷺歌。

## 秋杪雨泛

拂船老柳瘦參差，烟雨空濛滿載詩。閑日拌將濃福換，西湖終覺淡妝宜。難憑長笛吹天醒，羞把衰顔與水知。落葉蕭蕭秋寂寂，醉中何事尚堪思。

## 望海樓

翠微深處有高樓，海色飛來畫棟浮。落日慣招千古夢，亂雲難埽一天愁。魚龍氣溼騰空際，鷄犬聲微出上頭。莫問潮生與潮落，雄心久已付閑鷗。

## 送遠

秋來百感已蒼茫，况是風吹别酒涼。珠蕩一湖明月碎，花飛十里亂楓香。烟波轉眼皆陳迹，草木關心是故鄉。知汝今宵醒何處，相思和雁落瀟湘。

## 金地山遠眺

丹梯百級上崔嵬，四界烟雲撥不開。動郭江聲含雨大，隔湖山影抱秋來。銷金一窟偏安計，彊弩千枝定霸才。多少興亡鷗夢裏，西陵松柏卷空哀。

## 吕女貞孝詩常州蔣氏童養媳

謂全乎女兮，而已見其夫。謂全乎婦兮，而未見於姑。其在蔣兮，潔孝饗兮，曰童養兮。其在吕兮，終喪毁兮，曰室女兮。女之德兮，婦之職兮。二十五年如一日兮，疇紘此詩示壼式兮。

## 龍湫聽瀑

四無人聲山太古，一條白龍作秋語。雙崖劈破青天驚，亂撒珍珠不成雨。神仙栖心在冥冥，耳根自喧心自清。人間萬籟如雷霆，揮手雲中笑不聽。

## 西郭

畫景詩情觸處新，蘭橈隨意蕩湖濱。雲如空際孤飛鶴，秋是中年絶豔人。碧水氣清同澹蕩，青山骨瘦自精神。玉樓縹緲秦簫斷，紅殺霜楓不當春。

## 持螯獨醉

此時不飲負秋風，笑看霜螯一背紅。入手累人忙左右，何心爲汝論雌雄？西師戈甲望全洗，南國稻粱謀已空。滿地黄花拌盡醉，亂愁偏在夕陽中。

## 上海訪李安之上舍學璜雙管草堂安之出蘭皋夫人詩稿屬題

文心宛轉緑蕉裁，雙管繽紛五色開。格在宋元明以上，人兼仙佛鬼爲才。羣花低首孤松立，萬籟無聲一鶴來。令我深情移海上，詩魂如水日低徊。

## 立春日謁李味莊觀察廷敬時公方交臬使篆回上洋節署

條風初卷碧幢斜，綵仗爭看使者車。一夜陽回春有脚，萬間廣庇屋無遮。雪知留客先飛絮，梅解迎公亦放花。手執霜臺活民筆，登臺來寫海東霞。

## 也是園早梅初綻

老榦半枯折，況經冰雪摧。如何明月下，已有暗香來。瘦影寒欹沼，孤枝静臥苔。無人解幽賞，原不爲人開。

## 雙管草堂卽事

留賓事事累親裁，東閣南軒迤邐開。烏爪工書無俗體，蛾眉寫韻是仙才。夢魂慣被琴彈醒，咳唾都從玉化來。一樹梅花人一箇，中天明月共徘徊。

## 席上賦福橘

輕紅三百洞庭春，開榼香風擧座珍。遥欲懷歸遺老母，妄思坐隱學仙人。情叨地主分甘好，手曾天公賜福新。飽讀襄陽耆舊傳，木奴千樹足終身。

## 葬花圖蘭皋屬題

就使飄茵亦可憐，不如埋玉付重泉。清明過後無人埽，蝴蝶漫山當紙錢。
徼幸芳魂得所棲，一抔小築夕陽西。花中亦有楊妃慘，狼籍東風襯馬蹄。
未乾香土已黄昏，滅盡嫣紅姹紫痕。賸得護花旛一扇，風前猶是曾招魂。
了無片石誌孤墳，翦葉爲箋製誄文。濃緑有知應自感，他時誰與葬秋雲。

## 味莊先生見餽肴蒸八簋朱提五流詩以誌謝

憐才恩比海波寬，推食先邀賜玉餐。身到龍門知大夏，手分鶴俸慰孤寒。科名偶附郎君後，培植真如子弟看。此去長安重回首，爭禁知己淚偷彈。

## 疊前韻留別安之蘭皋

客裝都費主心裁，風滿春帆不忍開。能愛士偏輸女士，解憐才始是真才。一庭花木看逾好〔一〕，萬里關河夢要來。臨去尚貪留片刻，曲闌相送故紆徊。

【校記】

〔一〕『一庭』，光緒本作『千枝』。

## 玄默閹茂（壬戌，一八〇二）

### 雪中訪故人不遇

冰翦烟絲玉翦雲，琴聲寂寂思紛紛。入門一笑香風滿，但見梅花不見君。

### 北行

高臥忽不適，回頭謝楚狂。今時需俊傑，斯道託文章。飢溺思吾赤，升沉聽彼蒼。出門西向指，太白芷光芒。

## 子梁餞我

十年香火弟兄親，杯酒臨歧倍愴神。握手曾無三日别，關心真似一家人。苟何各爲衰親養，劉祖終非處士身。此去行藏原未定，暫時分袂莫霑巾。

## 花朝寄内

鞭絲帽影抗黄塵，苦憶蘆簾紙閣人。愁思莫緘紅豆子，歡顔好慰白頭親。齏鹽久累持家健，椒茗應添製作新。牕外百花齊放否，一杯爲我酹花神。

翦彩風光憶去年，綠牕紅褏擘蠻箋。天含細雨春如夢，人對梅花淡欲仙。鈴索自摇心蕩漾，爐烟不斷意纏緜。銷魂禁得思量著，况在天涯更惘然。

玉樓風細杏梢晴，别恨應如百草生。蘭向春須調冷煖，藕空心太費聰明。侍兒問字休逢怒，嬌女遲言足慰情。手疊錦箋成卍字，難憑燕子寄卿卿。

惜别尊前燭淚紅，同心蘭語贈梁鴻。紀程莫負花生日，入世宜如柳下風。時命正須商出處，文章何足賺英雄。枇杷曲子櫻桃醼，早在蛾眉一笑中。

## 河間客舍憶亡友吴研史

手拂征塵淚滿巾，故人曾共駐雙輪。因看上苑花無分，偶折旗亭柳當春。奇疾究緣時感憤，清才竟與世沉淪。當時希孟風流甚，宋史居然道學人。

## 雄縣大水平田皆成巨浸慨焉傷之

四望烟波竟渺然，風光全不是幽燕。一條白認湖邊路，百里青無屋上烟。不信桑田變滄海，只看騎馬似乘船。行人莫羡嘉魚味，中有沉魂幾萬千。

## 雜紀

神京列九市，車馬闐城闉。煌煌四達衢，多有餓死人。云自去年夏，淫潦六七旬。衆水決隄堰，都邑成通津。西南諸郡縣，人畜俱漂淪。死者葬魚腹，生者爲游鱗。詔書下丹禁，嗟此昏墊民。就食來京師，有司發倉囷。施糜設官廠，督以親信臣。更置平糶法，秋冬及今春。來時八口家，今已存孑身。溝渠白骨多，無命霑皇仁。

晨涉粱家園，男婦趾相錯。絣甌遠攜將，競就粥一勺。食罷更他顧，市頭恣拏攫。雖登饑民簿，半恐游丐託。郎官坐高車，稽核頗嚴恪。毋致漏與混，階下聲諾諾。歸經宣武坊，有女足纖弱。手抱垂死兒，氣喘雙淚落。夫壻久漂没，阿翁在溝壑。惟我與老姑，僵仆不能作。當街聲如雷，車輪互擊搏。傳呼司農來，前馬腹上躍。

飈輪日奔馳，云是指揮使。里保相傳呼，當街驗人斃。東頭橫陳三，西頭橫陳四。次第檢眡畢，槅柎薄而脆。舁出西都門，倉黃草中棄。空棺隨人還，瘠肉犬爭噬。殘骸賸破衣，衣縫縫券契。水田一萬頃，某年月日置。莫笑足穀翁，今日葬無地。赫赫黄頭郎，餓死乃常事。

有兒抱空罌，繞街泣不止。云貸三百錢，買米向東市。彊梁奪之去，追逐折其齒。阿父病在牀，阿孃饑欲死。無米徒手歸，一家命休矣。繡衣巡城來，過之掩兩耳。按治豈無法，法爲災黎骪。人饑乃奪人，彼此皆赤子。方今皇帝仁，有詔置勿理。

東鄰發火鎗，西舍敲銅鉦。不意輦轂下，終夜有此聲。五城街有堆，堆有宿衛兵。一堆夜呼起，百堆相應鳴。盜賊雖亡命，遇人亦先驚。如何日初餔，胠篋敢縱横。或云是饑民，冒死求一生。白晝走且僵，宵黑烏能行。伏枕廢安寢，此事難分明。明朝告京尹，京尹門前清。搖手道勿語，此處乃禁城。

## 法梧門祭酒式善詩龕歌

當代詩壇誰豎拂，人中祭酒詩中佛。詩佛不在南海南，蕭然人海藏詩龕。一龕之中詩萬首，彈指華嚴無不有。一龕之外厦萬間，大庇寒士俱歡顔。有時手執金剛杵，生縛詩魔與詩虎。有時洞開蓮社門，招來詩鬼詩仙魂。莫言一龕小如芥，芥子能藏詩世界。五字長城盡受降，始知我佛神通大。我來頂禮詩龕前，天花亂落非人間〔一〕。詩星孟浩然，詩祖賈浪仙，一齊來結騷壇緣。忽開野貍穴，遁出羣狐精。公然來與佛爲難，不許詩教傳光明。龕中放出青蓮花，三字妙咒思無邪。請公高坐宣梵夾，我是韋陀詩護法。

【校記】

〔一〕《詩龕圖》載此詩，此句下皆不同，作『龕中一燈萬古傳，龕上七級浮圖巔。何當結茅傍龕住，手把黄金鑄浪仙』。

## 王仲瞿過穀城以酒脯祀項王墓并攜琵琶女樂侑神得詩三首比來京師出以見示予與大興舒鐵雲孝廉位從而和之

一杯熱血奠幽宫，空際靈旗颯楚風。死有人爭分五體，生無天命枉重童〔一〕。范增不解留韓信，項伯偏圖走沛公〔二〕。百戰河山成底事，帝王原不在英雄〔三〕。

玉玦三看赤帝愁，鴻門一誤又鴻溝。無心殺季非仁懦〔四〕，并力除秦是本謀。獨棄關中酬故將，平分天下與諸侯。雌雄劉項分明在，本紀原應楚出頭。

杜默清狂有醬身，檀槽鐵撥爲迎神。敢將文字翻遷史，欲弔英雄用美人。鬼馬怒嘶陰夜血〔五〕，山花紅作戰場春。霸陵弓劍長陵土，一代匆匆萬刧塵。

【校記】

〔一〕『重童』，《瓶水齋詩集》附此詩作『重瞳』。

〔二〕『偏圖』，《瓶水齋詩集》作『徒知』。

〔三〕『帝王原不在』，《瓶水齋詩集》作『誰將成敗論』。

〔四〕『非仁懦』，《瓶水齋詩集》作『真仁度』。

〔五〕『陰夜血』，《瓶水齋詩集》作『陰雨夜』。

## 法梧門先生見題拙集依韻奉答

人海萬人誦，詩龕一卷詩。正聲今日少，此老十年思。筆下無前輩，寰中幾素知。相逢果相識，不恨見公遲。

清絶梅花月，相思入夢頻。感公偏比我，知己有斯人。贈詩云：『江梅如爾瘦，樓月爲誰新。』詩好能忘貴，交深不論新。黄金臺下客，相賞問誰真。

## 楊蓉裳民部芳燦過訪

王後盧前語不誣，弟兄才筆冠中吳。令弟荔裳方伯揆，齊名稱『二楊』。六朝最近東西晉，四海交推大小蘇。竹使賢聲留廣武，金曹清望重司徒。朝來喜慰輖饑望，卻憶楊雄在蜀都。

壺關申南邨瑤由駕部郎擢御史先君昔守上黨曾來執業門下話舊之餘拳拳故誼慨然賦此

烏府新班貴，丹墀宿望清。屠剛漢御史，申續孔門生。道路方多殣，朝廷未息兵。如懷知己德，望爾鳳先鳴。

十九年前事，春風各少年。廣場盤馬地，深雪射鵰天。角藝諸生肅，論文太守賢。不堪重話舊，雙淚灑尊前。

贈戴金谿比部敦元

人生知己不可求，瀟湘未必無合流。白雲一片起東海，須臾并作羅與浮。我識金谿二十載，鴉金嶺畔仙居在。金谿識我十五年，春風嬾臥虞山巔。大家識名不識面，走馬來尋喜相見。如此茫茫人海中，不詣公卿詣貧賤。我才愧非劉桓公，乃逢說經戴侍中。贈詩字字出肝鬲，想見欲語羞雷同。君才合侍蓬萊宮，論兵或成頗牧功。卻辭文章苦讀律，刑措欲致唐虞風。我獨感君愛我德，願君返本求之亟。方今楚蜀多盜賊，半屬良民被官逼。急須峻法按貪汙，未可仁心事姑息。高呼古咎陶，化爲祥鸞來擊梟。君雖郎官不佩刀，毋學梅鄭徒風騷。以殺止殺天下治，殺百窮寇不如殺一貪吏。

## 春草

一夜東風煖，枯根最早知。無心逢雨露，得氣勝花枝。青到明妃冢，香生屈子祠。天涯歸未得，遍地是相思。

## 梅

占一枝春竹外斜，東皇特許領韶華。紛紛得氣諸桃李，君未花時不敢花。

## 杜二梅溪補新城令不半載告休來京師謀歸計贈之以詩

誰似街西小杜狂，對人清淚兩三行。哀鴻滿地救不得，長揖軍門歸故鄉。

### 題張船山太史問陶勾漏山房

手抱峩眉月，來從玉署眠。縱橫詩世界，遊戲酒神仙。青眼空人海，丹砂覓稚川。鏡臺雙笑日，嬾步八花磚。

### 梧門先生招集詩龕卽席同武進劉芙初嗣綰洪孟慈飴孫東鄉吴蘭雪嵩梁臨川樂蓮裳宫譜

一龕香氣勝旃檀，到此詩人盡佛看。三月長安求米貴，九州高士盍簪難。銀盤餞節思鄉土，鐵網收材仗冷官。願與諸公更洗酌，乾坤風月醉中寬。

### 顧阿瑛笠屐像梧門先生屬題

雲林圖繪鐵崖歌，琴酒風流足澗阿。自分史書宜隱逸，那知人世有干戈。玉山佳處軍需少，金粟前身佛性多。恰稱詩龕清供養，雙懸笠屐配東坡。

## 醉夜與汪海樹貳尹瑚邵蘭風茂才廣銓席子偘同臥錢金粟孝廉林寓齋

玉山並倒影縱横，轉側俱難寐易成。畢竟同牀原各夢，何嫌臥榻有鼾聲。小窗起舞誰琨逖，大被奇温勝弟兄。伸脚未妨加腹上，客星相犯不分明。

## 謝芳姿團扇曲仲瞿配金雲門夫人製圖仲瞿屬題其左

王郎手弄天邊月，扇手同時白於雪。謝家小女勝常娥，飛墮懷中兩奇絶。扇頭蛺蝶乍雙飛，扇底流螢閃眼窺。擊壁竟逢邱嫂怒，荆條忍被緑翹威。此時辛苦羞郎見，此際恩情懼中變。縱有團圞璧月輪，難遮顑頷春風面。苦將紅淚灑冰紈，彊把新詞賦合懽。樂昌破鏡應同恨，莫作坤靈扇子看。此事風流何豫嫂，我一思之真絶倒。豈緣新婦失參軍，反怒陳平空美好。可憐王謝散鴛鴦，不及堂前燕子雙。柳絮此時沉下土，桃根何日渡春江。從來謝女多情甚，道韞芳姿實相稱。小郎若遇解圍人，人種定邀追馬贈。我道恩情恐不終，班姬團扇感飛蓬。秋風若使捐陳篋，明月毋寧挂碧空。雲門夫人識此意，畫出團團晢時製。寄與王郎天壤看，莫教中道成捐棄。

## 送春和蘭風

綠陰驕受露華鮮，委地紅芳祇自憐。草草東風一場夢，迢迢南陌九重天。蝶尋深草迷歸路，人對斜陽憶去年。任爾銅山傾百萬，有誰鑄得買春錢。

## 讀史

武帝窮開邊，財不足奉兵。乃置武功爵，超用至樂卿。黄霸得賞官，爲政稱寬明。相如既爲郎，作賦天子驚。得人盡如此，焉用諸科名？黄金有輕重，絶勝空持衡。拙哉董仲舒，固以興學爭。未聞桑弘羊，果以言利烹。

成帝鄉經學，尊禹以師事。雖避丞相位，國政必咨議。永始元延間，日蝕數災異。吏民上書言，變實椒房致。天子頗動心，車駕親至第。是時禹一言，王氏去猶易。如何爲兒孫，思附外戚勢。五侯迭弄權，漢祚遂日瞀。枉讀春秋經，爲作佞臣地。朱游請劍時，干將苦不利。

漢末政令衰，州郡紛盜賊。將吏如趙序張叙，望風先背敵。畏懦不敢進，卻詐增首級。猶幸軍法明，捕治悉無匿。後來中平年，黄巾遂不息。帝方憂軍儲，太官減御食。盧植功垂成，檻車反收植。董卓討無能，尋進驃騎職。

炎漢多士人，而入佞幸傳。惟有李延年，身係故倡賤。新聲妙起舞，自以女弟薦。父母及兄弟，皆得沐優眷。漢家外戚寵，履霜此其漸。季也亂後宫，夷族亦已晏。匹夫敢惑君，罪當立誅譴。時無魯仲尼，誰請三尺劍。

桓譚鼓琴侍，宋弘自免冠。薦士非其人，朝廷罪王丹。漢法坐舉主，保任終身難。所以四科增，專取内行端。隋唐置進士，始偏尚辭翰。雖用覆試法，較勘亦已寬。張奭擢高第，曳白篇不完。僧孺對策誤，終得登金鑾。不知沉没死，多少真孤寒。欲得士行脩，請誅貢舉官。

張儉辭茂才，薄其刺史行。相如因狗監，終爲世詬病。人臣道事君，始基可勿慎。朝廷雖乏賢，柰何託優孟。琵琶奏新曲，甘以伶人進。倉黄陷賊時，晚節終不勁。聖主求賢臣，亦務正人引。勿聽周匝言，景州與陳俊。

## 落花和仲瞿

萬紫千紅夢一場，神仙小刼恨茫茫。飛揚氣不甘人下，飄泊身難自主張。姹女但知榆莢數，酒徒偏覺柳花香。長安九陌東風力，只送塵沙上玉堂。

滿天紅影下如潮，香骨雖消恨未消。小草得時偏雨露，低枝回望若雲霄。久開天亦窮材力，不落人翻詫木妖。知否黄華躭隱逸，一生從不受風飄。

玉階繡遍輭花氈，滿地文章不值錢。西子飄零難再嫁，東皇愛惜苦無權。塵緣去住隨風伯，浪迹浮沉自水仙。休對空枝枉惆悵，扶桑紅亦落西天。

美人雲鬢酒人卮，小朵曾看素手持。幾日便成前世事，再來難認隔年枝。生埋愁骨終無地，殉葬香魂只有詩。莫向亂書堆裏住，今生恐没出頭時。

九天疑有散花魔，亂撒胭脂下絳河。續命豈能邀赤帝，失恩已分老青娥。漫嫌夜合榮華短，自是冬烘發洩多。解惜春光有蛛網，閑庭白日苦張羅。

一聲仙笛事淒涼，怕逐遊絲上下狂。青眼更難逢阮籍，白頭枉自認劉郎。小園客去呼童懶，高第人歸走馬忙。驕絶緑陰天盡蔽，幾曾知道有秋霜。

## 下第後戲贈霍郎小玉

尹邢終究孰娉婷，評點妍媸帶淚聽。同受人間顛倒殺，下場舉子上場伶。

遏雲清響繞空梁，燕雀無聲坐滿堂。唱殺碧雲天一曲，北人都不愛西廂。

雙髻頹雲兩眼星，長亭哀怨唱旗亭。明朝我亦登車去，如此淒聲不忍聽。

如雪如花日炙消，勸郎歸趁大江潮。如何苦戀黄衫客，日看沙吒氣色驕。

一斛珍珠百綺羅，泥郎行酒索郎歌。郎心莫似釵裊轆，世上相逢李益多。

愛郎心似愛才心，未必郎知我意深。清夜忽然雙淚落，平生我亦負知音。

## 舒鐵雲以北人僑浙榜後相約南轅因次見題拙集韻奉贈

春風如有意，吹合兩浮蘋。花下消魂日，天涯落魄人。見遲嫌去促，形略識交真。一片鴛湖水，相期把釣綸。

手錄君詩去，逢人道謫仙。鑾箋光萬丈，羌笛調三邊。歸計白頭養，春心黄面禪。南飛烏鵲好，明月共吴天。

## 斧資告匱無力南轅古雲龔伯弟均解驂借我并饋旅費奉謝二首

太傅勳名在九州，賢孫才望繼風流。門多車轍皆名士，坐擁書城是小侯。康樂告身原一品，王孫畫手自千秋。南皮文醼南陔養，總感君恩許退休。時方解散秩大臣事。

驢券難謀出鳳城，多君借我左驂行。人逢歧路無豪傑，事到窮途見弟兄。經雨落花寧再起，逆風歸鳥不知程。此心歲歲如春草，長入西堂曉夢清。

## 聽松圖

天風入松松入泉，泉聲倒捲松飛天。青龍白龍鬥秋語，碧天無言滿空雨。雨聲一夜山欲浮，起看明月正打頭。一重秋烟一重水，世上萬聲不到耳。

## 約陳沅香晉買醉不值詣陸祁生繼輅則已先日南下

滿眼傷春淚，相期舞一場。綠陰新殿閣，青草亂文章。空約陳遵酒，難攀陸賈裝。輭紅車馬隊，獨自立斜陽。

## 題朱山人鶴年畫龕

破屋三間當小庵，閉門綠樹似江南。紅塵儘有閑人在，清静除非古佛堪。米怪倪迂萬邱壑，周妻何肉半瞿曇。燕雲回首相思地，一箇詩龕一畫龕。

## 疫

道殣蒸初夏，災行遍九衢。未應分貴賤，正恐混賢愚。帝德方寬大，天心必感孚。死生皆有命，底用召神巫。

## 重過項王墓

憤王墳上草先秋〔一〕，如此興亡一哭休。七十戰纔餘寸土，八千人恨不同邱。時來雉亦烹功狗，事去人争笑沐猴。鯫頯孫郎重下拜，江東歸去有扁舟。

【校記】

〔一〕『墳上』，《瓶水齋詩集》附此詩作『墓上』。

## 至兖州脯訾又竭喜遇仲瞿鐵雲約同車南下

一笑黄金盡，天涯又夕曛。不逢狂杜默，誰識老劉蕡。白手商驢券，青天指鶴羣。南樓且同醉，閑看嶧山雲。

## 登兖州城南樓

一層樓接九層天，極目齊州九點烟。任土尚餘唐草木，版章猶識魯山川。恭王絲竹悲風響〔一〕，魏武旌旗落日懸。如我登臨能幾輩，少陵身後一千年。

【校記】

〔一〕『悲風響』，光緒本作『悲風起』。

## 蠅

緣鬚繞鼻太相親，對案那禁拔劍瞋。未死何勞爲弔客，此生難避是讒人。竊窺風雅原貪墨，爲戀膏脂肯顧身。手捉麈毛纔一握，如何驅得盡紅巾。

故紙穿時得意鳴，人間那有此鑽營。雞聲易惑三宮聽，驥尾從誇萬里行。誤點丹青彈不去，倒施黑白洗難清。埽除只望西風起，穩臥空堂夢太平。

東魯書院之南有少陵臺焉下祀文貞像循級而上得七十餘武捫碑讀之爲康熙十八年趙蕙芽令滋陽重建蓋南樓故址也乃悟向所登城南樓非是適毘陵趙味辛懷玉來守是郡招同仲瞿鐵雲子佀登臺延眺發懷古之思慨然有作

高臺凌穹蒼，齊魯山在眼。海色浮空來，連雲結遙巘。登臨慨古衰，談笑惜景轉。暫洗京洛緇，聊用心目遣。少陵不可作，風雅義日淺。孰察離騷音，芳菲託忠謇。毘陵趙舍人，一麾來守兗。十日甫下車，百廢勤露冕。偶乘爲政暇，飛旆共游衍。列筵肆深酌，卷幔暢流眄。人烟感祥和，草木亦美善。大道苟可行，豈惜暫施展。遠尋魯靈光，廢壠牛羊踐。兹臺巋然存，獨以詩人免。平生厭風塵，幸得避兵燹。空懷稷契志，安見沮溺顯。青天本廓如，閑雲任舒卷。立言映千春，亦足紹墳典。

恭謁孔林作

泰山絕頂一枝龍，陡結蕭蕭四尺封。萬世帝王來拜埽，九州文脈此朝宗。賊猶北向投戈去，水亦西流屈性從。薄植自憐如小草，託根難傍墓門松。

周公墓

分陝勳勞瀍澗濱，何時反葬魯城闉。生疑家相爲天子，死有儒宗作部民。二叔事開唐社稷，六官書誤宋君臣。不論心迹論形迹，操莽公然學聖人。

觀蒙頂出雲

絶壁忽搖動，亂雲穿石開。依然不成雨，何事出山來。

雨阻費縣題崇文書院壁留謝縣尹

雨聲三日住雲窩，不許勞人草草過。蝶繞半牀姬旦夢，蛙喧兩部武城歌。淫淫馬足愁難渡，頓頓豬肝累已多。爲報東山賢令尹，種花閑暇勸民禾。

## 六月望夜宿紅花步

茅齋如斗月如盤，穩駐雙輪竟夕歡。邨女登牆來看客，官廚走馬爲傳餐。一欄花氣和烟重，四野星光出水乾。漸近江南好風景，夢魂歸去也平安。

## 運河

一縴千夫輓倒瀾，東風轉漕上長安。禹功只鑿西行險，民力教輸北地難。遠道可勝流馬運，防秋敢恃木龍蟠。神倉正望飛芻急，莫檢河渠上策看。

玉軸牙檣建節旗，福星輝映富民渠。東南自置租庸使，西北誰脩水利書。敢惜金隄支歲帑，方資玉粒濟邊儲。歌成瓠子民休怨，汲鄭奇功自古無。

## 渡黄河

飄然身在斗牛邊，風急真如怒馬顛。萬里横行忘故道，一條濁浪逼青天。澄清空擊中流楫，殺賊誰呼北渡船。對此不妨輕一笑，封侯吾已薄張騫。

## 舟中贈仲瞿

四十王郎不遇時，目光如電鬢如絲。一身兼學儒仙佛，三好難忘書畫詩。烟水欲歸高士傳，風波幾入黨人碑。少年傳食公侯第，若箇能知李藥師。

揮手黃金擲羽毛，邀予同乘更同舠。五湖秋老三龍隱，萬里霜清一雁高。花柳外無餘事在，江山間得此人豪。有家未擬輕歸去，且泊韓臺共釣鼇。

## 守風袁浦舟中再贈鐵雲

小市橫街乍識君，落花同賦雪紛紛。詩名早記紅紗壁，書法爭求白練裠。絲竹春聲蕭協律，樓臺曉夢杜司勳。南來一種風情勝，莫念家山望北雲。

清淮六月水聲寒，小泊檣烏日半竿。此去江山如畫好，向來花月並愁看。百年交誼醇常醉，一路題詩墨未乾。寄語前途風莫轉，到家容易別君難。

【校記】

〔一〕《瓶水齋詩集》附此詩題作『泊舟淮浦守風與鐵雲並船話別』。

〔二〕『同賦』，《瓶水齋詩集》作『同詠』。

## 舟中書所見

缺瓜船小可容身，供了荷花供美人。烟水四圍風一面，白鷗來往作鄉鄰。乍驚鴻影出橫塘，花拂晶簾莫雨涼。偷照龍宫明鏡子，海雲齊學妙鬘妝。

## 昭明文選樓

摘罷芙蓉少海涼，碧雲遺址鶴來翔。二分明月高先得，一點文星作有芒。殿上博山方飾翠，夢中班劍早飛霜。玉樓若問東宫籍，已有妖人畫始皇。

## 歸舟漫興

便捉祥鸞當玉驂，不如單舸下東南。泥人紅裹花齊笑，到處青山佛可參。閑且閉門書甲子，勸還種菜課丁男。肯抛烟水頭銜好，苦苦當官秃筆簪。

## 舟達邗溝别仲瞿鐵雲先行約至吴門相待

揮手雲先渡曉關，垂楊城郭水彎環。腰纏騎鶴仙無分，目送飛鴻客自還。下第文章秋後草，過江樓閣畫中山。虹橋酒價如泥賤，爭似吴歈唱緑鬟。

## 晚渡楊子江

一笑無南北，風帆面面開。天門牢鎖鑰，仙掌託樓臺。水卷六朝去，濤奔萬馬來。夕陽紅欲老，擊楫又空回。

## 晚霞

五色春絲繡滿天，詩情總到晚來妍。人間無此嬌顔色，除是羅浮夢裏仙。

## 舟行苑山蕩入小港不得出

一面東風兩岸葭，迷離烟水值三叉。中年下第悲歧路，貧士還鄉怕到家。乞米饑難餐綠字，賣文愁又遇紅紗。故山相見如相笑，飽看長安二月花。

## 還家示内

一笑輕裝掃葉空，依然潑茗畫堂東。遠歸衹覺貧俱好，天道無如熱最公。別後新詩互商略，眼前家事且朦朧。同心喜得黔婁婦，荆布看來黻佩同。

# 天真閣集卷十五　詩十五

## 看雲出岫引

山中忽涌無數山，真山翻失青螺鬟。天風吹山動若水，欲出不出松林間。忽然飛去歷九寰，山中之人招不還。卻看青山屹不動，嶺上自有閑雲閑。雲乎雲乎爾殊適，莫被微風又吹出。

## 簡竹橋丈

楚蜀傳聞未罷兵，西南夜半角星明。至尊憂國頻籌餉，諸將蒙恩各建旌。安石才名誰薦起，少陵心事自縱橫。白頭老眼西風裏，日對江山誦太平。

開府槐江尚書兵威鎮武昌，賊氛三楚斂披猖。荆門久盼吳公捷，海曲曾傳吕母亡。手足未妨殊出處，心肝同是奉君王。料應憂樂相關甚，豈但忠貞勖雁行。

家居聊詠考槃詩，鄉里羣推祭酒師。豈是江湖成散誕，每思天地共安危。偶稱小疾辭流俗，頻祝豐年濟聖時。向曉晏清橋上望，紫微星象曜天墀。

## 海上謠

艨艟如山壓海頭，黃衣耀日何公侯。紅旗一展海水立，礮擊居民屋如葉。哭聲號救動地來，將軍夜宴轅門開。倉黃點兵兵二百，彊捉磨刀去當賊。賊船太大我船小，望見賊旗兵已倒。峩峩巨艑是何官，擁衛森嚴鼓聲悄。居民莫怨武備無，有刀不許誅萑苻。不見殺賊楊將軍，乾隆年事。手提白虹掃海氛。銀刀浴海海水赤，生縛巨寇歸軍門。軍門夜半傳軍號，曰此良民不爲盜。朱竿高揭將軍頭，萬姓呼冤賊羣笑。從此官兵不海巡，前車爭說楊將軍。縱賊居然作元老，殺賊頭顱先不保。洋山設兵亦已虛，山下賊過山頭呼。近來更苦饟不具，撤去屯兵讓賊據。揚帆直入不可當，賊船塞斷吳淞江。十日從容焚掠徧，不曾識得將軍面。西南風起挂帆歸，笑指江南不足戰。我船遥見帆影息，將吏纔收死灰色。明日中丞打鼓來，大罵官兵不捉賊。

## 送李味莊備兵入覲

瀕海巖疆坐鎮難，六年旌節喜平安。龍門愛士無雙李，虎帳談兵有一韓。威服水仙諸島静，名書
天子御屏看。如何纔欲趨朝去，便有風聲起揭竿。

霹靂驚傳海上烽，躬提幡鼓出從容。慈祥肯受窮民愬，談笑能除逆寇鋒。單舸惜仍亡道覆，孤城

功已勝山松。一篇平賊分明在，裴肅何勞自奏封。退卻妖氛海甸澄，朝天紅旆影飛騰。九重治行徵黄霸，八百孤寒要李膺。民瘼定應親入告，君恩或許借頻仍。東南況慮重聞警，一戰誰當克始興。

## 重九日味莊先生招同吴穀人祭酒錫麒何春渚徵士琪林遠峰上舍鎬褚文洲明經華陸祁生高會平遠山房即席賦此

鼓吹纔聞畫戟回，已看折簡吏傳催。白波賊退行觴令，黄浦潮空瀉酒杯。噉餅虚名慙末座，題餻佳話逞羣才。重陽難得重陰解，總是和風感召來。

## 酒星歌爲吴穀人先生作

天上酒星吴祭酒，夜夜酒漿斟北斗。天宫枯坐無酒錢，酒旗擲卻來人間。適逢長庚李太白，謂味莊先生。遊戲同時逃酒國。朝傾百榼夜千鍾，勢吞海水無涓滴。醉中忽聞海報傳，白波狂賊來侵邊。酒龍詩虎一齊醒，便點酒兵出奇陣。手握力士鎗，讀若槍。高坐糟邱臺。監軍麴尚書，參謀麴秀才。洞天將軍劈空下，青州從事應募來。賊聞醉鄉侯，急思避大敵。麴神酒聖陰扶持，頃刻戮之如卷席。海濱蕩蕩海氛息，海水汪洋化瓊液。釀王聞之大喜歡，便移酒星封酒泉。加以天禄大夫號，坐鎮酒海巡觥船。祭酒上書言，臣不願拜光祿勳，不願平原督郵相周旋。但願一巵美酒常在手，勝把黄金印懸肘。

雙管草堂與祁生話舊

一屏秋影瘦伶俜，兩片閑雲海上停。杜牧看花春草草，劉蕡下第鬢星星。水搖蘆絮知鷗冷，風起芙蓉帶鯉腥。話到月低寒露泣，傷心人總莫來聽。

康起山學博愷飲我

康侯不飲客，爲我一開筵。呼取月明下，照人秋影妍。海氛初退境，天意尚豐年。及此承平暇，何妨且醉顛。

安之以次女寄余膝下余字以仲穆而小女亦時時來窺朗慧可愛不能無詩

左思嬌女秀，呼出畫堂前。婉娩清風族，聰明璧月年。寄生桑沃若，俠拜玉嫣然。贄禮紅絲繡，題名翠琬鐫。情同春負贏，贈乏夜飛蟬。小妹尤纖妙，而翁最愛憐。窺櫺頻宛轉，喚坐反遷延。鬭草低鬟墮，呈花笑靨圓。慧纔教字母，識已辨琴絃。昭憲俱才子，威哀定列仙。桃看根葉並，芳得蕙蘭妍。

臨別無他授，班家訓七篇。

### 戲贈如意安之家小婢

乍聽心先喜，玲瓏一顆珠。聰明由主訓，宛轉任人呼。打怯新年否，眠能早起無。借用《漢書》語。纖纖小垂手，最稱玉梅扶。蘭皋爲易名扶花。

### 留安之家半月瀕行作歌奉贈兼呈蘭皋夫人

去年梅花香裏來，海波瀉我紅螺杯。墨花狂題素壁上，蛟龍卻走驚雲雷。春風催人作遠別，長安無花有冰雪。歸來自笑鳳凰饑，安守何如鷽鳩拙。故人貽我尺素書，乘潮更訪南軒廬。貧無一錢苦留客，鏡臺笑脫雙明珠。銀盤細膾雪色鱸，玉壺酒罄牆頭沽。四更鄉鄰看屋角，炊烟猶出君家廚。有時賓朋絡繹至，爲客留客尤豐腆。陸機祁生少年何遜春渚老，酣嬉跌宕兼林逋遠峰。詩城酒鄉各風趣，半月真如一朝莫。朝來忽憶東籬花，主人堅留客辭去。作歌留報君玉臺，君家夫婦俱愛才。兼收並蓄置藥籠，黄金白鐵分爐錘。安得朝廷宰相似卿輩，盡網羣才一門内。薦之天子爵以位，若者吏材若武備。君今頹然四十老諸生，奈何便學開閤公孫弘。

## 汪瀞雲員外梅鼎治臨安三月拂衣歸養作琴養圖寄意既奉太夫人諱服闋循例得京秩瀕行出圖索題爲援琴而送之

横琴縣堂，子來熙熙，熙熙來歌衆母慈。孝子曰噫，吾自有母，曷不歸去來兮。一解。歸來乎西疇，華黍兮油油。琴聲和柔兮，母聽之而解憂。母無憂兮，一琴以外兒何求？二解。朝鼓琴兮侑食，莫鼓琴兮侍側。千秋萬年兮，母樂無極。九鐘鳴兮五鼎列，琴中之樂不可易。三解。絃聲兮忽哀，春暉兮夕頹。留此琴兮清廟材，步丹墀兮鳴和諧。何以報母兮盡臣職，臣職盡兮母之德。四解。

## 送鮑淩客赴兩湖制軍幕兼呈吴槐江尚書熊光

落葉蕭蕭滿洞庭，送君孤櫂去冥冥。三湘風雨青天失，百戰河山赤壁經。秋後竹枝聞鬼唱，夜深瑶瑟禮仙靈。相思儻憶蘇門客，寄我汀蘭沅芷馨。

楚氛如篲埽難清，幕府秋高畫角鳴。決策至今勞聖主，談兵自古重書生。人傳露布于公異，客借蓮花庾景行。寄語荆南羊叔子，早銷金甲報昇平。

## 味霞貽紅蓮米

紅蓮香稻報新成，一飽思君夢轉清。夜半江鄉饑雁語，蘆花菰葉不勝情。

## 李郎歌

味霞子馨十歲能作山水，今年十三矣，忽以兩巨幅見投，清蒼可喜。余字以小霞，作歌勉之。

李郎十歲能畫山，落筆勢已無荆關。燈前塗鴉爲我寫，破壁突兀青巑岏。遠峰一層近一層，摸之紙上疑不平。若移與山置郎眼，氣微力弱烏能登？可惜郎小不出縣，胸中祇識虞山面。急令踏破萬里雲，盡捲蓬萊入飛練。郎乎莫言小技不足工，後有石谷王翬前一峰黄公望。畫能成名勝富貴，何必頭上羽翠珊瑚紅？

## 洪稺存編脩亮吉由伊犂赦還田里雪中過訪卽同過竹橋丈素脩堂宴飲

凍雲壓簷白晝昏，有客來扣袁安門。客來何方自絶域，面帶霜威雪山色。萬里生還不戀家，遍訪湖山舊相識。相攜同過吳公家，滿身抖擻玉雪花。燒燈暖酒各痛飲，朔風門外吹邊笳。酒酣手擊鐵如意，自訴平生直言事。臣無言職卑且疏，烏能啓沃從青蒲。昌黎將進佛骨表，鄒陽且上梁王書。書陳萬言罪萬死，幸遇寬宏聖天子。但令荷戈入西域，免使朝衣向東市。冷山使者洪忠宣，囓雪自拌十五年。邊庭百日馬生角，刀環便唱還家樂。生戴頭顱入玉門，雷霆雨露皆皇恩。掀髯說到聖明處，淚落如雨飄清尊。公自感泣人自笑，喜聞聖朝容直臣。座皆引滿爲公賀，吾曹幸作同時人。夜深孤舟送客發，開門看雪雪似月。笑指梅花凍不僵，百鍊千錘直臣骨。

## 夜紡授經圖爲蕭百堂子山母淩太君賦

斷杼晝荻古所傳，今人何讓前人賢。夫人早歲分鸞翼，手撫遺孤死不得。貧賤身兼教養難，一雙眼淚千心力。大兒九歲能讀經，小兒三歲纔識丁。兒勤夜讀母夜紡，機聲書聲相應鳴。城頭紞如打四鼓，門外寒風吼如虎。兒觸屏風倦欲眠，母剔殘燈淚如雨。大兒體羸小尤弱，豈不矜憐忍鞭撲？良人有後妾所知，不患不育患不學。一日不紡一日饑，一日不學終身癡。聲厲貌嚴心則慈，爲母爲父兼爲師。轉魚墩邊老漁父，四十年中事能語。朝朝五鼓起打魚，認得蕭家燈與杼。長君前歲歌鹿鳴，次君名滿江南城。讀書燈火今如昔，只少當時絡緯聲。

## 寄題錢梅溪上舍泳養竹山房

山居翛然已殊俗，况有蕭蕭一房竹。不放芙蓉獨自青，寒影碎搖天地緑。幽人閉戶方尋秋，涼月自在山頭流。半空蒼龍嘯寒雨，吹斷深林秋不語。此時一埽萬慮沉，以人養竹竹養心。從來能殺始能養，芟除蕪穢青森森。一夜龍孫迸蒼玉，自署頭銜竹司牧。世間理亂百不聞，日聽平安報虚谷。

# 昭陽大淵獻（癸亥，一八〇三）

## 人日喜晴

炎炎紅鏡透疏櫺，天爲靈辰特地靈。四海創痍應埽淨，一城眉眼盡蘇醒。春人妝愛梅花白，寒士盤誇菜甲青。今夜澹黄新月下，女兒相約看參星。

## 春泛

畫舫烟波渺所思，東風搖曳艣雙枝。水含天影緑於酒，歌入笛聲清似詩。貧賤始多閑暇日，宴遊須及太平時。雄心又對花争發，愁向横塘照鬢絲。

觀水嬉作

摇曳龍舟西復東，相逢蘭槳太匆匆。水無深淺情皆緑，花不分明色轉紅。十里簫聲雲蕩瀁，一湖春影玉玲瓏。詩人偏愛斜陽好，細數青霞向太空。

秺侯

萬乘迴鑾馭，千官儼玉珂。白虹纏日角，黑眚見宫阿。虎旅前驅盛，鷹揚宿衛多。休屠王太子，獨縛莽何羅。

平當

丞相邦之輔，如何有去心。盛名空柱石，老病竟山林。國下憂時詔，人占旱歲祲。似聞孔子夏，黄閣代爲霖。

## 春愁

綠陰何事暗天涯，春去難憑一手遮。蝴蝶那知殘夢短，烏鴉爭噪夕陽斜。萬言欲上空焚草，一哭無名借落花。不信東皇歸路好，果然海外有人家。

## 同鐵雲宿仲瞿吳門七十二公草堂話雨達旦

四壁松風燭半檠，依然三箇老諸生。吟詩只付秋墳唱，聽雨先愁夏屋傾。宫裏魚腸餘劍氣，市中鶴髮有簫聲。閑窗消盡功名想，分付荒雞莫亂鳴。

## 去年自東郡南下與仲瞿鐵雲子偪接軫連襼人以王楊盧駱相比今鐵雲自揚州歸同寓仲瞿齋閣三人話雨如魯郡東堂時獨少子偪耳作書招之久不至寄以此詩

鶴背歸來鴨觜船，胥江重結白鷗緣。星辰落落仍三友，風雨瀟瀟又一年。宿酒有痕連袂認，美人無夢對牀眠。座中只少賓王在，那得媧皇補漏天。

## 讀鐵雲黔陽戎幕諸詩題後

三千鐵騎一書生，下馬題詩上馬行。百戰奇勳歸將帥，半張殘紙抵功名。旄頭夜落妖星影，盾鼻晨磨瘴雨聲。賦罷鐃歌教蠻女，自敲銅鼓配蘆笙。

六月戎車二月瓜，歸來一水老蒹葭。玉關生入餘青鬢，銅柱詩成少碧紗。萬里班超幾絕筆，三年王粲竟無家。可憐力輓天河水，不洗銀刀洗筆花。

## 書仲瞿登州泛海詩後

蓬萊山脚放扁舟，出九州看更九州。奇氣文章中國少，盡頭天地死人愁。飄零童女三千粉，涌見神仙十二樓。此卷若抛東海水，狂瀾一夜倒西流。

## 法梧門先生寄仲瞿鐵雲及原湘五言古各一題曰三君詠作長歌報之

先生休休一个臣，腹中便便萬才人，何獨拳拳於此三窮民？此三民者無所職，上不能有三公輔世德，下不能有三農服田力。三管毛錐三斗墨，饑來著書喫不得。一民隱越山，負薪學朱翁。一民隱吳市，賃春如梁鴻。一民把釣東海東，此水傳自姜太公。三民有時偶相遇，哭無常兮笑無度，喜非喜兮怒非怒，世人不知先生知其故。不民之而君稱之，思之思之寵以詩。一人一詩各異辭，一詩一字皆吾師。三民自得此詩讀，公然鼎立如三足。入林商山不足四，照水竹溪忽成六。說詩聊分齊魯韓，犄角敢同吳魏蜀。若將晉三軍，不知誰卻縠。若作漢三君，我自居劉淑。前世或本范張陸，今日儼如伯仲叔，他生還作松梅竹。三民相别若相思，各取先生詩三復。

## 黃蕘圃孝廉丕烈移居圖

朱樓夾道紅闌遮，東城不及西城華。清渠當門綠野抱，西城不及東城好。蕘翁卜宅兼卜鄰，素心大半東城人。無多屋宇有庭院，半住梅花半書卷。花香書香雜入來，主人煖屋香滿杯。花有時開有時落，惟有書中四時樂。平江路西臨頓東，書聲盡識黃蕘翁。四鄰來聽熟滚滚，不是尋常世間本。除卻鈔書與借書，更無人扣楊雄居。城西三月花似錦，不見蕘翁笠屐影。

## 陸甫元中翰沅杏花書屋圖

水天如墨漏春痕，翠淺紅深裹一邨。中有詩人香夢穩，賣花聲過不開門。

金閶亭畔雨絲絲，四百紅橋艣一枝。都被畫工收拾去，邵菴詞意放翁詩。

## 僻居

寂寥誰扣子雲居，祇恐深山静不如。青史但温前代事，黄金難買故人書。嵇康性僻交遊絶，江令才窮筆札疏。萬籟一空清夢穩，亂蟬偏噪夕陽餘。

## 吳兼山參軍嵰謁選入都選有期矣決然舍歸隱居北山下邀余酌酒深話并贈二詩如韻奉報

帽影鞭絲觸熱天，拂衣歸臥意翛然。旄頭未埽黄巾黨，麈尾方談白足禪。邊鎮威名多宿將，中臺樞要屬時賢。如何脱屣功名想，翻是翩翩最少年。

幕府風雲鬱賈終，歸來清嘯入蘆中。聊尋漁父閑鷗夢，漫説書生汗馬功。萬里裹屍先世節，尊人以縣丞從征逆苗，卒軍。一瓢洗耳隱居風。與君且共高秋酌，飽聽冥冥遠渚鴻。

## 病瘧

秋來百病已相尋，更苦炎涼二豎侵。兩信汐潮迎早莫，一爐冰炭戰陽陰。愈風誰草陳琳檄，嚇鬼空書杜甫唫。如水益深如火熱，願天亟發捄民心。

病中贈内

無端小極遂纏緜，調護全憑德耀賢。氣力已緣齏臼盡，心腸還對藥鑪煎。勸餐細揣甘酸味，著肉能知痛癢先。五鼓一家都熟睡，憐卿猶在病牀前。

中秋

姤殺今宵月，雲偏不肯遮。老妻同寂寞，兒女自喧譁。骨出辭筠簟，心清受桂花。如蟾光暫蝕，依舊玉無瑕。

病中聞竹橋先生之訃簡子佀

前年八月松阿歿，今歲秋風喪竹橋。從此木犀時候怕，每聞香氣淚先飄。

一株喬木壞秋林，病裏朝朝淚掩衾。此淚不緣知己落，青天識我此時心。

好友朱學虛陳石泉都化去，老成一二又凋傷。滿城衰草寒雲裏，願得相持慟一場。

## 驛柳

春來踠地盡絲絲，此獨攀條慘客思。青尚短時羈馬慣，綠當疏處畫烏宜。應同塞外勞人命，難門閨中少婦眉。一樣曉風殘月下，憐渠起早又眠遲。

旁午軍書響掣鈴，每攀濃蔭一羈停。爲迎客過腰常折，不識人來眼亦青。雨雪易更寒煖候，風塵難蔽短長亭。何如移植軍營外，廣蔭貔貅十萬丁。

刻鷺牆頭舞翠長，身如傳舍閱人忙。亂飛白雪征衣上，虚擲黄金大道旁。一騎塵來遮去路，數聲角動繫斜陽。依依回首江南好，穩傍青帘拂酒香。

極目烽烟斥堠通，垂垂不斷舞邊風。征人宛宛離腸掛，老將蕭蕭短髮蓬。十里碧分郵上下，兩行青認路西東。太平會見勞形息，一面紅旗萬綠中。

## 蘭皋自上海寄書問疾

瘧鬼炎涼態，添衣又脱衣。瘦軀輸菊挺，饞眼看螯肥。之子音書慰，天涯會晤稀。此心如海燕，只是不能飛。

## 九日同家人載菊泊慧山下

飄然身似白鷗閑，人與花分舫半間。逢入畫時隨意住，爲尋詩去不知還。纖雲一朵分螺髻，秋水雙彎學佩環。他日紅窗作佳話，全家九日九龍山。

菰蘆蕭颯雨聲猜，曉起推篷曙色催。黄葉如人初病起，青山含笑索詩來。鬢雖插菊衰難掩，手待持螯戒未開。甚欲登臨腰脚輭，扣舷兒女共徘徊。

## 即目

静如不動疾如梭，葉葉風帆接絳河。我看人家如此快，不知人看我如何。

## 九月十五夜毘陵郡齋作

小榻纏緜病後身，一窗秋影碎如塵。無風自覺寒相襲，有夢方知睡是真。老樹著霜空骨榦，孤花含雨失精神。如何偏是離家客，偏見當頭月滿輪。

## 贈溧陽史補堂孝廉蟠

舊家瓊樹一枝清，客裏相逢眼倍明。好色未除才子習，工愁偏近美人情。樓臺侵曉雲爲夢，絲竹黄昏月有聲。贏得詩詞好標格，玉溪生又玉田生。

## 訪稚存先生時先生主講旌德不值憶去臘風雪中來游海虞同飲竹橋丈素脩堂歲未及期而丈已歸道山不勝今昔之感次章懷洪兼悼吳也

萬里歸來襆被輕，路人爭道直臣名。鄒陽下獄憐愚戇，劉向全生感聖明。驢背自稱前進士，皋比還化魯諸生。漢廷不久開宣室，賈傅如何策太平？

謝公堂上雪紛紛，訪戴舟迴酒半醺。洛下自盟鷗鷺社，蔡州誰破鸛鵝軍。神仙清福無多日，賓主濃歡散似雲。剡水他年重枉櫂，黄壚風笛不堪聞。

## 袁筠亭招賞菊話舊時袁官晉陵學博入貲爲令

繞屋盡秋色，入門先酒香。一官如水冷，四季種花忙。出處須商略，交遊漸老蒼。且同銀燭下，懷舊引杯長。

訪趙約亭學博基梁溪官舍因憶乾隆丙午八月與約亭同寓秦淮時則有容甫淵如赤霞朗齋子和筠樵諸君徵歌賭酒極酣嬉淋漓之致事歷十八稔容甫朗齋筠樵赤霞皆化去淵如觀察山左子和官西曹江南惟子與約亭耳而約亭老矣菀枯死生之感不能無詩

一覺秦淮夢，相看兩鬢華。升沉大江月，開落白門花。事遠如懷古，官閑勝在家。何時共飛舄，重嘯攝山霞。

嵇天眉秀才文煒自秦中還卽送之潤州幕

花落出秦關，花開策馬還。邊塵餘戰伐，風雨老江山。欲棄儒冠累，終輸釣笠閑。勾吳亭上月，釃酒一開顏。

## 戲詠門神

本是司閽料，居然要路蟠。侯封崇戶牖，官様壯門欄。圖畫供兒戲，猙獰嚇鬼難。豈知嚴鎖鑰，枉自肅衣冠。執戟身何健，垂紳體更胖。似兼文武職，儼負弟兄官。氣概淩烟盛，功名故紙殘。兩邊同面目，一様没心肝。左右司空對，晨昏禁太寬。五更還彊立，萬事總呆看。斧鉞寧施用，簪纓只美觀。辭賓偏卻掃，揖盜轉開端。題鳳人來笑，登龍士仰歎。當關狼自大，虛竇狗憑鑽。塵土增顏厚，苞苴儘面謾。夤緣由此進，惡客幾曾攔。翻任監奴狎，難分竈婢餐。無言徒默守，有鋏敢輕彈。椒酒貪年例，瓜期報歲闌。謾嗤鍾進士，後闥獨盤桓。

## 遊慧山探若冰洞

九龍何蜿蟺，來自天目峰。一峰一秀色，變滅青芙蓉。捫蘿履石道，剔蘚排雲封。夕陽冷世慮，黃葉脩寒容。古洞隱澗壑，積翠苔花濃。昔時有開士，於此稱禪宗。翻缾倒秋水，別是一白龍。天風灑寒雪，寂歷無人蹤。

## 酌第二泉

寒泉甃深池，方圓味殊別。同原豈異美，出坎已遜潔。拗松隳瓦鐺，七盌果奇絶。風吹肌骨清，如灑滿身雪。嘉名標第二，創自陸羽説。未必他巖乳，都輸此甘洌。山泉異顯晦，豈有工與拙？遇合聽自然，君子慎清節。

## 秦園

名園託真山，古木繞寒翠。清池抱圓渟，倒影衆綠媚。亭臺眄無多，涉歷轉深邃。穿林竹若迷，回磴松欲墜。烟霞弄古色，禽鳥發幽吹。自具巖壑情，足洗金碧累。洛陽貴人園，時卉五色備。所患老樹無，安得清陰被。槖駝種雖勤，豫章計難遂。君子重素脩，樹立恆自愧。

## 哭吴竹橋先生

皇天何愛才，遽奪賢者命。令脩天上文，勿顧世人行。吾鄉競浮華，吴公最持正。甄藻懸冰衡，末流思仰鏡。本初見子將，屏卻車徒盛。子厚詣林宗，自諱險害性。嚴霜折幽蘭，荆榛復紛競。匪徒風雅衰，頗係時俗病。矧觸羊曇悲，爲吟曹植詠。公論與私情，雙淚一時迸。

公如山中雲，只作山中雨。一奏明光宮，翩然遂鄉土。趨庭撫棠華，循陔擷蘭杜。餘閑弄烟霞，吹笙逸詩補。恬真二十年，揮手辭寰宇。長拋尚湖月，清夢照千古。湖邊桃李枝，搖蕩春風苦。歎息林泉空，誰爲脱簪組。

昔從太行還，投公詩一册。滿紙含清商，氣類幽并客。公讀興發狂，謂我今李白。近時黄景仁，伯仲此標格。贈我青琅玕，相期琢圭璧。平生知己恩，秋月照肝鬲。昨過迎春門，猶憶謝公屐。謝公經行處，衰草不復碧。長嘯凌高臺，狂歌裂山石。就石碎鳴琴，還以殉幽宅。

對酒忽不樂，尋公小湖田。湖波何宛宛，山影自娟娟。生時結幽隱，買山愁無錢。詩魂蕩雲水，終古應流連。沿緣采芳菊，酌薦寒溪泉。疑有清吟聲，蕭瑟菰蘆邊。美人不可見，流涕返鳴舷。

開我篋中書，公詩累千首。精神還山川，文章在人口。或摹東坡翁，或仿杜陵叟。樂府尤清蒼，生處近石帚。興來賞巖壑，放筆龍蛇走。詩成令我和，一日得八九。晚歲尤近道，珠璣落隨手。元氣漲溟渤，嘘納無不有。立言垂憲章，文質庶不朽。安得開公堂，重把一尊酒。

## 雨牕讀書遣興

十日不作詩，遂與文字疏。空齋坐寒雨，搖筆心踟躕。有詞只在口，驅使無成書。偶獲一二語，又苦聲律拘。物理自到眼，思澀意有餘。聊抽架上籍，遣夢辭華胥。初讀頗煩悶，再讀稍展舒。如饑忽得飽，自覺心膽矗。探喉發妙理，華木皆起予。遺忘舊墳典，記憶如逢初。始悟古學人，休臥日不虛。詞章易進退，脩德將何如。

## 讀少陵集感賦

公昔天寶初，襄陽布衣子。卞璞屢遭刖，投賦延恩匭。艱難得微祿，率府逍遥耳。明年祿山反，喪亂從此始。作詩多苦音，忠憤常滿紙。語及君臣際，一代足詩史。生公千載後，頗慕公意旨。東南幸清宴，流亡免移徙。側聞秦蜀間，盜賊亦如蝗。將驕兵卒惰，糜饟兼折矢。天子屢下詔，掃除淨創痏。如何甫獻捷，又聽揭竿起。籌邊及牧羊，募勇或貸死。至尊獨憂勞，豈惟將帥恥？讀公至德詩，事異勢略似。誰能賦長謠，天聽豈勿邇？

## 公孫弘

天子不冠見，三公布被眠。招賢人望繫，背約主恩憐。詐謝汲長孺，陰排董廣川。猶知爭卜式，不計助邊錢。

## 鸕鷀行

頸長觜鋭彎如鉤，碧眼射水魚鰕愁。饕餮水族是本性，豈知卻墮漁人謀？提魚出水復入水，兩翅拍張自矜喜。翠鱗變作青銅錢，垂翅船旁饑欲死。明知捕魚不得食，且爲漁人盡其力。漁人識得貪性情，使鳥任勞人享成。莫笑鸕鷀愚，彼鳥而戕魚。不見弋人射雉用雉媒，忍使同類毛羽摧。

## 蒼鷹謡

碧空梢梢似風雨，喧傳神鷹繫妖羽。可憐墮地一饑雀，半死半生腸已腐。主人豢鷹愛鷹俊，鐵爪金眸得霜性。繫以玉條綴以珠，錦韝臂出雄姿殊。要令搏擊人間不祥物，青霄白日蹤影無。胡爲使兔有窟狐得憑，鵂鶹鶚鴟交爲朋？獨於小鳥示威武，如此豈足稱蒼鷹？不見決雲兒，遠從高麗貢丹墀。不見凌霄君，駕前擎出真將軍。垂頭默塞無一能，摟身雲中愧此鷹。鷹乎能懲空倉一饑雀，城頭老鴟已膽落。

蕭子山客吾虞十七年矣歲莫歸婁東將閉戶不出豈其鴻飛冥冥與抑歌黃鳥之章也爲召三數故人置酒言别申之以詩

冷卻玄亭問字車，皋比從此撤横渠。誰從潁士稱夫子，我亦蘇門賦隱居。歲儉人情爭謝客，官多時俗漸輕書。尊前且對簷花酌，聚散如雲付太虚。

## 採薪謡

風雪壓屋屋欲傾，安得大木來支撑。入山求木木未見，但見鉤衣棘履多榛荆。材無小大貴適用，大有時輕小適重。有薪可拾且救貧，饑寒何暇求梁棟？取婦必取佳，取士必取才。但須拉雜供燒料，枯枝朽質無棄材。一回采薪一回積，用之不勝徒無力。主人曰嘻吾計得，薪高如山撑我宅。烏虖此宅如何薪可撑，徒然堆積閒爾薪。大木自在深山裏，風雪終無采木人。

## 阿婆引

東家阿婆仁且慈，一日號佛十二時。奴耕婢織百不問，汝曹勤惰佛得知。大婦嬌饒妝，小婦嬾下牀。前門犢車進，後戶監奴藏。但見阿婆來，斂容肅衣裳。阿婆問汝曹食，食麤糲；汝曹衣，衣賓屭。平生不識金翠珠，頭上蒿簪嫁時製。阿婆大喜歡，汝曹節儉百事安。貓觸鼎，鼠翻餅；狗上座，狐嘯屏。慎勿告訴阿婆聽，阿婆方誦梵字真金經。

## 崇禎三年梅有序

招真治老梅四，其一在道士房者，繚以粉垣，爲漕帥使者寓室，人皆從牆外遥望其頂。嘉慶癸亥十二月，蕭子山將歸妻，偕予及子佀就花賦别，薄莫不能去。使者稍稍來就語，頗不甚鄙，導予入坐花下。始得見其老榦，榦雙起，偃蹇鬱屈，以木承之，枝覆於庭幾遍。少陵所謂『亂插繁華向晴昊』者，庶幾近之。使者自言花時歲率寓此，自冠逮今，顛白矣。視初見時，高又七八尺。有老道士能言其先代某移植自某所。道士化去已三十年，不復記憶其語，但記爲崇禎三年也。余感花之貞壽，有松柏之性，故能閲治亂、遺榮額而獨存。世之攖情於得喪，同惑於安危者，愧此花矣。以琴寫之。

花之古者松柏同，忘情植性天無功。雲深深，山空空。一百八十年，戴雪搖春風。理亂迭來，梅花自開。烏虖！此其所以爲梅也。

## 盆梅

改盡羅浮真面目，此生纔許謝冰霜。不教俯首受金翦，焉得輕身登玉堂？世外佳人自顛頷，山中明月太淒涼。祗緣野性無拘束，放得縱橫爾許長。

## 樗蒲喻

高堂奏絲竹，主人顏不懽。良田萬頃水蕪没，妖童孌女食指千。如何不愁，愁如何言？狎客前致辭，願且大快樂。東鄰賈人子，黄金置高閣。西鄰貴家兒，明珠穿繡箔。何以致之與之博，彼錢飛來充我橐。明晨召賓客，中廚辦華筵。前軒呼五白，後舍攤意錢。鄉鄰徐徐來，錯雜不可攔。皁隸傭匃爭得前？主人大歡喜，爲别五六等。或飴以草具，或飴以列鼎。不以賢，不以年，不以後先。視其注錢之多寡，以爲高下。或博而覆，勸之恢復。或博而勝，誘之更進。人浮地窄，觀者如堵。或但注錢，不得一賭。彼以博來，彼自彼利。我抽其贏，我自我計。一日得十客，一客擲百萬錢，勝於一州十萬膏腴田。僮奴犯與？帷薄玷與？厮役扈養，不得噉與？垂頭默塞不一聞，但聞馮陵大叫聲囂紛。吳歈越謳，丹炙碧酒。狎客前致辭，爲主人百年壽。

## 湖中觀落霞

明霞蕩晴波，光景兩奇絶。一氣含空濛，紫翠不可别。此水本無色，能使五色彰。苟爲一色染，何由發清光？霞亦借日華，離日黯無彩。誰挽若木枝，不令墮滄海。桃花忽然落，化作青螺鬟。疑是古桃源，鞭爲海上山。

## 刻天真閣集四卷成

三十始刻詩，四年得四卷。便令至百年，焉得萬首徧。茫茫身後名，對此傷貧賤。豈惟貲用乏，兼苦心力倦。初吟字不安，屢改境屢變。及其鏤板成，終覺心未饜。赴道愧不勇，割愛有餘戀。兩字存標題，天機示真面。不畏今人摘，不畏古人見。所畏非我心，反入後人選。一念苟自矜，五色恐迷眩。不見竈下嫗，雙目爛如電。

## 閼逢涒敦（甲子，一八〇四）

### 元夕雨

一雨息羣動，有燈無月華。市猶爭技巧，天已厭淫奢。比戶人惟醉，閑街犬不譁。閉門尋我樂，春自在梅花。

### 風雪夜赴黄浦

爲尋梅萼去，兼訪似梅人。一夜江湖白，孤舟天地春。横空盤鶴語，深水起龍鱗。明日春申浦，應迷漁父津。

### 上王蘭泉司寇

天憲中臺領上卿，歸來七十尚崢嶸。功臣閣有王曾像，外國人知白傅名。愛士遍收湖海集，論詩專取廟堂聲。洛中不是空高臥，應有丹心答聖明。

當年巴蜀佐元戎，萬里蠻荒掌握中。一箸獨籌無古法，五丁未鑿此神功。子房帷幄龍韜在，鄧艾風雲鳥道通。今日西師争望捷，紫髯應憶老臣風。

## 泊舟黄渡先寄滬城故人

梅花如逸士，亦復似佳人。誰得其真骨，君應是後身。乾坤此孤櫂，風雪又新春。一夜相尋夢，先過野水濱。

## 紫雲樓歌爲安之蘭皋伉儷作

何年片雲海上來，結成紫氣仙樓臺。海風吹雲雲不動，雲中圍住仙人夢。我生跳盪如雷顛，彩虹遥踏升瑶天。褎口紅塵一抖落，頓覺凡骨皆飛仙。喚起星辰作詩語，老龍出聽弄風雨。長天倒插畫檐前，漏出銀河要人補。雨聲壓春春入泥，春心自在詩中飛。手持北斗灑春酒，明日開得梅花肥。玉簫玲瓏挂仙指，仙人一吹春不死。只愁詩夢墮樓前，跕跕輕烟化春水。

## 擘珠曲爲祁生作

天公亂把冰珠撒，大地都成水晶窟。當筵擘出驪龍珠，宛若天邊墮明月。月光冷射玻璨杯，滿堂醉眼如星開。玉盤圓轉果如意，那得掌上真飛來。酒龍攫珠珠不定，珠卻能馴酒龍性。酒酣更索琵琶歌，大珠小珠一齊迸。萬花各鬥花精神，總讓珠樹能生春。拈花古佛且微笑，何況我輩人間人。蕊珠宫事珠能記，偶然滄海來遊戲。説著他生事渺茫，偷把鮫綃挹珠淚。珠不在佛頂上，亦不在仙掌中。虚空懸宕尤玲瓏，一照四海魚目空。百金買歌歌不惜，千金買笑笑何值？只有心頭一顆珠，量盡珍珠買不得。

## 春燈夜醼曲

燭龍蜿蟺海上來，使君夜醼轅門開。九天飛下春滿屋，春人翦燈教春曲。大燈如月空中行，小燈如星縱復横。彩雲捧出百明月，月喜不高星不没。一星移，千星隨。一月走，百月飛。銀花萬樹樹萬朵，羯鼓催得春光齊。春聲遏雲雲欲斷，摇蕩春心入簫管。美人手勸金叵羅，酒氣吹春拂人煖。歌聲一闋酒一巡，酒高一寸春一分。天公二十四花信，未及此夜春風春。歌緩緩，酒波滿。歌促促，酒香續。使君千觴客百觴，陽春走入壺中長。春陰十日龍掉尾，門外銀河一尺水。

## 題蘭皋集後

海風吹天衣，蒼茫出人世。神仙渺無儔，詩情在天際。朗抱凌虛空，一口吸秋氣。寂寞身後名，擺脫世間事。

## 俞生琵琶行李味莊觀察席上作生名誥字春浦

生不願如王摩詰，鬱輪袍奏公主宅。亦不願如康對山，有曲卻對公公彈。寧爲賀老供奉職，不然明妃使絶域，此身雖微終爲國。俞生俞生知我心，爲我一彈慷慨磊落之清音。四條絃，十條指；絃生風，指弄水。細如雪，轟如雷；海月滿，山花開。仙人嘯邪，哀猿叫邪，彼軍者譟邪。一聲能引萬聲起，八音并出一音裏。初疑一指不著絃，絃聲只在絃外傳。又疑絃絲自繞指，指法雖工不至此。以心運指指運音，指與絃化心無心。英雄兒女無不有，俞生身有千萬手。攏撚挑抹無所拘，俞生意中一指無。衆人之目在君指，君指分明在人耳。令人悲，令人喜，令人震蕩不能已。俞生此技真入神，指能顛倒人七情，秋非秋兮春非春。人生苟不遇知己，寧斷吾絃折吾指。知己真能悅我聲，此心甘向絃中死。生抱琵琶如抱心，幸逢使君能賞音。官閑政暇一傾耳，此意已抵千黃金。一絃一聲聲一意，似爲琵琶吐其氣。一片酬恩烈士心，千行感遇窮途淚。座中賓客都酒醒，但言琵琶聲好聽。聲好聽，心已苦。

指十條，心千古。幾人如生得所主，不見劉蕡之文李廣武。

謁李味莊備兵留滬城十日臨行留别諸公

新年喜氣滿江東，黄浦昇平樂事同。李勉政寬番舶至，盧循兵散戰船空。一琴海水天風外，十日花雲酒雨中。碧草萋萋泥滑滑，六街猶未落燈紅。

花南雪北路參差，排日招邀酒不辭。俗富人情爭愛客，官清僚佐盡知詩。且謀歡醉承平日，愧負才名老大時。一角吴淞春水緑，歸舟愁照鬢如絲。

春溪把釣曲

滿溪春水緑可憐，桃花如雲紅上天。遠山倒浸碧波底，一堆春烟釣不起。人目在魚魚目絲，人心動静魚先知。竹竿嫋嫋尾潑潑，翠荇一渦滄海濶。

集飲翦水山房

鐵笛吹天天晚晴，玉山呼取小瓊英。鯨鯢海上清妖霧，鶯燕風前送好聲。華屋半供過客住，黄金偏爲讀書輕。梅花五百年開眼，又見詞人顧阿瑛。

### 寄謝吕叔訥爲先公撰墓碑

當代儒官兩，惟君與實堂袁君穀芳。道存無顯晦，權重在文章。落紙明珠錯，開緘血淚滂。不逢歐永叔，師魯孰爲彰。

昔與先公友，煌煌京洛遊。飛騰無萬里，慷慨共千秋。死事卑官漏，賢勞絶域留。何時扣金馬，補傳爲渠州。

### 西溪返櫂

溪水如雲凍不開，昨宵清夢一低徊。滿天風雪寒如許，不爲梅花卻不來。

### 春來

春來何物最撩愁，楊柳千絲拂畫樓。蝶意在花偏遠颺，魚情樂水向深流。星邊玉李應難摘，月裏金波似可求。安得衙城仙洞闢，雙清穩占鳳凰儔。

# 天真閣集卷十六　詩十六

## 閼逢渾敦（甲子，一八〇四）

### 小羅浮仙館歌

梅花造屋詩人住，白玉爲垣冰作柱。就中一月一詩魂，老鶴尋來不知處。夜深香雪壓夢寒，清氣一縷花中盤。五更明月又飛去，白雲自守紅闌干。頭上珊瑚腰下玉，未及詩人洞天福。年年消受此春風，莫遣玉龍吹怨曲。

### 早春寄古雲龔伯弟京師次見懷韻

長安不可見，落日動高吟。兄弟山河隔，兵戈歲月深。生才關世運，厭亂識天心。語短情難達，音書況易沉。

老我梅花裏，看雲且讀書。開門見芳草，離思滿春初。鵲印承茅土，龍旂衛帝居。久知恩遇重，未敢諷樵漁。

## 畫梅

新年無客到山家，雨灑幽窗鼎沸茶。最是稱心清絶事，對梅花恰畫梅花。
觸手春生爛漫開，勝如仙夢寄瑶臺。此生天與因緣在，除卻梅花畫不來。
寫出仙人萼緑華，瀟湘烟水翦冰花。人間無此消魂色，一片晴天弄翠霞。
元章妙手不肯傳，無人解畫羅浮仙。偶然興到一點筆，花壽又增三百年。

## 雨

江南二月雨瀟瀟，落盡紅燈更寂寥。一院墨陰濃似畫，七條絃水響通潮。柴荒比屋炊烟斷，米貴前邨酒望飄。同是盼晴心眼急，女兒情事在花朝。

## 花朝

天亦如人意，今朝特放晴。萬花生喜色，百鳥變歡聲。纖手紅綃翦，香泥緑酒傾。玉樓應病起，鬧埽晚妝成。

## 二月十五日即事

香逕人稀蛺蝶通，禁烟時候小東風。水含山影難爲翠，花近霞光不敢紅。金翦破春剛及半，玉杯飛月恰當中。清歡偏是無心遇，惆悵年時轉放空。

## 飲吳氏古香書屋牡丹下

東風有意待詩人，值我來時正好春。三月百花誰是主，千紅萬紫盡稱臣。翦齊絳蠟開珠箔，泛滿金尊射月輪。恰喜獨當卿一面，醉中彩筆倍精神。

## 吳氏墓田圖

相墓視圖畫，吾思張鬼靈。千秋放水說，一卷撥沙經。過信成回惑，深求入杳冥。人間風雨夜，幽櫬幾飄零。

## 心青館分詠牡丹

### 火輪

一枝紅焰燭遥天，富貴從來近日邊。飛下金烏光四射，養成仙鶴頂千年。坐應獨占南方位，春已先行赤帝權。自笑玉川茅屋破，絳雲天姥降簷前。

### 緑苞

緑陰濃遍洛陽城，護定奇姿認不清。貴客玉堂初脱白，佳人金谷舊知名。是花是葉春風翦，爲水爲雲曉夢行。猜道箇儂眉畫就，黛螺微捻一痕輕。

### 送春

遊絲落絮兩難禁，滿院東風一蝶尋。紅雨悄隨人影散，緑陰濃似豔情深。春蠶僵有重生意，蠟燭癡餘不死心。青粉牆頭高百尺，幾曾遮住夕陽沉。

## 散花曲

色界情天杳不分，繞身花片當香熏。碧城飛下紅蝴蝶，認作麻姑五色裙。
塵心如水隔瓊臺，玉笛吹雲冷不開。手撒天香下人世，誤他劉阮又尋來。

## 華秋查司馬瑞潢北山旅館圖

段家橋口水彎環，十笏雲龕鶴守關。幸是無田歸未得，一生占住好湖山。
菊徑荒蕪冷夕曛，西神山影遠招君。閑心一片誰留住，笑指北高峰上雲。

## 總宜山人歌贈趙翁同滙

山人六十頭未白，平生好酒兼好客。客來對飲三百觥，客去陶然獨自適。繞屋青疇五十畮，日課丁男不勞走。秋來完卻十斛糧，盡付深缸造春酒。三月四月花出牆，東鄰西鄰聞酒香。扣門看花兼索飲，落花滿地酒滿觴。酒無論濁與清，客無論熟與生。相逢輒飲飲輒醉，此由天性非人情。總宜山房無不宜，宜風宜月宜雪時。宜琴宜歌亦宜嘯，不宜縱譚及朝廟。人生行樂須任天，曷爲戚促徒自煎，醉中一年如兩年。醉人五十抵一百，不見總宜山人頭未白。

## 秋思

曠焉而邈僐，孤松乃吾侶。晚節矜寒花，斜陽共容與。遙山淡天末，美人在何許？我欲往從之，瀰瀰隔秋渚。

## 銀河篇

碧天蕩漾仙人雲，秋河斜插魚龍紋。銀濤驅星不敢吞，枯槎浸發花輪囷。波聲珊珊瀉空境，美人清矑看秋影。夢披紫衣鶴背來，明珠歷歷捫三台。幽蘭爲魂雪爲骨，洗爾聰明古時月。道逢神娥吳采鸞，洞簫吹入天心寒。嚴霜如沙灑背酷，吐氣爲秋帶春馥。褎得支機片石還，風閃星芒鬼眼綠。

## 荷塘曲調沈刺史

涼雲四面無纖塵，水風搖蕩天機新。紅霞萬點隔人境，相看只有如花人。烏絲欄紙紅絲硯，美人管領騷壇豔。花前旗鼓鬥清新，水榭筠廊都繞遍。一詩吟就千花開，未須羯鼓聲相催。三十六陂秋色滿，冷香飛上毫端來。香氣吹人開萬竅，花裏詩情自清妙。只愁吟瘦沈郎腰，蛾眉蹙損花枝笑。

## 翁子書石室授經圖

國家設校官，職在明人倫。不析五經理，何由明其真？鏗鏗翁子書，秉鐸於海濱。升堂聚生徒，從容善陶甄。退息石室中，二子隨恂恂。長者既温雅，少者尤精神。執經環向前，疑義相引伸。一一爲指授，領悟無因循。古來傳絶業，授受多家人。夏候及戴氏，大小倶天親。歆向與昆軼，父子如傳薪。孔僖教二子，庭訓時諄諄。長彦章句治，季彦變眚陳。由來家學傳，譬如數家珍。行見翁氏學，父子書等身。無雙許叔重，紛綸井大春。石室卽經苑，心精照秋旻。會當致實用，碩學明昌辰。明倫遍天下，坐使風俗淳。毋私一家言，徒致陳亢詢。

## 彭文勤公視學江左以張繼楓橋夜泊詩試諸生族人鳳洲四詩入選就詩意作圖呈公公立題四章還之一時傳爲佳話鳳洲之子以册來索詩

家有名士三十年，空庭落葉心茫然。素紈蕭瑟明寒烟，筆外有筆秋無邊。明月在地鐘滿天，詩夢站站如溪鳶。石芸静護珍珠船，勿任飛去輕雲顛。

## 題美人册子

妝罷誰能賞，低徊自看真。不知明鏡外，如我有何人？
明月如人面，人還仰面看。一天風露下，清極不知寒。
柳色青如此，飛花又一春。東風晚寒峭，愁殺詠花人。
莫怪能言鳥，能言最可親。從來不言者，惟有息夫人。
坐對分金綫，春光去不知。未須怨遲莫，努力繡春枝。
有語訴明月，篆烟心字長。羅衣渾不染，生小怕熏香。
除卻女紅外，時還讀我書。綠窗聊送日，匪慕女相如。
摘得火前芽，雪濤翻石鼎。喜伺阿孃眠，抽毫賦香茗。
花陰間壓篴，花密樹周遭。料是無人聽，何妨調獨高。
身臥梅花下，清魂化作梅。飛花渾不著，蝴蝶敢飛來。

## 紅拂

識李郎易，識張兄難，龍未入海龍猶蟠。識張兄易，識李郎難，未從龍日書生寒。紫衣夜半出公府，結納一龍與一虎。酒樓道士何足語，何不令蛾眉見真主？

### 紅綫

曉角轅門墜秋葉，美人手取將軍合。魏博一軍心膽驚，頭顱免從金合行。明朝軍門報奇事，書合翻從潞州至。兩軍解甲妖息氛，功成飛去春空雲。

### 采蘭圖

蘆簾紙閣對調蘭，道是尋常得最難。我有皋魚風木淚，題詩不敢索圖看。

### 呼龍耕烟種瑶草歌

萬事只知眼前好，世人種花不種草。道人種草不種花，一莖玉茁千年芽。蓬萊山頭五色塊，巨靈擘之不得碎。道人驅龍如驅牛，碧空嬌雷鞭不休。石隨龍轉石性柔，石縫自迸春雲流。靈苗插石如插水，石皮鱗鱗長珠蕾。根深下透與石融，石色草色古翠同。苗盤屈曲如遊龍，龍髯低垂拂翠叢。十二萬年翠不槁，道人服之後天老。騎龍上天獻紫皇，下視九州花草春茫茫。

## 李筍香光祿筠嘉招集吾園

吾園四面無牆垣，槿籬抱水水抱園。筍香主人性愛竹，竹外無多幾間屋。寧使竹鞭穿屋生，不容屋礙烟雲綠。我來十月剛小春，隔竹幾點桃花新。三月二月想更好，桃花多時形竹少。主人手斟酒一卮，邀我看竹兼題詩。詩成刻向竹皮上，倒影水中詩蕩漾。以酒澆竹竹愈長，以筍下酒酒愈香。酒酣呼來天上月，爲我倒行不許没。月中飛下雙翠蛾，公然借我詩當歌。歌聲上穿碧雲破，人但能聽鶴能和。歌緩緩，鶴聲轉。歌泠泠，鶴響清。歸來忍寒抱月睡，還夢吹笙騎鶴背。

## 春曉曲

三月二月水可憐，桃花杏花紅徹天。詩人起比白鷗早，詩思已落紅欄前。吟聲玲瓏欲穿樹，卻被碧雲前約住。東風吹得滿身花，暖香飛上新詩句。幽禽竹裏恰恰啼，宛轉來和詩人詩。此時千門上魚鑰，美人紅酣夢方作。

## 釣歌

雪蘆蕭蕭水波冷，游魚自來啖花影。釣魚志本不在魚，嫋嫋一絲風力引。何如抛卻珊瑚竿，手弄一溪秋月寒。機心兩忘鷗夢穩，半池清水江湖寬。

## 簪花圖

摘來香帶露華新，安上雲鬟更絶塵。高下入時心自覺，莫將宜稱問旁人。
雙鬟綽約助花嬌，小立風前勝步摇。若使手持明鏡照，自窺清影亦魂消。

## 荷花鴛鴦障子

並命鴛禽並蔕蓮，銀塘照影盡如仙。憐他翠鳥孤飛去，不敢回身近水邊。

# 屏風臥遊詩

## 羅浮春色

羣山抱水水抱郵，萬花圍住雙蓬門。白雲玲瓏穿樹出，中有一縷詩人魂。詩情最憶珠明洞，夜夜寒霞入清夢。尋遍茫茫四百峰，月明積雪春無縫。

## 泰岱晴雲

萬峰插翠摩天門，一峰更比諸峰尊。若非白雲横隔斷，青氣上合天無痕。丹梯一盤雲一隖，五十餘盤互吞吐。閑從日觀挂扶桑，嬾去人間作霖雨。

## 武夷九曲

清溪東流石拗轉，水性自急石性緩。化爲九龍勢蜿蟺，吸霧噴雲碎珠滿。蘸影晴川古幔亭，落日九點烟鬟青。横吹鐵笛作龍語，疑有神君在上聽。

## 劍閣

劈開翠玉雙厓分，石色積鐵蛟龍紋。一雨秋空磨洗出，銛鋩亂割梢梢雲。一夫當關萬夫敵，過鳥欲飛飛不得。劉郎有此外戶嚴，面縛向人天失色。

## 黄山松翠

黄山三十二芙蓉，但有松耳不見峰。白雲滃然漲溟渤，蒼髯翠鬣蟠虬龍。我昔觀松至上黨，奇境與此相髣髴。歸來掩扉二十年，耳畔時時怒濤響。

## 晴川黄鶴

玉笛一聲花滿樓，樓前拍天漢水流。仙人黄鶴兩無意，芳草白雲相對愁。王郎健筆塞世界，不敢題詩卻能畫。我緣欠此一登臨，未了平生詩酒債。

## 邊山秋雪

寒翠黯淡不可名，黄雲愁慘秋無情。邊牆一夜古月白，萬條玉笏朝天明。駱駝西來似山立，雪花隨地没過膝。一關隔斷氣温涼，關内羣峰青嵂崒。

## 荆溪烟樹

春風吹人畫裏行，一溪櫂入千花明。銅官山色翠如雨，孤雲天外搖新晴。我欲買田陽羡住，料理漁竿置茶具。楚頌亭邊屋兩間，開門自寫溪南樹。

## 苕水

一條溪水如雲曲，夾岸桃花間脩竹。春暖鱸魚墜釣肥，月明白鷺依船宿。西塞山前一放歌，鱗鱗鴨綠上烟蓑。便思泛宅浮家去，誰是潛名張志和。

## 太白寒林

太白插天無際碧，翻覺天低被山逼。山頭老樹鐵作枝，風吹上矗寒雲直。石坳積雪無四時，望之玉粟潛生肌。斜陽黯黯下林表，獨立惟吟祖詠詩。

李小霞古木寒雲小景

翠微深處有人家，曲逕層層古木遮。如此寒雲天欲雪，開門明日看梨花。

王石谷脩竹清流卷

琅玕瑟瑟搖天風，綠雲蕩漾春情空。幽人心與碧波冷，不知世有桃花紅。蒼龍尋空作疏雨，瘦石一堆秋不語。此時詩夢落瀟湘，仙佩應逢鄭交甫。

## 春溪

拂面東風水一涯，輕波閑引釣絲斜。遊魚戲啖紅霞影，笑殺碧桃無數花。

## 相馬行

駿馬在骨不在皮，龍種不及騊與驪。道人碧眼洗秋月，眼入馬皮知馬骨。萬馬隨方分作陣，一匹花驄没官印。玉勒金珂不被身，風鬟霧鬣偏神駿。此馬日馳一千里，日盡一石粟；否則不飽力不足，轅下老牛同局促。世無此養馬人，亦無此御馬力，不如放爾平沙任游息。七尺八尺空爾長，金馬門前自有式。

## 獨立放歌

鸑鷟比鶼，單翼可憫。邛邛負蟨，一足可哂。不疲胡倚？不危胡扶？惟形與影，相得不孤。淮陰無雙，我思國士。四海一人，我慕鑿齒。太白呼月，便得三人。東坡照水，可化百身。下踏地輪，上戴天笠。翛然遺世，卓爾自立。天外孤峰，嶺上片雲。單飛一鶴，不識雞羣。

## 白秋海棠和陶生鏐

漭卻紅情露縞裳，天生孤潔避羣芳。瓊瑰暗泣絲絲淚，冰雪空迴寸寸腸。白帝時光惟有恨，素娥居處本無郎。玉顔自帶離愁色，嬾向春風鬥豔妝。

## 硯癖歌贈子梁

趙郎雙眼碧如水，能辨端溪蒼玉髓。中巖不及下巖潤，正洞尤推東洞美。十年前已有九客，紫肝青花蕉葉白。近來所得數倍之，越是搜羅越成癖。風吹葛衣雨淋幘，平時一錢苦愛惜。道逢佳硯不肯行，頃刻黄金手揮擲。良材易得良工少，大木還愁斲而小。瓦凹鍬凸不稱意，别出新裁琢磨好。一硯製數月，一日製數硯。興到卽爲爲不厭，閉門沉沉拒人見。手割青天紫，雲片韓風子。李處士硍硍，彦猷奚足齒。近時頗稱王秀君，顧老後出亦絶羣。得君尤出兩君上，一空古製徒紛紛。趙郎趙郎片石亦足傳，何必磨礱巨石銘燕然？

## 惲南田並蔕三花秋葵卷子

舍人家有仙人葩，三花並蔕如一花。南田一見詫奇絶，渲出天上黄嬌霞。折枝圓勁腕有力，一花正開一花側。一花勢與兩花背，總向西風弄秋色。離披亂葉細鉤勒，葉尚無人能畫得。奇花百年見者少，今日雙眸看儘飽。畫後題詩三絶成，割畫留詩亦堪寶。我昨放櫂芙蓉湖，家家翦秋入畫圖。毘陵市頭日爭賣，設色猶稱惲家派。甌香館筆真如仙，令人陡薄熙與荃。牆東黄花耀初日，疑是卷中花逸出。

## 自題梅花硯

澹墨輕融紫玉池，横斜倒浸暗香枝。春風乍啓瑠璨匣，中有林逋兩首詩。

## 硤川賫賑紀事爲華秋查司馬賦

天災流行水潦頻，補偏捄弊存乎人。施麋不載荒政列，行粥自可月令遵。歲在甲子與乙丑，浙中饑民萬萬口。天子已詔寬租逋，中丞更奏施升斗。三十里一廠，一廠列萬籌。男子居左女子右，前者既退後者留。或老或幼或廢疾，妥帖位置分其流。雨風飄淋既無苦，婦孺蹴踏其何憂。天明遥聞煮粥香，十里五里行浪倉。十人五人相扶將，主者冠帶察視詳。分司事者左右襄，唱籌而進排兩廊。傳呼行粥先上堂，分曹各爲饑民嘗。輭如蒸酥潔如霜，有噲其餂萬口忙。萬腹已果神揚揚，歡喜不復知饑荒。此舉未行議紛起，事後方知事可喜。妙筆真應繼鄭圖，善政還堪補周禮。執事誰？部郎馬。佐者誰？舊尹華。中丞上體天子仁，大書特書示後人。有人則治法不治，不見硤石鎮頭惠力寺。

## 子夜曲

兩心如一心，美人未能信。願爲琴上徽，歡自分明認。
雙烟本一氣，香在爐中燒。願爲琴上絃，緩急任君調。

## 徐菊莊先生楓江漁父圖

楓落吳江冷，孤舟蓑笠翁。前身是明月，生計老垂虹。應召來天上，脩書入禁中。玉堂清夢罷，一笑五湖東。

## 鸎湖載月歌弔吴珊珊女史

澄湖空明天作底，孤蟾貼水飛不起。美人清影落鏡中，詩骨寒憑露華洗。此時萬夢酣紅塵，不知世有清吟人。推篷一笑看天際，亭亭素魄原前身。歸來淚落紅闌干，佩聲輕飛入廣寒。空餘寫韻樓頭月，還作湖心白玉盤。

## 雜詩二首

落花從春風，飄飖失所附。茵溷兩無心，汙潔觀其遇。松柏有本性，歲寒益貞固。芝蘭伍衆草，猶能葆厥素。人生如飛花，所歷改常度。馨穢皆偶然，升沉可勿懼。

晴嵐淡幽翠，雲水含空滋。流水有時盡，閑雲無定期。乍觸白石上，已過青松枝。天風吹不去，意與春俱遲。清暉能留人，世事了不知。冥心縱寥廓，塵網安能羈。

## 蔣文肅墨梅卷子

梅有真性情，宜放不宜束。梅有真骨幹，宜直不宜曲。宜野不宜城，宜山不宜屋。愈瘦愈精神，愈疎愈馥郁。世人愛梅花，多昧真面目。取勢必偃仰，選枝務蜷局。豈知人工爲，已失天趣足。柰何畫工畫，多狥俗眼俗。蔣公妙寫生，胸有萬冰玉。古法隨心通，春意信手觸。倔彊致橫生，不使一筆熟。變化枝交加，不使一筆複。筆外更有筆，奇趣溢方幅。畫中不似畫，生香可盈掬。初讀自記語，了了在心腹。點筆細臨橅，十不得五六。寄聲畫主人，催題無欲速。願乞一月留，不厭百回讀。把臂王元章，卻走陳道復。欲學楊補之，先從蔣西谷。文肅自號。

### 題華指揮存松園松爲其祖所植園以是名

到門一樹翠扶疏，道是高人手植餘。頓覺亭臺都入古，時聞風雨欲淩虛。龍鱗屢似神仙蜕，烏翼猶看子姓居。嘆息蔣園松偃蓋，兒孫無復識先廬。今言氏一松山房，前明蔣太守以忠日涉園也。

### 紅蘭

紅褎依然貯碧紗，天風裁翦楚江霞。湘妃幾點相思淚，灑作人間絶色花。

## 題隱園

只有秋雲綠幾堆，勝如無數好樓臺。玉山佳處足高隱，金粟道人疑再來。供養烟霞須老福，經營水石亦奇才。倪迂畫筆蕭疏甚，生面看君又獨開。

## 顧烈婦

轆轤中斷舊絲在，此井可改心不改。水能殺身完我名，求仁得仁從之輕。銅缾罷汲此深冷，行人來看烈婦井。

## 舟行紀事

野水荒涼浸短籬，東阡西陌浪漣漪。老翁百歲驚初見，真有桑田變海時。

邨落蕭條雞犬空，水田渾不辨西東。早禾晚稻齊漂没，尚有荷花得意紅。

## 秋興

自笑無端作此行，居然里長馬頭迎。四圍緑野成湖海，十萬蒼黎託死生。積穀已空官府貸，指囷應有里閭情。睦鄰本是諸公事，卻替哀鴻更一鳴。
沿門託鉢老僧如，猗頓家家欲閉廬。善政卻嫌苛似虎，災黎無柰苦爲魚。蘇張舌在愁空敝，稷契心勞願竟虚。一笑民饑何豫我，總緣誤讀十年書。
縱無風雨自凄清，高處看秋眼倍明。市糴方嚴商舶禁，官符猶放海舠行。澤鴻痛作波濤鬼，風鶴驚傳草木兵。大好江南烟月地，頻年容易過昇平。
北風獵獵卷空哀，滿目浮雲埽不開。萬里明駝重轉饟，百年閑客獨登臺。炎洲薏苡征軺入，西域葡萄貢使來。珍重美人千萬壽，南山遙勸紫霞杯。

## 秋夜理琴

秋氣滿天地，如何不鼓琴。萬聲空此夜，一爲寫予心。落落石欲碎，冥冥雲易沉。深林人不到，明月是知音。

## 獨步黃葉邨

夜半瀟瀟雨，開門霜月明。詩人踏秋去，長嘯與天清。鶴毳古松墮，琴絲幽澗鳴。雲中下山鬼，颯颯薜衣聲。

## 對菊雜感

貧似楊雄自解嘲，替人乞食彊吹簫。平生不作低眉態，當局翻看冷面驕。已歎無烟連井陌，漫猜餘瀝到簞瓢。黃花笑我輸陶令，五斗求人便折腰。

蕭蕭落葉下空林，萬戶寒衣急莫砧。宛轉僅存溝下瘠，拊循惟盼邑中黔。樂輸豈假追呼手，高義寧無緩急心。愁對寒花翻一笑，願天速變作黃金。

## 花月謠

花滿江，月滿江，花月映波俱作雙。花如人，月如人，兩情美滿江水春。春江變作葡萄酒，月正當頭花在手。春人嬉春年復年，鴛鴦只愛春江眠。願妾如春花，願郎如春月，常受清光照花窟。願妾如春月，願郎如春花，花枝捧月月倍華。花亦有時歇，月亦有時缺，與郎一心無斷絶。將花種在廣寒宮，將月挂在扶桑東。月雖晝而常白，花非土而自紅。沙棠之枻木蘭船，勝如乘槎上青天，從君此樂萬萬年。春花落復開，春月缺復圓。

## 聞諸故人秋榜報罷

秋氣樓臺罨莫寒，桂花香界雨摧殘。淮南雞犬飛騰易，江上魚龍變化難。啖後蔗梢同嚼蠟，望中梅子枉流酸。且須酩酊酬佳節，笑把金英仔細看。

## 馮仲廉贊

先生儒者，而好談玄。先生隱者，而豫興賢。其品内方，處物則圓。其志勇退，履道則先。文掉鞅乎廬陵，實繼軌乎震川。翱翔於文章之囿，絶意於孝廉之船。未除夫書淫傳癖之習，早謝夫周妻何肉之緣。人謂其離垢絶俗而仙矣，吾惜其立言希古而未充於年。

## 喜味霞至

船到柴門老樹迎，一身秋雨帶詩情。山經我住雲俱嬾，琴喜君來壁自鳴。舊識兒童顔盡熟，暫遊城市路偏生。年荒酒味清如水，愁對簷花且共傾。

## 味霞偕盛蘭雪孝廉大士及其子小霞下榻心青館合作冒雨訪友圖

諸君皆山人，來訪山中友。山中多白雲，無心自相偶。飽喫黄米飯，痛飲老白酒。果腹各訢然，濃磨墨一斗。初作澹峰巒，繼具遠林藪。小溪殊自佳，老樹亦不醜。忽然風雨來，烟雲筆端走。烟雲變滅中，化出千萬阜。不知何山頭，出自阿誰手。我屋在崖邊，君舟在溪口。圖中兩三人，亦不辨誰某。或云高房山，或云黄子久。一笑姑置之，且酌酒盈缶。

## 紀事

十行丹詔下天衢，頓覺窮簷菜色蘇。縱引江河難灌溉，何如雨露遍霑濡。原思爲宰休辭粟，鄭俠流民合繪圖。寄語種花賢令尹，受人牛牧要求芻。

## 殘菊下用前韻

傲霜骨相任人嘲，到耳如風自過簫。無米難爲新婦巧，有錢須讓小兒驕。婆心空託沿門鉢，枵腹惟看挂樹瓢。餓得人人比花瘦，邨莊見女盡纖腰。

野哭聲淒楓樹林，逃亡邨落少寒砧。卻聞豐稔連荊楚，更喜烽烟靖蜀黔。秋稅已寬十萬賦，宵衣還廑九重心。要甦民困須春熟，盼到黄花似散金。

## 伯兄獨立圖贊

頎然而長，卓然而立。玉貌春温，霜髯秋颯。昔官西江，如江之清。歷仕九郡，郡有政聲。量移汾陽，一刺沁水。來迎細侯，去懷趙軌。清矑閃電，能察秋毫。以憂去職，戴星而號。歸來一慟，遂枯兩目。杜門養痾，隱几寤宿。然而神識，淵渟益深。羅星於胸，運鏡在心。昔登宦途，不隨同列。今居鄉里，不附衆說。出則獨行，處則獨斷。事如蓬麻，方寸不亂。匪曰遺世，匪曰離人。特立樹操，以全其真。能全其真，以式後昆。

## 書楊忠愍公張夫人代夫疏

吉祥善事寧有此，夫作忠臣婦代死。事雖未成志則爾，一疏煌煌播西市。天河釣叟紫極翁，沉香葉冠翊贊功。燎原之火倒海水，小兒鼾臥東樓東。文管家，武管家，黃金鬻爵不肯賒。趙家兒，鄢家兒，白日鬼蜮行其私。除我殤，殺南塘。比翟方，殺同鄉。下有殺人子，上事好殺皇。椒山刺刺不曉事，十罪牽連二王字。一鸞已困況百鸞，風吹枷鎖傾城觀。竄張經尾取上旨，明殺諫官自此始。堯齋英明四海欽，殺人反快姦人心。幸遇鄒徐霹靂手，射倒高山射培塿。可憐一字不成時，二十七姬星散走。不見蘇綱息女代貴溪，兩家不愧忠臣妻。

## 書張江陵傳

相公隻手致太平，天子拱手稱先生。西開巴筰僰人拜，南征羅旁浪賊寧。猺人首級四萬二千築京觀，武侯銅鼓九十三面奏凱聲。朝中有此相，將能將兵相將將，九邊聞之悉膽喪。李成梁，戚繼光，聽公調度無張皇。二十萬衆解散如牛羊，十年相業國富兼兵彊。才大如天權獨擥，忌者欲言言不敢。大木纔看梁棟摧，羣兒遂肆蚍蜉撼。帝逐保，相公惱。帝營造，相公拗。帝意積不平，借公傾保來張誠。紛紛東之與李植，更遜奪情一疏吳中行。報先生，擢鼎甲。惡先生，奪謚法。大工既建初政衰，履聲橐橐申王來。

## 書明神宗光宗熹宗朝三案

論理須論徹，論事須論實。紛紛三案聚訟多，邪正爭持各有說。梃擊比專諸，移宮比武后，紅丸比之王莽酒。論雖持正實失平，未睹其事揆其情。戚姬縱有寵，欲圖立如意。應諷讓皇辭，或致房陵廢。如何隔著承華門，妄學莽何羅故事。惠妃求后封，李后挽帝回。韓琦厲聲呼，彥範正論裁。椒房未正婕妤號，安得章獻垂簾來？大通續年藥，柳泌換骨丹。憲宗躁怒武宗啞，無疾致死罪莫寬。固應亟誅李元伯，且合追論皇甫鎛。如何庸醫妄藥罪，遽作大逆進鴆看。致令宵小議紛起，別纂三朝稱信史。小人借題殺君子，牽合封疆一綱死。清流之禍多激成，黨錮白馬皆盛名。若非東林諸君過刻覈，安得東廠鷹犬逾縱橫？聖人不作，理如棼絲。我援往事，姑妄斷之。貴妃雖寵，后位久虛。國泰庸如，安敢易儲。妖人之擊，釁由妖書。選侍咄咄，意挾光宗。匪覬垂簾，乃憤停封。牝雞宜戒，盍少從容？從哲護短，薦灼庇灼。盾不討賊，止不嘗藥。王金已事，咎浮罪薄。我定爰書，當乎曰諾。

## 詠錢

一火陰陽鑄月輪，青雲化作滿鑪春。權能厚俗還澆俗，力可生人又殺人。翦紙半張堪役鬼，傾囊十萬便通神。矯情卻笑王夷甫，不許牀前阿堵陳。

纖纖指甲印唐宮，珍重開元半兩銅。萬選易爲張學士，一文難借尉遲公。坐牀撒去圍新婦，壓歲分來躍小童。莫怪河間窮姹女，終期雙手數匆匆。

爲伊顛倒六經抄，誤把周詩别字教。無藥可醫和嶠癖，有神難解魯褒嘲。富家一箇如山重，蕩子千金作浪拋。窮到橋頭人賣卜，三文也要拆單交。

外圓何事内須方，内若圓通易罄囊。爲汝一生無少暇，有人臨死尚深藏。尊崇合諱稱王老，輕薄何容笑沈郎。榆莢偶偷輪郭樣，隨風也想上天狂。

相逢世上半蕭宏，屋屋黄標願未盈。散去一簪安得著，積來四壁盡將傾。明知有汝身爲累，其柰非兄勢不行。堂下偷看堂上客，沛公錢萬吕公迎。

田田荇葉水漂沉，夢想三官作上林。爲物最嫌人慷慨，有緣偏享福奢淫。戲憑一帖從天借，癡欲雙鍬掘地尋。任是兒童纔上學，箇中四字蚤關心。

三朝墮地便應知，記否金盆洗浴時。百事爲伊都忍耐，一籌常自費操持。人非善射爭穿眼，豹至亡身尚惜皮。兩手不將通寶字，市頭休想看西施。

讀到羣書富五車，孔方先遞絶交書。慣堆多處推難去，彊覓來時蹟易疏。儘罵一文程不識，誰分百萬馬相如。學成半箇窮劉毅，只是家無儋石儲。

飛鳧入手氣飛揚，隱隱牛聲出後堂。任爾毅顏看便解，得君難事儘堪商。敢嫌崔烈銅餘臭，能使彭孫足亦香。莫向夢中磨滅盡，卻聽鼯鼠數空梁。

橫財六六鑄偏爐，面有銀光點墨無。子母兼權關我命，傭奴看守任人呼。一方鵝眼鬚眉展，萬里蠅頭骨髓枯。聞道神仙須買路，死留一貫在壺盧。

## 補詠小錢

南來幺幼儘通流，磨鉛裁鉛更效尤。風起直愁飛滿縣，身輕正好上揚州。貧能致富千鑪易，官不嫌私一禁休。癡絶會稽劉太守，當時只選大錢收。

## 情箴七首

盤古鑿混沌，鑿成有情天。雙丸跳不息，晝夜相周旋。情有滲漏處，媧皇補其穿。情有欹闕時，宓羲規之圓。理以情爲輔，情實居理先。才以情爲使，情至才乃全。情者萬物祖，萬古情相傳。孩提不學能，聖王以爲田。

美惡至無準，惟情所軒輊。好尚雖不同，用情有各摯。兩心果相悦，凡質皆先施。素意苟不屬，姱容亦仳倠。勿笑嗜昌歜，勿哂嗜羊棗。情只患虚僞，而不患顛倒。欲求情得正，先制心勿偏。美人好必妍，聖人好必賢。

惟情至無量，深淺不可測。惟情至無形，真僞不可識。真者澹而遠，不在聲與色。僞者甘以醲，易使人見德。或受一勺水，誤以蠡測深。或被千頃波，眡爲牛蹏涔。睹影不睹心，指迷安得鍼。不懼人負我，懼負我知音。

巨木易生蠹，深情易生疑。同心無彼我，責報必過施。彼嫌木桃薄，我訝瓊瑤遲。恩意不分明，中道多暌離。欲使無暌離，寧以禮自持。至樂聲必希，元酒味必醨。河鼓與織女，頻頻無愆期。惟其不相見，是以長相思。

名花對俗流，好書置高閣。美人嫁邨夫，駿馬供力作。於我絶無與，慘慘心不樂。况屬休戚關，寧不感離索。急讀聖賢書，庶幾膏肓藥。開卷卽論仁，濟衆務愛博。此生如春蠶，苦受情束縛。豈不求退身，所恐成繭薄。

或勸我學佛，刪除衆情魔。豈知禪悦味，牽引情益多。無情曷慈悲，低眉度恒河。無情曷歡喜，微笑拈藹瑳。聲聞大迦葉，金鑄跋陀羅。總持慧阿難，咒攝摩登伽。三乘悟因緣，兩字意云何。因是情核芽，緣是情繭窩。

無情莫如鐵，磁石能引鍼。無情莫如石，翡翠能屑金。五行有生克，物理相制服。矧此血肉軀，本以情感觸。子卿鐵石心，乃生胡婦兒。阿瞞大奸雄，乃贖蔡文姬。在我則爲情，及人則爲仁。世有理外事，斷無情外人。

# 和道華詠史

## 文君

當壚滌器兩風流，一曲琴心是蹇脩。青眼竟能憐犢袴，白頭猶望占鸞儔。難消夫壻閑居渴，足洗王孫過市羞。臉際芙蓉眉際黛，不因放誕不千秋。

## 文姬

塞草萋萋邊馬鳴，自吹蘆葉當銀笙。一身轉徙成三姓，十載飄零過半生。名父可憐無後嗣，奸雄却喜有深情。遺書枉出纖纖手，未及班昭續史成。

# 天真閣集卷十七　詩十七

## 旃蒙赤奮若（乙丑，一八〇五）

### 胥江與仲瞿話别

一鞭同出九華門，不分春明卷復温。逃學兒童重上學，離婚老女再求婚。驢灰五色心知味，鴻雪三秋爪有痕。珍重萬年橋下别，靈巖山影也消魂。

### 家補雲孝廉晉灝楓江送别圖

一聲風笛思縱横，把酒看山酒罷行。出處吾曹關氣運，文章從古借科名。野梅落月連宵夢，官柳如雲夾道迎。回首楓江千尺水，此中何限故園情。

## 舟至丹陽水淺不得進同子偘作

千檣萬艑太紛紜，兩岸青山又夕曛。一枕且安鷗鷺夢，四圍誰領鸛鵝軍。人間去住風行水，天下英雄我與君。會看桃花春浪煗，片帆飛破大江雲。

## 題高旻寺塔憶數歲時過此閱三十六載復尋舊游

綠楊幾樹綰行舟，重叩招提認舊遊。絶頂風雲通帝座，下方烟月瞰揚州。何郎詩句空千古，杜老登臨反百憂。三十六年鴻迹在，諸天招手喚閑鷗。

## 淮南道中

日落清淮水亂流，桂林何處小山幽。神仙只要黄金鑄，雞犬都看碧落遊。手版横腰天女笑，牙門拒客八公愁。何時甆社湖中月，飛上清光照九州。

## 泰安道中

歷碌車聲殷怒雷，參差亂石怪雲堆。女媧無力墜於此，秦政有鞭驅不開。骨散思教菩薩鎖，頭低難學丈夫擡。僕夫路熟身輕慣，蹩躠惟嫌馬不材。

## 雨行和子偘韻

雨洗沙明雪走溪，溼雲橫斷路東西。蒙頭且作車中婦，枵腹偏聞午後雞。石碾雙輪磨日月，山分兩界畫燕齊。上林此去花如繡，歸夢休聽杜宇啼。

## 寓齋海棠盛開花下同子和

記得君家開北堂，紅情爛漫鬬春光。何期烏帽黃塵底，重睹紅紗翠袠妝。好景每教思往事，名花偏值在他鄉。故園如此芳菲節，扶杖何人看夕陽。

## 白丁香

憑闌一樹月朦朧，看似梨花卻不同。不信胭脂空北地，可憐冰雪耐東風。塵邊心迹難移素，老去春情欲洗紅。我有閑愁方百結，那堪相對客窗中。

## 宋宫團扇歌

上鈐鳳閣之寶，玉璽左有紹興小印，右偏有安麓邨印。麓邨，賈似道門客也。繪田家景物絶工，逼真宋畫苑中筆。當是高廟時御用之物，後以賜賈，遂爲其門下所得。絹質堅厚，歷千餘年如新，惟色稍殷耳。子和以四金得之廠市，邀予作歌。

團扇流傳宋時久，翦雪裁霜絹不朽。秋風冷落一千年，明月依然落人手。可憐扇作月輪圓，不比金甌闕半邊。輪罷歲繒三十萬，零紈賸綺尚鮮妍。水田幾稜清溪繞，誰寫南朝風景好。翦取杭州作汴州，西湖自大朝廷小。君王避暑幸離宫，玉柄輕搖水殿風。不知羽蓋雲屏下，何似冰天雪窖中。咸淳宰相尤兒戲，内家法物何年賜。輕褻偏教狎客攜，玉璽猶鈐紹興字。一戰荆襄百事灰，半間堂上月徘徊。涼風未報秋蟲死，冷露先驚白雁來。南渡風流賸如此，中邊猶拓澄心紙。可惜如珪有玷存，麓邨一印難湔洗。我朝仁風被八埏，不求古物惟求賢。寧教零落波斯市，敢逐南薰進御筵。

謝薌泉侍御振定楊蓉裳農部張船山檢討潘紅茶編脩恭辰蔡浣霞儀曹鑾揚約同志四十人於三月十八日陶然亭燕集予以風雨不克與因成兩詩報謝竝簡座中諸君子

風雨雞鳴感索居，六街泥滑水成渠。盟鷗儘許忘年契，走馬空傳隔日書。客數公榮宜不飲，人疑方朔出無車。平生幾兩游春屐，已是花間一度虛。

烟樹亭林悵淼漫，諸公高會捧珠盤。道關風雅天應忌，人判雲泥合本難。曲醼定傳爲故事，後期誰續此清歡。西窗一硯梨花雨，翦燭題詩只自看。

法時帆祭酒席上展閲瀛洲亭圖輒題其後

一帆飛渡到蓬萊，從此仙凡始脱胎。百六十年科目在，幾人不負此中來。

書查初白中山尼詩後

詩爲先生遊黔時作，所指似宋荔裳女。翁覃溪侍郎據北平王景曾《宋公墓志》及公行略，證其非是。其言曰：《漁洋集》中有『不得荔裳妻孥消息詩』〔一〕，在康熙十九年庚申之春，而荔裳殁於京師，在十三年甲寅。《墓志》云：公北上時，眷屬數十口滯蜀，瀕死者屢矣，卒獲歸，無一散失者。蓋在公殁八年之後，而漁洋作詩時未之知也。初白此詩作於二十一年壬戌，是時宋公眷屬已歸矣。又據《行略》云：女一，適廩生王成命。與初白所敘，似不相應，慮其流傳既久，爲荔裳身後一恨事，故詳考其實，而具著之。余細玩詩意，初白蓋寄慨於六詔班師情事，非專詠中山尼，尼之爲宋女與否，固不足辨。而覃溪兢兢考論，要不失風人忠厚之旨。予故兩是之，爲作是詩。

作詩良復難，讀詩亦不易。悔翁昔詠中山尼，此事分明爲誰記？首爲著閥閱，次及女生平。中間敘喪亂，世事方縱横。貴家巨室且如此，高官不庇一女子。勿論是宋女，勿論是萊陽。但聞滿紙悲啼聲，天荆地棘皆鉤傷。悔翁目擊此情事，下筆撰述殊蒼黄。當時不識宋荔裳，寧不一證王漁洋？覃溪老人真好事，博采旁徵略與志。莫言海印真爲尼，特表羅敷自有壻。蔡女飄零何足問，九原欲釋中郎恨。但得詩人忠厚心，便翻前案皆名論。此詩本記滇池平，詞旨可惜難分明，何不一唱班師行？

【校記】

〔一〕『妻孥』，光緒本作『妻子』。

## 春榜放後作

泥金帖子耀春屏，注定文昌第二星。省試、會試俱列第二。泰岱未嫌居次嶽，惠泉何必望中泠。事傳天上誇仙詠，上諭廷臣今歲進呈十卷，文理俱勝。名愧人間算佛經。獨對東風轉惆悵，舊袍遲換十年青。

禮部飲宴歸作家書寄内

陌上年年盼兩眸，今番應得放眉頭。無由割肉誇聞喜，且免抽豪賦遣愁。噉餅尚勝牙雪脃，看花敢逞眼風流。寄君一語君應笑，竝未醉眠何處樓。

四月廿一日對策保和殿恭紀

觚稜高捧日曈曨，黄紙宣題出禁中。一字動關天下計，萬言誰得古人風。危辭祇恐劉蕡騄，流涕寧忘賈誼忠。十載讀書先養氣，敢將憤激進堯聰。

廿七日恩賜白金表裏恭紀

金繒捧出五雲邊，小草欣霑雨露鮮。頒賞非由交趾賂，度支纔判水衡錢。銘鐘事業期他日，補衮勳名愧昔賢。楊震莫金胡質絹，矢將清節玉墀前。

## 五月二日勤政殿引見館選恭紀

禁門曉樹排仙仗，秘殿薰風拜聖人。未敢舉頭瞻日月，已同躡履上星辰。身霑玉座香烟近，名荷丹豪點注新。愧乏上林能賦手，便令簪筆號詞臣。

## 十五日翰林院宣旨臣原湘名在第十九

黄紙宣除下紫宸，瀛洲恩許躍凡鱗。三千水弱迢迢路，十九名低碌碌人。學士畫圖添不得，院廳杯酌例堪循。只愁花凋江郎筆，依様壺盧倣未真。唐張說院廳燕會謂諸學士曰：『聞高宗朝，脩史有十九人。』時長孫太尉以元舅之尊，不肯先飲，乃取十九杯一時舉飲。

## 自題畫梅

自是瑤臺第一籌，香清骨瘦太風流。任他花史閑評泊，紅紫紛紛壓上頭。

耐盡霜欺又雪摧，不曾借力煖風開。誰從玉性瑤情裏，寫出稜稜鐵骨來。

## 送李明府書吉出宰粵東

李侯意氣本縱橫，六月炎暉匹馬征。爲宰十年將白髮，長官百里有蒼生。雲横銅柱連烽影，月冷珠江墮雁聲。君去種花先薙莠，好憑籌筆報昇平。

對牀明月對銜杯，忽漫驪歌馬上催。五瑞慢誇高固像，一琴先上趙佗臺。海疆浪息鯨鯢徙，蠻俗風清蚌蛤回。莫寄荔枝三百顆，年年祇盼尺書來。

## 送族姪星衙之粵東

我來自初春，汝來自初夏。握手道平生，聯牀共清夜。事我頗敬恭，年紀實相亞。同枝本情親，孤懷況旅舍。晨興告我别，遽命粵東駕。遘此長夏炎，如何短轅跨。迢迢五羊城，風鶴正驚怕。京洛苦緇塵，旅食太閑暇。蠻鄉紛瘴雨，輕身此遊乍。依人計可憐，欲罷豈得罷。

汝來自初夏，我來自初春。丹榴既開落，又見芙蕖新。遽愴離别懷，萬里誰相親。得官豈足飽，爲客寧救貧。昨來故鄉書，大水連畦畛。斗米六百錢，兩家甑生塵。墟落久烟斷，途有强食人。汝游頗孟浪，我歸亦逡巡。我親年七衰，汝親年八旬。努力念春暉，各保遊子身。

## 得瞿生紹堅還鄉消息卻寄

一紙瑤書寄遠天，江湖歸夢已翛然。偶通鳥語原非罪，被诼蛾眉越可憐。人世無如將母樂，龍門儘許著書傳。季鷹早有蒓鱸興，只等秋風下水船。

## 聽鸝圖

綠陰選得最高枝，偷眼看人側耳時。寫出聽翁真意趣，詩人聽鳥鳥聽詩。婉語間關百囀清，隔重花葉倍分明。人間多少箏琵耳，別有池塘鼓吹聲。

## 戲題瞿菊亭孝廉頡紫雲迴樂府

撲朔迷離久亂真，還他本色轉翻新。特爲菊部開生面，卻遣梨園自見身。叔寶羊車香入市，鄂君翠被熌生春。憐君脫盡陳窠臼，纔有當場動目人。菊亭自題落卷云：『慙無牛鬼蛇神筆，那得當場動目來。』戲用其語。

## 桃笙二十四韻擬韓孟聯句體

美箭不成笛，巧匠編作笙。土貢致楚産，方言辨吳傖。左思賦親寫，韓愈眥願傾。絶勝象牙製，頗混鳳管名。裁量竹榻稱，打疊筠筒盛。未開撲涼爽，傳看誇纖輕。脆殊黄琉璃，滑訝緑水晶。滿眼無瑕疵，通體惟澄泓。纖皮溜雨漬，細辮凝霜并。龍鱗氣慘慄，蛇腹紋纏縈。在泠安見長，當暑方施行。四角體端正，萬條理分明。埽除奴子喜，光彩兒童驚。春花隱可按，秋水鋪乍平。觸手滑不留，倒身眠已成。如浮湘波上，疑聽風漪聲。體貼愈可愛，轉側俱有情。得此颯爽力，反恐炎曦更。洗滌本自勤，塵垢何處生。八尺碧天淨，一方青玉瑩。小兒膚細膩，高人節堅貞。蚤蝨自遠避，蚊蠅敢争營。卷舒可小大，展布任縱横。願陳廟堂上，長奉皇居清。

## 金蓮花

五層臺見五層霞，臺上重臺發異葩。直是布金成世界，非關祝鉢涌蓮華。仙人一掌承清露，學士雙燈撤絳紗。自奉宸游歡賞後，赭袍分染玉皇家。

## 雜憶寄内

賣冰聲過小胡同，隔院燕脂返照紅。我是五湖鷗鷺長，自温清夢水雲中。
鄉書遥憶路漫漫，幽悶聊憑鵲語寛。今夜合歡花底月，小庭兒女話長安。
隔牆笑語送燕姬，卻憶妝臺坐對時。手爇鷓香吟字母，齒音清脆帶京師。
觀音齋過罷燒香，白小登盤潔似霜。忽聽輕雷塘外起，食單新忌報廚孃。
如星黄月暗房櫳，怕上銀鐙一點紅。小朵鬘華香沁骨，謝孃頭上過來風。
年時相約拜雙星，小扇輕衫倚畫屏。嬌女唐詩新上口，夜涼先背阿孃聽。
料應錦字付瑤梭，摺向雕匳一月多。半角銀灣雲抹斷，夜明簾底注横波。
秦家風調竇家情，苦爲離鄉太瘦生。閑坐玉堂歸不得，悔教風引到蓬瀛。

## 洗硯圖爲子和作

紫雲一片簇龍鱗，日喚奴星滌濯頻。守黑漫誇如老子，洗心纔顯是端人。雪溪可愛宜休沐，墨海能澄見性真。安坐西曹書判罷，冰襟與爾共無塵。

## 六月廿四日梧門祭酒招同謝薌泉侍御楊蓉裳農部鮑覺生宮允桂星吴蘭雪博士嵩梁徐星伯庶常松遊積水潭觀荷放歌示蘭雪

瀰瀰渺渺水似天，搖搖曳曳車似船。蕭蕭騷騷葉似雨，隱隱約約花似烟。我來長安揮玉鞭，看花只解春風顛。黄塵滿眼苦不耐，遥思歸去滄江眠。昨宵夢乘一葉蓮，吹簫濯髮爲飛仙。醒來先生恰招我，驅我故鄉烟水置眼前。白鷗飛飛宛如夢中識，只少花外幾曲菱歌傳。清風吹人沁肌骨，碧天有界香無邊。我非逃暑暑逃我，白日如月當秋縣。安得一船横盪花四壁，卧看花神弄月如珠圓。坐中吴郎色自喜，踏月看花幾度矣。不知是月還是花，一片空明色香裏。三更四更爲花起，五更蒼茫月墮水。滿天風露不肯歸，願抱清香爲花死。吴郎有此真性情，宜爾詩思徹骨清。偶然落筆欲仙去，紙上拂拂花香生。蓮花博士稱爾名，意氣兀傲凌公卿。鑑湖賀老薦不得，頭顱照水愁雪明。吴郎對我笑拍手，那知此事且飲酒。但須種蓮滿湖酒滿甌，與爾同輕萬户侯。

## 平叔弟爾準邀遊尺五莊小飲

略帶江南意，詩情便爾生。野花脩近水，小雨勝初晴。客久始知趣，歸遲猶嬾行。新涼且深酌，六月有秋聲。

## 獨坐

獨坐偶不適，時還思誤書。人情隨物變，天影共心虛。無累須奇福，能閑卽隱居。青天雷隱隱，多少貴官車。

## 寓齋卽事

小庭疊石仿煙嵐，人海幽深古佛龕。一雨苔花青亂灑，年來風氣似江南。

溼天涼影弄晴霞，畫出清秋景物嘉。删卻半庭書帶草，小紅新茁數叢花。

## 有寄

歸期原約海榴開，辜負菖蒲泛酒杯。京洛一官如客繫，故人千里少書來。閨房最妬明誠福，弟子終慚逸少才。料得水晶宮裏事，玉臺雙笑話金臺。

## 送子和比部扈蹕奉天

人生何事最快意，貴後重經舊遊地。況在勾陳豹尾間，山川雲物皆新氣。君昔東出山海關，相如作賦詞斑斕。先皇駕幸舊豐沛，稽首拜獻瞻龍顔。回顧從官慎遴選，煌煌文綺中官頒。是時先君治郡事，喜覩快壻蒙恩還。一時賓從盡相賀，絶勝滕王閣賦誇子安。二十八年事如昔，當時少年今髮白。羨君簪筆登玉堂，復入畫省爲曹郎。去年賓興慎主試，君奏寶殿詞鏗鏘。天子曰咨汝臣燮，汝持玉尺衡豫章。歸來奏對尤稱旨，聲名奕奕垂巖廊。今年龍飛正十載，上陵盛典遵先皇。百官羽林悉陪從，君以秋憲參班行。遼東父老扶杖來，昔時書生何壯哉。重登遼海亭，再上僊人臺。千年老鶴舊相識，亦復盤空囀唳而徘徊。若過清風司馬署，尚應認得題詩處。雪泥鴻爪豈偶然，至今粉壁紗籠護。駿驛屬車定有詩，一洗寒瘦書生辭。采風倘及州官政，揭取羊公峴首碑。

## 吴兼山參軍來都謁選出示見懷之什次韻奉酬

百年何苦盼腰金，我愧名山入未深。一品官場同傀儡，九遷宦海總浮沉。吏堪充隱除仙尉，豈可爲郎賦上林。手版足韝京洛道，詩人未了濟時心。

## 九鐵僧寮與兼山秋語

豪絲哀竹近中年，過眼春痕水上烟。一窖黄金新鑄佛，半牀青史小游仙。引人入夢偏胡蝶，勸客歸田有蜀鵑。暢好尚湖秋萬頃，幾時同上釣魚船。

驅卻青蠅百事宜，石幢松影下罘罳。客磨詩裏花同瘦，秋到人間佛不知。萬葉盛衰先有信，一蟬哀怨總無私。紅塵白社雙青眼，如此相看得幾時。

## 再過九鐵僧寮拈前韻

秋光如此送流年，舊夢零星拾墜烟。無藥可醫天下俗，有金難買地行仙。冷官暫住同秋燕，岐路思歸託杜鵑。身到蓬山成一笑，幾曾真見藕如船。

談既縱横默亦宜，冥冥秋氣隔垂罳。一身小疾閑方覺，萬事先機静始知。地僻塵沙終易埽，樹高雨露亦多私。他年走馬應官去，記取焚香坐隱時。

## 秋懷

如此紅塵裏，秋聲不可聽。晴光仍爛漫，生氣奈飄零。得意花如醉，無言石自醒。長安黄葉滿，幾樹是冬青。

## 聖駕東巡盛京祇謁祖陵禮成恭紀擬古樂府十章謹序

臣伏見皇帝陛下宅位十載，參天貳地，握符闡珍，覲列聖之耿光，造億祺之樂闓。旁作穆穆，旦明不寐。率祖尊親之烈盛，憲章稽古之政脩，勝殘去殺之化成，懷保綏靖之惠浹。厥濡仁涵義者，八紘沉潛，四澥濯沐，殊鄰疏族，貢珍偕來。皇帝迺念惟祖宗肇邦受命，佑啓我家，用能累熙洽承顯懿，蹀躞軒庖之場，欱吐姚姒之響，思有以崇德報功，推恩錫類，上答列祖在天陟降左右之眷，下省臣民政俗律度量衡之同。維秋七月，時邁於東，展事三陵，纘舊服也。宸儀邃穆，愛慤咸致。洞洞乎！屬屬乎！禮備樂舉，清寧象昭。還洀陪畿，班朝賜酺，達孝所曁，萬禧畢從，卓哉煌煌，繼述之德，跨轢亘古。至於所過，升柴肸蠁，蠲逋減租，懷柔百神，諴和億姓。所以運化權、垂軌物、篤祜承慶、經綸萬樞者，尚數十事，雖雅歌《生民》，頌奏《清廟》，曾何足方喻盛典，對敭閎休？顧臣軽薄，遭遇徽禮，仰睹聖上淵沖默運於兩京山川城郭，以及臣民庶物，珥節諮覽，低徊不忍去，默契累世開疆拓土方正肇域之駿烈，追懷前寧譽髦思皇惠懋敉寧之大勳，卽事摛吟，往復諄諭，以式明訓，以迪丕丕基。臣誠不自揆，輒欲覃精涸思，宣昭鴻業，竊稽古樂府所載，有《重來》、《上陵》二曲，藻被金石，爲漢上陵食舉樂府。夫炎劉已事，德不稱禮，而相如、子雲、孟堅之徒，猶遠希猗那濬哲思文之什，以馳騖往牒，震曜緜祀，矧臣恭逢聖哲，罜罜之私，等於蟲鳴階砌，不能自休。謹采古樂府譜調有合者十章，仍其舊目，著爲新聲，未敢謂發揚庥光，傳示無極，竊附簫工之末，謬續康衢之謠，庶令傭孺轅童，諷詠流播，冀有述於萬一云爾。謹再拜稽首以獻。

初秋撰辰，發軔畿甸，順乾行，循彝典也。當《練時日》。

練時日，開瑤閶。霱雲麗，羲輪黃。駕雕軫，六驌驦。揚金鍐，拖玉瓌。蔭華蓋，建太常。風清甸，澍灑疆。招搖指，析木鄉。大瀛絡，高山防。衢尊設，豐年穰。金根車，豫且康。

駕至興京，朝鮮遣使表請起居，德威遐暢，文軌大同也。當《應聖期》。

應聖期，六服至，樹頷吹蠡東國使。微臣表請陛下萬萬歲，鼎大可觴永錫類。皇帝曰咨汝東藩，世脩汝職永勿諼。榑桑煜爚光被新，鯨波漭蕩恩無垠，沐日浴月瞻聖人。

三陵展禮，備物升馨，隆報本，光孝治也。當《絜誠》。

孝孫絜誠，閟宮伷兮。於皇列祖，詒謀翼兮。瞻仰永陵，啓運蒼蒼。肇基王迹，豳居允荒。瞻仰福陵，天柱岧嵽。天作高山，岐陽式廓。瞻仰昭陵，隆業龍嵸。此維與宅，豐垣攸同。孝孫涖止，既匡既敕。有穆其容，有愴其色。於萬斯年，瞻依何極！

列聖造邦，謨烈懿爍，川原勝迹，諮覽靡遺，溯開基，永敬承也。當《聖人出》。

闥門潭，聖人出。薩爾滸，王者烈。松山杏山風雲屯，十三勍甲照耀東海暾。小白怒奮，大白如追奔。思王業，王業殊艱難。守成永固苞桑安，神榆之樹奕葉真龍蟠。

兩京風俗之美，德産之富，甲於四瀨，鑾輿循覽，采《豳風》，圖無逸也。當《時邕》。

民熙熙，時邕邕。白山之西凌河東，京闕相望冠蓋從。何以禦寒貂鼠襦，何以飾屨烏拉魚。五椏之葠徑寸珠，天珍地寶無時無。帝曰咨汝民，念乃祖父力。呼蘭以爲炊，霞綳以供織。先皇絑衣革鞜始開國，予與爾民共寶此儉德。

御盛京崇政殿，班朝錫宴，大和會也。當《嘉胙樂》。

錫嘉胙，班朝儀。羣臣奉爵上壽，聖人南面而受之。十亭前，二木下。舞角觝，奏需雅。羽琌大賚光院錢，騎將車湊窮芳鮮。璆縣琄朱鏗以宣，在鎬愷樂頌萬年。

望祀神山，北鎮東溟，咸秩懷柔百神也。當《帝臨》。

不咸高山天所作，醫閭渤瀨左右相環絡，脈延龍氣蜿蟺而磅礴。神京拱衞億萬年，長男鎮位扶坤乾，青牛白馬沃酹虔。旃蒙歲，帝親臨。溟不波，山爲霖。百神趨，咸受職。視公侯，廟翼翼。

乘輿親奠功臣墓，其餘懿親勳戚，分遣祠官往酹，勸有功也。當《象功舞》。

名世際會風雲開，英姿颯爽酣戰來。精靈返箕尾，毛髮圖雲臺。焫蕭艾，酌醪醴。崇有功，詔佑啓。佑啓爾後人，象賢如先臣。銀潢下注作霖雨，長白世世生甫申，國家之寶惟仁親！

推恩行慶，澤溥岐豐，廣錫類也。當《昭慶》。

湛露降，昭慶長，混同鴨緑同汪洋。黄童白叟頂爇香，帝之來兮滋蕃昌。龍旂返兮雲飛揚，懷吾民兮覲日光。咨爾父老兮殷予望，予永眷兮維梓與桑，珊鉤磁甕茀祿枌榆鄉。

鑾迴告蕆，格廟受朝，奏天儀，慶禮成也。當《宣受命》。

鏗鯨魚，發華鐘，帝車迴杓臨紫宫。卿雲糺縵曦曈曨，秉鬯太廟格祖宗。開明堂，羣瑞輯。從官賜，爵一級。所過州郡蠲貸助〔一〕，不給太史簪筆書。

【校記】

〔一〕『助』字疑誤，據韻，疑當作『租』。

## 皇帝十載秋七月逮於十月之吉大禮告備孝治允洽聖繼聖哉神人慶哉宣受命哉又恭紀七律三十首

王迹開基肇大東，文孫堂構邁家風。十年宵旰重熙集，四海車書累譯通。清廟已看隆孝治，丹陵猶復壓宸衷。一人纔動松楸感，早合歡心萬國同。

報本常懷祀肅雝，每於霜露動天容。粢盛隔歲占郃稷，榱桷頻年仰景松。多士習儀鵷鷺序，祠官備物犆犉供。瑤緘典禮精誠甚，丹詔前期戒秩宗。

天作陪京勢駿厖，九秋雲物盼鸞幢。虞巡八月頒新令，周室三分溯舊邦。豳館造舟歡已動，越裳遵軌氣先降。山川喜奉宸遊近，瑞色晴開鴨緑江。

神畿輦道儘倭遲，飾路填街俗阜熙。望幸盡歌王豫諺，赴功爭詠子來詩。桑乾効順知河伯，榆塞清塵得雨師。大吏視塗頻入告，彩虹影裏竚鸞旗。

奉先神殿啓瑤扉，鑾馭親辭寶篆緋。六合有秋材貢集，八方無事羽書稀。岐豐作邑貽謀遠，河洛巡行踵武巍。鳴玉慈宮琱仗列，依然出告向庭闈。

紫禁鐘鳴發軔初，秋烟五色捧宸輿。龍池寂静無張樂，豹尾森嚴少後車。震肅千班鏘劍佩，康莊九達擁麾旟。皇心此去先齋祓，湯網周畋一例除。

黄麾紫蓋引前驅，衛士持輪夾道趨。碣石一峰朝御幄，灤河雙鯉獻天廚。披章乙夜還勤政，省斂丁男盡減租。龍塞秋光雖絶勝，聖情原不爲遊娱。

榆關紫氣挂晴霓，颯爽金飈入馬蹄。海亦來朝三島近，山如迎駕萬峰低。日華結彩成王字，草木生輝待御題。一路天顔先有喜，古風淳樸見羣黎。

興京雲樹鬱葱佳，翠罕華旌駐玉階。外國使傳朝請表，陪都官遞職名牌。地盤河緑重城繞，天削峰藍萬笏排。陟巘降原真氣在，觀風皇澗愜宸懷。

啓運巃嵸饗殿開，翠甍丹桷煥枚枚。百靈呵護徵祥發，四祖憑依福禄來。樹獻珍符聯若木，山封顯號接中台。龍旂此日親承祀，瑞鼎光昭徧九垓。

巍峩天柱接穹旻，閟殿森嚴衛百神。遥自渾河鍾聖哲，遠過白水起真人。九邊勢拓周京大，一旅師遷郟鼎新。威德武功隆報饗，福陵錫福永千春。

文皇駿烈邁周文，史頌重華繼放勳。勍甲臨關籌睿略，威弧出塞蕩妖氛。秋風石馬開鱗甲，曉日山龍散麝芬。拜埽躬親松草茂，仰瞻隆業瑞氤氳。

大饗重開寢殿門，馨香嘉薦奉瑤罇。盛朝禮樂唐虞上，原廟衣冠項嚳尊。周頌一篇純嘏祝，堯廚三日大酺恩。鉤鈐織女星同朗，六幕羣歌有道孫。

宗臣開國際艱難，圖寫雲臺奕禩看。褒鄂至今毛髮動，伊周當日股肱殫。酌勳鐘鼎酬橫草，配祀烝嘗薦紫蘭。封域更勞親賜奠，一時感激徧千官。

極天長白渺躋攀，柴望精誠祭告頒。虎踞龍蟠諸嶽小，乾維坤絡兩京環。神漿曉薦金莖外，仙霧秋開碧漢間。億載皇基磐石固，周岐應愧頌高山。

崢嶸雉堞靄祥烟，時邁周京駐澗瀍。薩爾滸推開統大，鄂多里紀發祥先。千春瓜瓞緜陶穴，萬井桑麻慶甫田。親御鳳凰樓眺望，地靈精彩煥山川。

清寧宮殿鬱岧嶤，銀棟珠題燦斗杓。蒿柱豐隆思大武，松雲光被溯神堯。中天雙闕規模迴，東海三關控制遙。尊履蒸蒸承燕翼，金甌永固萬靈朝。

漆沮風土犖桑苞，法喇威呼徧近郊。漿獻施函原好禮，符占帕格當觀爻。額林作几陳行幄，賽斐調羹奉御庖。午夜霞綳同列炬，天章勅取豁山抄。

橋山餘慕企神皋，陳設天球共赤刀。舜玉延禧瞻鳳采，軒弧燮伐緬龍韜。紹聞默念求衣切，睹物彌欽作室勞。載撫杯棬彝器重，豐功儉德仰天高。

崇政宏開寶殿峩，祥烟繚繞護鑾坡。十亭待漏傳青瑣，五部趨朝聽玉珂。喜覩龍顏霄漢近，恩承鳳詔露華多。神絃奏罷生民頌，八伯還賡喜起歌。

舊畿六日駐鑾車，鵠立藍袍迓翠華。東國聲詩追漢代，西京鐘鼓邁周家。帛頒内府雲霞燦，額廣圜池雨露加。豐芑由來文教盛，環林爭放筆端花。

皤皤黃髮覲龍光，冠鹿扶鳩拜道旁。曾見高皇臨沛邑，又瞻車駕幸南陽。三多競效康衢獻，二算均頒御府藏。柏露芝英同壽宇，不緣神爵賜嘉祥。

顯相雝雝告慶成，盛開嘉宴錫公卿。鳬涇爭受來寧福，魚藻方歡在鎬情。象服千官承饜飫，爻閭百戲備昇平。陋他漢帝歌風日，草草新豐置舊京。

禾稼如雲玉軑經，烹葵剝棗俗盈寧。千箱恰慶年豐屢，百室還邀歲賦停。豈有秋豪煩蔀屋，頻施春澤徧郊坰。隨行自有龍眠手，好繪豳風上御屏。

羽林頒賞荷頻仍，優渥恩波大小凌。防戍正嚴千里燧，酬勞寧惜百匳藤。士心倍奮貔貅勇，帝德猶懷犬馬能。手捧雪寒錢賜目，歡呼萬歲徹三陵。

墨池晨露似珠流，行殿幾餘寶翰留。日月文章輝九塞，風雲歌嘯叶三侯。豐京刊勒懸金鏡，荒服傳抄織錦韝。不數漢家才藻麗，横汾一曲紀遨遊。

錦闌天仗列森森，轉蹕風光暘穀林。玉殿遥瞻三輔迴，珠邱迴望五雲深。旌旗早慰羣僚眼，弓劍猶縈至孝心。跽捧香花關内外，人人爭盼六飛臨。

北鎮醫閭斗極參，北溟方位澤流覃。非關封禪翔黃鵠，特展明禋駐玉驂。穆駕不辭勤省覽，禹功寧爲遑幽探。翕河柔嶽天威震，大地都教湛露函。

皇都綵仗萬民瞻，受福歸來喜氣添。露洗寒花迎鳳蓋，風梳秋柳拂龍幨。兩階預整朝儀肅，九廟重申祭告嚴。正是授衣冬令節，温綸挾纊徧窮簷。

禮成宣室紀瑤緘，恩詔輝煌舞鳳銜。萬壽無疆寰宇頌，一人有慶兆民諴。祭脩畢陌前型紹，朝就豐宫古憲監。歌罷白麐歌赤鴈，小臣珥筆和韶咸。

# 天真閣集卷十八　詩十八

## 上大學士朱石君師四十韻

今代論賢相，如公乃足當。遭逢真聖主，簡擢自先皇。夙仰宗工望，欣乘至道昌。風雲從岳牧，日月媲虞唐。凶德誅檮杌，良臣應鳳凰。鼎茵隆四輔，台衮寵三梁。抗議過張禹，私憂薄孔光。龢平扶氣運，忠鯁植綱常。治亦參黄老，儒寧襲馬匡。鴻飛殫翼弼，牛喘察陰陽。東閣絲綸美，西清翰墨香。元功勤吐握，餘事近文章。杞梓金墀貢，珊瑚鐵網張。才甄萌弱中，筆勉繼長楊。穎脱錐囊出，名探夾袋藏。揭曉後，公率領午門謝恩，獨於衆中呼湘曰：『此江南知名士也。』淵源由宿世，顧睞異班行。數歲時，隨先君需次京師。僦公旁屋而居，公與先君交甚密，謁見，詢及家世，驚曰：『此吾故人子也。』卻憶隨親騎，相攜入帝鄉。問奇楊子宅，買夏晉公莊。竊喜高軒過，常窺短几旁。韻令通轉注，字教辨凡將。書素沉雙鯉，音塵易廿霜。裹屍勞績著，把臂故人亡。葛帔寒誰卹，銀袍志幸償。少曾居廡下，今果列門牆。曉履停深雪，晨餐到後堂。侯芭堪易授，陸氏諒莊荒。賦荷誇鸚鵡，裘蒙解鷫鷞。度辭懲險怪，僞體禁俳倡。敢道傳衣鉢，頻邀賚酒觴。奪標憐小宋，撫座惜封郎。素節驚蟾闕，青霄盼雁翔。思歸知嚙指，準假慰離腸。公時掌翰林院。菊戔重申話，瓜期豫戒忘。臨行猶目送，下拜益神傷。願保夔龍養，榮承鶴鹿祥。

甘調伊尹饌，巧補仲山裳。靈壽先生杖，神芝卻老方。南還依定省，北夢戀賡颺。時雨均霑被，春風切奉揚。師恩殊未報，況是國恩長。

鼂錯

不作一身計，惟知七國謀。既能爲賈誼，何弗薦條侯。臣隙參商起，君心日月侔。寧容屏人語，喋喋殿西頭。

書范忠貞畫壁詩卷後藏瞿菊亭孝廉家

噴不盡侍中血，嚼不爛常山舌，耿耿獄中字不滅。齧不碎張巡齒，斫不斷霽雲指，日日淋漓詩滿紙。逆藩兵彊督臣弱，不能縛虎爲虎縛。三年黑土目無見，一片粉牆心可託。豎儒目論喜掉脣，病公不能先制人。公亦自稱誤國臣，報國惟此無能身。公豈無能實無力，人不識公帝自識。兩字忠貞日月光，百篇幽憤冰霜色。宋有正氣歌，明有浩氣吟。三人一氣詩一音，三詩鼎足三仁心。千年煤炭作寶光，上浮碧血風吹香。瞿翁得之西廠市，破爛不完十一紙。裝成行篋誇示人，寶之願同生與死，翁乎前身得非武夷子！

## 菊亭譜曲圖

眼前餘子徒碌碌，獨背西風自製曲。六十四歲老孝廉，三十八年舊科目。不能玉堂作神仙，不得銅符受民牧。青鞵日踏輭紅塵，往往逢場戲竿木。淺斟低唱宋子京，鐵板銅琵蘇玉局。元百種外種別傳，湯四夢閒夢可續。人言折齒謝生歌，我道吞聲阮郎哭。賣賦年來充槖金，煗老公然置燕玉。菊亭新置篷。但令紅褏畫烏絲，焉用宮袍製章服。吹簫自付雪兒歌，按拍還教雷氏讀。纖手玲瓏記紅豆，老眼摩挲對黃菊。多少金龜賦蚤朝，輸與先生此清福。

## 假旋示都門諸君子

冠蓋如星簇畫輪，春明門外送歸人。還鄉非敢誇新貴，籌國先應讓大臣。回首五雲誠戀闕，關心九日倍思親。君恩豈但文章報，去住風前各檢身。

手脫朝衫散紫烟，蒓鱸詩思已飄然。儘教靈運先成佛，肯學淮南浪鑄仙。丹竈白雲營子舍，青山紅樹等歸船。一繩下水秋鴻影，還望長安在日邊。

## 德州謁淵如前輩兄

鬬酒看花昔夢清，高齋重見鬢絲明。校書東觀論前後，索句西堂愧弟兄。金石搜殘秦古字，風雲化出魯諸生。何時手擷湖蒓紫，秋草祠堂拜長卿。時方謀建孫子祠於虎阜。

## 題平叔詞稿兼寄秦秋南茂才鴻儀

同破遙空雁影雙，同歸秋興木蘭艭。一池春草慚靈運，七寶樓臺讓夢窗。巢豔海棠燒短燭，徑蘐霜菊瀉深缸。微雲山抹秦家句，苦對龍山憶皖江。

## 慧山下別平叔

明月已如此，孤帆吾欲開。萬年終似電，百里況同雷。秋草蘐殘卷，晴湖瀲灩杯。九龍山九曲，九日九腸迴。

## 哭從孫天長

吾兄垂六十，僅有此孫枝。宛轉依衰祖，聰明勝衆兒。同眠知冷煗，病目賴扶持。今日思量著，西河淚若絲。

汝父年三十，纍然一病身。慰情惟孺子，課讀共閨人。視疾吾常到，呼翁爾最親。登樓今寂寞，不忍坐逡巡。

記得公車發，門前送我行。牽衣詢去路，屈指算歸程。兩月暌南北，千秋判死生。長安看花日，爲汝淚縱横。

十七年前事，傷心此不殊。無端雙鳳折，幾使兩瞳枯。玉樹遭風雨，金環寓畫圖。今看此遺挂，舊恨觸童烏。

## 讀史

默坐焚香對古人，不知誰是我前身。世皆欲殺才方大，俗肯相憐品未真。寧使揶揄遭路鬼，漫將幽滯仰錢神。寂寥自有千秋事，莫管桃花門好春。

## 野泛同毛壽君徘徊竹橋丈墓下時壽君歸自粵東寄居僧舍

身到鄉關百事閑，遠尋秋思渺瀰間。黄雲滿眼豐年至，白雪盈頭老友還。有淚不禁霑宿草，無家只好住空山。與君且訂寒鷗約，來往蘆花水一灣。

## 飲集芙蓉室

故人知我遠歸來，閎閣清嚴次第開。差喜狎鷗盟水渚，漫誇倦鶴下蓬萊。消磨文酒多閑日，主長湖山未易才。如此清歡宜盡醉，燭花挑落重徘徊。

## 秋窗讀易

秋氣尋空來，萬葉震疎響。乾坤肅然清，至道與秋朗。非秋感秋心，玄微析冥想。畫破天鴻濛，不識太虛象。涼颸啓前窗，古桂愜幽賞。易理在於斯，吾神與之往。

## 壽君以明鏡珠胎硯見貽報之以詩

珠江采采雙明月，貽我清輝出繡囊。祇覺形容增老大，未忘結習在文章。千秋治術須金鑑，一代成書在玉堂。珍重故人期勉意，研磨心力敢拋荒。

## 畫梅寄蔣伯生少尹因培

黄河北去雪漫漫，絶世才人老一官。寫與銅阬一枝雪，春情如在故鄉看。

## 冰豆腐

瓊漿本似玉壺澂，凍極誰知反不凝。鬱結心思生萬竅，疏通肌理透千層。嚼來碎雪原無滓，浸入温泉尚有稜。配我腐儒粗糲飯，頭銜剛稱一條冰。

## 水煙筒

龍牙新製小金筒，二氣潛含一竅通。欲縱火攻曹壁下，先教水灌晉城中。氤氳別擅相思味，呼吸方知既濟功。終日隨身誰與稱，賣珠雛婢埽花僮。

## 蘭皋賀余登第詩有名高偏不占龍頭之句次韻奉答三首

看花歸日馬應愁，載得郎君第二流。合讓埽眉人吐氣，高盤龍髻立鼇頭。

瀛洲也算列仙家，煉到黄金事尚賒。手折杏花成一笑，今生脩不到梅花。

我是過江温太真，蓬萊脚下儘容身。勸君莫羨芙蓉鏡，萬事難爲第一人。

## 馬詩

志士老牖下，名駒在空林。共惜百年短，徒有萬里心。酸風折銅骨，高桁排銀砧。傳聞果下騎，踏煙大幕陰。

## 對雪漫興

寒氣忽收元氣盡，千家萬瓦白茫茫。直疑富媼開銀汞，頓使齊民坐玉堂。照眼縱添花炫耀，轉頭已化水汪洋。老梅自挺冰霜骨，不藉天公爲助妝。

## 觀小女若霞寫梅

冥冥紅雪月黄昏，爲護狂香早閉門。開到十分全盛處，女兒簾底已銷魂。

## 張夢廬太守鳳枝萬里一歸人圖

邊庭報奇事，一夜烏頭白。太守氣如虹，萬里如咫尺。歸來兩鬢風颼颼，鞾中猶插雙吳鉤。兒童索取龍荒月，笑指天山雪滿頭。

## 梁溪張文恪公壽芝五葉圖爲夢廬賦

尚書奕葉長清門，親見桐孫又抱孫。四皓鬚眉邀帝眷，二疏骸骨重君恩。喜從圖畫看前輩，妙有文章式後昆。第二泉邊芝五色，勝如仙李大蟠根。

## 合浦真珠曲

冉貞秀，貴筑人，適南籠張太守。靈顔姝瑩，父母以爲奇貨，搆端索擾，太守遣之，貞翦髮自誓。貴陽守徐按其事，徐夫人召入，察其志堅，諷張復納焉。無何，值狆苗蠢動，太守被逮，且不測，復遣貞。貞日立黔江干，伺間與太守決。太守謫戍伊江，以貞寄其戚滎陽署。越歲，致書滎陽君，偶不及貞，貞本思憶成病，至是銜恨，遂雉經卒。貞之復歸張也，洪穉存學使爲賦《合浦還珠詩》。余更名《真珠曲》，世有采風者，可以觀矣。

盤江圓渦清照骨，老仙踏龍採明月。鼉鼉嘘噏海市陰，神娥抱玉寒波心。綠雲墮地釵股折，湘竹啼紅字不滅。風吹破鏡飛上天，手綰虹霓作鸞結。蝃蝀擾亂春空雲，雷霆下擊元真君。芙蓉漂流繫萍梗，貝宫自弄金環冷。洞庭奇樹春無聲，迸落紅珠散秋影。玉蟾夜滴海水乾，煙蘭露葉啼朝寒。真珠小孃返青廓，潛英不動輕紗幙。

## 養氣歌

前古後古間，忽然中有我。我生天地中，究作何事可？日華在東方，扶桑赤如火。我欲往從之，氣力苦相左。大海何茫茫，紅蓮作單舸。荷葉以爲帆，荷莖以爲柁。不敢相撑持，隨流任顛簸。黑風鼇背來，吹我羅刹墮。吁嗟下民溺，賴我拯其禍。如何自浮沉，兩脚踏未妥。萬事在眼前，雙肩不能荷。昂然七尺軀，眇若一蟲裸。許身稷卨事，大氣足包裹。養之若養苗，致力戒偷惰。一息不外散，塵累空細瑣。放之六合彌，談笑了叢脞。如劍韜其鋒，如花嚲其朵。如珠含蚌胎，如黄孕雞卵。鍊此不死藥，丹田結丹顆。勿負蒼天心，生我白日坐。

## 彊圉單閼（丁卯，一八〇七）

### 洪稺存前輩出示探梅銅阬西磧潭字韻詩戲和一首兼訂上海桃花之約

平生不識西磧山，梅花笑我居江南。屢商驢券事不果，花時風雪關茅菴。先生示我花下詠，風吹滿紙香馣馣。挑燈細讀發狂叫，逕欲呼取籃輿籃。繁花已落月尚在，美人待我山之嵐。青枝綠葉可把玩，勝如紙上留空談。燈花靜綠寒意緊，詩魂已落支公龕。白雲前行導我足，山徑曲折窮幽探。千峰萬峰一色白，香雪塞破天蔚藍。冰花箇箇不肯落，破例開過三春三。天雞一聲窗上白，依然布被如眠蠶。起來復取詩痛讀，如聽人説江瑤甘。悔不早拍洪厓肩，徒然夢學師雄酣。豈惟梅花脩不到，脩到山中蛺蝶猶癡貪。山靈有意縱招我，面目自對空枝慚。中行不得且其次，一笑去訪桃花潭。

## 贈陶學博丈廷墀

五柳先生後，其人必洒然。弟兄天下士，夫婦地行仙。吾邑文章業，公家奕葉傳。久知昌化德元淳，重以太常賢貞靖。踵武詞林後貞一，題名蕊榜先。嘗思馬湖勝，一受泮宫氈。出處希彭澤，聲名埒鄭虔。鄉評推一鶚，教澤被三鱣。令子吾同歲，脩文惜早年。幸餘雛鳳好，又卜兩鴻騫。晚節彌貞固，孫枝況秀妍。魯靈光殿在，長此奉華顛。

## 神仙樂

瓊樓夜半虹梯收，海水滴洒星爲籌。鶗絃弄春煗君骨，天宫不識人間秋。紅羅作書迓天姥，妖鬟踏煙通隱語。鈿車碾玉雲無聲，薄霧壓花成細雨。斫榆煑鹿吹濃香，金烏不敢窺燭光。鸞衾抱月還春夢，石扉瑶草驚繁霜。

## 送言明府尚煒之官瓊山

去年李侯小雲之廣州，與君送別天橋之酒樓。南望海中大明月，恨不身騎蛺蝶羅浮遊。木緜素馨同一邱，君今亦作南中侯。手綰銅符下天闕，詩情已落琵琶洲。瓊州古珠崖，海外神仙處。其木是沉香，其花是瓊樹。其民淳且樸，金銀委衢路。使君往下車，蛟龍息煙霧。男獻檳榔盤，女獻女兒布。明珠及瑇瑁，一一充租賦。使君教以絃歌聲，甌粤之俗爲武城。民不知使君家法本如此，但言使君爲政清。去年李侯至，海賊多如雲。今年海氛滅，海珠迎使君。使君奇福天下無，乃祖百歲嬰兒膚。乃翁七十頭未皤，使君獨奉慈親輿，以孝治民民感孚。明年六月南風長，家書只寄鮮荔香，乃翁跽奉乃祖嘗。報書還投海中魚，努力愛民莫寄書。

## 在翰林西堂畫梅四幀暇日各系一詩

瘦枝無力臥彎環，絶似疏籬野水間。記得玉堂清夢覺，郭熙屏上看春山。

一官無味滯京華，火纖當空走電車。閑寫江南數枝雪，勝如觸熱到人家。

日下鬱蒸逃不得，偶思梅萼頓清寒。無由手拂南窗雪，對著真身畫與看。

惆悵尋春杜牧狂，歸來風落一林霜。枝頭梅子都零落，賸有娟娟畫裏香。

## 洪穉存前輩過訪留宿荒齋同遊虞山二首

一葉紅蓮白鷺迎，入門奇氣自縱橫。爭看絶域歸蘇武，久已名山待向平。鬢上雪花來朔漠，夢中鈴索憶西清。開尊共翦西窗燭，真箇詩成萬戶輕。

木犀香裏去逃禪，布韈青鞵一老仙。筆健每題丹嶂滿，身輕常在白雲先。貪窮泉脈無人徑，愛坐松陰不漏天。笑語山靈須認得，祁連嚙雪舊忠宣。

## 哭九姪阿鴻

一門羣從十，喜見汝曹親。萬事難全盛，無端少一人。病來殊卒遽，藥治太因循。畢竟庸醫誤，徒勞問鬼神。

每來頻聽汝，誦讀最聲清。踴躍先呼伯，聰明實勝兄。泥人書倣格，索母畫棋枰。小閣愁重到，經書滿几橫。

汝兄萬里外，昨日有書回。道汝清姿勝，知親笑口開。重慈同一哭，少弟竟先摧。還報瞿唐信，江天獨雁哀。

玉雪童烏貌，居然活卷中。細看仍不似，悲憶更無窮。展側呼難下，精魂夢可通。汝耶纔四十，努力盼非熊。

## 哭怡雲姪文栻

猶子偏憐汝，曾居弟子行。有聲稱族黨，無命入膠庠。風雨心同契，煙霞事共商。竹林相賞意，豈獨在文章。

近歲猶耽學，從予授説文。丹黄看竝下，點畫喜麤分。槖筆從爰禮，停車問子雲。縱横遺墨在，空鎖一廚芸。

我宦京華日，書來報病深。兩雛同折損，二豎苦頻侵。疾痛翻求死，蕭條更慘心。數行思子淚，伏枕尚哀吟。

久病終無命，支離冀暫延。尚扶孱骨起，强慰老親前。有女將書付，無兒望弟賢。臨終悲咽語，繞榻共潸然。

正是花生日，偏逢命絶辰。園林紅似淚，泉路黑無春。或竟游三島，何從問九旻。年年桃杏節，爲汝一酸辛。

汝婦悲思甚，生綃託畫工。夢猶期白首，神不轉青瞳。一見緣真斷，重泉穴許同。手調薑與橘，嗚咽奠秋風。

## 仲春望日偕内子道華爲武林之遊舟中偶成

偶譚西子湖頭月，便喚東風渡口船。春水勸人宜速去，桃花與我有前緣。金箱五嶽須閑日，畫舫全家即散仙。大好烟波隨處泊，白鷗一一酒尊前。

## 鶯脰湖

十年不過畫眉橋，橋畔垂楊似手招。鷗鳥白憐春水瀞，桃花紅受夕陽燒。喜温前夢途猶熟，貪和新詩日易消。笑倚閨人同瘦影，自憐仙骨愧文簫。

## 陳範川同年鴻墀瀛洲歸娶圖

築玉人深種玉緣，玉堂歸省撤金蓮。一囊分得芸香俸，便抵黄姑下聘錢。
蓬山遲報海雞籌，八尺香衾擁麝篝。賦慣早朝心事在，合歡牀上夢瀛洲。
照映湖山蜀襭袍，兩高峰對鏡臺高。脩完青史脩眉史，忙殺郎君五色豪。

### 項秋子墉招飲即席呈穀人前輩并示同座諸君

碧桃花下門飛觴，春氣濃熏薺麥香。北斗七星團一座，東風三月醉千場。古歡恰許新歡續，前輩能容後輩狂。忍說明朝挂帆去，閑庭且共立斜陽。

### 范鐵琴秀才來鳳五嶼讀書圖

坐擁書城自閉關，嫏嬛祕笈手親删。中川孤嶼如萍小，抵得東南宛委山。

### 上巳日過錢梅溪草堂脩禊

春帆冥冥細雨飛，落花滿船香溼衣。竹搖青烟茅屋静，主人候我開雙扉。開門正對苑山碧，山詈主人來勸客。江鄉風物正美好，櫻珠墮紅筍芽白。去年同醉長安陌，陶然亭西水一尺。梧門先生折簡邀，君墊角巾我著屐。今年卻聽江南雨，回首燕臺莫雲隔。清尊到手且復乾，桃花笑人酒腸窄。明年知復在何處，轉眼新歡又陳迹。願君自酌杯中醽，興酣爲我書蘭亭。君邀我作延之詩，我索君仿王羲之。墨花縱横筆花舞，君書我詩各千古。

## 毛壽君歸自粤東索題菊尊清話圖乾隆乙卯君赴粤時方薰所作贈行卷

話别當年酒一杯，送君遠上越王臺。杜陵貧賤長爲客，庾信文章老費才。舊雨題詩誰健在，卷中園公、竹橋兩前輩俱歸道山。秋風彈鋏又歸來。不堪把卷重温讀，且對黄花笑口開。

歸棲竟似失巢禽，老寄禪房落葉深。時君寓居僧舍。陶令已無三徑在，駱丞猶耐九秋尋。花田烟月頻年夢，蓮社鐘魚此夜心。卻喜尊前詩筆健，茱萸重爲白頭簪。

## 秋興

聞道西師趣辦裝，桓桓虎旅出咸陽。關中萬騎若雲集，天上一星如帚長。米賊尚傳逃蟻穴，水仙誰與拆鼉梁。獨憂聖主宵衣切，丙夜軍書滿御牀。

東南水旱已頻仍，螟螣秋來又滿塍。鄉户淚乾難望穫，縣官心急待催徵。大家盡作居奇想，中市新聞米價騰。偏是海壖多乞糴，官符朱印總堪憑。海盜告糴，多持官文書藉稱兵米。

## 和小倉山房集中詠物九首

### 鏡

妝臺一笑睹風神，身外誰知更有身。金鑑能包天下事，玉顔難鑄此中春。心頭自覺常懸汝，背面從來不見人。那得秦宫舊明月，盡將肝膽向君陳。

### 簾

宛地湘波蕩欲開，垂垂銀押恣低徊。儘憑月影花香入，未許遊絲落絮來。小節似多疎漏處，全身自有卷舒才。金堂内外分明甚，韓掾偷窺莫浪猜。

### 牀

温柔鄉與黑甜鄉，只在逍遥此一方。八座起居終要息，六時勞頓可無償。也如夏屋人頻换，曾得春風夢幾場。爲喜合歡名字好，紅鐙纔上便思量。

### 鐙

雙雙珠蕊結銅荷，喜報來朝定不訛。萬事求難暗中得，一生功補日間多。光分貧女當窗織，談助豪家徹夜歌。我願天風盡吹滅，救他人世衆飛蛾。

扇

冷面偏逢熱客場，能教熱處轉清涼。青天忽墮懷中月，赤日疑飛掌上霜。儘有塵緣難障蔽，本無愧色莫遮防。秋風未起身先退，篋裏君恩倍覺長。

尺

銀寸紅牙粟細排，黄鍾玉律製容臺。短長不用言爭論，方正能爲物主裁。容易算完天上度，斷難量準世間才。煩君鎮定閑書卷，莫任斜風亂揭開。

杖

空山何處去尋詩，折取紅藤瘦一枝。直上漫誇惟我健，臨危始悔用君遲。驚心漸覺孤行怯，得力多應老去知。誰似頑仙偏倔彊，生來從不要扶持。

帳

珠幃瑟瑟辟塵清，涼月來窺薄有情。内裏看人原了徹，外邊聽語欠分明。四圍能禁飛蟁入，一夜難防化蝶行。到此身心須放下，黄昏時候玉鉤聲。

## 香

絲絲清氣向空盤，不是心清領略難。透出性靈隨物染，吐將委曲與人看。衣來隔院風先送，花在隣家蝶豈瞞。身入箇中翻未覺，祇緣滿室盡幽蘭。

## 張雙南茂才在鎔母夫人鳴軒課讀圖

淒淒復淅淅，紙上悲風咽。屋後脩竹林，昔時賢母節。門前楓樹枝，今日孤子血。是母與是子，皆我所心折。子名張在鎔，積學爲人師。母氏太原王，教養兼嚴慈。寡年三十五，歿逾五十時。格例不得旌，孤子涕漣洏。手捧此圖繪，徧乞人題詩。匪重人題詩，母節世未知。昔我初識君，各梳雙髻丫。君居與我居，祇隔一牆花。我甫七八齡，逃學過君家。君家阿母賢，啖我棗與瓜。緐弄所讀書，搖曳所紡車。夜分鐙火下，覔紙爭塗雅。歸乘樹陰月，城頭鼓三撾。我母怒我出，云過張子家。張家有賢母，啖我棗與瓜。其子苦讀書，其母勤紡車。聞言母心喜，笞責不忍加。謂此賢母子，過從不汝瑕。忽忽四十年，各非故園宅。我已雙眼花，君亦頭半白。展圖令我喜，如過君老屋。如聞紡車聲，書聲與相續。掩圖令我悲，如還我舊廬。不聞我母聲，問我頃所如。君思君母啼，我念我親泣。兩人淚斑斑，千秋此圖溼。

## 書祝子遺書後

明祝淵，字開美，海寧人。崇禎癸酉舉人。劉宗周以劾周延儒下獄，淵上書捄之。逮治，拷掠幾殆。既而延儒敗，流寇逼京師，有詔赦出，而城已陷。會吴麟徵殉節死，淵爲具斂，護其喪以歸。時馬士英亂政，擬具疏劾之，未及上而南都破。迺亟葬其母，自經死。事見《明史·劉宗周傳》。書大半與宗周講學之語，及奏疏、詩文，共四卷。

唱罷春鐙玉殿塵，浙西無地著遺民。上書未了陳東志，報國終捐正節身。馬鬣成時兒目瞑，龍髯攀處士心伸。書生何與興亡事，孔範王瑳盡老臣。

當年緹騎逮倉黃，詔獄沉沉繫范滂。貫械不辭因李固，收屍恰許作楊匡。蕺山祠閉空薇蕨，西直門開入虎狼。地下忠魂若相見，一編心史話滄桑。

## 梁星子秀才台陵茗精舍讀書圖

生不能如搦管作屋斛律金，一字不識千人欽。又不能如堂堂崔協没字碑，朝廷交推宰相爲。不如還復讀我書，苦無松下三間廬。安得結茅湖上山，萬梅花擁將書攤。前年艤舟葛嶺下，謖謖風吹讀書者。萬卷曾窺李謐藏，一椽擬向梁鴻假。湖山一角朝飛來，展卷令我心顔開。得非佛奴板牀隨樹陰，抑爲任家茅庵依密林。世間此樂不易得，十笏地值千黄金。古松蟠鬱老枝怒，纓絡紛垂赤雲護。天風卷起蒼龍吟，勸人及早凌霄去。我思攫身入畫圖，手攜漢書一壺盧。與君痛讀相歌呼，免人唤作詩癡符。五千卷書讀未熟，慎莫輕入崔儦屋。

## 小霞仿黄子久畫

不識桐廬七里灘，胸中寫出富春山。梨雲一覺游仙夢，身到元朝至正間。

## 擬李太白鞠歌行

春風吹蘭碧如草，顔色不如桃李好。隨侯明月隨泥沙，燕人抱石爲珍寶。青琴上絃不敢彈，空房趙女蛾眉老。相如因狗監，詞賦方豪雄。衛青非子夫，焉能脱樊籠。一朝攀龍見明主，噓氣如虹從如雨。誰識當時馬廄中，曳裾自埽侯門土。西施天下色，含笑入吴宫。珠簾映朝雪，光豔驚曈曨。當時若耶溪，照水徒自憐。同時浣紗女，黛緑方爭妍。周公吐哺四海欽，大人虎變潛深林。吟成梁父今誰聽，緑水悠悠知我心。

## 明周玉巖先生杏花書屋圖

公名廣，太倉人。爲御史，上疏諫武宗，忤錢寧。欲寘之死，僅而得免。謫懷遠驛丞。嘗夢居一室，室旁杏花爛漫，諸子讀書聲琅然。嘉靖初起廢，官至刑部侍郎卒。公子孺允，葺公所居堂曰『杏花書屋』，以志公夢。歸震川爲之記。裔孫某，從故居遷鶴市，齋前適有杏花一株，復得董文敏所書『杏花軒』額，拓以顏之，作圖徵詩，以繹『無念爾祖』之義云。

豹房天子匿倖臣，獮麕一觸羣犬瞋。鉏麑伺途刺不得，嗢囉行乞湘江濱。洞庭木落秋水新，幽蘭顦顇蒙荆榛。鐵心灰滅故園想，夢中卻夢江南春。杏花古爲及第花，曲江春夢明如霞。如公湘纍謫長沙，此花何爲入夢耶？震川作記解公意，公豈縈情在科第？未了平生報國心，宣力猶思後人晉。如夢搆屋公志完，夢中花與兒孫看。登堂便思公愛國，杏花直作離騷蘭。卽今鶴市東頭杏，歲歲花開爛如錦。不是先生手植花，猶是先生夢時景。前花後花同跗鄂，前人清風後人學。舊額聊將董書補，我詩還繼歸文作。

## 結交行

刎頸爲心交，奮臂遂相賊。耳實先負餘，餘也量何窄！邯離鉅鹿圍，兩軍若虎翼。餘兵僅數萬，肉懼委虎食。先嘗五千人，灩澤自輕敵。餘如赴俱死，於耳竟何益？是時諸侯軍，觀望不敢擊。子敖從代來，瑟縮旁餘壁。重瞳垓下戰，餘寧獨無力？柰何望臣深，寬子專友責。一屍橫泜水，一身王趙國。成敗各有天，天豈論曲直？或惜井陘口，不聽廣武策。果然斬耳頭，終亦遭漢戹。莫如解印綬，漁獵終河澤。竟卻三縣封，足愧千金值。

## 幽秀一章戲補詩品

萬象回惑，素心自閑。無人與期，獨往空山。老樹挺秀，春情未刪。冥鴻響寂，碧雲孤還。太華在眼，芙蓉可攀。游精八極，不知人間。

## 無錫華氏貞節卷

節婦陳氏，元都功德使司都事華子舉之配，年二十八而寡，撫子幼武成立。至正間，予旌。幼武嘗作貞節堂、春草軒以奉母，其家乞諸名流爲詩文以張之。前明有王時彦作記，文徵明、徐昭法補圖，皆名筆也。文畫旋失去。裔孫某，屬朱右泉補之，復索題詠。

華君示我貞節卷，令我淚落心茫然。至正迄今六百祺，滄桑已變陵谷遷。共姜節義膾人口，文章力大天無權。文章亦易爲雲烟，誰家世守金粉鮮。後人之賢先代澤，一母苦節開其先。我亦有賢母，氏族同潁川。十八矢黄鵠，較此尤青年。楹書教兒讀，紡績十指穿。兒方釋褐衣，母遽歸黄泉。我有千尋木，不能造貞節堂一椽。我有五色袍，不能婆娑而舞白髮前。惟當效此作圖卷，猶恐畫手不能寫出心貞堅。安得王英作記文璧畫，似此五百年後長流傳。

## 鳳麓讀書歌

武林梁文莊相國，舊有别業在鳳皇山下，賢孫弓子祖勳屬奚鐵生山人岡作《鳳麓讀書圖》，述祖訓也。

平生夢想西湖山，突兀見此青螺鬟。一窩泠翠搆飛閣，吟聲依約蒼冥間。此間曾築沙隄路，高齋鈴索烟雲護。花木平泉説贊皇，松筠洛水思裴度。韋平世澤誇枌榆，懸巖石倉多賜書。北門學士山舟先生挈諸阮，東都士人稱少疏。阿咸顝顝人似璧，拄腹撐腸有書癖。十年板牀爲減鋭，一卷蒲編不能釋。排衙古石搖几青，奇峰十二森畫屏。攤書正在碧松下，松濤合吹風泠泠。元超撫石每涕零，范喬執硯懷祖馨。著書自紹姚察訓，座右還奉僧虔銘。鐵生畫手今奚奘，寫出林巒致疏爽。連屋縹緗架石牀，拂簷蘿蔓侵書幌。我亦躭書近欲癡，鑿楹自願名山往。徑須手探玉笥巖，與爾同扣靈威丈。

## 七箴

昔程子作視、聽、言、動四箴，示人以制外養中之方者至矣。既錄以銘諸座右，復擬喜、怒、哀、懼、愛、惡、欲七箴，張之於左。非敢妄擬昔賢，亦聊以自警云爾。

### 喜箴

養心於和，惟喜當春。與物無忤，惟喜近仁。由勇聞過，回樂處貧。聖聞絃歌，莞爾見真。彼來譽我，或者庸人。悅不以道，勿假笑嚬。如樂有節，必中其倫。

### 怒箴

怒以行仁，不仁胡怒？赫赫雷行，誠與物遇。柰何血氣，敗我常度。至人養性，如火在樹。心不氣役，氣不心據。橫逆之來，惟我之故。

### 哀箴

路見罪人，潸焉出涕。行道弗忍，矧寡兄弟。聖人節之，情以禮制。滅性則傷，死孝非計。然而此言，可語上智。若夫下愚，寧戚勿易。

## 懼箴

詩亦有言，無敢戲渝。失足卽溺，柰何馳驅。在獨曰慎，遇事曰葸。衆進我退，衆伏我起。無懼之懼，憑之以理。

## 愛箴

春蠶縛絲，苦不可脫。七情之中，惟愛難割。偏之卽溺，博之卽仁。仁民愛物，始乎親親。燕私則偏，理義則正。古無至情，但有至性。

## 惡箴

人而無惡，不仁之尤。如以一器，而聚薰蕕。察之必精，審之必固。勿任私嫌，勿徇衆惡。苟非大姦，容之以度。

## 欲箴

涓滴之漏，弗塞則決。一星之火，弗滅則裂。不見可欲，主乎清淨。如一見之，其欲彌盛。君子不然，克己以敬。入乎物中，不受物穽。食色性也，而不謂性。

## 讀書樂

我生不幸，不生三代前。尼山教兒學，不過四詩三百首，儀禮十七篇。武成只取二三策，學易要待半百年。憑爾載籍極淹博，能讀三墳五典九邱與八索，其實挂之不滿一牛角，當時便稱大博學。我從髮燥便讀書，讀之三十年有餘。愈讀愈多，心如亂髮不可梳。初讀十三經，一經百家注。次讀廿三史，別史更無數，其餘諸子雜家、天地名物、詩文藝術不可悉考據。朝廷大收四庫開，不能一一偏貯芸香臺。何況鯫生之腹大如一壺盧，焉能讀盡鄴侯插架荀勖廚。就令假我彭祖之壽、賦我顏淵之敏，讀至髮白更黑、齒落更生猶恐讀不盡。讀不盡，愁復愁。就我目中所見，已足充五乘、汗十牛；所未見者，羽陵委宛堆積如山邱。忽然大徹悟，抑復大快樂。吾生眼福不爲薄，古人嘔盡心血，搜出天地之祕鑰，嚼爛舌根，論定朝野之事略，供我冥思幽討細咀嚼。快吾意者吾踊躍，拂吾意者吾笑噱。如聚古人置我一室中，是非美惡由我恣評泊。設使我生秦漢前，焉得快讀荀楊劉董之真詮，馬鄭賈孔之疏箋，屈宋韓柳之文章，李杜白蘇之詩篇？何況花變種而益妍，石滴溜而益穿？後人之知創巧述，更勝於古所傳。我思古之人，應妬我富有。授不必借伏生口，寫不必煩孫敬手。部奚止乎甲乙丙丁，課無間乎辰戌卯卯。百萬之富用可空，四海之大走可窮。惟有讀書之樂，樂於上青天。青天無人走得到，讀書何人讀得全？讀不全，樂更樂。譬如登天登至半空中，日月星辰如可摸。黄孎在前，長恩推後，引我一層上一層，不知上到何時方住脚？

## 秋林問墓行爲黄琴六茂才廷鑑作

步出西郭門，白楊蕭蕭無所見，黄生尋秋日不厭。黄生爾何爲？云有遷虞始祖墓，不知埋没何荒陲。東崦孤墳三，西崦孤墳四。草長過人土花紫，捫遍殘碑没黄字。里胥來道旁，問生何彷徨？蔣家墓西古祠堂，依稀記得江夏黄。入祠老屋半傾圮，殘碑漫滅字可擬。誰與識者陶太史貞一，大書節婦及孝子。因祠始識墓，肅拜溪毛陳。子姓恐再迷，作圖垂千春。作圖匪示我苦心，但願人人問墓墓即得，世無荒冢埋秋林。

## 哭太傅朱文正師

我朝兩朱公，先後爲聖輔。高安導其前，大興若踵武。今皇在青宫，公實侍籩俎。及登政事堂，宣力重肱股。雖無衮職闕，親見仲山補。要其啓沃功，默運在心膂。舜學務成昭，堯學子州父。不聞二典中，訏謨載何語。公誠格於天，公疏付諸炬。公魂升日星，公心立殿廡。

一鄉惜善人，一國惜善士。公善及天下，天下惜公死。自公直綸扉，鼎軸襄上理。南溟息鯨鯢，西賊靖蜂蠆。文章如江河，霑溉没涯涘。仁義如稻粱，饜飫遍遐邇。十年相業成，朝野方依倚。奕奕文昌宫，一星墜箕尾。

或言公學佛，頗爲儒者病。不知黄老術，善用卽孔孟。時方擾潢池，疲俗苦奔命。公師葢公言，清靜民自定。慈心召祥和，澹欲抑浮競。借彼脩持云，佐此寬大政。上可媲蕭曹，下亦匹魏邴。柰何一孔儒，目論肆譏評。一德致太平，天子獨神聖。特命繼湯睢州劉諸城，鼎足謚文正。

## 前詩祇陳公論而未及私誼再哭三首

九歲始識公，我如輕儵公如龍。四十爲弟子，公如蒼松我桃李。坐公春風中，我持寸莛公洪鐘。别公秋雨裏，公淚如潮我袍洗。公之弟子滿天下，何獨拳拳一生者。謂我如侯芭，我不識奇字。謂我如邴原，我不解經義。作詩何益天下事，公嗜我詩若嗜芰。爲位哭公詩當祭。

八月十五沉沉雨，冠葢如雲謁公府。公於衆中持我裾，今日之樂吾與汝。揮手謝衆賓，獨留一生語。我豈如戴崇，公實過張禹。酌我中山醪，啖我追復脯。衣我盤雕袍，贈我松枝麈。知我有老親，令我歸作萊子舞。約我明年秋，亮月如盤此會補。烏虖！此會何時纔得補，我歸兩載公千古。

公嘗勗我云，子骨清且鯁。文章亦如人，不墮時俗境。使子持文衡，慎勿取陽鱎之魚吞鉤迎。使子持法星，慎勿爲立仗之馬瘖不鳴。公之箴言猶在耳，我銜親恤病不起，雞骨支牀念灰矣。烏虖！此生不出吾負公，頭戴北斗悲秋風。

## 屏風曲

霜鐘敲轉北斗柄，一星斜隱秋河淨。金鵝屏障圍巫峰，沉香密炷櫻桃紅。玉壺碎擣梨花煥，濃注湘波七情滿。春融四體輕無仙，從君樂飲回青年。紫簫吹落中天月，楚雲牽夢銀濤窟。

## 傾城曲

妝罷依然出閣遲，天生愛好越矜持。姸媸何事從人問，自對菱花看幾時。一舸鴟夷入五湖，千秋第一美人圖。若邪溪上如花女，只是難逢范大夫。

## 徐節婦貞孝詩

雄龍雌鳳天西東，素娥耐冷居瑤宮。下姤塵寰老相守，竝頭劈破雙芙蓉。延陵有女徐陵適，横被罡風拆鸞翼。九原拌作死鴛鴦，俯仰其如死不得。上有姑，頭已白；下有孤，子猶赤。殉義何如守義難，一身事育千心力。或言徐家婦，甘節非苦節。其操雖如霜，其寒未如雪。敬姜有論逸則淫，自來温飽移貞心。膏粱身，冰蘗味。井水靜無波，爐灰死無氣。如此堅貞良不易，何必剺面截耳與斷臂。

# 天真閣集卷十九　詩十九

著雍執徐（戊亥，一八〇八）

新正二日過鄰淬閣小飲

小雨愔愔蠟屐過，綠窗相對泛紅螺。梅花寒勒春來信，竹葉香邀醉後歌。故里素心看漸少，中年白髮喜無多。與君翦盡深宵燭，良會人生得幾何。

春晴寄遠

十二碧闌干，梅花一半殘。魚書春水闊，翠褏莫天寒。假玉無瑕易，真心不貳難。斷雲微缺處，且作老晴看。

## 同心哀哭子侃

平生好友誰最奇，我發一想君先知。兩心如置一心裏，日月對照光不疲。腹果萬卷啖我飢，胸析萬理破我疑。我心有病君能醫，君情亦惟我可移。君居城東南，我居城東北，我往君來路如織。一日不見百回憶，夢裏披衣走相覓。君登山，我負囊。我涉水，君褰裳。我或不樂思醉鄉，君亦玉山頹我旁。同歲察孝廉，同車上長安。行則同燠寒，坐亦同悲歡。祇惜同心不同命，我獲看花君適病。一病遂不支，三年氣如絲。妻孥屏勿見，但索觀我詩。我詩春夏君詩秋，一字不奇死不休。人間無處覓奇句，擲筆超然上天去。君去我獨哀，長劍畫天天不開。我心冥搜遍天界，君魂更在天之外。淚灑海西溼虹帶，天眼旁觀亦無柰。昨宵翦紙魂亂招，君化明月懸青霄，照我一寸心搖搖。我爲地上塵，不能飛入天際雲。君爲天上雲，不能復作人間人。如君才人世或有，一西一東不我友。一西一東猶可尋，安得兩人之心如一心。

## 送舍弟之寧波

一帆已挂莫躊躕，於越湖山似畫圖。遊客生涯難意揣，依人活計漫心麤。憂愁此去誠難遣，離别從來不可無。春水綠深斜照澹，與君且復立斯須。

## 將赴京闕遣嫁次女若霞

婉孌小女太嬌癡，離卻耶孃百不知。惜別但餘雙褎淚，贈匳惟有一編詩。未諳蘭膳調中饋，略解梅花寫折枝。此去郎家好隨倡，畫眉窗下話京師。

## 留别

萬疊離情酒一尊，家山事事總消魂。東風吹殺春帆影，看過桃花始出門。
一二同心話別難，幽蘭香裏淚偷彈。異鄉花草家鄉月，各爲傷離不忍看。
落盡紅香换綠陰，畫眉窗下好眠琴。七條絃水清無底，未抵相思此後深。
十索歌成賦十離，繁欽相對淚如絲。玉屏東首晶簾外，横過梨花雨一枝。

## 雙樹生歌爲林遠峰上舍賓賦

雙樹生，雙眼碧。題詩手忙執雙管，尋花足忙著雙屐。夜眠抱著雙甕酒，醉看雙丸自跳擲。雙樹爲姓雙樹名，樹如其性雙其情。樹古槎枒起雙榦，下蟠蛟螭上凌漢。寧爲空山大木偃蹇而精神，不願爲大匠斲削戕其真。有藤亦雙纏，有葉皆雙披。根是交讓根，枝是連理枝。雙樹合一身，萬里無參差。一身化雙樹，相抱還相思。君不見杜陵獨樹稱老夫，陶潛孤松三徑蕪。君今無獨有其對，林家不住孤山孤。我亦平生有雙趣，雙紅豆生配雙樹。好橅張璪雙松圖，莫唱庾郎枯樹賦。

## 趙甌北前輩翼惠題拙作依韵奉報

詩道如天走不盡，或騁康莊或由徑。我曹旗鼓各相當，此老英雄獨爭勝。久誇趙幟列前驅，那藉孫郎爲後勁。百鍊方成繞指柔，五石能開鐵胎硬。精神未覺春秋高，談論何妨日夕竟。十盪十決千軍降，一縱一横萬里夐。獨力撑持力有餘，六義搜剔義無賸。丹爐已許兼金貽時以全集見贈，白戰還看寸鐵禁。寰區抄寫貴紙價，歷刧流傳爛柯柄。應嗤浪仙句推敲，不數將軍押競病。公詩真包子龍膽，我遞降書號歸命。

## 寒食泊舟毘陵驛和穉存前輩春日放歌韵

春烟墮地，春水拍天。春光一擲百萬錢，春禽喚起春人眠。遊絲十丈長，難繫赤烏足。遊舫兩頭尖，如與白鷗浴。錦帆竿上東風鳴，驛柳細搖寒食晴。樓頭闌干水面紅，緑波照見金尊空。踏青青鞵不須借，醉月還期俠嘉夜。百年易過芳時芳，萬事欲補無媧皇。安得落花飛上空枝香，我騎白鼉爲玉梁，去看九州之外九點陽春光。

## 穉存前輩席上醉贈呂叔訥學博

八年前共玉山遊，花下詩筒足唱酬。官作廣文纔九品，書成博議自千秋。堪嗟舊雨皆黄土，謂竹橋梅溪諸公。猶喜新霜未白頭。同醉洪厓仙榼酒，把君左袂當浮邱。

## 自毘陵至丹陽道中

泰伯祠前春水生，吕蒙城下午雞鳴。九霄就日瞻雲去，三月乘風破浪行。麥穗抽青遲小熟，梨花作雪近清明。篷窗無限詩情好，人面紅霞照晚晴。

## 舟中清明示内子道華

潑火瀟瀟雨罨烟，江雲畫出水波天。故園此日三橋下，多少衣香上冢船。

去年今日雨疏疏，七里山塘畫不如。一樹海棠紅拂面，白公祠下泊船初。

## 京口雨泊

小泊春潮綠一灣，扁舟且共白鷗閑。饃餬烟雨南宫畫，宛轉樓臺北固山。遠樹隔江如髪短，垂楊臨水半腰彎。金焦恰似紗籠女，只許遥看不許攀。

## 夢題黄鶴樓

漢水拍天流，天邊黄鶴樓。亂雲巫峽夢，殘月洞庭秋。花落淒淒笛，江空渺渺舟。仙洲與芳草，一片是離愁。

## 舟至召伯埭忽中寒疾醫藥轉劇幾瀕於危返里後臥牀一月病起雜述

生平惟病魔，與我最相熟。遠出定追隨，中途每潛伏。薄寒偶中人，五内忽反覆。肌膚墮層冰，腸胃帶飛鏃。彭亨豕腹脹，凛冽蝟毛縮。徹夜呼號聲，驚起鄰舫宿。庸醫昧藥理，峻劑妄投服。悔讀萬卷書，不曾本草讀。

京闕不可到，計且返鄉里。與爲中道殂，毋寧牖下死。回舟纔向南，風利片颿駛。始知我北行，天意所弗喜。我官本如冰，我心本如水。歸亦還故吾，去固聊復爾。幸而少微星，不應戴處士。且學謝東山，高卧呼不起。

鄉鄰聞我歸，笑我計何左。親戚聞我歸，誚我去不果。好友聞我歸，憐我命坎坷。怨家聞我歸，謂我中陰禍。三旬不得食，四旬始減可。未獲扶杖行，且可擁衾坐。去時桃始華，紅藥今婀娜。一笑謝衆人，花前還有我。

人生百妄念，皆是心火成。一病火衰息，百念俱澂清。富貴我所慕，至此薄公卿。殊色我所悦，至此厭傾城。自幸志道堅，能使衆慮輕。豈知病稍轉，念已微塵生。病乃反近道，不病心煎烹。有藥醫俗軀，無藥醫俗情。

病久忽思食，凡蔬盡甘芳。一物三四進，屏棄不欲嘗。今日烹鴨臛，明日燔鵞肪。初食亦知美，繼食殊尋常。或嫌醬不得，或咎割不方。百味不適口，静卧還思量。嗜欲本無厭，縱之彌猖狂。急自求放心，毋但求充腸。

病起親朋來，牀頭戚促語。百事置不問，先問我出處。謂我去匆匆，恐觸道途暑。謂我行遲遲，恐罄囊槖貯。再拜謝親朋，我自得我所。將作京朝官，曰去天所阻。將作山林人，曰歸天所許。且學信天翁，毋爲黄鵠舉。

默坐忽不適，攤書一長吟。山妻怒奪去，謂恐耗我心。伏枕彊假寐，肌骨寒威侵。一心無所著，百病翻相尋。急取書再讀，頓覺開胸襟。愈讀神愈爽，勝服苓朮蔘。此如病酒客，既醉還復斟。婦言不可聽，吾奉劉伶箴。

開我東閣窗，綠陰覆如屋。窗下幽蘭花，清風散芬馥。時和氣暄妍，萬象媚幽獨。臥聽時鳥聲，春尚在空谷。有客剝啄來，辭以睡方熟。一榻堆琴書，適意聊復讀。絶勝輭紅塵，雷鳴轉雙轂。自笑非病軀，焉得此清福。

## 錢牧齋故宅弔柳夫人

宅今爲昭文署齋，東偏小樓，柳夫人殉節所也。百餘年來，人不敢居，新尹至，於門外拜祭，加扃鐍焉。戊辰春，會稽謝君培宰斯邑，適陳大令文述因事過虞，商之謝君，絜此樓以奉夫人祀，出所藏夫人初訪半埜堂小像，屬海陵朱山人鶴年重橅，奉樓中，將求夫人遺詩鐫諸樂石，納樓壁以揚幽烈，而先徵同人賦詩，以識其事。

秘室璇題牓我聞，耦畊小刼易斜曛。郙莊花尚開紅豆，樓閣書難問絳雲。欲跨兩朝爲領袖，翻輪一死與釵裙。河東君不東君負，曾勸東君莫負君。

㯬㯬尚書舊履聲，貝多一卷莫年情。黨魁才望空前後，佞佛光陰重死生。説到褚公先齒冷，傳來楊妹共心傾。柳枝孃有貞松操，洗盡章臺放誕名。

幅巾風度儼通儒，謁罷雲間謁尚湖。肯降神仙長指爪，未嫌夫壻白髭鬚。人前俊眼如紅拂，花下捐軀比緑珠。一樣稻香樓上事，橫波偏覺遜蘼蕪。

綠墀青瑣長官衙，一角紅樓拓茜紗。甲第尚傳江令宅，丁簾休認莫愁家。春風圖畫臨桃葉，殘月精靈拂柳花。應有珊珊環佩下，自開妝閣弄雲霞。

## 病起招陳雲伯大令文述餞春雙紅豆齋

初筵小設畫屏東，梅豆櫻珠緑間紅。淺醉乍扶新病後，殘花多夾亂書中。故山歸計憐春鳩，流水年華感候蟲。欲仿君家投轄例，迴帆占殺石尤風。

## 雲伯行館多名石古樹相傳爲牧翁絳雲樓故址今垣以外猶名半埜堂可指爲證雲伯紀之以詩余亦次韻

鳳尾嬌雲繫海桑，神仙眷屬舊金堂。紅羊刼後樓名在，玄鶴歸來世事忘。何處埋香榕葉冷，當年偕隱蕅花涼。詩人偏有閑惆悵，悄對烏衣話夕陽。

## 齊女墓

《吴越春秋》：吴太子娶齊女，思齊而病，將死，曰：『必葬我虞山之巔，以望齊國。』闔閭傷之，如其言，葬虞山之巔。《寰宇記》：虞山有仲雍、齊女墓，東爲仲雍，西爲齊女。按此則墓當在西山。今錦峰上有望海墩，前後左右，纍纍皆高阜，所謂虞山之巔以望齊國者，此其地矣。今人據梁簡文《招真治碑》「遠望仲雍而高墓蕭瑟，旁臨齊女而哀壟蒼茫」，謂齊女、仲雍兩墓竝峙。不知仲雍墓在虞山東嶺，已見《吴地記》。而樂史稱齊女墓自在西，且仲雍墓非山之巔，如與相比，何以望齊國？今郡城有「望齊門」，「望海」卽「望齊」之意歟？戊辰春杪，陳子雲伯因事過虞山，訪齊女墓不得，余爲陳兩説，翌日雲伯親履其地，深以余説爲是。相約作詩，將礱石墩下，俾後之人知所攷焉。

發發河魴出水肥，鸞車送女淚霑衣。竟隨紫玉成烟去，未許清簫跨鳳飛。一卷春秋臣畫短，數聲徵角國風微。香魂泣盡芙蓉露，滴向滄溟那得歸？

錦峰春草繡諸墩，定有埋香片石存。九點青烟寒食斷，一圓滄海照池渾。思兒自隕牛山涕，殉葬誰從鶴市魂。絶頂尚嫌高未極，杜鵑啼殺望齊門。

## 破山寺用常建韻

經幢鎮幽壑，喬木護禪林。龍去澗仍合，鳥鳴山更深。古今雲過眼，興廢佛無心。清夜鐘魚冷，如聞六代音。

同雲伯飲子梁家薔薇花下卽席戲兩君

窣地湘簾颭麴塵，酒行花裏漏聲頻。解憐春色偏孤蝶，肯立斜陽定慧人。四壁似圍紅裹豔，八窗疑拓綠紗新。衣襟一味濃芬染，爲傍韓郎又傍荀。

聞雲伯行館芍藥盛開

萬花叢裏古秦樓，花譜親煩綵筆脩。一朵絳雲宜絕代，二分明月似揚州。可無士女詩相謔，應有神仙佩出遊。澆與東風婪尾酒，綠陰如水水如秋。

夢至集芙蓉室見芍藥一叢花皆含蘂凝竚之際繁紅盡開主人折一枝相贈輒索楮墨記三韻而醒續成以寄主人能勿笑我癡人說夢也

半含花似女初笄，一笑嫣然粲瓠犀。事本無心偏恰好，人如有約定難齊。春寒折取煩金翦，香重攜來累玉荑。贏得夢中傳彩筆，又添公案入詩題。

## 春去

懷人憶舊總惺惺，細雨如塵灑畫櫺。好夢那堪醒後想，落花偏值病中聽。甜鄉日月誰爲記，香冢東西未有銘。只隔紅牆三五尺，如何牆外便青冥。

## 菜花

天公二月鑄金忙，妝點窮鄉作富鄉。界破幾條平埜綠，襯來一片夕陽黃。不防遊騎斜行入，誰禁邨娃滿把香。重到玄都花事盡，詒他桃影媚劉郎。

繞郭濃香百畮寬，東風三月路漫漫。色分邨店鵝兒酒，酒名菜花黃。味入田家肉食盤。未博美人妝曉鬢，卻愁詩老當秋看。如何布地黃金滿，欲駐春光一寸難。

## 涵泉趙翁搆別墅於城北暇輒憩焉或疑爲藏嬌地翁乃懸其夫人遺像於壁屬余賦詩以明其志

曲折迴廊窈窕房，有亭有樹有花香。寒山金石初分業，苕水漚波別有莊。好客常懸徐穉榻，愛眠閑設管寧牀。不須煖老思燕玉，畫裏還陪老孟光。

## 毛壽君屬題拈花微笑圖

山中春去春常在，照眼花枝爛漫開。一種靈機誰識得，被君隨手卻拈來。

## 送春聯句六十韻

久未憑闌立孫原湘，當軒樹樹圓。弄晴風力老趙同鈺，試霽草薰妍。網罥花鬚顫原湘，簾迎燕翼翩。松梢黃墮粉同鈺，榆莢碧攤錢。絮撲閑雲熱原湘，苔攢宿雨鮮。庭荒虛夢蝶同鈺，林密隱嚬鵑。蕉葉旗危卓原湘，藤絲珞互纏。徘徊幽意足同鈺，觸撥亂愁先。長日初宜困原湘，餘寒莫肯捐。清遊須秉燭同鈺，慰餞且開筵。酒鬬酴醿釀原湘，詩尋芍藥緣。銀鮹肥落箸同鈺，鐵雀脃登籩。九熟珠櫻會原湘，三生玉版禪。茅針心媆剝同鈺，梅豆齒酸濺。短甲萋將茁原湘，新槍茗乍煎。消魂佳節物同鈺，回首好流年。記得青郊迓原湘，曾同紫陌鞭。妝明桃塢裏同鈺，黛展杏樓前。瑤管東城俟原湘，瓊裾北里聯。踏燈潛掐臂同鈺，趁社競摩肩。索笑参横戶原湘，盟悰月上弦。癡兒喧蹴踘同鈺，狡婢賭鞦韆。一刻金難買原湘，千聲箭易傳。驀驚芳信度同鈺，預怕勝時遷。楝子占番驗原湘，蓂莖數候愆。抛殘歡喜地同鈺，錯過豔陽天。書斷劉郎札原湘，吟收謝氏牋。慵馳雕鞲馬同鈺，嬾酌翠觥船。老大嫌窺鏡原湘，匆忙等墜鈿。

摶沙隨麴散同鈺，撮土恣香憐。祖帳桐陰匼原湘，行廚米殼填。繩脩寧繫景同鈺，絲裊宛霏烟。旌旆神飄颺原湘，瑠璆眼宕懸。遮留疑有脚同鈺，迴綰苦無權。鶺鴒休頻促原湘，驪駒盍少延。再逢原荏苒同鈺，小別亦縈牽。杳渺蒼龍駕原湘，招搖赤帝旃。塵猶飛滚滚同鈺，水自溜涓涓。怊悵蜂歸洞原湘，盤旋螘繞甎。多情何爲者同鈺，遠眺倍淒然。亭榭重重暗原湘，欄干六六蔫。靡蕪樵徑匝同鈺，蘿薜女牆偏。布穀催臺笠原湘，求桑聚陌阡。斜塘萍泛泛同鈺，別浦蓋田田。波返湔裙侶原湘，隄空拾羽仙。傾襟能幾箇同鈺，脩禊憶羣賢。浴佛良辰近原湘，稱人故事沿。衫呼裁細葛同鈺，盆聽坼柔荃。綠檻朝停繡原湘，紅閨午脫棉。玲瓏團扇翦同鈺，輕薄袷衣穿。鈴鴿遙聞放原湘，筐蠶漸解眠。硯憑薇露滌同鈺，楮借竹皮鐫。駐色貪餐李原湘，徵歌肆采蓮。丙丁圭影測同鈺，壬癸篆文拴。丹早玄冰貯原湘，榴期絳火燃。芸函除蠹蹟同鈺，薜石埽蝸涎。冉冉臨槐序原湘，依依紀柳躔。蕙叢馨默轉同鈺，麥隴秀紛連。買夏園成論原湘，傷春曲入絃。相期河朔飲同鈺，七發病應痊原湘。

## 蒯博士二十四硯歌

賦棠博士有硯癖，癖如米顛顛拜石。手摩廿四琅玕青，眼對一雙鸜鵒碧。花信番番到硯池，楊州橋畔月明時。呼童界取烏絲紙，好仿司空細品詩。

## 徐林邱畫册

老筆老無敵，柔絲柔可憐。逗來遊子眼，畫出早鶯天。一面東風活，雙眉照水鮮。湖橋西去路，絶勝六橋邊。

## 晚眺

笑指城東墖上霞，綠陰中有謝孃家。柳花落盡春心冷，獨立飛樓數去鴉。

## 霜林小幅

板橋流水石欹斜，小杜詩情爲晚霞。畫手拈豪更超絶，不將霜葉染桃花。

## 山居

絶壁上無路，芙蓉天際開。高秋迴白日，盤古此青苔。下有元真宅，長依碧水隈。閑鷗飛不到，除是片雲來。

## 馮孝婦刲臂操

婦王氏，居太倉之璜涇，幼喪父，諸姑適馮氏者迎歸，昏其子。姑病革，婦泣謂竈嫗：『吾父不幸早世，煢煢母女，非姑不活。姑死，吾忍獨生？』嫗曰：『善，然無可爲者。』夜半婦潛起，久不至，嫗往迹之。遙見婦長跪，持利刃，袒一臂，釜騰騰氣上出。婦見嫗來，急刲片肉投釜中，嫗驚踣地。婦取肉湆進之姑，姑口噤不可開，灌以匕，滚滚從兩頰出。婦大哭，家人驚起問，婦已暈仆。嫗匍匐入，且泣且言狀。里黨以是稱孝婦云。

馮家婦，馮家甥。父死姑活我，姑死忍獨生。上呼天，下搶地。醫束手，婦袒臂。臂如雪，刀如霜。急投片肉入沸湯，遲則竈嫗窺我旁。竈嫗驚仆，婦起無所苦。姑命得延，兒肉作脯。姑命不延，兒肉如土。牀上絶命，牀下斷腸。家人來倉黄，老嫗匍匐入房，哭聲淫淫震彼蒼。老嫗摇手止勿哭，且看盤中新婦肉。

## 馮處士恆寄所撰貞蕤録索序兼以斜川集侑緘報以長句

馮生古文今作者，共姜伯姬手模寫。書成郵筒索我序，展對黄鐘怯鳴瓦。先公仲廉文筆繼二川，志行貞潔盟清漣。逢人輒障茂弘褎，愛我獨拍洪厓肩。我時躭吟李青蓮，問我韓柳心茫然。阮嵇傾襟實殊趣，雲遜結契真忘年。老成半百遽徂謝，惜未得受歐陽傳。君今瓣香嗣家學，咄咄跨竈追前賢。向歆彪固有父子，幸得兩世交談遷。平生詩騷有奇作，作爲文章苦力薄。願持劈正攻我瑕，毋但相憐如沈約。君今寄我斜川詩，字畫端楷抄烏絲。焚香細讀百不厭，果然名父無凡兒。貧者報瓊不以貨，作詩但爲先公賀。有子能文足象賢，又是人間一蘇過。

## 太常寺蝶仙歌并序

仙之形宏瑣不常，所向視善氣乃集，不入華膴也。嘗舞雪止瑛夢禪處士齋，處士爲圖其狀。又嘗集英煦齋司空室。司空夫人，今之管仲姬也，承以綃帊，仙爲之馴，故夫人橅繪尤栩栩，視夢禪爲變格矣。予屬司空門下士，獲覩神品，贊嘆作歌。

蝴蝶古仙人，託居太常寺。一雌而一雄，慎守古樂器。聞樂蘧蘧拍雙翅，雄唱雌隨恣遊戲。或大如輪或如箑，或小如錢隱於葉。有時還恐世眼驚，變化仙軀作凡蝶。不愛春光愛雪光，不聞花香聞雪香。雪中與雪紛翾翔，見者云是小鳳皇。善人家，祥雲遮，入室來嗅芝蘭芽。高人居，清風餘，繞庭栩栩聽讀書。置花滿堂錦滿樹，仙也他飛不一顧。京師人海兩畫仙，一英夫人一夢禪。仙亦好名求入畫，先試夢禪水墨派。猶防見者不相識，更請夫人細鈎勒。呼來不集文窗紗，承以鮫帊如輕霞。翩然即飛不可遮，若遇凡手空咨嗟。夫人寓目心通靈，以心視腕追杳冥。仙乎繞筆筆不停，紙上若蜕真仙形。以視夢禪各逼真，誰得其意誰得神。仙於兩家熟且馴，夫人善人禪高人。餘人但從畫中看，癡望太常若星漢。

## 戲題梅花卷

仙人撒手洒珠塵，添得青天月有神。絶似謝娘妝閣外，雪中斜出一枝春。

## 哭子和觀察

宣勞郎署比盤清，馬上秋霜鬢上生。丙夜官書猶治獄，丁年辭賦早知名。絶無暇日謀千古，綽有賢聲動九卿。身著繡衣乘傳去，忽忽碧海便騎鯨。

使星分陜甬句東，籌海深憂保障功。崑瀆水仙春跋浪，樓船飛將夜追風。鯨魚未報收青島，鵩鳥先聞下碧空。賸有八旬慈母在，憑棺白首淚雙紅。

## 訪李一味霞於清聲館屬作梅花三弄味霞索予畫梅十幀盡三鼓而罷

我乘扁舟來，偶泊楓樹林。濯髮語谿水，一聽梅花琴。初彈衆心清，再彈萬籟默。秋水入戶飛，山月當窗白。忽憶碧松下，同栖白雲栖。當時聽琴人，宿草都萋萋。感往勿復彈，彈使我淒咽。請收瀟湘波，看弄羅浮雪。羅浮三萬樹，縱横入我圖。一樹一虬龍，一花一明珠。落筆青天驚，閣筆衆山笑。不逢絶世人，烏能識其妙。我抱梅花圖，君枕梅花琴。陶然各入夢，琴畫俱無心。

## 萬和圃前輩承風南溟春濟圖

擊鼉鼓，驚龍宫。使星下射鯨波紅，紅旗百尺招天風。緑瑠璃鋪南海面，海外珠崖看不見。耳邊隱約雷州雷，眼底須臾電光電。中流譚笑歡春聲，老蛟惕息不敢鳴。賓僚左右亦神旺，濟險不識波濤驚。瓊崖屹立森五指，領襄羣山迓天使。城上纔看黑豆生，城下喧傳碧幢止。瓊州四門開蕩蕩，官吏羣瞻使星朖。雲海樓前士若雲，珊瑚盡入先生網。海日晴開放牓天，落纓抱甲春無邊。佛桑花濃木棉麗，絳火十丈燒青天。一片冰心燒不熱，三載清風灑蘭雪。歸裝不載明月珠，只載梅花榦如鐵。通潮閣上題詩還，揮手笑謝陶公山。道書二十四福地，曾住玉皇香案吏。即今儋耳文風開，花田桃李皆公栽。諸生觀海難爲水，歎息天生舟楫材。

## 和圃先生公餘憶舊圖

使院茶煎刻漏遲，晴光濃繡佛桑枝。卻逢玉署金堂暇，還憶蘆簾紙閣時。清影依然燈火共，苦心惟有瑟琴知。分明風雪牛衣夜，笑倚紅窗看紫芝。
伉儷神仙世所無，公餘清翰灑金壺。綵豪細寫糟糠事，丹粉重添黻佩圖。還闕乍驚鸞折翼，傳家早見鳳將雛。卽今元相營齋罷，細展生綃對鮑姑。

## 寒夜鄰滓閣話月

松響清寒竹響淒，霜風閃影忽東西。酒能使客肺肝露，月不放人眉眼低。靜夜簾櫳虛白透，先春梅萼小紅齊。無端一晌幽窗話，過後思量又雪泥。

## 嬌女

左思嬌女似嬌禽，來道勝常送好音。書是宣文親口授，花令小玉上頭簪。學分繡綫宜纖手，解辨琴絃有慧心。一點櫻脣留墨在，曹娥碑字甫橅臨。

## 屠維大荒落（己巳，一八〇九）

### 人日雪

瓊枝瑤草遍柴扃，妝點靈辰恰恰靈。大地無邊臨皓月，中天何處看參星。三分頓助梅花白，七種難挑菜甲青。偏是女兒能好事，春燈細鏤玉瓏玲。

### 早春夜

快雪晴消玉砌塵，嫩寒微困驗初春。簾搖明月無聲水，屋貯梅花絕色人。奇氣文章愁裏發，閑情心膽醉時真。燈前一笑俄雙淚，自惜韶光自愛身。

### 喜邵蘭風上舍歸

七載不相見，鬑鬑如許長。清時中酒濁，暇日作詩忙。老輩看誰健，吾曹興復狂。今朝梅樹下，與爾且徜徉。

## 炳燭行贈黄琴六秀才

黄君讀書有書癖，一卷隨身手不釋。清晨下帷不裹頭，丙夜燈還照秋壁。水明簾捲秋氣新，簾外冷月來窺人。觀書雙眼炯如月，月光相射逾精神。天河沉沉屋角横，小山叢桂幽香生。長吟喝月月倒行，草蟲四壁秋無聲。此時朱門燈火暗，閑雲散作夢滿城。豈知人間茅屋底，猶有短檠開長檠。我聞顧歡家貧夜然糠，匡衡鑿壁偷燭光。君家烏几一燈朗，勝如黄衣手把青藜杖。黄君黄君爾何癡？俯拾青與紫，豈必書與詩。徒令秋霜染爾鬢上絲，秋蟲笑爾吟聲悲。苦心一點聰明血，只有秋檠紅豆知。

## 正月晦日殘梅下作是日子偘忌辰

曉雲如夢露如啼，幾片東飛幾片西。小住亦關緣久暫，飄零那判遇高低。一般身世惟風絮，萬事思量總雪泥。莫話去年今日恨，比他羌笛更淒迷。

## 春泛

春水緑堪憐，春人照若仙。桃花二分月，楊柳十三年。好夢輕雲隔，離心落日懸。白鷗真我友，一一酒樽前。

## 品花

花裏三傾國，梅蘭及海棠。可餐皆秀色，不斷是生香。春思依依夢，秋陰寸寸腸。何時滿人意，都值在瀟湘。

## 己巳春三月過平遠山樓聽鐵舟小霞彈琴時遠峰方病聽琴畢病良已爲之作詩以紀其事

枯桐發響寒葩醒，樓中飛雪春冥冥。起訖飄忽中瓏玲，以心喻指指節靈，指外有指心忘形。誰其彈者爲李馨？白皙姣好十九齡。忽而變聲古以遒，白日欲碎青天秋。沉著毋許剽不留，聲入木理木亦柔，絃如無絃絃外求。誰其彈者爲鐵舟？穎師後身兼貫休。各舒妙指不相競，各寫古心實相應。有心無心皆上乘，是指非指佛印證。衆籟盡息一音正，一樓春風默而聽，詩人忘詩病忘病。

## 古梅花下作

老樹著花花嫵媚，繁花映樹樹玲瓏。漫天蓋地春消息，只在横波一轉中。

## 瀹塵居牡丹

羯鼓東風怒發芽，珊瑚紅透碧窗紗。世間味莫奇於酒，天下人多豔此花。一笑春猶誇富貴，百年事總類雲霞。當筵漫惜韶光去，五色圍屏面面遮。

## 贈周山人雪龕

玲瓏仙館匝清池，流出支谿水兩支。萬事破除惟酒癖，一生心力在花時。皈依白社如元亮，脱手青山倣大癡。攜得朝雲來入夢，借君彩筆浪題詩。

## 雨中同菘疇小霞泛舟送春

湖山如夢雨如塵，道是尋春卻送春。畫槳雙枝天上水，紅樓一角意中人。難遮去路惟青草，不定來蹤是緑蘋。究竟爲誰惆悵殺，閒愁纔洗又重新。

## 李生小霞馨

小李如芳草，閑情處處生。青山秋入手，緑酒夜飛聲。歡醉難爲夢，清狂易得名。梅花三弄罷，風月太縱横。

## 周生菘疇彬

之子顔如玉，蓮花最少年。聰明由我授，温雅得人緣。錦帊胭脂溼，銖衣蛺蝶翩。一枝蟾桂好，香染大羅仙。

## 獨立

埽空心地露天真，四海千秋此孑身。自對月明還自愛，無情人是至情人。

## 八月十四夜是日秋分

古桂重開露滿天，忍寒貪立小庭前。秋如半老何嫌老，月喜將圓尚未圓。萬事要知無足日，一生須惜乍中年。世人每忽當時景，只道來宵更可憐。

## 秋泛取醉

薄羅雲結晚霞妍，遠汎閑乘舴艋船。繞郭秋如殘畫裏，倚樓人在夕陽邊。湖山本是窮愁料，風月難辭世俗緣。獨酌扣舷吾自醉，不堪醒眼看青天。

### 鹿城遇蕭二子山話舊

相見仍無語，相思各自深。黄壚生死淚，謂百堂、容堂、子和、子偘。白首弟兄心。木落凋秋色，鴻飛咽遠音。浮雲同一笑，不必論升沉。

### 送兒輩就試玉山卽之郡

無端趁得秀才舟，乘興來爲訪戴遊。看罷玉山秋一點，滿天風雨下蘇州。
一櫂寒烟破白蘋，此行端不爲鱸蓴。閑雲笑我匆匆甚，訪了秋山訪美人。

### 雨中泊舟金閶命小霞作秋訪圖歌以紀事

一船如鷗臥秋渚，我欲攀雲與秋語。美人亭亭在雲中，手弄明珠撒秋雨。風吹黄花滿鬢香，玉纖持盃勸我嘗。柳絲挽船莫歸去，秋水不如人意長。長相思，短歌續，美人不來抱秋宿。夜呼李生翦殘燭，數點吳山腕底綠。

## 哭瞿夢香

眼底清才似汝稀，秋風老淚爲歔欷。此生翻爲求名誤，臨死方知好色非。香火未曾留似續，文章誰與闡幽微。可憐撒手西天去，落得頭銜一布衣。

## 梅花觥歌

飲邵匏風同年廣融齋中，半酣矣，出梅花犀觥酌我，連引數爵，頹然竟醉。主人許以詩易杯，乃泚筆作歌。佗日，於趙文毅兕觥外，又爲吾鄉增一故事耳。

主人知我性愛梅，酒酣酌我梅花杯。眼花已落古井底，對此雙眸忽如洗。一吸逕盡香且温，三杯五杯拚醉髠。八杯九杯雲夢吞，胸中縷縷梅花魂，玉山似倒羅浮邨。十杯以後喫不得，手尚摩挲未能釋。此杯辟塵兼辟寒，滿堂翦燭紛傳看。黄支一角理沉黝，巧匠琢根龍蝴蟉。繞身明珠二十九，正側向背無不有。兩枝迴抱若臂肘，一枝上環入杯口。其根鎪空恰容手，上廣下鋭兩合受。古人角爵容五升，周官小胥不敬懲。小者亦爲君子壽，卷耳七月風人稱。君今酌我至小者，猶憖小戶力不勝。君固勸我更一觥，便令此觥從我行。感君此誼不敢辭，再拜受觥報以詩。籠歸褭中拂拂出酒氣，醉魂猶認梅花味。

## 海棠觥歌

匏風哲兄亮時茂才廣鑑，有秋海棠觥，製尤精巧。予既得梅花觥，思以海棠配酌，更作是歌，介匏風貽亮時。

萬物未有得，一心無所求。得一乃思兩，如鳥求其仇。君家兄弟俱好客，各出藏觥勸浮白。一雕梅萼一海棠，棠尤嫵媚含秋芳，葉爲觥體花爲妝。一花瑩然浸於酒，兩花嫣然覆其口，繞體如腸更花九。十二花無一重式，未開半開反正側。梗如梅根虛受執，葉如梅瓣歆受吸。梅容兩合棠一合，兩觥共抵三蕉葉。我酌此觥思彼觵，安得兩美成合并。右持春葩左秋英，便當拍浮了此生。忽憶故事齊竟陵，就見子晳兩器呈，嵇康之杯景山鎗。我援此例竟作發棠請，棠乎棠乎惠然肯。不則元瓌寶爵恐飛去，公權銀杯化爲羽。

## 重九遇風雨越二日偕凌客輩上北山補登高之會

秋來腰脚健於僧，看我懸崖撒手能。松響入懷情灑落，雲痕拂袂意飛騰。事誠可補寧嗟晚，身若求高莫倦登。猶恨前朝風雨裏，未乘清興策紅藤。

## 對菊獨酌

霜中百卉盡離披，讓爾秋深獨冠時。高士儘容籬落傲，美人須看燭邊姿。香幽卻喜留能久，才大何妨發最遲。我筆與花同五色，醉來值得爲題詩。

## 書錫山華孝子祠題詠卷後

客持一卷來，觸手生古香。卷中何所詠，武陵古祠堂。有明理學儒，饙饙邵文莊。吾鄉一詩老，彭城水曹郎。餘子竝卓犖，李旻及劉纓楊文。詞意悉古質，筆法都清蒼。流傳蓺林久，哲嗣求傍徨。歸璧顧君翰手，珍襲逾琳琅。昔過惠泉麓，傑構依平岡。云祀華孝子，嚴禋肇齊梁。明時稍繕葺，飛樓聳瑤閶。濬池承往澤，植樹貽來芳。倉卒失瞻仰，展卷懷清光。諷玩不忍釋，一一名辭章。匪重名辭章，孝思感人長。惠山石可泐，惠水原可塞，此卷不可蝕。

## 輓毛壽君

壽君名琛，早歲工詩，聲譽藉甚。晚年不得志，浪遊楚粵。比歸，諸子皆星散，寄蹟僧舍以終。

生平著詩數千首，欲予爲選而刻之。病中以一篋授予，其子婦疑所蓄也，奪而藏之。君既殁，遂不可問矣。

垂老名場事事非，投林倦羽早知幾。一生心力拋詩卷，四海交遊識布衣。有子飄如黄葉散，無家閑共白雲依。長明燈下遊仙夢，應報吴天失少微。

秘篋明珠事宛然，故應珍重莫輕宣。流傳著作原關命，付託因緣亦有天。若爲中郎收典籍，未容行賈問詩篇。空餘紅豆辭人號，誰向騷壇鑄浪仙。

亮時蘭風昆季約爲菊花會第一集分得花字

燭邊鏡裏影横斜，側帽銜杯量儘加。對此襟情宜兀傲，受他供養亦清華。九秋豔奪三春錦，一室光飛五色霞。籬外南山萬重樹，相當還有葉如花。

華陰廟商柏抱周槐在左闕門下見唐志嘉慶丁卯歲一枝遭風折墮地無錫華竹庫上舍麗植乞之廟祝繩而方之準漢尺長一尺八寸寬四寸六分以貽邵君亮時酒次出以傳觀爲讚歎作歌

世間萬物貴在老，尺木可如尺璧寶。既無龍紋鳳紋肌理妍，又無倕斤般斤琢削巧。鑽之未必新火生，聽之豈有音與聲？不書周槐二字作標識，烏知此木公然入唐志。華君鄭重貽所親，邵君得之誇衆賓。酒酣四座盡傳看，如捧夏鼎商彝珍。我思此木未吹折，華陰廟前榦如鐵。屢躲驪山召寇烽，曾搖槐里封秦雪。商柏抱之心慕悅，龍鱗纏附虬髯結。氣壓秦時五大夫，位尊周禮三公列。顔墓楠，孔陵檜，與君共入耆英會。錦心氏，繡腹郎，唐時槐名。對此只在孫曾行。豈知參天拔地二千載，忽折一枝墮塵海。古物偏逢好古人，遥遥作合如相待。此木若在唐時逢，已足歆動裴晉公。定教庾威削作枕，南柯郡領槐安宫。今人空讀唐志熟，蓄眼未覩此奇木。羡君足不出里門，華州二豖來相奔。摩挲滑澤不去手，頓令枯木回青春。不必頌君傳世爲公卿，不必願君服實能長生。但須博古圖中將此形模尺寸一齊補，君名與木同萬古。世間何限株輪囷，北風獵獵吹倒塵。不逢兩君好古人，竈下拉雜摧爲新。

## 訪王仲瞿吳門時君方佐河帥宣防暫歸

我浮秋水壺盧至，君趁寒潮瓠子回。塞土當時非至計，築隄延世是奇才。奔流坐看堯年去，轉運行脩禹貢來。手檢河渠三策在，宣房宫下獨徘徊。

凌雲瘦筆獨撐支，天鍊奇才薦達遲。翻譯欲脩三竺史，輿圖能補百蠻詩。生如無益名徒累，死即能傳骨豈知。一箇看囊錢没得，兩行清淚老微之。君賦悼亡未久。

## 喜林遠峰病起

一病幾銷骨，相逢暫展眉。聽花謾脚輭，吹酒飾顔衰。尚有飛揚意，寧知老大悲。白頭對紅燭，不笑亦何爲。

## 訪王椒畦孝廉學浩寒碧莊寓齋

入戶一庭竹，須眉寒綠生。整衣連畫筆，踏葉得詩聲。健發烟霞秀，貪依水石清。國初推四子，添爾五家成。

## 得舒鐵雲書并四詩言昨歲都門有傳予病歿邗溝者慰語情摯并問出山之期次韻述懷卻寄

蓬山風卻已經年，骨出飛龍繡佛前。牛馬走慚稱太史，蠹魚乾悔食神仙。禁方自配君臣藥，行券難商子母錢。猶喜尺書逢驛使，玉梅消息破情禪。

自憐出處兩蹉跎，泉濁泉清轉折多。鴻隱仍棲吳市廡，鳳雛幾落蜀山坡。病揚州時，泊舟蜀岡下。冷官久分生涯拙，高士翻嫌死信訛。一事傲他趨漏客，酣眠不識夜如何。

如君冀北合羣空，神駿依然伏櫪中。幕府頻年支鶴料，書生何日脱鶵籠。蘇秦十上終慚嫂，子貢三挑太惱公。一卷連山去開講，非童求我我求童。君十試禮部，三遇大挑，明年將主講溧陽。

選佛曾傳法喜書，法祭酒嘗爲君與仲瞿及余，作《三君詠》。三尊我獨愧文殊。幸逃仙刼聞雷斧，難救民貧望雨珠。百結綈袍寒至此，一條衣帶水印須。相思腸繞閶門路，夢聽吳孃子夜歈。

## 鏡

一對常娥對，朝朝畫遠山。但分姿好醜，不辨膽賢姦。月嬾飛天上，人貪閲世閑。能消幾回照，白雪上紅顔。

## 殘雪

梨花飄墮滿春城，日日呼童埽不清。全恃陰山將汝護，敢遮要路礙人行。横陳儘受飛塵汙，光寵翻希落照明。畢竟消磨自容易，暗隨溝水去無聲。

相逢曾憶散花天，抛汝風塵亦可憐。漸學人情分厚薄，尚隨物態寓方圓。光微不及盈庭照，才淺空思滿壑填。身到泥中翻戀戀，都忘舊侶玉堂前。

徵漕之日客來投兩邑宰者多下榻寒齋或一日二日至八九日率無所得而去因仿杜陵七歌以紀今歲漕政末二章爲客歎也

不奉詔書奉憲牒，每石加三曰津貼。監收吏來語喋喋，縣官奴顔兩耳帖。一歌兮我思彭澤陶，彊項不爲米折腰。

竹聲肉聲震天起，朝發朱符夜追比。案牘如山置不理，不識一丁只識米。二歌兮我思道州長，不願催科考上上。

一風再篩三簸揚，徵米色錢如徵糧。有錢低潮盡入倉，無錢好米稱粃糠。三歌兮我思會稽守，父老殷勤一錢受。

紅椒較斛口包鐵，要結民心吸民血。徵收十成當八折，倉場踏米如踏雪。四歌兮歌思南唐民，米三斗換鹽一斤。

有手莫彈單父琴，有眼莫看戒石箴。有能餽我十笏金，烏白鷺黑從君心。五歌兮我思崇德宰，長官清如醬色水。

寒林北風吼如虎，問君何行拜明府。監奴拒客坐堂廡，一塊冷銅三擊鼓。六歌兮我思臨邛令，折節相如謬恭敬。

客從遠來不及避，不待客言窺客意。滿面沾沾作廉吏，送客出門怒門隸。七歌兮我思汝陽尹，一片豬肝故人領。

# 天真閣集卷二十　詩二十

## 上章敦牂（庚午，一八一〇）

### 早春梅花下

春寒勒住玉參差，小粒明珠挂滿枝。越是折磨心越愛，恰如好事未圓時。
一日巡簷十二回，月明孤影尚徘徊。靜中領略春消息，好在將開卻未開。

### 雨窗

連朝雨霽報花開，纔要看花雨又來。一種護花心事切，絶無花處且徘徊。

## 重過瀹塵館牡丹已謝

重繫蘭橈野水濱，東風相對惜殘春。名花老去猶傾國，小鳥飛來欲近人。池館漸增如著作，煙雲長護是鄉鄰。舊詩刻向琅玕翠，一晌摩抄迹已陳。

草堂三宿酒千杯，公瑾交情潑舊醅。樹底聽歌黃鳥熟，溪邊窺客白鷗猜。風吹浪迹冥冥絮，雨繡春痕漠漠苔。手寫桃花源記去，此生知否更重來。

## 送春

東風輕埽玉堦塵，中裹飛花點點春。舊事難尋今夜夢，新愁原爲去年人。蠶拌老死惟成繭，絮有他生只化蘋。可柰閑情似芳草，一回删卻一回新。

## 靜坐箴

氣爲道母，神爲氣房。洞我豪邱，閉我幽昌。不損不益，勿存勿忘。魂與神一，如珠匣藏。

天地無我時，天著我何處？天地生我後，我著我何處？天地無我後，人著我何處？試於靜坐時，回頭一返顧。

萬善莫如一仁，萬化莫如一神。萬理莫如一純，萬物莫如一醇。養得靜中消息，恬知一貫生春。

碧梧風細亂蟬吟，靜裏功夫子細尋。落葉拈來成一笑，元來此即是春心。

## 李安之歸佩珊夫婦過訪下榻長真閣

昨夜燈花報我開，雲中雙鶴果然來。留賓合取文君酒，埽榻愁無弄玉臺。會促難停長短漏，情多各注淺深杯。未妨守盡寒鑪火，同撥心香未死灰。

酒花香雜墨花鮮，騰笑全家盡廢眠。歡喜眼前無俗溷，商量身後有詩傳。閨房跌宕奇才子，煙火韜藏古謫仙。鬥罷剡溪藤百幅，一星如月挂東天。

## 送別安之伉儷

閣上雙星竟夕留，難傾海水注蓮籌。傳書預屬迎潮鯉，阻轍翻思喚雨鳩。童婢也知良會惜，神仙原要宿緣脩。蓬門一角雞棲地，曾作吳家寫韻樓。

## 重光協洽（辛未，一八一一）

### 人日雪霽

雪灑簷花墮畫檽，有梅花處雪消停。知春草意先蘇醒，耐冷人情必性靈。綵筆新詩題歲歲，玉塵舊事記星星。遥山也喜逢人日，微露牆頭一髻青。

### 春感八首

余入詞館七年矣，戊辰春，服除赴闕，舟至秦郵，急疾而返。都下有搆飛語中余者，師友各郵書敦促。今年又值散館，徧呼將伯，竟弗克具裝，疾且復作，是命矣夫。書此識感，兼呈院長諸師及同館諸故人。

春江催放木蘭舟，其柰空囊趙壹羞。黄閣慢期勳一品，青山自有業千秋。飛飛但看凌風鶻，泛泛真成狎浪鷗。林下相逢人莫笑，也曾簪筆向鼇頭。

蹉跎鄉國又三年，孤負長安望眼穿。勸駕徒煩公府檄，辦裝難借水衡錢。名高豈爲窮愁貶，俗薄惟知仕宦賢。我愧一瓢清未絶，累人頻諷出山泉。

千里流言易信真，可堪一篋謗書陳。曾參有母還投杼，顏子無人偶拾塵。魚腹寄緘愁不達，蛾眉遭誣恐難伸。春風獨閉門如水，靜對爐香自檢身。

坐盼簾鈎落日遲，春長枉自弄游絲。蠶因葉少踰眠候，燕爲風疏誤社期。身暇始知羣過集，心清祇覺獨居宜。花開本是慵舒眼，況值愁深病淺時。

莫上高樓莫倚欄，柳條春老杏花殘。客來尚問行藏亟，身到方知去住難。堂上芥舟無水濟，階頭榆莢當錢看。秋雲敢道人情薄，自分黔婁骨相寒。

飛花如雨撲簾旌，此日春光滿鳳城。弱水神仙慚後輩，浮雲富貴悟前生。菰蘆儘可容孤隱，桑柘何嫌託耦耕。只是受恩忘不得，愁心和雁入瑤京。

名卿手札日邊來，絕勝封軺驛使催。翠羽能招肥閔損，黃金難鑄空顏回。心傾葵藿原知感，手畫壺盧亦要才。深負鶴書頻赴隴，報辭聊比漆雕開。

當年名共大羅題，媵我遲遲踏玉梯。蹤蹟暫分天上下，瀠洄未定水東西。爭思禁署成頗牧，慢笑深林息阮嵇。傳語蓬萊仙掖樹，一枝留待碧鸞棲。

## 冬禁煙

塘橋龐氏，不戒於火，一姑兩媳同死。時翁父子俱他適，姑曰：『婦人不夜行，吾安辟哉？』兩婦既出，復入曰：『姑死，吾曹何生爲？』姑錢氏，婦徐氏、錢氏。嘉慶庚午仲冬某日事。

宋宫火，傅姆不來辟不可。漸臺水，王符不至妾寧死。龐家三女三丈夫，阿婆殉義婦殉姑，頭額焦爛心不枯。不見李繁姊，救姑不辟賊。不見義宗妻，冒刃立姑側。西鄉炊烟冬日息，龐家忌辰作寒食。

## 南宋樂府

### 田舍翁

匹夫生擒數天子，寄奴王者竟不死。穩坐龍牀猶虎視，殺馬不盡意不止。葛鐙籠，木耒耜。儉德區區奚足齒，弑亡國君自此始。

### 羊禦狼

車兒自壞萬里城，封狼居胥謀老傖。佛狸南來燕巢林，老傖跪諷觀世音。耕當問奴織問婢，白面書生事何濟？失一狼，走千羊，輪臺之詔胡可忘？

### 大齇鼻

南山崔崔上林苑，臧質老奴勸人反。空帷夜哭李夫人，侍中作誄堯母門。豫州刺史雙淚急，不泣須防奴子擊。昏昏醉過十一年，寧馨兒就山陰眠。謝嬪迎來何邁第，貽謀原是大齇鼻。

## 蘇侯神

竹林堂前呼寂寂，此段殊得蘇兒力。卻遵覆車裸婦人，不記縛豬親裸身。禾絹閉眼諾，胡母大張橐。諱不祥，白汝家。辟陰禍，馬邊瓜。口呼司徒小寬宥，柰何蘇侯不相捄。

## 李將軍

孝武龍子二十八，屠豬不成被豬殺。劉家業付李家兒，漆竿緣罷來吹篪。骲頭纔射領軍腹，千牛刀已候眠熟。

## 丹陽宮

天下事合關蕭公，誰開一言刀血紅。三十二枚玉璧終，小車轣轆丹陽宮。走下金街淚彈指，後身勿作天王子。君不見，司馬家兒亦如此！

## 春盡

昨夜東風料峭寒，滿城春色盡闌珊。楊花得意飛如雪，便有兒童仰面看。

## 盛青嶁遺照青嶁名錦少以白雁詩著名沈文慤詩友也

鮒溪鷗侶共周迂邨朱木鳶，壇坫風流信不虛。重問月泉吟社事，江南誰是沈尚書。

襆被尋詩蜀道行，苦將標格鬥新城。寒花衰草靈巖麓，愁絶秋風白雁聲。

## 蔣文肅牡丹百詠題詞

五色宣豪奪化工，文心畫手鬥春風。調翻李白真才子，種備姚黄屬相公。一品集宜宫錦裹，百篇詩稱碧紗籠。名花看到兒孫少，富貴長留此卷中。

## 春盡夜獨酌芍藥花下

憑闌又見夕陽沉，婪尾杯寒且自斟。花繞四圍侯萬户，漏餘一刻價千金。緑陰礙路枝無力，紅淚承盤燭有心。惆悵明知竟何益，未妨辜負是香衾。

## 悼蓮歌

蓮卿徐姓，崑山人，幼育於外家。趙子梁見而美之，求以爲箳室，舅氏拒不可。已學繡於子梁之妹夫人，夫人以言挑之，曰：『以卿孅弱，爲貧家婦，詎勝操作？誠得佳壻，卽屈身爲絡秀，計亦良得。』女頷之。子梁知其心動，謀諸其外祖母，卒迎以歸。趙夫人固才而賢，絶愛憐之，字以蓮卿。蓮卿亦宛轉於夫人之側，閨房之和，有如言笑。未幾，夫人卒，蓮卿哀不自勝。子梁令庀家政，曰：『暫攝不敢辭，然君宜繼室，妾終侍夫人地下耳。』明年誕一子，不育，彌月竟卒。子梁有兩姬，蓮卿寡言笑，動循禮法，子梁以爲如夫人。於其歿也，痛之甚，屬爲之辭。曰：

趙郎性見蓮花喜，欲采蓮花得蓮子。一夜西風墜粉紅，蓮房未實蓮先死。蓮卿家本語溪湄，荊樹凋零蘐草萎。燕卵僅存誰羽翼，鵲巢雖在莫栖遲。外家攜向虞山麓，十五盈盈秀如玉。補屋親牽壁上蘿，折花羞映門前竹。杜牧尋春興正濃，城南淥水泛芙蓉。乍驚憑檻彎蛾翠，卻見登樓濯馬鬉。歸來惘惘真如失，欲聘紅兒爲記室。鴟舅偏無宛轉心，雉媒枉費殷勤覓。花謝花開春復秋，皋橋遍訪泰孃樓。空勞走馬如京兆，難得傾城似莫愁。吳宫絲絶趙夫人，恰與徐吾是比鄰。宋褘傾身稱弟子，靈芸低首學針神。綠窗罷繡從容語，如此孅腰真楚楚。出汲寧勝桓氏車，賃舂難配梁鴻杵。何如佐讀效清娱，細骨輕軀百琲珠。絡秀爲親曾屈節，王家干政有尚書。聞言雙頰桃花色，不語含情許以臆。解事真逢伶子于，侍書願作樊通德。從此冰人笑口開，外家祖母主婚來。定情只下繁欽帖，不要温家玉鏡臺。郎從白下回蘭楫，便教持楫迎桃葉。回憶曾逢半面粧，者番細認蓮花靨。小星宜傍月華明，况值才賢管道昇。我見猶憐緣宿世，親題小字喚蓮卿。藕絲衫子荷葉盤，手烹荷露奉清歡。六時梵課隨卿子，萬卷芸香佐易安。畫舫春停湖上路，趙家眷屬人爭妒。琴瑟調來鳳味清，衾裯裁出鴛紋互。庸知朝露折鸞釵，謝女先亡百事乖。銀合靜君悲和藥，縞裙潤玉苦營齋。翔風雖長爲房老，正室位虚公熱惱。中饋惟憑小孺人，烹調絕勝魚羹嫂。妾承君命守逡巡，宜選岡頭早締姻。卻要暫堪爲主謁，總笄終要殉夫人。果然霜雪侵蘭質，春風便得崔家疾。獅子何曾毬小金，麟兒枉自徵燕姞。手握郎君淚似潮，此生薄命比蘭苕。臨終一語須垂聽，願續鸞膠莫續貂。蓮花孃子歸天上，露仙枉備輕綃帳。潘岳方嗟晨霤零，東坡又苦朝雲喪。玉簫帶去玉荷環，十二年期再見慳。怕聽鸚哥傳響板，那能蓮子破空棺。南塘又值藕花時，愁對清溪照鬢絲。影堂寂寞空幃颺，只供亭亭玉一枝。

## 醉臥鐵佛寺桂花下

十斛奇香法界熏，珠幢風細布氤氳。禪心吾豈隱乎爾，情味人誰濃似君。飽看遥思飛入月，酣眠幾欲夢爲雲。醒來尚作婆娑舞，抖擻秋衣散夕芬。

## 趙甌北前輩重宴鹿鳴詩

老人星象貫文昌，八十花前鬢未蒼。詩化佛仙魔一氣，命兼福慧壽三長。數來齒德空朝士，說到勳名重夜郎。鸜鵒踢翻黄鶴碎，人間賸有魯靈光。

秋風重聽鹿鳴歌，舊日霓裳記大羅。一榜齊年誰健在，三朝耆老已無多。還丹卻喜同孤進，識面曾經有素娥。道上不知文潞國，只疑梁灝始登科。

## 題謝雪卿繡餘遺草錢瑤鶴姬人

雪兒風調雪聰明，摘句爲圖自繡成。得嫁書生非薄福，便躭詩癖定深情。才如有偶原招忌，語不須多易著名。擬罷江淹三十首，匆匆仙夢赴瑤京。

## 重晤錢七叔美杜於邵氏詒安堂平仄間押體

二十五年前把臂，長身玉立水曹郎。一尊重與論初地，兩鬢相看訝早霜。著作外無真子嗣，畫圖中有小滄桑。酒邊收拾英雄淚，且對梅花笑幾場。

余有贈内詩云耦耕心事畫眉年小隱須尋屋似船四面不容無月到一生常得對山眠只消春酒如湖水盡種梅花作墓田未敢便乘蓮葉去怕人猜著是飛仙葢少作也叔美采詩意爲余作隱湖偕隱圖長歌奉謝

松壺作畫如作詩，見人佳句輒搆思。我詩從未入君畫，被君妙筆偷寫之。君法荆關無不有，變滅忽成黄子久。筆非子久意子久，子久家山落君手。一峰插翠爲劍門，一湖緑浸芙蓉根。明月蕩漾玻璃魂，照見水上梅花邨。是何神仙隱於此？人道秦臺舊簫史。得非梅花化身是，不學長生學不死。碧空浮來一葉蓮，我乘游戲天外天。墮地復爲春水船，卻在屋後青山邊。松壺知我皆偶然，畫出非隱兼非仙。桃源漁耶？輞川居耶？壺公之壺耶？但須一醉百事無，有不飲者如此湖。更願君來結鄰日日就我飲，醉後雜取我詩點筆爲之圖。

送别叔美

一笑天邊月，清光共酒杯。數聲江上篴，離思滿高臺。流水杳如夢，寒冰鑿未開。玉梅香正發，勸爾櫂舟迴。

君抱西湖月，來乘東海霞。玉琴三弄罷，風雪又天涯。去路如殘畫，閑鷗共一家。扁舟儻相憶，夜夜夢梅花。

## 偶成

蕭然泠臥白雲隈，莫管桃花世上開。本少宦情兼以嬾，偶躭詩癖不關才。美人高士神仙佛，流水空山雪月梅。畢竟前身是何屬，仰天含笑任天猜。

## 訪味霞唐墅以山水兩巨幅見贈報之以歌

扣門一笑君出迎，手挾兩座秋山明。一峰初透勢突兀，未敢觸手疑有稜。中腰雲氣忽變滅，滿堂漠漠秋烟生。山根離奇拔地起，勢欲飛去淩空冥。直將太華左股割，插向吳越青天青。玉叉高懸注視久，身入萬壑忘吾形。吾鄉畫師誰大成，大癡老人神骨清。自從投畧客仙去，驅山走海無人能。後來石谷亦盛名，神理未備法則精。不如漁山骨蒼秀，不使一筆庸與平。君今後起何縱横？皴法往往荆關并。眼前餘子豈足數？子久不在孰與評。嗚呼，子久不在孰與評？玉壺買春且共傾。醉來眼纈看素壁，毛髮疑灑飛泉醒。呼童卷取白雲去，竟載青山入縣城。

## 友人屬題尋親圖

萬里尋親黄向堅，蠻溪犵樹畫中妍。人間有此禎祥事，隨意丹青亦足傳。

## 小霞山水

兼旬逃雨入江鄉，筆底烟雲倍老蒼。帶得一絲妍秀氣，無人不愛董香光。

## 玄默涒灘（壬申，一八一二）

何夢華書來云伯淵觀察兄在吴門望余甚切且報芍藥將殘挐舟往晤枕上口號

又搖清夢出横塘，舊雨相招一葦杭。離思久如芳草積，閑身甘爲落花忙。風先得意吹船尾，月最多情戀枕旁。多少金門趨漏客，車聲催動黑甜鄉。

## 孫子祠題壁

萬綠周遭宅一區，依山爲屋自盤紆。樓臺高下存兵法，石洞陰森有陣圖。客不通名看竹坐，鳥緣迷路隔花呼。紅妝到此低徊久，忍得嫣然一笑無。

## 真孃墓

芳草萋萋翠碣新，梨花誰奠玉壺春。此中或有千年骨，過客爭思絶代顰。廡下孟光迷葬所，湖邊蘇小認鄉親。人心好色真成例，裝點山靈要美人。

## 千人石

三月苔花錦繡鋪，春風士女遍跏趺。問渠閱歷能言未，如我人才有數無？一竅不曾開混沌，千呼寧解點頭顱。補天似爾空材大，難入媧皇五色鑪。

## 觀察兄臂痛戲呈

美疢難憑酒力攻，花前喚取折枝童。曲肱頗廢清眠樂，叉手猶看作賦雄。莫是忍寒因半臂，焉知佳兆不三公。若非二品頭銜在，人道新豐一老翁。

## 洪筠軒州判頤煊出示所藏國初諸老遺蹟題後

芸香葉葉護零紈，先輩風流足古歡。真蹟彊如碑響榻，勝緣誰付石深刊。書無工拙前人好，物要留傳後代難。中有吾鄉令鄭俠，數行詩翰耐重看。册共三十二頁，中有吾鄉蔣公伊手蹟，蔣於康熙朝曾繪流民圖進呈。

## 呈慶佑之方伯保卽題其泛舟理琴圖方伯爲尹文端公第十三子

華山雲接泰山雲，移蔭江南萬戶春。四海論交皆後輩，三吳持節重親臣。賡歌聖主冰絃雅，弘濟蒼生寶筏新。五十年前諸父老，扶笻遮看范純仁。

星軺當日下南天，瀟灑爭看畫省仙。白鶴調琴如趙抃，紅槎貫月是張騫。一彎秋雪初停櫂，萬斛天香盡拂絃。山水清音烟水趣，無人知道使君船。

繡衣白面枕戈鋋，紅旆揚威海外天。直使盧循窮戰艦，勝如楊僕下樓船。八閩波靜潛鮫客，一島風清逐水仙。金鼓無聲鐃吹畢，手攜琴譜仿成連。

濟楫才雄百廢脩，甘棠花下玉琴悠。化令江上魚龍帖，風解吳中士女憂。東閣梅花何遜詠，南樓明月庾公秋。萬民忭祝絃歌裏，要看公登不繫舟。兩江制府節署齋名，尹文端公所建。

## 指頭畫蝶歌爲蕉園方伯作

偉人胸中無不有，夢罷姬公夢莊叟。春魂蘧蘧著紙飛，造化天生在公手。初看不知水墨潑，道是青蟲殼新脫。又疑乾粉夾書中，遇著春風偶然活。莊生寓言指非指，以指爲筆惟所使。摹之者拙學之死，公乃神來豈形似。我昔曾見瑛夢禪，貌出太常雙老仙。以筆較指指更妍，生趣突過高且園。令我題詩忘著語，逕欲撲之袍褎舉。卷還粉本與滕王，癡立吟魂猶栩栩。

## 伯淵觀察兄招集湖舫

過江一櫂萬花迎，來晉湖山主勝盟。才大獨能兼述作，福多無暇到公卿。六旬尚切娛親計，四海爭知好客名。袁簡齋趙甌北錢竹汀王述庵都老去，東南壇坫屬吾兄。

圖成主客舫西東，恰喜林泉勝趣同。七子風流符北斗，一湖煙雨畫南宫。鶯花鬧處人逾静，蝦笱多時酒易空。宦海爭如文海樂，收帆何待管絃終。

## 觀法書名畫於七十二鴛鴦吟社

滿屋風吹石葉香，長箋錄古仿歐陽。不留天下無名畫，合喚江東有美堂。錦軸分疑從李賀，鬆厨傳或自長康。雙眸飽看煙雲過，退谷江邨兩侍郎。

## 席上題張憶孃簪花圖

國初諸老題詩日，猶見雲英未嫁身。消得幾番花下醉，眼前都是卷中人。

杏苑春風得意遊，何如紅粉此風流。人間儘有聰明客，盼得簪花白了頭。

## 餞春和韻

一蝶無聊繞畫廊，綠陰新換好風光。若非幾陣摧花雨，那得江南土盡香。

閑情纔割又牽情，愁殺蝦蟇轉六更。挑盡銅檠紅蠟淚，推簾癡聽落花聲。

## 友人僧服照

種就文人慧，猶謀蓮社名。禪爲古遊戲，佛是大聰明。雲衲破無恙，蒲團圓有情。從他碧落上，孟頫說先生。

## 把酒問青天圖

如此清宵不飲癡，天青眼白一宗之。秋河瀉作當筵酒，明月圓於在手巵。高處清寒歸有路，舊遊蹤影歷堪思。瓊樓多少吹簫侶，隔著琉璆那得知。

## 喜晤張船山前輩時辭萊州守僑居虎邱山塘

鳳尾紅雲海上開，脱籠仙鶴下蓬萊。天閑此客非無意，我愛其人不獨才。事到去留徵定力，宦分巧拙看歸來。一雙生就清風手，擲卻銅符把酒杯。

揮手浮雲笑謝之，翻憑託鉢療朝飢。儒能通佛才方大，人肯歸田福便奇。風月卻愁分我料，湖山久已待公詩。玉臺商略看花譜，好在無官未有兒。

湖舫席上看船山醉郎用惠書扇頭韻

樂飲何知聖與賢，碧筩荷葉已田田。萬花照水原無染，一蝶縈衣亦有緣。相約不言天下事，自稱本是酒中仙。接䍠倒著車茵汚，人到傳時醉盡傳。

朱楠臺明府樹基重莅昭文以詩扇見投次韻奉報

絃歌爲政本風流，竹馬重迎郭細侯。入境已寒羣吏膽，躋堂爭仰萬民頭。窮交敢以豬肝累，僻巷猶慙馬蹟留。正是分秧好時節，勸耕早泛使君舟。

手種甘棠一樹春，仲卿遺愛在斯民。雙鳧重莅如歸客，四境相逢半故人。常建題詩紗尚護，張顛判草筆尤神。桃花扇底薰風煖，霑被東陽郡守仁。

真秀閣展重陽二十韻

時序逢秋展，雲霞集故交。峰高蓮出朵，月缺桂留梢。瓊佩茱萸繫，瑛盤橘柚包。餅花高復下，觥酒凸兼凹。潄帚迎仙馭，清蔬翦佛庖。羽茶拌水厄，毛栗勝山肴。樵婢欣供爨，褏童苦禁呶。盍簪臨五老，噬腊戒三爻。香借鰕簾護，詩分藺紙抄。菊芬憑露洗，篁韻恣風敲。情喜琴絃叶，心愁瑟柱膠。新辭皮闘陸，險句愈聯郊。草暗螿吟壁，松孤鸛宿巢。銀鐙銜火鳳，珠檻挂寒蛸。朔辨酬賓戲，雄談解客嘲。友爭袁盎結，官學季鷹抛。筵已周三爵，尊還盡一匏。酣歌驚夢鶴，醉筆舞靈蛟。縮地人無術，升天犬可教。桃源如許問，吾意欲誅茅。

## 小春日吳氏古香齋菊宴

秋欲去，春忽來，煖風彊勒冬且回。春非春，秋非秋，和氣一洩不可收。化工戲弄筆五色，染得黄花紅紫白。紅深紫淺白不勻，妥貼位置終須人。主人酌我黄金罍，我不能飲花笑來。我持一尊還笑花，花不肯傲霜反傲霞。請花自笑勿笑余，此時人淡花不如。花聞我言轉更笑，君才自短不我肖。不能奮持五色筆，走向天階畫朝日。卻來籬落效寒吟，作箇詩人苦藏拙。人花相笑孰是非，不如醉翁能息機。門前秋水碧無際，一一白鷗乘月飛。

## 吳氏女産女不育慰之以詩

瑟瑟珠胎忽墮盆，蘭芽雖損未傷根。焉知失馬非爲福，幾致殃魚亦是寃。早寄音書酬母望，好調眠食慰姑恩。明年十月黄花發，來看而翁喜抱孫。

### 歲寒

天運有代謝，物理無終期。盛衰互倚伏，日月相差池。登高見黄落，造物非告疲。流行不可極，乃以止受之。動復歸有靜，大化潛逶迤。英英松與柏，各葆貞固姿。

## 昭陽作噩（癸酉，一八一三）

### 新正四日立春卽事

一笑梅花發，春來我屋先。燠風蘇草困，殘雪化泥堅。牛打千門彩，魚跳五路筵。家貧擁書臥，無欲卽神仙。

自乞看花假，春風八度更。心棲茅屋穩，夢繞玉堂清。宦興因衰減，詩情倚醉生。拌將粗飯足，歌詠答昇平。

## 春日獨醉

我持酒一杯，杯外非我有。獨酌無相親，自有明月友。安得春江流，變作葡萄酒。糟邱築南山，椰瓢斟北斗。月常當我頭，杯不去我手。春去春復來，壺中春獨久。一醒與一醉，大道雌雄守。醉倒梅花林，魂爲衆香首。笑指酒旗星，搖搖挂於柳。

## 寄題師竹山房

吳山連芙蓉，鍾吾獨秀出。白雲漲青溟，中有棲真室。真人託元化，龍去蛻留質。藏骨石縫中，春風産芝朮。吳君嘉湛澹蕩人，飛行拾松實。手拂石上霞，高眠吸秋日。摩挲古琅玕，吾師不可失。星壇禮赤松，碧空響瑤瑟。

## 春日雜興

一樹寒梅對我開，巡簷日看兩三回。命宮有柱擔清福，身世無爐鑄横財。屋爲倉空稀鳥雀，徑緣僕散長蒿萊。愁中喜得同心婦，又見拈花索笑來。

長物蕭然四壁清，新排十六卷詩成。敢誇不脛雞林走，聊比無心蚓竅鳴。工拙漫從時目定，是非須與古人爭。鑄金覆瓿都難料，茶熟香温且自評。

春氣酸人病骨諳，閉關惟與靜緣耽。酒辭鄰叟呼浮白，學喜門生競出藍。佳日易過彈指一，良醫難覓折肱三。維摩丈室清如水，莫遣飛花入小龕。

十年多病臥茅茨，眼望長安欲去遲。太史任呼牛馬走，少陵自卹鳳凰飢。心緣有感還成憾，病在多疑便是癡。昨夜夢中爲蛺蝶，飛飛終戀上林枝。

客來勸著祖生鞭，小住煙霞近十年。巒岫閑雲誠不雨，出山流水恐非泉。懶圖瞌睡忘朝漏，貧賣文章當俸錢。鸚鵡雕籠飛未得，始知鷗鷺是神仙。

仙茅小築碩人薖，莫雨晨風自補蘿。僮孏通泉煩竹筧，兒頑堆石仿陂陀。閑花爛漫能香少，奇籍縱横未讀多。日課一詩消晝永，春光原不算蹉跎。

## 蘇有山學博榛屬題陽羨探梅圖

官閣寒香户晝扃，春風宜築小蘇亭。新增一卷斜川集，唤醒梅花讀與聽。

敲門索我題新句，正想尋詩學浩然。閣筆忽聞香撲鼻，滿天飛雪便開船。時將探梅鄧尉。

## 野仙障子

雲一身，風兩腋。芭蕉葉，大如席。道人眼射碧天碧，飽看銀河挂千尺。除卻手中椶拂子，萬事煙雲輕一擲。何不飛行竟絶迹，未了平生山水癖。

## 擬探梅鄧尉風雪屢阻仲春下旬始得放舟喜今年花信獨遲山靈應不負我即事先成十韻示同遊李生小霞次子文樾

幽期負梅花，梅花應我待。清寒勒花信，容我期屢改。遲遲始得晴，去恐被花紿。山妻指向余，盆梅尚蓓蕾。如無杖頭錢，鬢有一簪在。結束古錦囊，鼓勇不敢怠。扁舟挂輕席，準備明月采。呼童取濁醪，澆我胸磈磥。燈花報喜來，圓結珠百琲。一醉夢魂飛，已在香雪海。

## 舟中先寄梅花

梅花待我詩，恐我約屢爽。綠章乞天公，陰寒積旬養。微暄轉初晴，天助風五兩。破帆十幅張，柔艣一枝響。春人與春波，一往俱淡蕩。暗香觸我鼻，明月落我想。我未到花前，蓓蕾莫增長。急乘片雲飛，先寄一詩往。

## 夢見梅花作

我欲見梅花，梅花先就我。茫茫香海中，推我春魂墮。繁枝壓肩右，老幹礙腕左。側足僅可容，明珠滿身裹。上月下雪間，萬象皆貼妥。美人姍姍來，臨風縞襲䙀。慰我長相思，春病一時可。覺後聞餘香，衾裯覓殘朵。

## 夜起呼李生彈琴

清夜不成眠，呼琴作三弄。餘響滿霜天，已入梅花夢。

## 題遠峰詩稿

欲作趙師雄，先訪林君復。輕烟細雨中，剝啄扣茅屋。見面無褉談，新筍詩一束。一讀一灑然，如嚼梅花馥。天公解人意，破雲出晴旭。催我新詩添，催君舊游續。

## 伎有爲海寇所虜遁而得歸者次陳雲伯韻

玉梅風裏瘦人天，窈窕窗紗兩鬢烟。放膽曾看三島月，埽眉重上五湖船。豪情跌宕如毛惜，變徵淒涼是小憐。一曲水仙清怨在，落花和雨打琴絃。

## 題贈道士

是何瀟灑姿，橫琴坐林樾。世無長生方，我有不死骨。飽喫碧桃花，丹田自生核。石鼎雙紫烟，飛作古明月。老鶴亦何知，長鳴望瑤闕。

## 曉起池上

綠漪如鏡淨初揩，恰稱驚鴻照影來。玉蕊正含珠露滿，輕風容易莫吹開。

## 入鍾吾山

衆山隔水如低昂，一山獨秀摩穹蒼。春風澹蕩翠欲活，秀不在皮兼在骨。巒迴澗折意屢更，浮青幻紫難爲名。一峰透雲積鐵色，插入天心天破碧。

## 師竹山房聽松

絶壁忽搖動，松聲如怒雷。疑從碧空外，倒卷太湖來。流水澗初歇，古琴囊不開。道人心寂歷，穩卧白雲堆。

## 看山讀畫樓坐雨得詩

一山包孕無數山，樓前排列青螺鬟。天公有此大圖畫，令我一讀開心顔。重巒突嶂，初看似複疊，其中起伏回互一筆不可删。山外羣山更奇特，如斷如續如鉤環。渾雄秀削無不有，南宗北宗參錯於其間。猶嫌空靈意少未超脱，特令太湖湖波插入青一灣。風帆飛鳥略點綴，不著氣力殊蕭閑。莫釐諸峰多在隱約際，尤工遠勢爲荆關。都被此樓大力盡收拾，讀之竟日惟恐天卷還。山坳一朵白雲起，忽而空濛雨來矣。靈奇變幻不可擬，一幅大癡成小米。平疇曠野烟雲遮，不放平庸入眼底。譬如畫家一筆稍甜俗，急取清泉墨痕洗。吁嗟天公愛好猶若此，柰何俗手紛紛貴形似，濃綠深青塗滿紙。

## 師竹道人載鶴小影

分俸高僧支遁，築亭處士林逋。正是梅花開滿，隔花招手相呼。
昔有籠鵝乞字，今逢載鶴求詩。赤壁圖中羽士，山陰道上羲之。

## 水月尊師古罇

一離一坎交氤氳，火中裂出寒冰紋。一日六時五色紛，欲雨靄靄生空雲。虛中領受花氣熏，回枯續潤芬常芬。捧持莫令背嵬軍，封汝香國涵春君。

## 移石居曉起

抱石酣眠到曉分，百禽鳴處百花熏。披衣急展窗三面，閒看仙童埽白雲。

山坳古梅身半枯矣嫩條叢生香韻殊絶徘徊撫玩不能無詩

一株仙骨迥臨風，斜倚雲坳致不同。不是詩人尋得到，年年開落亂山中。

老樹新生玉筍枝，林逋今見有孫兒。臨行幾度殷勤看，只恐重來已過時。

肩輿至元墓

瑤林曲折筍將穿，兩兩幽禽導我先。積想十年纔滿願，關心百事總前緣。花憐極盛將疏候，春愛輕陰不雨天。貪傍繁枝低處走，殘香都落帽簷邊。

杏花弄

別開生面見明霞，梅樹前頭盡杏花。豔極自成春一巷，紅迷不辨路三叉。望從深處疑仙閣，行到窮時有酒家。喜得新題思故事，曲江風裏帽簷斜。

## 題還元閣

高閣嵌雲塢，丹甍聳嶙峋。開窗面湖岫，空翠撲我身。鐘磬白日靜，太古爲鄉鄰。尋幽得小憩，俯仰前蹟陳。俟齋題額處，雕梁滿飛塵。紗籠護詩句，漁洋及繇津。閣前老梅樹，根瘦花精神。東風幾開落，閱歷空山春。槎枒作高格，吾思古遺民。横斜發逸致，吾思老詩人。

## 萬峰臺眺太湖諸勝

高臺凌烟霞，俯瞰兩崖缺。樹杪太湖光，冷瀉一杯雪。隔湖諸峰青，屏障插天列。春煙靄空濛，髻影不可别。帆檣片雲移，松罅乍明滅。澹日淼寒波，孤鷗去飄瞥。坐久梅花香，肺腑沁清絶。身心兩俱忘，曠然與誰説。

## 由穹窿循柴莊米堆至元墓小憩歷銅阬西磧菖蒲潭尋潭山查山天井諸勝觀梅放歌

我欲瑤臺看珠樹，世間豈有蓬萊山。昏昏睡過四十載，那知此境不在虚無間。曉辭鍾吾巔，乘雲來訪郁泰元。柴莊米堆揖我前，滿山玉樹濛濛烟。十里五里香接連，雞犬都在花中眠。凡夫蓄眼覩未全，已詫身在瑤宫天。梅花宛然笑竹外，客今所見抑何隘！不見銅阬西磧兩山間，一白能將翠全葢。晶光遥遥洗眼明，山之靈氣梅之精。春心振蕩喜若驚，漫天葢地皆春情。參差屋角微露甍，此中人世真瑤京。安得化蝶飛身輕，抱花而卧穿花行。循潭右行折復左，潭山查山似招我。山下鄭茂良，種花一萬株。紅者爲絳仙，緑者爲緑珠。使我意境如凌虚，如遇一萬傾城姝，此樂只恐天宫無。此時身世已兩忘，竟欲老此温柔鄉。饑嚼枝上花爲糧，醉眠地上花爲牀。花氣清我心腹腸，花意藥我矜愚狂。平生自負詩膽大，到此新詩不敢作。唐突仙人兩首詩，欲晉林逋謝其過。花感我知己，縱横一齊開。竪坐不忍去，夕陽林端催。夕陽夕陽汝莫催，我能呼取明月升瑤臺。我未至，魂已來。我即返，魂徘徊。

贈花農鄭茂良

潭山作屏障，青碧插當門。此地容孤隱，梅花自一邨。翦裁從世俗，培植比兒孫。我欲移家住，桑麻與細論。

登六浮閣

風吹梅花滿屋香，歸然一閣花中央。窗開四面花爲牆，蛛絲罥花繡屋梁。誰與題者李流芳，後八十年建者張。世人壽無此屋長，惟有梅花曾見閣上開瑤觴。當時閣中客詩魂，已與茯苓琥珀松根藏。我來憑弔查山陽，六浮出没波濤鄉。安得太湖三萬六千頃，化爲一碧葡萄漿。供我大醉三萬六千場，醉死便葬梅花旁。

## 鄧尉香雪海古梅已盡居民易以桑望之如梅但無香耳

十年詩夢尋香雪，一笑烟雲已變更。游客大都循故事，好山多半負虚名。鶴歸尚爲清寒守，月上全非瘦影横。何日桑田重作海，麻姑須説與方平。

## 司徒廟古柏

司徒廟中柏四株，但有骨幹無皮膚。一株參天鶴立孤，倔彊不用旁枝扶。一株卧地龍垂胡，翠葉卻在蒼苔鋪。一空其腹如剖瓠，生氣欲盡神不枯。其一横裂紋縈紆，瘦蛟勢欲騰天衢。故以百索盤其軀，神兵夜半風雷驅。憑樹一一聲喑嗚，得非大樹將軍乎。守此神物防樵蘇，世間老樹無地無，短長適用人所須。清奇古怪高廟南巡錫名溢出繩墨外，千八百年濩落空山隅。肌理欲細汝則粗。材質欲壯汝則臞。大匠過此徒嗟呼，而汝偃蹇全汝愚。吾思鄧仲華，廿四爲司徒。身歷百戰夜枕殳，七遇不利三褫俱。五十七年如須臾，未得一日山中娱。苟辭翦伐逃斤鈇，寧飽螻蟻藏鼪鼯？千秋萬歲自有恩遇殊，嘉名寵錫勝如秦大夫，何必雲臺之上爲棟爲梁櫨？

虎山橋登舟

過橋新漲綠參差，推起篷窗解纜遲。猶有暗香來遠送，滿船風雨泊多時。

雨泊木瀆欲登靈巖不果

春泥滑滑鳥聲中，咫尺雲根宿霧籠。歡賞須留緣不盡，折磨翻覺味無窮。洗妝未許窺西子，蠟屐空教費謝公。中酒阻風儂已慣，臥聽涼雨滴孤篷。

見山閣

屋東頭與屋西頭，兄弟分居上下樓。一髮青山萬重樹，我來剛好上簾鈎。

## 贈吳雲客嘉湛

瀟灑襟情鬢未華，平生詩夢落烟霞。貪燒丹竈都忘食，愛住青山不顧家。遊熟萬人知此客，身忙一月爲梅花。歸來城市兒爭看，香雪濛濛插帽斜。

## 歸家日戲作

竹扉小閣扣斜陽，手卸奚奴古錦囊。心目尚縈香雪海，妻孥爭問白雲鄉。儘多奇境難詳述，恰有新詩待細商。一領綠衫花氣在，爲儂好好疊筠箱。

## 友人索畫

纔從香雪海中還，西磧銅阬眼界寬。滿貯胸中萬冰玉，一枝隨意寫人看。

## 吳松崖寶書畫梅見投并題詩以梅爲喻次韻報之

白雲橫臥嬾孤飛，石屋無人鶴守扉。如此空山春自澹，從來高格見應稀。相思正惜天如夢，小立先愁雪滿衣。畫出一枝林下致，開緘已逗暗香微。

## 折枝牡丹

輕紅淡碧兩相歡，雙笑迎風露未乾。如見綠窗人曉起，鬢邊斜插鏡中看。

# 天真閣集卷二十一　詩二十一

## 觀釣者

橛頭艇子傍魚磯，滴翠山光欲上衣。昨夜江南春雨足，桃花瘦了鱖魚肥。

## 三月盡日去立夏六日

一春愁釀雨絲絲，捱過輕寒薄病時。纔得東風偷送煖，梨花如雪又催詩。
濃青暗綠易黃昏，中有迷離蕩蝶魂。方眼文紗窗六扇，如何關得住春痕。
能消幾箇醉瞢騰，看到遊蜂繞紫藤。如畫仙樓登不得，夕陽紅在最高層。
今年春事覺迢迢，三月梅花未雪飄。萬事濃歡無厭足，預籌離別已魂消。

牡丹無慮數十種火輪者苞嚴而蘂密歲不過一兩萼花恆不舒或剖以竹篦躁則氣未達慎則力已弛矣葢適其時爲難故雖貴植者苦之吳氏一叢獨高大花時率數十萼間有微蹙者剖之亦舒吳子之言曰甚矣人之貴之也故其土時其壅勿慮勿顧則其花繁繁則易之易之則無躁與慎故恆得也吾欲人之忘其貴也子瀟子聞之曰是真善處貴歟爲歌以記之

萬花之中牡丹貴，貴至火輪貴尤最。三年兩年花始胎，一朵兩朵不肯開。緩則失時急則損，富貴從來致難穩。養花若養兒與孫，勿求速長勿過恩。不見吳家此花歲歲盛，能割花情適花性。我來日莫未見花，隔牆望之疑日華。月輪將出東海上，如何日馭猶停車。入門始覺花氣烘，花光燗燗欲透空。綠陰雖濃壓不住，化作百丈春霞紅。主人置酒急歡燕，四角燒鐙助花爓。一杯未飲顔已酡，花隔闌干射人面。東家一朵紅欲萎，西家雙蘂猶徘徊。此間朱輪一樹滿，暗中疑有羲和推。非關羯鼓聲喧豗，亦非金輪下詔催。疑是青藜丈人所化出，來照君家讀書室。家家種花求國色，香車不來枉心力。主人一笑向東風，由來富貴無心得。

## 次韻再詠火輪

歐碧鞓紅各鬥妝，别開生面作花王。日輪故放金烏射，火德應招赤鳳翔。百種芳菲甘北面，一時佳麗出南方。春風拂檻濃香發，只道沉香甲煎香。

籠鐙醮賞漏遲遲，爭看盤中赤玉姿。種豈燭摩天上降，根應若木樹邊移。其輪自逐春風轉，此火偏宜宿雨滋。稱我醉中攜彩筆，青藜神杖照題詩。

## 訪李味霞唐墅話乾隆丁未舊游

花開君有書招我，及至尋君花落時。偏向殘春温好夢，每逢舊雨得新詩。流連鰕笱原成癖，惆悵鴻泥亦是癡。二十五年雲過眼，風前各理鬢如絲。

## 喜雨

一雨衆心定，百憂俱可忘。魚鰕登小市，畚鍤動高鄉。庭樹有秋意，簷花生晝涼。草深窮巷寂，隔舍午炊香。

欲霽亦可喜，又聞簷溜聲。終嫌未霑足，猶恐待深畊。新漲荷塘没，連陰米市平。枕書高臥穩，啼鳥慢呼晴。

## 吳松崖秀才寶書取願爲一滴楊枝水灑作人間並蒂蓮詩意作圖戲題

密語惺惺咒紫烟，低眉老佛亦淒然。易脩不死團欒月，難補相思缺陷天。柳絮自家猶放蕩，藕絲作意太纏綿。慈悲若有回春手，寶座先開並蒂蓮。

## 秋帆曲

碧天四面秋水空，一舸飛出蘆花中。青山兩旁看不厭，片帆已過十二芙蓉峰。白鷗拍拍安能從，瞬息追過遙天鴻。舉頭詩思落何處，應在碧雲之外榑桑東。我思君行何怱怱，何必一往乘長風。滿湖秋色可賞玩，十幅布帆且張半。

## 青蓮花

倒影清波不染身，疑花疑葉認難真。優曇悟後芳心冷，不肯紅妝笑向人。

## 題畫

洞門仙犬絶無聲，窈窕筠廊路太生。如雪梨花如水月，當時春夢未分明。

## 中秋夜歌樓聽雨

揮刀斫雲雲不開，舉杯邀月月不來。衆心愁愁我心喜，雙屐尋秋一鐙裏。雨絲細織簾影昏，樓頭四角秋無痕。試憑玉篴一震蕩，喚醒天上玻瓈魂。歌聲緩，雨聲促；歌聲斷，雨聲續。雛姬對影如春妍，燭花搖漾秋情圓。此時無情被情使，我亦顛如少年子。百年此夕能幾何，得月孰如且得歌。誰家紅樓閉濃睡，一葉芭蕉滴夢碎。

## 幾生脩到圖爲鍾映淵上舍澂作

鍾君倜儻才絶奇，愛花自命梅花癡。忽然癡絶發奇想，化身竟欲爲南枝。花性冷，君亦孤高謝塵境。花性芳，君亦發越能文章。有時醉而顛，似花影疎蕩。有時醒而狂，似花致崛彊。不仕不隱花之貞，愛水愛竹花之清。只除一點脩不到，花能無情君有情。君不見空山無人一堆雪，君要先脩心似鐵。

## 重九日偕凌客亮時匏風藺風破山寺登高

颯颯霜花拂曙袍，戲隨年少賦登高。尋詩何惜勞雙脚，脱帽應愁見二毛。古佛年年開極樂，秋天處處畫離騷。莫辭盡醉茱萸酒，如此清遊得幾遭。

偶隨鐘磬入疎林，一塢秋聲撥杖尋。石臥尚餘蹲虎勢，泉飛時作老龍吟。亭臺綽有諸天想，花木多含六代心。我輩超然遊物外，漫同雞犬論升沉。

## 浪傳二首疊前韻

浪傳碧血灑霜袍，拔鞘當空白日高。誰逼萬民投虎口，枉將一死等鴻毛。中天久已垂氛祲，內地何堪受驛騷。試上鶴城窺伏莽，東連齊衛已周遭。

竿揭旌旗嘯曠林，連城無備任搜尋。築防誰和睢陽唱，決險兼聞瓠子吟。鼠竄早經煩睿慮，鴻哀久合念天心。紛紛赤白探丸起，豈獨干戈有實沉。

## 送朱楠臺大令調任吳縣

棠蔭移栽茂苑春，驪駒緩緩曳雕輪。桐鄉無計留朱邑，潁水偏來借寇恂。君自愛民忘畛域，我嫌隔縣似鄉鄰。只除一事差堪慰，花發蘇臺有主人。

一琴瀟灑出山城，萬戶絃歌盡送行。只許三年霑雨澤，尚同百里聽雷聲。良朋聚散花縈樹，能吏遷移子覆枰。手指東西兩湖水，是君遺愛是民情。

## 觀楓西巖至白雲栖小憩和景閬仙孝廉燮

一山聳翠髻，紅樹夾兩旁。化工才力大，絢爛成文章。迷離五色中，時挺蒼松蒼。間以烏臼赤，雜以鴨脚黄。山腰蒸紫霧，紺宇參差藏。天風吹人衣，飄飄陟崇岡。深林受返照，天亦桃花光。古洞若幽井，半入心已涼。俯瞰寒潭清，一醒内熱腸。所苦暝色催，好景惟巍嘗。白鷗導廻舟，拍拍沿溪塘。晚霞催人詩，十丈紅箋長。回顧錦繡林，綵幟紛成行。會須勝遊續，趁此足力彊。丹砂駐顔色，乞與仙人方。

## 古香書屋菊醼時主人方得孫就花下設湯餅之會以余慰女詩有明年十月黄花發來看而翁喜抱孫之句詫爲奇驗更索詩紀其事

徵蘭剛值菊花天，佳讖無心事偶然。贏得東郚小兒女，隔籬爭看老詩仙。

阿翁把酒笑軒渠，排夜燒鐙翦碧蔬。絶倒花前湯餅客，人人錯寫弄麞書。吳君名璋。

護花仙犬就階眠，便似桃源古洞天。關卻槿籬門兩扇，那知人世有烽烟。

一年辛苦到重陽，纔得秋來滿屋香。累煞詩人吳季重，弄花纔了弄孫忙。

## 相馬篇物色駿材也

世不逢九方歅與陽子阿，麒麟何以殊駱駝。神龍到眼不能識，雖使貳師將軍其奈何。平原萬騎來西極，照耀隨方分五色。白馬綴金鈴，黄馬銜珠勒，紫騮馬以青絲飾。試以騊騠蹀躞，果下霜蹄高。辨以毴抖擻，風前五花備。一馬放曠獨不羈，肉瘦骨立形則疲。牽來階下萬人笑，主人獨賞其權奇。駱越銅鑄金馬式，成法由來拘不得。要除皮骨察精神，一寸靈心雙眼力。高頭大腹豈不才？六尺七尺非龍媒，天馬不許凡眼猜。烏虖！皮相從來混真假，相不在皮豈獨馬？

## 識曲引辨正文體也

吹大角，擊銅鼓。列齊倡，羅鄭女。先歌踏搖後伴侶，衆人傾耳主人否。陸大喜，李可及。李八郎，安十十。記者紅紅彈黑黑，衆人讙賞主人默。湘靈爲鼓瑟，瓠巴親調琴。矯厲發中響，激楚揚清吟。證以逍遥樓梋梵字譜，協以崇業里中牛鐸音。八風囘囘，龢氣布濩。積雪倒飛，庭花脱樹。猶恐一字誤，重煩主人顧。主人再稱善，此曲識其真。爲我一再歌，餘音繞梁塵。於是吭喉矯舌，志定心寧。巧越薛譚，妙臻秦青。曲終而顧，無人共聽。主人曰吁汝歌者，莫恨曲高和者寡，黄鐘一鳴衆音啞。

## 書賈行購求異書也

苕溪白舫短而濶，湖賈一生書裏活。船頭腹尾皆裝書，僅容一身如蠹魚。清晨肩負長街走，聞得書聲竹扉扣。此客疑從禹穴來，問渠肯借荆州否？斜紋越布六幅方，四千年事中包藏。永豐古紙潔如雪，滿堂抖擻生芸香。經則有經緯則史，治亂興衰瞭如指。君求異書無過此，其餘紛紛集與子。古書亡，僞書作。三墳九邱及八索，不信祖龍未燒著。願君好異須好真，異在辨俗非求新。相逢盡問嫏嬛秘，幾箇真能識字人。并願好書勿好異，奇字識多忘正義。隨家經籍漢石經，大業熹平未年事。

## 河兵謠咨訪河務也

天心欲河南向流，地脈苦費人功脩。南方卑溼易旁齧，南水合流難瀉泄。河廣禦之使勿衝，河狹闢之使足容。河高勿壅卑勿淤，減水河還殺其怒。何用作埽臺？何用下埽法？鐵緪木杙土石柴。推捲牽制薶挂壓。裏河隄，外河隄。一分銀，一筐泥。朝廷帑銀百萬萬，險工第一高家堰。身當河兵五十年，身如精衛銜石填。治者專，用者全；防者先，築者堅。有患無患皆憑天。欲使河流萬古常安然，除非射潮鐵弩兵三千。

## 又

一條濁浪來天河，河身便是銷金渦。今日纔脩明日補，十萬金錢一方土。外河要搶險，裏河要撈淺，引河挑工猶未蕆。春汛過，秋汛來。糧艘去，糧艘回。終年辛苦持畚揭，饑腸轆轤手皸瘃。河官騎馬來驗工，偷眼還防受鞭扑。夜宿河壖風露苦，微聞有人刺促語。河堤不開河庫閉，安得金錢買歌舞？一聲奔雷三壩坼，百萬帑銀如一擲，官府分段來興脩。柴如山，土如邱。挑者人，負者牛。河聲怒吼人聲樂，獨有老兵雙淚流。

## 鄧尉探梅歌

春夢如雲同紙帳，山童來報山梅放。前谿呼取素心人，野水同浮青雀舫。光福邨邊宿霧收，虎山橋下輕橈傍。錦峰西去一峰明，暗香隔嶺先飄颺。支筇絶澗覺芬菲，轉逕平厓益清曠。驚起山中高士眠，忽逢林下幽人訪。萬枝玉樹烟濛濛，一片瑶臺春盎盎。此時意境如神仙，洗盡塵容并俗狀。羣巖競秀殊引人，十里五里心顔暢。柴莊米堆揖我前，西磧銅阬屹相向。四圍青山夾不住，春光迸出珍珠藏。海名香雪海無邊，玉作波濤銀作浪。西谿幽勝迥不如，庾嶺羅浮亦難抗。天將奇境闢中吳，容我詩人來跌宕。我欲招呼郁泰元，仙尉精靈共無恙。半盂涼雪半梅花，奠取空山當清釀。坐看夕照沉西溟，直待明蟾起東嶂。疏枝冷蘂盡饃餬，逼眼晶光不可望。詩意惟應有鶴知，吟魂只合和雲葬。夜深冷臥萬花中，夢與花情共搖漾。化爲蝴蝶不出花，花神若來相揖讓。縞衣翩躚逞奇致，翠羽啁啾弄圓吭。醒來花覆滿身寒，月落參横但惆悵。更有人從花外來，看我亭亭立花上。

## 讀史

銅樓妖霧晝漫漫，武庫森嚴宿衛寬。紫禁未容陳虎旅，黄鬚已足了烏桓。幾成甘露生榴樹，猶幸流星中蔗竿。龍子非常神勇事，漫將射鹿格熊看。

長安韈騎走倉黄，伴食都空政事堂。帝問竇參多過失，人言崔協最端方。華山一奏權先替，温室三緘寵愈長。司吏只知劉煦罷，便誇蘇合換蜣蜋。

胯衫落魄帶窪銀，敢截單衣動紫宸。早禁光超徵素絹，那知侯覽結黄巾。右貂爭誓西鐘下，朱雀誰書北闕人。天遣封徐還自敗，不關狂子有張鈞。

冀豫連城市作墟，公然馳敕下青徐。小方盡説黄天立，大吉都憑白土書。漫恃外援留卜巳，早聞中貴戮封諝。曲陽京觀城南築，飛燕雷公更燼餘。

乘風束苣埽黄巾，蟻聚丸封衹十旬。童孺盡知楊大眼，官軍早破李歸仁。父書能讀終堪將，母賊旋亡或有神。一例論功膺上賞，誰言高熲是文臣。

## 喜申南郵由廬州調任吴郡

官吏津頭夾道迎，扁舟已入闔閭城。田疇首務教民儉，琴鶴先期化俗清。擬與龔黄論政蹟，肯同韋白鬭詩名。錦帆花月香谿水，莫惜春郊露冕行。

## 冬日煗甚

纔過大雪小寒來，已報梅花次第開。氣候正宜藏物穉，機緘何事洩春荄。漫張毳幙圍紅爂，且脱貂裘換緑醅。誰識陽和違節令，熙熙只想上春臺。

## 閼逢閹茂（甲戌，一八一四）

### 新正踏雪至致道觀看梅已至八分時距立春尚十日

今年梅花太草草，不待東風嫁何早？迎春尚須十日遲，含蘂只餘二分少。冬行春令鳴春禽，殘臘已報花滿林。交正六日忽飛雪，寒威慘洌冰肌侵。未開瑟縮氣已阻，開者紅乾神色沮。就使開齊不得齊，早有殘英墮香雨。我思梅萼品至清，忽而躁進如俗情。卽云喧妍氣催促，胡不自保心堅貞。待春而開得時正，滿山桃杏誰能爭。柰何高人輕出世，遭此風雪欺縱横。花如有靈應悔恨，及早收攝真精英。尚留餘力未發洩，儘可晚境彌敷榮。花前慨息倦而寢，夢見花神顧余哂。十年空攀上苑枝，抛卻玉署躭茅茨。自家性懶致成癖，漫以醜語相譏訾。先春而開是花性，雪虐風饕是花命。若待春和始發葩，那顯耐寒風骨勁。如君遲遲不出山，後輩飛騰壓先進。未聞百卉盡開殘，獨讓南枝後來盛。於是灑然而醒，嗒焉若忘。落花滿頭，如蒙秋霜。悟遲緩之失時，同躁急之徒傷。寧委心以任運，不知夫天外之斜陽。

## 送邵蘭風之大梁

君去吹臺萬樹春，玉津園柳繫雕輪。中天乍報妖氛滅，匝地猶餘戰血新。懸榻縱多青眼客，倚閭終有白頭親。經過皤水垂綸處，應憶東湖把釣人。

## 孟陬十九日挈李生小霞暨兩兒放舟再赴銅井探梅作

去年梅花因待我，二月中旬纔放朵。今年梅花催我詩，春纔五日花滿枝。我詩遲遲不輕作，卻恐花先晴雪落。畫船喚得如鷗輕，心魂早已飛出城。順風船尾送，亮月船頭迎，船如孤雲去冥冥。尚嫌艫後家山横，不能割取劍門一角直接西銅阬。吹滅雙燭花，急覦花中夢。百里身有翼，一白春無縫。醒來癡魂和雪凍，暗香疑壓篷背重。

## 舟中先寄遠峰

逋老昨書來，梅花報已開。無人敢題句，待我共啣杯。爛醉情何惜，清狂老不頹。相期扶玉杖，一嘯萬峰臺。

## 冒雨探梅舟中放歌

花方開，雨相苦。人欲往，雨頻阻。謂天妬花使速殘，謂天妬人不許看。人花何與天相干，天容如此愁不歡？萬事直則淺，萬趣曲始得。天公怕我詩境直，故遣雨風小曲折。白頭林三遠峰老更顛，碧眼汪九蓮舟癡不眠。天欲拗人人拗天，冒雨竟上烏篷船。酒百壺，茶十具。筆一枝，歌一部。何以敵雨聲？歌喉如水清。何以敵雨點？筆花似珠濺。梅花亦助人興豪，雨中開得繁且高。古人踏雪我踏雨，頗覺今人勝於古。

## 入穹窿山

一峰横，一峰豎，峰峰相背實相顧。一峰雲推來，一峰雲攫去，一峰被雲横截住。峰欲出雲雲四布，雲欲出峰峰四護。我來山中已兩度，忽被雲遮不知路。以杖撥雲纔數步，雲繞衣襟又迷誤。但覺峰深深、雲陰陰，暗香馥馥來遠林，空山梅花何處尋？

## 汪蓮舟太守大聘攜樂部入山遠峰作詩嘲之疊韻爲之解嘲

手攜仙樂上嶙峋，萬壑笙歌耳一新。傳語寒梅莫相笑，東山絲竹是何人？
風絮漫空曲未停，玉笙瑤瑟和湘靈。詩人爲惜梅花凍，自起推窗把雪聽。

## 坐移石居看雲作

峰包雲，雲包山，雲隨山勢爲彎環。山人入山山不見，雲幻奇峰峰萬變。茲山突欲插向天，被雲壓倒千仞巔。山房老鶴忽飛去，認作縷縷烹茶烟。石牀酒醒鬢絲溼，左壁出雲右壁入。雲穿石竅竅穿雲，恰似人身氣嘘吸。須臾滿屋虛無人，但聞人聲在白雲。九疑對面不相識，雲中何處求湘君。

## 夜宿穹窿風雪大作

人在穹窿最上重，不知託地果穹窿。忽驚凜冽衾如水，始覺高寒嶺逼空。富媪又開銀世界，封姨自下玉簾櫳。南枝幾點春消息，凍住冰巖雪谷中。

## 曉起山樓看雪

北風一夜吹山動，曉起看山山没縫。高者不凸深不凹，山骨被雪通身包。舉頭羣峰失天際，但見有天不見地。細看天影亦漸無，天與雪痕聯一氣。古松亭亭没到腰，瓊花壓頂靜不搖。抱枝松鼠竄不得，雪穴中間探頭出。詩人身披銀鼠裘，當門鑿雪思出遊。玉梯萬級不可以著脚，孤負梅花雪中約。回顧道士居，琳宮玉宇真仙都。一樓縹緲若雲起，仙人招我瑶窗裏。我登其巔駭且喜，下界茫無井與里，太湖以外雪而已。嗟乎此行見雪不見梅，梅花埋在深雪堆。安得傾身化爲雪，抱住梅花凍如鐵，雪亦不消花不滅。

## 雪後聽小霞鼓雷霄琴作梅花三弄和遠峰韻

驟而驚湍奔巨川，突而亂石崩危巔。令人神遊太古前，此身忘世心忘年。揮手欲鬆按欲堅，音所未到神已全。我來尋梅雪阻緣，相思難託春鴻宣。忽疑梅花來半天，暗香飛入泠泠絃。此曲本自桓伊傳，後來莊娃弄響泉。雪影看作羅浮烟，物理漫參螳捕蟬。曲終餘韻猶清圓，滿堂寂歷生春妍。起循龍齦觀中邊，開元雷霄字珠連。斷紋亦如梅花然，彈者聽者俱欲仙。君且罷彈我抱眠，一夜清夢寒香纏。

## 書贈林道士遠香

我來爲看五出花，卻被六出花横遮。蒙頭瑟縮出不得，冷酒一杯守窗黑。何來玉骨仙，身如梅花立我前。欲淡意古神則妍，風吹蘿帶生秋烟。我非王内史，能换紅鵞書。老子又非韓退之，解作石鼎聯句詩。徒感神仙意相顧，强如尋梅踏雪去。將君聊當梅花看，書與梅花一篇賦。書成花開雪亦晴，揮手又入梅花行。

## 雪後由穹窿至元墓登還元閣循銅阬西磧至天井觀梅四首

衣上鍾吾雪，隨人下洞天。漸聞香遠近，屢誤徑回旋。伴挈林君復，碑尋郁泰元。梅花如一笑，相别已經年。

高閣留題者，風流亦我師。閣上刻王漁洋、宋牧仲、沈歸愚、莊滋圃諸公詩。官尊名始重，事雅俗猶知。老樹難論代，疎花不炫時。寒香三兩點，有意索新詩。

銅井前招我，生香數里聞。一峰微帶雪，萬樹密如雲。夢擬師雄續，家從萼緑分。東風解人意，衣袂落紛紛。

幽絶潭山下，紅梅緑萼新。自饒冰雪意，别占地天春。静色殊妖冶，高情禀素真。譬如華貴裏，一箇鐵心人。

## 歸途經香雪海

昔日題名花比雪，今來看雪誤花光。收回閬苑三千樹，化作成都八百桑。衣帛亦關人燠煐，和羹無復味深長。遙林多少停車客，猶向東風覞暗香。

## 題山背古梅

託處在幽僻，況經冰雪寒。如何吐深秀，絶不畏摧殘。臨水貞姿耀，當風素骨珊。偶逢流俗賞，只作等閑看。

## 光福返櫂雪益大遠峰有作銜口和之

平畦雪如山，孤邨陷成井。梅花凍不開，小朶開亦窘。心憐折一枝，歸舟抱香寢。夢回虛白生，寒逼被池緊。打篷雪片矗，戰櫂風力猛。夜語聞舟人，皓失港汊影。後泊邨全迷，前行蹙難騁。披衣想推篷，一覽奇絶景。伊軋艣數聲，淒若雁哀哽。同舟睡方濃，蒙被不露頂。千呼不一麿，張口冷先噤。

默念山中梅，奇寒獨堅忍。不悟孤高非，寧嫌摧折甚。鐵骨彌稜稜，冰顏自凛凛。花時日以違，花意益以醒。陽和任天來，兀傲恥干請。

### 有贈

喚起瑤窗曙色新，玉顏驚照雪精神。千紅縱好無如素，百媚横生莫若真。盡說大喬爲國色，更憐蘇小是鄉親。兹遊不算全孤負，見過梅花見美人。

### 花生日喜味霞至

睡起文窗百鳥催，閑庭一樹一徘徊。裁將紅紙爲懸帨，澆取清泉當捧杯。美景預愁今日過，好風剛送故人來。與君準備看花眼，從此花方次第開。

### 月色皎甚踏月至二鼓而返

有酒須斟醉亦休，清宵何可廢清遊。百年得意多虚度，萬事隨緣勝預籌。昨夜星辰迷素霧，誰家燈火息紅樓。漫言春月令人喜，幸是心頭未有愁。

## 偕凌客訪子山鹿城不值留題寓壁

我方來，君適去，天遣相思不相遇。相遇亦何爲？君誠落魄我亦衰。猶勝不相見，同向清河觀綯面。相逢冠蓋徒紛紛，奇才誰如蕭子雲？同來幸有鮑參軍，一雙瘦影看斜曛。君去或復來，我來行且去，頭上雪花眼底絮。浮雲何陰陰？梅花欲落春漸深，回舟又動思君心。

## 金堅齋學博元鈺臥遊圖

我欲探五嶽、窮九州，安能雙脚踏遍人間秋？不如北窗跂脚當作名山遊。十金買一樹，百金買一石。北苑春山買不得，那得飛來補我壁？堅齋主人心力堅，買畫不惜青銅錢。雲林樹，營邱泉。房山雨，南宫烟。滿堂突兀撐峰巔，主人日日峰下看雲眠。人羨宗少文，我道徐霞客。只消一只藤枕一方席，不費平生半緉屐。勝遊如此樂且康，令我妬眼羞空囊。但願長康家中一廚好畫盡飛去，飛入我家書畫庫。我亦玉叉高展日安眠，不出柴門遊一步。

## 春寒

冬宜歛，蟄物不蟄雷電閃。春宜和，堅冰益堅風雪多。無端顛倒天情性，陽德不舒陰竊枋。百草重枯百花病，春似轉輪輪忽定。偶逢一日晴，地中潮回人汗蒸。忽又三日雪，凍骨凌兢手皴裂。今日單夾明日裘，筋骸一弛復一收。十家九家病不食，藥爐煙濃竈火息。市頭米價反增值，里胥追呼打門急。陽和速轉還我春，花前已少看花人。

## 病況

又過東風社燕期，閉門閑耐病支離。才難用世人誰諒，貧不之官客盡疑。無母忍持毛義禄，有妻能樂杜陵飢。山窗一樹梅花老，新筍枝枝欲透籬。

空庭獨立易斜陽，瘦影風前帶自量。頻痛雁行凋手足年來叠遭兄弟之喪，非躭鴻隱入膏肓。靜從小棘縈衣住，閑看浮雲出岫忙。殘雪漸消衣乍減，卻寒簾幙且收藏。

## 續讀史

軍興河決費持籌，百議誰能定遠猷？圜法漫增新鹿幣，武功終勝爛羊頭。入貲何損相如譽，重粟須知鼂錯謀。卻笑孟佗工取巧，蒲桃一斛博涼州。

平津一議最錚錚，畜牧輸家豈近情？獨病所忠徵子弟，頗嫌崔烈到公卿。書陳平準緡無告，令置均輸貨自贏。九府尚憂三幣缺，地靈原不愛金精。

蘇侯迎罷蔣侯迎，報謝靈旗擊志誠。五斗米原神設教，八公山直草爲兵。敵驚王晙牙軍隊，士聽錢鏐甲馬聲。莫怪武皇祠泰乙，牡荆高捧事南征。

黑山白騎化飛塵，枹鼓猶聞吏捉人。竄迹定多張燕捷，察眉誰似郤雍神。索窮十日終亡命，募應三科是莠民。一網自來愁玉石，漫誇搜寇李栖筠。

倉卒宫牆逼寇氛，皋比終灑血紛紛。久知陷賊王中允，幸免流移鄭廣文。六等爰書難定案，千秋信史總傳聞。少卿若飲閼氏刃，褒詔還應下漢雲。

## 調景閬仙納姬

捧出紅雲貼地氈，畫簾掀處覩神仙。疎狂敢學劉楨視，莊重應知絡秀賢。鏡去玉臺難再合，珠飛金谷不重圓。從今覙得彭籛裔，管取雙棲到百年。

夫壻才名杜牧之，紫雲應恨識君遲。情高不索珍珠聘，緣好剛逢璧月期。細雨桃花宜映面是日微雨，輕風柳絮又催詩。助妝愧乏飛蟬贈，轉索當筵瑇瑁卮。

送春

醒既無聊醉益難，柳花如雪撲闌干。百年好夢猶春短，萬事濃歡易漏殘。芳草天涯孤櫂遠，夕陽人影小樓寒。枝頭幾點蔫紅在，忍剔銀鐙更照看。

送春之次日屬李生小霞作圖疊韻題後

後會非難此別難，思量春與我何干？月當圓滿先憂闕，花到狂香已惜殘。綠鬢漫誇明鏡駐，紅窗爭怯曉鐘寒。眼前寫取銷魂景，留待霜飛葉落看。

蔣伯生屬題蘿莊圖

君如春空雲，不戀故山土。櫂牽岸上船，便當蘆中宇。賢親宰山東，一莊僑汶滸。君爲廉吏後，聊用蔽風雨。辛勤三十年，緑蘿手親補。自忘本吴人，但解作齊語。清譽馳名卿，奇才辟公府。天教世其官，挺節宦齊魯。母喪暫解職，貧不具貲斧。并棄此屋廬，如鳥秋脱羽。今來故鄉遊，翩若在羈旅。僅存宦槖中，一圖花木古。慙余戀家山，與君殊出處。我滯君超然，君勞我容與。尚湖清粼粼，湖田鬱膴膴。閑鷗静浮浮，游魚細圉圉。我思結一椽，魚鷗皆我侣。君如肯歸來，相期入烟渚。

## 抱月樓稿題辭

冰雪親攜女秀才，新聲傳寫遍蘇臺。碧桃花下三分月，應有雙鬟賭唱來。
懷抱青天月滿輪，本來素影是前身。東南詩老無多在，一半詞壇屬美人。

## 伯生屬題佇秋圖

秋思滿懷抱，曠然誰與云。洞庭方落木，何處望夫君。地静别羣籟，天空停片雲。幽花偶拈得，絶世此清芬。

## 破山寺小憩

常建題詩處，詩情到處生。四山空翠合，一壑衆流爭。樹古有禪意，禽繁無躁聲。聞思吾已斷，坐久竹香清。

## 苦瓜和尚餘杭看山圖

老衲豪兴蘸墨濃，北宗於此別南宗。尚留幾點空濛處，想見餘杭以外峰。
八大山人哭笑因，清湘又見此陳人。憑他眼底煙雲飽，一角殘山看不真。
燕園一卷怪峰巒，茶熟香温幾徧看。悟出畫禪三昧旨，瞎尊終竟勝髡殘。

## 伯生邀醼端午至則酒闌人散獨主人酣睡耳伯生爲予更設醴盡醉乃別雜書以發一笑

玉盤已撤金尊空，主人醉臥花當中。拍手一呼灑然醒，道我來遲只供茗。是時白日方中天，夏至日尤長似年。客來絡繹來又去，我獨雄譚高座據。主人窺我無去心，綠醑更飭厨人斟。我不能飲卻喜酒，每聞酒香笑開口。一杯陶然萬事休，何必千鍾百榼纔消憂。醉中狂言忽肆起，不敢罵人聊罵鬼。屏上鍾馗圖，齷齪一進士。壁間天師符，幺麽五斗米。終南捷徑古一條，黄巾賊氛今未消。柰何懸此二鬼像，以邪辟邪徒取嘲。我乞主人酒兩卮，一祀屈靈均，一祀介子推。二子雖狂愚，忠而不得志於時所爲。主人引滿尊中螘，那知許事且飲此。劉伶作頌灌夫駡，一頌一罵醉而已。

## 伯生所居燕園去予屋纔數武昕夕過從而淵如惕甫頻伽七香遠峰臺山諸君亦相繼而至極譚醼之樂爲作考槃之三章焉

與君爲相知，吴魯各一方。天風吹君衣，翩然歸故鄉。兩家隔秋水，對岸花相望。過橋只三步，便聞春酒香。登君讀書堂，古翠生衣裳。有意各盡言，無言各盡觴。芭蕉大如席，一葉鋪一床。醉來竟高臥，彼此殊相忘。

入門武夷曲，轉徑太華削。只此石數堆，盤盤具邱壑。我來時一登，高下頗參錯。西山隔牆青，映帶自聯絡。兹園數易主，得君境如拓。不添種一花，不增置一閣。但見滿屋書，塞破窗與箔。時聞清吟聲，魚鳥亦知樂。

名園得所主，嘉賓不時至。譬如一花香，遠招羣蝶使。我時蝨其間，周旋賓主事。謂我爲花耶，翩翩有花致。謂我爲蝶耶，栩栩有蝶意。既喜宏閣開，更請鄭驛置。奮筆書牆頭，爲君作園記。某年月日時，德星聚吴次。

## 伯生買地北山得靈芝五本乞詩紀事

蔣君人奇地亦奇，買地五日生五芝。吳生擅場爲圖畫，邀我更作紀瑞詩。五芝如連珠，纍纍集冠珥。五本具五色，紅黃雜青紫。大芝爲人形，小芝抱諸子。根旁細葉攢，怒芽復隆起。沃以甘露，靈根益靈。拂以微風，奇馨益馨。不見馬喬卿，母憂致毀瘠。廬生芝二莖，九日一長高二尺。不見易延慶，父喪廬墓側。一產十八芝，日汁一升甘似蜜。君今努力副此祥，孝思感應五世昌，毋徒彩漆把翫詩示珊瑚光。

## 潁水微波曲

蔣伯生僑汶上時，奉母居蘿莊，嚴氏姊從沛上歸寧，挈女奴潁川氏，妙曼無雙。屬意於蔣，託人通意，願侍左右。伯生以力有未逮，弗之許也。後聞從一官人赴晉，墜車折腰，溝水東西，不可復迹矣。伯生於酒酣話舊，前塵影事，棖觸於心，乞改七香作圖，而屬余爲之歌。

名花不論地，知己不論人。青衣中自有紅拂，俊眼識得英雄真。蔣君生有權奇骨，十年冷臥蘿莊月。課圃親攜鶴觜鋤，窺窗絕蹟鴉頭韈。沛水東流汶水圍，鹿車緩緩女嬃歸。嬋媛女從隨靈照，婉轉雙鬟字隱暉。脩蛾妙腕原殊衆，前身豈是陳金鳳。郭冠雙聲信口呼，魯靈一賦探喉誦。元卿三徑綠蘿垂，埽地焚香自下帷。丸藥每來簾下立，煎茶時向竹間窺。子雲蔣也辭筆今無匹，阿青自願持巾櫛。寧爲絡秀屈豪家，勿作邯鄲隨養卒。已託清壚送密辭，更邀樊嬺引紅絲。久知嘉耦生難覯，得侍才人死不辭。郎君笑謝恇無力，空負奇才少奇識。只愁高價索千金，不惜佳人難再得。匆匆溝水易東西，臨別朝華掩面啼。離筵送酒勞陳舞，仙樂飄風去總笄。聞道秋風嫁阿紀，從官迢遞關山裏。墜車竟作折腰妝，貼地寧能啣玉起。從此飛花信渺茫，高麗坡底失春光。抛沉團扇緣千古，哭損犀簾淚兩行。露仙一去如河漢，細馬馱歸人種斷。悔不當時累騎還，卽今空惱鸚哥喚。相如老去鬢飄蕭，夜雨秋鐙話綠翹。謝氏未曾留縞練，白家何處覓紅綃。玉清就使真追著，撒豆難逢仙吏郭。方響琵琶觸撥多，淚珠尚與鐙花落。一藥酬雙珠，一飯酬千金。世間惟有情難報，恨與湯湯汶水深。

## 青山澹慮圖

擺脱意想，靜契鴻濛。冥情一往，杳不可終。白雲澣衣，碧水洗瞳。時逢幽林，眠琴月中。黄葉滿地，不知秋風。手把寒菊，託以素衷。曠無所得，與古爲融。如有詩思，冥冥太空。

## 水仙瓣蕙蘭爲改七香賦

離離玉魫樹瀟湘，持較春蘭一氣香。總是二妃魂魄化，天風吹下水仙妝。

水佩風裳結束新，碧紗烏几淨纖塵。小窗相對渾無事，寫罷離騷寫洛神。

## 寄題李笋香光禄紅雨樓

吾園一園如兩園，後爲竹塢前桃源。花時春情紅欲滴，綠受紅欺瘦難敵。花底看花眩兩眸，看須置身花上頭。花上頭，花光浮，主人特爲花造樓。樓窗玻璃紅扇扇，豔影燒空射人面。一面花枝一態呈，四面窗開看不厭。催花不用羯鼓撾，佳兒妙手能琵琶。一彈迴豔雪，再彈升嬌霞。客來看花不識路，遙指霞明卽花處。隔花已見花影招，入花翻被花叢誤。俯水水不碧，仰天天失青。萬樹紅珊瑚，花海春冥冥。忽聞人聲出花頂，一樓春人弄春影。邀客登樓共賦詩，詩情久在花梢等。春風吟顛與酒顛，夕陽花顔映醉顔。詩篇縱横酒狼藉，明日闌干夢無迹，樓下落紅深一尺。

## 月底脩簫曲

玉簫情深號圓聚，一絲吹出同心語。願如無恨月長圓，笑指當頭月爲主。廣寒宫人雖守單，每抱破鏡期團欒。人間果有合歡事，圓冰定照青雲端。九靈仙管盤靈曲，明月弄珠人弄玉。繫管玲瓏百結絲，便是赤繩能繫足。一雙鳳翼横參差，心香夜擣鳳女祠。青天碧海有誰聽，此意姮娥應得知。

## 甲戌六月赴郡口占是時旱甚

一篙煙水無三尺，蘆雪叢邊曲折行。驚起前灘烏與鷺，照來黑白自分明。

## 嘲棋

無端畫紙作棋枰，苦費鈎心鬥角爭。象罔盡能知黑白，猧兒休想亂輸嬴。兩家久判高低手，分袒空勞左右情。如此消磨長日去，誤人終是范西坪。

## 鐵舟禪師騎馬歸雲圖

浮雲無定著，四海皆可託。侵晨起東溟，日夕棲衡嶽。師從衡嶽來，白雲如蓮開。一看燕然山，再返姑胥臺。偶然歸興發，思弄湘江月。嗅得蘭花香，神觀已飛越。雲中問太虛，仙人近何如？借騎支遁馬，去食武昌魚。武昌水幽絶，梅花秀可折。夢見少年事，袈裟染香雪。楚雲如螺鬟，吳雲如妙鬘。師既南入楚，應復思東還。好乘黃鶴便，游戲東南徧。往來吳楚雲，白馬如疋練。

## 平遠山樓與錢七叔美作

山樓凌晴空，秋色澹無界。遠樹招雲歸，孤鴻背人話。炊煙起林虛，縱目綠漸隘。樓外一角山，倪迂畫殘畫。奇趣入曠懷，滅燭說幽怪。明月恐欲來，西窗爲我挂。

## 山樓看雨疊前韻

偶參遠公禪，小住華嚴界。山窗落葉聲，蕭騷雜秋話。時聞菊花香，擔影度林隘。遙邨帶寒煙，荒率不可畫。奇峰隔水來，一筆突險怪。散作雲滿空，前山雨脚挂。

## 鐵公留度重陽

一葉秋雲下，停蹤爾許時。閑情宜入畫，小病不妨詩。把菊遙山暝，鈎簾去雁遲。懶公留我住，况是雨絲絲。

## 遇擔花者

滿路寒香散不收，拋錢誰買此風流。一肩秋雨擔囘去，還供妻孥插滿頭。

## 清琴軒卽事

亂落梅花綽注吟，半空鸞鳳下清音。夜深彈到爐灰冷，消盡人間未死心。
飛與青天酒一觥，滿空寒韻雪輸清。十三徽上花能語，倒喝明蟾不放行。

## 美人花月夜

月滿地，花一天，中間著箇能詩仙。花香洗神月洗骨，吟到月停花轉活。青琴不語臥石牀，珊珊古佩搖明璫。花神暗中詫奇事，天上人間素娥二。

## 自題畫梅

老幹多年壓雪彎，蒼苔溜雨翠斕斑。繁枝亂插如無意，一筆分明不可删。
偃蹇離披不耐看，要傳高格在清寒。短長疎密皆容易，寫到剛剛恰好難。

# 天真閣集卷二十二　詩二十二

## 旃蒙大淵獻(乙亥，一八一五)

### 五十

一臥滄江已十春，桃符驚換逐年新。夢中尚過兒時地，鏡裏全非昔日人。骨肉情親忘仕宦，煙波習慣怕風塵。野梅冷受盆梅笑，疎放應難玉几陳。

### 觀物

萬物有性命，數卽有成敗。惟金與天老，逃出刼數外。金玉價並高，玉脆金不脆。金石體並堅，石碎金不碎。屑金爲飛塵，鎔鑄一爐內。頃刻還胚胎，依然成大塊。取其不壞身，定爲幣之最。饑寒實無爲，衣食重倚賴。雖以五穀尊，不及三品貴。歷代帝王才，想不出替代。求之五行中，庶幾土克配。散爲恆河沙，凝卽華嶽載。是母有是子，洪濛兩不壞。所以守財虜，金與田並愛。將金買肥田，有時發深慨。田猶懼水災，金不怕火害。兩者定一尊，母究非子對。

讀漢書戲書

龍種本無種，太公生沛公。犁牛有騂角，瞽瞍得重瞳。擁篲父不父，分羹翁若翁。由來天子孝，不與庶人同。
深宮擁辟陽，永巷幽少主。力能誅羣雄，志在禪諸呂。偏統繼媧皇，本紀接高祖。千秋印板摹，遥遥有一武。

陰雨積旬春分日喜得開霽吴松厓秀才作四詩惠然見投釋貧慰寂之意溢於言表依韻奉答兼訂郊遊

只隔紅橋悵阻脩，香泥滑滑廢清遊。寒陰障日難移動，春色隨波不倒流。野曠幸無風鶴警，年饑須有澤鴻愁。朝來乍喜開新霽，鵓鳩催人上畫樓。
詩盟香火亦前因，慰藉東風小病身。四海親知餘幾輩，千秋付託屬何人。宦情如我生來淡，交誼惟君久後新。一笑相呼踏青去，還留一半是濃春。
冷臥空林舊史官，頭銜骨相總清寒。主張風月才非易，管領湖山事大難。詩草千篇心力盡，梅花一枕夢魂安。嬉春腰脚因君健，絶勝輕身卻老丹。

白頭相約照西湖，雅興能如范陸無。嗜酒尚嫌妨暇日，尋詩何惜涉迂途。山容過雨迎門笑，鶯語調晴隔竹呼。如雪梨花春易老，勸人行樂有銅壺。

送鐵舟西歸

寫就歸雲索我題，果然撒手便歸西。流傳塵海書兼畫，抛撇情天肉與妻。證果自來同曉夢，飛花從此脱春泥。忘情我愧陶元亮，怕坐籃輿過虎溪。

餞秋槎孝廉朝錦招同湖濱脩禊

一船横蕩水中央，分看湖山左右忙。細雨溼花春更豔，煖風吹酒晚逾香。撑持詩骨添彊健，洗滌愁心化吉祥。絶妙大癡圖畫裏，纔堪容得此清狂。

四月十七日過趙叔才秀才元凱觀翁二銘秀才心存蔣奇男上舍庸及兒子文杓習射邵匏風孝廉廣融暨令嗣君遠孝廉淵耀適至取醉而返

偶拈詞語說韋莊，便趁今朝泛野航。新緑障天晴閃色，殘紅積地土生香。三杯大道賢愚混，一笑浮生寵辱忘。卻喜諸君頻中雋，老懷聊發少年狂。

贈張童子題其所書洛神賦褚聖教册後

萬事學便拙，不學苦不到。理在意象先，聰明轉不妙。嶷嶷張童子，操筆便窺奥。淺涉已可畏，未暇慮所造。王大令，褚河南。不著氣力處，其妙宜靜參。書在胎骨思則覃，茍或不然白首慙。斧斷童手人始甘，十四不足年十三。

病起

感天憐我盎無粟，降沴入軀俾斷穀。豈知因病愈速貧，典質紛紛買醫卜。纔從西邸問丹珠，旋走東頭邀郭玉。先生一臥竟月餘，四壁空空但存屋。起來扶杖緑陰中，眼纈生花腸轉轂。門前人踏藥渣香，園後婢偷茯苓劚。卻看老婦晝紙嬉，不耐嬌兒倚門哭。笑指床頭書幾束，且換全家一餐粥。處窮猶喜得餘生，逃死庸知非後福。開窗看雨跂脚眠，又聽墮階梅子熟。

## 自題畫梅

不多幾筆自風神，得意何須刻寫真。只似嫩寒初月夜，亭亭著箇淡妝人。

## 戲題畫鶴

斑斑羽上應列星，媲之朱雀與玄武。飲啄草澤間，得食則呼侶。養成痺肥鵲健舉，健入人褢肥入俎。方爾未化時，蠢蠢一田鼠。孰烹汝亦孰豢汝，從陰變陽君子許。苦爲人役及人脯。烏虖！一變一化伏禍機，何如還爾初時衣。

## 題李生畫

青林靄靄白雲流，詩境空明澹不收。卻被小霞偷寫出，化工新造一痕秋。

## 寄陳範川同年鴻墀鎮江時主寶晉書院

故人心蹟與鷗明，水上浮沉一笑輕。鸞鳳文章周柱史，魚龍變化魯諸生。玉堂風月餘清夢，鐵甕江山助勝情。相見幾時杯重把，千秋橋北聽秋聲。

## 醉趙生叔才家桂花下

山氣入木理，鬱爲古茂姿。騰香出簷際，占此高秋時。馥芬無隱爾，不俟靜者知。非見亦如見，可悟聲聞思。黄雪落瓦溝，隨風墮清巵。爲我折高處，尚有初開枝。凡卉忌攀折，此以折愈滋。芟繁本始密，物理猶如斯。

## 九日同李生馨次子文樾登西嶺晚眺

若負登臨節，青山笑我何？秋從高處見，景是晚來多。畫勢連城野，園形就澗阿。不愁殘照盡，纖月挂林柯。

有懷仲瞿前半全襲工部然予與仲瞿無切於此四語者使仲瞿見之必謂余作非工部作也

不見王生久，佯狂亦可哀。世人皆欲殺，我意獨憐才。自分難爲用，何如歸去來。山中芝草熟，遲爾坐青苔。

萬花供奉曲爲吴松崖作

世無此事有此想，帝命萬花吾職掌。四時芳菲一氣開，不必春秋冬夏分安排。供我三百六十日，日日玉山醉向花前頹。吴質前生主瑶島，示我雲天舊遊稾。管領春風十萬株，不曾見過青枝老。是何花氣難彊名，滿身拂拂紅霞生。若令老佛坐此下，枯腸一縷迴春情。金丸碾天不肯住，銅山買春春竟去。神仙自有錦洞天，天上從無葬花處。卽今蹔墮紅塵囂，時時夢踏青瓊瑶。日桑月桂星玉李，待君挽取銀河澆。萬年紅紫春無恙，日與羣仙共酬唱。歡賞常依明月間，詩情只在丹霄上。天爲四壁花爲家，此景合向人間誇。芳叢取次孅迴顧，有眼只看瑶宫花。

## 秋夜聽李生琴

秋氣滿空庭，秋聲不可聽。一彈迴淥水，孤思入青冥。飛去瘦雲疾，拾來幽草馨。玉屏珠露冷，天際下湘靈。

## 雨夜小霞攜蟹醉我

惻惻輕寒襲罽袍，秋聲催我讀離騷。身因風雨懷人瘦，名誤烟霞託疾高。鉅鹿深情能載酒，鮦陽清興且持螯。平生此景知多少，又得同君醉一遭。

## 贈瞿菊亭丈卽書其桐間露落柳下風來看子

先生人中豪，文彩四輝映。二十爲孝廉，六十作縣令。七十歸來頭未白，清風蕭蕭吹四壁。十畝難更好時居，一椽便抵蘭成宅。小園日涉不厭勞，文筆爽健爭秋高。孤桐遙和北窗謝，五柳自擬東籬陶。眼前突兀多華屋，宦成歸田置韋曲。盛名雖免司隸糾，清議難逃薛宣錄。先生視之如雲煙，何必樹石營平泉？扣門看竹卽鄠杜，涉足得花皆輞川。興來更櫂珠江船，手捉蝴蝶羅浮巔。歸裝不載龍尾石，壓囊只有梅花篇。此行我惜不共之，讓君獨啖鮮荔支。豈知春風在天上，頗怪出岫閑雲遲。先生出蔣礪堂太老夫子門下，今歲往謁粵東節署，蒙詢及湘出山之期。閑雲出處不自知，故鄉行樂須及時。科頭共坐柳陰下，揮手且題桐葉詩。

秦泰山刻石明北平許某得二十九字於岱頂榛莽中陷置碧霞元君廟曰臣斯臣去疾御史夫夫臣昧死言臣請具刻詔書金石刻因明白矣臣昧死請按夫夫即大夫古大與夫同一字琅邪臺刻石亦如此然則三十字也乾隆戊午歲碧霞宮火而石亡嘉慶乙亥歲泰安舊尹蔣伯生於玉女池水中搜得殘石二存者十字曰斯臣去疾昧死臣請矣臣伯生搆一亭復陷於㢡厓碑之旁貽拓本徵詩

萬物不歷刧，不古不足珍。古物不歷刧，但古不覺新。不見泰山秦刻出斯手，遠黎聽體史繆糾。史云『親巡遠方黎民』，碑作『親遠黎』；史云『皇帝躬聖』，碑作『躬聽』；史云『男女禮順』，碑作『體順』。宋猶完璧明碎瓊，二千年存字廿九。重瞳一炬燔秦宮，秦碑禍亦遭祝融。姬家火德爲秦滅，天意報秦多火攻。幸而秦以水德勝，玉女效靈護祖龍。殘星熒熒一十點，七十八年潛水中。此七十年中寧無好古士，碑没纔生碑出死，蓄眼白頭未覩此。此石入水能不濡，蔣侯入水能求珠。逢午則災亥則顯，水火迭勝理不誣。惜十九字不可覝，想已委作咸陽墟。岱宗茫茫跨齊魯，賸此韓陵石堪語。全文雖遜汶陽劉，勝事尤過北平許。不見鄒嶧山頭刻石文，拓拔推倒野火焚之罘。山頭兩石分，鑿去化爲煙與雲。此十字者逃出水火刼，石壽又應幾千葉。輕模一紙寄人間，壓倒紛紛漢晉帖。

## 寄歸佩珊

雙棲何處覝梧桐，猶喜臯橋有伯通。一代才華奩鏡裏，十年滋味藥爐中。人原貧也非爲病，詩以窮而轉益工。寄語比肩樓上月，漫流清影照吟紅。

## 唐六如小像

九里仙祠禱夢回，風流自擬出羣才。身遭放廢名尤重，人到佯狂事可哀。一塢桃花春不去，六時貝葉佛如來。龍香萬笏成何用，只供人間作畫材。

點染鬚眉紙上生，清狂意態座猶傾。皈依鐘板才人習，跌宕鶯花逐客情。金榜三生無福分，明書一傳勝科名。吟聲燈影南濠路，泚筆誰來畫少卿。

## 題陳章侯畫一人攤書坐置罍盂二器手持杓若有所杼挹缾一供梅桂未谷定爲飲酒讀騷圖蔣伯生辨爲調羹圖予兩置之兩存之

作畫必此畫，遂令畫理室。讀畫非讀書，勿尚考據切。謂是調羹耶，梅枝豈梅實。謂是讀騷耶，又疑醴不設。一笑置勿論，但論畫工拙。筆遵法士體，墨用道子骨。衣冠閻立本，缾罍趙松雪。証以西河云，的真蓮也筆。不聞霓裳圖，定自王摩詰。本題曰奏樂，誰審拍第一。不聞幸蜀圖，出自汝南忽。諱稱曰摘瓜，以避名不吉。君但識真贋，毋考名得失。必欲定一尊，請並存兩説。若置觴詠地，便爲鮦陽畢。如懸政事堂，卽當傅巖説。老遲聞此語，亦應笑吃吃。佛法尚圓通，可入畫禪室。

## 唐玄宗紀太山銘

開元皇帝御九重，忽萌侈心學祖龍。中書臣説昧死請，惟十四載時仲冬。不祈長年籲民福，罔祕玉牒金泥封。禮成具著金石刻，遠邁漢蹟追秦蹤。是時開元正全盛，四夷賓服年屢豐。毁洛圖壇斥符瑞，精意上與天心通。曰慈儉謙作三寶，焉用方石銘豐功。貞觀之際兩下詔，星孛海溢俱停封。東都拔木魏河決，俱開元十四年事。按《唐書》，封禪在十三年。今以碑爲據。柰何事不師太宗。徐堅韋縚妄集議，宰衡惜已非姚崇。前十二年太平致，詔禁女樂充後宫。翠羽恩方失椒殿，龍漦兆已徵弘農。按王皇后廢於封禪前一年。是年，貴妃楊氏生。盛衰倚伏在一念，勵精所貴持其終。我爲此言實迂腐，地下笑倒張燕公。金輪女主且登岱，未聞禍召驪山烽。此書奇麗照日月，萬世仰止高山同。始皇前碑鎮神府，明皇後紀摩琁穹。太山不頽字不滅，願搨萬本傳無窮。

## 冬杪與蔣伯生探梅花消息致道觀

風和殘臘預支春，如睡山容忽展顰。暇便清遊原夙慧，出逢佳日亦前因。無才未許全空俗，有好纔能不顧貧。料得南枝應暗笑，人間猶賸兩閑人。

## 蔣雲泉刺史嘉瑞抱騎省之戚作僧服小影寄意

悟澈風翻柹葉斜，六時清課首楞伽。無端淚眼袈裟溼，只道渾身是落花。
漫空香雨降龍池，身是拈花大導師。放下拂塵藤笠子，法雲枯樹又新枝。
百八牟尼寶手拈，蒲團坐破戒香嚴。竹刀重剖如何果，厓蜜方知未是甜。

## 殘臘催租索逋者紛集

墓田賦税熟田同，驚見催租縣帖紅。怒目吏如難訓獸，折腰官是可憐蟲。詩雖敗興還重續，酒不消愁且一中。昨歲緩徵今歲并，私情翻不願年豐。

柴扃曉啓迓追呼，債本非謀避更愚。客勝孔融常滿座，錢羞趙壹并囊無。挺身自分成孤注，跌足原難藉衆扶。恰受梅花微一笑，如君真合號林逋。

## 蠟梅

幾曾香色似南枝，呼作梅花卻不辭。試問春風渾未識，每臨初月最相思。身經入道妝如許，事到横陳味可知。一點素心誰共語，幽蘭應惜不同時。

## 柔兆困敦（丙子，一八一六）

### 新正二日集飲燕園黄梅花下

黄梅花下開凍醅，花光照耀黄金罍。我不能飲得飲趣，主人張筵我必與。客浮巨觥我細斟，客皆滿斟我淺傾。諸君齊楚各雄長，我亦附庸如莒城。酒酣起繞花三匝，羯鼓催春春不答。滿園梅蕚小如珠，猶讓黄梅據殘臘。我期消寒寒已消，我思春來春未交。待來不來耐人想，將開不開耐人賞。人到中年興易闌，何如少日情初長。新年已逗初春痕，隔宵欲返明月魂。酒杯在手花置眼，世態悠悠何足論。

### 立春日

難得新年日日晴，迎春歡動六街聲。和風著體嫌裘重，樂事關心覺履輕。流水響中塵不到，行人稀處草初生。幽情最與梅花愜，纔見含苞眼倍明。

## 探梅詞

芒鞵日日踏蒼苔，每對含葩繞百回。一種惜春心事大，旁人只道盼花開。含葩堪愛落堪思，關切先時或後時。若使盛開時候看，何人不解看花枝。

## 迎神曲

吾鄉於新正五日祀五路神，近更改祀於初四，蓋以先迎者爲得利也。戲作此解。

一城爆竹金錢舞，華燭家家洞開戶，初四夜分達初五。一解。東家祀神苾且芬，男耕肥健女織勤，賣絲糶穀利十分。二解。西家祀神誠更潔，墻東揮鋤得金穴，行賈洛陽三倍息。三解。貧家破屋亦祀神，案上有肉厨無薪，風吹瘦燭青如燐。四解。

## 入春晴暖過甚

到眼皆春意，嬉春不待尋。陽和先透骨，歡樂愈驚心。青帝功原大，蒼生疾已深。從來盛衰理，豈獨在晴陰。

## 元夕雨

今宵如得月，歡賞滿春城。人事無全美，天懷轉獨清。籟從空外息，春在靜中生。但聽簷花灑，孤燈酒細傾。

## 伯生歸未兩月方營燕園爲菟裘忽被嚴旨追回山東事不可測相就梅花下痛飲而别

揮手家園馬又東，歸何緩緩去匆匆。樓臺未了如殘畫，花鳥無知道寓公。世事每來籌算外，人生易老别離中。送君從此詩情嬾，一任春光爛漫紅。

醒亦徒然醉莫辭，玉梅相勸盡餘巵。奇才生爾天多事，息影如予月不知。指鹿無爭終辨誤，亡羊能補已嫌遲。藕絲保障都非計，只合蘆中理釣絲。

## 庭梅乍開連日遇雪及霽色殷矣然久不落感而賦此

乍開清瘦雪添肥，盼到新晴事已非。生不遇時榮亦困，隱如得計賞從稀。守真寧使光華斂，耐久翻因發越微。摧折更番應自慰，不經寒勒早紛飛。

## 閑情

春來處處是相思，收拾閑情翦亂絲。一簇野花顔色好，水仙祠畔立多時。

## 月夜梅花下作

疑雲疑夢夜漫漫，澹蕩東風一倚闌。堅臥空山惟汝伴，横陳皓月儘人看。香誠可愛須防折，瘦已堪憐況欲殘。耐盡冰霜開幾日，爲卿何忍避清寒。

## 庭梅開至十分徘徊花下不能無詩

十分晴雪弄昏黄，屢欲清眠又繞廊。緣到極歡寧挫折，事無餘望便淒涼。微行祗恐粘殘片，小立非貪受暗香。恰似故人將遠去，未曾離别已神傷。

社日遠峰來同李生小霞兩兒文杓文樾集飲長真閣梅花下以幾生脩得到分韻

南軒梅一株，庭小覺花塞。東閣梅四株，花多覺庭仄。對花思逋翁，逋翁忽在側。人同社燕來，花笑若相識。呼兒急開尊，催詩仗酒力。有酒慮無殽，梅花儘可食。轟飲如雷顛〔一〕，酒思被花逼。三杯逸興飛，四杯喫不得。頹然一詩魂，先逃入香國。美人珊珊來，輕雲弄嬌色。醒後徹骨寒，初蟾已西匿。客散小庭空，惟聞花氣息。

【校記】

〔一〕『雷顛』，光緒本作『雷風』。

近人文字初見殊可喜既鋟板覺迴遜矣豈所見隨時異歟抑吹求之過歟

楓落吴江思出羣，如何既見不如聞。千秋更孰私於我，一字安能放過君。論定文章縣日月，知交聲譽等烟雲。饒卿絶世丰神好，畫裏看來遜幾分。

## 蔣奇男約看花雨阻不果

悵望雙臺正倚闌，無端絲雨弄輕寒。墊巾甚想匆匆去，著屐終嫌草草看。風日因緣倏可待，人天歡喜事須難。只愁花眼殷勤盼，清淚今宵定不乾。

## 北山山遊絶句

罫畫芳塍幾稜斜，居鄰北郭似邨家。紅孃橋轉西施渡，一箇柴門一樹花。
徑入松陰縱復横，襆衣空翠溼雲生。籃輿省識詩人意，只揀桃花礙處行。
野花無數發前邨，蝴蝶偏飛近墓門。宿雨乍晴芳草溼，春泥已有繡鞵痕。

## 寒食蔣奇男邀同景閬仙及予子文杓過破山寺歸途憩曹氏園桃花下向山僧取酒歡飲極醉兩君先有作次韻二首

寒食吹簫上古岑，僧廚燒筍緑煙深。萬松冷受孤花笑，一澗喧鳴衆壑琴。坐久雲從芳袂起，歸遲鳥勸玉壺斟。詩成更倚脩篁坐，染得風前翠滿襟。

仙樹參差石磴斜，遙青都被亂紅遮。人家盡日惟聞水，雞犬眠雲只護花。天畫此山邀客賞，春濃於酒儘人賒。醉來一笑題詩去，呵氣先成洞口霞。

聽雨詞

風簾瑟瑟蕩銀鈎，簷溜琤琮響瓦溝。一夜春愁寄何處，謝孃樓角杏梢頭。
賣花聲度隔溪遙，樓上春眠燭未消。掛起西窗看湖水，白鷗飛過赤欄橋。

浦曉江彈琴圖旁有姬人傾聽

我如彭澤已翛然，君尚高彈宓子絃。何日歸來山水畔，紫瓊三尺綠陰眠。
雙頰桃花兩鬢雲，蔡文姬否卓文君。世間只有箏琵耳，此調何人側耳聞。

陰雨積旬春光去矣

瀲灩花能幾日紅，任教開落醉眠中。無情嬾得銜泥去，卻怨西園一夜風。
只消幾度醉逡巡，草草心情看過春。肯受滿身疎雨綠，空庭一蝶一詩人。

暗風吹雨過西窗，自檢春衣護晚涼。衣上百花香氣在，忍寒依舊疊空牀。
自知顛額是清狂，收拾春情檢藥方。爲愛緑陰牀上坐，見伊枝葉又思量。

春去

東風努力撥雲開，簷溜猶聞滴翠苔。萬樹盡含垂別泪，一詩聊代餞行杯。夕陽已被虹拖去，春色還看蟻負來。曾與故人歡賞地，闌干幾曲重徘徊。

首夏坐長真閣寫梅

梅葉成陰緑更妍，嫩花追憶早春天。何嫌對著徐孃面，重與調鉛畫少年。

挽趙羨梅上舍元鼒

少年書記本翩翩，元叔才名輦下傳。卻爲維摩工示疾，遂從俞拊悟真詮。濟時小試調梅手，潔己先辭種杏錢。臨死活人心事切，被人强喚作醫仙。

## 王玉章同年珙餉惠山泉

汲來雲液滿銀罌，六月空堂雪一泓。勗我臣心常不染，多君交誼淡而成。瓊壺直擬寒冰貯，石鼎猶聞漱玉鳴。始識淵澂關性分，出山何減在山清。

## 張孝女詩

猗猗園中蘭，根死枝葉萎。七歲喪阿父，鞠育惟母爲。阿父有遺體，尚在母腹中。雄雌未分明，愛女珍珠同。十三繫衿纓，二十夭桃紅。登車持阿母，淚頰雙芙蓉。阿母執女手，去去勿悲傷。汝往無舅姑，太翁卽尊章。於我爲從父，汝壻吾姪行。三朝逮彌月，反馬迎雙雙。一從歸壻家，涕淚不得息。寢被思母寒，晨羞哽母食。上堂拜尊章，金翠盛妝飾。膏沐雖容輝，神理日枯瘠。太翁語新婦，汝勿中情悲。汝母吾從子，子幼門戶衰。松柏與女蘿，枝葉交萎蕤。駕我青驪車，汝可迎以來。阿母見女泣，顑頷非昔顏。女見阿母笑，殷勤勸加餐。太翁語新婦，勿復雙眉攢。新婿語外姑，粗糲差可安。黃鵠依其雛，不知歲月寬。生女如昭容，勝彼男而冠。陽春三月初，麗日懸高堂。中庭樹蘭蕙，宛宛揚芬芳。花前具珍饈，摘花泛瑤觴。昭容啓阿母，願母壽而康。自冬徂今春，疫沴傳江鄉。醫巫錯交衢，哭聲殷城牆。城北張氏妻，吞金殉夫旁。城南屈生妹，哭兄同日亡。慈躬喜安和，降福蒙彼蒼。齋沐遺老嫗，進香至錢塘。香是何所爲，荃靡及都梁。裹以絳色綢，爛爛朝霞光。怪風吹西窗，天陰叫鵂鶹。阿母夜呻吟，凌晨氣綿惙。羣醫雜沓來，搖手不可活。母如不可活，寧糜此軀骨。阿母謂女云，張家老寡婦。急舁我還張，勿死壻家裏。忍淚謂阿母，醫云固無憂。但盡刀圭藥，翼日冀有瘳。室東有小樓，事佛極精嚴。金鈴綴網戶，碧玉爲重簷。文窗十二扇，扇扇懸珠簾。鉗以金屈戌，勿許人窺覘。其時月初十，斜月掛樓西。登樓下帷幙，盡掩窗玻瓈。室中寂無聲，打窗風淒淒。小婢從隙窺，但見燭影低。開門呼小婢，小婢已熟眠。左手汲淨水，右手裹紅箋。云是佛前香，避人手親煎。手顫幾墮甌，跪進阿母前。母命苦不延，佛力難回天。回天既無力，兒命何流連。十一阿母死，十二女重泉。相距衹一日，相從竟百年。停尸中堂上，但聞蘭花香。郎君啓絞衾，右臂紅綢藏。血凝桃花斑，徑寸刀痕傷。解君腕上綢，爛爛朝霞光。老嫗哭入來，見綢摧肝腸。分明是月朔，裹香至錢塘。小婢哭入來，展綢灰飛揚。灰是佛爐灰，湯悟非香湯。親戚來弔唁，見綢置靈牀。嗟歎佛無靈，綢在人則亡。女孝志未酬，女行垂千秋。男兒念親恩，示以此絳綢。

## 對酒當歌行

春風吹我羅衣開，爲我一洗心上之塵埃。昨日已去，明日未來，此時不飲胡爲哉？眼前突兀糟邱臺，美人酌我黃金罍。珠喉發聲洞簫和，碧瑠璃天脆欲破。酒酣一喝雲盡停，墮地酒星如月大。當頭明月方徘徊，白如白玉圓如杯。安得擲杯向空化月魄，換取明月入手滿酌葡萄醅？酒亦不得竭，歌亦不得歇。醉魂陶陶飛入月，夢見鈞天廣樂張紫庭，手斟天瓢倚醉聽。不知日月有晦冥，逕欲上天拔玉繩。解事美人旋起舞，滴落珍珠散華炬。願君千春壽觴舉，酒不到阿瞞墳上土。

從東鄉鄭氏乞得牡丹四叢分植庭除

帶雲和露玉根移，澆與氤氲濁酒宜。名種種來偏貴少，秋分分得未嫌遲。漫期賓客同歡賞，且屬兒孫好護持。恰似瑤環瑜珥列，春風先發定何枝。

故人報罷

又值秋聲起荻蘆，依然鐵網漏珊瑚。劉蕡下第辭原激，李白登科事本無。駿骨權奇寧減價，蛾眉老大漫增吁。何如及此黄花候，來醉黄公舊酒壚。

連日菊宴

一籬冷月酒千鍾，到此詩情澹勝濃。人特借花開笑口，天如放筆繪秋容。幽香結束芳菲局，真隱消除仕宦胸。耐得嚴霜風骨傲，同時相對有芙蓉。

## 聞伯生賦歸久遲不至

聞説秋風早拂衣，天涯倦羽合知幾。猧兒亂局容顛倒，鸚母無言畏是非。三徑莫招黄菊笑，五湖空約紫蒓肥。閑雲儘有山中住，不是爲霖孏得飛。

## 秋杪同林遠峰三數輩弔河東君墓

一抔紅樹白雲間，遺碣摩挲古蘚斑。野老尚呼秋水閣，詩人爭弔夕陽山。士無勁節羞青史，土有餘香重翠鬟。好護隄邊老楊柳，是伊同姓莫輕攀。

## 攜尊燕園賞菊有懷伯生

朱門五色燦成行，此獨蕭疏滿徑黄。似我離披偏適意，無人珍惜自幽香。官如短夢暫花隱，天與輕寒稱酒狂。底事賦歸歸未得，東籬昨夜又新霜。

## 鍾映淵澂乞題其尊人蘭谷翁攜壺荷鍤圖

酒人十年不飲酒，天上酒星忽招手。出門處處聞糟牀，春風撲人春酒香。生不墮禁酒國，恨不封酒泉郡。手提一壺春，勝如六國印。病而止酒何如酒止病，愛酒烏能兼惜命？呼兒曰吁子來前，不願汝曹珥貂與蟬，不願汝曹積金與錢。但須千鍾百榼之量能世傳，一醉之外何有焉。醉魂陶陶醒而起，引壺更酌尊中蟻。玉山一倒不復醒，酒邊何處非佳城？不見李耼無欲稱老子，顔淵好學短命死？有好不顧身，其好乃獨真。不然古來飲酒人，何獨傳名劉伯倫？

## 屈子謙名頌滿竹田子也玉貌高才工篆隸能畫山水花鳥甚有思致今年正月竹田攜酒梅花下邀予燕賞子謙隨侍閱十五日而子謙死疾革具衣冠向其父再拜云將歸兜率宫也

玉梅花下睹翩翩，花落人亡事可憐。臨死哀號猶拜父，半生倉卒便登仙。無緣更與酬佳節，有淚偏教哭少年。一卷君家騷賦在，招魂只唱大招篇。

東風鶯語樹頭流，似爾聰明未易求。有限人材還短折，無多書畫或長留。天涯豈少詅癡壽，海外偏思阮樂游。儻使情塵終不滅，他生福慧要兼脩。

皋魚風木痛銜深，弱羽𦆅褷傍鶴陰。衰絰子明終乏嗣，居廬阮籍不彈琴。無兄偏失孤飛雁，有妹真如並命禽。身著麻衣仙蜕去，九原翻得慰慈心。

## 十月望夜

一年惟此夕，天特縱純陰。高印古潭水，静懸空樹林。不妝寒女面，無礙至人心。偶與片時對，曠然忘古今。

## 讀亡友舒鐵雲集題後

通天何處有高臺，一問青冥孰主裁。鸚鵡洲翻惟此客，鳳凰池選失斯才。靈心自向蓮花吐，生面能從芥子開。字字神仙親撰出，卻愁閑飽蠹魚來。

心無點血鬢皆絲，奇氣文章薄命詞。能識此才人有幾，得傳於後鬼何知。三千風月除濃福，一半江山欠好詩。只恐雕鎪靈秀盡，暫游碧落去騎箕。

## 皋橋琵琶行

生不獲見杭州老兵蘇老五，又不常見華亭名手俞春浦。平生不奏鬱輪袍，今夜忽聞琵琶語。皋橋西去曲巷東，小樓絲竹秋玲瓏。紅姬扶醉抱明月，玉纖破撥生胡風。一聲喧一聲啞，琵聲多琶聲寡。忽而響震武安瓦，忽而私語紅窗下。忽而玉峽流泉瀉，忽而銀屏細沙灑。大珠小珠白玉盤，大雷小雷青雲端。其指愈忙神愈閑，疑有千手爭來彈。烏孫公主念家山，掖庭明妃出漢關。灣頭馮小憐，樓頭楊玉環。一齊清魂赴指下，盛衰離合音情完。此時舉座運五官，心傾耳側眼靜觀。一悲一駭一喜歡，但覺聽此曲者身亦非人間。雨潺潺，今宵沈文蘭；月珊珊，當年屠畹蘭。

## 飲林研莊上舍吹玉樓醉後出扇索題龍巖州人名泰時僑居金閶

金閶門外萬人家，只此樓臺貯月華。南海鄉風奴橘樹，西谿宗法壻梅花。娵隅賦罷調吳語，郭索持來讀楚些。笑解驌裘邀我醉，洛陽兒女字朝霞。

一時頓有兩林三，君與遠峰俱行三。鮮茘香濃老蔗甘。花下每邀安石賞，竹間時與阿戎譚。學書飄灑能飛白，得句聰明漸出藍。學詩於遠峰。我愧山陰王逸少，匆匆題扇石橋南。

## 訪王仲瞿盈盈一水樓時刻煙霞萬古樓集未竟

一樓殘紙寫雲烟，隱隱虹光破屋邊。楊子雕蟲過壯歲，宋人刻楮費華年。才難適用非關世，集有奇文足報天。綠水青山歌哭地，不圖頭白兩依然。

白面王郎初入吴，驪裘笑脱酒家胡。眼中秖有兒文舉，坐上公然弟灌夫。十月造雷爭失箸，六州聚鐵早開鑪。而今老大成何事，千尺長松五石瓠。

## 蔣伯生五十歲小像

曹衣吴帶自風流，入畫須眉爽似秋。十上説書存此舌，三爲令尹賸吾頭。歷仕滕縣、汶上、泰安。嘉慶丙子歲，以清查庫項幾置大辟，事白，始得釋。從容車騎貧如富，跌宕鶯花樂是愁。住固翛然行亦可，海天何處不容鷗？

醉來拔劍笑相看，錦瑟年華指一彈。商略眼前才有幾，指揮天下事無難。曹劉以外皆餘子，齊魯之間盼此官。只恐文章爲政掩，千秋何等傳中安。

## 李小雲刺史七十乞休作吉祥止止圖寓意乞題

桃花認得故人不，拂褏歸來未白頭。纔轉大夫銜五品，便甘居士號三休。上埸絃索人方待，下水帆檣我自收。囊底買山錢幾箇，獸邱風月是菟裘。銅符一擲卽神仙，虚白光中自在眠。長吉合將詩集署，不祥何待畫裙湔。五千言字抄關尹，七十年華賦樂天。斟酌橋邊閑買醉，黄旗飄過達官船。

## 黄眉山大令嵋以山水條幅見投報以長歌并索巨幛

鐵生奚岡老去蓬心王宸仙，近來此事推王椒畦錢叔美。眉山落筆又超絶，邱壑未了先雲煙。司空宅裏雙峰立，丞相堂前嵐翠溼。先於李杏浦丈處見君畫册，繼又見於戴文端師齋壁。廿年見畫不見君，夢中時夢匡廬雲。前年大府下除帖，一琴來治吾昭文。逢君下車愜素願，準備篋中好東絹。兩年瑟縮不敢陳，知爲官書忘洗硯。今秋時和政亦閑，朝來貽我尺幅山。宛然一角錦峰秀，斜插尚湖湖半灣。水清石瘦樹枝硬，恰如老語盤空横。若將畫格比詩情，除與涪翁句相稱。使君才大頗好奇，治河一疏空前師。君曾以治河策干文端，爲奏之當宁，格於議，不得行。牛刀小試奇不出，收拾奇情入畫筆。吾鄉高士黄一峰，元四大家稱大宗。使君毋乃是苗裔，前峰後峰君又號兩峰如追蹤。我今欲作發棠請，爲我放筆更埽青芙蓉。淋漓元氣拂拂指下出，好取虞山全體多包容。

## 題屈子謙殘畫

鐵笛吹涼玉蘂枯，塵寰小住事餖飣。閑窗點罷離騷卷，自寫秋風薄命圖。
海内丹青漸失真，王椒畦粗錢叔美細兩家新。天風吹折湘江蕙，不許畊煙有替人。

## 喜伯生開復原官卽送之山左

鶴書一紙扣花關，敦促囊琴出故山。聖主纔知其罪枉，清時未許此才閑。致身早定千秋業，歸計遲營十畝間。喚起孏雲幽壑臥，且須行雨下塵寰。

出北郭循麓而西有九龍松焉地以是名孤挺雲表旁無小枝惟古幹九槎枒鬱律蟠屈如龍數里外望之蒼翠幢幢時有雲氣覆其上真神物也余十數歲每至先高祖墓時時見之乾隆己亥庚子間樹忽枯死居人不敢伐猶存其形既爲大風所折奇蹟遂滅今問之土人無能舉其名者矣予慨數千年之物一旦化去遂如雲煙矧人命柔脆不有樹立等於草亡木卒求如松之死而係人感慨烏可得已

小時曾見六朝松，九幹昂霄似九龍。一塢忽聞滄海嘯，半空時有白雲從。無端老物成遺蜕，頓使寒林失古容。説與兒童渾不信，只疑荒誕話秦封。

長真閣綠萼一株夏忽萎去其旁小梅一顆高九尺許結蕋繁盛菀枯之感不能無詩

物理盈虚有如此，一株崢嶸一株死。緑珠春魂墮地消，小玉輕身舞而起。當時大者高出牆，小者僅及三尺長。大如顯宦踞上座，小如下吏趨其旁。一低一昂勢懸絶，攀附旁枝猶未得。雨露全教占去多，風雪何曾能蔽翼？人來仰面看高枝，盡誇玉樹瑤林奇。小樹身低不挂眼，花開只供兒童嬉。今春老樹花如雪，盛極無端忽枯折。地氣陽回不可收，并歸一樹春光洩。向來屈曲今驟高，拂牆漸見花枝梢。去年酒人過花處，嘖嘖新花勝前樹。

歲莫申南邨大守以俸米十斛寄惠固辭不得賦此報謝

寒虀靜影覆茅茨，細嚼梅花自療饑。臥雪孏揮求米帖，臨風喜讀授餐詩。二千石縱倉箱富，什一征須稼穡知。贈語聊爲瓊玖報，閉門吾已愧原思。

梅梢寒雀喜窺覘，難得炊煙透屋簷。枵腹人還憐仲叔，折腰吾轉惜陶潛。自甘犢鼻操勞苦，久凜豬肝取與嚴。分得廉泉清一勺，幾回斟酌恐傷廉。

得米後索逋者闐而麕集頃刻償盡爲之一快

埽卻屋塵償卻債，人間快事有如斯。門東任索嬌兒飯，方朔仍如季女饑。入口有紋原貴相，補創用肉是良醫。紇干山雀飛來晚，累爾空庭立片時。

## 味霞寒林踏月圖

四天如水一珠寒，獨立溪橋仰面看。銀世界中同醉夢，更無人倚玉闌干。

## 題洞庭王子藴香朝忠揮麈圖

玉柄風流手色同，烏衣馬糞舊家風。令人絶倒如琴瑟，莫逞機鋒落飯中。
顛倒玄虚三十秋，無人入室敢操矛。鍾山寺裏閑風月，捉得松枝便勝流。
鬢際龍文四道餘，祇堪懸壁拜璵璠。人間險事須嘗試，漫信僧虔戒子書。

# 天真閣集卷二十三　詩二十三

## 彊圉赤奮若（丁丑，一八一七）

### 送翁生心存就試禮部

匹馬春風去，梅花夾路迎。致身須及早，努力在斯行。道在文章重，親賢顧慮輕。到時紅杏發，知爾眼先明。

### 憶梅

我爲梅花夜不眠，梅花别我已經年。甘爲夫壻林君復，苦憶神仙謝自然。前度早留今誓約，他生難了此因緣。風風雨雨開帆去，載得尋香夢一舩。

## 將赴鄧尉梅花之約舟中先寄郡城諸君子

未必人如我，鍾情只此花。新春憐已錯，舊約想都賒。落亦知香賸，遊寧惜路遐。諸君餘興發，一笑共仙槎。

## 舟中寫梅一枝與諸子聯句

探梅先寫梅孫原湘，一枝清且瘦。拂拂疑香來林寶，盈盈似春逗。遙傳高士神吳震，獨得藐姑秀。不學王元章孫文樾，頗近楊无咎。筆少不可添原湘，手妍恰相湊。蕭疎態轉濃寶，灑脱力自透。所惜紙幅短震，已覺墨意彀。崛彊由天然文樾，横斜合水就。即花悟文章原湘，於法仿篆籀。銅阬萬樹開寶，玉蘂千林茂。冒雨挂帆行震，挑燈聽篷漏。寫生消夜長文樾，入畫比春壽。宛從頭上折原湘，時向鼻端嗅。蹁躚夢縞衣罄，徙倚想翠褎。忽驚水光寒震，尚訝月色舊。漏洩造化機文樾，寫一矧敢又原湘。

## 雨中自鄧尉至潭山下看梅

細雨斜風一櫂横，隔林飛出暗香迎。此心已爲梅花死，何惜拖泥帶水行。

石徑穿雲上翠微，寒香拂拂雨霏霏。當頭自有花爲障，替我熏衣不溼衣。
白玉屏風夾道遮，低枝都壓帽簷斜。偶然小棘縈衣住，不覺渾身是落花。
入山無處不花枝，遠近高低路不知。貪受下風香氣息，離花三尺立多時。
歷遍山隈又水隈，亂穿珠樹上瑤臺。平生不作低眉態，卻爲南枝俯首來。
扶筇折屐自年年，舊侶同來各杳然。只有梅花情不改，一回相見一回妍。

## 石樓

高踞百花頭上頭，此間亦是一羅浮。好攜眷屬春來住，應有神仙夜出遊。天際輕雲初放鶴，湖中孤嶼小眠鷗。化工才力天然大，元氣淋漓淡不收。

## 題石壁精舍石壁踞太湖上憨山大師結茅之所前拱列岫後擁萬梅爲吳郡諸峰最勝處

蒼蒼絶壁瞰湖邊，萬頃瑠璃置眼前。風雨欲來雲滿地，人烟何處水浮天。松聲時作空中樂，鷗影都成世外仙。七十二峰看不了，一峰詩思一飄然。
何年翠鑿兩崖開，老佛低眉坐古苔。三面青山三面水，一重香雪一重臺。絶無雞犬傳聲到，定有魚龍聽講來。手弄白雲天欲瞑，滿身花雨且徘徊。

## 琴松風曲

古石落落風泠泠，雙眉秀對長松青。人間只有箏笛耳，抱琴彈與空山聽。空山無人月華冷，銖衣繡滿虬松影。指上清光水欲流，絃中秋意霜催緊。一彈山花笑盡開，再彈驚起山猨哀。未須將身飛入月，明月自墮懷中來。一絃一聲吟復注，有聲無聲總仙趣。老鶴偷從頂上聽，聽罷乘雲已仙去。

## 清琴軒觀二女士作畫彈琴

姑射冰肌瘦有神，瀟湘玉骨淨無塵。晉花寫照花應媿，還是聰明白寫真。
飛瓊飛下影娟娟，豆蔻梢頭月正妍。一曲春風彈未了，梅花如雪滿琴絃。

## 攜琴訪琴圖爲李小霞題

遙指葑溪水一條，紫瓊攜上木蘭橈。杏花風裏春如畫，尋遍紅闌四百橋。
琴心只有落霞知，執贄來參大導師。立盡玉階雙屐雨，梨雲香夢未醒時。
青綾障裏韻淒清，只隔衣香不隔聲。猶勝成連滄海上，拍天驚浪一船橫。

李小雲山塘寓齋船山故居也杏花一株穠豔特甚曾與船山酌酒其下今春過之花繁如故不能無詩

一枝又見雨中春，罨水濛烟別有神。豈識盛衰經易主，尚含顰笑對詩人。驚心歲月難相假，過眼繁華莫認真。重倚舊時闌幾曲，風前自惜看花身。

去臘仲瞿書來約同探梅山中既返武林遂忘前約書四十字於其盈盈一水樓壁

我赴梅花約，花前不見君。書來紅鯉腹，人杳白鷗羣。浩蕩看春水，蹉跎對夕曛。樓窗憑不得，香雪落紛紛。

同人約於花朝置酒花下值雨不果十三日晚霽舉杯對月悵然有作

惆悵芳時興已慵，忽看纖影挂林松。花當生日偏淒淚，月趁新晴作笑容。樂事豫期恆見阻，良緣非意或相逢。清光未必來宵準，且泛寒香盡一鍾。

## 閉門

閉門小閣即深山，嬾與時賢共往還。爲有梅花未開落，西窗一月不曾關。

## 古花朝又雨薄莫放霽吳生震攜酒以踐前約詩以紀之

瀟瀟又聽濯枝聲，不分濃雲漏晚晴。竹外扣扉風自啓，花前載酒月先迎。事如可補終須補，天似無情卻有情。笑倚東闌一株雪，春光容易過清明。

## 玉蘭

素豔亭亭捧太陽，謝家庭院宋家墻。偏開二月遭風雨，高出羣花耀雪霜。有女新妝同照映，如人竟體襲芬芳。年年看到將寒食，贏得家家餅餌香。

## 仲春日挈邵氏外孫燮元及諸孫泛舟三橋

如鷗小艇各爭飛，澹蕩東風自拂衣。春是文章含古豔，遊偕童子得天機。拾來芳草詩情遠，開過桃花酒客稀。曾記少年楊柳碧，喜將老眼對芳菲。

天光雲影畫清明，碧淺藍輕水有情。蝴蝶橫從船裏過，花枝斜向艕前迎。詩題好景忘重複，人近衰年怕獨行。一角錦峰應識我，綠衫紅袴聽啼鶯。

## 黄韻山大令泰巡簷索笑圖

擲卻銅符把釣綸，孤山明月耐清貧。梅花值得迎君笑，林下相逢有幾人。

如覩瑤妃玉齒開，忍寒何惜重徘徊。豪門浪把千金擲，未博傾城一笑來。

虞山分西北兩面蔚深在北靈秀在西泛舟山塘則西山全面皆見邵孫燮元一見詫曰此一幅石谷畫也七齡童子具此慧業非清氣夙根焉能作底語爲之喜而作詩

一城界青山，判若兩巨障。北面藏幽崖，西頭插奇嶂。城西春水生，時趁一船盪。邵孫甫七齡，天懷已昭曠。見山不轉頭，雙瞳碧相向。未解作詩語，偏能識畫狀。謂是王耕烟，具此好筆仗。夙心語非學，衝口論恰當。問之老鈍根，茫如墮雲瘴。清暉地下聞，應快佳評貺。明當挈更遊，巖北恣搜訪。指與烏目峰，可是黄公望？

放竹

一畝之園，曠如虚谷。放去白雲，位置脩竹。娟娟無言，靜媚幽獨。微雨忽來，朝烟自緑。籜粉墮衣，生香滿掬。移情瀟湘，秋水可讀。

## 茶壺銘

圓以從宜，正而不欹。虛以受益，斟之不竭。

## 又

六經爲源，百家如泉。用以斟酌乎其間。

## 錄近作梅花詩數章寄蔣伯生濟南

海内齊盟久寂寥，蔣侯雄辯最超超。酒酣席上掀髯起，不話漁洋話子瀟。

十行短札墨欹斜，書與新詩足自誇。君別江南了無恨，聲聲只是負梅花。

## 葉茗芳夫人橅王若水墨筆芙蓉令嗣子謙補鴛鴦

活色生香觸手新，寒塘秋影兩傳神。若教福慧兼脩到，又是南樓一老人。

吾鄉能事數扶義，妙筆惟傳女畫師。何似清於多逸格，甌香家法授諸兒。夫人爲海籙後人，子謙實得外家法乳。

## 紅豆莊玉杯歌

江靜蘿明經曾祁，予乙卯同年也。自言高祖處士某，工俞柎之術。陳確菴先生集中有傳。處士曾爲河東君療疾，宗伯以玉杯爲贈，上鐫『紅豆山莊』款識，屬子孫世寶之。後爲佗氏所得，靜蘿蹤蹟贖還。今夏值君六十壽辰，出以觴客。屬予作歌紀之。

芙蓉花裏開瑤席，象鼻筩深徧觴客。客辭酒酣力不勝，别出佳器容三升。捧出當筵光照徹，酒似丹砂杯似雪。滿堂醉眼一時醒，得寶知從我聞室。絳雲天姆臥玉牀，神仙肘後懸神方。刀圭妙藥駐顔少，尚書捧杯向仙笑。水精不落鴛鴦杯，一錢不值付刼灰。此杯珍重如山罍，仙人玉山爲爾頽。何年羽化雲雷渺，楚弓楚得何其巧！千金不易此一壺，祖宗口澤兒孫寶。斟君酒，爲君歌，頌君玉顔常爾酡，安能眼如魚目聽鳴珂！杯中日月長復長，門前紅豆花開香。

## 示李生

小霞作畫如作詩，縱筆揮灑無沉思。小霞作詩如作畫，信手淋漓沒宗派。學詩學畫兩不難，不愁換骨無金丹。讀書萬卷路萬里，脱去皮毛得神理。勸爾洗去塵市心，勸爾勿與俗士吟。時從獨立悟詩境，妙明只在空虛尋。攜爾酒，抱爾琴，題詩作畫空山深。畫盡山中山，題徧山中石。腕底烟雲并無蹟，畫意詩情兩超絶。

伏日寒甚

夏熱氣始暘，土膏翻得宜。如何涼雨下，更是烈風吹。早稻未全實，秋花先已垂。新寒中人骨，況是疾堪危。

喜邵虛中歸自蜀

二十六年重得見，今時須鬢昔時音。乘除物理惟尋易，收攝聰明在寸心。得養遊魚無淺水，忘機歸鳥盡深林。相看不覺碧山莫，自有月明當戶臨。

七夕同内人

晚霞斜駐玉顔紅，一角秋山落鏡中。小飲不辭蓮子盞，嫩涼剛襲藕花風。心期何待盟初月，笑語還防送遠空。知否雙星應妬汝，藥爐經卷伴梁鴻。

家居漫興

一城烟樹綠迴環，雙塔崚嶒霄漢間。琴水條條通碧海，畫樓處處見青山。風來香市人先醉，雨過花邨犢亦閑。如此林泉吾自得，天涯時有鳥飛還。

謝人餉雞豆

秋來臣朔苦朝饑，恰喜匀圓萬顆遺。殼裏藏珠如剖蚌，盤中炊玉勝烹雌。十分饜飽心仍嗜，一種温柔味可知。水國天生紅豆子，就中粒粒是相思。

鮑叔冶殁於汴城其喪既歸詩以哭之

蕭然襆被出金臺，潦倒樊樓濁酒杯。一第竟難魚變化，六年空見鶴歸來。飄零轉累蘇秦舌，憤激尤憐賈誼才。頭白賢兄還健在，舊遊相對爲君哀。

# 讀陶子師先生南崖集題後

先生名元淳，康熙戊辰進士，官昌化知縣。縣瘴海瘠貧，民俗凋敝，先生至，請免荒糧絶丁，請免浮糧，請免貢花梨木。皆言人所不敢言。事雖不行，而忠信慈惠，已入民心矣。會歲旱，徒步禱峻靈山，雨立應。以禁戢武弁驕横，幾至中傷。在官五年，日市韭一束而已。集皆其公私文書，俗吏所奉行故事者，先生以高文典册手自削牘，淵雅可頌。求之古循吏，不多覯也。

海堧蕩蕩一所城，縣官恂恂一書生。不知古治今不行，欲轉凋敝皆生成。其地沙磧水泉鹵，女任力作男不耕。歲徵三萬六千畮，熟糧計只一萬嬴。自遭南蛇陳武變，逃亡滿邑惟榛荆。驕兵悍帥更魚肉，邨墟雞犬都無聲。先生至日奮筆爭，大吏一笑言何輕。蠲租空具李翺請，虚額豈爲同州更。一杯昌水一束韭，抱籍對民雙淚傾。我讀公書爲憤懣，事不可爲徒爾營。浮糧一考著千古，惠未得實留其名。即今吾鄉多横徵，追呼四出雞犬驚。豈無風聞言入告，外廷骫法稱持平。先生當日政肅清，尚難委曲伸民情。矧兹漕弊方縱横，烏白鷺黑誰能評？吁嗟，烏黑鷺白誰能評，方今天下惟有一人真聖明。

題朱蕁湄秀才宫桂詠史詩

子建咏三良，慷慨實感遇。延年咏五君，惻愴廼自賦。仲宣及太沖，指諷皆有寓。從無覽全史，獨出己智慮。朱君倜儻人，揮翰擅長句。風格玉溪仿，體裁少陵具。上下三千年，曲折腕下赴。隱居城東鄉，儵然狎鷗鷺。科頭看青山，解帶坐綠樹。胸中萬斛泉，噴作千瀑布。時來一長吟，自得巖壑趣。誰識詩人中，隱然有遷固。

酬查鐵山少府履泰饋蟹

東野非塵吏，南昌是少仙。但須州有蟹，不計俸無錢。食指晨興動，霜螯水遞便。題詩聊報惠，索和二松前。

調胡翁

饒君妙筆會傳神，顰笑終輸鏡裏真。卻有勝於明鏡處，秋霜不點畫中人。
尋常行路貌紛紛，辛苦徒誇翰墨勳。畢竟佳人猶易得，好拋心力畫朝雲。

## 尋隱者

中天多浮雲，四顧誰可語。采采芙蓉花，伊人在秋渚。入門清風寒，古瓦竄松鼠。白石媚幽貞，紫芝聊可茹。形骸本蟬蜕，榮顛同逆旅。曠然此天真，庶幾吾與汝。松柏各有心，神理自相許。胸無一物留，萬象皆吾與。

## 邵雲巢仙山樓閣圖

眼前突兀三神山，丹霞翠霧相迴環。金銀宫闕悉涌現，神仙不在虚無間。我欲手將珠樹攀，碧城十二開瓊關。目光所注神觀越，身心已覺非塵寰。人生妄想遊五嶽，如蠶縛繭蝸寄殼。閉門熟讀山澥經，畢竟向禽不可學。亦有雲遊訪園偓，焉得輕身跨飛鶴。何如高展玉畫叉，跂脚晴窗學宗慤。此圖頗似文五峰，層巒矗起青芙蓉。略復參以趙伯駒，樓臺縹緲仙人居。憑君臥遊恣酣適，勝坐壺中看奇石。舉頭滿屋烟雲生，玉洞桃花開素壁。

## 乘槎圖

碧天何處有人家，萬里長風一釣槎。遥指空明秋水外，紅雲幾朵是桃花。
一葉紅蓮入杳冥，漫漫不辨水天形。明朝異事喧傳遍，斗宿光中見客星。

## 冬月觀打禾

臘近穫初畢，低塍水亂流。禾枯連涇束，穀嫩待潮收。市有豐年慶，農無卒歲謀。殘冬難種麥，小熟已全休。

## 自題畫梅

眼中於物無一可，惟有梅花神似我。因其似我勞我思，偶然興發便寫之。清硾之箋白雪光，敲冰炙硯迎朝陽。未曾落墨先有畫，大致自發先生狂。一枝欲挺手捥僵，一枝欲折枯豪妨，十枝五枝心愈忙。心手不應神理到，但有倔彊無尋常。畫成竟無一筆似，惟其不似乃真是。持示梅花笑點頭，世上紛紛形似耳。

## 著雍攝提格（戊寅，一八一八）

### 錢二梅溪卜居翁家莊賦詩索和今年正月值其六十初度用翁覃溪前輩方綱韻寄題卽以爲壽

一郵如畫對青山，家在南湖第九灣。人入晉書風澹蕩，地疑真誥洞蕭閑。尋詩繞屋苔多損，愛竹當門筍不删。恰比梅華溪上近，花時閑暇便追攀。

晴雪千株擁墨莊，盧鴻新闢讀書堂。東頭屋古仙棲穩，南面城寬俗計忘。客向蔡邕傳筆法，人從曹喜問偏旁。春紅酒熟爭爲壽，隱隱雲璈奏八琅。

### 觀曹君詩感賦并序

予髫齡時遇君張子和座上，君方少年，有聲庠序。既以事被褫，復遭遣戍，歸而幡然吏隱。今年七十矣，猶任俠自喜，而子和歿已宿草。升沉菀枯，如浮雲衣狗，變幻更代。觀此不能無感。

童時我過張味經，子和家書屋。座中才辯曹逸亭。我方髫鬌八九齡，隅坐塞默垂頭聽。年十有五試京兆，君亦翩翩京洛表。秋風鍛翮各自還，我趨遼海君天山。一別東西迥殊轍，五百回看月圓缺。秋風相遇金閶門，衣不覆軀頭戴雪。示我歌詩才横絶，讀未終篇爲淒咽。天生此才既不用，更使風雷肆摧折。鄒陽下獄不見天，鄭虔遠戍無人烟。觀者淚落君灑然，攖危而往安而旋。昔時見吏頭搶地，今日漢儒身作吏。刀筆千言亦自豪，儒冠一誤何妨棄。展君卷，爲君歌，一升一沉柰爾何。君雖抑塞豪情在，卻憶飛騰張子和。

林硯莊攜姬人移居越夕而生子盆蘭並蒂同心者雙花人以爲瑞而硯莊意更有所屬以花爲佳兆屬七香作圖介遠峰乞余詩張之

名花得一已足誇，君家一花成兩花。同心之侶不易尋，君花兩心如一心。花來自何方？得非二江合流之瀟湘？抑爲兩山合體之羅浮岡？壅以鳳凰山下土，花魂化爲鳳與凰。灌以鴛鴦湖中水，花意效作鴛與鴦，不然何以有此大體雙？君移窈窕新蘭房，雙棲雙宿玳瑁梁。燕姞夢蘭蘭應祥，寧馨兒與花同香。何用作花盎？藍田雙玨玉。何用作花几？淋池連理木。座客見此花，謂如比肩與比目。主人對此花，意在得隴復得蜀。不見韓退之，左擁絳桃右柳枝？不見白香山，歌稱樊素舞小蠻？此花恰如英與皇，一爲蘭芳一蕙芳。天意賜君願必償，不取轉恐天爲殃。主人聞此言，軒渠大歡暢。醉客合巹杯，懸圖合歡帳。願人常似盎中花，願花常似圖中樣。攜圖索我詩，君家雙樹生。我聞雙蘭兆，觸我雙閑情。平生枉種雙紅豆，那似雙蘭肯合并。

## 元夕觀諸孫以燈爲騎

上元燈火畫屏開，喜見諸孫跳舞來。馳騁競爲先路導，騰驤誰是出羣才。聊同騎竹閑牀繞，預學看花上苑回。笑我筋衰成老驥，年年伏櫪似駑駘。

燈影紛如閃電明，爭誇逐電趁身輕。白駒過隙光須惜，瞎馬臨深暗莫行。疊騎未妨郎與婢，聯鑣難禁弟先兄。全家一笑笙歌裏，晝錦堂開不夜城。

## 黄葉聲中自著書詩意圖爲吴生震賦

青娥著意畫秋妍，老樹臨風豔欲仙。何必桃花方易世，此中山色可忘年。

臥聽落葉小窗深，詩夢還從鶴背尋。那肯一秋閑賦手，赤霞堆裏鍊仙心。

高臥空山不識春，翻從荒率悟天真。莫將此處秋消息，説與城中肉食人。

## 竹林晏坐

看花可忘憂，看竹自忘俗。人倚脩篁間，須眉映古緑。陰陰石凝翠，溜溜泉鳴玉。澄觀愜孤懷，渺慮遺衆欲。清風尋空來，微吟與之續。詩意發瀟湘，一往不可束。

入春將匝月梅花消息杳然

春光爲雪禁，花信與春忘。凍縮珠胎小，寒欺玉骨僵。屢探徒躑躅，久待愈微茫。心獨悠然喜，開遲興轉長。

挽席子遠編脩煜

一篇朝進夕休官，歸計猶邀聖度寬。曲筆魏收天下諒，直書崔浩古來難。致身霄漢心須密，過眼風雷膽尚寒。可惜清才中壽死，臨危猶自望長安。

胡井農節九歌圖

水雲如墨膩窗光，風雨聲中倒一觴。滿腹離騷吟不得，且研殘淚畫瀟湘。
江濶雲低雁影横，讀來滿紙盡秋聲。人間第一消魂畫，不是傷心畫不成。

## 論詩一首贈周山樵秀才僖卽題其詩卷

作詩以言志，非志可勿作。託物以起興，非興將奚託。自從志節衰，詩教日浮薄。況復比興亡，詞意賸糟粕。或喜徵僻典，宛委恣搜索。或喜鬬險韻，尖叉競攫搏。或更安難字，便便腹笥博。或但逞華言，燦燦筆花落。或取三唐音，自謂九霄鶴。其實五石瓠，并無一竅鑿。是皆小乘禪，不識天龍躍。世無正法眼，誰能野狐縛。周郎倜儻才，天情自開拓。投我一束詩，志高興磅礴。挑燈爲細吟，把卷佐清酌。頗得言外味，迥勝皮裏膜。君家婁水東，詩壇旗鼓各。祭酒固齊盟，諸王亦霸略。東江與東堂，雄才競揮霍。君今繼蕭掄彭兆蓀，聲華起如鵲。我獨進一解，報君苦口藥。君家玉巖公，立朝務謇諤。雖爲羈纍臣，猶復諫草削。如真紹風雅，必先本忠恪。根柢既蟠深，枝葉始沃若。勿受古範圍，毋爲俗羈絡。借君獨彈絃，振我警衆鐸。力挽頽波頽，一洗惡詩惡。

## 查鐵山饋刀魚索詩爲報

朝來江上尺書傳，惠我銀鱗出網鮮。豈有霜鋒驚匕箸，不須長鋏對盤筵。懸魚久識官聲好，封鮓曾聞母德賢。卻爲故人清俸損，漫憑雙鯉報詩篇。

## 趙生元凱吳生震排日邀食河豚戲作

對對春潮上釣竿，蘆芽未透早登盤。得伊儘可能躢廢，有客偏將鴆毒看。滑膩勝含西子乳，貪饕如累故人肝。食單賴有門生議，諫果同筵頓頓餐。

## 致道觀七星檜歌

斗壇七星森斗形，四星逸去存三星。三星落落布廣庭，自覺古翠漫空冥。一株西峙雄且直，涼纖當空擎有力。一株東峙欹而側，老鶴盤空下垂翼。近南一株更奇特，體裂爲三巨靈擘。宛然橫臥一蒼龍，倒弄明珠秋月白。其文皆左紐，其皮皆半枯。其陰蕭森而蓊翳，其色黯黲而敷腴。有時風雨起天半，瘦蛟欲掣金鎖斷。有時雲霞棲樹巔，淩風玉樹三神仙。此三仙樹不可測，知是老子三清之化身，抑爲上古三皇之遺植？但聞移自蕭梁朝，知彼移時已歷歲幾億？閱過世間幾桑海，躲過空中幾霹靂？乃得鍊此不增不減三菩提，不死不生樹魂魄。卽看移植四孫兒，已是慶曆年間古銅狄。古人今人樹下吟，人則自古樹自今。不恨古人不我遇，猶見古人所見樹。卻恨古人見樹早，不如我見樹愈老。卽如石田咏此檜，漫云西體裂多槁。今觀裂者在東南，始知考據從來都絶倒。不知我後更閱幾百千萬年，四星亦如三星之奇古而連蜷。此三星者又復作何狀，定有詩人婆娑樹下吟我今詩篇。

## 花朝矣梅猶未放黄韻山大令泰以詩促之屬爲之和

東風無力破芳荄，忍凍朝朝竚玉階。好事固知緣易阻，良辰不道信猶乖。莫虚勝賞綃親剪，且對含葩眼自揩。就使遲連桃杏發，調羹消息早安排。

凍筍聞雷已應時，獨無花看費猜疑。東皇自喜封遲拆，西子寧憂嫁後期。二月鶯啼猶在夢，孤山鶴語枉相思。暗香一縷枝頭動，只有詩人靜裏知。

## 同人約探梅西磧及花開而予將有皀溪之行匆匆不暇唱渭城矣

屢約看花花不開，花開何事轉遲徊。人天湊合須奇福，心地清閑要别才。明月二分先錯過，春風一面亦倏來。歸時縱使無花看，拌向空枝繞百回。

## 登舟口號

人生快意尋常有，纔欲行舟便挂篷。此去詩吟牛渚月，恰來神助馬當風。柳如送遠隨隄轉，花爲傷離隔霧籠。回首山城無限好，翻嫌流水太匆匆。

## 新河莊阻風

潑山風猛激回波，苦聽艄公怨孟婆。一曲清溪行不得，從來險阻未須多。
船頭吹面柳風寒，衣溼梨花雨不乾。任爾敬亭山色好，可堪連日坐相看。

## 記夢

越是心知笑與顰，千回思憶總難真。昨宵夢裏相尋去，只見尋常故舊人。

## 過溧陽城數里有小山石色黝黲狀類靈璧其上多植桃梅時桃正華殘梅未墮烟雲竹樹閒如繡如畫紀之以詩

舟行心計閑，索句意轉拙。天遣小山來，似爲詩人設。培塿松柏無，桃梅燦羅列。時從深紅中，飄墮數點雪。不成兩三峰，石色更奇絶。豈采靈璧根，抑孕仇池穴。怡神在非意，過眼惜飄瞥。試呼此中人，日習了無悦。

## 山行

好山迎面來，方惜瞥眼過。轉境更復奇，得飽眼中餓。曲折無定端，盤盤勢旋磨。絶壁横青天，巖關擋一座。飛鳥不敢前，忽穿白雲破。平畦翠千頃，脩竹緑萬个。譬如奇文章，小作一頓挫。珊珊銀河波，漸近聲漸大。天撒百斛珠，地取玉盤簸。瀉入雙澗流，蜿若兩龍卧。人臨絶壑行，有車不敢坐。礙路古桃花，拂衣自婑嫷。奇峰夾身傍，盼右苦失左。足怯意轉雄，神驚目不惰。落日投前林，茅簷闔紫邏。奇情喜初嘗，燒燈補詩課。

## 中河由東壩至上壩

片席如帆挂，東風澹蕩春。桃花時礙路，水鳥不猜人。岸近時堪躍，山低勢可親。驚心寒食近，茅屋柳條新。

## 題毓文書院

赤手開青嶂，風流譚子文。結樓依日月，棄産等烟雲。獨行千秋想，虚名四郡聞。謗書餘一篋，薄俗自紛紛。

飛閣參差起，憑巖結搆牢。精嚴開白鹿，神秀挹金鼇。石氣侵高座，霞光落綵豪。講壇清課罷，拂蘚畫離騷。

廣厦横經便，殊鄉負笈輕。恥非秦博士，忝對魯諸生。松火横窗冷，茶烟列舍清。四更山月吐，猶放讀書聲。

講席聲名重，洪厓一老仙稚存。流離歸萬里，讒謗避三年。舊迹尋荒徑，殘詩拾碎箋。我來憑畫檻，月色爲淒然。下榻月午樓，樓爲先生所題。

## 月午樓歌

稚存前輩以『月午』名樓，謂以勸學也，并爲作歌。予後十年來居此樓，喜諸生之勤學，知先生流風餘韻，至今未泯也。踵而有作，以勸後來。

明月出海先上樓，我樓况在青山頭。開窗放出白雲去，風簾盡控雙銀鈎。一丸纔過高松頂，屏風亂寫虬龍影。攤書不用青藜然，碧空自有明珠懸。黄高峰頭雪浪涌，金鼇峰背滄波動。山下萬頃雲海鋪，天心一絲雲氣無。清光愈高讀愈苦，月照書叢月色古。仙巢驚起老鶴舞，窗中不知月已午。露珠瑟瑟風泠泠，屋角斜挂三四星。冰輪欲西還倒行，似憐讀書聲好聽。冷光一綫射人面，射月眼光亦如電。明月不落讀不厭，水滴蟾蜍欲穿硯。

## 至山堂後芍藥忽開兩花一紫一白並極穠麗爲置酒與諸生賦詩

天公怪我詩思憊，特遣名花來索債。嫣然一笑煥風前，頓豁塵襟破詩戒。諸子聞香雜沓來，邀我花前作花會。花如佳士左右分，一玉盤盂一金帶。是時青帝已謝權，萬綠爭酣紅紫懈。獨於春後發洩雄，始覺化工才力大。我持一尊向花酹，花逞奇光爲君輩。文章精氣不可收，散作餘春濃豔太。好將筆上花五色，鬬取階前姝絶代。他時應兆名簪花，留與此堂作佳話。諸生各起唯而對，天發奇葩意有在。頻年不開今特開，要與先生詩筆賽。聞言興發脱帽狂，競酌巨觥餐沆瀣。酒翻何惜共淋漓，抝戰不知誰勝敗。花如人意亦自豪，越倚斜陽逞驕態。酣嬉便借花茵眠，夢見飛仙下瓊佩。笑我不踏春明門，翔步天墀博封拜。卻來此地寂寞濱，偷弄綵豪吐光怪。我語花神勿狡獪，汝亦沉埋此堂背。未博公卿恣歡賞，幸遇吾曹閑盼睞。若種豐臺早翦卻，横被兒郎擔頭賣。但須煥玉了此生，何苦腰金自拘礙。醒來花影亦點頭，似感先生語深慨。諸君努力盡餘杯，明年此會知誰再。

## 題王十二墨竹

十二幅畫幅幅殊，疎密濃淡無一無。初看直似不經意，意無意處意有餘。不籜而解節節聳，不風而搖葉葉動。想見淋漓一筆書，逸氣多從筆端涌。文與可，梅道人，隨手掇拾皆天真。不相模仿自超絶，著意求之轉成拙。

## 撫孤操

爲饒生耀南母宋氏作也。父死時，南甫三月，母仰事孀姑，俯育遺子。今南年三十矣，讀書厲名節，卽母教可知矣。爲絃此詩，以告當世。

君不生兮妾先死，良人搖手勸且止，上有老姑下有子。姑𥳑𥳑，寡誰倚？子呱呱，棄誰恃？一解。朝奠哭，夕奠哭，俯仰一身擔事育。忍淚上堂，爲姑縫裳。含淚入房，爲兒製襠。姑心不歡，兒身不安，終日眼淚不得乾。二解。姑老日以衰，兒長日以癡。事姑喜且懼，撫孤嚴以慈。身爲婦，身爲兒；身爲母，身爲師。仰事有盡日，俯育無窮期。三解。兒成立，母頷劬；兒則壯，母則癯。母勤紡績兒負米，兒讀父書母心喜。兒生識母不識父，教兒長跪讀何怙。四解。

## 壁巖關

美太平崔翁也。邑多險嶺深潭，水漲病涉，翁爲建橋闢徑，民便之。事聞，賜額『樂善好施』，建坊壁巖關。孫寬來乞言，爲絃詩三章，俾其邑人歌之。

洗脚嶺，高於天。一雨百丈天紳懸，漂去榷彴飛梟然。黃金運石五丁鑿，宛轉長虹半空落。行人高歌渡河樂，洗脚嶺下不洗脚。嶺嶤嶤，河浧浧，失足一墮鴻毛沉。疇爲兑之崔德庵，宵行不怕湖深潭。潭水不如翁德深，飛梁赤字三成標，所建橋三，曰成志、繼成、大成。行人自喚崔公橋。旌善亭邊讀翁事：學范莊，翁之志；學朱家，翁之義；學甯氏，翁之誼。某年月日郭公記，不見壁巖關外雙角椵，五色朵雲天子字。

方墨林秀才維翰讀書鍾山歲莫將歸其友端木焯爲作風雪歸舟圖此癸酉年事也今墨林又將赴白門以册乞題而予俟諸生行後亦作歸計故有第三首

衰柳千絲酒一杯，秣陵江上片帆開。此行不是風兼雪，那得扁舟入畫來。

潮打船頭不可聽，歸心和雁下空冥。蔣侯山色多情甚，猶向行人艭後青。

青溪重拜小姑祠，鴻爪參差認舊時。我亦秋風挂帆去，桃花潭水獨吟詩。

月午樓夜坐

玉盤初出海東頭，松影如雲滿畫樓。人近星河光在足，座無風露氣先秋。四山縹緲飛難去，一水空濛澹不收。如此空明詩境裏，終宵忘卻下簾鈎。

## 題秦良玉像

錦袍玉貌真天人，智勇忠義包一身。上馬殺賊下馬文，埽眉才子飛將軍。紅崖克又青山克，一騎紅妝萬人敵。血戰親提白桿兵，詔書專辦黄巾賊。明珠繫鎧芙蓉銙，嘖嘖木蘭真健者。令肅秋豪細柳營，書磨盾鼻桃花馬。玉帶何人鎮武昌，盡驅流寇入巫陽。銀鎗手殪東山虎，鐵騎誰當八大王。黄泥窪口全軍墨，竹菌坪前陣雲黑。永寧健將已天亡，石砫孤軍援不得。慷慨椎心誓向天，敢將事賊汚餘年。襄城自守韓家築，嶺表爭呼聖母賢。夜深忽夢先皇事，錦牋綵幣平臺賜。空矢捐軀銅鼓山，更難盡力觀音寺。前譙國與後安國，同拜夫人膺寵錫。桴鼓徒勞一戰催，犀笄已愧三朝歷。夫人膽略空羣倫，孱撫偏逢邵捷春。聚米空陳圍賊計，遺巾不少閉關人。當時若發溪峒卒，嘖霧蟠龍據崷崒。八百盤高不可飛，十三隘賊何由出。縱然半壁缺金甌，全蜀猶能保籌筆。有謀不用奈爾何，婦人空受君恩多。留得奇勳照青史，專傳千秋自君始。孃子一軍何足齒，世上鬚眉盡女子。

## 洋川竹枝辭并序

洋川去旌德縣治六十里，在萬山中，與城市之風，或稍異矣。然有可風者，寓居五月，就所見識之。其爲旌邑通俗與，抑所獨與？姑名爲《洋川竹枝辭》云爾。

環山抱水自成邨，高下相逢盡弟昆。差喜月明無犬吠，碧桃花下不關門。邨中譚氏聚族而居，多有恆業，他姓一兩家而已。故無婢僕，亦無盜。

黄高山接大洪山，妝閣開簾紫翠環。走上金鼇峰頂望，郎行吴下幾時還。黄高、金鼇、大洪諸峰，四面環繞。人多賈於吴，歲率一歸。

花花葉葉兩相當，繡褓珠綳作嫁裝。山裏玫瑰分得早，嫩芽纔起便離孃。其俗貴男而賤女。生女彌月，卽與人爲養媳，以朱提八兩爲定，長亦無過十歲者。

下洪溪接下洋溪，白地江邨竹樹迷。生小虹橋工走月，不知歸去路東西。女旣與人，卽抱他姓爲媳，雖婚無歸寧者。下洪溪、江邨、白地，皆附近邨落，相與爲婚姻。虹橋在邨口。

明燈如月挂車幨，佻達爭先揭畫簾。新試遠山眉樣好，儘人平視總無嫌。養媳至十五六時，使暫歸母家。以吉日迎娶，謂之擡親。輿在途，許人揭簾，圍而觀之。

調羹手自擊鮮鱗，偷眼還防嫂易瞋。教與梳頭兼裹足，生來情比阿孃親。媳呼姑曰嫂，姑之遇媳多嚴，蓋自幼習慣然也。

布裳楚楚自當家，擔取山泉石徑斜。一種少君風範在，弓鞵貼地印蓮花。男婦皆服布，上下同操作。以不裹足者，知爲婢也。

南鄰北鄰爭送神，東家西家結束新。玉顔照耀珠幡裏，隔水人偏看得真。間一二年，邨中兒同時種痘，落痂後，翦綵爲輿，雜旗旛以送神，曰送孃孃。輿必擇美麗者舁之，以此相賽。

一聲爆竹震林隈，錦繖珠旗夾道開。幾隊紅妝濃笑出，無人知是上墳來。二三月，墓祭者以彩亭供祭品，銜牌旗繖前導。肩輿動數十乘，爆竹之聲震於山谷。

山花五色鬥新晴，偏向幽厓絶壁生。開煞春風人不看，從來草木貴知名。春時遍山皆花，形如杜鵑，五色俱備。莫能舉其名者，第曰山花而已。

的的深紅映畫檐，下階親摘玉纖纖。勸郎莫向高枝采，那及儂家草本甜。覆盆子狀如楊梅而小，隨地出者色紫而味甘，有生於樹者，味轉酢。初夏時多買以相餉。

隊隊笙簫羯鼓催，清歌一路上春臺。明朝遍地書聲好，纔學前邨跳戲來。邨中賽會，多扮雜劇。皆十三四子弟爲之，謂之跳戲。有因跳戲而棄儒爲優者。

十年休負此春宵，隔日先將女伴邀。如沸笙歌如水月，繡鞵霜印永洋橋。春社以十二年一度，百戲雜陳。演劇多以夜，婦女亦厭厭行露矣。永洋橋在邨西。

蘭堂舊是列仙居，丹竈猶看倚翠虛。燈下流蘇親結網，備郎明日去分魚。去邨五里許曰蘭堂，一名石欄溪，有仙洞椅竈之屬。夏出花白小魚，每五月遊人多攜網往取，謂之分魚。

割了黄雲賸緑塍，兩三星火似漁燈。前溪自有江湖樂，月黑何人敢下罾。邨中漁禁綦嚴，惟鮹鱓不在禁例。麥熟後，滿塍皆燈火矣。

觸熱相邀列綺筵，紅男緑女坐團圓。韭花香裏嘗新麥，且喜今朝過半年。六月六日，家家作鑾首餉遺，相邀飲醼。男婦雜坐，謂之過半年。

百面銅鉦聒耳鳴，香雲血雨太縱横。秋風保得無災晦，恰喜人來白太平。五猖廟在永洋橋之北，自八月十一至十六七，鳴鉦賽願，爭以雞血灑地。遠近雲集，有自太平至者。

簒簒簪花映翠嵐，郎來須認白雲庵。他山儘有雞心樹，比我紅鮮勝我甘。芮棗産芮家山，功抵人蔘，一枚值數十錢。他處産者，價廉而形味轉勝。白雲菴在芮邨。

斜門一角映鵞黄，結子緜緜比瓞長。等得翠條霜後老，不愁郎去月茫茫。人家庭院，多植秋葵，子以代瓜犀，梗以代炬。

生雲閣上綵雲生，月午樓前璧月明。最是洋川好風景，一層星斗一書聲。毓文書院，譚子文所建。樓閣層起，郡中人夜望之，讀書燈錯落如星。

碧帽玄衣逞少年，雙忠廟口看場圓。桐輪手碾青天月，博得如皋一笑妍。七月二十一至二十四，祀張睢陽，碾朱輪百餘，繞市而走，大意取《唐書》傳獲賊車馬悉分將士意也。

莫吸山中雪井花，莫嘗灣沚緑沉瓜。火雲如織郎來遠，手擣紅薑爲煑茶。水性綦寒，雖伏暑必食薑。西瓜惟灣沚間有，然相距二百五十里，無遠攜至者，有亦人不敢食。

鋤雪犁霜一窖灰，山田高下緑秧栽。泥鰍喝死龜紋坼，只等天公雨自來。土性亦殊異，糞田以礦灰爲釀。盛夏土焦，禾色黄槁。農泄泄然，秋雨至，則祁祁矣。

作牛莫作下洋牛，辛苦耘田不到秋。纔是雙星將渡夜，更無喘月向西疇。六月盡則耘事已畢，七月朔家家殺牛爲脯矣。

## 涇縣山行

一山看不了，又是一山迎。欲雨澗先怒，將雲巖有情。朝昏殊氣候，腹背判陰晴。穿入秋如畫，翻貪路徑生。

## 曉行

萬綠涌如海，不知朝日紅。人穿雲下上，虹臥澗西東。松氣一襟露，竹涼三面風。行行出孤嶺，霞綵繪當空。

## 下灘船

船頭灘聲急如雨，船身喫水纔尺許。左旋右折過一灘，船依盤渦圓轉灣。碧石粼粼白沙輭，聞道前灘水尤淺。水流東下我亦東，迎涼轉喜當頭風。逆風用篙不用力，來船上水如上壁。

## 灣沚七夕是日立秋

秋桐陰瘦日初斜，碧玉灣頭小繫槎。紅藕香清風一市，綠蒲聲碎路三叉。行攜眷屬原多累，作到神仙尚有家。雲際雙星翻笑我，朝朝雙影照天涯。

# 天真閣集卷二十四　詩二十四

## 題姜白石像

白石先生像，錢唐白良玉寫。衣摺渲染，皆非近人所能。手執羽扇，神情灑然。先生自題詩所云『鶴氅如烟羽扇風』是也。自先生遷苕上，世居弁山之麓，築有白石山堂，貯像其中。乾隆辛卯冬，堂毁於火，煨燼中獨留此像。二十三世孫恭壽遷居城中，改裝成册，寓書屬題。先生至今七百年，遺像猶能於鬱攸之中，巋然獨存，固靈爽之所憑，而後嗣保護之力，有足多焉。

七百年事如秋煙，刼灰中有不死仙。六丁下攫終得全，曹衣吳帶何翛然。當時鄱陽俠少年，雪花夜打烏篷船。浪游南嶽不得旋，手拔龍角彈湘絃。彝陵幸遇蕭東夫，東來徑參范石湖。聲名一日滿天下，四顧誰能薦司馬。奮筆自議太常雅，其奈黄鐘不敵瓦。偶耽吳興山水奇，白石洞天插我籬。纍纍白石不療饑，腹中惟嗛潘樫詩。興酣自攜碧玉簫，閑鷗引過松陵橋。鷹揚之印空佩腰，照水白髮風蕭蕭。馬塍花開香沁土，小紅偷灑燕脂雨。鸞鶩無聲石人語，一往孤雲竟千古。沉檀雕匣吳綾裝，明珠辟火深深藏。風吹鶴氅如烟動，紙上古香發南宋。

燕園看桂寄伯生齊河

入門黄雪影漫漫，十八仙姝十二闌。鄰里盡依香國住，樓臺都作月宫看。名花爛漫誰爲主，佳日蹉跎是達官。笑我身閑心計拙，借人園圃儘盤桓。

惲南田題秋海棠云膩粉嫣紅玉作香秋深曉豔鬬新妝幾曾一識春風面卻被花叢喚海棠用意微矣戲申其旨

冷抱酸香徹骨清，春花那得此鍾情。人間衹識嬌紅色，浪向秋風喚小名。

偕錢七叔美陳小雲裴之徐玉臺尚立兩秀才遊北山過破山寺小憩

新侶温故遊，隨感得新趣。落木秋轉濃，千巖態呈露。心閑力忘疲，目涉神已赴。領妙殊性情，窮幽賴迷誤。古寺無俗容，半被脩竹據。空潭萬象入，一物不留住。榮悴非時爲，歡憂任天遇。戚戚懷簪纓，高岡望墟墓。

## 題小雲澄懷堂詩稿即送之婁東赴其師蕭子山之喪

細翦秋燈一粟紅，分明雲水洗雙瞳。習之議論尊師説，叔黨才華踵父風。奇氣欲超天地外，真詩多出性靈中。成連已渺孤琴在，送爾移船大海東。

## 屈子謙菊影墨戲

寒香零亂月黄昏，澹到無言賸有痕。還恐便隨烟化去，急研殘淚與招魂。
墨痕花態兩矇朧，活脱渾忘畫手工。只當一枝秋影瘦，被燈移上素屏風。
兜率天宫事有無，流傳遺墨淚餵餬。天生一管淒涼筆，自寫秋風絶命圖。

## 瞿畹香夫人生輓詩

神情朗徹王夫人，何時小謫來紅塵。彈琴賦詩不稱意，揮手欲訪蓬山春。蓬山本在虚無處，碧空漫擬驂鸞馭。競挽留仙拂拂裙，仙乎且勿乘雲去。夫人笑指紅霞天，桃花待我瑶池邊。堂名含真館易遷，逝將去從王魯連。人生鼎鼎徒百年，不見翠眉白咽謝自然，豈有鶴髮雞皮仙？我道夫人且留耳，去固欣然住可喜。願君且學曹大家，踵成父兄未竟書。願君且學宣文君，絳紗弟子紛如雲。壽如麻姑長不死，依然十八九歲好女子。夫人聞言應曰諾，此客此詩殊不惡，何必妄想生天樂。

墨

第與論風雅，功資著述多。卻嫌濡染易，其奈潔清何。不惜日形短，寧知身受磨。一池渾已甚，洗濯待江河。

聽泉圖

山中本寂歷，古澗何泠泠。飛雨一灑落，塵襟三日醒。春風芝草熟，澹日巖花冥。爲問市朝耳，何時來共聽。

井叔行贈王秀才嘉祿

海内驚傳鐵夫死，鐵夫不死今有子。短小瘠蝨神酷似，况復象賢才若此。昨來投我一束詩，咄哉造物於爾私。豈徒宗文與宗武，直如羲之又獻之。習禮勿習儀，學詩勿學皮。紛紛貌古神則離，獨開生面鏤肝脾。詩中須有人，詩外更有事，一脈心傳此十字。同時少年陳小雲，踵武雲伯張一軍，與君翩翩小鳳羣。君生井文在其手，以井爲字如季友。井居南天朱鳥首，無怪文章吐天口。翩然隨雲來虞山，題詩蘚壁文斑斕。丹井雪井與墨井，爭助彩筆爲波瀾。及此清冬清絶景，與君高歌出烟嶺。天風吹送二雲俱，奕奕文星聚東井。

## 贈南昌尚鶴岑秀才鎔即題其三國志辨微後

放眼讀古書，放膽論古事。不拾古人慧，獨窺古人志。晉臣撰魏史，尊魏爲晉地。劈分作三國，隱然非一帝。況削魏禪碑，詳載蜀即位。奈何朱紫陽，未識良史意。得君爲表微，昭若刮蒙翳。竹垞發其端，子居抉其義。兹更倒筐篋，眉目悉條繫。高出劉幾評，絶勝李燾議。平生論古識，之子可把臂。多事吳尚儉謝陛徒，別撰漢書季。

## 美人香草圖

湘蘭遺俗韻，葉葉總仙癯。一卷離騷賦，千秋素女圖。無人共幽怨，絶世此清矑。采采誰堪贈，相思滿緑蕪。

## 題趙吟香秀才允懷詩卷

之子親風雅，能知僞體裁。夜寒孤鶴語，春豔雜花開。性好非關學，情深始是才。奇音方在爨，庸聽莫驚猜。

## 題趙艮甫秀才函行卷

鸜鵒才華白鵠箋，江山奇氣入詩篇。還丹何處求金母，絶調空聞操水仙。十月雪花燕市酒，九灘雷雨建溪船。揭來紅豆莊前路，濡筆欣看賦柳泉。柳泉在河東君墓側，陳雲伯大令所題。

## 冬日過天龍菴

草枯石細斷樵蹤，一徑寒雲撥瘦筇。歲晏尚餘無事客，山空原有未彫松。静看衆鳥翻斜照，閑與孤僧話晚鐘。莫詫登臨腰脚健，每歸城市便幽慵。

## 哭沈生毅

坐春立雪尋常見，好學深思未易求。薄福衹堪擔一第，高文誰與定千秋。浪傳劉湛能爲祟，豈有鮮于敢訟幽。長吉自緣心血盡，紛紛頽俗説黎邱。

## 蔣文肅塞外花卉卷

宰相胸中涵萬物，元氣淋漓化工奪。塞外春風筆底收，嫣紅姹紫多奇崛。當時罽幕隨勾陳，丹青神化參洪鈞。遽書警奏日裁決，餘事還諳花傳神。玉門關前草不新，白龍堆畔空黄塵。我朝仁風被中外，九邊春色青無垠。丹豪一揮雨露遍，四十一種香紛綸。要令黄花紫蒙地，草木盡入天家春。嵇含列狀任昉記，未及圖中此珍異。王武惲格同時負盛名，眼光衹識中原麗。固知巨手超凡庸，六合羣生一氣中。不是池頭閣右相，但從禁苑繪青紅。

## 蘭皋夫人歸自白門屬題行卷

白門秋氣總堪悲，稱爾詩情玉笛吹。六代江山雙俊眼，三吳人物一蛾眉。漫嗟身世成飄泊，猶喜神仙有倡隨。爲問秦淮堤上柳，長條何事鎮低垂。

歲莫天寒百事催，仙雲何事渡江來。幾回明月家鄉見，一笑梅花老屋開。橐筆漫勞鴻雁賦，題詩空上鳳凰臺。龍門海内今誰是，浪費金閨詠絮才。

## 橄欖

一夕紅鹽落滿林，登盤風味太森森。圓微有角渾無碍，青自初生直到今。帶澀略含酸子氣，回甘纔識諫臣心。核中藏得青蓮蘂，留與蘭釭鬥夜深。

## 玉局脩書圖陳雲伯屬題

使君彈琴政有餘，落想天上脩琅書。碧城十二渺無際，紅霞一帶童初居。傾城環侍飄翠裾，宋聯涓耶烟景珠。銀河瀚罷帝鴻硯，滴水自有冰蟾蜍。丹瓊之函緑金笈，此是雲籤第幾帙。流珠秘籍受三元，隱地神經誇八術。使君點以五色筆，捧出琳房露華溼。故應墜地氣凌雲，不落凡間文士習。才人自古多生天，紫微碧落官階遷。西明都禁辟賈誼，北天門郎除子淵。芙蓉城中曼卿主，蓬萊闕下香山仙。是皆慧業證身後，非復舊夢懷生前。君獨聰明憶前世，自説大羅天上事。青籙分標傀黯書，赤文細校虚華字。我道一言君試記，前生後生總一氣。本自華鬘佛市來，定應兜率天宫置。不見蔡邕前刼爲張衡，靈運後身康樂名。東方朔生由歲星，李太白降因長庚。君今爲宰稱神明，漱滌萬物契太清。漫思神霄作傲吏，且從孽海援蒼生。世間儘有葉縣令，天上寧無宋子京？

如意蘭皋舊婢也今又一人矣而仍其名戲爲作詩

不見舊時人，猶聞舊日名。兩番金換得，一樣玉雕成。善伺人顏色，能窺主性情。不須方響觸，鸚鵡又傳聲。

題彭詠莪孝廉蘊章詩後卽送之北上

美人不在妝，烈士不在剛。敷辭競華豔，豈足爲文章？至人棲崆峒，文字如粃糠。不聞好毛羽，自炫古鳳皇。彭君抱真樸，風雅何鏗鏘。崇蘭謝雕飾，漪漪揚其香。君家尺木公，文繼韓歐陽。立言薙枝葉，訓俗陳梯航。遺編奉師說，羽翼繼後行。靈機握冰鏡，至道潛璣囊。拂箋玉樹華，濯筆咸池鄉。日月含精英，自然發清光。努力上金臺，雲漢相翱翔。願持五色絲，爲天補衮裳。

## 送别蘭皋

羌笛淒淒不可聞，孤帆一片瘦於雲。漫天風雪無情甚，勒住梅花放去君。

## 贈朱秋坪明經景周卽題其洗硯圖

南梁山舟北劉文清無譍人，後來更推蔡生甫與陳玉方。鍾溪既老德清病，紛紛館閣誇麒麟。朱君少有臨池癖，日閉蕭齋橅古迹。殺盡中山紫兔豪，灑殘絶域金壺墨。五十頭顱鬢騷屑，染翰朝朝腕欲折。駱駝橋西片紙出，人道風神似松雪。吾鄉書法溯二馮補之、簡緣，翁樹復張庭仙汪東山杜林邵味閑誰雌雄。絶倫雖無羲獻迹，古法未失鍾胡風。自從俗書逞姿態，子弟家家學姚學耐派。瓣香祇識奉華亭，筆陣誰知求晉代。君今僻居臨水郱，羅列金石娱朝昏。紅柿周圍白板屋，綠天自裹鐵葉門。香姜古硯浮寒碧，浸入明漪漲雲色。欲知君書得力處，但看一池秋水黑。

## 殘歲雜書

未妨典卻鷫鷞裘，風日紅窗氣似秋。只恐春寒禁不得，譍他梅萼預擔憂。

黄梅枝上夕陽多，茆屋深深自補蘿。又是一年將盡處，幾行殘曆重摩挱。
扣門百事集如麻，手折松枝自煑茶。笑語諸逋忙底事，且來看我畫梅花。

## 幽棲

老屋枕寒流，荒荒斷無路。前山欲過溪，横被雲截住。天風時一鳴，空翠自來去。相對本忘言，道心契古樹。

## 雪後

凝雲頽不流，積雪深一丈。開門見羣山，皓潔不可仰。樹露瘦根青，谿流斷冰響。空明天地中，默坐入冥想。疑有梅花開，前邨怯孤往。

## 屠維單閼（己卯，一八一九）

### 元日

昨恐今朝雨，晨曦透滿檽。年豐人面白，冬煖地皮青。爆竹知晴胞，梅花戀臘馨。十行丹詔下，消息萬方聽。

### 琴川上元燈詞

老廟珠燈賽九微，招真古梅天下稀。看燈兼看花間月，不到三更不肯歸。

郎家住近讀書臺，儂家住在小三台。隧隊春燈門外過，郎來只道看燈來。

郎情熠熠燈初然，妾心皎皎月在天。明月賽燈燈賽月，卻愁燈暗月空懸。

儂自春風巷口回，郎從文學橋頭來。燈光月色兩相射，翦水雙眸不敢擡。

製轘先製踏燈轘，走街須走紫金街。一條輭繡似弦直，迷路不愁郎使乖。

燈市鬧蛾聲沸騰，珠簾照徹花層層。儂自看燈燈下立，看燈人卻不看燈。

鏡聽時交鼓二更，條條僻巷似冰清。不須更約鄰娃去，自有素娥相伴行。

十行丹詔下楓宸，萬戶歡騰頌聖人。走徧東西太平巷，大家爭樂太平春。

## 冒雪獨行至古梅下

北風穿隙射眸酸，雪後房櫳徹骨寒。爲惜玉梅遭凍折，披衣先揭畫簾看。
茫茫瑤海萬人家，玉地冰天靜不譁。獨立空山風雪裏，一詩人與一梅花。
拂了瑤花坐翠苔，玉虬枝下儘徘徊。滿身擔受香兼雪，值得衝寒一度來。

## 雲伯大令邀同載酒泛雪湖中小雲隨侍因話昔年子山舊游小雲子山高弟也

使君爲政值閑時，相約西湖放櫂遲。雪後溪山荒率畫，春初草木性靈詩。眼空四海才餘幾，論到千秋酒不辭。恰喜梅花寒勒住，水邊猶有未開枝。
記得故人攜手處，泥中鴻爪雪中尋。似聞向秀山陽篴，難訪成連海上琴。酒次抵封侯萬戶，花陰須惜價千金。他年更説兹游勝，各保冰壺一片心。

## 供硯圖

宋詩人王元婦黄孃，亦有才思，元中夜得句，黄輒起然燭供硯以俟，好事者繪圖美之。陳小雲秀才與其配汪小韞夫人琴彈瑟應，較之王、黄，奚啻倍蓰。歸佩珊女士爲作供硯圖，屬予夫婦爲之題詠。

窈窕窗深月浸紗，起來雙笑對梅花。憐他繡被鴛鴦夢，孤負詩情十萬家。
推枕重吹寶炬然，一牀恰有兩詩仙。端溪璧友辛勤甚，也廢瑠璃匣底眠。
蘆簾雙管鬬生春，衕溼香寒露似塵。僥倖翠奩鸜鵒眼，終宵長對比肩人。
我有讕言欲語君，筆花誰似左家芬。花前好捧紅絲硯，泥把簪花教右軍。
金鈴風瘦玉繩低，吹落吟聲小閣西。驚起翠禽香夢穩，梅花枝上一雙啼。

## 三月三日偕錢叔美陳雲伯出北郭循桃源澗至維摩寺梅花下

討春入桃源，桃花渺何處？但循流水聲，空翠得詩路。忽聞梅花香，招提愜小住。山意忘春深，雪容猶戀樹。登樓見青蒼，天海了一顧。手弄白雲寒，冥冥又飛去。

## 登拂水巖循級而下仰觀劍門與兩君小憩石上

西陟拂水巖，玉琴鳴壑底。不遇東南風，焉能拂天起。捫蘿下盤磴，雙厓砉然啓。寒翠森高空，雷雨不可洗。平生愜意處，習見若新喜。一襟古苔花，冥坐析奇理。

## 由蕭家棧下烏目澗入三峰寺

前行忽無峰，石角向東折。松濤足底來，萬綠如涌出。所得隨趣深，轉苦下坂疾。妙香生空中，清磬度林密。偶涉本非有，卽悟安可說。閑從散花天，詩情拾摩詰。

## 取道松徑至破山寺看竹

循東極西勝，自西復東轉。不厭往復迴，秀色常在眼。松盡逢竹林，籜粉墮衣輭。尋烟孤筍觸，題句一竿選。空濛受虛籟，去雲入遙眄。徘徊煐翠圖，浮嵐吾欲翦。

## 别緒

慢擬前歡續後歡，溼雲如絮墮闌干。一生蹤迹迴思好，萬事因緣預定難。風力漸欺銀燭瘦，雨聲如逼玉釵寒。相思别後知無益，貪把離顔子細看。

### 由常熟至旌德取道無錫宜興溧陽高淳宣城涇縣水驛山郵意境百出襍詩紀行

看得梅花落，先生又放船。東風胡蝶路，春水白鷗天。客夢温前度，詩情續去年。家山猶戀我，拖影莫帆邊。

路入梁谿好，谿行九曲紆。背船雙燕掠，坐樹一鳩呼。斜日鷄豚社，春風仕女圖。清明負佳節，閑看醉人扶。

陽羨谿山勝，詩中又畫中。大蘇才跌蕩，小米筆空濛。臥柳穿窗碧，欹桃礙路紅。破眠香一縷，隔崦焙茶風。

我愛孟東野，貪詩忘卻官。千秋一孤癖，絶調最高寒。風雨投金瀨，煙波射鴨闌。宦情吾更懶，於此得盤桓。

飄然入鏡中，天水混濛濛。春漲無邊潤，江潮一氣通。白鷗隨下上，青嶂别西東。飛破空明界，孤帆與斷虹。

三月寒如此，東風作意蠻。苦無紀叟釀，聊對謝公山。隴麥含淒色，郫花斂笑顔。擁衾愁聽雨，篷亦似人間。

一碧環墟市，人烟隱緑葭。船多如雁鶩，水不長魚蝦。白浪吞殘日，紅樓接斷霞。敬亭山色好，稱我繫浮槎。

百里涇川路，風光在水西。濛濛煙雨裏，羞殺若耶谿。竹樹連郫秀，沙禽盡日啼。琴魚如可釣，吾欲此幽棲。

此水東流下，西行勢折旋。東風不與便，難似上青天。帆影拖雲重，篙聲鬥石堅。鷺鷥無箇事，閑立釣人船。

春嶂碧玲瓏，春衣澹蕩風。花浮雲氣外，鳥喚水聲中。境極千奇出，山無一態同。極西峰數朵，含雨更空濛。

桃花紅不盡，白者是梨花。花影偶缺處，蒼蒼横莫霞。遠聞流水響，其下有人家。行到翠微曲，仙源一半遮。

春山雨洗出，空翠似新秋。樹鬱千年秀，泉爭百道流。天高愁石碍，地僻許雲留。奇絶斜陽外，風光澹不收。

## 重莅毓文書院風雨之後桃花落矣

亂紅如雪滿階墀，留照斜陽只數枝。重到已難尋舊迹，遲來猶及見殘時。詩情隨處增淒戀，花意還應認故知。就使全開終要落，莫於風雨有微辭。

## 由下洋赴旌德縣度天嶺飛流濺玉奇松怪石夾嶺杜鵑如繡使人應接不暇得詩四首

一綫直上天，白雲夾左右。下臨千仞谿，飛橋界懸溜。仄行肩必欹，側足趾僅彀。攀蘿猱升嶺，穿磴蛇赴竇。一峰險始經，一峰怒又鬬。劍鋩割青霄，飛鳥不敢驟。

行行上天嶺，一覽羣峰低。白日升半空，剛與人面齊。萬頃涌綠海，千級垂丹梯。飛出兩白龍，蜿蟺谿東西。下險神始怖，攬勝目復迷。一襟空翠好，秀色詩能攜。

神區闢洪濛，幽奥鬱奇秀。密林漲寒烟，古木蔽晴晝。虬松千歲姿，懸崖露根瘦。越澗跨飛流，如渴就玉漱。繞身周藤花，鱗甲紫雲覆。樵斧不敢近，天風時一吼。

春風吹曉霞，蓋卻衆山綠。春氣不可收，紅情媚初旭。何年鶴林種，紛植此巖谷。天孫五色絲，繡徧山背腹。開落空自妍，無人解停矚。樵夫晚擔歸，壓肩紅一束。

## 赴東山道中

喜有門生侍，籃輿曲徑通。麥田山下上，茆屋水西東。嶺出孤雲表，人行萬緑中。新晴春似繡，一路有花紅。

## 東山觀社時桃花未落杜鵑牡丹盛開識以四絶句

邨邨社鼓殷春雷，曼衍魚龍百戲猜。偏揀緑陰深處立，譬如閑看白山來。
冥冥飛絮障晴空，含笑桃花獨倚風。我欲化爲雲一朵，暜他遮斷夕陽紅。
如此谿山稱我詩，名花况值爛開時。人間何地無芳草，不是親來卻不知。
燕脂染出玉玲瓏，雲樣衣裳致不同。可惜一枝紅豔好，半年開煞亂山中。

## 吕生廷煇邀過東山别墅宴賞牡丹下

池館高下積翠重，繁紅壓檻春光濃。山中洗滌富貴想，雲際仿佛仙人蹤。正思燒筍療饞口，豈可對花無醉容。開門盡日看不厭，更有三十六芙蓉。

## 即事

流鶯啼殺綠雲彎，自向風前樂意關。惆悵未曾禽語學，負伊消息話緜蠻。
閱遍青谿過眼花，南鄰北里競繁華。關心一樹梨雲影，司馬橋西第五家。

## 偶觀放風箏

只道扶搖萬里摶，依然未極五雲端。莫嫌風力吹噓少，到得高空欲下難。
欹側翩反手自知，東風太緊莫收遲。旁人只勸凌霄去，那管身輕欲墮時。

## 月午樓坐月有懷

憑闌已覺思漫漫，況觸離愁月半丸。料得一天同悵望，可應千里共清寒。淒涼總爲當時感，歡聚誰能永夜看。對此不禁雙淚落，方諸何必置銅盤。

## 小蓬萊月夜放歌

春風勸人勿早眠，明月相待東山巔。醉中徑踏白雲去，已覺身世俱飄然。上爲瑠璃一片天，下爲銀海秋無邊。中間突兀數峰起，芙蓉出水何清妍。人天分界賴有此，不然一氣青相連。樓臺遠近都在隱約際，譬如金銀宫闕出没波回旋。我思真作蓬萊仙，呼吸日月吞雲烟。寂寞自過千餘年，但恐苦樂之趣不在形骸間。如我此樂猶人寰，下方仰視空雲山。豈知久坐思逕還，銖衣瑟瑟天風寒。從來佳境作是觀，未到如在青雲端。琪花瑤草不可攀，仙人覩之殊等閑。但須擺脱世事無拘攔，隨處有月皆瑤壇。世人遙望仙境難，有月不看紅窗關，卻從枕上夢列蓬萊班。

## 題花卉草蟲册子

澹黄深紫夕陽開，瘦石玲瓏半蘚苔。解得秋光比春豔，草蟲如雨自飛來。
小徑煙荒露未晞，寒香冷豔總芳菲。笑他雙蝶無聊甚，各揀花叢愛處飛。

譚處士送罌粟一枝答之以詩

晝寢方興候，名花忽餉遺。雅情同授粲，秀色欲忘饑。芍藥消殘豔，薔薇瘦晚枝。化工才力大，五色又紛披。

自題畫梅

疎密本無心，濃澹各隨致。一著色相看，便失化工意。萬物隨氣化，一洩入冥漠。運此空靈機，春風吹不落。

至山堂後芍藥不花寄饒生耀南江西

舊約今年醉，重看芍藥花。伊人渺秋水，悵望各天涯。風煖談經席，雲停問字車。春光獨遲發，應是待侯芭。

# 送孃孃

洋川人家，間歲爲兒童種痘，有神主之。落痂後，翦紙爲輿，雜以繒綵，窮極巧麗，一輿有費至百金者。擇媚族中姣女豔婦舁之，副以珠旗羽葢，朱鉞金戚，聚數百家同日焚之水際，謂之『送孃孃』。是日遠近來觀者，士女雲集，簫鼓殷天，香車塞路，一變平日山樞隰杻之風矣。

嗚鶩笙，擊鼉鼓。洪頤招，華覆舞。威蕤郅偈紛若雨，都夷精祇供天姥。何用結神輿？箴篾作骨箋繒糊。四角寶鏡懸流蘇，周圍翠鳳銜明珠。淺深襲五層，高下陳百戲。重臺相聯屬，複閣互虧蔽。玉女三千蔵結妝，天魔十六陀羅臂，中間魚龍曼衍不可以數計。一面可儘一日看，四面雕鎪各殊異。東家閉門不漏風，西家鍵戶無人通。爭奇鬬勝心目窮，不惜財力兼人工。娥媌婑媠二八姝，雙肩戍削揚輕裾。春雲欲委蘭氣嘘，十步五步須人扶。平時匿影垂綺疏，至此平視由通衢。孃孃大有慶，錫汝佳兒無疾病。孃孃益垂佑，福汝全家老及幼。一家吝錢力未殫，孃孃不喜歡，後來生兒恐不安。行行列女橋，綠水東流注，孃孃回宮從此去。秋葵花梗烈火然，紙灰如蝶飛滿天。百家金錢一炬煙，玉纖拾得灰中鈿。清矑澄澄盼雲路，從此孃孃永呵護。

小蓬萊閣次張生眉卿爾旦韻

凭到闌干便渺然，碧芙蓉外但青天。桃花萬點已成夢，蝴蝶一雙疑是仙。綠樹濃時知節序，白雲低處辨人烟。谿山如畫登臨慣，過後思量儘可憐。

贈歌者

帶雨梨花拂面春，居然宜喜復宜嗔。休言顰笑當場假，世上相逢幾箇真。

曉起試硯上餘墨

輕磨數過葢旋封，留試明朝筆似龍。悟徹用情剛好處，一時休要十分濃。

蕉窗聽雨圖吕生偉山乞題

風蕩湘簾水樣搖，綠天深處聽瀟瀟。燈花爲結雙紅豆，守盡殘更不忍挑。

滴盡幽窗碎雨聲，破人秋夢到天明。不知一夜詩情好，轉在瀟瀟葉上生。

## 九歌圖

紙上颯颯兮秋風生，蘭啼篁泣兮如有聲。筆非筆兮愁纏縈，墨非墨兮淚縱横。天之黑兮江之泓，巫妖妝兮醽醁酲。奠金盬兮酌瓊英，訇雷鼓兮翔虹旌。湘君降兮秋月瑩，帝子來兮秋雲輕。河伯弭節兮寒濤驚，山鬼夜跳兮蒼嵒鳴。紛奇形兮萬態呈，虚堂蕭蕭兮翻洞庭。神之杳兮何靈？盼神霄兮空冥冥。胡不反靳尚之邪兮而爲清？胡不轉子蘭之佞兮而爲誠？胡不化鄭褏之妖兮而爲貞？胡不牖懷王之蔽兮而爲明？爾乃躋芳衡於蕭艾兮，混荃蕙於榛荆。徒肸蠁於湘濱兮，曾何補於顛頷之屈平？吾將持此圖兮扣玉京，驅豐隆兮遣六丁。攫歸天上兮冥其形，勿留人世兮徒感懷忠者之涕零。

## 題吴彦侣俅美人春游圖

生綃一展春風來，美人似揭羅裳開。雲鬟翠飾各殊致，分花拂柳爭徘徊。花枝揚揚柳枝舞，似與美人鬭眉嫵。攜得輕紈障蝶蜂，拾來紅豆調鸚鵡。或行或立或轉旋，或相迴抱或比肩。春融入骨醉如酒，發作百態春情妍。畫師何處得此意，不寫春光寫春氣。十六人無一態同，想見天魔恣游戲。貧女寒窗織素絲，春來春去未曾知。愁眉意度無人寫，寫出還愁不入時。

## 毓文書院八詠

### 黄高鋪雲

黄高黄山孫，石石具雲致。一白忽無山，衆緑但流地。微風欲吹開，焉識霖雨意。

### 金鼇返照

殘日戀高嶺，欲落未肯落。餘勢相盪摩，微暉散寥廓。詩情滿簾鈎，澹蕩無所著。

### 重樓月色

無心邀素月，月自樓中明。滅燭萬象白，卷幔諸天清。石牀抱珠臥，神與秋俱瑩。

### 高閣松濤

白石嬾不語，長松代之吟。一簾挂秋水，衆壑生夕陰。天風如有意，落子鏗瑶琴。

### 虹橋春漲

春水夾桃花，花中水流曲。勢挾空山雲，氣吞平野緑。一往如春情，長虹不可束。

### 西林曉鐘

一杵送殘月，千山猶夢中。清音散林樾，餘響含松風。疏簾入花氣，吾已閑情空。

### 綠海浮烟

湧起綠無罅，綠頂浮孤亭。讓出天澹碧，化合山濃青。朝烟畫不破，鳥外波冥冥。

### 蓬萊積雪

高臺何茫茫，在目惟皛皛。地呈玉枰高，山縮冰壺小。喚醒古仙人，瑤池天欲曉。

## 秦良玉戰袍

對罷平臺涕淚潸，錦袍賜出五雲間。親提白梃兵無敵，誓埽黄巾甲不還。賊膽驚看光耀日，君恩被體重踰山。燈前細認桃花色，不是燕脂是血斑。

## 毓文諸生置酒爲予稱壽賦詩盈帙作歌以報并以一觴勸諸生醉

嬾不能作公與卿，拙不能操奇與贏。但從本頭乞生活，纖悉直與蟫魚爭。洋山山頭鶴一羣，邀我來看黄高雲。奇峰出没日萬變，開拓眼孔宜詩文。可惜秖得一雙手，寫景十還遺八九。諸生道我寫作勞，爲我高臺置尊酒。我不如横渠據座講易經，又不如明道風被朱光庭。孔璠自藍謚自青，何勞載酒從玄亭？諸生衣冠肅來前，先生誠不如程張賢，先生誠不將道學肩。笑先生者謂今之酒顛，愛先生者謂古之詩仙。洋山借作敬亭雲氣娱小謝，洋川當作桃花潭水留青蓮。願盡百觴詩百篇，山靈亦藉先生傳。我聞此言囅然再，如以麻姑指爪搔癢背。傾盡玉壺春，飽啖碧鮭菜。更出床頭酒一尊，轉勸後堂彭與戴。某也一瓢中，某也十榼外。未妨長夜歡，酣嬉盡百態。毋以一日長，遽作三爵退。我醉不能飲，見人飲越快。不見臺前石榴花，比人醉顔紅十倍。諸君若無花顔酡，且復對花三百拜。

## 題譚處士謝山居

幽齋臥磐石，瀟灑具雲理。高人嬾似之，清風吹不起。環以涓涓流，古翠不可洗。一室天地寬，萬象昕夕徙。是非本無心，名理尚其滓。言尋小謝詩，翛然此中是。

## 孤松歌

松故五株，既枯其二。稚存寓此時，作《水北三松歌》。十餘年來，兩者又萎，僅存一松，亦戕賊幾死矣。居人作文昌宫，圍松其中，復得活。

洋川橋北五古松，四龍委蜕存一龍。一龍亦思化身去，似爲人情且留住。龍身直起頂屈蟠，分作四爪拏雲端。蒼髯翠鬛下垂蔭，六月白日陰風寒。兩枝扶疏一廟蓋，一枝槎枒蔭屋背。側掛一枝屋微礙，反掉向天尾尤大。其勢盤盤嫌廟隘，身在廟中根在外。過橋百步茯苓香，隱隱蟄龍根一帶。洪厓老仙眼福奇，猶見三龍攫拏態。我今見一更思兩，不得其形把詩代。卻思幸而無兩松，不然一廟安可容？設使兩株在外一在中，亦必怒而飛去騰秋空。得兩亦不足，得一何必又？日抱亭亭挹其秀，專寵自來無左右。不知我後誰更來，或并此松不見空徘徊。又或更壽幾百歲，塞破廟門廟亦壞。松旁更長衆兒孫，一一龍形逞奇怪。榮枯物理安可知，眼前且復吟我詩。詩成寫在蒼龍皮，筆勢亦似生蛟螭。驚濤譨譨半空和，疑是老仙魂魄過。夜深風雨撼山稜，莫被龍身挾字俱飛騰。

## 孤亭

孤亭入暝色，羣嶂合無痕。鐘動鳥歸寺，竹涼人閉門。流螢如鬼趣，初月是詩魂。幽意不能説，冥冥思道根。

## 下灘難

秋水至，北風利。上灘難，下灘易。南風蠻，夏水乾。上灘易，下灘難。河身如槽，狹僅容舠。石子細滑不着篙，船背磨石如膠牢。往來不知誰定例，上灘船來下灘避。我船退出河槽中，直似牽船岸上繫。五尺船，二寸水，人立水中不没趾。一聲邪許廿人推，半日纔能移尺咫。白日銜山，力竭心煩。一日不得過一灘，三十二灘灘灘難。長年一醉不復理，月出下灘拾石子。

## 書楊忠烈公寄唁許□□手簡後〔一〕

一雲而一泥，一士與一宰。能交楊大洪，我慕許渤海。一死而一生，一西復一東。不忘許渤海，我服楊大洪。不見雲和塘，百里長，誰其築者知縣楊，惟處士許實贊襄。浮言蠭起由兵糧，齮之齕之幾中傷。莫爲護惜善類亡，一緘千里生芻將。廉如閔仲叔，豬肝累賢令。才如馬長卿，臨邛繆恭敬。相知以公不以私，維楊與許真相知。我聞翁媪夜深語，決頓楊公嫁其女。公嘗夜微行，聞一家私語云：『明日出脱私鹽包，決頓楊知縣矣。』繫其人至，蓋其家將嫁女，有窨酒一罈，將以享客。私鹽包比女，楊知縣比酒之至清也。公之清兮比清醑，渤海之靈來格取。

## 【校記】

〔一〕『許』後二字原闕。

## 由旌德至下坊舍車而舟至東壩又舍舟而車行七十里復登舟不勝煩苦書此解嘲

舍我車，登我舟，逆風下灘如泝流。舍我舟，登我車，酷日曬背汗浹襦。我程不及一千里，水行牽裳陸脱屣。南山自有安樂窩，勞勞行役將如何？

## 苑山舟中

欹枕聽鄉音，鄉音漸相近。推篷看苑山，苑山來隱隱。野菱蕩，菱葉長。家菱蕩，菱花香。烟波華蕩尤蒼茫，四圍天水船中央。青蘆颯颯秋作聲，虞山一髻船頭迎。

## 秋旱

秋旱高田坼，低鄉亦報荒。人情留豫患，物價趁先昂。集戽通呼助，攔潮曲作防。長官冬賦急，戴月祀龍王。

## 得雨甚小且暫

望澤人何限，天高只片雲。萬家愁喜集，十晦雨晴分。荷葉響先罷，豆花霑未匀。但看庭草緑，生意自欣欣。

## 題屈子謙與婦季湘娟十二札後湘娟以己書納屈棺而裝屈書乞題

一城横隔如秋河，瑶緘相投若織梭。神仙嘉耦鬼不許，鶼鶼折翼啼湘女。妾書納君棺，殉書如殉身。君書伴妾奩，對書如對人。一字一心肝，一展一淚血。紙是竹所爲，竹枯淚不滅。他年君書殉我棺，人書俱死妾志完，兩書互展重泉看。

## 畫梅戲題

亞簷梅葉碍罘罳，濃緑陰中寫折枝。恰似美人生子後，對伊重話女兒時。

## 苦雨

不雨羣望觖，既雨衆心喜。乍雨恐不長，久雨苦不已。早稻患不實，晚稻患不結。不實蟲且出，不結根且折。七月盼豐年，八月成歉歲。九月農告荒，十月官徵税。萬事莫過中，過中德亦凶。二氣毋失時，失時澤亦災叶。禾枯力可施，穀爛功全棄。請看八月雨，滴滴窮民淚。

## 老女歎

銅瓶綆斷玉虎寒，秋河影没銀蟾乾。蘭閨露眼啼湘雨，空廊夢尋枯葉語。邯鄲才人厮養卒，偶非其人亦琴瑟。璇機空織雙鴛鴦，十載寒燈不成匹。東家吹簫淩鳳臺，西家射雀金屏開。畫眉深淺不在匀，入時小婢皆夫人。朝看珊鏡自悲詫，一樹嫣紅春欲謝。阿耶挂籍京朝官，苦累嬌兒老不嫁。

## 彌勒同龕圖

賢刧生中現色身，珠龕香火悟前因。生來宜喜春風面，一笑花開鐵樹春。

## 題畫

一醉東籬萬事休，菊花狼籍滿牀頭。起來醮取杯中瀝，寫出江南著色秋。

## 題唐八繡遺照

八繡，諱黼廷，與王八千大椿者暱，里中稱『二八』。同爲諸生，同以詩名。八繡游京師，渡河舟覆，幾死。從人至吉林，過塔子溝，遇水草交結處，不習騎，幾陷，得出。八千嘗寓書規其浪遊，而八繡卒以客死。然未幾，八千亦死。王西沚先生仿葉正則銘陳同甫、王道甫例，合作墓銘。八繡爲蘇氏婿，其遺照在蘇有山學博處，屬題其後。

生才不用復不壽，何用鳳毛被文繡。嗟哉二八雙才人，活既無聊死何驟！高飛不爲赴火蛾，安飽不入虞人羅。險灘不葬巨魚腹，絶塞不喪駑馬足。謂天佑之天豈憐，謂天忌之天豈偏？蒿榮蕙死質本然，人不得故歸之天。或咎浪游不急旋，客魂化去如秋烟。不游未必龜鶴年，又不見王八千？

## 海棠

東風一笑破嫣然，嫩白嬌紅越可憐。金屋不關妝富貴，玉環生就骨神仙。卻防小雨催春淚，願作明燈照夜眠。世上若論顔色好，更無花占此花先。

半開猶是半含時，露重烟輕力不支。小立貪看殊豔色，嫩寒忘折最高枝。眼前錯過情何怯，事後思量悔已遲。只合安排巢寄穩，年年爲補少陵詩。

## 題畫

喚得輕舠似缺瓜，半容人坐半容花。白鷗天外瀰瀰綠，數點春愁是落霞。
春水如雲欲上天，任流閑夢到鷗邊。東風吹過谿橋去，逢着桃花也住船。

## 逃荒民

逃荒民，爾何來？夫荷擔，妻綳孩。云自淮徐遭水難，魚鼈散作饑鴻哀。十隊五隊爭入城，南巷北巷分頭行。中戶索錢大戶米，長囊巨橐欲必盈。其欲未盈勢卽爭，排闥直入羣縱横。就中爲首彪而繆，自言身是膠庠生。汝監奴者敢拒撐，汝家素有陶朱名。主人諾諾不敢忤，東家不足西家顧。問渠那識富翁家，掌籍分明里胥付。朝遊市廛莫梵宮，内着羊裘外敗絮。城中掠偏更郵鄉，白粲青蚨盈擔去。道逢官府來，若輩亦徬徨。萬一被搜索，錢米將何藏？官府掉頭了不問，大戶完糧升斗吝，彼饑而乞乃其分。

## 祭舊詩

歲晏山空，人事闃寂。平生交游，零落殆盡。扣戶者寒風，入座者涼月耳。感懷知己，泫然流涕。折庭梅一枝，佐以卮酒，爲位而祀之。人系一詩，亦絃神之意云。

騎箕歸奉玉宸宮，海内憐才失此公。仰首看雲低首淚，一星如月挂寒空。太傅朱文正師。

二十三房繞翠螺，萬花叢擁一喬柯。詩仙老去青山冷，贏得秋聲撼樹多。袁簡齋太史。

一采陔蘭四十春，魯靈光殿亦飛塵。白雲谿水寒如鏡，只照蘆花不照人。趙甌北觀察。

東閣投簪病目昏，俄傳星斗落瑤閽。羊曇一掬西州淚，不抵瀟湘竹上痕。劉雲房相國師。

松阿草閣閉秋苔，謖謖濤聲助古哀。留得一房寒翠在，月明仙鶴儻歸來。邵松阿舍人〔一〕。

風卷靈旗海氣涼，東南鐵網更誰張。潮生潮落春申浦，那敵孤寒淚點長。李味莊觀察。

輭紅如繡鼓樓街，深鎖詩龕玉樹埋。積水自流花自放，一尊誰薦李西涯。法時帆祭酒。

手採珊瑚入網來，吾鄉壇坫自公開。桐花落盡中郎死，多少人間爨後材。吳竹橋儀曹。

卅年詩夢繞西堂，幾夕簾櫳喜對牀。吳苑風花燕市酒，一聲仙笛易斜陽。家伯淵糧儲。

生戴頭顱入玉關，更生齋裏慶生還。閑雲未了爲霖意，忍棄塵寰訪海山。洪稺存編脩。

幾回絲竹後堂聽，螺女江寒墜使星。天外數峰青不了，月明何處弔湘靈。錢雲巖學士師。

畫谿官閣嶂爲屏，山眼那如阮眼青。一夜荔支花似雪，玉笙吹冷小蘭亭。阮昉巖大令師。

橫涇花落水潺潺，老屋無人鶴守關。一卷韓歐薪火在，忍看零落似馮山。馮仲廉孝廉。

相約歸田著述同，橫戈防海太匆匆。一生風月千秋事，都付春明短夢中。張子和備兵。

當年詩老詠三君，愧與舒王鼎足分。惆悵病花殘葉裏，一笻孤影立斜曛。舒鐵雲孝廉。

奇氣漫漫溢九州，驚人才筆被天收。紅裙包裹牀頭稾，擲向東瀛定不流。王仲瞿孝廉。

鷗夢鴻泥記夜分，消寒高會共論文。先零最是陳驚座，墓柏蕭蕭已拂雲。陳筠樵明經。

梅骨同清訂歲寒，月肥雲瘦共憑欄。對花便憶當時景，每到花開不忍看。席子侃孝廉。

託迹牛醫混俗塵，流珠秘笈澡心神。腥風滿市魚鹽裏，一箇蘭熏雪潔人。陳石泉上舍。

青衫落魄未知名，白眼相遭薄俗輕。縹緲飛樓人不見，一枝玉尺最分明。

【校記】

〔一〕『舍人』，光緒本作『上舍』。

# 天真閣集卷二十五　詩二十五

## 上章執徐（庚辰，一八二〇）

### 送彭詠莪孝廉藴章赴禮部試

豈樂事行役，况兼風雪寒。獨懷饑溺志，敢惜道途難。畚鍤民勞止，供輸國計殫。聖朝求治策，努力向長安。

### 嬉春

山窗翠羽弄朝暾，風襲輕裘律轉温。病有閑身尋水石，老無遊伴挈兒孫。一帘柳色鶯呼酒，雙院梅花鶴守門。坐久竹陰如水過，憑誰攬住嫩春痕。

## 題徐俟齋山水

先生峻節白雲飛，靜掩槃阿兩板扉。閑寫江南秋一角，此中應有首陽薇。

## 王元章畫梅

有心無心間，錯亂出奇特。此是造化機，凡手偷不得。
水月空明裏，横斜著數枝。墨痕尋不見，吾自得吾師。

## 挽林遠峰

才名藉甚説逋仙，豪氣能傾客四筵。萬事煙雲惟酒戀，一生風月有詩傳。貧偏到手黄金盡，老尚多情白髮顛。真箇與梅緣宿世，滿林香雪竟長眠。

## 正月煗甚

不是風催煗，梅花已滿阿。天誠憐困鬱，物但逞易和。漫喜昭蘇易，終嫌發洩多。幽蘭閉空谷，慎莫悵蹉跎。

## 近年屢欲探梅西磧因循不果

其奈梅花笑我何，易尋盟約尚蹉跎。夢中誤記還青鬢，眼底驚看又綠波。虚願難隨明月滿，閑愁空比亂山多。家人笑指叢蘭在，穩守紅窗莫放過。

## 張吟樵明經錫瑞招飲聞濤軒

最宜歡賞是初春，恰喜招邀得比鄰。小雨釀和風澹蕩，老梅支瘦雪精神。山來竹外參微笑，鳥勸花前惜健身。誰似君家百年樹，長撐青眼閲詩人。庭前古松君曾祖手植，與陳見復、王西澗諸老觴詠處。

## 諷蝶

省識南華舊夢非，翩翩新試葛仙衣。春風貪覘花間活，卻趁黄蜂尾後飛。
苦逐遊絲上下狂，粉痕零亂爲誰忙。濃薰自染蓬蒿味，飛過幽蘭不覺香。

## 友人以悼亡殤子照合卷乞題

珠字瑤琴錦字機，彩雲易散玉蟾飛。留將霧鬢風鬟影，誤被人間喚宓妃。
么絃彈斷楚騷哀，珠樹文鴛信不迴。胡蝶有情偏認得，卷中飛上畫裙來。
玉釵敲折鏡奩空，柿葉翩翻唱惱公。悔殺桃花偏結子，斷紅零粉太匆匆。
珍重前圖接後圖，生綃一片淚饃餬。南華作達西河痛，兩種深情畫得無。

## 寒食泛舟三橋

垂楊招我畫橋過，橋畔衣香簇綺羅。水活性忘秋日冷，花濃情泥夕陽多。看山自倚孫爲杖，勸酒還憑鳥當歌。蝴蝶一雙孤墓出，似商春事莫蹉跎。

## 清明過破山寺

春來腰脚健躋攀，看飽西山又北山。芳草輭承胡蝶夢，桃花紅借美人顔。詩温好景無嫌熟，情過中年轉怕閑。遊興未闌蓮漏促，一襟收得佛香還。

## 雨酌

脩竹雙行雨一襟，玉壺香煗且頻斟。桃花彈滿清明淚，蝴蝶不來春又深。

## 春陰

濃雲如夢罨窗紗，埽去殘紅落轉加。小雨不休風更緊，東闌愁煞未開花。
流水涓涓靜裏聞，關心節物過湔裙。虧他一縷寒威峭，似勸春行緩幾分。

## 贈道士

道人身是孤山鶴，來往梅花香雪中。我昨花前幽夢覺，似聞清唳下寒空。

## 題笠畊觀察斌良小字蘭亭序帖

山陰繭紙入昭陵，響搨爭誇趙葛能。妙手別摹唐粉蠟，風流遙證越州僧。
褚肥歐瘦訟紛然，別寫湍流帶右天。移取山頭歸領上，卻愁豪奪米家船。
一硯楊花轉漕風，吳興待聞寄情同。分明虎卧龍跳勢，收入蠅頭細字中。
藏如處子拙如椎，退筆風神邈可追。應笑貂皮王子廓，苦求殘本證金龜。
波磔親鉤碧玉刊，螳螂蟹爪取神難。千金不换梨花雪，度與人間换骨丹。
玉枕摩抄付辨才，蘭亭生面柘園開。香泉太守天瓶老，齊捧珠槃笑入來。
晴窗風日細臨摹，少箇河中馬軾圖。韻事好循松雪例，仙壇石上配麻姑。
仰字懸鍼列字丁，飛騰虹彩掩羣星。吾家莘老如親見，別構珠湖墨妙亭。

牡丹開時經旬陰雨黯澹零落慰之以詩

就使花濃發，殘春已可憐。忍看佳麗地，横值雨風天。富貴遇仍嗇，離披神自全。暫摧知有意，養力待明年。

惜别

風急花飛雨又侵，不緣離别已難禁。蠶絲自裹重重障，蠟淚空燒寸寸心。安得雙輪生四角，還貪一刻值千金。前生並命栽紅豆，未意情根爾許深。

舟夜

風穩香巢寄一枝，無端燕羽又差池。人當離别情方見，事到思量味始知。意嬾不嫌行去緩，眠多偏苦夢來遲。榜歌猶是鄉音好，忍著朦朧聽片時。

## 高淳湖

謝家詩思米家船，四望空明一鏡圓。赤壁江山無此畫，白鷗天地自成仙。片雲輕與鳥相趁，斜照淡如花可憐。轉惜東風吹送急，孤城已在落帆邊。

## 上灘口號

過一灘平又一灘，舩行三十六灣環。飛來幾點遥峰翠，行盡前灘不見山。

纍纍石子一川横，礙住船頭不可行。十幅輕帆雲不動，東風枉自作人情。

半日纔行十里遲，勝如風浪險難支。不妨穩臥看山色，萬事平心耐幾時。

## 灘中石子歌

碎石激湍作雪飛，石子大小圓如璣。紛紅駭緑清可數，翡翠珊瑚探手取。映水光且澤，起水黯無色。盡日船窗心眼力，還向水中輕一擲。世間美物貴在少，如此纍纍安得好。衆中有美藏深渦，俯拾即是奈眼何。

## 端午日醉坐月午樓有懷方生墨林饒生漢章用墨林戊寅春芍藥花下韻

我登洋山懷兩生，輝映左右瑤與瓊。花前置酒作高會，掇拾殘朵餐其英。兩番文戰兩不勝，雲雁分飛呼不應。已過芳非棼尾時，更無跌宕遨頭興。造物顛倒慣弄人，但有長醉無長春。遊絲落絮皆離恨，艾葉菖蒲總愴神。屋縱金裝人玉琢，不如自對同心樂。安得吹山與地平，由來會合皆天作。我思縮地長房仙，盡取同心置眼前。萬劫不逢花萎謝，百年常滿月因緣。九疑之山森咫尺，對面有時變顏色。何如相別轉相思，常令日魂懷月魄。酒酣忽忽如驚猜，花間二子珊珊來。滿身花雨相徘徊，浮花酌我鸚鵡盃。夢合夢離皆偶爾，放眼千秋有如此。願得置身塵俗裏，市儈屠沽盡知己。

## 戲贈燮元

之子神清絶，雙瞳水翦秋。十齡能灑脱，千里快從遊。奇石探懷出，飛雲拂褏收。頎然長九尺，未解此風流。

## 有懷羲人

夕陽倚徧舊樓臺，望眼南雲撥不開。每到花前倍惆悵，曾題詩處重徘徊。早知此地相思甚，翻悔頻年結伴來。料得也應憐遠客，夢遊一枕小蓬萊。

## 月午樓夜坐同燮元

樓閣俯山巔，山如對榻眠。靜思呼石語，虛欲駕風仙。蹤蹟温前夢，情懷減去年。佳兒知我意，閑數月團圓。

## 晚眺

閑趁斜陽倚瘦筇，紅闌十二翠千重。蟬聲祗觸流年感，鴻爪難尋隔歲蹤。樂事强求終易倦，好山習見亦平庸。相看不盡徘徊意，只有亭亭水北松。

## 長日

游絲十丈裊簾波，花影難移一寸過。危坐自嗤邨祭酒，枯禪誰問病維摩。歸期屈指原知近，客裏消魂已覺多。隱隱清灘東下急，風光人事兩蹉跎。

## 病中吕生廷輝饋楊梅食之而爽報以一詩

百顆驪珠貯滿筐，楚天何意見吴郎。頓蠲宿疾憑家果，絶類輕身返故鄉。鶴頂摘來應妙手，龍宫抄去即神方。隨風咳唾金婆核，留種洋山與徧嘗。

## 題家書後

紅箋易盡情無盡，箋盡還多未盡辭。花下涼暄須自覺，燈前閑暇莫相思。未妨對弈呼新婦，休爲翻羹惱侍兒。但看海棠開到近，是臨行約是歸期。

## 譚荇芳明經正治小尒疋疏證書後

小尒疋出孔叢子，盤盂雜揉真博士。或云甲係黄帝史，或云尼山古文是。班志載之逸名氏，誰其解之晉李軌。考亭謂出東漢擬，近來錢竹汀戴東原亦頗詆。譚君嗜古躍然起，奮筆上補都亭李。憲箋揖書差可比，迴勝農師拾糠粃。浪遊京洛不得已，歸來杜門伸故紙。譚君譚君殊自喜，疏十三篇壽千紀。洋山嶟嶟水瀰瀰，焉用紅塵覓青紫。洪穉存作化人孫伯淵亦死，白日堂堂去如此。

## 道經西嶺望黄山作歌

雲中突出芙蓉巘，四面羣山不挂眼。芙蓉攬手若可採，欲往從之隔雲海。一峰夭矯欲透雲，雲偏學山不可分。一峰迷離被雲抹，山亦化雲雲更活。忽而呈身忽隱身，山自爲主雲爲賓。託山上升壓山俯，看山翻被雲作主。我時身心俱欲飛，神與山合目不離。天風蕭蕭吹我衣，已若騰身四千仞高與蓮華齊。眼前變幻已如此，不知天外諸峰一峰一態更何似？容成子，浮邱公，借我七尺緑玉筇，與爾游戲雲之中。虎蹟不到鳥不通，一一搜剔窮其蹤。世眼但誇始信峰，焉知此峰以外不有金庭玉柱奇無窮？説與世人不信亦不能相從。否則不如遙望好，足所未及目可飽，目所未盡心可造。苟或親身入雲島，轉病胸中有成稾。或嫌隔雲太縹緲，須把浮雲一齊埽。不知好處在饃餬，萬事從來忌了了。身到不如眼到先，身游不及神遊全。黄山亦似解此意，遥遥對我春嫣然。歸來作歌寄山靈，與山訂交目已成。如何枕上心怦怦，終覺未了平生情，夢中又向三十六峰絶蹟而飛行。

## 太平途次遇胡書農學使同年敬

詞臣文采抉天章，持節風流照四方。冰鑑共推歐永叔，爨琴爭盼蔡中郎。龍門立馬千峰見，牛渚燃犀百怪藏。旅次相逢一尊酒，西清回首事茫茫。

## 碧琅玕山館歌

背雲嶺，面月山。幽竹虹落相迴環，椶山突兀撐其間。就山作屋奪天巧，真山翻疑假山造。一屋一石致不同，一石一狀奇無窮。後有巨石尤靈瓏，管領羣石爲之雄。古苔繡其身，玉花漱其穴。石氣撲人涼沁骨，白日經過澹如月。世人平地營山林，一石動費千黄金。那知人巧屬天設，以巧學天計已拙。我來如入壺公壺，三日坐對爲之圖，逕思奪取青珊瑚。奪既不可奪，畫又不能畫。臨行但學米顛拜，石既奇古詩亦怪，此石此詩同不壞。

## 曉至江邨

撥開白雲堆，石細露光炯。蒼翠涵空潭，殘月墮人影。襟褏拂樹顛，反觸鳥夢醒。朝曦逗微紅，勢欲出孤嶺。迴看目猶眩，遙眄趣已領。鼻觀聞清香，涼風在前等。

## 江邨觀荷華

朝煙罨水綠可憐，花光一透紅徹天。荷珠滴瀝醒鷗夢，隔花驚起如飛仙。白鷗飛入花無迹，一半花紅半還白。一池分作兩池看，自苦雙眸分不得。憐紅既恐白相妬，顧白卻思紅可惜。花外亭亭恰有樓，離花反登樓上頭。全花一覽始無隔，又恨相離不相卽。風吹香來花意真，香引人去還相親。碧筩瀉酒生綠鱗，紅鯉斫膾何紛綸。此時不飲花笑人，繞花一匝酒一巡。何妨繞徧三百匝，醉死便作花間神。吾鄉兩湖蓮接天，花時只在煙波船。吹簫濯髮逞我顛，夜深抱月花中眠。三年不見芙蓉蕚，但見亂山青峼崿。今晨對花一洗眼，把琖還如故鄉樂。安得一夜秋風來，片帆直下如飛雷。寄書且與荷花約，我未歸時莫盡開。

## 登江邨塔

不知身已近天都，祇覺涼風透體蘇。頂作三盤螺聳髻，梯行九曲蟻穿珠。青山抱屋森屏障，綠樹圍邨入畫圖。雲外蓮花峰一朵，亭亭來鬥水芙蕖。

## 觀荷華歸寄家人

風裳水佩罩鴛鴦，此處煙波別有鄉。可惜不偕徐淑至，綠盤紅露賦瀟湘。年年買夏就煙蘿，如鏡雙湖照畫蛾。每到藕花生日日，一雙清影並鷗波。一篙瓜蔓水澄清，便擬歸帆片葉輕。三十六陂秋色裏，月華如水聽簫聲。

## 虞山三布衣歌

蔣霞竹寶齡能詩畫，李味霞世則善琴畫，季尚迂士訢工詞。皆不求聞達，有落拓自喜之致。又皆耽飲，一醉外無求焉，賢於世之求富貴者矣。戲爲是歌。

眼前紈絝不足譏，矯矯乃有三布衣。不求升天白玉梯，不受籠絡黄金鞿。好酒勿論醇與醨，但求日日醉倒身如泥。三家妻孥寒且饑，三人面目瘠且黧。蒙頭破帽風雪淒，路旁揶揄逢魅魑。一笑那識是與非，吾儕自樂吾天機。一生能詩郊島齊〔一〕，避俗一卷常自攜。點筆絶似曹雲栖，間亦參入雲林倪。一生善畫尤淋漓，自稱吾師黃大癡。往往閣筆日影移，且復三弄梅花飛。一生芒角尤嶔崎，不合宜事滿肚皮。跌宕樂府聊自嬉，周郊鷹揚虞鳳儀。三人相遇壺共提，我詞爾評畫爾題。時亦握手相歔欷，各道世俗知音希。我謂三生各抱歲寒姿，比之松梅兼竹兮。霞竹如竹何漪漪，但遇風雨時離披。味霞如梅臥西谿，枝高苦被雪壓低。尚迂貌古尤清奇，孤松偃蹇霜根欹。我願三生常此扃柴扉，葛巾蕭颯蘿裳披。服食蟾彩呑雌霓，保爾冰雪無瑕肌。毋徒悼歎識者稀，世間但有齷齪紈袴如醯雞。

【校記】

〔一〕『一生』，光緒本作『一坐』。

## 題崔秀才黃山遊記

黃山三十六芙蓉，高插青天紫翠重。撒手未須華頂杖，飛行直過容成峰。龍蛇快寫柳州記，虎豹熟窺霞客蹤。七十老翁腰脚健，阿咸謂厚軒雖小不能從。

## 登小蓬萊閣留别講院諸生

緑陰頂上絶纖埃，凭到紅闌眼界開。一夜雨聲催暑去，四圍山色送秋來。人生聚合原關數，我輩登臨總費才。幾點清溪臨别淚，石邊流出尚瀠洄。

## 贈别崔生寬

晚花籠霧月籠煙，未别將離最黯然。此去恐難期後會，重逢或已種前緣。雲中過雁渾無語，客裏逢秋倍可憐。他日有情應記憶，攜琴訪我白鷗天。

## 九月二十六日奉仁宗睿皇帝遺詔成服哭臨恭挽四首

離宫一夕起秋飈，竹使符傳海寓遥。廿載慈仁稠雨露，萬方哀痛極雲霄。金縢籲禱都倉卒，玉几音徽竟寂寥。奉諱普天笳鼓歇，山城落木盡蕭蕭。

龍旗象輦駐天遊，忽報宫車晏帝丘。八駿自修行狩典，九疑偏遇陟方秋。東園祕器星馳驛，南殿容衣月掩幬。作册未須揚末命，平時金鐀早綢繆。

珠囊金鏡閟宸居，睿算從容旰食餘。盡埽黃巾清海甸，親沉白馬奠河渠。年豐屢下蠲優詔，刑措還傳肆眚書。累德南郊天意定，謾憑珪黯議丹除。

當年奏賦拜楓宸，仰荷丹豪點注新。鼇禁殊榮難報稱，鶴書敦促自因循。酬恩萬死知何日，耽逸千秋愧此身。空對遙天成一慟，攀髯無路是微臣。

詠史

堯母門開帝錫名，猗蘭宮殿事分明。黃龍捧日臨金闕，紫鳳翔雲護玉京。薏苡珠應生内苑，菖蒲花豈發邊城。洛陽三日奇香滿，浪認齊州夾馬營。

文章五色降鸞臺，薄譴俄驚覆餗災。暫奪樞機離要地，尚留鼎軸近中台。模稜味道原充位，謹畏元綜實忌材。信手浪傳天上語，漫誇燕許是鴻裁。

鸚鵡

慧舌倚新晴，金堂屢報聲。能言正何益，况是不分明。

## 閨情

阿母親教繡，花繁草更繁。繡花停繡草，舊譜未嫌翻。
窗外玉梅開，隔墻防折取。郎欲折何枝，儂自分明與。
厭聽嬌啼鳥，開籠盡放生。玉堦如寂寞，蟋蟀鬬秋聲。
葉葉罥蛛絲，縱橫誰與埽。閑中寓化機，戲捉青蟲考。

## 楊升菴配黄安人畫升菴松下煎茶圖

曹衣吴帶神仙姿，狀元才子宰相兒。是從玉堂退食暇，抑方乞假看花時。竹爐湯沸潮聲聽，謖謖松濤樹頭應。六班佳製樂天茶，七盌清風玉川興。恰有閨房管仲姬，丹青妙比虎頭癡。霜豪寫盡閑居福，世外風煙那得知。一朝疏入天威觸，手撼奉天門大哭。拜杖明廷肉盡飛，投荒邊徼身難贖。胡粉鑾花雙髻丫，簡韶不奏奏琵琶。靈均老淚彈秋水，賈誼餘年看日斜。天上雷霆猶不測，此生何敢懷鄉國。回首瓊枝樹欲凋，傷心錦字書難得。當年世廟狗烏私，兩口蛙鳴結主知。議濮敢翻前代案，躋僖竟絶孝宗支。二百廿人削與戍，九廟灰飛天亦怒。配天一疏老奸來，四十五年昏不悟。鬚眉颯爽現冰紈，直節猶從畫裏看。六詔羈魂招不得，一盂涼雪薦龍團。

## 言依山參軍尚熾才人鑑傳奇

不將花月譜西廂，埽卻温柔説醉鄉。如此盧生真絶倒，并無骨相夢黄粱。
描摹醉語近天真，付與詞場菊部新。罵坐灌夫誠快事，人間難得眇山人。
千金難釋一杯嫌，圜土春風十載淹。彈徹銅琵豪氣吐，酒龍詩虎盡掀髯。
唾棄烏紗世局翻，排場新色動梨園。陋他李白登科記，未洗胸中一狀元。

## 題畫

青山紅樹太離迷，化作寒霞映小谿。秋色自濃人自澹，詩情不過畫橋西。
杖藜何事撥閑雲，詩在空山久待君。莫羨仙樓如畫好，最高峰頂易斜曛。
霜天詩意滿西城，樓閣參差繪晚晴。料理一枝笻竹杖，大癡圖裏聽秋聲。

## 黄雀行

八九月間，兒童以食引雀，稍飼旋縱之，戀食則復來。如是數十次，往往颺去。戲爲是解。

枵爾腹，縱爾軀。以手炫食還相呼，一星之粟能捨無？人何知，鳥何愚。一解。狎君喚，供君娱。飛去復來掌上珠，無端颺去難追逋。鳥則知，人則愚。二解。東家脱去西家致，得鳥者喜失鳥吁，失卻一雛引一雛。人亦愚，鳥亦愚。三解。

## 秋盡日雨

老臥江鄉不計年，悲秋又值送秋天。身閑於世真無補，性僻逢人卻有緣。細雨漸催風轉變，晚花猶趁氣暄妍。霜楓未敢顔如赭，斜倚西山獨泫然。

## 王石谷東籬采菊圖

何代無菊花，何人不愛菊。一經高士賞，花獨淵明屬。耕烟瀟灑人，放筆寫秋緑。當門插柳五，緣籬編枳六。人是晉時人，屋是晉時屋。何年夢見古，貌古肖而酷。義熙風在眼，羲皇趣滿腹。無人歸去來，此卷誰可讀。

## 仇實父畫陶淵明歸去來圖

輕舠一葉載雲還，人在仙源杳靄間。應笑龍瞑猶色相，西園塗綠上春山。
一官花影過無痕，夢罷羲皇倒綠尊。松頂閑雲如我嬾，春風吹不出柴門。

## 觀錢忠懿王金塗塔作歌

屈竹田别駕保鈞得五代吴越國王錢弘俶金塗塔，出以見示，自四角至底，高今工部尺四寸二分。塔頂相輪七級，高三寸三分。以今天平等之，重三十五兩。塔分四面，前面佛像坐，右旁二人，一立一坐；左旁一人立。前有二獸，形似犬。南宋周文璞《觀姜堯章所藏金銅佛塔歌》云：『饑鷹餓虎紛相向。』明憨山大師記吾鄉顧玉柱墓掘得銅塔，前作尸毘王割肉飼鷹捄鴿，與此殊不符。此四面皆無鷹鴿像。此面内鑄楷字云『吴越國王錢弘俶敬造八萬四千寶塔乙卯歲記』十九字，下别有一『保』字編號。張芑堂《金石契》載桐鄉金鄂巖家所藏，題識畫像與《表忠譜》俱同，惟『保』字作『人』字。後面一佛立，左右各一人，前有二虎。按：此疑卽憨山記所云薩埵太子投崖飼虎。左面一佛坐，右旁二人，一立一坐。左旁二人立持杵。按：右旁一人似持刃立，或卽憨山所云慈力王割耳傳燈之意。右面一佛屈膝俯首，一人持刃加其首，一人承其下，一人掎其後。後有寶樹一株。按：此卽憨山記所云月光王捐舍寶首。此三面内無文字，上出四角八觚。外八面，面一金剛持杵。内四面，面一佛坐像，其下趺。每面羅漢三。塔底四角，用銅汁黏合，故世有散成一片者。按俶迎立於戊申歲，兹塔造於乙卯，爲嗣立之八年，周顯德二年也。《宋史》俶名本二字，以犯宣祖偏諱去之，今款二名，則在宋以前無疑。是年，周盡毁銅佛像鑄錢。忠懿乃以五百塔頒日本，他皆瘞藏於十三州一軍之内。朱竹垞據曹勳《淨慈羅漢記》謂銅塔悉歸淨慈，非也。厥後會稽秦魯國第、臨海赤山，皆有塔出，姜堯章得其一。本朝康熙初，杭州慶忌塔圮，有小塔百數。錢氏《表忠譜》以爲卽八萬四千中物。吳任臣以小塔率番字，乃西僧擦擦所造，《錢塘志》辨之詳矣。此塔之流傳人間者，吾鄉破山寺一，蕭山祇園寺一。其在嘉興白蓮寺者，僅一版，據《曝書亭集》，係『放下屠刀立地成佛』相，當時詢之寺僧，堅不肯承。故竹垞未之見。謁作武肅王事破山寺者，康熙時已爲寺僧盜去。乾隆壬子歲，蕪湖令陳聖修之子得其一於紹興壽量寺，已失去相輪七級，以遺朱石君師，師以上供内府，人間亦不可得見矣。嘉慶庚辰歲，海鹽人開築海塘，見土龕中列銅塔無數。塔中空，層層累疊，外層俱殘，缺最後一層。得全塔二具，攜來吾鄉。竹田以宋元團扇畫、文待詔山水卷易得一具。其一歸劉氏。問其殘缺者，已傾鎔作他器矣。惜哉！按造塔之歲，距今八百六十四年，神物顯晦，固自有數，一旦獲覩全璧，不可謂非奇遇已。爰作長歌紀其事。

柴家毁佛鑄錢用，錢家輸錢鑄佛供。鑄成塔八萬四千，毁佛鑄佛同一年。奉周正朔受周制，黑土沉沉白豪閟。八百六十有四秋，佛在地中求出世。長鑱發土土氣青，鏗然躍出金精靈。走來虞山尋配匹，奇物飽我雙眼睛。羼提變相四面呈，相輪珠光七級明。背文斑駁十九字，大書某造猶雙名。是時區宇未一統，虎落雄圖蛇豕閧。黄袍被體真龍來，錦衣小兒搖尾哀。一十三州土全納，誰知土中有此塔。暗憑諸佛救衆生，自願捨身饑虎嚼。否則王師來踐踏，師卽饑鷹民怖鴿。玉鞍金勒玳瑁鞭，晉王秦王醉比肩。降王富貴有若此，果然佛力能回天。祇惜越民膏與血，媚了空王媚京闕。民命雖逃民骨枯，地下黄金何處掘。此塔曾出南渡時，姜仙座上周仙詩。破山寺及白蓮寺，松圓竹垞空記之。盤陀老人石君師自號手捧得，逸卻金輪未全璧。後生獲見五代珍，應笑前賢猶耳食。一室照耀舍利光，三日禮拜阿育王。北風打來雪花溼，銅綠透出青蓮香。餘片紛紛惜搥碎，焚鶴焚琴同一慨。出世不逢碧眼胡，何如堅臥泥中身不壞。

## 梅

籬角久相置，因癯翻益奇。偶花驚俗眼，驟起炫旁枝。培植誠知惜，分移慎失宜。華簷得春煖，正恐忘寒姿。

## 送竈

伊威埽盡壁蕭然，白墮光盛碧瓦鮮。一歲送迎終此日，萬家煙火照殘年。趨炎肯學王孫媚，脩敬應輸老婦虔。不用塗糟勸君醉，此生何事欲瞞天。

## 重光大荒落（辛巳，一八二一）

少時題人扇頭畫松云翠鬣蒼髯勁不凋展來尺幅勢干霄卽今出入君懷袖時有清風欲動搖隨手棄去久不記憶矣鮑秀才炯謂余近日所作萬不如此詩歎賞不置豈人之好惡不同與抑妍媸固不自知也賦此誌感

題扇橋頭是少年，過橋前事已雲煙。畫成眉黛嫌蛾淺，拾去創痂比蝮鮮。白也殘詩多附綴，微之少作漫流傳。鑄金覆瓿原無定，畫壁旗亭是偶然。

蔣伯生以狂謬被劾去官作詩留別齊河次韻寄慰

溝水東西竟不回，蛾眉生就被人猜。亡羊莫更歧途去，失馬須知轉福來。著述等身林下事，功名彈指劫餘灰。河陽插遍花如繡，爭及蕭蕭五柳栽。

未擬歸營十畮寬，五湖何處一鷗安。身輕且脱烏紗累，望重翻因白簡彈。四海狂名傳播易，萬民清淚得來難。憑誰將爾休官況，寫入循良傳裏看。

## 錢秋槎學博席上卽事感賦

手把醇醪笑不休，相看已是雪盈頭。座逢明月思前度，人近梅花卽勝流。老去雄心消一醉，閑中清議足千秋。湖山如畫春如海，與爾同輕萬戶侯。

## 題畫

片帆飛破一江秋，咫尺應論萬里流。畫裏看來誠快絶，可知風急不能收。

## 早春偕山樵眉卿過西麓老梅下頂花初開含玉滿樹春氣流衍如燒香嬰神志和暢不自知身之與梅俱老也

尋詩不在遠，但須有詩處。微聞隔林香，曲折引人去。丹房閉陰森，高花頂先露。一枝領羣英，氣自葢全樹。虬龍珠滿身，瘦鶴勢迴顧。亭亭非炫時，得氣有早莫。玉梢弄春寒，半留白雲護。絪緼停化機，大造不知故。開襟受靈芬，斂息領深趣。東風吹冥冥，夕陽爲誰駐。

## 挽邵虛中

一卷京房易，潛心四十年。虛空翻古義，抉發到先天。獨見書誰信，專門學絶傳。知交餘我在，淒絶撫遺編。

## 春雪

飛雪破空來，梅花正亂開。陽和機太洩，陰氣勒潛回。已苦遲春澤，還愁折凍荄。急須乘雨化，萬物待滋培。

## 題吟紅閣詩稿

一樹寒梅對我開，花前把爾句徘徊。生成鸚語非關學，惆悵蛾眉有此才。情思渺從空外得，性靈清自月中來。不知柳絮因風起，飛向誰家玉鏡臺。

## 問海棠消息

幾日濃陰閉綠蘿，東欄紅雪近如何。愁他一夜東風煖，未等開齊落已多。

## 春風

飛來雙蝶賭身輕，戲逐游絲上下行。小雨乍收風又緊，桃花無分過清明。

## 拜紅軒即事

半樹明霞爛漫妝，半含紅豆耐思量。三千寵愛何人奪，十五年華竟體香。嬌語情深難按抑，豔緣身受轉淒涼。酒酣暫借花陰臥，又是春風夢一場。

## 海棠花下放歌

紅霞一片頭上生，照人不飲先微醒。銀瓶綠酒瀉春煖，幕花席草何縱橫。樹高三丈花四丈，下枝俯垂上枝仰。花光照得青天紅，天亦避花教雲養。半開半含春意留，開者如笑含如羞。東風莫拆紅豆盡，留作十日珠宫遊。一花打頭勸客酒，雙蝶飛來入人手。我斟一杯還勸花，遣蝶飛還爲花壽。酒杯放在雙丫叉，花領人意真如拏。嬌紅盡作酒顔色，酒態絲絲無氣力。花開可惜月不來，月圓時節花未開。誰能捉月東海底，挂向枝上如瑶臺。萬事從來少圓足，無月不妨補以燭。月惟下映燭上騰，仰照枝枝更如玉。我時興發如雷顛，酒酣逕抱花枝眠。將身化作古明月，花不墮時月不闕。當花對酒能幾春，有花又少如花人。花不如人顔不老，人不如花看可飽。南山可平海可移，惟情綿綿無了期。對花思人人不知，對人又爲花相思。世間快意那有此，真箇花前爲情死。一日不死情不止，血氣無非爲情使。願爲花下泥，不願爲花上雲。泥能植花護花根，落花沁土香猶存，枝頭碧雲一散春無痕。

## 雨中作

憑闌日日望花開，等得花開奈雨來。蝴蝶不知雙翅重，雨中飛去又飛回。

## 雨中續飲海棠下放歌

美人不借豔粉紅，好花不借晴日烘。天公有意試真色，逕欲一洗燕脂空。花意不爲天所窮，朱顔漸淡態轉濃。始知傾城不在色，何況世俗妝梳工。俗子關門春夢作，詩人冒雨清晨過。雨釀春寒勒住花，不替花愁替花賀。舉頭忽爲花慘思，如此畢竟遭非時。既不逢明月圓掛珊瑚枝，又不獲晴光照耀富貴姿。徒然宓妃感泣洛川水，豈比太真賜浴華清池。若非我輩真花癡，誰憐浴雨膚凝脂。花若嫣然向人謝，難得諸君好閑暇。晴來戲蝶雨弄珠，一度詩情一變化。詩情酒情同放顛，詩城酒壘花根邊，禮花勝如禮佛虔。羽衣郎當角巾折，要使淋漓醉態花生憐。醉中把酒仰問天，生無骨相銘燕然。願封燕脂花，花國卽號燕，除我燕國花神仙。綠章借取東風便，長乞輕陰護花倩。人祝春晴我怕晴，此意難期俗人見。天心卻與詩思通，欲晴不晴煙濛濛。此時意態更不同，嬌女出浴輕紗籠。不能不醉不敢醉，拌向紅闌伴花睡。雨霏微，我心慰；雨滴瀝，我心碎。非花累人人自累，不知枝頭點點雨如珠，散作情天多少相思淚。

## 寄邵蘭風

傳來病耗太淒然，不是飄零已可憐。家有衰親猶盼望，貧無歸計况沉緜。百年愁骨埋何地，一代清才欲問天。明曉寄書徒亂意，願書猶得達生前。

## 山中見野花數種

一徑穿雲破綠來，偶逢香草恣徘徊。空山不識春來去，背着東風只管開。

巖坳澗曲繡縱横，花氣濃熏石有情。得意自開還自落，任人看煞不知名。
酴醿如雪小園空，暫借山厨酒一中。濃緑漲天陰匝地，人間猶有未凋紅。

## 初夏山游尋破腹寺小憩

人因春去愁，我愛春去緑。尋烟入深蘿，疎磬候虚谷。澗窮一橋卧，林斷數峰續。攬秀力振疲，追幽目迷熟。招堤隱巖坳，取徑就松曲。孤花表餘春，微靄滌脩竹。雲去神理超，詩來妙香觸。矐禪悟緣空，遲僧淨圓不至。冥坐領趣足。涉有幾忘歸，歸亦無滯欲。斜陽上高樹，暝色斂平麓。天海青空濛，一氣入遙矚。胸含造化春，萬象媚幽獨。

## 餞春

一年何日最銷魂，萬緑陰中酒一尊。得意但看芳草色，回頭休認碧波痕。蝶知是夢身先退，鶯縱能言事莫論。如畫天涯望何極，夕陽雖好自關門。
手勸東風盡一觴，撲簾風絮又昏黄。閑愁總向今宵聚，好景難期隔歲償。願得桑輪生四角，怕聞蓮箭定三商。惜春非是無聊事，多少閑人入夢鄉。

淨圓以詩見投并惠新茶次韻答之

但知花事不知畊，比作梅花是定評。情重轉因通佛性，身閑終累負才名。茫茫文海爭千古，草草官場了一生。拈出趙州公案在，在山泉水煑來清。

# 天真閣集卷二十六　詩二十六

## 城河謡

道光元年春三月，昭文劉侯挑濬運河，城以東舟楫通利，而城西南諸水湮塞，自金李橋至范公橋數十武耳，通則脈絡貫矣。當事者欲通琴河之第三四絃，復古戾今，民不謂便，乃託爲此詞。前三章美浚河之功，而跨河水閣未撤，懼其久而復淤。後四章專爲西南諷焉。

隱仙橋至顯星橋，河水如絃直一條。從此郎來潮有信，不通潮處也通橈。

大東門接小東門，跨水紅闌界綠痕。閣下船行天不見，郎來只道近黄昏。

願河長通城外渠，願郎長來如戲魚。河不勤挑泥怕積，人不勤來情怕踈。

儂住山塘涇上隄，郎住西涇西復西。草橋繫纜石猶在，那得船通焦尾溪。

琴水七絃存兩絃，五條絃上盡民廛。笑郎苦守尾生信，黄柏橋頭等下船。

范公橋西金李橋，挑盡淤泥路不遥。莫怪儂情似河淺，卽自應挑不早挑。

河要波流船易撑，人要風流目易成。好通融處不通去，卻想不通融處行。

## 虎邱觀牡丹

山家錦幔五雲裁，處處天香染綠苔。才大獨當三月令，名高偏後百花開。化工自結芳菲局，空谷何期富貴來。隨意敲門容飽看，勝如池館自家栽。

## 寫梅

偶然寫得臥雲枝，世外佳人絕世姿。只是未曾裁翦得，不宜歡賞但宜詩。
凌霜傲雪一枝斜，只在山坳與水涯。説與時人渾不解，滿城車馬看梅花。

## 停琴佇月圖

天風尋空來，長松與之語。形氣偶相遭，元音一舒吐。彈琴學松風，意指凜失矩。靜者心自然，冥冥契太古。
舉手招青天，明月入我懷。皎皎一寸心，清光兩徘徊。我心本無物，月影任去來。眠琴與之化，萬籟何有哉。

## 划船社

相傳張士誠之戰卒爲祟，荒誕不足信。曰南府，曰北府，大率愚民相煽惑，以土神所謂劉李周金者統之，要之皆淫祀也。始猶村民奉之於家，近歲迎入城市，至有士夫奉之者。好事之家爭先迎致，公然於聖廟前鳴鉦騶唱而過，此則不可容忍矣。爲告諸當事逐之，作詩以詔來者。

夫子廟前金鼓闐，泮宫燈綵迎划船。廣文先生肅拜前，曰能禍福宜祀虔，非冥漠無爲之聖賢。划船自何來？云自白駒場。赤龍船上黃頭郎，鷁首旗號猶書張。厲氣血食占一方，智者敬之愚者狂。有士人，有薦紳。皂隸牙儈及富民，相率入社來迎神。一家迎得，百家歎息，曰神到處百福臻。晨起雙扉開，刲羊屠豕祭賽來，不來神力能爲災。以帚埽神擊神再，東家病瘧西家瘵，供神之家利三倍。官符黑夜下，兩府同驅逐。留神不得向神哭，願神立顯威與福。官於此事殊憒憒，誰妄言者神必祟。奈何神靈也怕官，日伺官病官平安。

## 虎邱山塘觀水嬉

今年五月風日晴，游人多借龍舟名。山塘七里船十里，夾岸行人更如蟻。紅男緑女同水窗，南鄰北里爭豔妝。耳根喧豗目震炫，但覺酒氣兼花香。燈船入夜明星爛，水上虹光燭天半。如此繁華世所無，只有吳兒偏見慣。一船動費數十緡，萬船之費何可論。淫侈至此天亦助，誰挽風俗歸清淳。有叟掀髯笑而起，眼見此風百年矣。數年前頭制府來，府帖禁止如風雷。是年亢旱饑鴻哀，云是龍不治水天爲災。治民要使民得所，豐嗇盈虚貴相補。不見城東纖嗇守錢虜，城西奇贏大腹賈。平時一錢不輕與，到此黄金散如土。貧兒要使富兒錢，不事嬉游安得取？民俗雖淫民計寬，一家囊罄百家歡。吳中錢與吳民用，勝把金錢去買官。我聞此言三歎息，欲禁還須聖人力。寄聲長官莫禁止，禁自衆人心上始。

## 哭言管香

舊遊宿草已紛紛，哭罷洪孫又哭君。君少與穉存、淵如交契，俱工篆書。地下翻成君子國，眼中惟有可兒墳。酒香狼藉紅螺琖，書法飄零白練裙。蕭颯林泉人愈少，一笻清影立斜曛。

## 聞蘭風之赴

得仕復何益，况徒羈此身？如何求宦達，竟不顧衰親。飄泊終傷命，奔馳豈捄貧。旅魂歸未必，應悔滯征輪。

## 勿歸耕操

曾勉耘大令濟初宰羅山，繼宰寧化，卒於官。哲嗣以《歸耕圖》遺照索題。夫歸以寄趣，非君志也，爲申其志如此。

有田可畊胡弗畊，拂衣要待功之成。功成不成安可保，武陵桃花笑人老。曾君五十宦中州，六十宦閩猶未休。故鄉春及蕪田疇，歸來丹旐天容秋。我無田可畊，但識畊田樂。青山虛處是桃源，一脱朝衣嬾更著。人言高蹈吾豈高，不才聊自棲東皋。盤盤果有作吏才，敢惜折腰躬自栽。勤民卽以藝黍稷，鋤奸譬若除草萊。願爲駕犂負軛之耕牛，不願爲狎波戲浪之閑鷗。不見勉耘耘民耘且耔，可歸不歸勤至死，古之循吏有若此！

## 秋海棠

一縷酸香澈骨清，西風獨抱此幽情。何勞世俗爭矜賞，浪借春花作小名。

無題

細骨宜酬百琲珠，朝朝忍餓學纖軀。漫從掌上誇飛燕，聞道宮中進媚豬。浣紗溪上捧心人，獨占吳宮第一春。越女如花照谿水，自憐巧笑不如顰。

送秋

一點寒燈蕩影斜，惜秋心似惜春華。清霜有力欺衰鬢，紅葉無言代落花。别緒自飛仙掌淚，長繩難繫絳河槎。多情偏仗西風力，留得秋聲在莫笳。

落葉

記得濃陰日，花飛萬綠中。春秋一旦莫，溝水亦西東。搖落隨天運，文章埽地空。誰能悟消息，苦苦怨西風。

張船山題鎮江楊子堅鑄詩後云短句長篇無不好舉杯驚歎此全才請君準備今宵夢我欲南飛載酒來子堅裝册屬題前有伯淵兄篆書載酒前緣四字

船山化去淵如死，海内知交餘幾子。故人遺我尺素書，攜錢梅溪書來。特薦詩人楊萬里。相逢一笑虞山邊，松巔老鶴窺神仙。南山雲與北山樹，秋風吹合寧非緣。緣不可常留且止，與爾一杯定交始。醉來招手九天魂，兩兩星芒墮杯底。明年攜酒妙高臺，江山一覽心顏開。詩人茆屋隔江住，好風日日吹君來。

秋海棠

紅珠滴滴綻瑤英，回首相思渺玉京。小雨偶彈秋夢醒，又含清淚憶前生。
豔絶秋痕怨未消，啼妝猶認褭輕綃。斷腸生怕人提起，任借春風唤阿嬌。
銅鋪深鎖碧窗寒，寂寞誰來倚曲闌。料得花情更高絶，自開原不要人看。
黯黯秋魂欲化烟，哀蛩落葉共凄然。燕脂不是傷心色，畫到輕紅便可憐。

## 熊經略

偶閲邵長蘅作，未得平允，更爲此篇。

熊經略，身長七尺目兩星。左射右射孰敢攖，有明賴此萬里城。虛器徒擁權實輕，屢進屢退隨人行。誰掣其肘張鶴鳴？誰牽其頸王化貞？廣寧擁兵十四萬，關中守者無一兵。有者右屯五千人，戰無可戰守則能。平陽橋圍一將叛，廣寧城空萬人竄。右屯一軍獨不亂，退保嚴關屹天漢。若論料敵指掌中，經臣無辠實有功。若論彼潰我軍在，經臣無功亦無辠。奈何屈殺奇男子，比楊多一逃，比袁欠一死。當日爰書謬如此！或言公於此時宜死守，杖節捐軀死不朽。或言公宜轉戰錦義間，扶傷救敗收功還。是皆豎儒議論左，豈知戰守兩不可？遼民四百萬衆擁地來，山海一關蕩蕩開。非五千人斷其後，四百萬衆成飛灰。豈惟生靈不可保？我國長驅入關早。不見郭子儀與九節度同潰師，斷無坐守河陽時。不見慕容垂一軍三萬獨不虧，亦無再戰淝水湄。經略本非逃，經略不可死。不死疆場死西市，萬歲千秋有青史。貪狼魏閹狡兔馮，借公殺人兼殺公。六君子看一網取，不爲封疆爲門戶。嗚呼！經略死，長城壞，一關從此無中外。頭顱血灑九邊腥，地憤天愁敵人快。

## 高陽相

有明殘局東事危，督師隻手撐斜暉。再蹶再起卒不振，是有天意非人爲。劍眉鐵面如虹氣，出鎮雄關控遼薊。四十五堡消狼烽，十一萬兵練鐵騎。盡五千頃開屯田，踰四百里拓疆地。水營火營若指臂，聯絡車營十有二。但須二十四萬餉到關，直取醫無閭外看如寄。九重龍闕陰雲生〔一〕，閹奴哭繞御榻行〔二〕。不愁功敗愁功成〔三〕，成則晉陽之甲從而興〔四〕。事到垂成忽中止，從此心灰乞歸矣。豈知烽火薄都門，卻念勞臣重詔起。二十七騎何縱橫〔五〕，橫穿萬壘如無兵。招還前鋒跋扈將，恢復連陷幽州城。其誠能使天有祚明意，不能使羣小齮齕無相傾。臨榆關開萬軍到，高陽城圍忽三笑。臣願難將一死酬，君恩拌向重泉報。祖孫叔姪與父子，一十九人同戰死，世間忠勇誰有此？烏虖！如此臣猶被三黜，明乎不亡待何日〔六〕？

【校記】

〔一〕『陰雲生』，殘稿本作『曀陰雲』。

〔二〕此句，殘稿本作『群小聚議愁□横』，『□』原文漫滅，疑爲『縱』字。

〔三〕此句，殘稿本作『不患餉出不功軍』，『軍』字疑譌。

〔四〕『成則』，殘稿本作『轉患餉』，『餉』字疑衍。

〔五〕『何縱横』，殘稿本作『倉黄行』。

〔六〕『明乎』，殘稿本叠之，作『明乎明乎』，後圈去其一。

## 皮島帥

我朝開國東海東，氣吞中原掌握中。目無殘明不足攻，所患躡後毛文龍。其島去我八十里，聯絡朝鮮勢相倚。我雄一方彼角犄，我師前驅彼襲尾。今年擾義州城，明年侵耀州營。鞍山驛前風鶴聲，撤爾河畔烽烟驚。雖云疥癬疾，實爲心腹患。鐵山戰勝脱兔逃，鎮江失守前車鑒。天幸明臣不爲明，翻爲我國除榛荆。山頭千杯意氣厚，帳前一劍頭顱輕。將軍皐狀豈不實，將軍之功不可滅。督師一著算何低，東事三方勢全失。我朝何智明何愚，貔貅百萬今長驅。回頭卻顧海雲紫，笑指東江腹患除。將軍死未踰三月，督師倉皇衛京闕。龍井關，隘口斷；遵化營，士卒亂；薊州西，鳥獸竄。是誰誤殺毛文龍，萬聲只怨袁崇焕。

【校記】

〔一〕殘稿本題下，原有小序『惜毛文龍也』五字，後塗去。

## 讀史

元臣開府鎮南都，百萬窮黎待爾蘇。祇恤黄頭勤轉漕，卻援白著定征輸〔一〕。耗增雀鼠非煩政，斂及雞魚亦本圖〔二〕。敢效伏伽徒戇直，上書堅請損常租。

東南新法奏京師〔三〕，清議從容費主持〔四〕。自是均輸無上策〔五〕，何如勿藥得中醫。神倉轉運須籌國〔六〕，長府因仍暫救時。已勝模稜蘇味道，漫陳兩可說公私。

無端出口吐蟾蜍，月紙雖清計已疏。稅額幾更三賦法，班心重上萬言書。縱嫌瘖馬鳴何晚，猶喜亡羊補未虛。努力玉坡風議在，勝將詞賦擬相如。

【校記】

〔一〕『卻援』，殘稿本作『卻憑』。
〔二〕『斂及』，殘稿本作『斂重』。
〔三〕『奏京師』，殘稿本作『播京師』。
〔四〕『費主持』，殘稿本作『賴主持』。
〔五〕『均輸』，殘稿本作『軍輸』。
〔六〕『籌國』，殘稿本作『籌策』。

## 寄蔣伯生

雁門西接闕山高〔一〕，八月霜花落雁毛。萬里風沙鄰鬼國〔二〕，一時詞賦變離騷。漫將熱血磨長劍，未擬歸心唱大刀。日寫柳州書數紙，龍堆落日首頻搔。

【校記】

〔一〕此句，殘稿本原同，後又圈去，改作『李陵臺接口山高』。

〔二〕『鬼國』，殘稿本作『鬼趣』。

臘月十五夜

有月便忘寢〔一〕，不知霜滿欄〔二〕。澹懷宜獨影〔三〕，靜氣耐孤看。光斂一珠小，芒森四角寒。殘年水趨壑，最惜此團圞。

【校記】

〔一〕『便忘寢』，殘稿本作『不虛度』。

〔二〕此句，殘稿本作『況今逢歲闌』。

〔三〕『澹懷』，殘稿本作『空庭』。

秋海棠曲爲張生眉卿作

張生意中有傾國，欲説與人説不得。卻憑眼底淚相思，寫取心頭花絕色。識花記在西泠西，乍陰乍陽光合離。賞花又在南屏南，相當相對何嬌憨。護花愛花不忍採，花號海棠情似海。自從小別華鬘天，秋風開落空年年。每逢冷雨幽窗夜，唱出哀蟬落葉篇。朝採若木枝，莫採燕支草，總不如花顏色好。朝思花，看朝霞。莫思花，看月華。花容尚可天上覘，惟有花情海難測。昨宵尋花秋夢中，翩何珊珊來秋風。秋在南高峰，秋在北高峰。峰能隔斷花下蹤，不能使兩心隔絶無相從。還君眼中雙淚紅，何由灑向君墻東。海棠花，情似海，當時愛花不忍採。

## 七香來戲贈一首

如君浣筆向銀河，畫了天孫畫素娥。傳作眼中能有幾，美人天上亦無多。貧還得飽惟餐菊，寒不知愁自補蘿。歲莫遠來休便去，一尊風雪且高歌。

## 祭詩歌

浪仙祭詩，自祭也。自祭則孤，祭古人則泛。取平昔故舊之詩，雜己詩祭之。凡我所祭，皆長不死之作，我與諸故人同在長不死之中，又何死生之判也。祭者十四人，瑤爵三醮。悉取十四杯，次第飲之，穨然竟醉。時道光元年除夕也。

我不知我詩，可方古人作者誰？又不知古人，誰許我作相追隨？茫茫天地無可問，不如平生故舊堪攀追。海内詩人盡交好，海内知交今已少。其人雖死其詩存，羅列詩卷招詩魂。或遊天宫或海嶠，一一心香能感召。迎神送神卽以其人詩，詩聲化作鸞鳳空中嘯。我持一尊勸故人，故人飲我杯中春。若使諸公猶未死，那得一招都至此。卽或有時訪我來，此來又恐彼已回。安得一堂羅致四海才，令我一醉心顏開。其人青年與頭白，其居東西間南北。其詩平奇濃淡不一格，其中或有相知不相識。皆令作我坐上客〔一〕，千古從無此筵席。梨花酒，梅花香；歌我詩，侑客觴。我詩近來格頗變，諸公生時所未見。公等亦有身後詩，我不得讀夢見之。一人心血能有幾，人人嘔出在詩裏。如此濃雲大雪中，萬丈光芒矗天起。

**【校記】**

〔一〕『坐上』，殘稿本作『坐□』，『□』字漫漶，疑爲『中』字。

## 玄黓敦牂（壬午，一八二二）

### 春睡曲

昨日雪飛今日雨，妙手誰能漏天補。寒衾抱夢不肯醒，竹外瘦鳩啼過午。臥聞屐齒聲丁丁，酒人索酒衝泥行。牀頭自有梨花春，足取一醉無求人。醉中萬事置不理，一枕還尋大槐蟻。嬾雲不起與世忘，世亦無須嬾雲起。

## 春晴曲

一綫晴光兩眸洗，紅日無聲喚人起。雙鬟笑倚畫屏看，道我眉間黄色喜。一月不出兩足輕〔一〕，巷口飛起青山迎。春人往來若相識，欲言不言殊有情。梅花怪我出門早，絶無詩處尋詩行。歸來倦把一書寢，有酒還對古人飲。

【校記】

〔一〕『兩足』，殘稿本始作『□愈』，後抹改。

## 春寒曲

聞道春江潮欲回，潮迴人定有書來。横塘一夜玻璃凍，恰比相思解不開〔一〕。春風催雪不催詩〔二〕，寒勒梅花特地遲。留取滿枝紅豆好，待人一見一相思。春光疑不到天涯，好夢因循鎖緑紗。等得身輕似蝴蝶，與人爭路有楊花。

【校記】

〔一〕『解不開』，殘稿本作『凍不開』。

〔二〕『春風』，殘稿本作『東風』。

## 畫梅寄平叔

千里相思兩鬢華，聊憑驛使寄梅花。遥知一笑開函處，散作春風十萬家。

## 戲題柳河東李赤傳

咄咄怪事乃有此，手抱東施當西子。眼横波耶眇而視，步生蓮耶跛以履。芬芳若蘭耶疥且痔，温潤玉顔耶齞唇而歷齒。其持説也方且飛燕太瘦、玉環太肥，竇兒何憨、孫壽何啼，乃心蕩而魂與，在倭傀與仳倠！若云家雞不如鶩，不聞鴆鳥肉可臛？卽云瘡痂味如鰒，不聞蜣蜋丸可嚼？讒人變亂賢與奸，畫工改易媸與妍。是皆有意爲倒顛，奈何真心逐臭青蠅然？主家豆，悉取食；石家棗，恣飽喫。圊中石〔一〕，芙蓉席；厠上籌〔二〕，蘭蕙澤。不見柳州集中李太赤？

【校記】

〔一〕『圊中石』，殘稿本作『厠上籌』。

〔二〕『厠上籌』，殘稿本作『圊中石』。

## 題黄韻山山水册子韻山一峰十六世孫

掉頭歸臥釣魚臺，載得峩眉片月回。手寫芙蓉三萬朵，一峰飛去一峰來。

## 閑詠

一臥滄江穩，都忘歲月更。貧增腰脚健，閑得夢魂清。愛酒惟供客，耽詩不爲名。當時玉堂伴，幾輩到公卿。

## 新晴項儒來同遊西麓

小酌梨花一石春，東風扶醉兩閑身。青山夢醒無多日，白首心知有幾人。鳥趁新晴多婉轉，梅經老瘦越精神。相看莫道斜陽晚〔一〕，笑指峰頭月半輪。

【校記】

〔一〕『相看』，殘稿本始作『歸途』，後抹改。

散步北巖尋天龍菴小憩歸飲黄韻山齋中醉後賦此

偶看畫中山，忽發看山興。晴嵐釋寒容，如僧初出定。一筇背谿流，雙鶴候蘿磴。雲豁逢招提，風疏度清磬。山空不知春，氣轉脈自應。寒梅未著花，紅珠滿身孕。談空松有聲，論古石能聽。忘歸歸亦佳，煩翠一襟賸。

黄君愛我詩，飲我金盤露。我性不解飲，頗識酒中趣。一杯和心神，兩杯起沉痼。三杯竟陶然，雙眼墮雲霧。就琴欲倒眠，起舞不知步。春風吹門開，新月挂高樹。新月勿復落，春風願長住。吾將日日醉，桃花玉顔駐。

張生蓉鏡將北行依依來别送之以詩

揮手離亭酒滿尊，心隨柳色去遙邨。春江畫舫帆無際，深雪柴門屐有痕。早決雲霄千里翼，難忘風雨一編論。梅花未落人先去，玉笛休吹已斷魂。

## 内子進香天竺登舟有作邀余和〔一〕

梅花催我挈家游，鏡檻書牀共一舟。二月酒香思下若，十年魂夢繞杭州〔二〕。山來乙乙如青髻，水宿雙雙有白鷗。同在煙波圖畫裏，詩情偏落此船頭。

【校記】

〔一〕『邀余』，殘稿本作『邀予』。

〔二〕『魂夢』，殘稿本作『詩夢』。

附録〔一〕

十五年前此舊遊，青山認得武陵舟。布帆無恙東風路，春水方生杜若洲。梅蕊尚含稀過蝶，蘭橈初撥有迎鷗。曉妝怕向清谿照，前度來時未白頭。

【校記】

〔一〕殘稿本下有『原唱』二字。

## 重至西湖和道華作

人道西湖何黯淡，我詩黯淡轉靈奇。煙雲自古長新物，山水如人絶世姿。若現樓臺翻俗筆，便逢風雨亦宜詩。難將荒率雲林畫，説與春風士女知〔一〕。

**【校記】**

〔一〕此首，殘稿本作：『黯淡湖光乍見疑，細看黯淡轉靈奇。煙雲只作佛供養，山水不須人護持。絶妙畫中誰解畫，更無詩處總宜詩。頹垣一簇花濃笑，□□天公雨露施。』『□□』二字，塗抹模糊，不能辨識。

**附錄**

十年夢想西泠路，重對湖光分外奇。樓閣盡如仙化去，雲山猶賴佛撐持。更無金碧將軍畫，但有空靈表聖詩。畢竟淡妝看最好，漫將濃抹勸西施。

## 遊天竺靈隱諸勝和道華韻

淡蕩詩情澹蕩天，雨餘風物更清妍〔一〕。龍吟百道水聲壯，人立一峰鬟影偏。此處湖山天下秀，同來眷屬地行仙〔二〕。瓣香莫問西來旨，拈著梅花便是禪〔三〕。

【校記】

〔一〕首聯，殘稿本作『石磴穿雲雨過天，密林晴翠午陰圓』。

〔二〕此句，殘稿本作『同時士女畫中仙』。

〔三〕末聯，殘稿本作『風情澹蕩猶如昔，笑折梅花插帽偏』。

附錄

曉鶯啼徹嫩晴天，喜遇天緣百事圓。流水聲中清磬冷，慈雲影裏碧峰妍。拾來香草先呈佛，修作梅花不羡仙。到此凡心消盡否，尚餘結習向詩偏。

飛來峰

一峰無根突然起，體附大山實異體。萬竅玲瓏混沌啓，雲從裏出復入裏。人來隨雲穿洞中，洞中有洞迷西東。低忽下壓俯我躬，高忽仰企勞雙瞳。一轉一碧勢不窮，世界縮入青芙蓉。横從兩脇穿其胸，一綫始與青天通。上有長松夭矯如蒼龍，下有飛泉蜿蟺如白龍。樹透石骨比土鬆，水齧石竅根嵌空。旁生石筍何巃嵸，意欲一支别出成奇峰。此峰來自蓮花國，面面蓮花坐古佛。不知是佛遊戲移峰來，抑是峰自偷來佛尋得。我登其巔勢傾側，疑是峰真生羽翼。天風搖動蓮花莖，徑欲乘蓮入西域。峰既能飛來，亦可别飛去。願天借我東南風，飛向吾家屋邊住。吾鄉亦有雙鏡湖，得此山水可甲東南區。如何天風吹不動，歸家又作杭州夢。

## 孤山探梅歌

西湖雪消萬峰出，獨賸孤山一堆雪。春風吹雪雪不消，遊人都過西泠橋。山南萬花雪皎皎，山北花猶似珠小。人穿花中雪亂飛，玉枝杈出牽人衣。一亭亭亭出花頂，花影縱横間人影。但看香海白四圍，不見明湖緑千頃。高人詩魄花下藏，花氣薰得白骨香。千年骨香化作梅，一樹獨領羣枝開。先生自有花眷屬〔一〕，笑我卻共山妻來〔二〕。若論花妍人白首，先生勝我得美婦。若論人辯花無言，我比先生得詩偶。一吟一嘯雙徘徊，瑶山雪海爲玉臺。亭前驚起老鶴舞，飛上枝頭作仙語。

### 【校記】

〔一〕此句，殘稿本作『我把一卮澆緑苔』。

〔二〕『笑我卻』，殘稿本作『暗香中』。

### 附録〔一〕

高人風骨美人姿，圍繞孤亭玉萬枝。稱我暗香疏影裏，滿身詩意立多時。
折取南枝當瓣香，隱君祠下奠椒觴。一聲鶴唳清如水，花外濛濛又夕陽。
晚霞圖裏畫船開，回望孤山雪一堆。柔艣一枝鷗外水，冷香隨著過湖來。

【校記】

〔一〕殘稿本下有『同作』二字。

歸舟

鷗波搖蕩綠參差，收起春帆去路遲。過眼雲山千幅畫，破眠風雨一船詩。懸猜帘影橋邊柳，背覶花香艓後枝。如此浮家吾願足，不歸猶可況歸時。

探梅北山憩破腹寺遂至維摩寺〔一〕

香在東風裏，冥冥何處尋。偶隨流水去，一往白雲深。寺古樹忘老，山空春有心。忽逢天女笑，飛雪滿衣襟。

【校記】

〔一〕『破腹』下，殘稿本無『寺』字。

## 春濃

東風人在畫中詩，濃抹春光似大癡。一嶂青環城内外，萬花紅繡屋參差。漫天柳色藏鶯小，夾路衣香過蝶遲。水様韶華誰解惜，勸人惟有酒家旗。

## 花朝醉後歌

有花難得月正圓，有月難得花正妍。今宵花與月俱好，明月滿地花滿天。東鄰西鄰皆酒徒，但聞酒香不用呼。一庭團坐花月裏，月爲燈燭花爲廬。左手執花枝，右手提玉壺，月光在手搖漾如明珠。此時一醉無所須，玉山便倒花能扶。君不見峴山之碑高徑丈，剝落龜趺客悽愴。又不見將軍冢並祁連山，麒麟倒眠豐草間。豐功鉅烈不常有，何似好花常在手。歌臺舞榭如雲煙，明月不用青銅錢。月能止人寢，花能勸人飲。諸君各盡三百杯，花月便是糟邱臺。月缺不復圓，花落不復開。東風翦愁愁不斷，劈破春光已過半。已過之春，風流雨散不可思；未來之春，天時人事胡可知？及此花月正好時，飛花喝月君莫辭。

## 清明日泛舟山塘

鷗波人在鏡中行，飛出青山帶笑迎。畫舫桃花仙眷屬，紙錢楊柳古清明。烏鳶攫食誰家冢，羊馬横眠異代塋。一路春風歡笑裏，蕭蕭攙入白楊聲。

## 病

牛鳴螘鬬太縱横，伏枕昏昏似火阬。骨豈成仙餐竟廢，魂先近鬼夢多驚。三風痼疾何時已，四海瘡痍未盡平。無力手援天下困，此身何解病纏縈〔一〕。

【校記】

〔一〕『身何解』，殘稿本作『應天與』。

## 病起同人有月下賞海棠之約至是而花落久矣作此解嘲

睡過嫣紅姹紫天，起來新緑已娟娟。殘春力盡如人瘦，明月情疏背我圓。萬事未來難預約，一花相見有前緣。維摩示疾神通大，天女何由爲破禪。

## 偶過燕園有懷伯生

萬里從戎客，春風不到臺。地邊容傑氣，天厄見奇才。塞草懷人看，園花背主開。國恩知未報，未敢勸歸來。

## 庭中開牡丹甚瘦戲作

家貧諱言貧，賴有花富貴。如何玉環妝，卻作飛燕態。方爾未花時，調護匪敢懈。冰霜謹蔽遮，膏澤屢灌溉。奈何人功勤，難拗地力僨。親朋偶來觀，顰頞替花嘅。予笑語衆賓，此事勿深怪。自憐瘦而狂，近復病新瘥。寒梅癯可方，修竹影相賽。如花獨豐豔，花與主不配。行將送此花，移植朱門內。酒肉時熏蒸，錦帷日覆蓋。會開御衣紅，且發紫袍帶。花既得其所，免使我心痗。花神冉冉來，向我笑且拜。自從入君門，培植荷深愛。曾無俗士看，惟與雅人對。風月爲九錫，詩篇當十賚。清幽稱安居，寥寂喜共耐。忍以瘦棄將，情薄毋乃太〔一〕。點首笑謝花，前言戲無懟。以我沈郎腰，匹卿楚宮佩〔二〕。瘦與瘦相憐〔三〕，不瘦便不媚。慎毋學癡肥，日對田員外〔四〕。

### 【校記】

〔一〕『毋乃』，殘稿本作『無乃』。

〔二〕二句，殘稿本作『予固保自喜，卿亦瘦逾媚』。
〔三〕此句，殘稿本作『兩瘦意相得』。
〔四〕此句，殘稿本作『徒供他人睞』。

## 贈婦

束髮爲夫妻，相莊無慢媟。不緣危病中，焉知情篤絶。偶蒙霜露侵，一氣遂綿惙。熱如墮火阬，寒若臥冰穴〔一〕。傾身護我寒，取涼熨我熱。湯液味先嘗，械窬手親挈。避人默禱祈，背我潛哽咽。餐寢意兩忘，晝夜醒常徹。諸兒奉殷勤，弱女侍懇切。未若君精誠，可會不可說。兩旬始彊起，雙弓稍能啜。火候必謹伺，水泉務香潔。題糕截雲腴，說餅摻玉屑。人葠脫釧償，燕蓐拔釵設。不食勸加餐，既食求撙節。垂幔慮風侵，添衣防日昳。朝看體展舒，開顏暫夷悅。莫聞語呻吟，愁眉又雙結。知我善憂貧，罄鉼勿漏泄。戒我喜讀書，插架悉屏撤。親戚道過防，婢媪哂迂拙。保母衛嬰兒〔二〕，誰能此曲折。我如屋上茆，煙蘿賴補綴。我如霜中蘭，花蝨煩剔抉。平時最矜嚴，豈敢涉私褻。自信正大情，不在兒女列。一月不梳頭，今晨鏡匳揭。顧我身束柴，累君鬢添雪。何以酬君賢，作詩播芳烈。惟期日與月，相照永不缺。

**【校記】**

〔一〕『若』原作『苦』，據殘稿本改。

〔二〕『保母』，殘稿本作『慈母』。

## 王生希曾家鉼供柏枝忽生緑珠子久漸肥大一緑蝶翩然飛出生以碧筠籠貯之繪圖索詩以紀其異

古鉼貯水水不死，枯柏經春孕珠子。一珠獨靈大如指，包得南華齊物旨。春風微嘘珠眼穿〔一〕，緑雲脱出翩如仙。湘簾過身瞥不見，已在屋角桑陰邊。生時世界但一碧，不配尋花配尋葉。東鄰粉蝶不相知，道是葉同葉相貼。青銅柯上思前生，千年黛色衣染成〔二〕。墜樓佳人魂魄化，飛勢還如自樓下。王生捉得喜欲狂，籠以碧筠爲蝶房。潛身緑處如藺藏，性與籠適形相忘。開籠放出緑衣媚〔三〕，身帶柏香兼柏翠。緑鬟纖手搗蘼蕪〔四〕，翻新爲搨滕王圖。

【校記】

〔一〕『微嘘』，殘稿本作『微妙』。

〔二〕此句，殘稿本作『青陵□石懷舊盟』。

〔三〕此句，殘稿本作『蝶本媚人緑尤媚』。

〔四〕『纖手搗蘼蕪』，殘稿本作『搗葉和露珠』。

## 趙生叔才以紅紫白牡丹見貽病中對之躧然有作

已分尋春晚，況聞香委苔〔一〕。何期有三豔〔二〕，更喜盡重臺。落翦芳心活，迎風笑口開〔三〕。人無看花意，花自逼人來。

【校記】

〔一〕『委苔』，殘稿本作『滿苔』。

〔二〕『何期有』，殘稿本作『如何逢』。

〔三〕『迎風』，殘稿本作『淨妍』。

## 戲題鍾馗美人扶醉圖

抛長劍，把深鍾，鐵顔煗泛榴花紅。須髯不張雙眼矇，紗帽倒著迎薰風〔一〕，路鬼那識進士公？平時意氣破鬼膽，醉鄉一消氣都輭，馗乎馗乎爾何懶？馗也迷離笑不答，更卷白波傾十榼〔二〕。頽然自有美人扶，方今太平鬽魅無。

【校記】

〔一〕『迎薰風』，殘稿本作『眠薰風』。

〔二〕『卷白波』，殘稿本作『就糟牀』。

## 吳秀才鼎文索題種石圖

乞得靈根向女媧，亟攜鴉觜斸煙霞。本來溫潤原如玉，儻使能言絶勝花〔一〕。自喜空青開洞府，漫疑環列當排衙。養成面面芙蓉碧，壓倒英光米老家。

【校記】

〔一〕『儻使』，殘稿本作『偶喜』。

## 畫梅

畫梅莫作畫工畫，盡失天趣惟人工。如何纔到恰好處，不在畫梅人意中。

## 趙文毅公硯銘

剛腸鐵面，以抒直諫，太真之徒視此硯。

## 清真觀宋梅歌

觀在崑山縣治之北，相傳梅猶宋初物，花時香徹數里，遥望若珠蓋，覆於老子之宫。入坐花下，則繁英障天，香雪匝地，根蟠曲一庭幾徧。予十二歲應童試至縣，所見如此，時乾隆壬辰歲也。自後不復至，至或非其時。及嘉慶庚申歲，膺李味莊觀察之薦，主講玉峰書院。重過清真觀，則院宇荒涼，尋道士問宋梅，皆不知有是。蓋閲二十八年，而人與物俱非矣。時常州吕叔訥爲縣學博士，云聞之老吏，某年花盛放時，縣胥輩方懸鐙徵樂，謀於明日張讌其下，閲夕而花盡萎，樹其神矣哉。或云道士苦煩擾，陰以藥殺之，其或然與？暇日追憶其事，爲之作歌。

梅龍住世八百年，曾識驢背希夷仙。世間老物數有盡，玉鱗一夕飛瑶天。自恨此生生已晚，猶幸前緣緣不淺。不見神龍夭矯時，猶見龍身老蜒蜿。是時二月已落梅，花肥樹大獨後開。千枝萬枝一廟蓋，殿角參差縮花内。環視琳宫亦非隘，無奈梅花比屋大。人入廟中花世界，一半花猶垂廟外。晝不漏天爲花礙，夜不漏月有花代。春風吹香一城醉，看花人來肩壓背。我從一見夢不忘，無緣再覩施與嫱。江南處處南枝香，圍不滿尺高及牆。吾鄉崇禎三載樹，較此亦在孫曾行。二十八年尋舊躅，化去梅魂賸梅屋。道士霜髯長過腹，問以梅花瞠兩目。當時悔不施神通，靈根掘起煩豐隆。五丁力運萬牛載，移植吾鄉老子宫。不然願借少女風，吹醒梅魄枯根中。怒芽一夜發千幹，還我珠蓋撑晴空。不可追者，渺然已去之仙蹤；猶可攀者，超然後起之猶龍。不見銅阬西磧皆凡庸，讓出虞山一樹獨秀江之

東。宋梅亡，而崇禎一樹獨古矣。〔一〕

【校記】

〔一〕殘稿本無小注十一字。

## 天仙畫人歌〔一〕

金雲門夫人名禮嬴，山陰人，吾友王仲瞿之配也。於畫無所不工，山水似李昭道、董北苑，下亦似趙承旨，人物似李公麟，仙佛間似陳老遲，花鳥似徐、黄，墨梅似王參軍，蘭竹似趙子固。又能自出新意，發露天機。人問其何所師，曰：『吾師造化耳。』顧一畫恒數十日，稍不愜，便棄去。嘗作十八尊者，欲以施雲栖，長各徑丈，珍禽奇樹，備極瓌偉。墨骨既就，以傅色須錢百千，久之不就，成龍樹一尊而已。每日晨起坐一室，研吮丹粉，盡二鼓乃已，家之有無不問也。予寓仲瞿家累月，未嘗悉其聲影。有具金帛求畫者，輒謝曰：『吾畫豈可求而得者？』獨善予與舒鐵雲詩，許爲作畫。余得墨梅一幅，又嘗爲先太守作《從軍西藏圖》，絹長三丈餘，人馬如豆，經年始成，未及傅色而夫人亡矣，年二十有九。仲瞿寶其畫，常以數十幅自隨，有乞之者，别倩能手作贋本與之。仲瞿殁，不知流落誰手矣。夫人嘗乞予詩，予詩不苟作，今距夫人殁已十六年，乃作以報其靈爽。畫傳詩耶？詩傳畫耶？姑俟之百世以後。

能人不能名曰天，死而不死名曰仙。天仙之畫如雲煙，天仙之名以畫傳。婦人能畫倒好嬉，偶擅一長已足奇。發露萬象無所遺，包涵萬變隨所宜。古來丹青只數手，捥下奔趨無不有。名家大家何所摹，胸中擺脫一箇無。不師古人師造化，盡屈古人出其下。貪天不足向天借，此筆靈奇天亦怕。風泠泠，雷冥冥。帝召畫仙歸玉京，仙筆去畫天宮庭。人間數紙徒飄零，俗眼不識識者驚。山捫之而有稜，水聽之而有聲。雲如行，樹如生；花如馨，鳥如鳴。畫人畫骨兼畫情，肖物肖神非肖形。化工在手天無能，名以一妙無可名，仙乎仙乎仙則靈。

【校記】

〔一〕殘稿本題作『畫中天仙歌』。

## 孫武子玉印歌

伯淵前輩兄爲山東糧儲時，得此印，乞余詩久矣。今伯淵已歸道山，予不敢食前約。且予與兄俱公之後，誦先烈也。

一方寒玉含兵氣，佩出風雲變天地。吴人踏破楚山河，五戰兵符此鈐記。雙螭蟠屈蟲文蝕，兵勢攻謀視此刻。豹韜手奏十三篇，篇篇紅印桃花色。吴劍無端飛入楚，吴王衝冠用孫武。利趾三千多力五，毁十龍鍾爇高府。闔廬夜入秦嬴房，子山亦登囊瓦牀〔一〕。齊人晉人膽盡裂，如此兵法非尋常。可惜奇謀止於此，何不縛俘獻天子〔二〕。功高攘楚勝桓文，只快私讐胥與嚭〔三〕。吴孃釣魚作膾羞，將軍醺罷天容秋〔四〕。水精宫中鬼啾啾，美人魂泣尋雙頭。巫門大冢土色鐵，行人下馬瞻武烈。留傳此印印丹砂，猶帶掩餘燭庸血。

【校記】

〔一〕『子山』，殘稿本作『子帥』。

〔二〕此句，殘稿本作『何鱠匆匆還鶴子』。

〔三〕此句，殘稿本作『何不縛俘獻天子』。

〔四〕二句，殘稿本作『伍胥願償白喜酬，謀憑一將復二讐』。

## 鴻儒歌

天生聰明墮雲霧，舍卻性靈攻考據〔一〕。一字異同百口爭，兩字撏撦萬言疏〔二〕。頭埋故紙若蠹魚，心無一孔如巨瓠。自誇碩學繼馬鄭，卻鄙辭章揮李杜。古來博學惟宣尼，郭公夏五多闕疑。不聞手箋三墳註八索，上攷九頭五龍及攝提。平生韻語是所好，贊易篇篇總清妙。庭訓頻煩勸學詩，閑情自寫猗蘭操。子輿考據亦復疏，江淮脈絡心芒如。說詩但以意逆志，讀書不肯盡信書。我有聰明自發議，上窮九天下九地。要令後人考據吾詩文，何爲日與前人作奴隸。今之鴻儒古之奴，或主漢儒或宋儒。傍人門戶不敢發一語，拾得餘唾如珍珠〔三〕。我愛陶淵明，清風筆端灑。終日讀我書，書不求甚解。不求甚解解必真，不宗前論論必新。寧使諸公笑我枵腹人，毋使撐腸拄腹盡是頭巾塵。

【校記】

〔一〕『舍卻』，殘稿本作『收拾』。

〔二〕『摒擋』，殘稿本作『膠葛』；『萬言疏』，殘稿本作『萬言註』。

〔三〕『餘唾』，殘稿本作『咳唾』。

## 桃花莊歌

弔王仲瞿也。仲瞿僑西湖之王氏莊，隙地皆植桃，榜其門曰：『借他紅粉三千樹，伴我青山十八年。』意謂桃花命短，止此數耳。予於嘉慶丁卯仲春，信宿其中，時花甫三年。今春于役杭州，重過其地，花恰十八年矣。雖零落，猶存數百株，而仲瞿下世已六年。求十八年之窮愁著書，天猶靳其數。吁！命矣夫！

一莊半讓桃花居，有桃花便桃源如。桃花濃時春滿廬，桃花叢中人著書。問君著何書？一身跳出仙佛儒。上凌九天搜神衢，下入九地窮鬼區。要將兩間文字另闢一境界〔一〕，使千秋文人祧唐黜宋祖仲瞿。虹氣燭天驚上帝，怪爾鴻文洩元氣〔二〕。敕使夸蛾奪彩筆，筆能扛鼎奪不得。奪其祿命予以貧，使之救貧不暇何暇爲奇文。仲也違天與天戰，因文致窮窮益變。寧使貧難蔽風雨，不容語不驚雷電〔三〕。三旬九食眼花眩，饑腸自嚼桃花嚥。桃花中無人扣門，桃花寂寂來笑君。文光萬丈有誰識，不如花光自透春空雲。春空雲，結五彩。花中人，竟安在？花壽十八年，文壽億萬載。世人但見花眼前，憐渠不及桃花年〔四〕。

【校記】

〔一〕『將兩間文字』，殘稿本作『從自有文字以來』。

〔二〕『怪爾鴻文』，殘稿本作『發越乾坤』。

〔三〕『語不』，殘稿本作『捥不』；『驚雷』，殘稿本作『鳴雷』。

〔四〕『憐渠』，殘稿本作『憐君』。

## 黑水洋

詠李忠毅死事也。公諱長庚，字西巖，閩之同安人。官浙江提督，以勦洋匪蔡牽，歿於廣東潮州之黑水洋。故事，提督綜全省水陸軍事，無出海逐賊者。公以賊勢蔓延三省，閩軍不足恃，乃自浙而閩，自閩而粤，狂濤駭浪中，親冒矢石。蓋其忠勇出於天性，常載櫬自隨，誓死殺賊。至是，爲礮彈擊喉而卒。時嘉慶十二年十二月二十五日也。

黑雲障海海汩天，妖鯨跋浪天爲掀。將軍樓船自天下，蛟鼉驚竄風霆旋。我船十丈高五丈，匪艇更高我攻仰。公造大艇，名霆船，連敗牽。牽賂閩商，更造大艇出霆船上。帆浴鼇脂禦火焚，帆下濕烏激水上。火攻兵攻兩不及，賊矢翻於我船集。將軍一呼海水立，士卒爭先一當十。手提雙桴戰百合，縱火賊帆燒五葉。煙飛砂走風更急，鼓聲雷轟賊雨泣。火毬霹靂從空來，桓桓七尺如山頽。中軍舟亂下軍退，閩帥見中軍亂，引師先退。賊船銜尾衝波開。海上千人萬人哭，如此天心人不服。元戎獨喪何鎮南，窮寇未除徐道覆。計公與賊十七戰，戰戰垂成事中變〔一〕。浮鷹馬蹟龍灣頭，南汕北汕仔尾州。屍横百里奪百艘，窮鱗勢蹙魚吞鉤〔二〕。陽侯陡漲艨艟浮，是猶天意非人謀。公既連敗牽，牽屯軍北汕，沉舟鹿耳門，自塞走路。一夜潮驟漲，舟漂起，得遁去。最可惜者定海捷，斷其兩臂茂與業。獲匪目張如茂、徐業。焚其三窟艎與艓，絶其四路掠與劫，糧盡兵窮命呼吸。賊走閩疆但乞降〔三〕，公自窮追務捦執〔四〕。材官傳箭來止兵，浙師不得閩横行，將軍功成功不成〔五〕。公回帆，受人制。賊揚帆，得其計。烏虖人耶抑天意，公由定海追賊入閩，牽糧盡艇壞，不日就捦。閩督以令箭止公兵，牽得乘間修艇去。公於此時志已定，死報國恩盡臣命。貂纓翠羽麒麟服，壁上諸公徒瑟縮。臨淮慷慨插鞾刀，陳子從容具含玉。將軍雖亡威信存，部下誓報將軍恩。長鯨終斬盧循首〔六〕，朱鳥應招馬援魂。十四年，公部將王得禄殲牽於浙江温州之黑水洋。至今三省無海氛，海波蕩蕩開紅雲。海戶尸祝公成神，國殤更有胡將軍。温州總兵胡振聲，於嘉慶九年被戕。

**【校記】**

〔一〕『戰戰』，殘稿本作『事盡』。

〔二〕『魚吞鉤』，殘稿本作『如吞鉤』。

〔三〕『閩疆』，殘稿本作『南閩』。

〔四〕『捦執』，殘稿本作『獲執』。

〔五〕『將軍』，殘稿本作『兩番』。

〔六〕『長鯨』，殘稿本作『明年』。

# 宋梅妃塚

在太倉茜涇鎮南一里，相傳宋高宗自海渡婁，有梅妃侍輦，道卒葬此。按《本紀》，建炎三年十二月，帝乘樓船次定海，明年正月次台州，金人來襲，遂由溫州駐越州。無渡婁事。惟紹興四年十月，帝次平江。六年九月，復次平江。時葢金、齊合兵來犯，趙鼎請親征。或於此時孶妃行，在殁後葬於婁，然不可攷矣。

一馬負龍南渡來，蛾眉傍輦龍顏開。神娥倏化彩雲去，千春玉骨封莓苔。是時未定臨安鼎，金齊合犯江淮警。宮女三千遁海航，聞警，令後宮自溫州泛海如泉州。六師倉卒臨吳境。吳苑秋風輦道涼，蘼蕪淒碧滿婁塘。玉魚自伴梨花葬，錦襪誰傳藕覆香。回首汴京烽一炬，犢車盡輦如花去。瑤札雖憑洪皓傳，金環空向曹勛付。可憐一曲怨歌行，毳帳琵琶淚如注。寶匣珠襦閉九泉，漫言薄福如朝露。承恩獨讓侍康亭，一朵紅雲芍藥生。花下繫羊徵福慧，舟中躍鯉語聰明。張家絶膝劉家廢，番舶明珠終不至。何似椒房陰火青，穿山松柏西陵意。一樹冬青噪白雅，六陵王氣散飛霞。梓宮已被奸髡斵，麥飯誰從義士賒。豈識茂陵秋草外，荒濱猶賸玉勾斜。行人莫誤樓東認，別是南朝一樹花。

## 金姬墩

在吾鄉湖橋西數里，相傳僞吳張士誠妾葬此。余少時過之，松柏猶翳，今則童然矣。紘此，俾後之人知所攷焉。

一堆芳草雲容墳，春風搖蕩梨花魂。田夫攜鋤不敢耘，寸土尚說吳王嬪，高紗紅帽稱孤君。前殿十嬖倖，後隊千紅裠，神兵一埽空妖氛。狐嘷兔竄同時焚，清風獨有劉夫人。白駒場，萬夫雄。赤龍船，一炬空。黄菜葉，乾西風。鐵箒子，打破筒。錦峰西，尚湖左。湖煙淒，峰月墮。幸免齊雲樓上火。

## 天台圖

已從絶頂躡飛處〔一〕，更有奇峰萬疊遮。懸瀑自封仙世界，横雲何處美人家。玉杯影墮谿中月，錦樹濃開雪裹花。笑我題詩空讀畫，一簾秋水夢胡麻。

【校記】

〔一〕『飛處』，殘稿本作『飛霞』。據詩律，疑今本誤。

## 畫梅與邵生廣鈖

巖坳深雪瘦枝蟠，骨傲天生耐得寒。得意自開花一樹，不曾開與世人看。

## 屈君心梅以夢遊雁宕詩見質輒題其後

子晉吹笙處，茫茫四百峰。白雲遮不斷，一面一芙蓉。偶發凌霞想，言尋跨鶴蹤。覺來懷裏月，猶掛東谿松。

我抱神仙骨，常期汗漫遊。便乘黄鶴背，直過大龍湫。欲夢無仙枕，虚懷與水流。空吟李白句，長嘯凌滄洲。

## 北山石

北山石，青巑岏。有盗鑿取青琅玕，山骨斲損山脈殘。東家墳上石，西家墳上訴。官勘西墳石如故，東墳之盗官不顧。訴諸郡，石投水；訴諸臺，石填海。畢竟石從何處採，石不自言誰訴宰？

## 秋雨

望雨久不雨，欲晴翻雨來。有禾須刈穫，無土待滋培。潤物功偏靳，違時澤轉災。惟餘山色喜，翠活白雲隈。

## 擔菊圖

一肩擔得秋兩頭，冷香嫋嫋風颼颼。無人拋錢買秋去，長街踏葉秋愁愁。秋愁愁，鬢絲照水羞白鷗。霜螯正肥明月瘦，有酒不待歸而謀。開我碧甕香，掬酒浮花黄。花香酒香雙入手，焉用黄金印懸肘。醉來便臥花擔邊，不知花仙抑酒仙。此中别有秋世界，人來買秋秋不賣。

## 短歌一首贈王生

我昔見生初入塾，背誦經書如布穀。豈謂儒冠多誤身，脱屣時榮隱巖谷。二十隱於賈，三十隱於醫。得錢沽美酒，得意吟新詩。四壁活人書，盎然得春意。一卷避俗文，颯然帶秋氣。一疾弗瘳終夜思〔一〕，一字未安拈斷髭。王生王生徒自苦，寂寞身後誰相知。學詩學醫不如去學諂，媚骨終須致身顯〔二〕。不見紫金丹進醫得官，雞舌香含詩中選。

【校記】

〔一〕『終夜』，殘稿本作『廢夜』。

〔二〕此句，殘稿本作『向火乞兒飛食肉。』

## 畫梅

仙骨亭亭不染埃，自臨清沼影徘徊。人間只種凡桃李，何苦東風寂寞開。

橫跨巖坳受雪封，冰心鐵幹耐深冬。雖然未預調羹事，亦是山中一臥龍。

## 落葉

向夕霜飈動遠磯，亂隨秋氣下空林。蕭條頓改山河色，搖落難回天地心。吹帽羞看雙鬢短，閉門愁對一燈深。無人會得悲秋意，盡道丹楓勝綠陰〔一〕。

【校記】

〔一〕末聯，殘稿本作『江楓不解飄零意，妝點紅黃補綠陰』。

## 觀楓小雲栖得四絶句屬改七香就詩意補圖

幾日新霜下杳冥，眼前風物已凋零。青山厭聽人間事，自入秋來醉不醒。
空翠沉沉石徑修，白雲横斷古林幽。雲中不是仙源近，那得桃花直到秋〔一〕。
春氣偏烘木落時，新妝不是鬭燕脂。難將一種殘秋恨，説與西風冷翠知〔二〕。
天風如水襲衣涼，歸路詩情寄野航。越是晚山紅越豔，勸人回首有斜陽。

【校記】

〔一〕此首，殘稿本作：『秋林迷卻路西東，策杖幽尋一徑紅。撥去白雲深翠出，桃花更在白雲中。』

〔二〕此首，殘稿本作：『身到瓊樓縹緲間，丹霞紫霧隱禪關。難將一□殘秋恨，寫入江南著色山。』

## 醫俗圖

病不可醫惟有俗，不種靈芝種脩竹。隔斷飛塵十丈紅，映得須眉一時緑。清風蕭蕭五百竿，虚堂白日生秋寒。襟情瀟灑與之化，勝如换骨求金丹。春雷一聲迸蒼玉〔一〕，賫向寒泉飽饞腹。渭川千畝在胸中，何用便便爾雅熟。

【校記】

〔一〕『一聲』，殘稿本作『一夜』。

晚眺

一塢紅香夕照微，幽居寂寂敞柴扉。靈瓏幾筆桃花影，隨著輕雲欲上衣。

花香人影兩徘徊，隨意尋詩坐綠苔。幾縷瘦霞紅不定，晚風拖過樹梢來。

秋海棠

鬢側鬟欹翠褎偏，不勝清露影娟娟。玉環風致依然在，只是秋來瘦可憐。

# 天真閣集卷二十七　詩二十七

## 昭陽協洽(癸未，一八二三)

### 松石齋硯歌

趙文毅公物，九世孫允懷所藏。予既爲作銘，復申之以詩。

片石剛方如鐵面，磨墨淋漓供直諫。正氣常從墨氣凝，撑持萬古綱常變。齋名松石三字存，當年出處常隨身。想當濡豪抗疏夕，風骨稜稜似此石。輔臣若留世無父，輔臣若去國無輔。去則國衰弱，留則國富彊。輔臣爲國忘親喪，直臣爲世扶綱常〔一〕。公饒我，你殺我，留縱彊顏去不可。天子怒，相公怒，可惜相才無相度。孤臣被逐倉黄行，身惟一硯與一觥。許文穆贈公兕觥。觥歸家廟黄流馨，硯傳後裔世澤承。不見賢孫一疏尤琤琤，又憑祖硯劾奪情，武陵何似張江陵?

【校記】

〔一〕『綱常』，殘稿本作『人倫』。

## 題畫蘭〔一〕

宛然清露被江皋，葉葉靈芬出素豪。一種離披烟雨態〔二〕，勝泥殘壁畫離騷。寫得靈根九畹芳〔三〕，玉叉高展看瀟湘〔四〕。春風吹過閒蝴蝶，畫裏來寻畫外香。

【校記】

〔一〕殘稿本此題原四首，今本删其一、四，僅存二首。所删棄者，補録於《天真閣棄稿》。
〔二〕此句，殘稿本始作『合贈靈均苗裔口』，後抹改。
〔三〕『寫得』，殘稿本始作『採得』，後抹改。
〔四〕此句，殘稿本始作『緑窗風煖素心閒』，後抹改。

## 題瘞鶴銘後

焦山屹江流，蒼翠勝浮玉。下有神仙書，胎禽瘞山足。何年值雷轟，瑞珉致壓覆。體既裂爲四，中又失其腹。殘璋罊驚湍，斷玦漱怒洑。肙贔久漂没，蟾烏共沐浴。石理成錐沙，鋒穎近頽秃。邵亢昔考次，張𪊟復搜録。銘尾闕文二，右下失旁六。物非趙璧完，疑且郭公蓄。後人苦聯綴，梟彊鶴脛續。蕩蕩形舛譌，銘銘韻重複。紫鳳與天吳，顛倒義難續。金山庋非真，玉煙刻尤俗。惟有張力臣，搜剔窮江麓。剜苔獲親捫，臥葉藉仰矚。周旋三日羸，湊合四紙簇。題名審岳君，引用屏西竹。方位按若部，圖經瞭如燭。岱嶧返舊觀，匡廬還面目。較前增八字，依形摹四幅。惜哉重立願，未得遂所欲。銘文究何氏，書法竟誰屬。自從宋元來，紛紛辨殊族。顧况華陽號，語出歐永叔。羲之龍爪書，論發黃山谷。筆疑隋代隸，君謨以意卜。畫近王瓚書，無言因類觸。東觀黃伯思，餘論著天祿。斷爲陶隱居，畫版本此縮。天監辰午間，時方棲句曲。右軍推甲午，未涉朱方躅。逋翁溯壬辰，其時髮初束。辨說似可信，輿論亦未服。比以朱陽館，祇如梟刻鵠。較之茅山碑，未免馬指鹿。南邨俟稽攷，廣川辨紛郁。不如淮陰張，一埽陳案牘。真逸與山樵，逃名隱金籙。仙尉及真宰，頭銜比玉局。烏容彊指名，穿鑿徒喧瀆。滄洲出之江，秋水好尤酷。搨本當瑤琨，什襲付緘櫝。光訝虹霓纏，守恐蛟龍伏。何當攜此本，徑造焦先屋。坐臥碧落旁，摩挲峋嶁熟。題詩子美蘇，踏雪放翁陸。訪古繼清興，搜奇詫眼福。神仙如有靈，護此薜碑綠。橫江白露寒，鶴唳天風謖。

## 王參軍墨梅真蹟曩曾見吳竹橋丈家長卷茲復覩屈竹田所藏巨幅爲題長句以識眼福〔一〕

昔從吳氏竹橋丈見長卷，絹羸二丈枝槎枒。心頭橫亘二丈雪，有夢只夢元章花。朝來一樹入我屋，突兀眼前置巖麓。孤根偃蹇蟄龍瘦，力載千枝萬枝玉。一枝勁挺一枝曲，一枝下垂一枝矗。枝枝相顧不相觸，奇外出奇神斷續。張之滿屋狂花狂，窺簷寒雀欲下翔。風吹朵朵來暗香，拍手大叫梅花王。

其筆雄彊不可奪，筆龍夭矯梅龍活。是方牛背讀書暇，笑對妻孥寫奇倔。抑從虎帳談兵餘，盾鼻磨來墨濃抹。梅花格高高似人，落筆埽淨胸中塵。高士手寫高士真，盡棄皮骨存其神。胸中但藏十萬兵，筆陣所到何縱横。皎然雪海冰天清，中有鐵馬金戈聲。五百餘年絹不改，中含奇傑精靈在。玉叉高展看冰花，喚起當年胡大海。

【校記】

〔一〕殘稿本題作『王參軍墨梅巨幅爲屈竹田賦』。

## 鄭所南蘭卷

夜烏飛上冬青泣，半壁東南盡荆棘。獨立天榛地莽中，國香一朵無人識。其根半死猶半生，其葉不枯亦不榮。棄根寫葉明爾貞，葉其肺腑花丹誠。問根在何許？乃在白雲之鄉碧落宇。朝披髪兮逐夸父，夜瀝肝兮訴天鼓。願天還我本穴國中一塊土，天水沃之植香祖，根兮根兮託有所。南風堂上葉葉翻，一葉一扇招魂旛。擘肝作紙淚作墨，寫此國殤好顔色。二王之靈耶？文山疊山諸君之精英耶？海波湯湯雲冥冥，護此兩葉幽蘭馨。助以王清惠之悲鳴，譜以汪水雲之琴聲。卑如陸柔柔，賤如毛惜惜，亦許魂栖此花碧。惡草叢叢首芟柞，留夢炎與黄萬石。

## 鍾映淵得姬人陳淡宜作刀尺侑觴圖索題戲成三絕句〔一〕

刀尺聲中玉漏長，一鉤斜月照流黄。勸郎今夜東風煖，更爲如花盡一觴。

鍼箱綫帖伴琴書，擁髻風情倦繡餘。一縷柔絲雙翦水，酒龍粗氣盡消除。

不數盧家有莫愁，並頭雙影照銀甌。酒闌更泥麻姑爪，繡了鴛鴦繡醉侯。

【校記】

〔一〕『索題』，殘稿本作『寄題』。『三絕句』，殘稿本作『四絕句』，其第一首删去。所删一首，補録於《天真閣集棄稿》。

## 書明特授游擊將軍道州守備沈雲英墓志銘後

雲英，蕭山長巷里人。父至緒，道州守備。崇禎末，流寇攻道州，至緒戰死。雲英率十餘騎入賊柵，連斬卅寇，奪父屍還。賊避其威，引去。湖撫王聚奎上其事，詔以父官官之，代領其衆。其夫賈萬策，蜀人也，以都司守荆州南門，賊陷荆州，萬策死之，雲英乃辭官扶櫬歸葬。家貧授徒，傭書以自給。族人沈兆陽嘗從受《春秋胡氏傳》。年三十八卒，葬於龕山，毛甡誌其墓。

趙娥隻身父讐報，將軍全忠又全孝。柴家一旅孃子軍，將軍能武兼能文。殘明流寇如蠭起，江漢紅巾蔽千里。老將横尸成國殤，壯士三千色灰死。閨中有女方明妝，擲卻寶釧持銀槍。兜鍪束髮巾幗藏，朱旗拭淚臙脂光。隨身十騎莫可當，連斬卅寇如屠羊。奪還父屍血戰場，白日慘慘天蒼蒼。一軍從此人心奮，開營各厲摩天刃。誓殺讎頭祭父靈，誓平賊壘營歸櫬。狂寇滔天不怕天，霹靂敢與天周旋。獨畏蛾眉如畏虎，捲甲潛逃竄如鼠。事聞天子恩特寬，詔領父衆官其官。秦家白梃號無敵，忠勇還看沈遊擊。天心佑賊不佑明，南避道州北破荆。桓桓虎臣死結纓，父仇未畢夫仇并。既不能荀灌踰城救父急，又不能謝藴抽刀殺夫賊。賊躪金甌半殘缺，一女支撐何補國。辭卻專城印，繳還尺一封。錦車繡轍抛春風，梨花長槍卧緑叢。布裙兜土湘湖東，勁節自挺霜芙蓉。十三篇略收藏起，一卷春秋傳弟子。觸目傷心淚灑珠，鋭司徒又辟司徒。曾邀石窌君恩重，忍向燕雲問故都。三百年來空養士，禦寇誰如奇女子？生入木蘭詩，死入班姬史。蕭蕭松柏龕山墳，松頂阜雕盤陣雲。一碑足抗曹孝女，萬口尚説前將軍。

## 二鳳曲

伍鳳、姚鳳，皆東莞人，皆好酒，起兵應文天祥。伍善稍，敵圍急，以銅槊爲爵飲酒訖，陷敵陣，鏖戰力盡，被縛。元將黄世雄欲降之，伍大罵躍起，縛盡絶，左右趨殺之。姚善泅，號水犀頭將軍，兵敗得免歸，操舟捕魚海上。元將張弘範遣使招之，姚呼酒大醉，哭三日死。二鳳正史失載，予從張瘦銅塤集中見其事而詠之。

白雁來，羣鳥散，鳳兮鳳兮獨赴難。趙家天下賸海航，長城只有文天祥。贛州一潰屯潮陽，誰與應募來勤王。一鳳飛騰橫稍利，一鳳廻翔逆泅至。文山營卽阿閣巢，得爾孤軍添兩翅。古銅槃大一石容，麗江江水蒲萄濃。飲罷擲槃聲震空，陷入敵陣摧其鋒。敵兵四面圍十重，蛇矛丈八如游龍。勢孤力竭無英雄，頸血熱濺花田紅。一鳳見摧一鳳隱，散卻艨艟櫂漁艇。糟邱臺卽桃源境〔一〕，遁入醉鄉拌不醒。醒來慟哭猿啼嶺〔二〕，被人窺見漁簑影。酒旗招颭旆頭頂，先有一星天上等。嗚呼二鳳皆酒徒，市井不識詩與書。胸中祗識一趙字，死爲趙家不移志。紛紛迎降若犬彘，讀聖賢書學何事！

【校記】

〔一〕『糟邱臺卽』，殘稿本作『邱臺卽得』。

〔二〕『醒來』，殘稿本作『悲來』。

## 客氏拜

王仲瞿從廠肆得『客氏拜』三字一帖，字徑三寸〔一〕。予見沈歸愚集中稱劉公戢嘗得一紙，蓋遺穢亦人所珍弆也。

乾清門外呵殿聲，老祖太太拜客行。文拜崔呈秀，武拜田爾畊。五彪五虎拜未徧，中使傳宣頒御膳。陸令萱，位侍中。李園妹，納後宮。手障日月天朦朧，世界染出茄花紅。

【校記】

〔一〕『徑三寸』，殘稿本作『如擘窠』。

## 金妃印

宋姬者，宋端肅王女。幼戲水濱，得玉印一枚，曰金妃之印。靖康遭掠入金，金主彊納爲妃。金徙二帝於五國城，姬驟諫，主怒，手刃之。或病姬屈身事讎，何如早爲之所。不知其蓄謀藏機，將使禍生衽席，以雪大恥。既不得間，猶冀一言悟主，二帝生還。卒至血濺金庭，骨糜鼎鑊，其志不得伸，其死得其所矣。詩以明其志〔一〕。

日落汴城金世界，天遣瑤妃作金配。帝后青衣盡北來，玉質金枝復何愛！酪漿羶肉侍旃房，豈比秦樓小鳳凰。脂粉謾求涇水磑，梅花全改漢宮妝。淒涼海上秋笳語，木葉風高淚如雨。青塚拌爲絶域埋，玉顔更比和戎苦。痛絶天朝兩可汗，事同懷愍最辛酸。牽羊已受青城辱，氈毳難禁雪窖寒。玉階泥首哀號乞，願免宮車更遷越〔二〕。但教魚服慶生還，敢惜蛾眉膏斧鑕。赫然震怒雷霆威，妄言敢乞潛龍歸。一聲未畢鵑嘑恨，三尺旋看鶻刃揮。血濺金庭花盡落，屍横毳帳日無輝。大讎未復身先死，地慘天昏訴與誰。此身已悔明珠失，此恥誰爲玉湔雪。何似捐軀委質前，免向穹廬執巾櫛。豈知臥氈如臥薪，口銜石闕難分明。趙娥白刃常爲佩，莒婦長繩屢度城。朝承歡娛莫歌舞，博得讎人寵讎女。九華帳裏暗屠龍，一柱殿前親殪虎。莫認桓家配老奴，謾猜羊后諛新主。事成不成自有天，諫死終爲得死所。沉埋碧血無人憐，終擕玉印歸金仙。異鄉流落歌聲怨，雪恨何時返九泉？欽宗朱后陷契丹，作怨歌二章，曰：『今委頓兮流落異鄉，嗟造物兮速死爲殭。』又曰：『屈身辱志兮恨何可雪？誓速歸泉下兮此愁可絕。』

【校記】

〔一〕殘稿本『詩』字前，有『爲作』二字。

〔二〕『免宮車』，殘稿本作『宮車車』。疑爲誤抄。

## 張生眉卿以不得探梅銅阮作詩寄恨詩以嘲之

張生示我梅花詩，欲我寄與梅花知。聲情宛轉若翠羽，風前訴說長相思。潭東潭西我遊熟，每抱花枝月明宿。梅花以我爲故人，我以梅花作燕玉。山中二月風雨多，爲花不惜春泥拖。有時花神弄風雪，僵凍還愁屐齒折。興來欲行逕自行，奈何一雨阻爾情。世間萬事癡則成，違天有志天無能。憶花便成夢，夢醒還作詩。謂爾不癡亦復癡，花應鑒爾長相思。花如靦然答君語，爾不我思託以雨。爾欲爲蝶耶，何地不可飛？爾欲爲鶴耶，何枝不可依？若果相思便相覿，但道相思竟何益？平生與君不相識，浪說梅花苦相憶。況君心不在銅阮，作詩聊以銅阮名。不然手寫銅阮詩，如何夢中卻夢孤山枝。

## 訪錢二梅谿履園

岸雲如絮水雲昏，何處孤山處士邨。沿著暗香風蕩去，萬梅花裏一柴門。
香雪盈園數里聞，卻憑脩竹半園分。著書人在花中住，隔水遥看但緑雲。
花下開尊記古歡，臨行刻向翠琅玕。香風送我出谿口，明月一船詩思寒。

## 新晴梅花下

連朝風雪怕春寒，乍喜新晴石徑乾。曾是一番磨折後，轉緣顛頷耐人看。
一襟疏影瘦筇支，看到輕烟弄暝時。越是清寒香越斂，最高還有未開枝。

## 錢武肅王鐵券歌

十雄恃彊稱帝七，錢王順天守臣節。黄金富有十三州，卻寶區區一方鐵。願作開門節度使，不願閉門作天子。彎弓射落兩日生，揮劍摧殘三足死。長安李花愁運終，銘鐫金版來酬庸。斗牛王氣不可滅，借此籠絡真英雄。王果志扶王室弱，忍覩宫車逼遷洛。奮威能擊羅平妖，入衞偏忘紇干雀。錦城南面開雄圖，錢王如龍天子魚。玉帶加封別有主，梁王如狼越如鼠。江東漫比孫仲謀，赤壁敢與曹兵仇。三千犀弩入都卒，不敵打毬馬一匹。全武豈不武？昭諫豈不諫？開門節度閉門便，但願東南息征戰。王心好佛如好仁〔一〕，不圖救國惟救民。若憑一隅抗彊敵，正恐萬骨如飛塵〔二〕。王之功德在鄉里，不在臣朱與臣李。富貴令終實以此，九宥丹書奚足恃。殘唐五季如雲煙，錢家一券九百年。土蝕水沉鐵不朽，所惜字出緇郎手。

【校記】

〔一〕『如好仁』，殘稿本作『如佛仁』。

〔二〕『如飛塵』，殘稿本作『成飛塵』。

## 李節婦詩

潁川有賢媛，曰嬪隴西子。廿三桃夭賦，廿八柏舟矢。冰霜卅六年，皸瘃徧十指。百苦既備嘗，所欠惟一死。死非婦所畏，上有衰姑章。夫亡翁繼殁，姑又旋病牀。姑病不可藥，封臂刀如霜。死豈婦所畏，所痛頻死喪。死喪不可挽，存者僅弱息。呀呀兩扶牀，兒更苦羸疾。食爲求肉糜，醫爲求葠朮。教爲求名師，婚爲求良匹。恩勤心力殫，日月去如駛。女適士人妻，兒作膠庠士。鞠子既抱孫，可以報夫子。煢煢卅六年，所欠惟一死。正月雨淒淒，慈景將沉西。伏枕呼兒前，毋事醫藥爲。平生彊顔活，爲汝苦支持。兒今已成立，塵網吾何羈。啓母臂上瘢，啓母身上瘠。瘢是孝竭誠，瘠是慈盡力。勁節雖表揚，未表母心迹。兒誠念慈恩，何以報母德。

## 客臘煗甚梅花盛開入春後陰雨連旬比晴霽而花落矣

得意在先放，又無霜雪威。正當香發越，偏值雨霏微。晦蹟原關命，乘時轉昧幾。讓他桃李樹，容悦受春暉。

## 春夢謠

米囊花濃春睡長，上弦月射雕奩光。春雲弄嬌頹海棠，幽蘭露眼啼新妝。綠熊茵輭横鴛鴦，瑛盤蔗紫梨堆霜。矮燈瘦縮青燐芒，斗帳靜裊遊絲香。神雞叫日升扶桑，海水易竭情難量。花田歲歲驕春陽，鼪鼯晝竄愁空房。

## 書韓侂胄傳

誰敢中原誓復讐，反挑强敵喪雄州。惡名竟被千秋傳，冤血還行萬里頭。一樣符離非辱國，舉朝和議是良謀。九原若見辛忠敏〔一〕，蓋世奇功一哭休〔二〕。

**【校記】**

〔一〕『辛忠敏』，殘稿本作『徽欽帝』。

〔二〕『奇功』，殘稿本作『□勳』。

讀文信國傳

小樓一日命如絲，宋祚存亡未可知。碧海縱無存趙處，黄冠終起伐元師。志殊溝壑成仁大，身係江山結局遲。蘇武節毛嵇紹血，愧他雍齒受封時。

錢叔美爲邵蘭風作紀遊册子

**虎邱玉蘭房**

青山淡如人，春濃態微露。寺古藏樹奇，根枯發花怒。繁枝塞空庭，妙香啓深悟。東風散餘寒，坐久暝色赴。素月破空來，微茫失花處。但聞清磬聲，冥冥度煙去。

**燕子磯**

長江萬里瀉，石壁支中流。客思有不樂，於此一繫舟。高出鷹隼背，下瞰黿鼉遊。雲中秣陵樹，古翠含高秋。落日媚遠渚，暝色澹不收。細數六朝夢，雪浪空悠悠。

## 日觀峰

我有萬古愁，海水不可洗。矯首凌丹梯，星辰捧珠履。天雞時一鳴，朱霞出褭裹。五色扶桑花，銜波溼飛起。青綠忽破碎，了了見千里。何當爲蒼生，笑跨神龍尾。

## 居庸關

搖鞭入塞雲，秋氣寒空黑。烈風卷馬飛，欲仆不可勒。白骨堆如沙，與草同一色。陰厓多死樹，勢若奇鬼逼。落日饑鴉鳴，角聲啞無力。自非壯士懷，離思那消得。

## 桑乾河

枯桑號天風，積雪没馬腹。寒光逼天低，鬼火慘不綠。縱横不辨徑，深淺印虎足。車行碾瑤花，前進阻怒湫。渡馬兼渡人，人反轅下伏。努力點一篙，河聲脆於玉。

## 西湖寓樓

驟雨挾秋至，洗卻金碧湖。南風將客夢，吹墮煙饃餬。山情活於雲，樓影淡欲無。敲來南屏鐘，静與荷香俱。高秋臥涼翠，鷗外泉聲粗。詩情寄何處，瑟瑟西谿蘆。

## 蘭風遺照

拔劍斫地還問天，生才不用天無權。浪遊關山秋一鞭，視拾富貴如遺鈿。氣吞虹霓吸百川，明日萬口新詩傳。黄金擲水渦不圓，花夢跌碎春如煙。九州無地埋愁仙，紅塵窟輭貪長眠。酒旗一星摇紫躔，仰首月魄心茫然。

## 上巳日同諸子醉月〔一〕

無端插脚輭紅塵，不醉如何放過春。富貴盛衰花一度，英雄成敗酒三巡。鶯啼隔葉傷心語，蝶抱殘香失意人。勸客當頭纖月好，不常圓聚卻常新。

【校記】

〔一〕『諸子』後，殘稿本有『春游』二字，後圈去。

## 開門見新綠春光去矣

幾日東風報綠肥，起尋春夢事全非〔一〕。千金有價花難鑄，一蝶無聊絮共飛。水去前谿誰勸轉，雲來深塢獨知幾〔二〕。春光已去春如贅，何苦遊絲絆落暉。

【校記】

〔一〕『春夢』，殘稿本作『香夢』。

〔二〕『深塢』，殘稿本作『深樹』。

庭中牡丹一本去年值予病中花甚瘦今年忽發三花倍極光豔爲之設酒召客寵之以詩

去年人病值花期，花亦如人瘦不肥。萬事盈虚須靜驗，一身衰健有先幾。勢緣蓄極文章盛，開到春深伴侶稀。不是化工才力大，如何結得住芳菲。

東風團坐綠雲深，人把瓊壺鳥勸斟。尺地可當侯萬户，寸陰須惜價千金。能教薄俗回青眼，難化羣芳釋妬心。豔絶不緣開獨晚，開時桃李況成陰。

言叔雲明府朝樾宰武寧於圃中梅樹上得蛺蝶五恰分五色不知何時遺蘬所化也繪圖屬爲作歌

使君爲政清而勤，訟庭常蔭五色雲。春風吹動雲紛紛，化作鳳子飛仙羣。五色若按方位分，散則成列團成文。家山本是羅浮邨，栩栩祇識梅花魂。吸梅花露餐梅芬，香雪爲屋藏其身。使君覽之顔微嚬，蝶穿花出來依人。西山葛翁衣蜕春，仙壇麻姑解下裠。抑從滕王搨本真，畫裏飛出春駒神。使君愛蝶如愛民，不許紈扇驚柔馴。縱之日繞花千巡，會看養大如車輪。喧傳異事民間聞，爭來看蝶登侯門。吾侯爲政清而勤，願爲青陵媚使君。

## 雲間吴樹珊秀才僑吾邑作尚湖春泛圖乞題

抱山城郭枕山邨，春水如雲直到門。橋引鷗來迎畫舫，柳藏鶯坐勸吟樽。迷濛煙樹松圓筆，蕩漾風花比玉魂。若把西湖較團泖，鏡中差勝黛眉痕。

## 初夏同諸子買醉緑陰

把酒東風得幾時，黯然吹緑上春衣。一天如夢常疑雨，萬物無情自得肥。鶯語不呼青帝轉，蝶魂都化白雲飛。此間可醉休辭醉，轉眼清陰事又非。

## 雨後入桃源澗

萬樹綠成海，一條飛白龍。天風忽震蕩，晴雪滿芙蓉。澗草有仙意，谿雲如睡濃。谿流杳然去，何處桃華蹤。

## 題梅谿天台遊稾

我夢桃源境，瓊樓一半遮。輸君有仙骨，手控赤城霞。流水將詩思，春風送到家。開編淒黯煞，如看古桃花。

## 小霞偕平原諸子秋夜湖橋泛月繪圖乞詩

投甕高風不可攀，少年難得此清閑。月如至正年間月，山是大癡圖裏山。月色助來湖氣勢，湖波洗出月精神。空靈詩境分明在，清夜能遊得幾人。

張吟樵家有王石谷真蹟自跋云筆意磊落則本叔明山容渾厚則法巨然摹古人在脱化不求形似也後又錄文衡山一詩書畫堆邊活一生論渠畫法借書評請看瘦硬通神處純用顔筋柳骨成葢借文詩以自鳴得意也吟樵屬爲題識

脱盡藩籬趣横生，南宗北派任人評。山河大地虚空碎，點入洪爐一火成。

寄題嚴氏莪園

**小壺**

綠鎖一壺深，白雲不可埽。春到無人知，青苔長不老。

**方舟**

翩如一葉舟，長繫桃源裏。卻笑晉時漁，茫茫問流水。

## 釣磯

幽人本忘幾，坐老莓苔冷。一陣落花來，魚吞白雲影。

## 學逋亭

但聞白雪香，便是孤山路。花頂片雲輕，冥冥鶴飛去。

## 寄閑軒

璇輪斡化機，萬象易凋敝。何如古井波，轆轤任閑置。

## 洗心石

埽卻石上雲，玲瓏石呈竅。還恐竅生雲，自臨秋水照。

## 香瀾亭

水氣涵花氣，花光蕩水光。一泓明鏡裏，浸得月俱香。

## 香雪阿

春來不見春，冰雪封瑤闕。不是暗香來，都看作明月。

## 落花感賦

玉闌清曉露華收，細踏輕憐一徑幽。消得繡鞵泥上住，不曾孤負骨風流。

帖帖殘紅弱草依，回看綠葉自癡肥。故枝欲上何由上，輸與身輕柳絮飛。

穠華一霎漸紅乾，博得清游幾度歡。儘有未開先委地，不曾消受美人看。

香魂已醒夢蘧蘧，隨分飄零向玉除。飛上繡茵成底事，東風只道是吹噓。

## 郊行

一邨濃綠滴人衣，綠外青帘影亦稀。胡蝶不知春去久，麥溝風煗作團飛。

## 水災謠

道光三年，一春陰雨，自芒種以迄小暑，雨益猛注。東南田疇，並成巨浸，昭文、新陽、常熟、崑山、震澤尤甚，作此詩以告天。

梅雨下，時雨下，一雨三十三晝夜。下無綠野，上無青天，中無飛鳥無人煙。天傾銀河當已竭，龍卷滄溟更下汨。萬民眼淚成江河，哭雨不住如天何。

朝雨猛，山厨無烟跳鼃黽。莫雨猛，繩牀水高入蛇蚓。場上雞，飛去屋頂不可棲。盎中麥，變成青紅不可食。大兒漂没如浮鷗，小兒夜被河伯收。一家骨肉已不保，田廬被淹胡足憂。

雨三日，田中水三尺〔一〕。雨十日，田水一丈積〔二〕。積水通塘圍岸坼，高田低田同一擲。屋浮浮，如泛宅。舟摇摇，越阡陌。膏腴一畮價值五萬錢〔三〕，白浪接天鷗拍拍。

小暑交，積水不肯消。小暑過，積水轉益大。東邨戽水人乏食，西邨戽水牛少力。一夜東南風勢急，明日水仍没腰膝。水滔滔，心莫焦。嚴州徽州水過屋，一半居民在魚腹。

市有米，家無緡。河有魚，厨無薪。腹中餓，告鄉鄰。我無食，鄰有困。鄉鄰爲言：積穀防己身，惡能慷慨濟爾貧？城中自有常平倉，官吏糶穀入己囊，爾餓胡不號公堂？

災民嗷嗷，羣呼長官。官府大笑，爾民何奸？爾思租賦寬，爾圖糧不完，妄言大水何漫漫。水能來，自能去，急歸補植勿自誤。有秧插秧，無秧種黍。黍不足，種薯蕷，九月十月好完賦。

有客有客姓澹臺，代民號呼稱水災。官爲降階迎：是甚好風吹？得來苞苴耶？賦税耶？爲所親者地耶？旬有旬報，月有月報。有災無災，聽上官入告。常平倉穀開尚早〔四〕，且復沿門勸平糶〔五〕。

水淫淫，雨不已。人愁愁，我獨喜。借問喜胡爲，喜在天心與人應。九分田荒一分賸，田賸一分荒未定。索幷高低成巨浸，死卻收漕官吏興。雨淋鈴，天勿晴，願天落與官府聽。

高田逼秋水漸消〔六〕，剜肉補瘡分客苗〔七〕。朝晨補插莫雨猛〔八〕，一畮漂沉金廿餅〔九〕。金誰借？賣兒價。從此孤栖更無藉，枵腹入城且求化。城中街市盡行船，長官還問栽苗田〔十〕。

【校記】

〔一〕『三尺』，殘稿本作『一尺』。
〔二〕『一丈』，殘稿本作『五尺』。
〔三〕『五萬』，殘稿本作『四萬』。
〔四〕此句，殘稿本作『諸君鄉誼誠足多』。
〔五〕『且復』，殘稿本作『曷不』。
〔六〕『高田逼秋』，殘稿本作『梧桐葉落』。
〔七〕此句，殘稿本作『趁晴補插田中苗』。
〔八〕此句，殘稿本作『朝莳勤，暮雨猛』。
〔九〕『漂沉』，殘稿本作『漂沒』。
〔十〕『苗田』，殘稿本作『秧田』。

## 阿䙰曲

元梁王巴匝剌瓦爾密鎮善闡時，明玉珍寇雲南。梁王奔威楚，大理段功爲總管，帥師來援。會玉珍母自蜀寄書，勅玉珍必得雲南。功偵得其書，使楊淵海更其辭，令玉珍速歸，玉珍遂遁。梁王德功甚，以女阿䙰妻之，功留居善闡。功妻高氏寄詩促功歸，有『蜀錦半閑，𡖃央獨宿』之句。功乃返大理，既而復往。有譖於梁王者，王密召阿䄄，授以孔雀膽毒功，曰：『猶有他平章，不失富貴也。』阿䄄密以情告功，願與功西歸。功曰：『我有功爾家。我趾蹶，爾父爲我裹之。爾何爲此言？』堅不聽。明日王邀功東寺演梵。至通濟橋，馬逸，使蕃將格殺之。阿䄄聞變，欲自盡，王百計防衛。䄄終賦詩愁憤而死。其詩曰：『吾家住在雁門深，一片閑雲到滇海。心懸明月照青天，青天不語今三載。欲隨明月到蒼山，誤我一生踏裏彩。吐嚕吐嚕段阿奴，施宗施秀同奴歹。雲片波潾不見人，押不蘆花顔色改。肉屏獨坐細思量，西山鐵立霜瀟灑。』踏裏彩，錦被名。吐嚕，言可惜。歹，我也。押不蘆，北方起死回生草。肉屏，駱駝背。鐵立，松林也。皆蒙古語。

一書功抵十萬軍，鳳臺雙栖酬爾勳。匪酬爾勳羈爾足，韝鷹聊作鴛鴦宿。東邊兜央宿，西邊兜央呼。呼去復飛來，錦翼遭籠篊。自謂功高人必感，婦人之言計何闇？豈知中選孔雀屏，便伏禍機孔雀膽。凄凄夜半兜央啼，勸郎西歸不肯西。醉遣難爲重耳婦，背夫忍作雍糾妻。今夕鴛鴦宿，明日鴛鴦離。陰風佛火中，冤血花紛飛。夫讐不復生非人，夫讐何人是我親。滅親兮親不可滅，雪憤兮憤不可雪。押不蘆，種已絶。踏裏彩，寸寸裂。報親以不報兮報夫以節，化爲鐵立兮立如鐵〔一〕。

【校記】

〔一〕『報親』二句，殘稿本作『西山鐵立立如鐵，是親是讐兮，事何可説』。

## 哭項儒

老友餘君在，過從況不遙。憤時胸磈礫〔一〕，憂世髮飄蕭。文俟千秋定，身先萬木凋。立秋前一日殁。城東衰草路〔二〕，獨往更無聊〔三〕。

【校記】

〔一〕「憤時胸」，殘稿本作「憤時同」，後八字漫滅。

〔二〕此句，殘稿本作「西風斜照裏」。

〔三〕「獨往」，殘稿本作「搔首」。

## 漫興

託鉢歸來自解嘲，爲他作嫁太無聊。求人屢寫平原帖，乞食如吹伍員簫。古有青天曾粟雨，世無丹竈可金燒。憐余怕作陶彭澤〔一〕，卻替哀鴻一折腰。

【校記】

〔一〕「憐余」，殘稿本作「憐予」。

## 題林硯莊泰詩卷

吳下朝朝夢故鄉，還鄉又苦憶金閶。西風落葉東風絮，兩種離愁一樣忙。
貧卻身家富卻才，天公爲爾費安排。破窗風雨驚人句，不是黄金鑄得來。

## 太真沉醉圖

花夢沉沉紫霧冥，東風扶起尚忪惺。海棠嬌態濃於酒，連著君王醉不醒。

## 許鐵山先生聽鶯圖遺照

鐵山名惟枚，海鹽人。以孝廉出宰上元，與袁隨園同時。著有《上元集》行世。

白門春色柳千絲，畫裏仙郎瀟灑姿。想見俗淳公事少，手籠詩草散衙時。
嬌喉宛轉滑銀簧，醉耳聽歌砭俗腸。不信當年春兩岸，南河風煖北河霜。嘗與隨園小集秦淮，座有歌郎，鐵山目懾之，隨園調之以詩云爾。

## 自題畫梅

天生倔彊一枝斜，老住空山閲歲華。遮斷白雲人不到，春風得意自開花。
受盡嚴霜朔雪欺，孤芳全不合時宜。胎中自具調羹性，説與桃花卻不知。

## 冬至煖甚

能歛氣始謐，久舒精亦亡。如何苦淫溢，更復失收藏。下溼民多疾，暄和物轉傷。徒聞寒雀喜，不凍集空倉。

# 閼逢涒灘（甲申，一八二四）

## 元旦雨〔一〕

終歲惟占此日晴，埽除荒象轉豐亨。天偏覆雨翻雲慣，人盡拖泥帶水行。四野炊烟沉不起，一城爆竹啞無聲。滄江久絶朝參夢，只向茅簷頌太平。

【校記】

〔一〕殘稿本題作『元旦』。

## 書張魏公傳

殺趙哲，殺曲端，一時將士俱心寒。富平潰，符離潰，半壁江山徒破碎。薦才薦秦檜，召軍召酈瓊〔一〕。任將不能將，用兵不知兵。事同韓賈功無成，復讐反竊忠義名。烏虖！舉朝滃滃稱公賢，如公功罪胡可言？佳兒賴有張南軒。

【校記】

〔一〕『召軍』，殘稿本作『召叛』。

## 書曲端傳

奪怹印，追繳軍，將軍跋扈疑無君。控涇原，保全陝，將軍威名真不忝。敵兵十萬我八千，彼主我客非萬全。按兵據險須十年，言之都護曰不然。用將軍，築壇拜；忌將軍，長城壞。將軍獄中已縶維，軍中猶卓將軍旗。莫須有獄俊助成，題柱詩獄浚實興。烏虖鐵象殊可惜，豈獨鐵山應鑄鐵。

## 書史彌遠嵩之傳

宋史不知何所見，巨奸不入奸臣傳？謂其擁戴功，移星射日天難容。謂其鋤奸力，驅羊進狼同誤國。獨相九年國脈傷，宋祚未亡先已亡。助惡有三凶，濟惡更一姪。蠻烟瘴雨布朝廷，晉胙秦涇作堂食。韓止佳兵賈浪子，未殺儲君毒正士。不寬賈韓獨寬史，史書不公有如此！

## 書王倫傳

二帝蒙塵九廟空，誰能絶域試奇功。敢臨虎口陳和議，直請龍顔返故宫。一死拒封孫揆烈，六年持節子卿忠。冷山風節知誰勝，卻道來從市井中。

## 書馬植傳

燕人建策議圖燕，慷慨中原誓著鞭。三使不辭趨海道，六州終得拓山前。誰貪侯景輕招納，卻致單于數寇邊〔一〕。未獲論功翻首禍〔二〕，可憐蔡郭傳同編。

【校記】

〔一〕『卻致』，殘稿本作『遂致』。

〔二〕『翻首禍』，殘稿本作『追首禍』。

## 書姜堯臣

靖康之變，上皇將赴金營，堯臣爲中書舍人，極諫不可往。番使以骨朵擊之死。見俞文豹《清夜錄》。爲補詠其事，與前數詩，皆以訂《宋史》之謬誤闕略云。

荆棘銅駝勢已成，攀轅號哭有書生。儼同朝服登車衞，忍見青衣執蓋行。晉乘獨遺王儁傳，唐書僅覩海青名。幽貞更惜蛾眉殞，闕史如何補得清。曹勛《北狩錄》：四太子求王婉容爲粘罕子婦，婉容自刎死，亦史所不載。

## 循吏謠

鄧夢琴，浮粱人，以進士令江津。有甲毆乙死，置屍黃某之門，前政比黃罪，黃瘐死。民盜樹，爲樹主斫顱左，旋不死，以他事與人爭，潰腹死，前政以比樹主。公至悉平反之。定遠民被殺，不得主名，誣者六人矣。公奉府檄，廉得實，獄始具。後官陝西，擢漢中守。公之論治曰：聽訟，末也。雖然，有本焉。古之人，先治己之好惡，而後察人之好惡爲好惡，故所至皆治〔一〕。殁後，從祀川陝名宦。子傳安，予乙丑同榜生〔二〕，以狀乞詩，爲被之絃，以備史乘之采。

樊谿濁，東家殺人誤西捉。樊谿清，出罪入罪官神明。三年旱，六月雪，黑獄沉沉誰照徹？使君清水刷濁泥，樊谿清到苦竹谿。作令令，擢守守。古所難，今則有。生爲明廷殁明神，疇其尸祝蜀與秦。使君論政聾聵振，治獄治人先治身。烏虖！樊谿之清清徹底，治譜遥遥父傳子。

【校記】

〔一〕殘稿本無「所至皆治」四字。

〔二〕殘稿本「予」字前，有一「爲」字。

## 仲春梅花下

得氣妙於早〔一〕，當機翻自遲〔二〕。香疑微動處〔三〕，春在最高枝。淡極已如夢，寒消應未知。卻愁終爛漫，芳意願堅持〔四〕。

【校記】

〔一〕「於早」，殘稿本始作「於緩」，後抹改。

〔二〕此句，殘稿本始作「斯□翻自知」，後抹改。

〔三〕「疑微動處」，殘稿本始作「□虚静裏」，後抹改。

〔四〕此句，殘稿本始作『臨别已相思』，後改『已』作『願』。

## 簡眉卿探梅山中〔一〕

一樹珠胎結凍雲，相思何日散氤氲。扁舟昨過杏花岸，春意枝頭已十分。得意一枝兼兩枝，便無香處可尋詩。紛紛車馬看花日，是我閉門高臥時。

【校記】

〔一〕殘稿本『簡』後有『山樵』二字。

## 輓邵匏風孝廉廣融同年

我之先祖妣，君之曾祖姑。君祖我父行，卓犖爲耆儒。置酒洛中社，高會吴竹橋與蘇園公。我時參末座，君亦在座隅。當筵一語訥，下筆千言趨。輝映先達前，嗟歎稱璠璵。忽忽四十載，老成悉云殂。當日兩童子，各已霜染鬚。君年比我少，今亦歸區墟。載詠歎逝文，馬策空踟躇。同年誰最密，矯矯席穉仙。廉隅共砥礪，講席相周旋。君家蘭風弟，藻采尤翩翩。花晨與月夕，文酒開長筵。席既不得志，修文去遥天。蘭亦自顑頷，客死沉幽燕。惟君松悦柏，相契蓀與荃。每聞山陽篴，對影黄壚邊。君今復永逝，我獨傷華顛。惟應扣閶闔，各賦招魂篇。

開君松阿閣，白日慘欲莫。前軒海棠枝，後院丁香樹。蘭羞敬奠陳，桂醑載浥注。春風颯然來，瑶空降鸞馭。穉仙爲之賓，蘭風亦從祔。叔野及子淵，靈旗各紛駐。落梅滿空庭，游魂或棲附。墜歡不可拾，陳迹渺煙霧。幽明理暌隔，惻愴永哀慕。逝將假羽翼，要君向天路。

## 雨中秋海棠〔一〕

小字相同致不同，一生從未識東風。秋情兼得春情豔，轉在顰眉淚眼中。

【校記】

〔一〕殘稿本題初作『自題雨中秋海棠小幅』，『自題』、『小幅』四字，後塗去。

## 嚴子陵

二十八星環紫宸，一星影自落江濱。掉頭不肯臣天子，伸脚何妨犯故人。翟服尚看終解綬，羊裘祇合老垂綸。雙棲恰有梅家女，生就高風似子真。

## 龐德公

漫勞車馬溷林泉，一笑鴻飛别有天。麟閣風雲皆夢幻，鹿門煙樹自神仙。英雄事業空圖霸，豚犬兒曹豈足傳？何似山南芝草熟，全家飽喫枕霞眠。

## 東方朔

昂藏九尺立金門，倖比侏儒亦主恩。割肉無聊遺少婦，借車有意溷公孫。滑稽晏子通强諫，詞賦相如動至尊。四十萬言空飽讀，朝朝執戟暗消魂。

## 曹子建

西館幽居望紫宸，上書垂涕勸親親。雁飛忍絶同懷弟，狼顧偏留異相臣。白馬臨歧悲逐客，青蠅監國奈讒人。微波願得君王盼，小變離騷賦洛神。

## 張靈像贊

虎阜花天酒飛雨，中有狂生狂入古。忽而吹簫忽胡舞，目無一人豈獨賈？來如電光去如霆，蹟之不得世眼驚。人含奇氣便仙骨，豈必蝙蝠真成精？蝦蟇不幸鄰尾族，謝豹何羞蟄蟲伏。曠然蟬蜕還太清，一樹寒松遯山麓。

## 焚香曲

春風靜無聲，博山火初炷。重簾懸曲瓊，斜陽淡微駐。脈脈觀游絲，冥冥聽落絮。默坐愜玄賞，忘言領深趣。名理不待析，輕塵忽飛去。前谿定花開，空外有香度。

## 花朝再過梅花下

未開何不繞千巡，待得開齊已墮茵。猶幸重來餘半樹，若爲看去尚初春。緣還自誤非關分，鳥亦無言豈獨人。堅坐不知西日下，苦將留戀補因循。

## 自題洛神硯

海上三神翠渺茫，丹誠無路獻明璫。感甄心事誰人識，自啓秋窗寫幾行。

## 井田硯銘

此心青先生之田，情耕性耨大有年，餘力猶開十丈之青蓮。

## 朴硯銘〔一〕

子之困也，不如墨之運也。子之鈍也，不如筆之奮也。及夫墨盡筆禿，而子静而鎮焉〔二〕。困无咎，鈍則壽。

【校記】

〔一〕此首，殘稿本作：『鋭不如筆，何鈍也。運不如墨，何困也。及夫墨盡筆禿，文章之精，於此蓄焉。困无咎，鈍則壽。』

〔二〕『子』原作『之』，今改。

## 梅花

梅花常似病，宜瘦不宜肥。静領雪消意，淡違春豔幾。夢來和月古〔一〕，香遠入琴微。時見白雲外，冥冥孤鶴飛。

【校記】

〔一〕『月古』，殘稿本作『月冷』。

## 憶鶴行

太倉南園，古梅一株，王文肅手植也。余八九齡時居外家陸氏，花時舅氏潤之先生攜過花下，曰〔二〕：『此所謂一隻瘦鶴也。』事閱五十餘稔，兒時所見，都不記憶，獨瘦鶴之狀，軒軒心目前。乃知瑰奇古異，别於俗物之難記，花木猶如此矣。

梅花過眼萬萬枝，惟有一樹長相思。相思在何許？乃在南國之南白雲圃。云是調羹手自栽，曾識曇陽散花女。當時平泉莊〔三〕，萬木暗林塢。癡肥臃腫皆雲煙，一樹清臞獨千古。孤根偃蹇皮半枯，槎枒老幹花全無。一枝别起勢飛動，夭矯直欲離根株。旁枝四起左右翼，下覆錯落千明珠。絶頂一枝忽返掉，有若振翮淩天衢。我時欲攀不得攀，遥望縹渺如雲間。春風一吹儻飛去，月明何日銜珠還。

五十五年如一霎，昔日兒童今白髮。先我看者已如化鶴之丁公，後我看者孰爲放鶴之逋翁。人來人往不可悉，花落花開幹如鐵。不知更壽幾千春，枝頭猶戴堯年雪。

**【校記】**

〔一〕殘稿本『曰』前，有『指余』二字。

〔二〕『平泉』原作『平原』，據殘稿本改。

## 獨坐

綠籜半解，新煙欲流。偶值微風，與泉鳴秋。靜得古異，動隨天游。如有詩思，白雲九州。

# 天真閣集卷二十八　詩二十八

## 閼逢涒灘（甲申，一八二四）

### 春陰曲

濃雲壓簷簷益低，柳絲偏重紅闌西。綠苔孤圓人蹟悄，一鳩自背花間啼。杏花似與桃花語，去年今日無乾土。未等開齊落已多，江南黯澹春無主。一自春霖接夏霖，高田盡没低田沉。奇荒百歲詫未見，哀鳴千里多遺音。今年苦盼春光好，二月百花開得早。可奈東風作雨來，依然落地紅嬌小。花開不開何足嗟，麥田已爛菜不花。東南逃亡邨落散，滿塍新水跳魚蝦。老翁龍鍾病不起，餓聽廉纖穨屋底。是誰屐齒扣門來，里長催徵隔年米。

### 錢七叔美作梅花卷見贈報之以詩

古來畫梅只數手，錢七胸中無不有。畫成縱横别有神，卻無一筆偷古人。人畫梅花得其意，君畫叢叢有香氣。人畫梅花得其骨，君畫濛濛有煙月。千枝萬幹一筆揮，千變萬化一筆隨。初看離披不似畫，但覺元氣淋漓爲。君畫山水稱第一，不道梅花更奇絶。道從悟後萬象通，神妙不在形模中。我亦平生頗躭此，與君苦無一筆似。我如水邊籬落枝，君乃亂插繁花時。兩家才力若相較，杜陵壓倒林逋詩。

## 蔣再山少尹成種菜圖

貳尹官閑不可耐，不得種花且種菜。閑門如水圍儲胥，呼童手攜鴉觜鋤。與其哦松作斯立，何如學圃爲樊須。軒名味菜味有餘，金虀玉膾珍不如。肥根滿盤日齩卻，百事不作去丞負余。古來英雄能有幾，長鑱長鑱聊復爾。君今有官樂聖時，月支俸廩無憂饑。李恂不納官廨蒜，公儀自拔園中葵。奈何日求隱居味，庾郎清貧綠滿畦。不見孔明令軍植蔓菁，蜀中菜以諸葛名。忠定課民植蘆菔，張知縣菜傳楚俗。物緣人重事卽傳，重不以官惟以賢。丞哉丞哉君勿嫌，此職易守清而廉。譬如菜甲飽風露，嚴霜不打味不甜。卽今哀鴻遍中澤，掘盡鳧茈人絶食。願君擲卻種菜鋤，救取萬民無此色。

## 牡丹初開同諸子話雨

乍舒紅豔趁晴光，又苦浮雲障夕陽。猶喜春風恩未足，漫期小雨厄無妨。家貧花亦如人瘦，歲歉詩難似酒狂。天自言愁吾且醉，一襟和淚受天香。

蔣奇男招飲燕園牡丹花下卽事寄伯生

一塢彤雲擁萬枝，滿園胡蝶盡催詩。化工發洩才情大，人世流連富貴遲。長帶笑來看不厭，得澆愁去醉何辭。河陽仙令歸來否，剪葉書成寄與知。

嘉慶壬申之秋長女文筠誕女不育予慰之以詩曰明年十月黄花發來看而翁喜抱孫屆期生子升基生十二年而殤母哭之慟作詩以紓其悲

汝母未生男，初索得一女。墮地卽不育，作詩語汝祖。期以來歲秋，定獲一雄舉。屆期汝誕生，詩讖共矜許。湯餅開長筵，黄花耀尊俎。事未一紀周，光景歷如覩。汝今又夭折，不及象勺舞。譬若朝槿榮，夕萎已千古。

前年汝叔夭，汝弟承其祧。汝耶與汝母，惟汝慰寂寥。天又奪之去，思子形神銷。方長横遭折，生理囘舊條。不見羊叔子，金環探非遥。亦有顧非熊，夙生事昭昭。願急投母懷，毋昧前因招。吾將洗老眼，重看衮師嬌。

牡丹落矣旁發一蘂後春而花倍極光豔重爲置酒召客寵之以詩

穠華委地散春痕，一夜瓊芽怒發根。遮道欲廻青帝駕，墜樓重起緑珠魂。緣經斷續逾堪喜，氣有參差轉是恩。恰似功成歸去日，科名又得見兒孫。

張鹿樵觀察大鏞屬題尊人侍御公丙舍圖

一角芙蓉翠，維摩對面峰。梨花寒食夜，明月鬼仙蹤。下有豸冠史，藏兹馬鬣封。時聞天半鶴，來語墓門松。

我有先人墓，先曾祖朝議公墓，在侍御墓之東。營兹兆域東。歲時陳麥飯，涕泣灑松風。守喜鄰相望，貧輸氣鬱葱。兩家霜露感，同在此圖中。

春杪登大石山房和眉卿韻

殘香世界緑成陰，滿地閑愁一蝶尋。春駐東風猶澹蕩，人攀西日且登臨。萬家塵夢無醒醉，半晌清談又古今。啼鳥自歌花自舞，憑闌有客自傷心。

磐石誰能紀歲華，一壺深鎖絶囂譁。空靈天地新詩窟，青緑湖山古畫家。芳草漫無愁界限，楊花全是夢生涯。置身若在繁華隊，那見歸林點點鴉。

## 牡丹重開山樵眉卿俱以詩紀瑞重有是作

百花開後開，結束一春氣。花盡花復生，力且破春例。緑天春已歸，權敢拗青帝。萬家絶點紅，一蘂奪天異。索之四海寬，眼下定無二。問之千古人，春後曾有未。大塊文章雄，篇終又篇繼。未妨挺孤危，孰與鬬妍麗。羣芳乘化工，發洩尠餘地。獨能養有餘，不測示生意。惟先孕不繁，後乃嗣罔替。奇瑞毋數呈，玄機慎緘閟。

## 蔣節母詩

節母盛氏，汶上令蔣蓼庭之簉室，年二十五而寡。生二子：曰文，以勞得疾夭；曰天培，幼殤。節母上侍大婦金，下撫孤孫成，艱辛倍至。及成官奉化丞，迎養之署，未幾歿，守節三十八年。成，文之子，來乞詩者也。

殉節易，守節難。殉以一日守百年，孤燈長夜何漫漫！常節易，苦節難。上依大婦冰霜寒，下餔二雛冰蘖餐。毛羽未成慈力殫，一殤一夭摧心肝。幸留孫枝弱且單，烏虖長夜何漫漫！孫今之官母壽迫，三十八年光一擲。

## 贈姚子員參軍鋼

神仙豈不樂，於世竟何補？聖賢恥獨善，跳身入寰宇。姚君倜儻人，方寸抱霖雨。一官繫中州，十年困羈旅。但能濟蒼生，何惜屈丞簿。黄流怒龍魚，赤眉鬬豺虎。子真屢上書，小試吾治譜。奇謀不適用，逸足恥駘伍。浩然思故鄉，敝屣脱簪組。東西雙鏡湖，采采足蘅杜。書劍雖飄零，豪情自千古。胸中有長劍，一日幾回撫。胸中有奇書，萬言恣傾吐。道德爲繡襦，仁義爲脡脯。陋巷日閉門，心肝比稷禹。時方大水後奇荒，與君謀賑卹之事。

## 周山樵玉笙怨一闋張鳳樓女史爲之補畵圖中一姝捧笙凝竚若有所思殆楚宫碧城之亞輒題兩詩

瑠璨一片碧無情，隔著人天譜玉笙。夫婿恨非王子晉，侍兒猜是董雙成。秋河水煗思前度，夜合花濃卜再生。顧曲定知青眼在，幾時偷下步虚聲。

當年别夢記淹淹，靜夜燒香鬟鎖蟾。事太參差如鳳管，緣無障礙是蝦簾。手提蓮瓣弓三寸，親上菱花鏡一奩。今日思量倍惆悵，銀灣公案證華嚴。

## 芙蓉莊看紅豆花詩

吾鄉芙蓉莊紅豆樹，自順治辛丑花開後，至今百六十又四年矣。乾隆時樹已枯，鄉人將伐爲薪。發根而蛇見，遂不敢伐。閲數年復榮，今又幢幢如蓋矣。今年忽發花，滿樹玉蘂檀心，中挺一莖，獨如丹砂。莖之本轉緑，郎豆莢也，辛烈類丁香。清露晨流，香徹數里，見日則合矣。王生巨川邀余往觀，爲乞一枝而歸。葉亦可把玩，玲瓏不齊。王生言至秋冬時，丹黄如楓也。道光四年五月記。

詩仙當日隱雙臺，緑樹晴搖白雪堆。紅豆莊中人去久，春風花又爲誰開。
我聞密室照花光，相映瓊匳素面妝。曾是美人親采擷，零香賸粉耐思量。
百年彈指劫灰寒，籬落金輪湧現難。已較蟠桃花信近，三千年可廿回看。
休問花前白髮明，平泉花木已榛荆。世間惟有情堅固，枯盡根株又發生。
澣卻紅妝藴素芬，花房羞澀避朝曛。天生一種傾城色，只似胎仙閣上雲。
頮鬟絡索繫香纓，傅粉塗黄總有情。不是中心丹一點，相思那許得收成。
露浥辛香數里傳，情根發越太纏綿。天風吹過華鬘市，諸佛蒲團盡破禪。
檀心玉蘂世應稀，葉也多情翠不肥。卻較花枝含豔色，秋來解作絳雲飛。
乞得春深玉一枝，雙紅公案慰相思。歸家兒女爭傳看，勝比瓊林插帽時。

檀板金尊迹已陳，江南樂府又翻新。風前柳眼分明甚，省識看花大有人。

## 紅豆花歌

前十章意有未盡，申以此詩。

世間惟情死不滅，情取久長不取密。但看相思一樹花，百六十年緣再結。自從詩老騎星辰，輞川花木皆飛塵。蟲穿鳥剝一枯樹，野人磨斧摧爲薪。天公夜敕馬援神，蟠踞靈穴周三輪。冬心下蟄春氣應，遁出劫火回輪囷。樹不輕花情内斂，情偶發舒花數點。轉緣枯後鬱積深，發露情機無所掩。千枝萬枝玉雪堆，十里五里香風回。百歲老翁詫奇事，誰見死樹能花開。四方觀者絡繹來，野田便是花瑤臺。花前細說花氣數，陣陣劫灰飛上樹。胎仙閣名數枝纓絡垂，主人方盛花何衰！胎仙已頹樹易姓，地運衰時花轉盛。花衰花盛兩度春，前人後人思各新。花盛前人不如我，花主我不如前人。焉知婆娑花下客，非即前度看花身。手采一枝笑不止，平生眼福竟有此！所惜此三回甲子，多少傾城與名士。蓄眼未覩相思花，空抱相思浪生死。

## 畫梅

畫梅休畫似開殘，越要花多越耐看。說與至情人領略，疏時容易密時難。

一枝枯寂萬枝妍，繁簡都嫌著意偏。無意得來剛好處，世間何事不天然。

## 贈涇縣翟秀才湘

昔行桃花潭，春水如桃花。但覺東風好，吹來片片霞。詩情渺何許，隔崦有人家。欲就谿鷗問，谿流不繫槎。

不見桃花久，桃花疑卽君。褢中詩一卷，猶帶水西雲。李白乘舟處，吟聲不可聞。惟應谿上月，清影弄紛紛。

## 胡安國

一卷春秋寓諷辭，不容祭仲列同時。挺然松柏隆冬秀，祇惜攀援近檜枝。謝良佐曰：胡康候如大冬嚴雪，而松柏挺然獨秀。

## 王安石

神宗鋭意詰戎兵，環顧朝端盡老成。方恨漢文疏賈傅，遂憑周禮誤蒼生。天儆司馬垂星變，人詛弘羊爲雨烹。但使青苗行一縣，甬江春水有賢聲。

鎮王竑

鋤奸心蹟太分明，反逼移星換日成。妄擬霍光要太后，敢爲國老立門生。漁人傳檄如兒戲，美女彈琴有殺聲。一樣黃袍倉卒被，陳橋當日轉無名。

鄭清之

惠日樓中定策時，上天下地兩人知。事成竟獲三台座，語洩難逃九族夷。金匱忍違昭憲命，玉林應絶太宗支。江山終屬燕王後，天意癡兒食報遲。

清涼居士

清涼居士本飛騰，熱血懷中頓化冰。已分兩宮沉絶域，漫勞百戰助中興。蛾眉作氣皆名將，驢背閑身似野僧。撥盡爐灰謀縛虎，九霄偏有脱韝鷹。

鐵絚横江拽彩虹，使船如馬建奇功。天心不復中原土，人力難呼大海風。早禁書生爲敵用，豈容强虜鑿渠通。岸兵未入軍先鼓，明縱緋袍脫廟中。

## 書王虎臣王大用

沙洋城中萬人泣，趙將軍頭擲來涇。招降使者語喋喋，桓桓兩臣挺劍立。焚其榜斬其使，有謀出降例如此。城存則存死則死，文煥賊臣敢無恥。嗚呼！兩公之忠昭若雹，宋史中無姓名見，其事乃見伯顏傳。

## 書夏貴宋淮西制置使降元後授參知政事江淮行中書省左丞

夏相公，頭白翁。可憐血戰二十載，勞績不見本史中。虎嘯山憑一礮攻，《元史·張庭瑞傳》。鹿門山當七日衝。《李庭傳》。十萬軍決正陽水，《塔出傳》。四十矢著文炳胸。《董文炳傳》。武昌江中萬艨艟，横截伯顏不得東。《本紀》及《伯顏傳》。支撑末造事非易，所恨都督真凡庸。側身南望勢蹙窮，少帝北去遮無從。此時若果真英雄，白頭捐軀勝令終。獻城卻學范文虎，殉國有愧陳文龍。宋史既嫌人不忠，元史又苦人無功。兩朝總無位置處，一身竟落青史空。嗚呼！夏相公，八十壽，何不享年七十九？

## 畫梅寄薛畫水司馬玉堂

冰雪巖坳老幹支，天生倔彊性如斯。豪端略帶和柔意，便是凡桃豔李枝。

## 臨池戲作

一紙書成費揣摩，態嫌肥瘦勢偏頗。莫將敗筆添脩飾，脩好從來壞更多。
落筆縱横以氣行，短長肥瘠任人評。不如意處休回顧，一著遲疑窒礙生。
信手揮豪不假思，一逢愛好便矜持。病根不在矜持處，原在尋常率意時。

## 海市歌

吾邑去海三十六里，未見海市也。甲申六月六日酉時，於通江橋見之，有城垣樓閣、人物車馬，有橋有船，有浮圖，有樹。少選五色浮動，萬怪惶惑，紛紜往還，莫可名狀。葢頻歲積潦陰凝之氣鬱而上浮，即云蛟蜃所爲，彼亦有所召也。詩不能盡其異，但無不實耳。

非雲非煙是何氣？非氛非祲是何異？非鬼非人是何技？非地非天是何繫？突然城郭憑空

懸，空際隱隱生人煙。九衢人影瓏玲穿，樓臺無輪自轉旋。金橋下合虹霓圓，橋上走龍馬，橋下龍負船。海水忽立海藏開，水犀雜沓馱寶來。老龍化作碧眼賈，血辨蚩尤淚盤古。水妃含笑明月吐，泉客撒珠如撒雨。寶光射日日不行，寶氣逼天天亦驚。紅霞羞見珊瑚明，市廛一色黄金成。須臾浮動金世界，中央浮圖獨不壞。龍王低頭禮白豪，龍女如花四圍拜。何人長臂能畫空，畫得清虚之處如此濃。不然空中有一大圓鏡，萬象都從鏡中映。真寶所聚寶必藏，虚空無寶現寶光。從來實境見了了，越是幻形看越好。去年大水今未乾，陰氣下凝忽上蟠。生靈漂没幾百萬，博此片刻真奇觀。長風一吹金碧消，萬目矐矐通江橋。

荀彧

子房一箸爲誰籌，爲操無非爲國憂。九錫遲加能已篡，三城首定實安劉。祇求早早迎天子，未許匆匆復冀州。不是成仁拚一死，曹家真箇有留侯。

臧洪

羣雄逐鹿皆讐寇，獨念君親奮此身。晉鄙一軍誰救趙，包胥七日枉號秦。城空鼠肉難爲守，室有蛾眉可飤人。慷慨男兒同日死，漢家先見有張巡。

## 書三國志後

創將謟例誣青史，自此人間直筆休。一統但知尊魏晉，三分何忍寇炎劉。舞文盡滅姦雄迹，書法從開篡弑謀。地下董狐應絶倒，不諳時務是春秋。

弑君滅后非常事，放手無難一筆勾。大意總爲司馬諱，私心豈但卧龍讎。誰能筆削翻陳案，直是阿諛學譙去侯。猶惜少收千斛米，一篇佳傳缺渠州。

## 觀荷華滙

風遠識荷氣，放船聊溯洄。田鳴前夜雨，邨繪隔年災。數里渺瀰入，一池零落開。野人藜藿面，爭訝看花來。

出迎春門三里許曰湖涇橋過橋則東湖矣人家多種荷花一望數里無際李生式齋邀余與諸子薄花而飲香交遠近不風自凉丹霞緑雲參錯相間中央白鷗數點若浮若没審之乃白蓮也循隄行數十武莫窮究竟但見西南諸峰如近在花外耳爭就船脣拗蓮莖作碧筩飲已復去其葉就壺中倒吸之無不盡醉於是放乎中流湖中雲如海山縹緲引人仙去回顧向所泊處非復人境矣

聞香不見花，香在花深處。尋香入花中，香又離人去。將船障斜日，與花作慈雲。將筵就花飲，與花作嘉賓。人顏醉如花，花意不肯罷。翠葉能勸人，當杯一珠瀉。花情載不得，詩境空秋煙。冷香十八里，鷗與花同眠。

離恨天歌

愁天一角萬古渾，日月不到雲昏昏。芙蓉城郭桃花邨，往來怨魄兼癡魂。啼紅慘緑紛無主，悲氣爲風怨成雨。媧皇百鍊陰陽鑪，鑄錯情天不能補。三生既非鴛與鴦，兩星不若常參商。奈何不親不疏但相見，不離不合但相念，不恩不讎但相怨，不死不生但相戀。天猶妬爾空空緣，玉簫劈破參差圓。冥冥飛去花中煙，不爲樂鬼爲愁仙。蓮花一壺仙一年，天宫有界愁無邊。淚珠灑作星滿天，情波日滴銀河穿。每説將愁天上寄，天上埋愁更無地。秋煙不語暗相思，裊偏長空不成字。何不化爲雙彩虹，横斷日月天西東。陰陽隔絶徑不通，一掃萬古癡情空。徒抱冤禽泣真宰，手綰青霓結不解，烏得填完爾恨海？我將揭去青瑠瓈，力挽仙馭回靈旗。西采優曇花，東采若木枝。將枝作骨花作肌，鑄爾不死金仙儀。自笑癡狂癡不止，爾卽重生我還死。一生一死終不齊，一悲一喜徒笑啼。不如冥漠歸無知，生亦不必生，思亦不必思。大家化作盤古以前混沌泥，一氣和合無終期。

## 悲知己七歌

猶可得者知音，不可得者知心。兩心各自懷深深，如何日西月東相照臨。我心搖搖志不定，得君一言堅我信。君心慘慘懷殷憂，得我一見釋百愁。洪爐鍊情情似鐵，鐵猶可消情不滅。一夜炎風吹作雪，太華峰頭玉蓮折。樂莫樂兮得知己，悲莫悲兮知己死。出門衰草白茫茫，地慘天愁自茲始。

虚堂無聲蝙蝠舞，夜降仙魂與人語。燭花瘦作青燐光，魂來靈風去靈雨。女須耶？定奴耶？章丹陳珠耶？紙灰飛旋鴛鴦符，靈談鬼嘯皆虚誣。不如仰首觀太空，仙靈或在虚無中。仿偟求索竟何用，明月窺人入幽夢。

秋花瑟瑟煙冥冥，碧城十二香同聽。手攀明月與君語，青天笑倚瑠瓈屏。君爲天星我爲石，石躍寒空化星碧。東海掀翻北斗斟，傾情倒意無終極。銀河潺潺水聲小，靈虬咽珠珠不飽。褰拂珊瑚天已曉，烏得夜夜懷中來萝草？

或言兮父之杖不能追日於鄧林，何苦戚促悲西沉。但須地湧生黄金，可買天下人同心。黄塵囂囂，徒步踽踽。道逢一人，彊與之語。百金買顔色，千金買氣力。萬金任買才與德，惟有同心買不得。朝盟噉日夕背恩，有涙還哭知己魂。

或勸傾心結屠狗，此中亦有非常叟。一言得意杯酒間，熱血淋漓傾一斗。與其結交公孫弘，何如相識籍少公。同心勿論貴與賤，信陵朱亥成奇功。古人已古今自今，三絃不可復古音。欲求古人金石心，奈何世俗齷齪之中尋。

逝將求仙東入海，一採桃花竟千載。海波如鏡紅雲開，芙蓉五朵浮空來。日月照耀金銀臺，仙之人兮紛徘徊。風裳水佩若相識，虛無飄渺兮不可以竟即。但聞龍悲吟、鳥哀號，茫茫萬古空寒濤。東海有時涸，長夜何時春？海中若有不死藥，世上真有長生人。

世無長生人，同此百年短。與君雖長别，相見定不遠。不求返生香，不求來生緣。但求身死心勿死，死生同一金石堅。開君寄我尺素縑，是君生時雙涙霑。我今一讀一涙落，譬若對語悲愁添。緘君舊時書，收我今日涙，從此洗空情障累。待取重泉相見時，與君再賦同心詩。

## 善哉行輓胡翁

胡翁九十面凍梨，終朝爲善樂不疲。手攜榔櫪繞城走，羣兒力竭相追隨。杖頭纍纍阿堵物，散與貧兒如葉脱。歸家枯坐無一錢，自汲香泉洗缾鉢。道旁乞兒泣不止，城南善人昨朝死。滿城豈乏豪富家，叫破青天風過耳。往時號哭翁門前，飯我脱粟覆我氈。如今凍餒無人應，明日尋翁向九泉。翁之善行萬口賢，翁之絶技千人傳。每逢佳士一圖寫，點睛欲活添豪妍。技也通神有若此，能令死者長不死。翁今已死誰替人，我爲作詩當寫真。

## 題顧文淵墨竹款爲汪東山殿撰作故次章及之

協律參差十五竿，清風紙上嘯檀欒。料應海粟菴中月，曾照瀟湘入夢寒。

渭川千晦計蕭然，佳句曾看馬上傳。一葉秋帆高致在，被風吹去落誰邊。東山先生《秋帆圖》，禹之鼎作，今不知落誰氏矣。『歸計未謀千晦竹』，先生臚唱日馬上所得句。

## 閏七夕同内人

今年秋較往年長，又借雙星勸一觴。仙夢亦貪桐葉閏，天衣應染桂枝香。言誠有味重逾好，詩到無心巧不妨。六十五年三度遇，白頭還自笑牛郎。自乾隆丁亥、丙午，迄今三逢閏七月矣。

## 題趙生吟香桐江諸詩

之子題詩處，平生夢所經。江沉一山黑，泉落半天青。笠影秋如畫，漁謳古可聽。何時鼓枻去，我亦斗邊星。

## 墨吳詩

墨工吳舜華，以賣墨葬父養母。沈歸愚尚書爲作《吳孝子詩》，一時名宿，題詠盈帙，舜華孫杏舒來乞題。

士無貴賤，至行則稱。墨吳之墨，血淚所凝。熏以王裒之柏，搗以王祥之冰。製成烏玉玦，貯之黄金壺。以贈皋魚，以供顔烏，而終不賣與鄭莊許止之徒。太占粥粥，杏舒怡怡。子墨客卿，是裘是箕。

吾不識孝子，識孝子之嗣，如識孝子。題孝子册，用孝子墨。傳之千秋不磨滅，匪詩之功墨之德。

## 賞秋鐵佛寺示僧眉參

尋秋無遠近，秋在澹蕩中。山光弄晴翠，一洗秋煙空。招提隱深樹，徑捷轉愈通。時聞木樨香，空際交天風。一花不著眼，機來應無窮。名理不待析，勿取瑠璃籠。

## 内子就醫吳門泊舟虎邱山塘得遊能起疾勝求醫七字屬爲足成之

清秋澹蕩與人期，九里香中一櫂移。眠亦對山如讀畫，遊能起疾勝求醫。隨心得句平奇好，沿路看花去住宜。我自吹簫卿寫韻，尋常家事道旁疑。

## 遇仙操

龔猗，汴人，安節先生詡九世祖。建炎初，爲殿中侍御史，劾黄潛善、汪伯彦，貶散騎郎，扈蹕臨安。復舊職，又劾秦檜不可相者六，三上不報，遂退隱。《崑山志》稱公遇異人，授以靈草一握，行至真義邨，見枯杏浮水，植之復生，因家焉。以其草療人輒活，人稱遇仙翁。仙耶否耶？抑有託而然耶？裔孫宿亭得公遺像，來乞詩。

一馬渡江化作龍，願爲雲者紛相從。黄汪弄陰翳白晝，壓日更苦秦雲濃。觵觵觸邪豸冠怒，兩狐一猴先後忤。睡龍沉淵警不悟，鴻飛冥冥掉頭去。世間豈有真仙才，枯株復榮靈草栽。留侯鄴侯尚辟穀，公亦知幾一梅福。杳有種兮草有苗，金川一慟山嶽摇。燕子啄人恣羅織，仙隱家風捉不得。君不見楚國龔生不學仙，七十九歲夭天年。

雨中看桂眉參禪房燒筍酌我

花開金粟雨聲偏，笠屐還參玉版禪。天下總無容易事，人生都是自然緣。酒消愁去心如佛，詩入香來骨欲仙。明日奇聞定傳偏，一僧同醉白雲邊。

燕園桂花盛開爲園丁摇落售去主人惜之戲簡一首

皎皎晴光控玉鈎，花濃四照豔雙眸。天浮香遠秋無界，山送青來畫滿樓。一夜忽空金粟藏，幾枝應上玉人頭。能教售去休憐惜，風雨飄零我更愁。

## 書陳小雲司馬畹香樓憶語悼其亡姬而作〔一〕

打槳迎來絶代姝，六朝山色作眉圖。量珠未許論聲價，只向郎君索慧珠。姬王姓，秣陵人。

雙飛烏鵲獨飛廻，消息驚從白下來。第一人間難得事，若蘭親哭趙陽臺。小雲配汪夫人八詩最工。

一死爭知絡秀賢，情花淚葉滿湘煙。朝雲嫁得才人壻，誄筆何曾有老泉。卷首有尊甫雲伯誄詞。

閉卻瓊樓十二層，影梅菴裏夢如冰。哀絃絶調千秋兩，一哭雙成一子登。

【校記】

〔一〕《湘烟小録》載此詩，題作『小雲司馬兄寄示湘烟小録情文交摯使人不忍卒讀才華衰減勉題四絶以博破涕之笑』。又，原作第二首刪去，今本第四首爲補作。所刪一首，補録於《天真閣集棄稿》。

## 偕諸同人持螯燕園月下

解讀離騷致不同，燒燈宴客漏三終。人含秋氣心多妙，座有花香酒易空。身世直抛雲以外，性靈都寄月當中。此時只想凌虚去，一笛横吹鶴背風。

偶閲張船山彭甘亭兩家集船山字字性靈而不耐顛撲甘亭高華典實而未脱斧鑿痕兩君皆予友也非敢爲瑯琊之毀千秋公論固如斯爾

張侯俊逸脱絛鷹，彭老蕭閑退院僧。風月湖山同跌宕，文章意氣各飛騰。芙蓉出水清如許，果實懸秋落未曾。安得九原齊喚起，一尊重剪陸祠燈。甫里先生祠，船山寓居，嘗偕甘亭遊宴處。

江節婦詩江生之升之世母

江家寡婦茹蘖荼，二十有七喪厥夫。有姑瘮瘲危欲殂，有兒瘛瘲方待哺。棄兒弗乳乳乃姑，姑得人乳甘醍醐。天彰孝德春回枯，姑復騶還兒覃訏。三十八年冰雪臞，報以綽楔天章敷。

秋夜

萬象爲客，乾坤一舟。神與天契，如風之遊。碧雲既淨，華珠自流。古淥可飲，生香在眸。遠取卽是，近不可求。時有佳想，如水忘秋。

## 情塵

瑟瑟情塵若散沙，無端種核又生芽。人當臨去看都好，事屬將來願總賒。病久幾曾輕對月，愁多早已怕看花。天生一種閑惆悵，纔欲删除轉更加。

## 九日鐵佛寺登高

一盤松磴一徘徊，松鼠迎人度澗隈。黄葉逗林秋欲去，白雲藏寺客尋來。頑身自喜如僧健，笑口惟應對佛開。努力漫誇登絶頂，最高峰更有樓臺。

## 西莊禪院

四面空明奪輞川，一莊水月足安禪。渾身花雨如摩詰，到眼雲山是巨然。界斷俗塵青豆宇，占來靈境白鷗天。閉門不識秋聲鬧，埽葉完時抱佛眠。

立冬前一日餞秋燕園菊花下爲長夜之飲卽席和王晴香秀才鼎

我輩清狂不羨仙，酒飛明月月飛筵。園如好畫頻須讀，人惜殘秋未肯眠。塵世看花皆短夢，浮生與菊有深緣。自憐不是歸來早，辜負寒香又一年。

飲張吟樵家菊花下同言叔雲明府張鹿樵觀察

位置秋光豔一叢，兩三人影坐籬東。辭官瀟灑皆陶令，愛客流連有孟公。酒力能驅愁陣伏，花香早洗俗情空。人間多少閑松菊，不入春明曉夢中。

訪吴玉松前輩雲不值獨行山塘戲作

乘興而來興索然，夕陽勸客且流連。寒鴉落葉西風裏，一店花香一泊船。

斟酌橋頭獨酌來，綠波人影共徘徊。白鷗似客無聊甚，游近紅欄又折回。

初冬日出北郭散步楓林間十里五里丹黄如繡偶憩結草菴坐小閣則遠近紅樹皆在我目高下濃淡參錯如畫有似大癡者有似叔明者亦有孤瘦似雲林者洵秋林中一巨觀矣葢束散於聚又隱其所不美而盡收其美故景特奇以無心得之又特奇也作歌以紀之

霜搖不落十月之桃花，風吹不散十里之明霞。收羅衆妙作一束，此間縱目無攔遮。青女弄秋秋更華，玄冥借春春可賒。青山窈窕翻在隱約際，但見琳宫絳闕仙人家。豈無松柏挺蒼翠，如葉輔花花益媚。地湧珊瑚百丈高，撐著青天天破碎。乾坤至此將閉藏，盡力發洩餘光昌。盪之以晴煙，渲之以夕陽。空中濡染五色筆，絢爛全從冷中出。此時不飲天笑人，孤負造物顛倒春。我壺未傾秋已醉，樹樹盡沃醇醪醇。人生百年似朝莫，氣吐虹霓倏霜露。千年老樹鐵石根，多少公卿埋骨處。君爲我舞，我爲君歌。紅顔滿前，爲歡幾何。不如且酌尊中酒，莫待紅顔成白首。尊中酒盡且復沽，何必頭上紅珊瑚！

再過楓林較前益穠麗而先紅者微脱矣弔之以酒醉復作歌

春花雖紅紅不變，非花學花奪春豔。由紅漸紫紫復深，妝盡春風阿嬌面。一樹既分深淺紅，萬樹萬態各不同。白雲掩映丹霞烘，媚者愈媚濃益濃。一幅畫圖一幅異，一番詩情一番麗。若教紅過二月天，萬紫千紅盡迴避。吾曹得酒興倍豪，徑思攀陟如猿猱。珊瑚樹頂結作巢，赤日可當玻瓈敲。如此珊瑚若可採，驚倒石崇與王愷。龍王龍宮無此樹，富媪由來富於海。陸渾山火燒晴空，光燭直逼牛斗宮。天公亦疑太光怪，吹下少女榴裠風。瀟瀟一陣臙脂雨，萬蝴蝶向千山舞。學春太短春可憐，何似青青自今古。葉自落，人自歌，葡萄美酒金頗羅。酒人一日不死顏一日酡，葉兮葉兮奈我何！

## 宣城姜貞毅墓

纍臣遺冢鬱松楸，想見批鱗勁節留。廿四氣終無定讞，九重恩竟許長流。朝衣幸免趨東市，旅骨難期正首邱。未是山河殘破日，老兵已分老宣州。

著了麻衣著鐵衣，荷戈慘慘出京畿。蓼莪廢後空春草，禾黍吟成又夕暉。家國一身真兩負，江山半壁竟安歸。惟餘幾點孤臣淚，暗向龍髯墮處揮。

轉眼滄桑盡淚痕，吹簫聊復隱吳門。雞竿未奉先皇赦，馬角空承末造恩。僧臘已非前日月，衲衣何補此乾坤。敬亭山色依然在，不成生人成鬼魂。

## 蔣奇男將由楚入燕作長歌告别歌以答之

園花落盡園草枯，故鄉翻如客暫居。故人提壺走相送，有淚且灑東西湖。問君南行意何如，北風怒號雪片麤。逝將采蘭涉湘浦，卽復走馬登天衢。君才翩翩若鸞鳳，得意花看上林種。故園紅紫縱芳菲，不入春明貴人夢。願雪更猛風更顛，長河凍合玻璃天。折君艫兮膠君船，且復爛醉過殘年。殘年殘，短影短。杯深深，歌緩緩。酒斟不竭帆不開，開帆且待梅花來。明知留君君亦去，猶得同君三月住。不見東湖楊柳如腰彎，西湖楊柳爭手攀。年年送客柳條綠，多少折腰人不還。

## 精忠柏

浙江按察司獄，卽南宋理刑廨，有古柏。相傳岳武穆被陷，此樹同日枯死。越今七百餘載，植立不仆。長二丈餘，圍四尺有奇。護以鐵鍋，闌以石版。版刻乾隆丁丑歲司李楚江周士錡詩。嘉慶己卯，吴人范正庸權司獄，繪圖鐫石，搨以示世，爲之作歌。

萬木畏枯枯則薪，一株獨以枯見珍。神斤鬼斧不敢近，忠義之氣纏其身。蛟虬翠鬱風波亭，一夜號泣枯精英。奸邪氣横正氣絶，感憤物理同人情。不見百口保飛宗正卿，竄身南海以死爭。上書訟冤劉允升，横屍棘寺鳴不平。區區小校猶忠誠，竟欲斬艾邪蒿萌。柏雖草木氣至清，肯與賊檜同時生？

死八百年挺不屈，蛻盡龍皮賸龍骨。中有丹心不肯枯，只是春風吹不活。天欲吹活柏固辭，偷生半壁匪我思。除非痛飲黄龍時，枯枝一一回青枝。天亦不能彊活之，任其一木乾坤支。表忠但勑風雷司，霹靂老檜分其屍。吁嗟南渡朝廷小，泥首北風如偃草。只賞西湖花柳妍，渾忘朔漠椿棠老。構兮構兮木不良，大厦以檜爲棟梁，長城如檀翻見戕。不如此柏有本性，直與精忠同正命。但看枝枝北向枯，木理猶知朝二聖。從來死貴得其死，不見死而不死樹如此。

## 徐轂翁秀才祿昌省其舅氏蔣伯生大令塞垣作出關圖屬題即寄伯生

一騎嚴關曉日開，馬頭青擁萬山來。棄繻恰有終童志，堅壁誰爲李牧才。紅草地深尋虎穴，白沙天遠認龍堆。豹奴酷似丹陽舅，只當防秋拔里臺。

一帳酸風酒數巡，相看珠玉煥如春。何劉風誼人間少，蘇李詩情塞外新。奇氣文章邊地發，少年心膽醉時真。虞翻莫恨無知己，珍重刀鐶夢裏身。

## 佛雲石歌

乾隆戊申秋，先太守訥夫府君從征廓爾喀，獲此石於丹達山之南。明年，奉祖妣邵太恭人諱，哀勞得疾，殁於帕朗古軍營。臨終語從者：「勿棄我石，留以示我子孫。」故歸骨二萬里，一棺外，惟此石僅存。高一尺六寸，寬處九寸有奇。中空，旁小穴三。曰佛雲者，取形似，識所從得也。

先公從征廓爾喀，手採片雲丹達山。大星騎箕久天上，雲飛不去留塵寰。班禪昔困波旬劫，大兵往勦震百蠻。雪城陰凝太古雪，一白不見青巑岏。玻瓈海中透孤碧，如雲一葉風吹殘。西天老佛補天處，失手墜下青琅玕。是雲非雲石非石，萬古抛擲荒崖間。勞臣一見開心顔，碧雲在天手自攀。生原石骨并石性，與石訂交盟歲寒。鞾中插刀汝作礪，馬上草檄汝作端。矛炊劍淅汝同苦，功成汝作燕然刊。陣雲壓碉正深入，卒奉母諱摧心肝。髑髏滿地不可語，惟此石友情相關。軍中枕石當枕凷，血淚紅沁苔斑斑。自憐忠孝兩不遂，裹屍馬革無生還。三軍羅拜盡雨泣，公之石亦球琳看。捆以櫰槍包以盾，舁歸一石與一棺。蠻煙瘴雨二萬里，忠魂石氣相盤桓。忠魂不磨石不泐，石竅内蘊丹心丹。幸無伏波薏苡謗，迴勝陸績清風完。客來盡具袍笏拜，壁立永礪兒孫頑。大西天上採歸石，壓倒支機片石取自銀河灣。

## 錢柳東山唱和圖

故人夢逐曉雲空，回首簪裾唱惱公。賸有幅巾風度在，比肩雙照鏡湖中。

墨雨詩雲弄曉寒，靈心玉映照欄杆。美人肌雪才人鬢，都作南朝賸粉看。

我聞秘室當詩龕，硯匣晨開筆戰酣。比得鷗波雙影否，一般春恨滿江南。

楞嚴注罷出簾遲，花雨聲中殺萬絲。畢竟懺除情未了，一枝紅豆又催詩。

大好湖山入醉哦，樂天高唱柳枝歌。關心只有松圓老，隔着芙蓉竊聽多。

擊鉢飛牋事事清，絶勝絲竹惱春情。只除一事輸安石，少卻花前折屐聲。

玉樹歌殘泣故宮，自妍殘墨賦春風。西山薇蕨東山柳，總在滄桑淚眼中。

錢園柳墓久榛蕪，輞水猶傳唱和圖。當取謝家山一角，黛痕青似六朝無。

## 天下大師墓

一龍青天升，一龍滄海去。何年龍潛歸，瘞骨不封樹。金川門既開，大内空一炬。孺子自無知，姬公乃踐阼。煌煌正史書，彰彰實録具。豈知實録文，第一不足據。闔宮果自焚，將屍竟安厝。如云備禮葬，應有置陵處。鍾山渺無蹤，太廟終未祔。死生兩傳疑，朝野屢錯互。當時百官迎，幸逢九江豎。分雖代邸尊，人盡太甲慕。不稱德昭亡，必須蒯聵拒。比之鹿臺燔，以絶殷頑附。其實晉懷心，日切亡人懼。胡濙邋遢訪，鄭和西洋赴。惟恐日馭逃，偏作風影捕。大索不可得，既喜亦復怒。蚖膏炷命燈，追論藥師詛。魚服出鬼門，窮詰薙師度。未即溥洽誅，猶爲道衍故。白髮數寸長，黑獄十年錮。文貞與文襄，銘記各昭著。溥洽事，見楊士奇塔銘、周忱《鳳嶺講寺記》。以此證遜荒，夜遁迹顯露。奈何曝書亭，論若高叟固。悉埽葉清鄭曉書，俗語丹青誤。盡削程濟史仲彬名，黎邱子虛數。抹殺忠義臣，并不讓皇顧。指爲元僧塔，一意長陵護。是直無人心，奚啻篡逆助。春秋重表微，非敢正史忤。瞻望西山隅，又一泰伯墓。

## 三高祠

### 鴟夷子皮

一笑辭烏喙，飄然竟五湖。秋風高鳥盡，春水白鷗呼。絶色能傾國，齊心爲沼吳。功成身並退，同夢入菰蘆。

### 江東步兵

詎爲秋風起，歸心始欲東。幾先避矰繳，道不受樊籠。笑擲名千古，愁空酒一中。艫香亭下望，相識有冥鴻。

### 甫里先生

花落不春夢，江湖縱所如。水浮高士宅，天與散人居。已分漁竿隱，何勞鶴簡除。如求茂陵稿，笠澤有叢書。

## 詩史閣歌

張月霄明經金吾，裒集《金文最》一百二十卷。又從郡城黄氏得至大刊本《中州集》十卷，爲毛氏重刊時所未見，建詩史閣庋之，屬爲作歌。

高閣靈瓏羣玉府，萬軸芸香香萬古。虹光夜燭覩史天，玉版文傳按出虎。都勃極烈開國來，掩遼軼元多雅才。左司一手爲甄録，以詩寓史真鴻裁。江湖後集遜精審，東澗小傳堪追陪。流傳韎韐世罕覯，藝林偶獲珍瓊瑰。唐宋元文若鼎立，獨有金源未蒐輯。眼前卻逢張萬戶，金石藏開恣捃拾。瑤籤分排百二十，不脛而走海内出。縹囊叢裏英華集，如翼飛來篋中入。大金黑水鍾英靈，羣才三品貢闕廷。得君鎔鑄一鑪内，寶氣騰躍精鏐精。藏書務博不務精，往往闕略史與經。巵言小説雜充棟，黄金砂礫同滿籯。君家精收八萬卷，此閣上應奎躔星。毛家汲古錢家述古豈足道，直接舟山野史亭。

余舊題吟紅閣詩稿有不知柳絮因風起飛向誰家玉鏡臺之句爲周山樵女敏貞作也今敏貞歸予孫傳烺矣謝庭柳絮爲吾家所得喜疊前韻

當日題詩弄玉臺，那知語讖卽詩媒。神仙眷屬情天合，文字因緣宿世來。翠褎苦無文竹倚，雕匳喜見筆花開。他年祖硯誰堪付，轉望春風詠絮才。

除夕

索逋人去閉門遲，已熨寒衾未睡時。尚有最關心一事，雨聲偏灑玉梅枝。

# 天真閣集卷二十九　詩二十九

## 旃蒙作噩（乙酉，一八二五）

### 雪晴誌喜

凍積一庭玉，嫩晴微弄殘。向南雖見晛，直北更凝寒。四野波全汎，千家淚未乾。瓊樓最高處，猶作夜光看。

### 水仙

莫漫相逢賦洛神，翛然風格更天真。空靈肯託凡間土，飄渺疑來世外人。捉月前身原近水，凌波微步不生塵。蓮花尚帶拖泥相，修到湘妃是此春。

## 桃花夫人曲

桃花嫣然蔡侯妬，桃花爛然息侯怒。桃花不言楚王悦，桃花一言蔡侯滅。桃花不死非浪生，枝頭有子春無聲。不見郞夫人假手宋公終復郞，莒國婦授意齊人遂亡莒？吹簫進履能復讐，桃夭重賦奚足羞？阿誰忘讐敢萬舞，桃花雨泣不受蠱。

## 送人

惻惻東風倦倚闌，送人天氣倍春寒。憐才也覺鍾情累，學道方知割愛難。花賞半開留後約，酒需微醉忍餘歡。連宵燈影纏綿裏，只作尋常聚首看。

## 謁吳桓王廟

漢室傾危際，何人翼戴功。中原爭角逐，討逆最英雄。紹古桓文志，承家武烈風。氣真吞海内，威直震江東。涕泣初干術，艱難遂卽戎。雲陽依哲舅，部曲返先公。奮擊摧王朗，奇兵破笮融。鯨波齊解甲，牛渚獨彎弓。正禮全師遁，揚州列郡空。貔貅盈草野，雞犬竄榛叢。詎意將軍肅，能教士卒同。

令無侵菜茹，號不藉芎藭。時雨從天降，歡雷動地中。受降如故舊，納諫是明聰。乘勝趨吳會，連屯靖潰訌。春霆擊巖虎，秋籜埽錢銅。僭號聞當路，馳書責效忠。猘兒寒賊膽，龍首屈臣躬。夏口黃琴盡，荆南表寇窮。許田誠奉駕，炎祚復光隆。大義披肝膈，先聲振聵聾。隧寧求帝制，鼎豈問王宫。惜縱微行騎，潛遭伏弩蟲。犀鋒雖冠世，鴻業未圖終。廟貌瞻榱桷，神靈仰岱嵩。冕旒滋闇淡，松檜鬱蘢葱。追憶勳猷壯，宜膺祀典崇。風流夸二婿，猛鋭匹重瞳。戎服談經史，韶顔習戰攻。事咨榴枕客，拜下葛巾翁。妖妄除于吉，童牙拔吕蒙。載喪仁釋怨，竿影信由衷。早射徒林兕，難占渭水熊。肇基歸俊弟，遺略授羣工。火德衰餘爝，丹心勇貫虹。紫髯蕃魏日，幽憤射璇穹。

## 蟂磯靈澤夫人祠

漫認鴛鴦是兩雄，銀刀如雪洞房中。能馴夫壻蛟龍氣，未脱諸兄獅虎風。趙姊無家恩已絶，湘妃有國夢難通。此心可照江流水，羞並懷嬴入晉宫。

## 書悶

落花冥寂雨聲繁，午枕抛書手倦翻。插架瓊籤三萬卷，何曾載我意中言。

## 寄燮元

有約來時竟不來，蕭蕭寒雨漏蒼苔。玉梅開煞無心看，卻繞花前日幾回。

## 春陰

春來不斷雨兼風，總被濃陰蔽太空。青帝但貪雲旖旎，黄金難買日曈曨。夜容星斗三霄現，曉失湖山萬象蒙。可惜好花開瀲灩，何曾得意逞新紅。

## 花朝馬鞍山下尋舊遊

失喜晴光好，行行入翠微。春來腰脚健，老去友朋稀。山煐態初活，梅殘香轉肥。出林新蛺蝶，得意向人飛。

## 訪椒畦

八十猶將母，人間福大奇。作園如淡畫，憂國亦良醫。閣勢水迴抱，窗光山合離。梅花與人意，別去耐思惟。

## 朱石梅山人砂胎錫壺銘

復初鏤錫，龔春摶砂。别出新意，妙參兩家。範金合土，雕文刻花。城郭内外，金湯蔽遮。壺嶠方圓，瓊漿就賒。放之中泠，千金可誇。飲至策勳，九錫載加。疇其匹之，碧山銀槎。

## 載書訪友圖

艑枝閑趁白鷗羣，伊軋聲柔隔浦聞。一片詩情揺蕩煞，垂虹明月剡溪雲。

吳江楊辛甫茂才秉桂遊如皋水繪園有感於辟疆往事作訪影梅菴圖乞題

圖係王椒畦作

老筆蒼涼繪水痕，鷗雲雅樹易黃昏。玉笙吹月人何處，招煞梅花扇底魂。
奩黦消殘鏡粉空，青蓮小夢化西風。秋棠開徧無人管，自滴空階冷雨紅。

春泛

蘭橈宛轉蕩中流，春色偏濃在兩頭。芳草綠沉千古夢，桃花紅帶幾生愁。因緣偶聚香邊蝶，身意都閑物外鷗。曾與故人游歷處，消魂豈獨水西樓。

傳說

傳說南風上水槎，滿河新水長魚鰕。境躭寂歷偏聞雨，春過清明莫看花。一角紅樓仙世界，幾堆青史夢生涯。紛紛蝶鬧蜂喧裏，知道閑愁有幾家。

## 送二蔣生北行往謁河帥

雨中送客倍淒清，愁絶將行尚未行。故里蓴鱸非久計，長途風鶴有先聲。決渠誰主河防策，轉漕翻思海道行。此去淮流春漲淺，輕帆且落射陽城。

## 維摩寺觀未開海棠

好花纔得半含時，蓓蕾聰明孕滿枝。天女未來香不散，春心欲動道能持。物從盼望偏饒味，事待圓成轉幸遲。就使良緣慳再見，已邀紅豆慰相思。

## 雲水禪居爲淨圓說偈

朝雲莫雲，不過瞬息。前水後水，不過一滴。如雲映水，水無所得。如水挂雲，雲無交涉。塞卻水原，埽盡雲迹。冥坐虛空，是大了徹。

## 莫春和眉卿作

苦被流鶯喚出門，眼前何處不消魂。輕雲過水春無迹，小雨拖晴淚有痕。蛺蝶生涯飛亦夢，酴醾心事醉難論。綠陰染徧天涯路，誰認東風舊日恩。

## 題平叔淒娑洋集

奇氣文章徼外傳，直將風雅續圖編。雞籠地控諸番險，鰲背天包大海圓。小范胸藏兵十萬，新城手削牘三千。龍門一奏鯨波息，何待樓船擊水仙。

## 題曉窗讀易圖

雄雞一聲萬物擾，焦螟營巢蛣蟯飽。澄心獨契一畫初，冥索黃曾洞青杳。陰陽交變張口吞，埽卻落葉尋天根。文康老親不識字，瑠璨籠眼看乾坤。

## 閩中謠

閩人説二事，韻其言，以備采風。

### 臺灣米

閩地山多田有幾，閩人仰食臺灣米。臺人有米難變錢，貿易所賴漳與泉。一朝官符若雷迅，臺米驅商北方運。民糴民糧官有禁，尤禁流通入鄰郡。上戶糴封五千石，中戶封千下戶百。傾爾廩，倒爾囷，免封一石須免銀。米色要高米價賤，運上天津恐霉變。米乾米潮在吏口，價低價昂在官手。官吏橐滿民廒空，廒底還怕官來封。漳人泉人望洋泣，白浪如山無米糴，雪白番銀喫不得。

### 龍巖蘭

州人産蘭若産女，女苦賠錢花更苦。州官徵蘭若徵田，田有蠲免花不蠲。小戶十封大戶百，一封四金有定額。東家納花嫌太瘠，西家納花嫌已坼。非關瘠坼不中程，官不要花但取值。但取值，非官墨，官自買花上供國。正額一盆副十盆，餘者還奉大吏尊。一處不到防一瞋，舟車脚力尤紛紛，蘭花累官實累民。人家無田花有税，龍巖十家九家累。花香熏得官吏醉，香裏飄來萬民淚。願地只産生黄金，願天勿生花素心。

## 紀事

狂飈横捲五犀牛，百萬生靈一夕休。省費獨持方進議，築防曾斥許楊謀。人功只護三秋險，天意無分四瀆流。民盡爲魚官束手，宣房誰解聖人憂。

預參河議有孫禁，只道張戎勝李尋。回護防秋師友誼，躊躇國用老臣心。羽淵暫免黄熊殛，瓠子空教白馬沉。卻看嚴家穿井法，一條龍首萬黄金。

不信桃花水轉枯，輓輸真似上天衢。别疏清派謀非易，倒引黄流計本迂。飛雪難爲三限法，淩風空聽萬人呼。相公獨任賢勞事，赢得嚴霜滿鬢鬚。

元臣一疏抗幾先，滄海雲帆轉漕便。漫議六渠修鄭國，未妨萬里試張瑄。蛟龍那敢仇星使，島嶼何愁匿水仙。盡散櫂師歸荷鍤，杞人無事更憂天。

## 乙酉五月寫梅自遣

玉笛吹雲去渺茫，瑶臺前事費思量。春風縱有追魂筆，難起泥中一縷香。

絶世丰神下筆難，卻思眠去夢中看。如何夢也都無影，一夜空騎鶴背寒。

雪海冰天不可溫，一樓殘紙駐春痕。曾窺雙笑花前影，只有當年冷月魂。

疏花幾點著空濛，曾許調羹在此中。拍徧闌干無哭處，自研殘淚畫春風。

子和舊藏宋刻荀子毛氏汲古物也身後歸之黄蕘圃失去一册蕘圃以元鍥本補足子和孫伯元丐諸蕘圃蕘圃乃跋而還之爲之作詩

汲古殘書散如籜，子和珤之若和璞。無端四卷偶佚去，玉枕蘭亭缺其角。蕘翁見書重故人，裹以縹緗弆珍槖。影鈔已費蚓與蛇，元槧何嫌凫續鶴。萬物聚散皆雲煙，孫求祖澤何拳拳。藺卿坐索趙氏璧，齊人竟反龜陰田。黄翁嗜古兼嗜義，楚弓楚得非偶然。得書勿令蟫便便，捧歸祖硯磨須穿。

子和家舊藏清明上河圖長一丈八尺前丈六尺有奇絹質粗厚後尺四寸絹質筆仗與前迥異無款識末有慎齋禹之鼎印逢佳印當是失去卷尾慎齋補綴完之也按圖始於南宋張擇端元明臨橅者數家尤著者爲仇實父此卷莫可審定就其絹質筆意似在實父以前消夏無事爲題此詩

開卷似聞汴酒香，春風駘蕩春人忙。四方雲集百貨湊，上河一道長隄長。清明佳節好天氣，艮嶽吹臺聳晴霽。香車寶馬雜沓來，想見汴京人物麗。趙家八葉誇承平，梁園歌舞聞鵑聲。乾坤忽改金世界，焦土一炬阿房傾。九哥南渡遥承禪，國事議和不議戰。西湖風月勝蓬池，真箇杭州樂於汴。臣端慨然離黍憂，手提淚筆畫汴州。士民恬熙物豐阜，擡眼那識星旄頭。舳艫銜尾來中流，東南遠致花石稠。騶從絡繹辟道周，據鞍得非黼與攸。妖姬列侍武陵榭，貴客醉眠豐樂樓。歌臺伎館穠花柳，白日恐有潛龍遊。畫成閣筆一長歎，荊棘銅駝目空斷。故土難期河北還，新圖只作南朝玩。即今粉本煙鎮餬，幾家好事爭臨摹。收藏尤重十洲筆，謂與原作無差殊。此卷飄零無款識，認得宣和舊時事。幾回雙眼重摩抄，莫把昇平看容易。

蔣伯生還自戍所留京都年餘仍被旨放歸相見以入關圖屬題

馬前一笑萬花開，滿背霜華絕域來。天子亦知亭伯枉，夜郎爭看謫仙回。夢中尚擬邀邊月，事過真如躲刼雷。贏得篋中奇句滿，弓衣親繡有陽臺。

短衣歸拜二巫祠，猶喜邊霜不染髭。得失儘憑流俗笑，疏狂早荷聖人知。官階七品生原定，治譜千秋事未遲。補罷塞垣詩一卷，平生只欠故鄉詩。

去年伯生書來屬題東山唱和圖既成八詩今伯生攜圖見示復補兩章

絳雲簾幙控珊鉤，調黛風情翠滿樓。不是維摩才似海，如何天女肯低頭。

畫舫迎仙出五湖，催妝百韻蜀箋鋪。定情合子分明在，不費珍珠費慧珠。

## 顧横波夫人小影

上有龔芝麓兩詩，前一章云：『腰妬楊枝髮妬雲，斷魂鶯語夜深聞。秦樓應是春風誤，不遣羅敷嫁使君。』後一章云：『識盡飄零苦，而今得有家。燈煤知妾喜，特著並頭花。』玩前詩，則圖作於未歸龔時，後作乃既歸而續題也。

白門新柳翠籠煙，乍起楊枝態尚眠。委地春雲梳不得，懷人心事困人天。芝麓爲作《白門柳》樂府。

眉樓風月易黄昏，一閃星眸剪水痕。除卻石人心似石，此中消盡幾人魂。

瑠璙硯匣鏡臺安，寫罷雙蛾露未乾。他日小銀缸下事，並頭先兆畫中蘭。

兩首新詩爲定情，滄桑刼後嫁雲英。稻香樓外盈盈月，卻比秦淮一樣明。

定山堂上怯春寒，閙埽妝慵髻百盤。五萬春花齊頫首，看伊加上五花冠。入國朝，龔夫人以冠誥讓之。

重攜桃葉溯煙汀，一角鍾山眼尚青。多少南朝金粉事，斷魂鶯語夜深聽。順治丁酉，龔嘗挈之重游金陵，改姓徐矣。

畫蘭別有女相如，錦樹林凋願竟虚。占盡柔鄉香豔福，江南只有兩尚書。

## 陳子準輓詩名揆邑諸生博學嗜古著有六朝水道疏琴川志補注續志等書

人誰不讀書，人能讀書少。非抱兔園册，卽供蠹魚飽。陳君淵默人，精心事稽討。尤喜地輿學，冥搜極八表。街衖久削迹，閉門若籠鳥。與行萬里塗，涉足徑先曉。善長注桑經，北人略南考。奮筆繼昉澄，疏眉覈南道。人誰不讀書，君真讀之了。讀徧人間書，探奇去瑤島。

我年六十四，君年四十六。登堂必傴僂，執禮甚恭肅。及與論文章，如引繩正木。尺寸不少假，隱微悉研鞫。匪徒資洽聞，直諒今所獨。斯人忽化去，索塗瞽失目。仲廉馮旣木拱，項儒吳復草宿。文成孰與商，閣筆自翻覆。逕思就孤檠，燔棄手削牘。淒淒抱青琴，尋子向幽谷。

酌我東籬酒，開我西閣門。剪紙秋雲中，冉冉招君魂。疑義重剖析，微言申討論。馮吳配其旁，相與倒一尊。君家稽瑞樓，玉府羅瑤琨。自從神仙去，零落芸香温。縹囊絡蛛絲，書牀竄饑鼲。達人委軀幹，豈復栖長恩。賢愚共朝露，紹述期後昆。何如數卷書，心血留乾坤。

## 伯生竹節硯銘

磨不磷，節自矢，以侍君子。

## 夜泊石湖薄藕華而飲卽席戲某秀才

萬頃漣漪露氣澄，紅船都是綠鬟凭。香憑風互東西界，碧與天黏上下層。四面有花三面酒，一湖明月半湖燈。調冰雪藕詩情裏，消盡中心熱未曾。

## 飲鹿樵家桂花下醉後戲作

西風一夜香滿城，洗我魂夢如秋清。曉起披衣覘香去，西鄰屋頭黄雪明。與君祇隔一墻住，君家花香我墻度。鄉鄰自昔通有無，我屋無花借君樹。乞醯求水須挈瓶，扣門告主煩奴星。主人不知奴不覺，風姨暗遞香無形。我苦貪癡意不足，有若得隴還望蜀。思向牆頭折一枝，分取太倉金一粟。長鬚奴子折簡來，邀我往酌花下醅。意在得花轉得酒，不辭引滿黄金罍。功名富貴我何有，焉用黄金印懸肘。人生得意豈在多，但願有花兼有酒。君家花繁酒復多，逢時酌我金叵羅。賓朋屢易花屢換，衰顔常向君前酡。我思一尊轉君屈，卻恨家貧無長物。借君酒杯還酌君，只當借花來獻佛。

## 題黄蕘圃所藏宋刋唐女郎魚玄機詩後臨安府棚北睦親坊南陳宅書籍舖印行本計一卷共十二葉舊爲項墨林所藏本今歸百宋一廛卷首有余學士集白描小影

易石鍥木隋開皇，揚其波者馮瀛王。長興監本顯德繼，入宋雕槧尤精良。佞宋主人富攟摭，一廛百宋羅古香。經史百家既略備，詩山文海搜晉唐。校譌規往義迴勝，《陶淵明集》十卷，如《桃花源記》『聞之欣然規往』，今本譌作『親』。訂正半雨疑堪商。《王右丞集》十卷，『山中一半雨，樹抄百重泉』，今本作『一夜』。李杜孟韓長慶白，東野夢得兼文房。唐求羅隱朱慶餘許渾悉甄綜，書棚善本臨安坊。豔才尤異李億婦，咸宜觀中慧女郎。當年焚香禮金闕，雲情自鬱花長芳。誰令明月墮幽隙，黄泉紅淚銜溫璋。千秋玩諷得知己，一十二紙逾琳瑯。龍瞑好手老學士，追橅仙影瑤壇妝。手加校勘徧題詠，勝如墨林徒弆藏。人間此亦無價琺，有心求得蕘翁黄。

## 去年芙蓉莊紅豆花求一實不得黄蕘圃得之郡城寺惠然以八顆見寄報之以詩以志永好

一笑開函看，珊瑚失豔姿。閑徵左思賦，高唱右丞辭。情比投桃重，緣偏得寶遲。與君盟永好，把玩輒相思。

去歲胎仙樹，花繁實鮮留。卻思百年上，僅結一枝秋。紅豆詩序云：『九月賤降時，結子纔一顆。』東澗賓筵散，西園佛果修。由來難得物，不在有心求。

思補圖爲秦板橋大令爾馨賦

從來何事不可補，女媧鍊石補天宇，吳剛磨斧修月戶。秦君學易年，无咎義師古。平生事有闕，敢惜心力苦。不見補衲僧惜寸縷，補鍋匠無漏鬴？亡羊每憶楚莊辛，衮職恒懷仲山甫。我進一言君記取，萬事綢繆未陰雨。與其獺髓補朱顏，何如避卻水精如意舞？

八月十四夜夢至一山題詩翠壁之上

花裏樓臺是我家，逕來花下喫桃花。胸前自吐如蘭氣，卻被風吹作絳霞。
仙人自攜三尺琴，行行不覺入雲深。偶激清風發長嘯，送將明月到天心。

鹿樵惠建蘭一缸

墻頭吹過妙香來，早識西鄰玉甋開。甚欲扣門乘爛漫，卻愁倒屣轉徘徊。芳馨忽荷臨風贈，珍重還勞帶露栽。相約此心同潔白，如君真不負南陔。

## 祖龍引

一統埽卻諸候封，四海銷盡兵刃鋒，智略誰似秦皇雄。五十萬民戍五嶺，七百儒生一阬盡，智計誰似秦皇忍？三皇五帝眼底無，一世思作萬世圖，秦皇之智秦皇愚。爾燔詩書滅人智，劉項偏生不識字。爾防亡秦築長城，胡亥卻自膝下生。豐西澤中白蛇鬬，轀涼車中鮑魚臭。能造阿房宫殿八百間，不能遣神人，鞭出三神山。虎視六合智無比，何意一愚愚至此！不見督亢圖，喪豎子；博浪椎，逃力士。祖龍不到沙邱臺，那識世間人有死？

## 秋思

滿徑斜陽自閉門，菊花開過夢無痕。西風埽地亂黄葉，中有零星秋蝶魂。
簾卷秋河屋角横，霜華涼逼一燈明。碧空如洗鶴無語，草際亂蟲三兩聲。

## 故人墓下

回首寒雲亂石支，白楊蕭颯戰秋颸。青山縱有重來日，碧落應無再見期。一代鴻才名易盡，百年馬鬣事難知。他生真箇交期在，等過今生未是遲。

## 題羅節母墓圖

登彼高峰兮，覩冥冥之魂樓。若坊而若斧兮，鬱翳翳之松楸。靈芝叢生而輪菌兮，馴兔潛伏而優游。芻蕘顧而慨息兮，懿節孝之林邱。彼節母兮冰蘗矢，負土石兮皸十指。葬姑及夫已壙峙，子承厥志窆於是。復謍歸真母旁侍，孝思誓無間生死。母汪子羅少慕字，爲此銘者舊史氏。

## 喜晤故人

秋水如天碧渺漫，一雙鷗語未盟寒。白頭那更經年別，青眼還同昔日看。事久莫尋温夢草，情深何藉駐顔丹。今人翻覆秋雲手，衆裏輕邀一顧難。

## 小春日過梅園

白雲如水護疏林，清磬遥傳一塢深。太古松枝如佛臥，小春梅萼是禪心。秋從黄葉聲中去，詩向青山淡處尋。閑與殘僧説興廢，滴來寒翠滿衣襟。

## 寒窗課讀圖爲汪秀才作

人生至樂能有幾，兒讀耶聽一燈裏。此樂兒時不知樂，但覺嚴君苦束縛。長成始喜讀父書，當年課讀人區墟。空將此樂淚墨寫，詔示世間兒膝下。

## 趙朗山明經玉讀書城北道院窗前巨竹數十竿得句輒鐫其上曰吾以此代殺青越二十載其孤允懷復寓於此尋竹上字不可得泫然流涕乃爲問竹圖以寄永慕

修篁何娟娟，古院鎖深翠。寒宵鬼唱詩，幽咽弄商吹。孤兒尋秋來，抱影耿不寐。起追冷月蹤，淚珠與籜墜。前竹與後竹，瀟灑無二致。前人與後人，慈孝本一意。前人循竹題，以待後人至。後人歷竹求，不見前人字。前竹前人心，後竹後人淚。心迹竹漸滅，淚迹竹常漬。竹或有時伐，竹淚成故事。春泥筍斑斑，人來看孝思。

## 顧横波夫人畫菜

一種秦淮舊日春，冰綃渲出雪精神。難將世外幽人味，説與春明肉食人。

## 趙仲穆畫李岩老人弈我睡圖

兩人逍遥戲橘中，一人冥漠遊槐宫。子聲鼾聲互相應，弈者自紛眠者定。四脚棋局穩且平，一色黑子黯不明。希夷老仙來對局，華胥國手無輸贏。彼決勝者徒縱横，機心鬥弈如鬥兵。一角之勢兩虎爭，一子誤下全局傾。雌雄成敗瞬息耳，斂子而起皆空枰。何苦鬱鬱勞心旌，不如高臥忘其情。君不見世事從來一棋局，世外神仙枕青玉。劉興嬴蹶只須臾，未抵山中春睡足。

## 猛將軍劍歌

吴門陸鐵簫得古劍，上有『猛如虎』三字，屬爲作歌。

鐵簫示我三尺鐵，寒光射人人凜冽。云是將軍虎氣憑，風雨牀頭嘯聲徹。將軍桓桓力無敵，一劍橫將萬人擊。髑髏如葉墮地輕，殺盡山西河北賊。邢紅狼，混世王，愁魂猶泣百鍊剛。五條龍，九條龍，腥血滿繡霜芙蓉。天心厭明亂未已，狂寇蔓延張與李。一逐巴山虎旅疲，再戰黃陵虎子死。賀人龍兵西譟行，傅宗龍兵巢覆傾。賊兵黑壓南陽城，一虎難與羣狼爭。兵窮矢絶賸一劍，浴血滿身來巷戰。力竭丹心哭向天，臣死猶朝君北面。叩頭未畢刀過頭，碧血灑空天地愁。百年遺劍土花蝕，三字孤忠蝕不得。攜來拔鞘當青天，二十八星皆失色。

## 劉夫人戰鞾歌

王仲瞿於偏頭民家得一弓足烏皮鞾，上刺綠雲，周圍蟠以錦絛。相傳周忠武夫人故物，記憶爲之作歌。

寶物不論敝與新，古物不論僞與真。但聞出自忠義人，一絲珍重逾千鈞。寧武城亡天地變，慟哭一城人巷戰。將軍雖死夫人存，夫人忠義如將軍。銀刀一隊飛紅裙，騰身屋脊輕於雲。手發一矢斃一賊，數十人無一虛鏑。將軍身被數百矢，矢殺賊人足相抵。賊縱火攻紅玉爇，煉出紅顏一門烈。我聞道州殲賊沈雲英，薊邱奪屍畢韜文。彼探虎穴全其身，忠勇尤讓劉夫人。惜不早建夫人城，一軍練成孃子兵。手提白捍來支樘，障賊北去難橫行。夫人一死賊心快，兩鎮降書馬前拜。列鎮盡如寧武難，那得飛渡居庸關。烏虖！一鞾忠義照日月，與良玉袍皆罕物。世人但識香豔名，徐月英鞵太真韈。

## 讀張璁傳

一犬鳴時羣犬狺，敢違公論帝私親。恭皇定號無元后，濮議開端有宋臣。九廟風雷懲逆祀，三奸星象示更新。羅山老去鈐山繼，原是當年拾唾人。

## 讀楊忠愍劾嚴嵩疏

苦將鐵石鍊忠肝，一疏公然撼百鸞。受杖未須蚺借膽，觸邪何必豸爲冠。難防藍面如盧杞，空剖丹心效比干。争似遯翁藳遯日，自書諫草自燒殘。

## 題姚廣孝像

目光三角相清臞，飽記兵書百八珠。北郭詩人辭里社，西山老佛遜江湖。股肱自命扶姬旦，面目終慙見女嬃。日夢南屏成一笑，兩朝麟閣兩緇徒。

## 桃源圖

一灣一碧渺難收，十二螺鬟百轉幽。溪水自流秦歲月，桃花不屬晉春秋。松篁每聽雲中奏，雞犬多從物外遊。澹到仙心無著處，紅霞來畫白鷗洲。

## 遲蔣伯生不至卻寄

日聽河流吼朔風，詩人坐老氣如虹。莫言杜甫依嚴帥，只是羊曇愛謝公。瓠子漫陳當世務，梅花空發故園叢。耦耕佳約何時踐，紅豆莊西拂水東。

## 讀漢書董仲舒傳

仰觀青鴻濛，隔絶人世迥。人力果勝天，天意詎能梗。曷爲春秋經，如雨識星隕。恒星與彗星，隱見書必謹。仲舒治公羊，陰陽務推引。援天證人事，災異數陳請。謂有失道徵，垂象示儆警。改則禍亂消，否則咎罰準。後來繼江都，復有向與永。推演洪範傳，發明皇極藴。維時人主心，亦多懼災眚。幾視天變呈，與己若響影。維時宰相臣，職猶調燮領。咎徵見天文，罪引在臣等。三公位雖尊，策免事俄頃。甚且賜養牛，審處令自省。自從晉唐來，上下遂蒙隱。罔知天道彰，祇覺古意泯。今天去人遠，古天去人近。腐儒談春秋，徒令人齒冷。

## 記東鄉三老語

赴吴墅，阻風白茆，有邨舍三老： 一方沃釃炊，一捫蝨，一面壁坐，若重有憂者。各道所苦，大抵皆涉漕政，爲韻其語，以詔後來。

一日一餐粥而已，釜中見水不見米。手種沿塘五晦田，完卻官糧賸糠粃。今年歉收號成熟，一晦纔能一石穀。一石穀礱米六斗，粒粒如珠復如玉。五晦額完一石糧，我儘三石登倉場。是日開倉第一日：風者疾，篩者側；量者實，斛者溢。搖之築之佐以踢，兩石猶難抵一石。如珠如玉滿地鋪，狼籍祇存三斗餘。風篩斛手悉償徧，空手無錢易版串。歸來抖擻賸空囊，落得金花與紅絹。開倉日，官以賞糧戶。

彼捫蝨者色慙怒，自憾完糧無號數。自三號以至五十號止，三號加三升，五十號加五斗也。三號五號爲縉紳，十號八號大戶掄。號數遞增至五十，奇零長短因乎人。寡婦孤兒及愚賤，不列號者照場面，大斛淋尖又其羨。斛身敲擊四角鬆，塞以柔木樘使空。一斛可米六斗容，周圍滲漏尤玲瓏。子乘開倉吉日往，囊橐雖空猶得賞。斛身日以大，場面日以寬。人益踴躍勢益難，一石直須三石完。苟或爭持如鷸蚌，彌尾青旋加爾項。

一人面壁吞聲哭，爾曹得福不知福。完卻官糧百慮消，欲完不完心更焦。看米來，樣盤置。曰官親，曰内使。一盤未已一盤至，曰風曰簁逞其志。風者雷鳴轉車轂，前吐如珠後吐玉。簁者雪霏取粒麤，手中如玉泥中珠。日莫傳呼官覆看，擧目略瞻稱發換。黑夜崎嶇擔出倉，狼藉倉場牘其半。糧未納，米已虧。珠玉且作賤，好米何處來？君不見，場無穀，盎無粟。剜肉補瘡苦無肉，明日硃籤又來捉。

## 雷海青

銅頭鬼擊漁陽鼓，梨園樂工淚如雨。豬龍奮爪凝碧池，催進新聲佐胡舞。雷海青，樂器擲地聲震霆。賊欲聽我奏樂聲，不如忠憤之哭聲好聽。西向哭，天子在西蜀。西向死，死猶面天子。紛紛朝臣受賊辱，賴有伶人此一哭，勝似秦庭漸離筑。

## 安石工

停刀不肯下，玩碑且逡巡。此碑是旌賢，何以稱黨人？此碑是懲奸，曷爲列賢臣？司馬相公名曰奸，不知世上何人賢？賢耶奸耶？千秋萬歲自有公論傳。安民小民何知焉？但求民名碑免鐫。安石工，心似石。石上不留名，名留在史册。

## 施小校

相公心偏向北朝，何以正之抽我刀？刺雖不中奸魂銷，張良副車豫讓橋。人欲擊敵爾不擊，不殺敵者即我敵。我殺我敵憤始洩，謂我心風我心赤。君不見，宫中匕首鸊膏拭，黄袍中藏白虹白，當著相公拔不得。

## 花雲婢

危城鐵騎圍千疊，一女城頭墜如葉。背有兒，身無翅。前荷塘，後追騎。跳身入荷花，兒命共花守。兒全花則靈，花敗妾何有？荷葉覆兒身，荷葉掩兒口。荷莖刺妾心，荷莖刺妾手。抱兒見天子，天子大歡喜。雲兒骨如雲，雲婢骨非婢。完破卵，全趙孤。彼程嬰，乃丈夫。

## 梅子真

作吏南昌日，陳書北闕年。志原匡社稷，道豈樂神仙？斬馬空思劍，冥鴻别有天。惟應逢子慶，遠識共幾先。

## 管幼安

生不逢堯舜，吾將安所從？無刀除漢賊，有力拒秦封。自託西山莫，終潛北海蹤。子魚魚服矣，龍尾乃真龍。

## 哥舒翰紀功碑

安西老將雄無敵，十丈豐碑紀殊績。行人下馬讀未終，歎息功名委沙礫。少年手持半段槍，聲如霹靂驚賊僵。一槍一賊向空擲，蠻奴屠賊如屠羊。威加青海白龍見，目空萬里無遐荒。黄河九曲入版籍，赤嶺千仞爲垣墻。直憑洮水畫天塹，邊人不敢窺邊疆。開元天子論封賞，大書樂石辭鏗鏘。如何功成耽酒色，卻認椒房好相識。不妨髀肉長逡巡，自謂干戈永休息。漁陽鼙鼓天地驚，二十萬衆潼關行。將軍主守朝主戰，戰非臣罪由朝廷。身雖負國實被逼，一死猶足全其名。奈何將軍乃惜死，疆場不死死賊營。立身一敗萬事裂，前功有若灰飛傾。當時奇謀若渡滻，刼取佞臣當賊斬。事誠快意終屬反，不反罪猶應未減。論人持其平，論罪原其情。以死責翰無可理，以降責翰非得已。雖不能學常山斷舌顔杲卿，猶勝馬嵬擐甲陳元禮。

## 李鄴侯

方圓局早定文楸，衣白來參御幄籌。收復山河功范蠡，調停宮掖智留侯。能消烏喙猜嫌志，難免蛾眉嫉妬謀。何似一爐煨芋熟，逍遥南嶽碧峰頭。

生來骨節自珊然，何肉周妻盡夙緣。一枕君王同眷屬，十年宰相誤神仙。衣傳黄老殊曹掾，屣脱功名媿魯連。不分異香空際起，翻除鶴氅著貂蟬。

## 韓冬郎

六宫慟哭出都門，學士衣裾帝淚痕。朱札三通空草制，緇郎四入竟忘恩。難憑氣力支殘局，賸把心肝奉至尊。零落香奩詩一卷，美人一一楚騷魂。

## 蹉跎

九華深帳十香溫，酒力全消燭半昏。吃吃笑忘窗外耳，惺惺啼徹夢中魂。仙人承露空餘淚，神女行雲已沒痕。贏得蹉跎雙鬢雪，當時輕易受君恩。

## 探梅

明知消息只如煙，何苦衝寒犯雪天。縞袂相逢拌耐守，青琴獨往肯遷延。月窺蟾魄初生夜，春訪蛾眉未嫁年。就使開時看更好，卻愁見了轉淒然。

## 鸚哥

天生慧舌太聰明，學取人言巧變更。究竟能言事何益，風前鶺鴒已無聲。

## 寫梅雜題

每到春風欲動時，手研清淚寫相思。一枝未了如殘夢，只有心頭自得知。
橫枝清瘦若枯禪，幾點疏花轉更妍。不分風情衰減日，又添惆悵似當年。

## 梅不著花寫以自遣

研冰和雪寫珠胎，頃刻生香滿紙開。癡絶欲從西舍問，可曾香過隔墻來。

# 天真閣集卷三十　詩三十

## 柔兆閹茂（丙戌，一八二六）

### 積陰

就使春光麗，春心已自愁。非關朝旭隱，其奈凍雲浮。陰氣偏侵骨〔一〕，和風不轉頭。美人何處夢〔二〕，直北是高樓。

【校記】

〔一〕『偏侵骨』，殘稿本作『全如夢』。

〔二〕『何處夢』，殘稿本作『無路達』。

### 新春病起招諸生飲

扶出花前小病身，東風相勸玉醪醇。人耽逸趣官無貴〔一〕，客喜清譚士必貧。觥政亦須才跌宕，食單何惜議逡巡。公卿易致閑難得，甘負心期莫負春。

【校記】

〔一〕『逸趣』，殘稿本作『佳句』。

閱史

新法紛更舊政苛，敢緣撫字誤催科。民間禾黍鴻嗷徧，海上帆檣蜃氣多。裴相餘緡歸負庫，鄭侯奇算託溟波。六渠三堰何時畢，愁聽頻年瓠子歌。

近傳冤獄上虞民，東海還思赤地塵。納女叔魚憑買直，殺妻張將竟通神。靈邱暫聽辭高位，大樹終看據要津。獨有聖明能哲惠，詔書諄切在知人。

鑿潭通漕費軍資，詔算緡錢供度支。獨論青苗違祖法，更防白著斂民脂〔一〕。人言子夏終無術〔二〕，國有顔淵竟不知。歸去莫爲窮鳥賦，錚錚風議媿南司。

進踈從容學鄭公，漫將緘默諷元忠。十年紅旆油幢節，一種輕裘緩帶風。論取勤財見知古，事關失米累元同。如何身後浮言起〔三〕，卻把朋邪議了翁〔四〕。

【校記】

〔一〕『更防』，殘稿本作『更愁』。

〔二〕『終無術』，殘稿本作『踈無術』。

〔三〕「浮言起」，殘稿本作「浮言在」。

〔四〕「卻把」，殘稿本作「猶把」。

## 自笑

閑居久謝輭紅塵，一角明湖賀季真。讀史勝談天下事，看花如對意中人。延年偶喜吟中散〔一〕，子建難忘賦洛神〔二〕。自笑風情太無謂，煙霞堆裏夢楓宸。

**【校記】**

〔一〕「偶喜」，殘稿本作「積憤」。

〔二〕「難忘」，殘稿本作「懷愁」。

## 探梅吟

花朝矣，梅猶未放，爲之感遇。

朝探梅，紅豆小；莫探梅，紅豆老。顛風簸雪二月天，勒住南枝不容早。尋春不得還夢春，翩然其來姑射神。自言顑頷生不辰，無由發越花精神。與其玉蘂徒繁密，何似瓊葩莫教茁。空有懷才抱璞心，曾無得意調羹日。花乎不遇誠可憐，我爲花計轉怏然。不見去年吐秀迎春前，熛風一吹花若煙。

前年逞芳破臘天，冰雪疊至花先蔫。今年寒威襲含萼，如女待字情貞堅。陰陽剝復終有待，會看珠樹春暄妍。若使先開開易萎，此時香雪隨流水。躁進何如晚遇佳，遲莫何傷美人美。花之神兮若有思，屏芳息兮潛幽姿。覺春寒之可愛，亦奚慕乎乘時？於是風淅淅、雨絲絲，釀晨陰、罨朝曦。覺予夢於重衾，還起省夫南枝。亂曰：春過半兮梅未花，巡朱檐兮感歲華。珠潛淵兮益媚，玉蘊石兮誰瑕？寧韜真於渭水兮〔一〕，毋自炫於長沙。

**【校記】**

〔一〕『韜真』，殘稿本作『養真』。

## 春寒

二月階前草不新，畫簾濃罨霧如塵。天憑煙雨妝成夢，寒替江山勒住春。欲扣東君程萬里，難遮西日馭雙輪。寒梅幸是心如鐵，堅守含葩答大鈞。

## 春分日招真治古梅樹下纔見數花

知是來猶早，其如苦憶君。二分天上月，一片夢中雲。緩覺味逾耐，靜疑香漸聞。年年風乍煖，惆悵雪紛紛。

## 重過梅花下春已爛漫

滿枝蓓蕾抱堅貞，苦怨東風不放晴。到得盛開祈緩緩，始知冰雪是深情。
幾日新晴颺麴塵，紅男緑女競探春。生香肯惹閑襟袖，不是尋常領略人。
漸覺梢頭弄晚寒，夕陽閑與鶴盤桓。明知坐久無聊甚，衹恐重來不忍看。

## 莫春行藥至破山寺碧桃花下

翛然清影入煙蘿，被體風融骨節和。徑熟轉思歧路好，山空偏覺聚春多。諸天寂歷千花笑，三月繁華一鳥過。閑暇便來愁病遣，人生那不戀巖阿。

## 觀水嬉作

柳絲煙重不勝狂，蕩得春情爾許長。照影水非前度緑，消魂風似去年香。愁飛蝶外花千點，淚滴鷗邊酒一觴〔一〕。畫舫如雲歡笑裏，幾人知道有斜陽。

【校記】

〔一〕『淚滴』，殘稿本作『酒酌』。

## 自題隱湖偕隱圖

偶然風語鏡臺前，竟泛煙波一葉蓮。繞屋雲圍高士夢〔一〕，開門詩滿白鷗天〔二〕。梅花世界無凡想，芥子園林有小仙。若使雙雙圖皺佩，負他心事畫眉年〔三〕。

【校記】

〔一〕此句，殘稿本作『攲枕更無青瑣夢』。

〔二〕『詩滿』，殘稿本作『惟有』。

〔三〕末二聯，殘稿本作：『□□□□□□□，□氣浮甘淺賞仙。貪照西湖明鏡好，比肩清影似當年。』

## 西莊禪院

抱水禪林水樣清，開軒西爽撲簾旌〔一〕。山呈名畫無凡筆，鳥弄殘詩有變聲。酒力助人情跌宕，花香如佛語聰明。晚風吹我扁舟返，翻把閑雲引入城。

【校記】

〔一〕『西爽』，殘稿本始作『爽氣』，後抹改。

## 牡丹時泛舟東鄉諸墅

短櫂夷猶路不遐，有鶯啼處有人家。逢橋繫纜先沽酒，隨處敲門可看花。白鷺掠波風一面，綠蒲喧雨港三叉。只須沿著殘紅去，行盡清溪日未斜。

## 送春詞

綠陰如水溼晴空，無數閑愁蕩晚風。我欲登臨一尊酒〔一〕，畫樓都在夕陽中。

落花惘惘柳依依，拂了殘香又滿衣。胡蝶不隨春共去，因風還向麥溝飛。

【校記】

〔一〕『尊酒』，殘稿本作『還道』。

## 明太常少卿完虚翁先生像贊

穌穌太常，鸞臺清選。如玉含溫，如金在鍊。有明神宗，寬宏納諫。陽納陰愎，言局一變。虎豹當關，南風交煽。小東大東，悉受排陷。公居其間，特立不眩。開口生風，吐舌如電。調劑黨攻，彈擊璫燗。言皆碩畫，匪以直衒。十載掖垣，承弼是念。蜀雒一空，激隨雙遣。晉秩容卿，飈輪方輾。位不德酬，年遽世厭。遺像清高，肅瞻邦彥。匪邦之私，曄曄史傳。

## 雜詠南史

### 謝晦

列艦連江旌旆揚，此行須不是勤王。少文轉惜殊周勃，無術還嫌過霍光。屠弒蛟龍權太恣，肅清狐鼠事非常。負他嬌女啼紅淚〔一〕，恨不横尸古戰場〔二〕。

### 王敬則

風雲倉卒起南沙，鼓角公然顧不賒。墻外擲將天子首，宮中哭出帝王家。十年楊柳關情甚，一夜樗蒲作計差。畢竟平東平底事，懊儂琴曲似琵琶。

### 朱買臣

一目乖龍起楚雲，翦除玉葉待將軍。抽戈竟忍爲成濟，齎藥何辭殺子勛。建業漫言王氣盡，長江難與魏人分。慈悲只庇黃羅漢〔三〕，毛血紛紛灑雁羣〔四〕。

### 王琳

紫氣南來結郢雲，别開行殿奉新君。生擒鐵虎期朝食，死守金城障夕曛。隻手力延梁一綫，斷頭恩感敵三軍。武康兩代稱良史，獨漏孤忠百戰勳。

【校記】

〔一〕此句，殘稿本作『到頭風折垂天翼』。

〔二〕『恨不』，殘稿本作『那得』。

〔三〕『只庇』，殘稿本作『肯庇』。

〔四〕『毛血』，殘稿本作『卻遺』。

### 首夏虎邱山追憶舊遊

碧雲紅寺畫年年，身到圖中卻惘然。得意名花皆夢幻，無情老樹自神仙。蛾眉屢換三霄月，虎氣全沉六代煙。綠水橋邊看鬢影，白鷗相識似從前。

## 由西郭蕩舟至湖橋

殿橋西去盡垂楊，儘受東風披拂長。半雨半晴山變態，一花一草水含香。病軀每到尋詩健，倦眼難辭入畫忙。擬種玉梅三百樹，便須埋骨白雲鄉。

## 小雲栖閣上看雨

縹渺虹梯架閣巍，上方雷雨下斜暉。天垂湖海青三面，寺裹峰巒碧四圍。嘯樹風清呼鶴返，護潭雲溼待龍歸。東林結習消除未，手捉松枝代麈揮。

## 薰風中寫梅

能得衝寒幾日香，那堪著筆費思量。畫中不怕風吹落，畢竟虛空意味長。

玉蝌泉在虞山西北秦坡澗之上從石竇中涓涓流出所謂氿泉也穴前窊處約積水二斗許由此而瀉入秦坡澗則滙衆流爲瀑布矣取泉者多就懸溜處承之以器若越澗而陟汲諸窊則味迥勝然半炊許甫盈一器人不耐也少年時與澄之弟就泉而茗戲以小盃探手穴中挹取之色白如乳臭如蘭甘洌尤勝窊處蓋既透風日則香味殺矣道光六年五月同歲生中州周松路珩令常熟周有茗癖暇日同過其處挹而飲之以爲迥出中泠惠泉上屬予爲詩記之因歎同一泉耳離穴愈遠則味愈變人之涉歷塵事而欲葆其初質者可以思也若夫玉蝌之名相傳穴有玉蝌不知何人竊取去荒誕不足論云

靈源孕崇岡，細沫出深竇。石窊若盤盛，石竅似盌覆。旋渦雪初融〔一〕，折落珠始走。勢隨飛瀑奔，聲與衆壑湊〔二〕。客來調水符，爭汲懸玉溜〔三〕。肥毖雖同岑，醪醴已雜糅。如探靈穴求，味乃勝醲酎。中泠及惠泉，豈必出其右！顯晦各有因，不在靈與秀。興到偶品題，俗傳遂沿謬。未邀名流賞，實以僻處漏。奈何履真源，不識真味透。氣浮甘淺嘗〔四〕，情急暱小就。從來奉虛名，皆病不深究。心誠求其真，鼻選得蘭臭。紛紛耳食人，自掬嗚泉漱。

【校記】

〔一〕『初融』，殘稿本作『初飛』。

〔二〕『衆壑』，殘稿本作『大壑』。

〔三〕『懸玉溜』，殘稿本作『鳴玉漱』。

〔四〕此句，殘稿本作『乍獲一鸞嘗』。

### 吴氏牡丹花下婁東周秀才巡斐然有作見贈次韻奉答

懶把芙蓉玉闕行，漫將瑤草喚龍睜。掉頭官職非高隱，脱手詩篇愧盛名。對客有時還淺醉，逢花無奈自深情。明知俯仰成何事，只辦高歌答太平。

故人早撰玉樓文，香瓣因緣又識君。秀才爲顧容堂高足。七子風流思往日，一花富貴悟浮雲。抛除宦興因鱸膾〔一〕，愛惜春光與蝶羣〔二〕。歡賞莫辭棼尾戔，好同紅豔鬭朝醺。

【校記】

〔一〕『抛除』，殘稿本作『洗空』。

〔二〕『愛惜春光』，殘稿本始作『口口詩情』，後抹去；『與蝶羣』，殘稿本作『狎鷺羣』。

## 偶憶毓文風景因寄方維翰饒耀南崔寬呂廷煇四生

月午樓中一輪月，三年伴我小蓬萊。如今隨我南窗下，時引羣山入夢來。
黄高峰與大洪峰，繞閣圍屏紫翠濃。每到白雲鋪海候，隔重秋水看芙蓉。
饒經方史各縱横，卷籍丹黄照短檠。驚起月明仙鶴語，萬松頂上讀書聲。
崔郎新學白雲詞，日對東風有所思。花外一鶯閑聽久，滿身微雨不曾知。
洋山翠接白山長，癡絶西齋呂茗香。夜半尋詩出門去，杜鵑花赤月如霜。
寒士交情霜後葉，荒年米價雨餘潮呂生句。吟成苦語孟東野，淚眼日看花柳驕。

## 醻吳氏牡丹花下主人寄詩索和〔一〕

如此名花定有神，眼前富貴足忘貧。金錢十萬傾中戶，粉黛三千讓太真。大塊文章誰主宰，一時桃李盡臣鄰。東風無數閑蝴蝶，沾溉天香未許親。

【校記】

〔一〕『索和』下，殘稿本有『勉次原韻』四字，後圈去。

## 鹿樵邀觀牡丹用前韻戲簡

東皇殘局逞精神，繡谷風光足餉貧。富媪繁華窮地力〔一〕，貴妃濃豔出天真。玉堂身到如傳舍，金屋嬌藏有比鄰。卻笑羣芳都避面，楊花無賴獨相親。

【校記】

〔一〕『繁華』，殘稿本作『文章』。

## 月下觀白蓮花

應是神妃洛浦過，濛濛香影月相和。輕清衹恐爲雲去，嬌怯常疑受露多。生就冰肌能卻暑，洗空紅粉獨凌波。人間難比傾城色〔一〕，鬭取嬋娟只素娥。

【校記】

〔一〕『傾城』，殘稿本作『天真』。

### 元人本鍾馗歲朝圖

足韡手版朝天罷，翠帶寬除綠袍卸。紅氍毹上玉山頹，笑折一枝香婭奼。有妹閨中不早嫁，髮如頹雲梳不暇。卻令壓綫爲縫裳，幸不申申女嬃罵。老馗平時啖鬼如啖炙，天上鬼星都駭詫。胡爲忽作風雅妝，路鬼相逢應不怕。馗也掀髯笑而謝，方今太平魑魅化。吳鉤三尺擲在旁，餓嚼梅花香蘊藉。

### 草

閱世人如草，青青轉眼空。百年能幾日，一度又秋風。後碧非前碧，新叢卽故叢。如將涓滴水，寄向海濤中。

### 題劉後邨集

香瓣西山憶盛年，獨葠湯液苦熬煎。南園一記應同恨，八十詩人老更顛。

同時梅埜太錚錚，至死心香一瓣擎。惟有二齋應把臂，葛仙嶺下聽秋聲〔一〕。林希逸字鬳齋，王柏字魯齋。

【校記】

〔一〕此首，殘稿本作：『論文迂拙殊棋埜，託諷深微異恥堂。少有二篇援鄂頌，福華編裏聽秋聲。』小注與今本同。又，『堂』、『聲』失韻，疑字有誤。

## 張子和像贊

君之愛書，如龍護珠。君之讀書，如渴就醹。味經屋，娜嬛居。自爲士，歷大夫，未嘗一日荒經畬。注兩晉之史而有志未逮，學六朝之文而充然有餘。年未六十歸區墟。吁！

## 喜雨詞

朝望雨金烏，麗空爍下土。莫望雨紫蜺，連蜷障天宇。踏車四野聲徹宵，地澤欲竭人心焦。人心焦，天心轉。雲車馳，飈輪戰。銀河一夜傾九霄，萬物回青萬人忭。老農跂脚聽蛙鳴，老婦額手誦佛聲。吏胥驕顏長官笑，新糧舊賦將并征。此雨若降一月前，人知地力不感天。此雨更遲一月後，天縱能施物不受。感人以澤貴應時，用壯用需皆妄施。瘖瘓水火滿天下，大人布德能安之。

## 卮言

走馬狎章臺，閉門圍肉陣。同此漁色心，人嗤鄭合敬〔一〕。漫刺冀分肥，牙籌工布算〔二〕。同此封殖心，人敬盧從愿〔三〕。

**【校記】**

〔一〕此首，殘稿本作：『青樓喜狎斜，燕玉稱煖老。同是登徒淫，人誇肉陣好。』

〔二〕『工布算』，殘稿本作『事儲蓄』。

〔三〕二句，殘稿本作『同此谿壑心，人欽翁足穀』。

### 翁秀才榮光僑居震澤四世矣睠懷先德來遊虞山蔣霞老爲作尋源圖

湖山符昔夢，雲樹識今番。流水若相引，桃花時欲言。草香生遠思，泉味辨真源。不忍挂帆去，先人之故園。

## 辟纑吟〔一〕

鹿阿，樓氏婦，夫死子幼，逋負纍纍，婦績麻自給，且償負。辛勤十年，至眚一目。嘗自悼云：『破壁篝燈一點明，千絲萬緒理難清。傷心績到三更後，窗外風聲又雨聲。』爲作《辟纑吟》。

朝辟纑，血縷濡。妾無夫，夫有孤。莫辟纑，心縷枯。妾無夫，夫有逋。一絲一寸千心力，半給債家半兒食。四壁破，孤燈熒。十指瘃，一目盲。明朝無食向誰告，風雨空庭怪鵩叫。良人地下自得知，秋墳鬼唱樓家詩。

【校記】

〔一〕殘稿本題作『鹿阿樓氏婦夫死子幼逋負纍纍』。

## 贈雲間馬生卽題其煑雪圖生工寫生

疏瀹冰魂煉玉真，松風吹熟一爐春。梨花世界梅花味〔一〕，瞞過銷金帳裏人。閉門僵臥聽春濤，一琖湘雲一葉騷。四壁萬花低不語，人間還有九方皋。

【校記】

〔一〕此句，殘稿本作『梅花清絶荒寒景』。

## 秋夕

雲化魚鱗解夕陰，晶簾高卷絳河沉。月臨海宇都成水，花落淮南盡散金。露氣江山洗兵象，蟲聲天地訴秋心。閑居無補人間事，愁聽商飆動遠碪。

## 今昔辭〔一〕

乾隆庚子甲辰，翠華兩幸江浙，海内侈侈隆富，聲伎畢集於京師。有宜慶部蜀伶陳銀者，色藝冠諸部，楚伶王桂繼至，入萃慶部，聲價遂與陳埒。兩伶既巧於自炫，又故傾襟名流，以顛倒公卿。一時朝貴，恒遭白眼，纏頭之贈千金，蔑如也。偶於友人席間〔二〕，遇浙伶喜慶者，神致絶似二伶，人都以常伶目之。生不遇時，顯晦殊異。使余不識二伶〔三〕，亦如雲過眼耳〔四〕。人之遇不遇，豈不以其時哉〔五〕？爲賦詩九章，不能無盛衰之感矣。

吹過閑雲累太空，春明盛事憶乾隆。錦江春色湘江淥，醉殺毘陵莊伯鴻。武進莊逵吉，挾萬金應京兆試〔六〕，兩月而罄。

賦出湘雲絶妙詞，金題玉軸付裝池。方干下第牢騷甚，不拜名卿拜老師。施薌塘侍御學濂傾心於桂，字之曰湘雲。大興方維翰亦字薌塘，作《湘雲賦》，桂裝潢錦軸，懸之臥室。方感其意，踵門執弟子禮。

倒意傾情兩蕩塘，卻輸秋室最清狂。教他膝上鉤蘭葉，贏得梨雲滿抱香。桂學畫蘭於余秋室太史集，娟楚有致，都人士爭購之。

三日扃扉刻寫圖，閑情爭笑閔貞愚。渼陂一碧深千尺，化盡高人傲骨無。閔貞，楚中高士也，工山水人物，尤工寫真。有某制府以千金求畫〔七〕，不應，幾中以法，人呼『閔騃子』。獨爲銀作《渼碧圖》，三日始畢。渼碧，銀字。

雍容車騎返西川，猶有消魂王仲先。博得海棠輸一笑，輕裘如雪脫花前。銀既還蜀，裘馬翩翩，居然富人矣。王秋汀觀察啓焜彊之演一劇，贈五百金，副以珍裘。

斷紅雙臉暈朝霞，寂寞登場舞態斜。稱我悲秋寒宋玉〔八〕，獨舒青眼看桃花〔九〕。

雲髻梳成臉暈潮，東風吹煗雪初消。天生一種消魂色，不是周郎是小喬〔一〇〕。

平生不解鬱輪袍，空託微波接漢皋。鉤取崇蘭清影瘦，勝研殘淚畫離騷。

小字分明鵲報音，萬年枝上露華深。蓬山綵筆無聊甚，戲寫紅箋仿鬱林〔一一〕。

【校記】

〔一〕殘稿本題下有『并序』二字。

〔二〕『偶於』，殘稿本作『吾於』。

〔三〕『使余』，殘稿本作『即余』。

〔四〕『亦如雲過眼耳』，殘稿本作『亦將以爲常伶耳』。

〔五〕『豈不以其時哉』，殘稿本作『豈係乎其人哉』。

〔六〕『萬金』，殘稿本作『八千』。

〔七〕『求畫』，殘稿本作『求之』。

〔八〕此句，殘稿本始作『老我□山窮措大』，後抹改。

〔九〕『獨舒』，殘稿本作『鎮掌』；『青眼』，殘稿本作『雙眼』，後抹改。

〔一〇〕此首，在殘稿本爲《今昔贅辭》之第一首。

〔一一〕此首，在殘稿本爲《今昔贅辭》之第四首，字句亦異，今錄於此：『小字呼來便愜心，燈花傳語鵲傳音。閒山綵筆無聊甚，四寗中央倣鬱林。』

## 畫梅

桃李紛紛鬥豔新，孤山閑煞一枝春。出門盡是看花客，真賞寒香有幾人。

## 臺警

爭桑釁起兩比鄰，海外烽煙震十閩。豈謂復仇無國法〔一〕，漫將和難屬調人。三軍釋甲看蠻觸〔二〕，一鶴乘軒號虎臣〔三〕。誰使燎原遲撲滅〔四〕，卻煩睿算下楓宸。

兩山雄峙虎門高，六月樓船下雪濤。一范久應寒賊膽，孤城直擬搗紅毛〔五〕。憑陵縱恃狐邱險，搜捕難容蟻穴逃。猶恐崑岡連玉石，詔書勤卹聖衷勞。

**【校記】**

〔一〕『豈謂』，殘稿本作『誰謂』。

〔二〕此句，殘稿本作『軍中緩帶誇羊度』。按『羊度』，或爲『羊祜』、『羊叔』之譌。
〔三〕『一鶴』，殘稿本作『行次』；『號虎臣』，殘稿本作『重虎臣』。
〔四〕此句，殘稿本作『蠻觸偶然成蟻結』。
〔五〕『直擬』，殘稿本作『何必』。

## 西師

萬里新疆入版圖，連城諸將擁貔貙。難禁羊馬滋游牧，未料豺狼敢負隅。九姓屯營環雪嶺，八溝烽火徹星衢。安西都護防邊策，隔歲宵衣廑廟謨。

羽檄星馳調六軍，旌旗千里蔽燕雲。盡煩塞北貔貅士，遠伐邊西鳥獸羣。神策鉼罍懷巨濟，興元匕箸憶崇文，諸君飽食承平久，努力戎行埽寇氛。

邊鎮尊嚴頗牧同〔一〕，九重節鉞授元戎。聲援況有楊無敵，威信應如郭令公。已失明駝收振武，漫輕回鶻拜河東。一軍中外長城倚，疾埽瘡痍慰聖躬。

敦煌沙磧亘烽煙，宿將屯兵疏勒泉。大眼英名馳北漘，美髯雄烈震西川。征苗績久威三楚，定遠功應拓九邊。珍重越公風骨在，長繩早晚縛于闐。

冰山山下鼓鼙聲，矢盡援窮力戰爭。袒裼惠元終不辱，疾馳來濟久忘生。招魂禮尚加三襚，恤後恩還教五兵。士卒西征應莫怨，國殤猶得被殊榮。

故人持節單讀去于臺，城倚南山玉帳開。豈謂八甎文學士，卻爲萬里禦邊才。塔班秋氣連天雪，戈壁軍聲動地雷。西望白雲如兔舞，幾時清埽拂雲堆。此章爲和仙圃同年桂作，時爲烏什領隊大臣。

【校記】

〔一〕『邊鎮』，殘稿本作『邊疆』。

熱依木庫車阿奇木伯克鄂對之阿葛插也乾隆二十三年霍集占之亂諷其夫鄂對迎大兵投誠身爲霍集占所囚屢欲納之不從乘間越城潛遁天兵既誅霍逆以鄂對爲葉爾羌阿奇木伯克熱依木隨其子鄂斯滿居庫車烏什叛亂羣回洶洶熱依木慮鄂對暗懦五日夜馳三千餘里至葉爾羌鄂對果爲伯克阿渾等迫脅罔知所措熱依木至集衆飲酒議事忽閉門露刃叱盡縛反者衆惶懼乞命乃曉以大義勸衆盡醉而陰遣心腹收其器械馬匹衆始定葉爾羌雄長回部於是聞風者悉解散矣事見西域聞見錄著之詠歌願當世有聞其風而慕之者

龜兹好女顔如玉，綠玉回城作金屋。生就堅貞玉性情，勸郎世食天朝祿。惰蘭小醜肆披猖，戈壁葦湖作戰場。兒女粉身糜磧土，宗親碧血染山岡。隻軀苦被重城繫，風雲隔絶音難寄。蠱惑空來振萬聲，潔清自守投樓義。幸得身輕一鳥飛，度冰達坂山也越重圍。王師喜見鯨鯢戮，佛洞欣看母子歸。明年又起南山叛，鶴唳風聲渭河畔。煽動回疆四十城，臂鷹惡少爭思亂。此時家國兩擔愁，夫壻依違坐上頭。夜扣軍門陳秘計，朝馳沙驛控驊騮。桃花馬上芙蓉面，路遠如天去如電。篝火狐鳴正此時，美人天上來相見。蹙金帳設長筵豪，轅門夜閉明月高。妖童舞女列相向，篳篥吹起如秦簫。酒半美人按劍起，吾力猶能誅殺爾。敢背天朝豢養恩，自取戮屠如犬豕。曉目羣酋色灰死，我等何心至於此。願納弓刀武庫中，自安耕牧深巖裏。春風一笑霽顏回，汝曹且盡瑠璆盃。好收野外豺狼性，永沐天邊雨露培。斂回螳臂空拳去，大戟長槍盡收貯。萬衆回心萬馬瘖，奇功勝似吹篪嫗。回鶻由來貪且瞋，世無李郭誰能馴。只煩片語安家國，智出區區一婦人。君不見高涼夫人捍東鄙〔一〕，繡幰油幢耀青史。天生忠義屬蛾眉，又見西陲奇女子。

【校記】

〔一〕『高涼夫人』，殘稿本始作『高涼洗夫人巾幗』，後圈去『洗』、『巾幗』三字。

## 賞菊吳墅

一徑寒香爛若霞，燒燈重與醮芳華。十年舊雨思前夢謂項儒，兩鬢新霜對此花。老去銜杯猶跌宕，醉來簪帽任欹斜。明朝料理吟秋屐，尋徧前邨處士家。

題郎蘇門侍御保辰畫蟹菊余不識蘇門覩其畫理蕭散令人陡憶船山當年也

畫出漁邨十月天，霜螯肥碩鞠清妍。京朝官有江湖夢，如此風情憶老船。

雲間馮少眉秀才承輝王鐵夫高弟也四十不得志隱於畫以自娛所居徧植梅花自署梅花畫隱屬予作歌

白雲圍繞梅花居，花中有客如梅臞。梅花以外百不理，閉門便是孤山孤。人言風格追林逋，平生不爲封禪書。有手但作高士畫，大癡癡筆倪迂迂。花時玉壺買春好，醉墨淋漓對花埽。花如含笑來侍旁，拂拂寒香筆端繞。生不期百花頭上開，亦不願身作和羹材。調脂弄粉香雪裏，勝如圖畫麟閣兼雲臺。人來索畫不肯畫，畫成自向梅窩挂。天然格韵似梅花，只換梅花金不賣。洗濯冰與雪，驅使煙與雲，胸中日養梅花春。九峰三泖煙波際，又見梅花盦道人。

今昔贅辭〔一〕

周郎喜慶〔二〕，前詩所謂神似二伶者也，娟好如女子，而性特傲，風雪緼袍，了無忤色。有以一狐裘之贈，呼之侑觴者，堅拒不應，可以風矣〔三〕。

萬喚千呼不出來，輕雲作態竟飛回。饒他纏臂雙條脱，不换當筵酒一杯。嘗於伯淵兄席間，見有脱雙纏臂贈王湘雲者，以郎視之，直不屑耳。

由竇尚書屈膝公，舉朝桃李拜春風。誰知倔彊寒梅骨，卻在飄零若輩中。

通國烏程酒一觴，未妨獨醒是清狂。霜天月地空明裏，鍊得秋花葉盡香。

鳳城絲管鬥紛紛，日下風流黯舊聞。我避鶴書卿避酒，碧天癡絶兩閑雲。

【校記】

〔一〕殘稿本題作『贈周郎辭』。又，原作六首，其第二、三首，與今本文字同；第一、四首見《今昔辭》。餘二首，補録於《大真閣集棄稿》。

〔二〕『周郎』，殘稿本作『郎名』。

〔三〕『可以風矣』，殘稿本始作『有國士之風焉』，後改。

錢舜舉畫陶學士琵琶曲卷

水迹雲心事渺然，被人偷寫好因緣。易迷鴛枕綢繆印，難問鸞膠續斷絃。胡婦燕脂持節日，黎渦眉黛使金年。閑情偶觸商聲動，豈獨消魂是樂天！

附錄〔一〕

探花使者埽花仙，輸意郵亭一夜眠。消盡北來名士氣，春風只在四條絃。

彈出相思調最工，檀槽絃索太玲瓏。鴛衾燭影摇紅夜，何似銷金煖帳中。

【校記】

〔一〕殘稿本下有『邵元標子勝』五字。

## 戲詠翁仲

衣冠九尺丈夫身，自負巍然一大人。血淚難回心鐵石，紙灰偏識氣金銀。松楸翳目如長夜〔一〕，桃李盈前負好春〔二〕。除卻同羣羊與馬，弟兄相對不相親。

【校記】

〔一〕『翳目』，殘稿本作『翳處』。

〔二〕『盈前負』，殘稿本作『焉知賞』。

## 子夜歌

和風一吹煦，使儂心感悅〔一〕。嗅著桃花香，疑是歡氣息〔二〕。

歡來偷折花，是儂心所許。除卻園中丁〔三〕，莫被人分取。明知歡折去，香氣占儂先。狡鬟達歡意，婉轉勸儂憐〔四〕。西舍蟾輝傾，東房蘭燭滅。儂家無吠厖，歡今放膽折。

**【校記】**

〔一〕『使儂心』，殘稿本始作『儂心爲』，後抹改。

〔二〕二句，殘稿本作『嗅莫折多枝，空被人分取』，失韻，疑是誤抄。

〔三〕此句，殘稿本作『折□定先□』。

〔四〕二句，殘稿本作『花非歡手折，焉得達儂前』。

## 三國志樂府

### 縛虎急

長安血染千里草，將軍扶漢功再造。營門一矢息兩兵，將軍爲劉心蹟明。養虎不得食，縛虎何太急。白門樓下虎命畢，赤兔銜悲仰天泣。如何大耳兒，忘卻射戟時。虎能噬賊豈不知，賊欲縱虎反沮之。留虎殺瞞如殺卓，漢鼎猶應不遷洛。

## 拒尊號

一神人，在燕分。兩紅日，摩代郡。樂浪守，來勸進。大司馬，堅不聽。紹述瓚度何紛爭，一柱獨扶炎祚傾。惜哉遽罹白馬寇，風雨當天不相救。坐譚客，惟風流。江夏郎，徒處優。琦琮璋瑁皆凡儔，若持忠義繩諸劉，豫州那得如幽州。

## 報董讐

元惡既梟羣鼠竄，倡議復讐誰兆亂。郿塢死灰寒復飛，妖雲晦擁紅輪西。長安城空烏攫肉，關中千里鬼晝哭。烏虖！地軸折，天柱傾。一言致死百萬之生靈，猶稱奇計如良平。

## 納濟妻

軍中忽有桑中喜，解甲降人伏甲起。黄金欲買車兒心，一馬中傷二雛死。將軍雙戟八十斤，手挾兩賊死賊軍。戰士先亡尹襄老，竊妻空學申巫臣。奸雄好色如好兵，豈獨銅爵分香情。不見下邳豪奪奉先婦，蛾眉苦與髯翁爭。

## 女博士

秋塘露冷啼芙蓉，麗人毁妝不毁容。長者傾心少者妬，賓客旁窺阿翁怒。長秋移寵女中王，糟糠之婦塞以糠。枲麻既賤菅蒯棄，憂讒畏譏詩豫防。鏤金作帶明珠釧，妝成日事琉璩硯。守禮堅辭騎戲覲，卻被紅巾來拭面。與其芳蘭摧折魏宫中，何如拒霜花自戕秋風？

## 白馬河

妖馬鳴，白馬浦。誰其乘，曰朱虎。淮南將軍太莽鹵，便欲助彪來奪馬叶。天意食槽三馬同，馬齧槽朽誰能攻。征南横尸水草中，征東血染臨淮紅。不見神祠空呼賈梁道，厲鬼何曾殺子充？

## 青頭雞

一馬如彪一馬虎，臺中三狗縛如鼠。優人高唱青頭雞，官家雌伏不敢啼。可憐玉雞祥，横遭牝雞謗。二虎銜雷勢已成，一龍失水將安仗。悽惶復悽惶，勿怨反顧狼。阿翁手弑兩龍子，子魚逼宫亦如此。

## 黄素詔

東海一龍得雲雨，才同陳思武太祖。奈何妄學魯昭公，雲龍門前逢逆充。龍袍染血刃出背，龍魂上天雷雨晦。助惡賈，元惡馬，但磔一鼠謝天下。攀髯惟有王尚書，沈耶業耶奚足誅？

## 樓桑邨

長桑如蓋五丈餘，大耳小兒乘蓋車。蛟龍一朝得雲雨，祥桑王業開成都。臥龍先生佐帝治，桑田手種八百株。炎興君臣被蠶食，中原二十揮斤鋤。三分之國祇一瞬，當途高高亦歸晉，百年誰見苞桑盛。

## 借荊州

東風火燒阿瞞走，荊州天落豫州手〔一〕。劉家尺土應歸劉，底事吳人爲己有。得荊州，實有藉。據荊州，實非借。求領荊州牧，誠如紇據防。屢索荊州還，豈曰歸汶陽〔二〕？白衣搖艣夜輕襲，紫髯得之美髯失。乘人不備非仁師，阿蒙阿蒙死已遲。

【校記】

〔一〕「豫州手」，殘稿本作「豫州守」。

〔二〕「汶」原作「汝」，據殘稿本改。

## 孟達書

親非骨肉稱父子，義非君臣佩金紫。不爲小白重耳奔，卻效申生衛伋死。或言禍在不救羽，或言失制申義舉。是皆未識封也謀，封豈不知別族爲羅侯？備也憊，禪也愚。千秋神器應歸予〔一〕，焉用區區孟達書。惟有武侯慮之熟，急勸楚王殺子木。

【校記】

〔一〕「歸予」，殘稿本作「歸余」。

## 面受履

天宫一月姮娥閉，酒人醉向青天詈。羅綺身遭五百鞭，芙蓉面受非刑地。撫楹從棠姜，袒服戲夏姬，宫中事祕誠可疑。以疑棄婦被國刑，誰當國者刑不平。是年二月亮出征，八月亮卒渭水營。國無人兮刑罰失，不見李嚴致死廖立泣。

## 夢生角

五丈原西將星落，前鋒頭長麒麟角。軍中水火不相能，火烈難羸水柔弱。延如叛國趨中原，如何北旆翻南轅？反形未著反名著，頭受足踏千秋冤。夢牛角，兆三公；夢生角，兆至凶。孰者矜高孰威重，吉凶在人不在夢。彼殺人者狷狹腸，家人一卦詫不祥，舉軍悔不從文長。

## 膽如斗

氈裹將軍自天降，全蜀江山拱手讓。雄兒身降心不降，竟欲全坑北來將。白帢者萬白棓千，鷂鴟一鼓成非煙。不死國亡死兵害，死不得所非憒憒。緜竹敗，成都潰。腹有艾，背有會。不能回軍救其内，僥倖奇功出理外。功成不成志則在，不見一膽渾身如斗大。

### 蘭生門

春秋讖，當塗高。漢官名，言屬曹。一群蜀吠聲囂囂，流傳謬種巴西譙。禪訓授，備訓具。悖逆公然大書柱，發端實由瓊與群。芳蘭一例鉏當門，惜哉不逢潞涿君！

### 從周策

北兵來，南奔計，南中七郡如帶礪。左憑安南鎮夜郎，右倚巴東守白帝。士卒一呼作其氣，我師負險彼失利。既不效田單奮勇燒燕兵，又不效包胥忠憤號秦庭。卻陳微子銜璧狀，遽作鄭伯牽羊迎。北地王，死社稷。蜀中士，怒斫石。與其斫石戈自投，何不竟斬譙周頭？

### 傳國璽

將軍忠義包一身，口數三罪誅賊臣。穰苴惜不戮莊賈，養就貪狼亂天下。陽人城東墓柱石，鐵騎千重圍赤幘。不殪元凶目不瞑，誰似將軍赤心赤。異心乃又紹與述，名爲義兵實據竊。四海誰爲輔漢人，一生自盡勤王節。甄宮井中傳國璽，身若懷之擬天子，忠義如公那有此！

### 二喬婿

世間美事不可得，兩英雄配兩國色。江東照耀起風雲，鳳凰文采鷹揚力。一封書，討袁術。一炬火，燒孟德。瑜如信，策如籍。若非秋風玉樹折，誓埽中原終殺賊。天心不欲漢祚延，非關傾城損少年。射虎兒雖勝豚犬，比似猘兒亦已遠。

## 閶昌門

討虜將軍作天子，天下三分自此始。東誇遼海入共球，西劃函關備邊鄙。今年黄龍見，明年赤烏集，符瑞紛紛侈盛德。黄金印鑄羅陽王，蒼龍門外開金堂。妖鬟二八雲霞妝，神人晤語虛無鄉。君不見郡城門樓妖妄子，鬼録既登勿費紙。傾城方拜仙人鏵，仙人頭已懸街市。

## 三公鉏

鼠矢能燭黄門奸，不能禁蛾眉漏洩機事先。牛酒能謀凶焰戢，不能禁青蠅拒遏賢臣入。太平永安皆庸才，熒惑下地彭祖來，歷陽三郎石印開。美人邱隴苑中起，民間喧傳天子死，龍牀者誰何氏子。烏虖三公鉏，司馬如涕泣，乃與何植書。

## 徐夫人

石心鐵膽顔如玉，嫣然一笑夫讐復。薑橘親調奠几筵，啼痕拭罷旋除服。薰我蘇合香，埽我合歡牀。開窗理雲鬢，對鏡施華妝。府君竊窺視，志得疑慮忘。左右竊窺視，悽惻難忖量。府君盛意入，含笑相迎將。斂衽拜未畢，讐人血濺丹霞裳。弛我丹霞裳，還我縗與絰。手奉讐人頭，祭夫一慟絶。令女之節趙娥智，史傳朦朧軼其事〔一〕。

【校記】

〔一〕『史傳』，殘稿本作『翊傳』。

### 成子閣

伏食嘲文偉，行酒折子布。援筆續之驢，據案作磨賦。才氣幹略誠過人，一麾欲埽中原塵。山民四郡隸虎翼，魏軍七萬沉魚鱗。今年築東興，明年圍新城。民勞卒怨功不成，白虹已繞車輪行。犬銜衣，篋鉤落，烏鳶攫肉成子閣。赫赫功名思衛霍，何不十思思付託？

### 三術數

歲在戊，必破祖。日當午，必獲羽。勝算能操不差黍。計飛蝗，射隱伏。肉三斤，酒一斛。借箸前籌不須卜。渡江來者三異人，豫知東南王氣真，聊避禍亂全其身。亥子之間大喜慶，占驗實過竈與慎，何曾覓得封侯印？

### 縛軍師

舩中死人忽起立，北斗天兵縛人急。平生肯負諸葛公，涕泣仰天吾死日。若從瑩謀蓄衆力，我居虎穴彼深入。若從靚謀殺降卒，我壯軍心彼折翼。是終勝敗不可必，何如一死殉社稷。江東覆水不可收，丞相碧血凝江流。亦足稍掩烏程羞，陳壽徒知索米絹，與蜀劉諶同漏傳。

## 殘年

就使無風雪，羣情怨已深。天應忘白日，地不湧黃金。豐歉非關歲，澆淳在此心。感時頻慨息，豈獨爲蒼黔？

## 題陸遠湖秋山便面

遠湖名愚卿，太倉人，與余爲中表兄弟。工畫，此扇作於乙酉秋，樹石堅樸，有清蒼渾厚之致。畫成，未及款識而歿。喆嗣子陶屬爲題識，爲之惋歎云爾。

司農渾厚奉常清，繪得秋山雨後情。空翠欲飛嵐尚溼，卻無一點白雲行。

# 天真閣集卷三十一　詩三十一

## 彊圉大淵獻(丁亥，一八二七)

### 古梅

性不與時悦，又經冰雪傷。支離違衆好，棄置顯孤芳。儻入風塵目，翻成世俗妝。爨桐音盡識，何貴蔡中郎？

### 新年

新年旭日暢晴光，春水將生緑上塘。已見風烏催轉漕，尚聞寒雀噪空倉。民貧自肅非關政，俗薄能淳不在防。只有向榮諸草木，依然得氣弄驕陽。

## 梅癡

入市唐花次第紅，獨無疏影笑春風。芳菲見了何曾見，不見分明在意中。
南枝消息杳難償，苦似游蜂逐隊忙。卻被翠禽應暗笑，爲誰空立盡斜陽。
斜陽紅戀水西枝，人與斜陽一樣癡。自抱深情難自解，如何能遣玉梅知。
漫愁開後欠緣長，玉蘂能消幾日香。就使易開難得謝，何如不見耐思量。

## 元夕漫興

閑中自笑野雲忙，入畫尋詩到夕陽。百鳥能言因晝煖，萬花如夢恃春長。明駝遠遣瓜州戍，白馬頻興瓠子防。憂國感時無限意，滿城燈月正輝光。

## 扣招真治不得入登高望梅萼

丹房深鎖白雲幽，纔許銀墻出一頭。西子肯容窺半面，東風何惜射雙眸。事須難得方饒味，春在無言祇益愁。猶喜滿枝紅豆小，清歡留取後緣酬。

## 花朝松陵道中

斜風細雨木蘭船，不是懷人已黯然。歸夢一條烏鵲水，春愁萬頃白鷗天。情緣有著都爲累，身到無聊只自憐。紅豆已乾青鬢改，爲誰悽斷似當年。

向晚推篷瑟瑟塵，嫩寒輕襲敝裘身。百花生日偏爲客，二月東風太惱人。鄰篴忽驚清夢破，邨帘空想濁醪醇。可堪一葉煙波裏，悶過江南最好春。

## 苕谿舟次遇平叔宫保弟時方平定臺灣逆匪入覲

廿年蹤蹟判雲鴻，相見吳山越水中。憂國漸看雙鬢白，論詩猶戀一燈紅。花迎旌旆朝天路，浪息鯨鯢定海功。香雪滿篷同賞雨，連朝翻藉石尤風。

## 南田秋海棠小景

一絲清氣九廻腸，天與幽情壓衆芳。十二珠簾風蕩颺，無人不道木犀香。

## 惜梅吟

于役苕谿，往返十日，抵家，梅蘂殘矣。急扣招真治，零玉在枝，狂香滿屋，重門如水，明月自來。與一二素心人徘徊花下，人戀花耶？花戀人耶？人與花相忘於月之將落，月與人又相忘於花之將落也。

日日待花花不開，花開我未扁舟回。扁舟回，花已落。煙霏霏，苔漠漠。急攜素心人，來訪羅浮仙，花雖飄零情可憐。有情無情仙不老，欲飛不飛看更好。花待人歸落故遲，人道花開猶太早。枝上花，花下人。人意態，花精神。將花傲人香，將人傲花語。人實自香花自語，只在深情能領取。誰家玉篴吹瑤臺，夕陽辭去明月來。花浸月兮波瀠洄，人攀月兮雲徘徊。東風來搖花不動，人與花枝同入夢。

## 海運四首陶雲汀中丞前輩澍屬和并序

海運行於元代，自明永樂間，會通河成，遂改河運。道光甲申之冬，高家堰潰，洪澤湖經黃水灌入。運河無來源，反借黃以濟，黃遂淤運。朝議以蘇州、松江、常州、鎮江、太倉四郡一州之漕從海運。中丞實主其事，乃雇募商舶，由吳淞口至十滧、佘山放洋，不兩月而抵通。當事以爲有神助，咸著歌詠。愚則以爲海運誠利，而糧艘不行，運卒失業，此可喜彼可憂也。謹次原韻，竊申頌不忘規之義云。

重臣奇策障狂瀾，將吏都從壁上觀。滄海漫誇行地穩，黃河更比上天難。煙開三島青螺認，風送千艘黑豆看。聞道神倉需玉粒，未嫌冒險達長安。

元明舊蹟本迂疏，沙綫新開爲國儲。直賴旁門資轉運，暫紓正策議河渠。更傳鼉鼓趨皮島，險避鷹游達尾閭。幸喜鮫宮潛颶母，靈旗五色迅吹噓。四府一州漕懸五色旗别之。

丹詔疇咨屢下宣，東南民粒念艱鮮。鑿潭未決韋堅議，通漕難憑杜預賢。淮北暫停流菜堰，河陰空歇上門船。諸公目覩承平久，豈有鵬溟伏水仙。

聖代威靈海若從，禹程碣石導從容。轉般且緩籌中策，中丞請於袁浦建轉般倉，詔從緩辦。折納何煩改正供。先是朝議以漕運不通，改用折色。赤子清時愁失業，黃流濁浪肯朝宗。轉輸四利分明在，努力宣防仗協恭。

## 玉蘭花下

寂寥庭院寂寥人，澹蕩情懷澹蕩春。晴雪獨樘香世界，東風雙鬬玉精神。品能殊俗孤逾妙，語出同心少更真。有盡時光無盡意，畫簾如夢雨如塵。

## 落梅識感

飛瓊標格雪聰明，身世淒涼玉篴聲。疏影難教留逝水，深緣翻恨種前生。拾來殘片都成淚，攀到空枝亦有情。願得化身爲淨土，護持飄泊受香清。

## 三月十五夜

綵雲天上本迢迢，與月同來不待邀。詩透聰明春有氣，語傾肝膽夜無聊。人真永好顔何駐，仙若多情鬢亦凋。門外桃花三萬樹，東風吹落已如潮。

## 畹卿畫梅

偶然游戲寫横斜，打破虛空障眼紗。多少學仙求换骨，十年辛苦喫桃花。

## 雨泛

畫舫笙歌紫陌塵，無端風雨惱良辰。蝶羣頓散千家粉，鷗夢空搖一鏡春。寂寞園林花滴淚，參差樓閣柳含顰。誰知清曠煙波裏，別有高懷澹蕩人。

## 新晴牡丹下

置汝在瘠土，況經風雨斜。如何開爛漫，倍覺氣高華。光燭足四照，色香空萬花。天公知護惜，特地放朝霞。

## 重過婁東陸氏靜異堂

鴻迹常存夢，追尋轉惘然。童皆戴霜雪，宅未化雲煙。每憶元長契，深慙越石賢。忍將懷舊淚，灑向酒尊前。

## 被酒辭人邀觀牡丹

閑情不諱是清狂，消得瞢騰醉幾場。飛絮池塘風有致，落花庭院雨都香。機心忘處知鷗適，色相空時笑蝶忙。已是綠陰成世界，眼前何忍看春光。

## 畹卿畫梅第二本

公然放筆便縱横，漸悟原從頓悟生。解識羅浮真夢境，最饃餬處最分明。

## 有遲

待來何事卻忘來，寂寂梨花委碧苔。大地片雲何處所，中天孤月自徘徊。春深易感懷人淚，海濶難容玩世才。惆悵蓬瀛原咫尺，卻將清夢寄瑤臺。

## 春盡日同眉叔

陡覺園林事事非，祇餘濃緑染輕衣。萬花得意先春退，一蝶無情背樹飛。碧落原知來處近，美人終苦見時稀。清愁小立東風裏，珍重簾鉤夕照微。

## 有懷

清歡已惜墜如塵，小别那堪又積旬。芳草亂於心上事，飛花渾似夢中人。升沉總作諸天想，離合原關宿世因。一笑未妨千里隔，本來明月共前身。

## 喜晴

百花枝上百禽鳴，不分晴時恰恰晴。得意每從無意得，生香何況異香生。風來物盡翩躚致，雲過天猶瀲灩情。最是倚闌看不厭，額黄安上素蟾明。

## 春去

早識消魂在此期，玉梅轉眼已酴醾。風嫌信密成催促，雲苦晴多易合離。惆悵自憐無益事，聰明難諱有情癡。孤懷屢下傷春淚，除是青天月得知。

## 贈别友人

輭紅塵窟太紛紛，不信人間尚有君。自説前身是明月，每看卿相若浮雲。眼空世俗情難合，緣到神仙手易分。從此料無相見日，一尊須酹趙州墳。

拈花微笑兩風流，香瓣親呈玉觥幽。食蓼不言貧一字，吹簫自吐氣千秋。心靈易涉情天障，骨秀難禁濁世愁。除卻受恩君父外，未曾輕易肯低頭。

咳唾明珠絶世珍，看朱成碧奈風塵。石中儘抱無瑕玉，天下難逢有目人。寫得梅花爲小影，捉來柳絮問前因。國香零落尋常事，自怨孤芳莫怨春。

長爪通眉小謫仙，來何遲也去飄然。子房隱忍求書日，公瑾風流顧曲年。北阮競誇衣服麗，東鄰方騁笑顰妍。從今莫相權奇骨，老去孫陽只醉眠。

收起西軒絶調琴，琴河嗚咽送知音。淚非秋雨驚天破，愁共春花葬地深。四野烏羣飛白項，一城青眼識黄金。牛醫兒去成孤立，正恐冰壺失此心。

眼中雲樹掌中杯，風篴離亭莫漫催。事到難言拌一醉，語留不盡待重來。多情何苦生斯世，薄俗焉能著此才。最感郭隗臨别淚，階前三尺卽金臺。

吹斷瑶空百丈絲，緣慳何似莫相知。千春流水漁郎櫂，一現瓊花后土祠。好出阿私從客謗，生無他憾識卿遲。拌將游蕩天涯計，會有山陽再見時。

江干立盡雨黄昏，渺矣雲帆水上痕。月掩但留團扇魄，風來疑有落花魂。鳳凰已去臺空在，鸚䳇能言事莫論。剗卻南山作平地，如何剗得此愁根！

## 題畫

翠靄迷離雲缺處，山窗飛入一樓詩。松花埽罷日無事，静閉煙蘿拜大癡。

## 爲畹卿畫梅

深雪巖坳臥古春，孤懷衹與月相親。紅情如火東風裏，何處桃花不有人？

## 林研莊石湖漁隱圖

隔湖老鶴聲相呼，明月出水招林逋。此時若不掉頭去，梅花笑人仙骨無。瀰瀰秋水浮天處，人在白鷗天外住。萬頃煙波不費錢，一竿以外無家具。我亦思量乘素濤，香蘭采采讀離騷。與君濯髮湖中水，同聽仙人月裏簫。

## 翁穆齋秀才榮光僑居震澤三世矣追慕先澤來遊故鄉作琴水尋源尚湖鼓櫂兩圖乞題

墜葉忘故枝，流泉昧源壑。載詠述祖詩，高意回俗薄。涉澗貪縈紆，循谿玩迴絡。一襟飛翠寒，不忍拂雲落。

春水如天碧，垂楊拂水低。錦峰無限好，偏落尚湖西。人影白鷗識，詩情黃鳥啼。畫眉橋外畫，同此綠玻瓈。

## 寄題翁秀才荻塘茅舍

一港秋聲戰荻花，三間茅屋鎖烟霞。何如笠澤茫茫裏，逢著梅花便是家。

## 題楞伽山人詩集

海內文章孰主持，矮王聲譽動京師。雄譚舉座傾同甫，盛氣登牀喚挺之。調苦尚參臺閣體，名高不作女郎詩。分明屏卻鉛華御，自諱阿婆年少時。

## 題扇頭雪梅小景

天公一夜散天葩，凍壓千林玉樹斜。修到和香和雪住，也應風骨似梅花。

## 夏日同畹卿子勝遊小石屋

山遊如行文，取生不取熟。偶偕生客來，不厭熟徑復。溽暑雨乍收，山容變新沐。登陟苦躁煩，入洞轉瑟縮。造化闢神境，顛倒世涼燠。驕陽不敢窺，石氣聚寒綠。非秋露垂珠，潭響妙明觸。空翠不可搴，生香自盈掬。

客遊意殊愜，我亦爲欣然。客心非我心，欣厭胡相牽？意得不關境，心同乃由天。乘兹清晷永，歷景周奇妍。孤花慧相照，潛羽習亦緣。忘遠隨趣深，窮幽發情堅。天機妙相印，所性應無遷。相期出世心，來此求飛仙。

## 逃暑鐵佛寺戲題

處處烏雅噪綠槐，偶尋禪窟避塵埃。無端古佛身邊臥，又惹黄金色相來。
聚鐵當年鑄佛難，佛心應悔耐清寒。不如湖上秦長脚，消受紅男綠女看。

## 畫梅與僧示以禪理

梅花落已盡，疑有梅花魂。花魂不可招，招此初春痕。生香縹渺紙上覓，紙上梅花只如魄。羅浮自在方寸中，著迹求之胡可得？筆墨之外，無何有之鄉。花不落兮月自香，解人勿與春商量。

## 徐賢母操

徐君祿昌狀其母夫人蔣氏節行，乞詩。爲采其大者，著之於篇。

東海有賢母，三十窮而嫠。上有衰姑章，下有善病兒。辛勤出十指，俯仰供饘飽。何用採作薪，自拔園中貲。十指血滲漉，地飲人無知。窮陰天沍雪，三日封茅茨。嬌兒啼門東，掩淚不忍笞。自顧手中綫，不救眼下饑。有婢老赤脚，踏雪窺東籬。云是宦家奴，奉命來餽遺。探懷出精鐐，餓眼光陸離。可備一月糧，且得食肉糜。再拜謝夫人，義在敢以私。雖銜濟貧德，不受無名施。破窗風澌澌，積素堆戾寥。餽者歎息去，饑者日困疲。嬌兒啼門東，掩淚不忍笞。教兒忍寒餓，且讀衡門詩。

## 畫梅與子勝兼寄畹卿

拂拂香生捥底春，自然風韻出天真。如何學到梅花地，除是梅花一樣人。
冰雪聰明致不同，幾曾輕易笑春風。誰知一種温柔意，卻在天生倔彊中。
畫梅須淡始精神，一著濃姿便失真。寫到空靈無迹處，不知誰是九方歅。
一聲玉篴海天涼，鉤取花魂那得香。留著空濛幾枝在，待伊相見細商量。

## 朝鮮使臣申紫霞尚書緯詩爲周菊人學博達題

鴨頭春水緑浮槎，染就雞林十色霞。偷得蘇齋翁覃溪學士齋名臨米帖，扃堂跂脚夢中華。

酒月衣雲足唱酬，乾隆時，使臣朴齊家有『人靜雲從衣上住，窗虚月在酒中行』之句，日下傳誦。儼然彬罕兩風流。碧蘆舫紫霞所居小詩名大，飛下金剛一角秋。金剛，山名。與長白接壤，紫霞嘗繪圖贈菊人。

## 秋日過半野園小憇簡鹿樵

周遭樹石繪秋痕，借取青蒼北麓根。雲抱山來疑在屋，竹環水曲自成邨。樓臺恰喜無金碧，花木應看到子孫。留得俸錢營五畝，名園雖小是君恩。

## 小石洞瓔珞瀑歌

丁亥七月廿三、四日，風潮歷兩晝夜，大木盡拔。既霽，泛舟山塘，楊柳之合抱者，根悉偃仆。遂至小石洞，聞洞中雷雨聲甚厲，循級下數武，則流珠撲面。石壁上如瓔珞百道，下注潭中，砰訇鬱律。洞有石觀音像，就蒲團小憩，眼前如一座水晶屏矣。凡瀑都會澗而赴壑，故望如布，此獨從石脈中流出，至突處乃成懸溜，莫能辨其來源，突然懸數十竿銀竹，尤奇絶也。然非秋霖三日猛，不能遘此奇觀，秋則石理鬆，猛則泉脈溢也。予自兒時至今，歲三四至石上，點滴如露珠，未嘗見瀑，乃知造化靈奇，日闢而不窮，特人不遇耳。自古魁人傑士，殊才異蹟，非其時莫顯，平日固以爲常人也。因名之曰瓔珞瀑，并系以歌。同遊者，邵婿淵懿、外孫元標、兒文杓、姪文枚。道光七年七月廿六日記。

石壁天然無縫鑿，忽迸千珠萬珠落。洞中菩薩現神通，彈指虚空挂瓔珞。天無片雲雷雨作，日光熊熊雹霍霍。青蓮座垂水晶箔，七寶池翻玉花萼。雨非雨兮瀑非瀑，雨不自天瀑無壑。我聞香爐峰下三疊泉，龍湫十里噴晴煙。大觀絶特源可辨，未若翠壁倒挂銀河天。乾坤何年闢靈宇，石骨聰明疏石縷。泉從石縫迸水銀，萬派千流此一聚。白龍潛伏不見形，但噴明珠弄秋雨。我生於此百度遊，習見露珠涓滴流。忽逢靈乳五百道，奇景愧未詩囊收。此泉若令出山去，霑溉萬户缾罍求。亟爲作歌告來者，勿以熟習輕凡儔。大人未得起屠釣，焉知經綸雷雨瀰神州。

## 楓林下作

孤負濃霜染畫圖，深黄淺紫半彫枯。青山也似衰頹甚，羞把紅妝媚老夫。

滄浪亭自康熙時宋牧仲中丞舉修葺後閲百五十年矣今方伯梁茝林前輩章鉅於道光四年陳臬吾吳遊而樂之繪圖題詠閲二年來任方伯乃葺其頹廢復還舊觀徵詩以紀其事夫地有勝蹟猶不忍其湮没因而復修之則其他政事之罔有廢墜宜何如也邦人士之歌詠其能已乎

長史園亭七百年，濯纓清沚漾淪漣。三千儘有新詩料，四萬原非故紙錢。棊落石枰聲宛在，鷺窺花徑迹依然。錢王富貴蘄王業，輸與騷人此一椽。

疏泉疊石費平章，競説風流宋漫堂。四面亭臺三面水，千春花木一春香。煙雲映帶南禪寺，裙屐流連北海觴。百五十年興廢事，扶輪重又見歐陽。

方伯經綸未展籌，鴻才小試此林邱。亭荒似惜人材棄，地僻重將隱逸搜。遠近烝黎資保障，東南財賦竭征求。料應早入旬宣計，一廢能興百廢修。

政餘重此駐襜帷，小志綿津手自隨。東墅湖山謝安石，南樓風月庾元規。清吟得意遊魚聽，紅旆前頭有鶴窺。一片滄浪澂徹底，使君心迹似明漪。

## 書眉叔問月吟後

淚灑秋風溢絳河，滿身花雨拂還多。可堪落盡仙蓂後，癡對青天望素娥。
殺花風裏證華嚴，淒絶還將落蘂拈。卻下水晶簾一扇，舉頭何忍見銀蟾。
看作文妖世眼驚，鐵崖衣鉢玉笥生。除非喚起芙蓉頰，自有清臚識長卿。

## 易米券

徐子安槎，工寫竹。以竹易米，以貸窮乏。畫成，輒署曰『易米券』。爲之作歌。

臨淮指囷囷易空，監河貸粟粟易窮。管城子有爲霖功，衹須變化成籜龍。東家索飯啼，西家無衣泣。安槎枕上聽不得，急起濃磨三斗墨。仁人之粟恃筆耕，虚堂謖謖風雨聲。不學文與可，渭川千畝腹自果。不學夏仲昭，比金一鋌家自饒。九龍山人不受惠，區區簫材竟何濟？東坡先生償吏逋，德澤亦衹被一夫。君今畫竹非畫竹，紙上分明天雨粟。握粟在手竹在胸，勝似開倉賑千斛。十竿五竿寒者得之而不寒，千个萬个餓者得之而不餓。乞米不必魯公書，乞食不必如來鉢。人來求畫日踵闔，霜毫欲枯腕欲脱。君腕脱，人命活。安得君生萬手日畫萬竿竹，萬竈炊煙一齊綠。

## 鶴守盦銘

晴雪萬樹，輕煙半扉。之子獨處，寒香療饑。沉觀卽是，求之愈微。澹入太古，靜流天機。如有佳夢，明月在衣。石牀閑雲，與鶴忘飛。仙樹夜嘯，珠塵暗霏。問之堯年，碧空依稀。

## 晉書樂府

### 兩名言

江東既定一統成，升平盡撤州郡兵。修文偃武豈不善，所惜未用秦長城。徙羌馮翊漢失計，徙氐秦川魏非利。滋蔓誠難倉卒圖，養癰況逼關中地。兵彊猶可制，國弱彌生心。魚羊食人紛内侵，終晉之世干戈尋。貔貅空，豺虎奮。將卒疲，士卒困。大好金甌裂寸寸，一思兮山公言，再思兮應元論。

### 雉頭裘

交龍鬥鳳非常衣，殿前一炬雲霞飛。侈心一萌儉德弛，宫女如花五千至。阿翁羊車竹葉招，新婦犢車小史邀。天宫夜藏擣藥兔，玉杵千錘遺孫慮，惜哉焚裘不焚據。

## 金屑酒

癡龍但知食肉糜，龍子柬酒三升迷。掇蜂斃犬計雖就，瘈狗腋下戕牝雞。目瘤庸奴據龍座，縱橫狗尾參龍墀。龍漦一噴龍族怒，骨肉毛血風交馳。金屑酒，斟滿卮。飲賈時，飲子彝，循環天道公無私。

## 銅駞歎

睡獸子孫七帝終，四十八王龍種空。天子在何所，藕池豆田中，黄袍脱卻青衣充。青衣行酒且勿哭，執蓋更衣愈羞辱。前庾珉，後辛賓。碧血濺地草不春，銅駞穩臥荆榛茵。

## 牛繼馬

一馬化龍羣馬死，白版公然作天子。黄河劃斷小乾坤，新亭花木空噱痕。外倚股肱逖與琨，内寄心膂導與敦。王與馬，共天下，老驥唾壺聲喑啞。牛繼馬，得天下，小吏銅環事真假。不見大賈小兒六合臨，天之所授由天心，犧尊鴆羽空冤禽。

## 鮮卑奴

紅日壓城城欲崩，真龍魚服來窺營。白犬嚙賊殘魄驚，黄巘潛裹屍如冰。龍韜獨運摧枯鯨，莽頭卓首懸南桁。分江擘漢驅羣英，以弱制彊明果明。巴滇駿馬萬乘輕，豫且幾困神龍行。若非一鞭留七寶，黃鬚何處潛龍好，石窌應封賣食媪。

### 御嶠舟

八齡天子龍牀坐，政出渭陽不由我。歷陽凶燗燒着天，墮下困龍倉屋鎖。卞領軍，青谿殤。桓内史，宣城亡。義軍累戰累不捷，賊埽官軍如埽葉。不是天誅授兩矛，那得賊墮馬下頭。誰生厲階横挑虎，虎來倉黄竄如鼠。舟中君臣共嗚咽，司徒覓取蘇武節。

### 康穆哀

立始之際邱山傾，白紗帷中帝二齡。桓家英兒蝟毛磔，指麾誓埽中原清。朝廷戀小棄河洛，神州復陷叢榛荆。千齡辟穀求長生，秕糠國政委女星。匆匆二紀歷三帝，内賊外寇紛侵陵，咄哉淵源徒盛名。

### 牀第誣

世間冤事那有此，天子被誣及牀第。宫中未答郭芝奏，殿上已收昌邑璽。淅淅復淒淒，白帢穿單衣。步出神虎門，萬衆爲歔欷。妖龍口銜長信書，蘇文誰遣來突如，李兒征戰軸脱車。子不可育内可寵，田家孟家左右擁。天閹中有信陵君，終朝酣抱陽臺雲。

### 赧獻流

嗚鼓角，馳轓車。服奸雄，神湛如。揮玉麈，譚玄虛。自阿衡，登乘輿。政由桓，祭則予。詠闈詩，泣霑裾。褫莽魄，從區墟。生不足，靈有餘。

### 清暑殿

孅兒好佛兼好酒，姆母尼僧皆麴友。梵王之徒喋喋口，相王左右翻覆手。彊氏運丁百六秋，一舉挂旆天山頭。如何家居愛半壁，更復撞壞不可修。長星勸汝急修省，汝勸長星共酩酊。小星夜半抱衾來，清暑醉魂長不醒。東録西録似長夜，不問宫車何晏駕。不見民間歸罪趙昭儀，昭儀自殺昭陽舍。

### 晉祚盡

昌明之後有二帝，晉祚懸如一絲繫。草間已起斬蛇人，第下猶爲射馬戲。初陷尋陽城，再陷桓振營。兄終弟及徒虛名，金刀殺馬兆已成。桓家小兒猶是賊，寄奴王者勢更逼。韶之淡之相繼來，被底冤魂一雙泣。追思三馬食槽時，求作陳留胡可得?

### 墮淚碑

饋抗藥，飲抗酒。華元登牀子反盟，樂伯獻麋鮑癸受。三代下無仁者師，以德服吳吳服之，屋室曰門曹曰辭。鐵鎖沉江水龍渡，誰舉阿童與武庫，天子歸功羊太傅。峴山碑，高似山。行人過此涕淚潸，輕裘緩帶雲中還。

## 女史箴

南風熱煽蝦蟇聲，彌縫閽虐憑忠誠。一箴能戢後宫熖，不能光輔前星明。或言受命爲阿衡，佐儲廢后金墉城。不聞宜臼黜褒姒，敢以鬻拳之禍貽申生。或咎戾園巫蠱成，冤逾楚建不死爭。祝佗申蒯事何益，春秋不以責晏嬰。丹心痛遭豺虎瞋，騶虞已亂誰其人？烏虖騶虞已亂誰其人？楚王瑋之亂，華白帝以騶虞幡解兵。

## 撫牀奴

借艾軍，共擊會。乘會亂，并襲艾。彼反者，由自敗。此何辜，横罹害？帳下黜，江由辱。此榮晦，郎田續。殺人自殺如轉轂，以手撫牀禍機伏。

## 兩玉人

朗如玉山裴叔則，玉人照見人肝膈。充也營營蠅止棘，會也森森樹矛戟，夷甫平生未相識。後來更有羊車人，珠玉照耀四座春，微言能使將軍親。甚感將軍歎賞真，將軍意氣非純臣。

### 疾遲留

恃功矜，爭功忌。渾非鼎鉉才，濬亦瓶罄器，滃滃南箕更有濟。晉范文，漢馮異，有勳不伐勳豈廢？前驅託疾轉後塵，吾思彬也何彬彬。

### 寧馨兒

寧馨兒，右手捉玉麈，左手秉黄鉞。尻背巖墻求苟活〔一〕，平生不識阿堵物。狡兔如何有三窟，第三既不臧，第一亦輕脱。阿澄玉枕阿敦奪，一世龍門醉兀兀。

【校記】

〔一〕『尻』原作『尻』，今改。

### 廣武歎

豈不逢堯舜，何如一醉昏？一醉六十日，世事莫與論。驅車廣武原，莽莽風雲屯。龍虎不復鬭，豺狼恣并吞。修士握圭璧，譬若蝨處褌。白眼看卿相，青眼看乾坤。

### 鍛竈客

何所聞而來？臥龍不起雄心猜。何所見而去？龍性難馴殺機寓。日影西，琴聲淒。絶巨源，斬孝尼。山陽篴聲枉相弔，不聞蘇門山中鸞鳳嘯？

## 華亭鶴

失計乃與天子戰，十萬屍横七里澗。繞車黑幰決不開，三株玉樹同時摧。芝蘭秀江東，入洛遭嚴霜。秋風凋萬木，何不思鱸香？上蔡犬，華亭鶴。貉奴作督睡如貉，身出將門無將略。寶刀霍霍急殺超，江東司馬真人豪。

## 詐遹書

作宦拙，賦閑居。作宦巧，構遹書。野鷹西來化封狐，磨牙齧人憑虎貙。白頭老母壽觴竭，擲果佳兒但乾没。秋興堂空散秋雪，巧宦到頭轉成拙。

## 金谷怨

以珠易珠珠獻媚，人來奪珠珠自碎。郿塢飛灰草不春，鬼吹横竹遊青燐。珠魂化作天上月，照見琅琊小史骨。

## 二十四友

司空府有狐狸蹤，生兒綏綏嗣魯公。延賓東閣氣如虹，道旁拜倒岳與崇。二劉二陸人中龍，泰始一斷張華王戎、衍從。惜阿青鬼吹腥風，一枰竟兆前星凶。朝衣上天血釁鐘，二十四友如秋蓬。

## 枕戈行

城頭嘯聲月光黑，城下賊羣秋雨泣。時來自解白登圍，事去難逃薊門縶。腰間佩刀霜一色，誓決讐頭聽與勒。惜哉壯志無壯力，二虎未除一羊逼。獨惜鮮卑奴，操戈及同室。子卿節旄空報國，何似枕戈同殺賊。

## 擊楫生

大江擊楫氣如虎，黄河以南復晉土。恩結降人威塢主，白骨重生赤子舞。戰馬飽騰蛙怒伸，誓埽冀朔清煙塵。廣陵遊俠彼何人，來統六州麾我軍。外寇未平内難作，妖星夜懸將星落，遺恨長江波漠漠。

## 劉征南

酒齋中，酒聽事，將與三軍何得異？米三萬，米五千，天下一家何所偏？恬波沸海中，息祲稽天際。亟表秦彭功，深結盧綰契，力驅豺狼拔騏驥。朝廷沾沾慎名器，十郡焉得十女壻？

## 讓殊錫

破張昌，擊杜弢，長沙授首臨賀逃。斬蘇峻，斬郭默，西賊聞之咸失色。元規脚屈元舅崇，茂宏顔赧蘇卿忠。將軍功高淪鼎奠，將軍力辭履上殿。臣如手梟勒與雄，陛下何以酬臣功？公之謙退有若此，人言公如臥龍子。奈何誣以鍼決指，夢登九重折翼止。自來功高受謗深，蒯通相背韓淮陰。

## 絶裾客

西晉銅駞陷荆杞，太原書生絶裾起。青州猘犬狂滔天，神龍被困如鰍鱣。身騎猛獸豈得下？義旗一指回羲鞭。淺水抱龍龍躍船，四海歡動龍輿旋。將軍屢試不測淵，將軍忠武旋坤乾。不見手版擊鳳鳳幘墜，歐刀削敦敦像碎。能陸屠狂寇如鯨鯢，不能水剸幽怪如剸犀。

## 入幕賓

大將軍帳風揭開，帳中有客髯于思。髯兒能令公喜怒，門前立殺王文度。利口喋喋雌聲咻，夜半勸廢昌邑王。天奪桓臂傾智囊，空傳門生書一箱。阿翁請勿憾鼠子，但憾此兒不早死。

## 殺伯仁

殺賊奴，取金印，此非醉言實正論。人主安得盡堯舜，人臣豈可下犯順？晉陽之甲胡爲來？石頭之城胡自開？猶稱大義能滅親，伯仁容卿卿不容伯仁。宜三司，置默默。應令僕，置默默。賊不殺仁殺仁賊。誰司管鑰延賊鋒，司空議雪旌其忠。

## 省刑疏

中興初建粃政作，郭生上書言獄獄。極論刑爲禮糟粕，至理精微徵素學。員策智骨道義門，以吉與嶠凶與敦。陰折逆謀褫逆魂，抗節豈以房竈論？不幸轉緣伎術神，銜刀被髮如章陳。胡不棲心物外全其身，羅浮山頭彼何人？

## 東山墅

望甲仗，拜元子。過戶限，折屐齒。公矯情，公才能。不見涅猹窺覦九五器，談笑燭奸沮其計。犬羊入寇百萬師，從容布算如舉棊。東山高卧東山起，所惜輿行十六里。烏虖！太傅亡，晉祚衰。東録西録皆纖兒，家居撞壞誰榰持。

## 淝水捷

世間勝負不可知，八萬衆當百萬師。背水陣操必勝算，不善學之軍便亂。臨終語，捫蝨翁。臨事諫，陽平公。東來老氏就鋒鏑，帶箭往伏饑鷹側，僕射幸免秦庭泣。紫囊少年緩轡前，樂觀將士相周旋，風聲鶴唳人耶天？

## 半人謠

河内縣，覬玉扆。作春秋，懾奸否。削魏統，與蜀紀。蜀國平，漢祚止。漢之亡，晉之始。正統論，不易理。予奪權，微顯旨。此半人，習鑿齒。蜀書寇，魏天子。彼何人，號良史。

## 晉陽甲

相王沉醉百不理，國權盡委王家婢。渭陽館起晉陽師，兄弟橫屍謝簡子。一舉嫌震主，再舉疑不臣。長塘湖中葦席下，乃有鶴氅神仙人。斜絹書，既不信。參軍言，又不聽。平生誤讀春秋經，但知王命討不庭。

## 握節死

何郎似舅不似舅，力拒不臣臣節守。義旗一舉克三城，紅日墜淵能引手。英雄潛結草澤中，藉手共鑾救日弓。若令南郊草禪詔，勸進未必安城公。不見江州之敗檣艫滅，將軍臨難辭氣烈，兩手堅握蘇武節。

## 侍中血

以臣犯君蕩陰戰，三矢飛來集帝面。侍中一身當萬箭，御袍血汚桃花片。桃花雖乾紅不變，見血猶如侍中見。嵇侍中，中散子，子爲國殤父讒死。營陵孝子攀柏號，眼淚著樹樹盡焦，一生西向不面朝。

## 木石兒

鯆鮃引，鯔鯿躍，絶技炫人人喜樂。河女歌，小海唱，長嘯驚人人震宕。心如木石身溺沮，乃以奇詭誇公閭。雲霧杳冥雷電發，變幻何以殊丹珠？不聞蘇門山頭鸞鳳聲？籍也問，默不應；康也問默不應。

## 歸去來

韜爾光，遁於酒。藏爾名，託於柳。琴一張，米五斗。歸去來，吾何有？羲皇之民耶？桃花源中人耶？四時易秋，萬物自春。爲甕天之醯雞，勿爲衰世之鳳麟。

## 贈蔣澮懷秀才志凝即題其近稿

揮手黄金盡，蒼茫獨立時。蹟還隨俗混，才不受人知。聚散浮生定，升沉大造私。且攜冰雪卷，熏向玉梅枝。

## 小喬

畫橋西畔小喬家，窈窕文窗拓茜紗。七十鴛鴦同抱水，一雙蝴蝶並頭花。纖腰支倦停朝雨，潤臉呈羞接晚霞。寄語藁碪須努力，盈盈璧月好年華。

## 澹懷攜酒雙紅豆齋邀同諸子歡飲極醉放歌

朔風如虎徹夜鳴，起來失卻山半城。珠林懸圃作我室，一條深巷無人行。有客大笑騰春聲，手提玉醪香滿甖。酒人聞香自麕集，對此玉戲飛瑤觥。男兒三十不快意，速營糟邱自爲計。醉看萬物皆有情，醒對妻孥亦何味。老夫當年偶遊戲，誤踏玉堂三尺地。了無功業補蒼生，何苦文章博高第。諸君努力各盡杯，眼前卿相皆凡才。吾曹意氣務冷落，不貪金印貪金罍。置身冰壺中，四顧無纖埃。珠簾垂而自天，玉砌疊而成臺。虛室不夜，明月欲來。空谷忘春，梨花自開。此時不飲胡爲哉！頭上白髮將人催，此時不飲胡爲哉！

## 再題眉叔詩賸後

平生我亦有廋辭，一字吟成淚萬絲。閑煞人間南董筆，浪將心血寫相思。

## 眼鏡銘

目若掩，光始斂，恃爾明者蔽於遠。

## 茶舩銘

不水浮，翻水載，疇其造此濛羽輩。

# 天真閣集卷三十二　詩三十二

著雍困敦（戊子，一八二八）

## 元夜梅花下寄所思

良夜共千里，纖雲空一天。花調風有味，人伴月無眠。翠羽杳成昔，素書疑化煙。明知枉惆悵，其奈思纏綿。

## 十六夜

大瀛散凝寒，陽氣入春婉。良宵發奇懷，名理赴幽款。早梅弄餘清，庭虛散芬滿。明月欲下來，疏影忽遮斷。高情在有無，神光乍近遠。九霄空片雲，宕飀一珠緩。清輝戀人衣，心長惜漏短。何當抱雪眠，塵夢海香澣。

賞梅鹿樵半野園同湯价人觀察藩言皋雲太守朝標次皋雲韻

濛濛玉蘂半含煙，四面生香拂綺筵。趁雨未來容飽看，與花成約有深緣。倦飛共作雲林鳥，渴飲同烹雪竇泉。努力芳時須盡醉，瑤臺轉眼是瓊田。

送价人觀察解組歸南豐

春水方生綵鷁還，看花一路達鄉關。交韓乍喜鷗盟洽，借寇猶思馬足攀。四海文名歐永叔，七旬高蹈白香山。他年想望停雲處，只在匡廬九疊間。

夢禪說爲友人作

天開碧扶，地獻耆領。縠華四照，瑤雲千頃。塵不著趺，谷不漏影。以何因緣，而入此境。金光舌受，如沃醍醐。定香眼受，如被流蘇。六通驥騁，五衍輪驅。以是種種，而證賓盧。足登九閶，神遊五嶽。直象精想，各隨所貌。是真皆夢，是夢還覺。一枕禪心，竹萌透殼。

## 喜故人至

片帆飛下楚雲東，一笑蘭芬滿屋中。握手乍看眉目瘦，驚心衹道夢魂通。誼關至性形骸脱，緣定前生骨肉同。畢竟相逢無可説，夜分翦盡蠟鐙紅。

## 識別

不是離情動柳絲，銷魂已苦落梅時。偶然好夢皆前定，無盡良緣總後期。花氣逼人成醉易，雨聲留客上船遲。盟心各保貞松節，眼底春光事可知。

## 聽雨疑梅花落矣曉起視之如故

小樓一夜雨聲酸，雪海香天事渺漫。未意多情忘老去，儘留真色耐人看。乍驚旋喜相思味，似密還疎不盡歡。珠點尚零風又緊，忍寒何惜倚闌干。

## 招真治古梅樹有翠鳥如么鳳翩躚往來音極清越趙師雄所云翠羽啁啾者是耶非耶覩影聞聲觸予舊感已

天上應無此樂全，一窩香玉一飛仙。仙人穩住梅花裏，但見梅花不見天。前身我豈趙師雄，來聽仙音話晚風。恨不身輕如一鳥，雙雙飛入萬香中。忽潛聲影忽飛鳴，啄玉吹瓊總有情。人卻儘輸香豔福，對花惆悵過今生。想到枝頭月似霜，滿身雲裏翠衣香。防他一縷閑情動，抱著梅花夢海棠。春風轉眼玉霏霏，花落何枝更可依？一片淒涼情世界，看伊忍向綠陰飛。

## 紀梅花下賣柑者言

梅花香中有人語，短布單衣負筐筥。願花既開不復落，玉顏常好珠常聚。有客聞言笑且嗤，爾之此願毋乃癡。一花長占春世界，萬花那有敷榮時。況經習見易生厭，西施百歲奚足奇？婉容謝客客無惱，萬花那如此花好？桃花有色不肯香，蓮花雖香不久長。寧使羣花勿婭姹，毋令梅花有開謝。羣花如雲匪我思，與梅一心情獨私。生不願千箱粟、萬倉穀，持籌日夕雙眉蹙。亦不願身蟒服、腰圍玉，待漏霜風利如鏃。但願梅花照眼日日鮮，一日便抵千萬年，貧賤之樂如神仙。

## 西師告捷擒獲逆裔張格爾凱旋誌喜

雪山南北亘烽煙，蟻結蜂屯九姓連。神策忽傳收百濟，鬼方已苦伐三年。龍衣賊定爲儂智，犬吠奴真獻繼遷。從此玉關邊警罷，好銷金甲事春田。

朱鷺歌成競鼓笳，生擒頡利出龍沙。兜鍪不意逢虓將，朱甲爭看縛夜叉。性狡幾成營窟兔，謀深終獲跳梁蛙。中朝額手如天福，應笑珠厓昔議差。

聖代遐荒列版圖，誰容篝火起鳴狐。九攻屢駭三城陷，百戰幾令萬骨枯。決起鷹揚憑將略，窮追虎負仰宸謨。平生不讀班超傳，威信如何萬里孚。

徵調軍書絶域來，頻年苦費度支裁。憂邊誰上王丹麥，助國方資卜式財。蠹政幸蕪加蔀屋，遙旂喜得偃靈臺。東南未被輸將困，總慶西郵宿霧開。

## 花朝梅花殘矣以酒澆之

夢入羅浮不肯醒，輕雲偏攪思冥冥。緣從盡處還深種，香在空中更細聽。癡抱鏡匳邀月姊，妄猜環佩降湘靈。明知紅豆重生少，且向東風酹緑醽。

### 鷺脰湖

風來東面我船東，柔艣遲徊鳥遡風。人在煙波詩澹蕩，天將雲樹畫空濛。丹霞孤落三霄外，白鷺雙飛一鏡中。沿著桃花浮宅去，前身我本緑簑翁。湖心有張志和釣臺。

### 西湖

三年不見西湖面，重過依然西子妝。一鏡光涵天表裏，萬峰影活水中央。亭臺半没王孫草，花柳都成帝女桑。恰似洗空脂粉黛，單留絶代好容光。

### 張生乘槎圖

銀河何處好吹笙，一葉紅蓮萬里行。身出雲霄誇博望，手攜星斗問君平。東吳蓴菜鱸魚美，西塞桃花白鷺明。料理漁簑釣篷去，煙波隨處是蓬瀛。

## 沈石田太白山圖吳婿來復乞題圖後附裝題吳瑞卿王叔明太白山圖詩

昔讀沈老吳生圖後詩，句奇韻險摹退之。令我神觀頓飛越，如陟太乙中南支。詩中之山畫中有，三百年來落誰手？豈惟不見王叔明，那得一覩吳瑞卿？朝來奇峰飛入屋，眼前突兀秋空撑。羣山趨拱左右峙，聯絡一氣青纏縈。天童樓閣綴巖腹，樹杪明滅僧樵行。白雲蒼蒼忽橫斷，雲中似聞雷雨聲。紙盈一丈勢千里，奇氣橫溢觀者驚。初看直道阿蒙筆，圖窮乃見沈字出。眼角想無黃鶴樵，何況吳郎初入室。畫時惠宗歲甲辰，贈吳詩乃弘治春。畫中山在詩裏讀，其詩與畫不相屬。何人連綴作卷軸，恰似鳧脛鶴脛續。卷還呇嶤崱屶八九峰，詩情直接去天三百青芙蓉。

## 春盡日雨示張生荔門式

就使晴光媚，猶驚節序更。雨來花有刼，春去樹無情。寒煗天心活，盈虛物理平。閑聽時鳥變，吾自樂吾生。

## 周菊人學博達齋中並頭蘭

雙笑東風鬬影妍，泠齋春色耀青氈。化工每作無心合，尤物從來得氣偏。漢室尹邢方避面，趙家姊妹但隨肩。輸他穩學同眠樣，不羨池塘並蔕蓮。

## 學博誦其姬人同心容易並頭難之句爲廣其意

無情香草兩相歡，只當鴛鴦枕上看。我是禪家須轉語，並頭容易一心難。

花能雙笑影團欒，人怕香盟轉眼寒。拈出文君琴上語，一心修到白頭難。

## 菊人屬題看山讀畫樓圖王子卿太守所繪

君家九峰縹渺間，繞樓九點青螺鬟。一厨煙雲好家具，屋裏青山更無數。瑶窗晨啓列岫橫，玉叉高展詩無聲。嵐霏墨彩兩相射，且讀且看雙眼明。忽而遙山成潑墨，疑是通靈畫飛出。淡者倪迂濃米顛，天外空濛巨然筆。忽而壁間衆峰立，機山佘山夜飛入。橫者橫雲側細林，紙上陰晴能變色。樓中之人逸興飛，但覺蒼翠滴我衣。山非山兮畫非畫，眼前一片皆天機。子卿太守今元照，點筆爲圖羅衆妙。參透香光老畫禪，發舒摩詰新詩料。君今一官匏繫閑，日日拄笏看虞山。篋中攜得家山在，夢櫂扁舟團泖灣。

## 吳淞江工竣放水作歌和陶雲汀前輩韻

三吳巨浸尊五湖，三十六浦皆尾閭。東江婁江久湮澱，吳淞一水猶東趨。自從江尾建橫牐，謂以禦濁持門樞。嚨胡被搤呼吸滯，流沙不走停西隅。西從黃渡東宋渡，洪川成陸堪行車。澇無宣洩旱失溉，春農往往逃秋租。使君特創撤牐議，任潮來去如游魚。萬民畚鍤五閱月，淺水百里成洪渠。開濬取深不取濶，疏通取直不取迂。如人當食去哽噎，吐納自爾充然餘。農田遠近蓄洩利，三泖上下歡雷呼。吳民幸承天子澤，一州七郡期霑餔。明時首開夏駕浦，引淞北灌歸天墟。未規全勢通復塞，爲魚之患誰其除。後來忠介號專治，亦未悉奠民之居。治求急效非久策，不數十載終廞淤。即今吳淞纔深綠，健鱗潑剌多銀鱸。一江中通二江廢，龍途易塞魚仍枯。具區入海沙門戶，白茆劉港宜挑揄。以淞爲綱二川輔，心胸盪滌除嵚嶇。七鴉許浦次第及，靈源一氣快委輸。幹支瀠洄脈絡貫，利溥江浙均涵濡。公之神智越夏海，置閘笑斥前人愚。忍令澤被一方止，治髮何吝千爬梳。黔黎盡入胞與內，畛域豈以蘇松殊？會看仰體九重意，恩波滲漉東南區。三江既入震澤定，修復禹績清扶輿。

## 登虞山望海歌呈陶雲汀中丞

海虞瀕海稱巖疆，虞山雄鎮鵬溟鄉。吳中羣山脈北走，賴此屹立關門當。諸峰岧嶤鬬奇峻，一墩獨聳凌瑤閶。舊有見海亭，明邑令沈宏彝建，今廢。其址猶名望海墩。雲開東角見滄海，冥冥澤國蒸天黃。江從北來勢澒洞，海與東滙包鴻荒。正當江海交會處，怒潮百里聲雷硠。波濤出没諸島嶼，白狼金鳳爭低昂。十洲縹渺不可見，但見一氣青蒼茫。其間吐納賴諸浦，如人噓吸通中腸。自從白茆尾閭塞，水欲出口如搤吭。幸遭鯨波不揚日，早潮晚汐無披猖。盈虛蓄洩既失備，蓬壺倒灌誰能防。使君惠民今鄭白，獨屏騶從登危岡。天池眺望非快目，爲魚之懼心彷徨。昨聞吳淞首疏濬，蘆茅沮洳成汪洋。三江門戶此其一，籌畫分洩須精詳。吾虞控扼乃北戶，襟江枕海爲提綱。願公繼起林應訓與海瑞，雲畚雨鍤開新塘。重來絶頂恣延眺，四十三里恩波長。海波如鏡海疆謐，億萬赤子歌豐穰。

## 訪友人不值

思君一夜放靈槎，見了還休各有家。何似相尋不相見，門前看煞刺桐花。

## 李生蘭齋下帷游文書院至山堂

埽卻嵐霏臥石牀，便看人物似蕭梁。一城氣聚孤臺秀，萬卷風生六代香。窺竹青燐燐苦讀，話松玄鶴報新涼。詩成定博維摩賞，澈夜文星照草堂。

## 佳人

絶色非關學，何人學得成？眉長爭月秀，氣靜與花清。福慧修三世，溫柔鍊七情。未妨間逐隊，衆裏自分明。

## 昭明臺紫薇花下同羲人蘭齋子勝

荷葉雨聲催暑去，芙蓉山翠湧秋來。六朝裊屐推吾輩，四海文章仰此臺。冷席恰宜閑散置，熱花偏耐久長開。老夫跌宕如年少，笑對銀蟾勸玉杯。

## 題畫和張生荔門韻

亭臺高下碧靈瓏，隔絶飛塵十丈紅。一面青山三面樹，秋聲蕩漾緑雲中。

## 浦江方陳氏節孝詩

譆譆出出比鄰叫，阿母酣眠聾且耄。伶俜負母鬱攸冒，入火出火髮膚燎。烏虖一歌兮女之孝，伯姬硜硜未足效。

親迎有期婿膺沴，媒請緩期女決計。疾其瘳耶我焉辟，疾弗瘳耶我焉逝？烏虖二歌兮婦之義，剔目房家孰難易？

摩笄一慟誓將絶，腹有遺孤苟延息。一縷宗祧此顛蘖，危如懸冰苦齧雪。烏虖三歌兮母之節，夏侯髮斷陶髮截。

## 讀史雜書

龜兹生縛著勳勞，圖畫凌煙鄂與褒。一戰功成歸繼岌，三軍令出仰崇韜。喜聞林伯平西虜，訝許滇吾判兩豪。但祝護羌諸將帥，莫教邊馬渡臨洮。

神髻久縱北溟鯤，誰道遊魚餔底魂。自願素車降軹道，卻傳元夜奪崑崙。賜書尚指三辰誓，銜璧終希列土恩。聞道漢家方受服，早將不死待劉盆。

安車迢遞入京師，羽騎材官夾道馳。祇謂受降羈伏念，豈知執法戮昌豨？設阬縱異長平慘，投火終傷邊寇慈。畢竟封侯真有骨，奇勳萬里勒崦嵫。

## 赴郡舟夜同蘭齋子勝

篷窗酒醒燭初昏，殘夢迷離戀被溫。水上雁聲知去艣，雲中犬吠識遙邨。衰年恰喜多攜伴，嬾性猶貪暫出門。共有清愁宜祓洗，明朝傾倒菊花尊。

## 秋晚虎邱同畹卿

何必龍湫雁宕奇，不如奇士共遨嬉。分明習見無奇處，恰有相看不厭時。山帶夕陽荒率畫，水含秋氣性靈詩。憑誰解識流連意，暝色闌干去獨遲。

## 留仙閣同晥卿取醉

一樓風月酒縱橫，倒卷天河玉盞傾。燭影瘦搖心蕩漾，花香清逗語聰明。七情總趁知音轉，萬事都緣醉膽輕。便擬刺船滄海去，手攀龍角聽秋聲。

## 雨泊閶亭有遲不至

舩窗急雨響瀟瀟，鷗外風聲葉似潮。知道漏天晴也未，且溫殘夢過今宵。篆煙心字裊寒香，翦盡鐙花一穗涼。有約不來非負約，留人今夜作思量。

## 春時雲汀前輩旌節涖吾虞登山望海志在興復白茆水利屬爲作歌今公繪虞山圖自題一詩於上寄示索和有曰雲帆歷歷轉遼左又曰不信大海多迴風其寄意深矣次韻復呈卽題虞山圖後

面湖背海插西嶺，山外山包東北境。一墩高跨兩山間，望海墩。面面雄奇恣遊騁。石開劍閣聳地根，水卷晶簾拂天頂。峰峰作態峰峰殊，逼漢凌霄各森挺。碧油之幢綠玉筇，登山直登第一峰。意不在山目在海，潮音耳觀聞洪鐘。南槎北槎一指掌，萬里歷歷羅心胸。綠洋黑水拭明鏡，颱颶潛伏馴蛟龍。雲帆鼇背往來駛，一百五島青芙蓉。仙人遼海若招手，金銀宮闕難攀從。急令工磨斗墨水，縮取危峰縹囊底。畫外滄溟不可收，畫裏煙雪良不死。非徒鴻雪誌因緣，直爲哀鴻憫勞止。大人赤手援哀瘵，山川利澤興無窮。黃鐘一鳴瓦缶和，竊比作誦來清風。

### 陳芝楣觀察鑾以賤降枉過贈詩四章并索拙稿次韻報謝

使君爲政冠清時，韋白高蹤宛在兹。西塞風雲東海月，未曾相識早相思。

分藩紅旆喜來旬，僻巷青山笑似春。贏得牆頭邨婦看，朝衫野服兩詩人。

老廢行吟戀釣竿，忽來青眼索詩看。褢中幾卷閑風月，日減餐錢刻未完。

新詩萬口誦尊前，十色箋繒照四筵。霖雨在山成底事，祇應珍感惜殘年。『霖雨在山』，觀察贈句。

### 芝楣以滬城南園讌集詩見示有感於嘉慶甲子歲舊遊輒和二首

縹渺神樓在絳霄，舊遊鴻雪事遙遙。西園裙屐人如畫，北海尊罍酒似潮。礙屋老松應化石，臥池危樹欲成橋。青蓮一自騎鯨去，空向滄溟賦大招。謂味莊觀察。

幾度攜琴枕綠眠，阿戎忝附竹林賢。味莊先生招同吳穀人、洪稚存兩前輩，何春渚徵君，胥燕亭、萬廉山兩大令讌集，時予年最少。高歌海上生明月，小住雲間有洞天。青鬢我方驚逝水，白頭人盡賦遊仙。樓空渡鶴今何處，悵望珠宫碧樹巔。南園一名蘂珠宫，舊有渡鶴樓。

## 李穀齋世倬小像鹿樵屬題

穀齋學畫學道子，佳士相逢亦寫真。卻笑畫師難自畫，被人偷看李公麟。憑仗拈豪手筆工，須眉長活畫圖中。只愁流落人間去，團扇無人識放翁。

## 小寒夜梅花開

不分開時爛漫開，有人手折一枝來。絶勝久別逢千里，何惜遲眠看百囘？酒趁歡愁無定量，詩論工拙便凡材。從拌日抱花枝寢，香雪窩中當玉臺。

## 香瓃樓梅月夜醉歌

埽卻萬念一事無，梅花勸人提玉壺。酒星夜夢飛入口，酒徒不待相招呼。我期明月出東海，人到樓頭月先在。聰明本是月前身，吐氣能增月光彩。梨花之釀一石春，醉不在形卻在神。歡顔如天意如海，攀天測海愁墮身。愁墮身，身不壞，醉魄能逃萬緣外。壺中蟣蠓自仙界，螢人富貴如蠭蠆。不見虞仲翔，命輕雀鼠投遐荒？不見盧中郎，檻車械繫如牛羊？雄雞惡肥斷其尾，全生遁入酒杯底。但令纖阿停御，蓂綠侍旁。斗筲之量，一夕千觴。玉繩斜飛兔脚旁，醉鄉蓮壺特地長。世上貂蟬若大夢，山中酒人不適用。

## 寒夜送別

醉中分手石橋灣，香雪窩深自閉關。畢竟夢魂關不住，已隨寒月度重山。

## 丹徒楊貞女詩

皎皎京口月，湛湛中泠水。有女操冰霜，華年若桃李。惻聞雛鳳殤，堅效寡鵠矢。辛勤事尊章，子職供十指。白頭倚貞鸞，忘卻厥雛死。如何九泉下，催促成連理。部婁無松柏，荆榛發蘭芷。白日不照泉，疇與勒彤史。京口月，中泠水。丹徒縣，登雲里。父楊寅，老兵耳。兵家女，字農子。作此詩者舊史氏，闡厥幽芳詔來祀。

## 冬臘晴煖梅花開至七分

未是陽和轉律時，卻看繁蕊已紛披。發舒衆美愁先盡，蘊釀餘芳乞緩期。初月易升須易落，新晴嫌驟不嫌遲。願憑一夜風兼雪，勒住瑤臺玉萬枝。

## 詩成後風雪天驟寒

詩夢回時水潑衾，獰飈如虎吼寒林。卻憑西極嚴凝氣，暫遏東君躁動心。玉樹頓收紅豆小，瑤妃應鎖白雲深。從教勒住春消息，雪海冰天緩緩尋。

## 留仙仙醉圖

水精杯小泛流霞，酒力難勝倦影斜。贏得一樓醒醉眼，仙人頰上看桃花。

楊忠愍公手蹟五幅開煤山記讁所苦雨述懷哀商中丞少峰元旦有感寄王鳳洲爲阮芸臺前輩元所珐得諸嘉禾謝氏者後一幅與霸州王遴書真蹟在錢塘梁氏已刻石芸臺取其拓本聯爲一卷藏諸焦山漢隱菴後仰止軒江都丁君研山淮爲刻石祠壁予從同年周松路處得見拓本輒題六詩以識景仰他日得拜先生之祠補書於真蹟卷尾俾寒蟬秋蚓得附忠義之氣以傳乃至幸也

一疏忤權倖，竄身洮水湄。有苗七旬格，無品一官卑。民利開番徼，君恩泣楚纍。卽今楊父頌，人摸鎖林碑。

寰宇皆煙霧，乾坤混不分。欲披九霄語，迴隔萬重雲。草長迷當路，山高障夕曛。天河成倒注，釣叟未曾聞。明世宗自號天河釣叟。

鐵石兩忠肝，同嗟困一鸞。黃沙埋骨白，黑獄鍊心丹。夢憶南冠共，冤鳴北闕難。秋風哀楚些，泚筆爲汍瀾。

九死纍臣骨，猶留報國身。中朝應復旦，邊草又重春。刖幸存丹璞，心期獻紫宸。詩成告知己，相約矢忠純。

天下誰當任，惟君與我能。愛身留柱石，苦口暫模稜。情豈關兒女，公在獄，遴以女許婚公子。忠還仗友朋。無成事何益，況是畏青蠅。

千秋兩忠魄，公與魯公書。浩氣龍蛇走，丹誠豪翰餘。長如玉局帶，永鎮金仙居。相傍鶴銘石，華陽愧不如。

### 研山以家藏楊忠愍臨雲麾將軍碑不全墨蹟並藏於仰止軒與前五幅遂爲合璧復題一首

忠以書顯非所欲，書以忠顯名所獨。一文三詩一簡牘，副以零縑恰成六。藏諸靈龕閟怒湫，大江爲囊山作櫝。忠魂所在萬邪伏，桓玄油具罔敢觸。定陶鼎銘慚玷辱，不幸曾入冰山錄。

### 九香居卽事

寒宵載酒預支春，恰有同時兩玉人。鴻隱目無卿相貴，鷗盟情比弟兄真。戲邀明月來斟酌，笑揖梅花作主賓。珍重當筵紅燭影，莫教惆悵昨星辰。

## 寒夜梅花下竚月

連宵歡聚鬢成絲，自笑聰明自得知。人若無情方是福，天如有好亦應癡。便期後會終須別，業種前緣未許辭。清影自憐梅共瘦，爲誰立盡月殘時。

## 寫梅未了畹卿適至代余補花綴苔頃刻成四幅神致飛動各系以詩

鐵幹虬枝凍欲僵，著花何處費商量。仙人腕底春風活，頃刻瑶臺月盡香。
墨痕香氣半氤氲，妙腕靈心尚待君。空裏著花三數點，全身飛動萬枝雲。
拈豪著紙便生香，水墨都融雪月光。夭矯玉龍飛不去，長留清氣在虛堂。
蟠天際地萬枝斜，枝隙還留補月華。一片空明香欲動，不知是月是梅花？

## 喜伯生至

乘濤載雪下楊子，爲欠梅花數首詩。只恐詩成君又去，春風不肯到南枝。

## 歲莫偶感

計相綸扉事協恭，風裁羣仰大司農。拒婚竟敢辭楊駿，愛士偏多好葉龍。地脈漫籌金礦採，天潢豈惜水衡供？中朝恩怨分明日，猶幸清輝照九重。

詔下倉皇北寺收，圜扉驚聽候蟲秋。西園賓客如雲散，東閣勳名付水流。萬里投荒嚴譴重，雙丁隨侍主恩優。白頭牘有彭宣在，遙望鑾天淚不休。

久聞清節勵懸魚，祇食先人舊德餘。三百頃收駢邑地，五千卷散鄴侯書。明珠薏苡讒空入，鍾乳胡椒事竟虛。一紙封條數椽屋，比他天水錄何如。

目無真鑒別羣材，空負平津館特開。漫信鬼靈爲異術，誤稱仙客是奇才。權尊自昔原招忌，名盛從知易釀災。何似模稜蘇味道，一生安穩坐三台。

## 唐張處萬造象題名小銅碑

大可二寸，寬八九分許，雙龍蟠其上，額刻『大唐』二字。負重在其下，文曰：『天寶五載五月廿日，上爲皇帝，下爲一切蒼生七代先世，今爲見存父母，敬造阿彌陀像一鋪。弟子張處萬一心供養。』背有鼻紐，當是繫於佛座者。向存武林黃松石家，王虛舟及其子孟堅欲豪奪而不可得。松石孫元長以贈蔣伯生，伯生出以見示。先有翁覃谿前輩題句，屬爲繼聲。

造象始自拓跋世，楊大眼爲孝文帝。歷隋至唐不勝計，彌勒釋迦爭偉麗。此獨縮本贔屭文，高可二寸寬八分。雙龍蜿蟺蟠鱗紋，慈阿逸多垂寶雲。天寶五載鎔鑄勤，下爲蒼生上明君。是時開元政全失，玉林陰霾翳白日。太阿倒授與鬼蜮，吉網羅鉗身劍蜜。傾危東朝借羅織，國本幾搖金玦泐。前星返輝臨北極，扶翊乾坤猶佛力。佛身雖小佛力長，鼻紐孔出旃檀香。蔣侯敬奉仆襲藏，疇其畀之武林黄。我思豪奪前車王，繼覃溪老題詩章。神馳山東石門房，王十一孃盧大孃。俱天寶六載造象，在山東寧陽。

## 蔣伯生賞詩閣圖

蔣侯屣脫功名想，紙上功名視諸掌。獨攬詩中黜陟權，别裁僞體存真賞。西風破屋三數間，卽此便是中條山。二十四品懸賞格，叔清子曠都從删。塵世浮雲誰不朽，將相殊勳亦何有？詩成知己一點頭，勝似黄金印懸肘。騷壇飛將如沙蟲，時無李郭真英雄。問君新建麒麟閣，畢竟何人第一功？

# 天真閣集卷三十三　詞一

## 看花載酒録

### 摸魚兒　和子和感懷舊遊用張蛻巖韻

記良宵、水晶屏底，窺人紅玉先輭。金爐雙炷沉香火，不抵豔情春煖。羅幔卷。看不定、眉峰一角障繡扇。芳盟燕婉。算身到蓬萊，未應知道，碧落水深淺。　銀河瘦，暗了神妃雨館。花叢回顧都嬾。寒雲偶結高唐夢，易被曉風吹散。渾不見。祗落得、斜陽衰草成廢苑。尋春恨晚。縱寶馬重嘶，青禽已杳，人遠比天遠。

### 三部樂　子和有登高之約次韻促之

遠山撐骨，戴一縷瘦雲，半空搖兀。不登高去，何以消除幽鬱？偏是青女多情〔一〕，把落霞萬縷，繪樹都活。絶妙畫圖，畫裏可無人物？　多君寄我好句，約碧峰頂上，共聽秋雪。何時載花榼酒，清愁須祓？漫思量、玉簪繡紱，勸行樂孤墳斷碣。今日可惜，且共守、一天明月。

【校記】

〔一〕據詞譜，此句疑脱一字。光緒本同。

## 點絳唇

吾谷楓林下弔吾家西川翁

颯颯蘿衣，半林落葉西風埽。墓門衰草，石細人行少。　幽谷依然，泉下詩魂渺。横斜照，數株霜飽，也算前朝老。

## 醉花陰

和竹橋丈春晴探梅〔一〕

幾縷停雲拖樹重，春氣還如夢。踏溼過西家，竹外枝斜，早有生香動。　柔風乍解冰魂凍，影瘦煙微弄。趁好是初開，莫待重來，雪糁間階縫。

【校記】

〔一〕《國朝詞綜》録此詞，小題『竹橋丈』作『竹橋禮部』，他字句亦多異，兹録全首：『城頭一片雲猶重，春氣人間夢。踏濕問梅花，竹外枝斜，日暖迎香動。　巡簷只我和花共，影瘦風微弄。趁好是初開，莫待重來，雪補蒼苔空。』

## 小桃紅　阻風江口登北固樓晚眺〔一〕

柳色催人去，風色留人住。如此江山，不堪醒眼，獨尋秋語。看橫空一雁瘦於雲，帶詩情徑渡。試問樓前樹，可識儂前度？六曲闌干，一番憑眺，一番情緒。只金焦兩點浪花中，鎮青青自古。

【校記】

〔一〕《國朝詞綜》録此詞，題作『白門舟中』，詞惟一二句同，他皆改易，兹全録之：『又趁西風去，衰草連天暮。看老江邊，幾番斜照，南徐北固。只金焦兩點浪花中，鎮青青如故。　垂柳絲千縷，似我曾攀處。試挽柔條，問他前夢，依然無語。漸黄昏蘆荻并江聲，作瀟瀟秋雨。』

## 疎影　京口懷古

羣山眼碧，看寄奴此地，雄視無敵。百戰風煙，潮落潮生，空江卷去陳蹟。熊旂虎帳今何處，賸颯颯、新洲蘆荻。爭滿城、畫角吹寒，尚作一龍雲色。　經過尋常巷陌，草間崛起事，田父能說。一霎興亡，付與西風，幾曲漁邊長笛。年來舊夢鷗無影，更莫問、百年鴻雪。算此時、不把清尊，負了一江明月。

## 霜天曉角　燕子磯

翻江峭壁，浴翠寒濤立。如雪亂帆千點，來與往、似相識。　轉側看又別，勢如風振翼。爲問飛來何日？飛去也、怎飛得？

## 憶秦娥　江行

孤雲起，片帆飛入秋無際。秋無際，蕩秋一色，大江千里。　玉蟾又上東山矣，疎星無限相思意。相思意，一天香夢，斷鴻聲裏。

## 蝶戀花　調子和納姬北上

十四十三花拂面，打槳迎來，桃葉空江遠。淡月疎雲簾一扇，海棠花底東風輭。　清曉蠟輝紅未剪，曲曲眉峰，認取春深淺。弱柳千絲鶯百囀，如何邀得輕帆轉。

## 賀新郎　宿小雲棲寺

放了閑雲去。碧玲瓏、四圍樹影，夜涼慵舞。遥指松梢斜缺處，明月如盤正補。心寂寂、銀蟾同古。洗淨人間箏琶耳，聽深林山鬼幽篁語。寒氣逼，蠟花吐。　市朝此際聽官鼓。夢魂兒、應飛不到，暗香林隖。輸與螺峰磐石翠，生結煙霞伴侣。今夕喜、雲留人住。一片詩魂清如水，檢危崖瘦處題秋句。誰和我，澗谿雨。

## 摸魚兒　淮南舟中端午因憶故鄉景物

甚江潮、只流歸夢，如何流得愁去？丹榴刺眼篷窗熱，省起故鄉時序。攜綠醑。約點點、春情爭趁飛鳧渡。山邀醉舞。向萬頃涼波，碧雲深處，笑共藕華語。　孤舟泊，聊把邨醪浥注。閑看茅舍兒女。夕陽西下淮流北，送了少年無數。聽杜宇。似勸說、詩人祇合煙波住。思歸又阻。把鏡裏湖圓，眉邊峰秀，讓與老漁父。

## 步月

八月十六夜，同子和、筠樵、子山、子偘踏月，至鬱羅蕭臺聽道士吹篴，盡三鼓乃返。

洗出瑤空，一泓秋水，一珠徐吐其間。醉尋詩語，攜手向青山。正花氣、冥濛作霧，露幾點、烟外螺鬟。空明裏，班窗謝館，都不似塵寰。　姍姍風過處，笛聲捲碎玉，飛入雲端。月斜人静，清極不知寒。歎千里、冰輪涌現，有幾人、同此清歡。分途去，依然共對水晶盤。

## 摸魚兒

題竹橋吴丈小湖田樂府

愛西湖、一圍寒碧，此中殊有佳語。鴛班辛苦簪豪立，何似伴他鷗鷺？移櫂去。歌緩緩、東風引入桃源路。吹簫自度。把水上諸峰，墨雲題徧，化作瘦蛟舞。　鑾坡客，幾箇能知此趣？煙波隨處容與。清聲唳徹瑤臺鶴，柳外曉鶯都住。從聽取。有井處、都知手拍花間句。山光四顧。且盪槳中流，小紅低唱，静按玉琴譜。

## 虞美人

湘簾罨水朝寒重，萬象春如夢。東風忽埽白雲開，對面青山一角自飛來。　杏花狼藉依芳草，紅雪無人埽。江山滿眼是新愁，只好閑和燕子話樓頭。

## 南浦

杏花郫圖爲陶廣文賦

紅醉綠酣邊，影迷離、一扇青旗風小。疑有酒香來，前郫路、雙燕拂花先到。閑情寂歷，任他春意枝頭鬧。遙聽提壺，林外喚似勸，玉尊須倒。　看花爭說長安，問年年陌上，紅塵多少？生長是江南，煙波煗、官亦是江南好。頭銜漫笑。杏花壇配先生埽。香徑平鋪紅雪輭，絶勝醉眠芳草。

## 賀新涼

小病初愈，清秋致佳，同子山、子佀遊小石屋，登西嶺最高而還。

佛土空山淨。被清風、紛紛簸弄，白雲秋影。多少塵緣應付與，落葉哀蟬喚醒。心一片、澄潭俱定。石濺水花巖壑暝，坐松陰空翠霑衣冷。搜峻險，杖能領。　憑高頓失愁兼病。吐蘭襟、虹霓萬丈，半天霞靚。我欲身騎玄鶴去，笑舞圓靈水鏡。清嘯發、人間深省。雁背夕陽紅一點，帶蒼蒼海色連秋緊。歸去也，月前引。

## 洞仙歌

秋莫與子佀、子粱泛舟湖田，煙水瀰漫，菰蘆蕭瑟，青山倒影，白雲瀉空。扣小菴，索茗汁暫憩，歸飲城西酒壚，白日落矣。

重陽過了，展晴波如鏡。料理漁竿放煙艇。趁鷗涼選夢，魚老吹花，蘆雪裏，一片秋聲先等。禪扉閑款寂，花雨繽紛，古佛香清發深省。不道豔情撩，白社鐘魚，徐敲動、漉巾清興。恨返棹斜陽忒匆匆，錯一角煙鬟，未容看近。

## 探春慢

春日同呂叔訥登崑山，憩曇花菴。時白日欲落，殘梅亂飛，俯瞰城中，喬木蒼涼，池臺明滅，臨風感慨，不能已已。

磴老盤青，峰寒皺碧，人穿空翠如沐。萬瓦浮煙，孤城照水，放眼一時春綠。幾處園林古，被黯淡、雲迷金谷。祇餘無數梅花，晚風天外飛玉。長笛莫吹哀曲，已殿角懸鈴，清怨相觸。花木榮枯，亭臺興廢，都付夕陽沉麓。滴盡詩人淚，化不得、碎珠盈掬。且慢歸休，回看山黛微蹙。

## 憶舊遊

玉峰樟園爲徐立齋相國別業，今屬沈氏，其中樟樹約四五百年物。偶偕徐嬾雲過之，池臺零落，而喬木無恙。

問平泉舊事，水外斜陽，黯澹無言。款到雙扉綠，賸荒臺古樹，吹不成煙。仙人紱佩零落，飛去向誰邊？笑老樹無情，更番入劵，兀自長年。　淒然，看花處，但密網蛛絲，亂繡苔錢。舊日烏衣燕，尚隔枝遙睇，尋取湘簾。誰將百歲幽恨，分付與流泉？甚與我相干，婆娑樹下擔莫寒。

## 南浦

徐嬾雲今宵酒醒圖

沉醉已難堪，强起時，江聲送客如雨。休更說明朝，輕雲影、卷我片帆飛去。除非更醉，夢中尋箇排愁處。夢緣奈阻，偏水濶天長，一聲清杵。　追思昨夜心情，記吹酒爲花，交杯成語。願得化萍圓，前生事、猶繞謝孃題句。空堅後約，幾時重過消魂路？曲闌院宇，念只有涼蟾，照伊醒否？

## 石湖仙

吳竹橋儀部閉戶著書圖

庭深苔古，賸空翠如煙，飛上詩句。翦水不成愁，喚天風、閑和松語。桃源何在？我自愛、古香中住。分付，把夕陽、冷鎖花塢。　此中靜多歲月，與佳人、相忘歲莫。燕子歸來，門外方知春去。無限湖山，無窮煙樹，一囊收貯。除舊雨，清聲隔竹敲戶。

## 摸魚兒

蘇臺校書杜畹蘭琵琶，爲教坊第一，洪穉存前輩有詩贈之。余未識杜，讀穉存詩，如聽《四絃秋》矣。爲填此曲。

似相逢、雁門龍塞，驚沙飛撲燕玉。穹廬帳外邊聲苦，飛上杜孃絃索。才讀曲。已不覺、輕衫點點秋恨綠。何當坐促。倩小撥檀槽，四條冰上，并瀉淚千斛。　天涯事，多少淒笳怨筑？秋聲一一如哭。幽并老將今誰是，鼙鼓夜驚林谷。吾輩福。猶得把、輕攏慢撚消畫燭。蛾眉翠蹙。縱冷落門前，還勝抱月，屈膝向金屋。

## 又

袁蘭邨參軍宦遊邗江，懷想家園，作《秋夢樓圖》寄意。予自隨園先生殁，不至園六年矣，循圖撫玩，恍如策馬西州，不勝今昔之感。蘭邨自題《摸魚子》一闋，從而和之，不減山陽夜笛之聲矣。

借揚州、二分明月，送君歸夢飛渡。水深祇怕蛟龍得，不怕大江攔住。秋已莫。秋只在、紅樓一角無人處。憑欄四顧。賸六代眉痕，雙湖鏡影，幾片冷雲護。　圖中樹，我亦曾經折取。寒香猶繞詩句。一從陂杖飛仙後，谷柳岸花都古。君又去。便絜酒、空山誰指先生墓？情緣待補。判夢趁寒潮，追尋宿草，或者與君遇。

## 瀟湘逢故人慢

隨園訪蘭邨不值，留宿雙湖，聽雨感舊。

雲停何處？空一襟古思，搖蕩燈青。猛雨太沉沉。灑松柏蕭蕭，如在西泠。詩仙老去，甚湖波、綠到如今？當時夢、過橋衰柳，厭人舊迹重尋。　今宵酒，容易醒，盼歸人、一更數到三更。點滴到天明。料人隔空江，也自愁聽。商飈又起，只相看、燭淚還零。明朝認、敗荷殘葉，定應碎似秋心。

## 蘇幙遮　康起山秋窗話雨圖

浪花圓，萍葉聚。人帶秋來，秋在愁來處。山色攔秋秋不住。商略寒雲，又下黄昏雨。　雨蕭蕭，蟲絮絮。切切嘈嘈，攙和離情緒。話到無情情更苦。雨也無聲，蟲也都無語。

## 疏影

小春日同吕叔訥、杜梅溪過東郭郎氏看菊，時新月乍流，寒香滿庭，主人治具相款，籠燈照花，摘艷入酒。主人固精六法，四壁煙雲，皆出揮下。余樂其隱居之風，陶然逕醉，擊甌而歌。

斜陽戀逕，傍短籬偃蹇，來弔秋影。冉冉寒香，淒欲成煙，無言看到孤暝。新蟾劃碎瑠璃碧，早躍過、盤龍松頂。問閉門、一片秋心，可與此花同冷？　難得清尊對賞，然明照古豔，林籟都靜。爲語幽姿，莫向朱門，只恐安排非稱。今宵不飲何爲者？怕月定、嫌人蘇醒。好醉循、壁畫題詩，界破緑波千頃。

## 解語花

陳俊卿秀才納妾芸孃，定情之夕，彭甘亭贈詩云：『阿儂消瘦倦花顛，新懺紅情向紫煙。恰似東坡蕉葉量〔一〕，但看人醉也欣然。』俊卿寫《看醉圖》，索題此解。

瓊奩帶月，畫燭移星，春入眉峰淺。嫩寒如翦。熏爐小、剛爇定情香煗。芳名試喚。緣早注、夜來相見。準備教、鴛錦書城，付與妝臺管。　偏是筵長漏短，聽如雷顛態，紅燗都閃。玉壺春滿。斟還緩、脈脈暗將伊怨。東風半面。鎮隔著、晶屏偷看。只酒人、何福消除，邀箇人醒眼。

【校記】

〔一〕『蕉葉』原作『焦葉』，今改。

## 滿庭芳

黄蕘圃讀未見書齋同汪辯雲、張子和、陶凫鄉分韻。

巷曲雲停，門深柳掩，訪君還訪君書。古香吹滿，花氣轉清疏。要洗雙眸似月，先教取、塵夢删除。油幢碧，專城坐領，比得此間無。　招呼，新酒伴，紅燒燭短，綠吸杯餘。聽一片秋聲，如隱寒蘆。何事親探禹穴，鄉嬛祕、只在窗虛。拌沉醉，胡牀跂脚，魂亦化蟫魚。

## 明月櫂孤舟　秋泛過野人家看菊

野水寒雲孤櫂去，但逢著、好花須住。白鷺低迎，紅橋淺泊，先有冷香飛度。小市秋聲淒欲雨，菰蘆裏、瘦秋共語。笑插疏枝，閑乘醉影，呼取月明而舞。

## 念奴嬌　西湖寓樓作

小眠樓穩，正風吹詩夢，冥冥飛到。鷗外一枝仙笛冷，驚起飛花來攪。湖水湖烟，湖雲湖樹，總是春愁料。危闌休倚，六橋紅了殘照。還問紫陌黃塵，爲誰忙殺，日逐霜蹄擾。倦客身如隄上柳，臥聽南屏鐘早。蘭草詞香，梅花賦豔，儘受青山笑。月明知我，一尊呼共傾倒。

## 又

殘臘赴上洋，訪李安之、歸佩珊伉儷，見示新詞，丁當清逸，使人歎李易安復見矣。輒和一首。

乘濤載雪，浪花中、搖蕩扁舟詩思。借取春風先十日，吹我飄然而至。縹緲雙臺，玲瓏一鏡，海色當窗起。詞仙妝閣，玉梅都帶仙致。剛值柳絮吟安，黃花比瘦，響落琴邊脆。鏤雪團香纔半幅，包得英雄清淚。玉管裁雲，銅絃彈月，輸與蛾眉翠。天寒孤倚，幾竿脩竹增媚。

## 又

下榻雙管草堂，與安之、佩珊煎雪敲冰，客愁若洗。明朝挂帆欲去，便將計偕。鞭絲塵轍，不知重溫清夢，當在何時？用前調識别。

梅肥月瘦，弄清寒、閒鎖壺中幽翠。老鶴盤空秋不語，也助停雲離思。墨雨香濃，簾波緑淨，此後思量地。霜風如翦，碧天彈與清淚。　佗日錦字眠蠶，瑤函劈繭，何補今宵事？就使重來來亦去，爭似今番休至？鷗外沙涼，鴻邊雪盡，有夢如何寄？一帆行也，海波明鏡千里。

## 又

北行前一夕贈别内人

明朝行矣，趁今宵欲雪，何如歡飲？天半瓊簫吹宛轉，偏送傷心人聽。羅與浮離，湘和沅隔，萬疊春雲恨。東風搖颺，幾時花夢吹醒？　窗外一樹寒梅，嫣然微笑，相對還無分。帽影鞭絲塵拂面，卻要今番消領。團絮詞香，鈎蘭墨輭，拌取歸魂認。碧桃開落，玉樓芳信須準。

## 昭君怨　寶應道中見梅花

絶不相逢伊處，還想爲伊歸去。歸也既無從，莫相逢。　得見索須長見，暫戀何如休戀？昨夢尚嫌多，見如何？

## 燭影搖紅　和蘭風韻

鄉夢來時，客車搖曳如蘭槳。夕陽紅不到江南，共我離心蕩。陡憶年年畫舫，倚東風、春情共賞。莫言人面，只是桃花，也堪思想。　脩到花枝，一生不受黄塵漲。況他花裏小瓊樓，回首真天上。儻見柔絲翠颭，切休因、天涯怨悵。客愁雖苦，遙語蘭香，客還無恙。

## 揚州慢

寶應道中梅花，繁豔而有黯慘之色，念其淒清，懼其零落，既填《昭君怨》一闋，登車後，於黄沙白草之中，結念彌摯，因見蘭風所作，再和其韻。悼花耶？悼人耶？抑自悼耶？孰能辨之？

如此梅花，此間籬落，相看已自傷心。況纔逢又別，但怨笛聲聲。便開到、東風二月，賸香零雪，分付何人？料年年、飄泊春心，都委輕塵。欲行且住，也明知、無謂癡情。縱隔斷仙蹤，羅浮夢好，猶許人尋。慢說幾生脩到，真脩到、想只如今。更須知、如有來生，肯負今生？

## 念奴嬌

和王仲瞿白溝河壁間之作

片雲歸去，問煙波、何處相逢西子？一翦橫波星樣小，勾得英雄心死。簪筆螭坳，提戈虎穴，談笑皆餘技。惟情難了，玉蠶除死方已。　拌取花底鶯眠，香邊蝶醉，消盡魂如水。只願弓鞵幫上繡，不願虛名青史。半枕烏雲，滿奩紅粉，老卻神仙矣。仰天微笑，惱人春色如此。

## 又

題朱檢討竹垞圖，卽用集中原韻。

鴛湖春煗，訪南垞、風月曾同鷗泊。幾片叢篁寒翠死，蕭颯吟魂應託。琴趣人亡，笛漁仙去，誰繼先生樂？煙雲還在，展時金粉零落。　還待樂府絃神，竹枝招些，小薦溪毛酌。回首傾脂橋畔路，隔了筠屏花幙。載酒豪情，曝書高致，流水同歸壑。重橅真本，碧雲添寫樓角。

## 又

嘉慶壬戌十月之望，與諸子泛舟西湖，倣東坡復遊赤壁故事。繁霜初降，林翠欲丹，沽酒斫鱸，揖山而飲。時楚氛未靖，凌客將往參制軍幕，短衣從軍，慨焉有澄清之志。爲歌『大江東去』，以壯其行。

宋時壬戌，到今年、一十三番重值。得似東坡人物否？隨處江山赤作平壁。萬里霜天，一湖雪浪，清氣誰消得？當前賓主，碧空孤鶴能識？　還念西塞山前，頻年戰鼓，殺氣寒空黑。盡此尊中君竟去，白馬書生無敵。鄂渚煙雲，晴川草木，盡助陳琳檄。功成談笑，大江惟取風月。

## 憶舊遊

朱野雲山人遊京師極樂寺，見殿後斷牆半壁，清綠斑然，如古錦舊畫，不可名狀。寒苔瘦草，紅碧細果，紛挂其上。歸而作圖。石敦夫大令爲製《沁園春》一闋，山人卽以圖貽之。敦夫來屬題。

問何年雨雹，點罷龍睛，飛去神龍？賸了閑泥塊，縱天荒地老，化不成峰。任他九年當面，難破障重重。是鐵脚銅根，推排不倒，倚傍都空。　玲瓏，記曾見，在撲棗籬邊，窺宋樓東。幾處曾兵燹，早墮椒零粉，雲斷無蹤。塊然此何神物，敢敵老西風？把不壞秋心，黄昏訴出憑亂蟲。

## 又

野雲又於城南太清觀見枯樹臥庭廡間，離奇樛葛，有窪陷處產菊四五本，花頗繁衍。與斷牆并爲一圖。

想虬枝隱月，翠葉敷雲，極盛當年。閱盡春人古，賸槎枒老幹，倦學龍眠。北風夜鳴如虎，愁殺半根穿。怪野菊何心，浮生若寄，兀自蕭然。　留連，猛思省，儻採作雕梁，終化雲煙。暫躲雄雷刼，借荒庭一角，儘自寬閑。百年已拌淪落，交與瘦秋憐。縱朽到根株，婆娑古意還自全。

## 念奴嬌

新春載雪訪雙管草堂，次壁間韻。

一襟清思，玉豪光、替得遙空蟾色。銀燭雙搖紅豆小，簾外東風無力。昨夜孤山，梅花千樹，香自君心出。零星仙夢，乍驚翠羽啁唧。　應笑偏我來時，雪飛如玉，妝徧瑤階級。水墨長天春不漏，一點詩情難匿。吹酒生花，敲冰成韻，那顧霜威襲？愁深香淺，綠窗寒鎖春窄。

## 一萼紅　寫梅寄道華

記臨行，折一枝如玉，親遞與行人。細語輕憐，低聲婉祝，此去仙苑看春。乍攀得、瑤臺珠樹，料俊眼、應喜慰逡巡。歡便歡然，還愁花落，瘦了吟身。　芳信北來何杳，早銀灣一角，畫出秋新。眼底春消，眉邊月冷，誰與鸞鏡分顰？縱不念、長安人遠，也應思、遊子定思親。寫幅寒香寄與，到又秋深。

## 賀新郎

假旋出都同平叔作。時聖駕東巡盛京。

手折春明柳。認來時、黄輕碧淺，額眉纔秀。卜得金屏歸音準，雲已將秋畫瘦。趁兔月、剛圓時候。小草乍霑天家露，繡銅鋪一路紅心透。丹闕在，重回首。　盧龍塞外西風驟。想凌河、雕輪細碾，綠玻璃厚。賓雁南飛江天煐，那識瑤花似手？清夢落、菰蘆邊久。敢説蓴鱸張翰思，且黄花歸奉崔邠母。聽曉柝，誤宫漏。

## 水調歌頭

袁蘭邨於石城舟次送楊蓉裳歸梁谿，送姚春木入蜀，作圖紀事，屬題此闋。

白下萬條柳，綰不住離人。一隨江水東下，一客獨西行。莫趁寒潮逕去，且泊寒蘆小住，篷背夕陽明。雲樹八千里，風笛兩三聲。　終須别，休悵望，石頭城。今宵酒醒，何處落葉未堪聽。山外愁心千疊，鷗外離情千結，畫筆畫難成。只畫片帆影，水上白雲輕。

## 五綵結同心

蘭邨過訪，留五日而去，挐舟送之，賦此識别。

鷗邊呼夢，雨外尋詩，臨行且泊汀沙。十載重相見，人依舊、天上瘦了桃花。與君同此秋心冷，秋如約、先在蒹葭。秋聲裏、燈昏酒醒，一帆又去天涯。　百年幾番歡聚，爭聽風聽水，聽過年華。拋卻隨園樹，詩仙老、秋影自弄横斜。他年重話聽秋事，今宵月、知又誰家？還延佇、霜天哀角，勝聽隔舫琵琶。

## 水龍吟　漁隱圖和平叔

隔谿摇蕩如煙，短蘆便有深秋意。聲尋境外，心遊天外，白雲飛起。洗夢無紅，澣詩俱碧，夕陽都避。問此中誰共，有風有月，有梅鶴，爲妻子。　莫放扁舟來艤，怕仙源、有人偷記。酒鄉日月，桃花身世，煙蘿須閉。柳浪高翻，茶煙低颺，霧迷三里。把生綃細擬，空明一片，是嚴陵水。

## 瀟瀟雨　改七香少年聽雨圖

一樓絃管寂，賸鴛鴦瓦上響琤琤。翦并刀不斷，簾前密陣，簾裏柔情。任爾紅窗春窄，涼逼蠟花生。滴碎同圓夢，一枕雲醒。　此際桃花倦否？怕空階繡遍，紅雪無聲。算羅帷心事，摇曳護花鈴。想天涯、多少孤影，被愁聲、作弄到天明。爭知道、是歡娱處，不覺淒清。

## 賀新郎　送吳星揆秀才之中州

欲勸君休去。指長亭、打頭落葉，北風如虎。三十吳郎才似海，餘子江東幾許？被一領、青衫擔誤。勒馬黄河秋色遠，看浮雲落日沉千古。便不去，爲誰住？　蕭條廢苑周秦樹〔二〕。自西園、玉簫韻歇，更無人賦。君去夷門尋故壘，剔盡苔花翠腐。遥酹酒、平原君墓。如此文章誰倒屣，上吹臺且共孤鴻語。綵筆鬥，雪花舞。

【校記】

〔一〕『蕭條』原作『簫條』，今改。

## 琵琶仙

莫春同戴竹友賞雨西莊，有懷伯淵觀察兄。

絲雨蕁波，宛描出、表聖空靈詩格。杯酒遥勸青山，飛來趁歌席。憐翠髻、教雲壓住，便高閣、望春無力。午韻撩禪，秋痕刻豔，前夢休憶。　儘輸與、隄柳擔愁，向鷗外、梳煙瘦摇碧。消得幾番沉醉，餞春光如客。人面遠、桃花自近，把一襟、裹了紅雪。爲問天半東風，共誰横篴？

## 賀新郎

曲中有慧珠者，爲夫已氏訟繫，有芊君引手脱之，珠即歸君。時君將爲皖遊，定情之夕，捧豔出拜，賀以此曲。

三五華星朗。畫筵前、仙雲墮下，燭花摇颺。贏得酒人雙眼醒，醉膽一時盡放。竟撤了、玻瓈屏障。海底冤沉鮫客淚，被天風扶上仙人掌。珠作月，晃羅帳。 玉郎要打嚴江槳。恨天涯、如何挈箇，小鑾同往？預把秋帆歸日數，商略芙蓉枕上。只此夜、人天歡暢。八尺龍鬚儀態好，怕無從瞞過銀釭亮。偏聽得，曉鷄唱。

## 念奴嬌

東坡生日，用『赤壁懷古』調，以爲公壽。

問公前世，是星辰、還是天邊明月？偷下人間成底事，著了拖泥雙屐？萬里朝雲，一官春夢，揮手皆陳迹。江山雖改〔一〕，此才安可磨滅？ 當日天子憐才，憐仍不用，用又何曾徹？幾箇蛾眉工掩褎，拋得孤臣頭白。玉局空除，蘇門自嘯，老我甘泉石〔二〕。銅琵聲脃，爲公彈破天碧。

【校記】

〔一〕『雖改』，《銷寒詞》作『灰冷』。

〔二〕『甘泉石』，《銷寒詞》作『寧泉石』。

## 解語花

嘉慶己卯元夕用清真韻

燈驕晝色，酒弄春聲，詩謎分曹射。露流鴛瓦。銀屏熌、素月破雲飛下〔一〕。觴持翠雅。應勝似、虎符親把〔二〕。梅豆香、融入東風，半雜人蘭麝。　遥奉恩輝放夜，遍人間韶麗，都被陶冶。墜簪遺帊。香塵滿、更想帝京車馬。天如笑也。簫鼓裏、萬聲歡謝。看未闌、天上春光，憑幾時遊罷〔三〕。

【校記】

〔一〕『破雲』，《銷寒詞》作『破空』。

〔二〕『虎符親把』，《銷寒詞》作『黄金符把』。

〔三〕『幾時』，《銷寒詞》作『火城』。

## 翠樓吟

己卯花朝，集飲燕園古梅下，催花喝月，酣嬉淋漓。酒半，諸子婆娑起舞〔一〕，曼聲而歌。霜禽下窺，池魚出聽。撫良辰之難得，恐俊侶之不常。因念伯生遠宦，未獲同此古歡，追溯昔游，不能無感於後會。

嶂插新屏，園開古畫，春晴繡出詩意。梅花能勸客，訝蝴蝶先人而至。清寒消未？看側帽承香，披襟兜翠。東風媚，俊遊誰續，且拚今醉。　可記，招手雙臺，把薜裳蘿帶，幾番料理。白雲飛去遠，賸雙燕雕梁歸睇。煙波高寄。但靜悟魚歡，閑知鷗味。非遊戲，昔賢鴻爪，半琴尊裏〔二〕。

【校記】

〔一〕『諸子』，《銷寒詞》作『諸君』。

〔二〕『半琴』，《銷寒詞》作『在琴』。

## 摸魚兒

重至毓文書院。殘紅盡矣，循覽壁間眉卿、羲人用辛稼軒韻題句，淒婉如不勝情，益觸余傷春懷舊之感。

賸陰陰、碎雲流地，東風難埽將去。春痕漸澹春歸近，閑了蝶蜂無數。行且住。還認得、綠邊一綫蔫紅路。問誰解語？有幾箇金鈴，空枝搖動，間觸鎮相絮。　繁華夢，莫道飄零自誤。長開天亦應妬。美人早死恩翻在，落得教人淒訴。歌共舞。總爲著、千秋芳怨埋香土。濃陰更苦。枉自替人遮，閑吟冷諷，都是恨伊處。

## 長亭怨慢

洋川送春

更誰替、殘紅爲主？染得天涯，綠陰如許。不管淒涼，尚餘蝴蝶弄飛絮。暗聞流水，何處是、春歸處？縱不放伊歸，也没計、吹花還樹。　已去，奈柔情未了，欲倩亂山圍住。流鶯笑客，枉自向、夕陽低訴。但拾取、幾片殘霞，又旋化、春愁無數。算只有垂楊，能畫今番離緒。

## 探春慢

至山堂後荒庭，煙草中，緑蕙一枝，挺然而秀，雨後撥雲得之，渺渺兮余思矣。

濃雨欺愁，亂煙妒夢，空林誰耐高秀。徑絶人窺，雲迷蝶訪，纔任幽香微逗。經凍經摧折，又經過、傷春消瘦。漫嫌叢草爲鄰，芳心偏愛孤透。　非趁閑中細認，料冷寄春情，肯向春剖？便護珠旛，教移金屋，試問受人憐否？無奈相憐意，有一半、山眉先皺。更想巖坳，雙眸何限孤負。

## 緑意

登生雲閣晚眺，濃緑無際，亂山圍繞而已，悵填此解。從玉田之名，律則仍遵石帚。

憑高四覓，但片雲以外，空水如滴。不是羣峰，重疊遮攔，春愁望更無極。東風已謝人間事，任翠障、晴天都溼。賸夕陽、一點孤紅，自逗亂煙明滅。　猶記韶華正好，嫩寒淺夢裏，微弄新碧。幾日高眠，冉冉低枝，長過玉樓檐隙。還愁深院佳人意，轉忘卻、落花淒絶。等小窗、楓葉同丹，已是莫秋時節。

## 月下笛

月午樓夜聽小蓬萊笛聲，扺觸舊感，倚欄無寐，雙褎間，不知是露是淚也。

正苦相思，淒淒怨抑，透人心裏。窗虚似洗。被風闢、又還啓。芙蓉不語長松默，讓横玉、清舒夜氣。賸閑雲一縷，無情有約，瘦裊天際。　兜起，花陰地。拂黦雪通身，拍聲同記。當時稱意，種來今夜雙淚。殷勤須仗南飛鵲，問孤夢、燈前斷未？定知我，爲月明獨自，畫欄尚倚。

## 洞仙歌

山樓臥月，爲笛聲所醒，明日見羲人、眉卿聯句詞，卽和其韻。

吹燈聽月，卻月來人寢。一枕涼波抱花影。爭閑乘風去，旋引風回，尋不到，昨夢羅浮仙境。　數聲仙笛冷，穿水穿雲，似比前宵更淒緊。縱不管人愁，百尺樓高，也應念、褭羅涼浸。更不信桐間露珠寒，有雙影低佪，畫欄偷凭。

## 探春慢

維摩探梅，歸飲言依山參軍孟晉齋。

煙埽濃寒，柳搖瘦碧，東風吹破山夢。隔澗尋鐘，穿雲度閣，拂拂暗香先送。纔放三分雪，早一白、巖坳無縫。此時不把金尊，酒星天上飛動。還問山中舊樹，曾幾度看人，橫笛清弄。鶴頂空蟠，虬枝漸屈，老我不堪狂縱。無奈花如笑，又勸瀉、玉壺春凍。努力花前，醉呼明月來共。

## 惜紅衣

客洋川三夏，未見薌花，滿眼亂山，疊恨而已。吕生健菴邀遊江邨，竟日徘徊紅香中，飄飄乎如在隱湖葭菼間矣。依白石自度曲，急管歌之，以促歸思。

翠障身環，紅香夢隔，豔情消歇。洗眼秋明，沙禽舊相識。煙波媚影，貪照見、詩人巾舄。蕭瑟，深樹早涼，稱花閒吹笛。纔歌又咽，迴望雙湖，風鬟奈岑寂。停嬌弄怨悵別，渺誰說。可惜一襟芳思，空付冷雲收拾。待寄書鷗鷺，留取半灣秋色。

## 洞仙歌

月午樓月夜聞笛，有懷羲人去年。

是誰幽怨，把玉龍閑引？搖碎花魂一簾醒。問去年明月，料否今年，單照見，顛頷天涯孤影。閉窗推月去，涼露如煙，分付眠鴉自消領。推不去愁聲，宛轉屏山，竟搜得、夢無蹤影。索更敲疎檑到天明，看素女雲中，伴人淒聽。

## 長亭怨慢

留别月午樓

漸聽到、秋聲如雨。便不催歸，也須歸去。喚起朝霞，斷紅猶自戀高樹。隔林鐘杵，催夢出、雲眠處。山色儘留人，未肯爲、青山留住。　一路，看秋花瘦了，别意問花知否？瓊樓縱好，賸慘澹、月痕窺戶。最可惜、來歲春風，誤雙燕、飛尋詩句。任一點秋心，閑蕩夕陽無語。

# 天真閣樓集卷三十四　詞二

## 横波館梅花三弄

### 鳳凰臺上憶吹簫　夕眺〔一〕

孤雁投蘆，疎鴉點柳，偏憐暝色高樓。把曲闌凭遍，夕照横秋。古往今來何極，閒雲蕩、楚水悠悠。人何處？凄清畫角，夢斷涼州。　颼颼，暗風起也，吹落葉天涯，總在心頭。記昔同遊處，萬綠雲流。今日湘簾重卷，空枝漏、片月如鈎。還凝望，天邊亂帆，不是歸舟。

【校記】

〔一〕《國朝詞綜》錄此詞，無小題「夕眺」二字，字句亦多異，兹錄全首：「踈柳含鴉，寒塘抱鴈，偏憐暮色高樓。把闌干拍遍，夕照横秋。古往今來何極，湘雲蕩、楚水悠悠。又何處，數聲淸角，人在涼州。　颼颼，西風起也，吹落葉天涯，總在心頭。記曾攜手處，萬綠雲流。今日畫簾重卷，認空枝、片月如鈎。還須省，箇中情思，不是離愁。」

## 滿江紅　春情寄遠

我已傷春，偏生對、病花狂絮。簾乍卷、綠陰庭院，弄晴如雨。燕守單棲還自語，蝶懷孤悶憑誰訴？墜小窗、殘夢亂於雲，渾無據。　蟾未落，雞將曙。分手地，銷魂處。盼紅牆三尺，碧天無路。惆悵前歡難再補，思量後約終成誤。把此情、交付與清江，潮來去。

## 燭影搖紅

待不思伊，又將伊向心頭貯。幾番抛撇定重來，似影難離步。影有時還暫去，未如伊、牽人意緒。偶逢花笑，心欲他飛，教伊兜住。　睡去應休，小窗瞥見驚鴻度。隔屏纔轉已飄然，失了迷藏處。乍起搴幃四顧，認芳蹤、猶停繡戶。屧聲徐點，誰道簷前，綠蕉疎雨。

## 滿江紅　秋聲

仙馭來時，起一陣、蕭蕭太空。披衣向、玉階尋覓，環佩無蹤。扇扇簾波寒蕩碧，星星燈蘂冷搖紅。只打窗、微雨響疏疏，月正中。　纔凝竚，來暗蟲。乍消歇，又哀鴻。送一天秋思，盡上眉峰。成賦庾郎搔短髮，依人王粲恨飄蓬。料箇儂、今夜夢遼西，無路通。

## 齊天樂　雨夜聽塔鈴感賦

相思已苦長懸繫，遥空更聞秋語。四角風高，孤輪夜静，自訴郎當如許。西窗暗雨。正密響廉纖，動人離緒。和入淒音，未容詩夢趁秋去。　宵深似聞暫住，又商飈一陣，摇蕩無主。放鴿雲邊，籠花網底，無此聲情酸楚。聽殘更苦。似别怨零星，咽難成句。任爾枯禪，也縈愁萬縷。

## 揚州慢　感舊

猶記當年，水西樓下，一絲宛轉簫聲。卷珠簾十里，正璧月盈盈。自桃葉、江干别後，舊遊池館，芳草無情。賸雕梁、新燕春風，私語淒清。　竹西鼓吹，待花時、仍理瑶笙。縱舊曲依然，雙鬟不見，何忍重聽？十二玉欄尋遍，前塵夢、苦不分明。問紗窗梅萼，因何吹落還生？

## 賀新郎　落花

欲埽何如罷。問誰教、紅情爛漫，霎時開謝？開到春光三分足，留取含香姫奼。莫盡把、春心傾瀉。情極濃時情須變，忍於情纔是真情者。凡事好，用情乍。　深閨枉對東風罵。縱零星、收來鈿盒，豔魂先化。盼得明年開重好，須是西施再嫁。已不是、今年春也。我有心頭無窮淚，借傷春細向尊前灑。不得已，醉姑且。

## 減字木蘭花

梅花飛了，雪滿空階憐不埽。似草閑情，纔著東風已遍生。　樓高天迴，孤影立殘斜照冷。又是黄昏，一陣廉纖雨閉門。

## 更漏子

白鷗波，青雀舫，載去玉人天上。花宛宛，柳依依，豈知人別離？　鬟雲亸，眉山鎖，莫更回頭望我。兩處淚，一時流，春潮長不休。

## 菩薩蠻

碧桃花裏牽裾別，歸期訂說秋時節。若是誤歸期，須憑儂怨伊。　便教歸計緩，爭忍將伊怨？

真箇到相逢，還愁伊怨儂。

## 生查子

待得月初高，久已花陰立。身願似金錢，只有圓無缺。　花已不禁寒，月亦愁成别。身莫似金錢，一任人抛擲。

## 一落索　櫻桃花

好是半開時候，媚情初逗。不施紅粉越風流，只略比、桃花瘦。　妝罷下階閑走，折來纖手。問伊枉費買春錢，有似此、人兒否？

## 菩薩蠻

隔年準備今朝淚，不曾真箇心先醉。及至淚難垂，始知真别離。　東風吹細雨，儂自開帆去。不忍送郎行，反教郎送行。

## 卜算子

天上月初虧，人也初離別。月易虧時卻易圓，人不如明月。　寬了十年期，總有歸時節。人若重圓不再虧，月滿終須缺。

## 祝英臺近　夏夕閨情

一叢花，花上露，花底一鈎月。卸了金簪，未是睡時節。惱他簾影移風，蕩搖無定，索重把、玉鈎高揭。　竹陰碧，逗出幾點涼螢，將飛又旋歇。喚起雙鬟，閒庭試尋覓。誰知閃過雕闌，悄無蹤影，卻渾似、箇人心活。

## 釵頭鳳

蓮籌寂，蘭缸滅，竹西樓暗東風入。霏霏露，濛濛霧。半鈎斜月，到花深處。住、住、住！　湘簾密，湘雲碧，洞天來往春無蹟。烏啼樹，天將曙。板橋霜滑，少人行路。去、去、去！

## 江城梅花引

瞥然清影小窗西，是雲移？是花移？豆蔻梢頭，初月與檐齊。銀燭自吹簾自下，纔夢也，又參横、翠鳥啼。　鳥啼鳥啼曉寒凄，雲滿衣，霜滿蹊。挽也挽也，挽不住、花下分飛。萬里長風，吹不斷情絲。但得兩心常一意，拌百歲，要相逢、有後期。

## 小闌干　美人吹簫圖

桐陰向晚碧雲流，深院鎖清幽。撩鬢風疏，襲衣涼嫩，微溜玉搔頭。　鳳簫譜出同心曲，心事果同不〔一〕？落葉聲中，明河影裏，吹老一天秋。

【校記】

〔一〕『不』原作『否』，今改。

## 浪淘沙　别緒

去去不須留，只與天謀。釀成飛雪凍河流。勝似柳絲千萬縷，挽住行舟。　留也使人愁，凍解還休。重來知道果來不？只有相思難間阻，各自心頭。

少年游

瀟湘如畫，羅浮如夢，輸與此中行。燕尾溪邊，桃花影裏，同聽玉簫聲。　夕陽紅戀梢頭柳，不抵此時情。水遠鐙昏，坐來尤近，心迹自分明。

浪淘沙

花不管風吹，吹去還來。謝孃妝閣更休開。便要開時須記得，莫下閑階。　瘦了遠山眉，綠了天涯。小窗和雨夢蒼苔。搖蕩玉鈎簾自卷，燕子還猜。

繫裠腰　箇人病況

夕陽庭院起來遲，偏又值、落花時。便教不是落花時，簾寂寂，風剪剪，已難支。　爲誰消減玉丰姿，休道是、爲相思。假饒真箇爲相思，心上事，眉頭恨，問誰知？

## 洞仙歌

佳期七七，算良緣剛巧。攜入青山萬峰笑。向洞天深處，細語輕憐，低頭拜，心事佛應知道。人間秋暑在，此地偏涼，玉笛吹開碧雲嫋。若箇肯移家，儂願相隨，早晚把、落花親埽。任林外斜陽促歸舟，還瘦影低徊，自憐清沼。

## 又

滿湖秋月，似隨儂歸艇。載得蛾眉兩相映。只偷攜素手，已夠消魂，爭禁得，飛墮懷中風韻？麗譙更二點，泊近紅橋，睡也初濃喚何忍？好夢向誰圓，一片梨雲，偏借我、清臞當枕。漸冷露無聲溼銖衣，倩花影扶歸，索須推醒。

## 又

昨宵佳約，記香盟提耳。若再遊移有如此。聽銅鋪乍響，金翦先停，飛鴻影，笑出畫簾來矣。相攜閑眺遠，小閣窗開，一朵芙蓉落眉際。頃未叩門時，儂已先知，見君在、碧峰遙指。儻不信雲英盼君深，試走上層巔，望儂家裏。

又

一襟秋思，被雨絲沾溼。越要相拋轉親熱。把寒暄語翦，喜慍顏收，先詰問，底事愆期前日？不來由得汝，偏說曾來，除是清魂趁蝴蝶。今日算尋盟，身到花間，又夢向、那家枝葉？若果道文君秀堪餐，當燮燮淒淒，餅須應說。

又

題餻令節，值文園初起。煙外尋秋踏新霽。看遠山眉黛，勝似看山，也算得，翻盡登高成例。丁孃歌十索，衣帶須長，好把同心一條繫。妾是拒霜花，郎是西風，受披拂、今生能幾？且堅訂蘭期月明時，若無意團圞，也由君意。

又

昨宵夢汝，怪朝來偏應。還道西窗夢中認。恁縞衣雲冷，翠褏天寒，宛然是，一樹玉梅清影。

含情千萬語，引過閑房，步步留心有人聽。究竟别無言，單問郎心，何日把、滚盤珠定？莫醉膽無聊語人前，指瑟瑟珠囊，口如伊緊。

## 蘇幕遮

雨纔晴，晴又雨。天尚難憑，何况人情緒？樓掩寒雲雲護樹。欲寄傷心，惟有秋知處。帶圍鬆，眉翠聚。刻意悲秋，秋卻終無語。病葉卷將秋思去。一陣西風，又送愁邊住。

## 踏莎行

短夢憐花，孤行惜草，一庭緑鎖春愁老。不知十二箇時辰，爲誰情緒空顛倒。測日圭圓，指南鍼小，玉纖拈弄偏輕巧。碧梧陰細漏斜陽，一天又是閑過了。

## 鵲橋仙

茗煙如水，窗光似雪，黑白一奩相對。問郎輸了作何償，願轉𢤱麻姑搔背。滿斟不飲，淺斟不飲，辭説文園新瘥。如何翻喜食酸凉，便奪下黄柑休怪。

## 念奴嬌　十一月十五夜月色甚皎

高寒如許，到黄昏、洗得絲絲雲淨。四角星河齊凍色，獨有珠光圓迸。樹斂棲煙，潭凝古潦，烏鵲都無影。青天一片，與人心迹同冷。　搔首試問姮娥，無人相賞，爭不全身隱？舊恨瓊樓脩未了，新恨旋虧冰鏡。萬籟沉空，千家入夢，清氣誰消領？月猶如此，耐寒梅蕚須省。

## 采桑子

東風如此寒猶峭，窗外梅花，窗裏如花，隔著輕雲一片紗。　踏青挑菜都過了，二月韶華，二十年華，守定紅窗日又斜。

## 連理枝　花朝卽事

十二三天氣，十二三年紀。如此初春，寒輕夢淺，最銷魂地。倩東風喚醒百花魂，有一分開未？　鬬草輸偏避，鬬酒贏偏記。道不知情，眉梢眼角，也含愁意。只背人苦苦問相思，是恁般滋味？

## 四犯令

乍睹明眸星兩點，宛似常相見。記得有人雙嬌眼，還比似、卿流轉。　送汝青綾鴛帳畔，好與持團扇。詠絮簪蘭都學遍，更偷學、橫波翦。

## 鵲橋仙

梅花爲春寒所勒，二月既盡，玉英始敷，凍雨又至，踏溼於林臯，墮粉欲活，清香襲人，拂之不去，心乎愛矣，撫玩空枝，彌愜幽賞。

深寒耐過，輕寒耐過，纔放暗香微吐。花時能得幾回看，又日日風風雨雨。　冰肌雖減，玉顏無改，敢道美人遲莫。任教明月挂空枝，也林下低徊如故。

## 增字漁家傲

裊裊娉娉年紀小，十索歌成，索寫崔徽貌。雙頰芙蓉都畫了，還未肖，清矑重點神纔到。　活脫拈花微欲笑，左右看來，總覺橫波俏。人道不如真面好，佯作惱，背人偷取菱花照。

## 眼兒媚

能有心頭幾多情，秋水一雙橫。聰明只在，靜中忽溜，衆裏先迎。　有時絶不輕廻顧，心事自分明。消魂更是，睡情纔上，醉態微呈。

## 減字木蘭花

一簾飛絮，欲去遲留還未去。小立輕寒，原是來時共倚闌。　重來雖說，何似今番休遽別？旣別休思，只當從前未見時。

## 散天花

細雨房櫳玉一窩，可無雙酒暈，入橫波。越羅褻衩晚寒多，未妨移坐近、没人過。　驀地閑愁上翠蛾，問伊愁底事，儘延俄。只除纖手許摩挲，索將伊放去、看如何？

青玉案

重簾細雨朝如莫，但目斷、横塘路。起覓春情春久去，一雙蝴蝶，一聲鸚鵡，驀地來神女。　風鬟霧鬢清如許，碧沼紅欄儘延竚。更喜晚晴晴又雨。竹和伊瘦，花和伊語，雲也留伊住。

合歡帶

瑤臺飛下春聲，道歡笑、轉淒清。天上桃花容易盡，只閑愁、易去還生。眉長語短，杯深酒淺，盡是聰明。縱銀灣、不多春浪，一重還礙雲行。　半酣心事更縱横，是多情、是無情？欲住依然留不住，怕人疑、嫁了雲英。何如去也，香邊夢裏，轉得圓成。約重來、玉簫親譜，莫教空與海棠盟。

東風第一枝

絶色無華，高情不媚，寒梅生就風致。自來無意人知，甚處更逢素契。生香一掬，只暗墮、詩人懷裏。又怎知、冰雪清寒，已受燕猜鶯忌。　休到眼、舊愁挂繫。須努力、瘦芳静寄。未經水樣相思，詎識箇中俊味？安排金屋，看秀佩、歸來天際。便隴頭、驛使音沉，玉管定還吹起。

## 一斛珠

夢中天上，白雲消盡紅塵想。玉簫吹得仙心蕩。碧落無情，明月玻瓈響。　門外長江翻雪浪，如何洗得天惆悵？扁舟此去重來儻。落了桃花，人面應無恙。

## 沁園春　美人瞳神

是也非耶？秋水爲之，其中有神。是依稀月裏，素娥原幻，朦朧波底，湘女非真。雛婢看時，嬌兒對處，各現玲瓏最小身。郎來矣，笑你中有我，我亦藏卿。　憑他妙手如生，到箇裏妍媸畫不成。縱謝家偏視，全神應現，徐孃斜盼，半面猶呈。春倦微含，香眠小合，暫掩橫波秋一泓。晨妝啓，訝鏡中惟我，眼底何人？

## 又　美人頰暈

素面無瑕，驀地春雲，橫生媚姿。看晶屏掩映，休猜獺髓，瓊奩洗淨，慢認燕脂。靨笑堆餘，眼波橫處，一朵桃花透雪肌。風前立，認落紅無賴，飛近蛾眉。　教誰說著相思，卻贏得羞顔難閃移。算酒痕暖泛，終輸灔灔，枕稜淺印，只有絲絲。婢愬纔逢，郎歸太緩，剛在嬌瞋佯怒時。鴛衾展，奈睡情微上，漸不勝支。

## 又

美人鬢影

如霧如煙，看不分明，輕綃半籠。似新蟬彈翼，抱枝婀娜，寒鴉拖尾，隱葉蒙茸。釵拂春雲，奩開秋水，還怕雙鬟梳未工。纖纖手，把約黄小鏡，反照玲瓏。　低頭穿過花叢，恐抓著些兒看水中。更晚妝燈下，頻加整掠，迷藏月底，漸慮蓬鬆。粉面羞回，金釵側露，蕩漾疏簾一扇風。尤嬌絶，是見人驚避，背影匆匆。

## 又

美人肌香

生小高情，縱有奇香，鴛爐怕薰。卻性中蘭蕙，得來清氣，胎中豆蔻，結就靈芸。暖護羅襦，緊藏珠袜，未許同胞姊妹分。雲窩底，只檀奴有福，燭滅親聞。　人前忽透氤氳，被無賴東風掀翠裙。更一絲嬌喘，韻攙餘麝，四支紅軟，息帶微醺。暗不防偷，寒能自辟，脩到梅花惟此君。還須禁，怕衵衣懷去，漏出清芬。

## 琴調相思引

睡起重臨午鏡遲，鬌花刪卻半蔫枝。消魂香在，拾取慰相思。　若使鬢邊簪曉露，那容頭上嗅芳姿？受人憐處，偏在已殘時。

## 蝶戀花

月滿秋窗花欲語，引過閑房，步步相迴顧。蘭篆雙縈煙縷縷，箇人情意濃如許。　竹響騷騷蟲絮絮，底事持燈，苦要催人去？一曲紅蘭雙影度，他年又是傷心處。

## 又

小榻安燈紅似豆，一尺腰支，三尺衾兒厚。雙枕並頭排玉藕，妙蓮香自中心透。　聽徹沉沉銀箭漏，無計留君，夢也能留否？記取相思休出口，怕人說著新來瘦。

## 又

綠酒生鱗銀蠟凍，莫説明朝，對面先如夢。月又漸低雲又擁，壓簷天亦濃無縫。　報道潮來帆欲動，怕送郎行，反索郎相送。珍重一聲雙淚湧，願將紅豆他生種。

## 浪淘沙　題畫中人

道是意中人，卻又非真。那些兒像玉丰神。只在雙眉纖秀處，又帶微顰。　不是意中人，爲甚偏生？綠梅花下著卿身。幾日相思纔放下，兜起重新。

## 賀新郎　惱花

把酒東風裏。問花枝、金鈴未動，爲誰搖曳〔一〕？記得含葩初放日，一點春情暗遞。爭轉眼、全舒芳意。對我朱顔渾似笑，對他人笑口依然啓。休信道，爲知己。　看花衹合無人地。忍清寒、攀條弄影，獨諳情味。到得枝頭紅爛漫，讓與遊蜂競戲。奈苦向、雕闌頻倚。任爾低徊看不足，怕西鄰偷折牆頭易。思舊夢，且休矣。

## 【校記】

〔一〕『搖曳』原作『瑤曳』，今改。

### 又　花答

花亦神淒絶。道深情、將伊錯惱，未知憐惜。人自見花嬌如笑，花豈曾舒笑靨？祇不合、天生容質。一種嫣然春無那，對人前難晦傾城色。爭禁得，被人識。　君如金屋藏春密。到花時、葳蕤緊護，有誰攀折？錦樣洞天無拘管，容得東風引入。卻轉怪、香憑人竊。輾轉思量還添恨，恨生香難謝閑蜂蝶。心一點，向誰說？

### 摸魚兒　贈別

問門前、一條春水，載將春向何處？思量總是天多事，多卻者番相聚。天不語。天也趁、東風漏下絲絲雨。空留暫住。任一片輕雲，化爲帆影，索性放伊去。　香邊約，不怕良緣暗阻。愁伊來又如許。何如并作今番別，省了淚珠無數。卿自苦。偏說要、更番繡出傷心譜。重來定否？算只有將情，磨成并翦，翦斷碧溪路。

## 霜天曉角　畫梅

欲畫伊身，畫中難笑顰。寫取花中絶色，聊當箇、意中人。　風神高可親，天姿尤絶塵。只算全身描出，描不出、性情真。

## 八六子　醉卧古梅花下

忍清眠，滿身香雪，分明夢入瑤天。縱惻惻寒欺鶴瘦，淒淒風襲衣偏，詩魂自仙。　因緣知夢誰邊？月影潛來依傍，煙痕曲與纏綿。一任他、星河弄春徐轉，玉爐香減，翠尊波淺，那禁醉魄和雲盡輭，狂心隨蝶俱顛。正悠然，飛花又驚素絃。

## 沁園春　藤釧

約腕同圓，襯出玲瓏，輕衫乍更。認一圍束處，綢繆有印，十分熟後，滑膩無聲。鬱柳爲卮，盤樱作髻，屈曲隨人是性生。纏綿意，問誰將圈子，籠絡卿卿。　幾回摩弄鮮明，爲珍重繁欽舊定情。看除方晨盥，霑濡恐折，壓當午睡，熨貼疑平。白玉連環，黄金條脱。柔婉偏輸此種輕。纖痕皺，記那回深夜，蟄臂盟成。

## 蝶戀花

作意留春留不住，風欲留時，雨卻催將去。懊惱春光全没主，如何只聽啼鵑語？　盼得新晴雲縷縷，天也多情，畫出人離緒。蛛網自憐無用處，落花兜罷兜飛絮。

## 聲聲慢　雨窗賞未開緑萼

清尊易泣，拍徧闌干，枝頭翠羽寂寂。水墨天低遮斷，緑華消息。黄昏一陣兩陣，作弄他、嫩寒時節。舊夢遠，奈春痕、索徧玉階無蹟。　只有輕煙摇碧，幾時見、羅浮月邊晴雪。又怕東風，貼上箇人粉頟。瑶妃慢呈笑齒，正相思、如此濶絶。且醉也，更莫管窗外點滴。

## 情長久

長真閣古梅，八月作花，疏香數點，而清豔獨絶。深夜徘徊花下，月如雪，心如冰矣。

已教管領，春光又奪清秋色。想萼緑、豔情灰後，寒焰重熱。冰心持不定，桂輪裏、飛下孀娥怨魄。

倚銀燭、綃裳弄影，素佩凝香，還認是、元宵節。　黃蝶偷窺，瘦玉曾相識。訝綠葉、已成陰後，風韻如昔。還愁商意緊，被冷笛、吹上深宮粉額。算相見、原非夢裏，不是圖中，秋思幻、春消息。

## 卜算子

刻骨此相思，無計能飛越。瞥見天邊月一輪，人不如明月。　明月縱然圓，乍滿旋虧缺。人願清輝夜夜圓，不願如明月。

## 霜天曉角　梅

情孤韻潔，不要春憐惜。蝴蝶乍來還去，衹認是、一庭雪。　夜色看又別，折時何忍折？惟有舊時明月，相見了、共淒絶。

## 八聲甘州

春夜寒甚，悵然賦此。

問東風何事弄春寒，飄搖篆烟斜。對一燈孤影，蕭蕭短髮，飛雪愁加。轉憶玉堂清夢，除說與梅花。推出窗前月，任向誰家？　可惜畫橋新漲，載片雲西去，不載仙槎。縱後遊堪補，孤負此韶華。待重尋、隔簾雙燕，怕舊痕畫斷小紋紗。休凝望、料閑鷗外，綠了天涯。

## 好事近

初意覓幽歡，蹤迹怕人猜料。阿姊有心窺伺，早花間尋到。　未容卷起褎羅看，蛇醫驗分曉。且索一雙纖手，數螺紋多少。

## 摸魚兒　雨中送春

挽風前、萬絲楊柳，思量休放春去。便教常在春邊活，已是亂絲無數。難挽住。偏放著、一條紅浪春歸路。花全不語。任泛泛魚兒，輕憐薄怨，沿岸細吹絮。　尋君約，只是當時自誤。如何翻怕人妒？濃煙暗雨天難醒，有恨莫憑天訴。雙燕舞。燕尚解、啣花細補香泥土。東皇太苦。算去了重來，不如休去，去又向何處？

## 沁園春

只道休休，底事還來，教人眼穿。問當時密誓，而今安在？昨朝爽約，何處流連？詰總無言，呼佯不應，身在儂邊心那邊。桃肌瘦，爲誰人小病，絶不相憐？　情真薄似秋煙，尚假說多情向我偏。怪一痕脂染，情蹤詭秘，一絲髮繫，心緒縈牽。對卷常吁，逢花便笑，薄倖瞞人須有天。聽耶否？料暫時低首，過後依然。

## 洞仙歌　秋泛戲贈

瀰瀰漲水，載渡頭桃葉。卻喚桃根共持楫。愛閑園蕭瑟，古木清華，貪延佇，細雨不知衣溼。且沽桑落酒，纖手斟量，勸了黄花勸諸客。誰是意中人？笑坐懷中，竟不顧、坐中人嫉。我轉怪卿卿太嬌憨，但小妹當前，也須嫌別。

## 又

枕溪斜屋，認絲絲秋柳。似向當門學垂手。喜芳姿小別，相見依然，遲幾日，定與黄花同瘦。

莫提前日夢，且約新歡，又怕人前坐難久。無計教遲遲，喚取雲漿，偏閣在、鏡邊香右。便留也空留送還休，只一點秋心，背君拚守。

## 菩薩蠻

一堆香雪寒宵夢，一絲斜月披衣送。此景怕思量，思量已斷腸。無心逢畫裏，往事重提起。畫可當伊看，教伊入畫難。

## 洞仙歌

蘭風、子粱於白門寄《菩薩蠻》十闋，名曰《秋痕詞》。讀之豔思渺慮，蕩我心魄，賦此解答之。

寂寥正苦，有長干雙鯉。葉葉相思囑緘寄。道黃鸝巷口，烏鵲橋頭，秋夢在，一樹馬纓花底。清愁難寄與，覓箇同心，同賦新聲玉簫倚。秋去本如煙，强要留痕，向水上、繪成秋意。若不是雙紅豆親栽，怕遇著紅紅，也相思起。

## 春光好　鴛鴦梅

相思樹，合歡枝，比肩時。笑道焉能辨我，是雄雌？　萼緑華原有婿，藐姑仙豈無私？我欲徧栽三十六，繞園池。

## 蝶戀花

鵲鏡初收妝未久，揭起疎簾，衆裏眉峰秀。十月嫩寒生翠褎，一爐小篆閑相守。　乍讀郎詩新上口，一半猶生，未肯輕離手。難字更須郎口授，深談約在黄昏後。

## 洞仙歌

別離怕早，借丹青濡染。留取崔徽卷中面。奈呈花頰秀，替月姿圓，神難取，屢費畫工偷眼。　點睛纔活脱，未及裝池，沉水先熏幾回展。可惜曉霞痕，無計描橅，還少了、一分妍倩。恰有幅湘皋二妃圖，敢暫屈卿卿，侍兒爲伴。

又

綠窗秋靜，正香羅挑倦。曲本藏鍼尚拖綫。恁偷攜不禁，平視無嫌，偏一點，繡迹未容窺見。近知眠食減，欲勸加餐，分付廚孃碧蔬翦。底事去匆匆，何處孤遊，可要箇、朝雲相伴？聽簫鼓如騰賽清秋，約夕照樓頭，看君來看。

菩薩蠻

玉鉼手插同心朵，綠雲遮面嬌無那。人面似蓮花，蓮花似面耶？銀塘秋易老，箇裏花常好。花落露蓮蓬，芳心更在中。

# 天真閣集卷三十五　詞三

## 幽蘭閣離騷怨

### 昭君怨　春曉

花裏一絲雲影，花外一聲清磬。曉露滴衣裳，滿身香。　折得幽蘭誰贈？彈出瑤琴誰聽？一蝶繞人飛，自依依。

### 醉太平

風瀟雨瀟，今朝昨朝。爐煙瘦得無聊，况伊人素腰。　舟遙信遙，香消翠消。江山似此迢迢，又楊花亂飄。

## 行香子

簾外風寒，簾内衣單。瘦銀蟾、推出花闌。箇人去也，一雁偏還。賸眼中愁，愁中夢，夢中歡。銅鳳更闌，寶鴨香殘。聽窗紗、落葉聲彈。迢迢秋信，天上人間。隔幾重雲，幾重水，幾重山。

## 子夜歌

春閨寄遠

猛思量、夢兒昨夜，乍喜片雲相遇。恨多事、東風吹雨，斷了去遼西路。盤蠟淚消，爐灰心死，夢在人何處？儘遊絲、攔住春光，還問鏡中，綠鬢可容留住？畫屏前、丁寧後約，化作斷霞千縷。癡燕尋巢，嬌鶯戀柳，人卻如飛絮。縱飄零自喜，何如萍得圓聚？流水難回，少年須惜，休被黃金誤。早歸來、簾外櫻桃，待君同賦。

## 法曲獻仙音

過南湖舊遊處追悼故人

霞卷天高，石通泉古，雁外都空人籟。老樹忘情，病花無語，風吹一池清水。但廢綠平蕪地，寒煙自生翠。忽淒淚，認青青、插湖峰影，還似否、當日鏡中眉黛？一片古今愁，付秋雲、幾葉搖碎。

月姊猶憐，破瑤閶、飛下環珮。問瓊樓前夢，化作楚天烟靄。

## 酷相思

碧玉芳塘圓折小。長幾簇、相思草。恰飛下紅襟駢翼鳥。波勢也、相縈抱。山勢也、相迴抱。蓦地凉颸吹嫋嫋。把萬緑、秋如埽。道天最無情吹不老。星影也、先稀了。月影也、先虧了。

## 秋霽

中秋陰雨，擁被眠矣，初更雨止，月色倍皎，起坐桂花下，引醑自酌，悵望碧雲，惜無人共之。

簷際飛來，是舊日南樓，見慣明月。露點星摇，水聲雲學，小庭夜凉清絶。古香弄雪。一珠光似寒空滴。醉且適。還向、玉壺澄處濯詩魄。　當此自笑，聽雨聽風，已拚今宵，閑守窗黑。仗銀灣、秋光洗淨，山河都换琉璃白。愁思此時拋可得。彼美何處？但見杳杳孤鴻，遠天無際，蕩煙空碧。

## 江城梅花引

藕風吹暑散銀塘，是衣香？是花香？香過中門，旋轉小迴廊。茉莉幾叢蘭幾箭，畫簾底，有人兒、換晚妝。　輕妝澹妝倚斜陽，額半黄，扇半障。盼也盼也，盼不盡、樓上紅窗。偏是窗中，西角有屏傭。月又未高雲又暗，一回首，乍分明、已渺茫。

## 賀新涼

題宛仙夫人鷗波仙館

煙水當門淨。似移來、瀟湘一角，佩裳清影。幾點露珠搖碎緑，彈得閑鷗夢醒。恰翡翠、移巢初定。安置筆床茶竈罷，藕花香飛上吟箋冷。仙境界，付仙領。　玉樓小住年年病。算今番、晶簾挂月，許窺妝靚。丰格天然秋可照，恰喜涼波似鏡。卻對著、冰花思省。翠蓋亭亭相傍立，宛緑窗笑貼朝雲緊。心一寸，藕絲引。

## 前調

宛仙夫人以諸花香作茗供客，袁隨園丈錫名五花露，疊韻賦之。

冰雪聰明淨。是仙人、靈心結撰，一甌春影。五色浮來雲五朵，箇箇芳魂乍醒。還旋轉、如珠無定。觸手濃飄香霧煖，覺春融玉液情難冷。身未飲，意先領。　憐花瘦亦如人病。被今番、醍醐得灌，頓然妍靚。宛似摘來猶帶溼，浸入圓冰小鏡。引滿後、枯腸思省。一樣露從仙掌下，勝銅盤冷瀉天風緊。三盌罷，又香引。

## 念奴嬌

爲宛仙夫人題惲南田荷花便面，和竹橋丈韻。

風裳水佩，畫中看、也算良緣清豔。三十六陂秋色冷，比似銀灣清淺。浴雨嬌姿，弄珠仙態，看了還頻展。勝研花露，洛神親寫全面。　似夢卻又如真，曾經湘浦，妙相空靈現。隔斷鴛鴦雙照影，賸了亭亭清怨。一片青天，一泓秋水，意近神猶遠。舞衣寒否？綠雲和恨先卷。

## 月華清

九月十二夜，被酒鄰淬閣，滅燭坐月，花影滿身，洒然而醒，與稺仙踏月，曼聲歌此。

蟾外涼催，蟲邊愁醒，夜窗人共秋語。吹滅鐙花，換得一簾疏樹。弄瘦影、幾葉清寒，宛畫出、恨人心緒。留住。怕銀屏十二，化雲飛去。　似此清宵休錯，便說鬼談幽，儘多佳趣。滿眼相思，付與斷鴻低訴。問天際、一角癡雲，能閣住、幾分風雨。回顧。念天寒修竹，裹羅延佇。

## 羅敷豔歌

綠楊高入青天半，人在紅樓。誰過紅樓，簾也無風自上鈎。　瓊檐忽裊千絲亂，道似離愁。若是離愁，風翦絲絲不斷頭。

## 雙紅豆

偶愛吳園次『把酒祝東風，種出雙紅豆』二語，自署『雙紅豆生』，囑邵雲巢繪圖，自題此調於上，輸意達情，適成八闋。調本《長相思》，《雙紅豆》其又名。賀方回、秦淮海、揚補之平仄互異，故所填不一律，取其諧恊而已。

正苦相思，迷離惝恍，如何畫與人看？一情未了，又一情生，抛來兩箇疑團。忍拆成單。只洗空心地，左右分安。物不詧人瞞。宛雙珠、托出和盤。　願有合無離，多生不滅，春風長暈朱顔。若非重結實，爭能教、蔕固根蟠？種出雖慳。不信比、天生更難。但頻澆、情田露液休乾。

又

是否當年，二喬豔魄，相思並化江東？合歡樹底，連理枝頭，一雙貽我玲瓏。入手仍空。笑投瓊未慣，記曲非工。拈出萬花叢。勝常安、銀合當中。　待劃夢爲天，摶愁作土，情根托與東風。來生親種下，便今生、未算相逢。分付紅紅。好趁著、春濃酒濃。莫逡巡、先開小朵心同。

又

兩點分明，不成心字，爭生載得相思。須添意土，好護愁苗，祝成三顆珠兒。一對蛾眉。著中間一點，是我情癡。只怕又差池。傍花陰、鴉髻親攜。　也知道來生，生原縹緲，便生已到秋時。西風難說與，仗東皇、先爲扶持。廿四番吹。吹紅綫、紅綃並垂。待兼收、重酬瑪瑙雙巵。

又

我欲留將，分嵌釵股，與他鳳比鸞交。或安骰子，點點鮮明，卜來佳讖連宵。就使閑抛。也堪煩記取，絳樹聲嬌。爭不手持牢。要泥中、別長情苗。　算根已先離，枝難復上，經時容易紅消。東君須做美，倩良媒、紅友頻澆。莫莫朝朝。如並嫁、同車二姚。莫單如、一雙佩解江皋。

又

知道封姨，紅情定妬，可堪托與靈根。緘宜寶匣，藏合珠襦，心頭牢印雙痕。觸著消魂。道蘭胸菽發，未敢輕捫。遥欲趁芳尊。當金丹、一口都吞。　卻灑酒陳詞，剪旛繡字，向空乞取私恩。調和花信煗，長連枝、先綠成邨。樹底温存。盼日莫、亭亭碧雲。漸輕紅、逗來少女榴裠。

又

頃刻難葩，團圞未果，不如放下心腸。從抛兩處，莫植同根，由他少二無雙。宛轉思量。當丹誠寄與，邢尹分藏。一遣雪衣孃。一桐花、小鳳銜將。　聽的的朱櫻，同聲囑付，他生畢竟緣長。風前齊撒取，願花花葉葉相當。遲發何妨？勝日久、紅乾佩囊。兆佳音、並頭早結蘭缸。

又

合并雖雙，分開賸一，除非種了還生。憑他和氣，化作連珠，有如並命同庚。圓轉輕盈。替天台二女，繪影摹情。看不出懷仁。比尋常、豆蔻聰明。　更左植頻婆，右栽靚客，中間配著星星。幾番和露灌，配相思、烟草俱耕。采擷休輕。勸留取、枝頭豔痕。供銜杯、巡行十二時辰。

## 又

縱有他生，何從認得，雙雙卽是前身？聊憑畫裏，信手拈來，宛然雙笑濃春。種豈無因？道今生已矣，緣結來生。心事自分明。又何消、並啓丹唇。　待留與人看，定應猜到，灑箋血淚猶新。幾時真箇也，酹芳尊、說向花神。火齊圓勻。要紅遍、南鄰北鄰。是郇莊、有情盡結朱陳。

## 國香慢　素心蘭

天賦離騷，縱春風脈脈，不露春嬌。何嘗與春離卻，春自痕消。淡到同心都化，更無夢、吹茁情苗。無言有琴意，寂寞空山，雪款冰邀。　芳魂誰寄托，與湘雲一朵，湘水中搖。本來仙骨，非是作意孤高。肯博人間寵愛，抱真香、自隱巖坳。何須避人見，瘦影依然，意近情遥。

## 八寶妝

泛舟三橋，花柳晴妍，士女雲集，極湖山之綺麗。因憶舊時酒伴，多半零落，更數十年後，今日諸公，惟青山在耳。歡笑之餘，忽生悲詫，感今歎逝，幾不成聲矣。

鷗外春濃，蝶邊晴媚，盡是故人遊處。認得三橋楊柳影，青眼相迎如故。桃花開到九分，花上紅樓，樓中人共花枝語。多謝緑波新漲，替傳眉嫵。　休道水最情深，水深萬丈，可能長把春貯？送春色、年年去也，只山色、不曾流去。問他日、湔裙豔侶。畫船可是今朝女？便淚鑄黃金，如何買斷斜陽路？

## 唐多令

春晴兩日，旋復陰雨，賦此撥悶。

天有幾多愁，春來冷似秋。數空階、點滴無休。盼到五更風漸緊，風乍定，又颼颼。　水際美人樓，碧桃花落不？料無心、更上樓頭。就使强扶殘夢立，樓下也，没行舟。

## 望湘人

重游三橋，人影衣香如故，而落花滿地矣。

又東風載煐，如不冶遊，好山招我雲際。一笛鷗邊，一篙柳外，搖蕩一湖春思。昨水猶香，嫩晴逾碧，新愁須洗。恁飛花、濃繡閑隄，幾日不來如此。　還有衫明粉麗，縱紅芳落盡，紅顔堪替。道已老春光，未老半春年紀。春如去了，再來仍媚，人卻難援春例。便掬取、水樣春情，翠鬟楊花難避。

## 醉思仙

慶雲堂觀牡丹

問神仙，爲何人謫下，如此蹁躚？早天風吹珮，碎緑雲邊。春似海，春誰主，一笑萬花蔫。倚闌干，未遇我，幾曾輕破嫣然？　我卻愁相見，見時愈覺無緣。爭玉樓三尺，縹緲青天。花下影，花中夢，尋覓得、也如烟。好春光，莫恨晚，恨時只恨啼鵑。

## 昭君怨

人在秋聲中坐，秋在風聲中過。一葉一秋心，總難尋。　天外行雲飛度，一片詩情來去。聽到寂無聲，更淒清。

## 洞仙歌

春夢

春隨流水，去人間難返。賸了無情碧雲片。怕重拈舊句，惹起相思，原不分，夢裏桃花還見。昨宵明月下，急起披衣，小彴迴廊盡穿遍。一逕冷蒼苔，細草如煙，還滿地、蝶魂驚顫。恁是處游蹤總堪尋，只没計尋他，舊時人面。

## 鬲谿梅令

題蘊玉樓主人畫梅

是何心緒太縱橫？月紛紛。記得前宵春夢亂於雲，夢中疑是君。本來不著世間塵，縞衣身。驀地相逢無語又黄昏，暗香先襲人。

## 又

玉樓春困未全蘇，倩雲扶。扶下樓梯纔立住輕軀，有梅如我臞。雪中相對雪肌膚，兩餵餬。只有生香溫煖與花殊，隔花聞得無？

又

托根知道是谿邊，是山邊？但看雙枝纔起似雛年，絶無花可憐。豈知歷劫已三千？藐姑仙。瘦得腰支如削越鮮妍，至情能鍊顔。

又

畫梅多取曲爲工，勢玲瓏。我道梅花卷曲是人功，不由情性中。此圖玉立在山空，對師雄。卻與吾家籬落一株同，逼真林下風。

五綵結同心

茉莉花籃。此調紅友祇收趙作平韻一首，此照《曝書亭集》，用仄韻。

輕雷過雨，密葉傳芬，早把玉纖偷掐。雪蕊含猶緊，好留取、一半明朝分插。是誰織就花？巧，盤細縷、層層三匝。麻姑爪、目攜扇底，人道采芝歸恰。　黄昏靜懸華榻，看月光冷射，帳中珠蛤。莫遣輕搖動，須防取、飛墮暗侵梨頰。晨窗解下玲瓏樣，喚小玉、提來妝匣。喜夜珠、盡開笑口，一座白毫香塔。

## 唐多令

無力是西風，寒花不肯紅。問傷心、千古誰同？一片雨聲秋欲去，留不得，且從容。　吹去斷雲蹤，飄來幾葉楓。便飄零、終要相逢。我欲挽將橋下柳，勸流水，莫歸東。

## 滿庭芳

萬里西風，聲如怒馬，送將秋入愁邊。碎荷含雨，搖蕩不成圓。欲剪秋雲寫恨，雲中雁、應替人傳。長空杳，瓊樓細語，吹斷渺如煙。　休憐，無夢作，須知有夢，也自淒然。縱不隔銀屏，猶隔遙天。慢說蓬萊水淺，明珠在、難伺龍眠。空收取，雙紅豆顆，銀合貯來鮮。

## 清波引

送秋用白石韻

嗅槎銀浦，踏雲片、颯然起舞。故人何許？月痕挂眉嫵。落葉蕩心碎，陣陣催將秋去。但餘一帶瀟湘，是神女、弄珠處。　閑愁付與，奈魂夢、難趁雁度。莫砧敲否？慢敲斷秋語。飄零寄清淚，化作寒空淒雨。不分霜信能知，者相思苦。

## 玉抱肚　心佛圖

靈山親到，靈臺親埽。怕靈犀一點丹誠，佛心猶未知道。况慈雲遠隔，何由覓、照膽青銅教伊照。有情萬種，没處可表。思量出、剖心稾。　佛果婆心，還應把、神通立顯，同心换顛倒。我情兒、放入伊心竅。佛意兒、放來儂心抱。兩相思、兩下纔知，不然佛喜佛惱，我何曾曉？從今後、我自心頭佛縈繞。更不用管，佛心静、佛心擾。鑒我誠、疑我狡。任他靈巧、千變萬轉，總未及、我心頭造。

## 鳳凰臺上憶吹簫　寒夜感舊

天入船窗，月安人面，豔情最憶秋宵。蕩此心如水，一管清簫。無限江山感慨，多憑仗、酒祓花消。而今賸、西湖十里，冷碧空搖。　迢迢，不愁路杳，愁此後萍緣，雪泊波飄。苦有書難寄，封了旋燒。惟是南樓征雁，來慰我、深夜無聊。無聊甚，重將夢温，夢亦都遥。

## 訴衷情

人遠，情煩，誰得管？爲多心。絲轉亂，幾斷，斷還尋。心孔越深深，知音。要知絃外音，且從今。

## 賣花聲　卽事嘲子佁

未忍便相拋，半舊冰綃。有人見了轉魂消。道是蘭香香澤在，展玩無聊。　願易紫鸞緌，繫取儂腰。一絲從此定深交。淚迹饃餬心迹顯，認取今朝。

## 薄倖

爲秀卿作也。秀卿氏顧，叔利其色，將鬻爲娼，余適北行，過南濠訪之，秀涕泣求援，自謂微獨章臺柳不甘受攀折，卽歸沙吒利，亦不如死，有能引手，則可數年活，否則覓我於靈巖古柏間耳。余感其志，躊躇不忍別，秀曰：『行矣！留此無益，徒亂君意。他日過蘇臺，誌我墓而去，則君之惠也。』嗟乎！以秀卿之明慧，薄命固其宜耳，惟僕以七尺軀，不能援一女子，平日所自負拯世勵俗者，竟安在哉！憤填此解，爲普天下無能人悲。

問垂楊縷，爭不綰、儂舟且住？便隔著、梅花香裏，還是那人家處。忍撇他、月樣明珠，冤沉碧海難撈取。算縱有丹誠，不如紅淚，猶得霑卿鄉土。　把舊事、思量起，真自誤、誤卿卿誤。約孤墳三尺，榕陰一樹，清明他日尋伊路。夢遙還阻。趁東風未死，蘭香且覓生香去。休教恨晚，賸與桃花共語。

## 又

蘭風以《天上人間圖》屬題其事，與前解頗類，因疊韻賦之。

情絲千縷，算没計、將春挽住。只一片、無情天影，應是好春歸處。把白雲、聊當瓊樓，相思苦向雲中語。賸鈿合心空，金釵翼短，還在紅香塵土。　待信寄、遥空裏，還恐被、孤鴻擔誤。指黄河萬里，如腸九曲，可真通得天河路？不愁脩阻。怕瑤京追着，瑤英又下人間去。何如守定，畫裏真真喚取？

## 五綵結同心

香囊。『還須禁』下七字，照《詞律》填，與曝書亭稍異。

繫抽別緒，細裹情絲，付與一囊收貯。雙笑芙蓉朵，分明是、繡出同心人語。任教佩過茱萸節，定豔絶、花如承露。絲絲透、幽蘭氣息，只認素心中吐。　臨行又親分付，道天涯此去，少添詩句。口要如伊緊，心須放、休要似伊收住。私書儻接牢緘著，第一是、防人窺覷。還須禁、奇香漏洩，莫任小奚探取。

## 浪淘沙

綠樹障南天，離恨緜緜。檀槽誰撥第三絃？此曲祇應天上有，誤被人傳。　清夢料難圓，淒絶還眠。春痕尋遍月如烟。化作一珠懸碧落，不在人間。

## 又

昨夢踏瑤天，霞軟紅緜。一條銀漢直如絃。手摘明星春不語，消息誰傳？　露滴被池圓，猶抱虹眠。蕊宫往事已雲煙。我有淚珠彈向月，不灑花間。

## 長相思　古花朝紀事

蕚綠因緣，蘭香會合，相思已種前生。多情璧月，多事東風，又牽花影縱横。最小年庚。似依人飛鳥，宛轉瓏玲。翦綵繫金鈴。替花枝、端整書名。　只臉暈承羞，眼波含媚，未應全不關情。無情偏有意，任天真、纔算丹誠。强作聰明。道莫把、真心盡傾。隨懷中、身先匿笑難成。

## 天仙子

癸亥閏春，偶遊小石屋，遇美人倚竹而歌，清婉裂雲。其詞曰：石綉似雲雲似屋，洞天劃碎玻璃綠。玉潭清影記前生，芝草熟，瑤書讀，夢倚梅花醒倚竹。歌闋，女伴簇擁而去。人耶？仙耶？急錄於翠壁之上，并和其韻，不作三舍避者，欲其附我以傳也。

世外行雲雲外屋，洞簫吹得春情綠。佩環飛去月無聲，幽夢熟，重溫讀，仙語玲瓏穿翠竹。

## 瑤花

閏花朝爲美人壽

東風喚起，天遣晴絲，把紅綃重繫。問花開否？花不語、也帶傷春情味。融春入酒，可勸得、芳心歡喜。便玉魂、醉倒難勝，有箇如花堪替。　願春長似今年，看添了花籌，人準花例。三番月上，只算得、一半春隨流水。小紅闌角，是他日、最思量地。儻碧天、忘卻今盟，縷縷碧雲能記。

## 國香慢

待不傷春，被香天雪海，圍住瑤情。東風似扶輕絮，冷入孤吟。一片空明身世，便瓊樓、無此淒清。飛來舊時月，滿地雲流，心事縱横。綠窗花下語，早飄零淚點，算到如今。拾來疏影，前夢何處重尋？就使他生緣在，已聰明、擔誤今生。淒涼數聲笛，儘似當年，吹碎人心。

## 比梅

昨夜妬花風急，吹得小闌紅溼。空繡五雲幡，一點護持無力。蝴蝶，蝴蝶，又集野蓬蒿葉。

## 淡黄柳

雨中送春

空庭一碧，遮得天如莫。燕燕鶯鶯都不語。多謝風風雨雨，冷冷清清載春去。去還住，相逢又何處？便有約，怕仍誤。願薔薇且把紅顔駐。過了今番，更無蹤影，惟有楊花自舞。

## 剔銀燈

昨夜潮聲如雨，曉夢零星飛去。翦水難開，團雲不攏，搖蕩秋心無主。送秋南浦，還只想、把秋留住。

一寸輭紅香土，種下相思無數。花欲離魂，月空填廓，天上人間如許。今宵何處？賸一點、寒燈淒語。

## 惜紅衣

慰友人悼亡

釵股盟秋，琴心送日，墜歡堪憶。意外西風，同心朵吹折。香寒鏡掩，誰與扣、瑤環消息。淒絶，孤柳碎苔，隱朝霞顏色。

亭亭水側，零落紅衣，留仙舊裙摺。花前小字閣筆，怕重說。傾盡綠盤清露，幾點碎珠難覓。問甚時來〔一〕，飛下碧天明月。

**【校記】**

〔一〕據詞律，此句疑脱一字。光緒本同。

## 賀新郎

真悔相逢也。又添將、海棠葉上，淚珠盈把。我有心頭無限事，此淚因誰痛灑？爭對面、煢煢齊瀉。卿自哭卿儂哭我，不傷心除是無心者。銀蠟淚，反先灺。　不如忍淚從今罷。到他生、緣終易盡，亦如今夜。卿淚只流黃浦住，我淚寒潮逕下。便要哭、各尋羅帕。祇當不曾相識過，任滄波兩葉浮萍化。大笑起，一帆挂。

## 獻衷心

城南李家池蒲華中聽雨

蕩水雲深處，涼雨瀟瀟。紅欲語，綠先搖。看冷香飛動，詩思俱飄。高柳外，吹不定，一枝簫。　鷗有夢，蝶無聊。好山如隱碧紗寮。悵玉人何處，明月難邀。波黯黯，還泊在，赤欄橋。

## 荷華媚

荷花

何人如卿色？妍紅裏、透出絲絲嬌白。前宵明月下，清香一片，覓行雲無迹。　最可恨、花近香偏遠，似芳心不定，蹤聯情隔。何時蕩、扁舟去？涼雲圍住，我箇中吹笛。

## 卜算子

雨也如人淚，風也驚人睡。閣外芭蕉閣裏心，一樣秋來碎。　燈與人兒對，影與人兒背。如我傷心有幾人，總在秋聲内。

## 洞仙歌　玫瑰

薔薇共笑，認妹耶還姊。紅潤林霏浥嬌紫。引玉閨纖步，端正徘徊，牆角外，聽喚珍珠小字。鉤人殊宛轉，反爲情多，輭媚中間忽含刺。及早嫁東風，拌得離孃，休錯過、嫩條初試。待收取濃芬露華煎，好供養詩人，酒邊茶次。

## 又　茉莉

麝香小朵，襯鬟雲嬌豔。金鳳釵頭晚風顫。喜半含半吐，絶似歌唇，纔欲啟，又怯人前靦腆。閨中偏巧絶，緑蒂抽來，嵌作芳心更妍倩。夜墮枕稜邊，曉起餘芬，還壓在、謝孃團扇。算如此温柔惹人憐，比小玉風流，箇人活現。

又　玉簪

一枝玉輭，似鬢邊吹落。新樣珠釵舊雕琢。想素娥宴罷，寶髻欹斜，纔墮下，早被此花偷學。

夜深清露緊，卷了檀心，越覺玲瓏瘦初削。季女太嬌憨，誤覓搔頭，道遺在、畫欄西角。空賺折階前沈郎腰，向綠葉低叢，暗中尋索。

又　合歡

嬌紅嫩白，露嫣然微笑。細蕊偏藏葉兒好。似吟邊小倦，捱近黄昏，妝未卸，星眼朦朧合了。

芳名聽便喜，種向閑庭，可許忘憂比萱草。風際裊殘絲，宿忿纔蠲，又攬得、新愁繚繞。要博取郎歡枕中安，預分付雙鬟，莫教伊曉。

解語花　花韻

神融烦暢，氣逼晴妍，芳性難持穩。被春鈎引。憑堅忍、已漏半絲餘藴。近前又隱。遙立定、微微來近。將影蹤、瞞過東風，付與詩人省。

苟令衣熏預屏，檢含葩嬌處，留意潛認。箇人肩並。同心語、攙和味誰幽勝。遊蜂漫趁。須會得、靜中消領。情未闌、垂下疎簾，還一襟芳賸。

## 又

花情

柔枝鬱性，小朵含思，嬌斂春無主。爲誰凝佇。參差怨、脈脈弄愁如許。芳心半吐。還一半、嫩寒兜住。感此生、消受東風，又怕遭伊妒。　淒淚難禁猛雨，縱盈盈如墮，幽恨誰語？煗香晴霧。嫣然笑、曾露幾回歡緒。低顏暗楚。爭禁得、蝶窺蜂覷。依翠陰、無限思量，憑晚鶯低訴。

## 南鄉子

獨自莫凭闌，銀漢如煙瘦半灣。飛去月中環佩杳，飛還，只有孤雲一片閑。　雲影似頹鬟，值得傷心仰面看。可奈晚風吹又緊，吹殘，化作絲絲閣遠山。

## 瀟瀟雨

山中夜雨有寄。玉田『空山彈古瑟』一詞，或云卽《八聲甘州》，惟起句讀法微異耳。然玉田別有『記玉關』一闋，仍題《八聲甘州》，而此作《瀟瀟雨》，既遵其句法，并仍其名。

情天多少淚，與空山別淚一時飛。正一簾水蕩，一燈豆小，一雁雲低。欲把錦箋書寄，封了又重題。忍說梨花夜，燭翦窗西。　不是愁聲逼耳，是愁人聽去，分外悽迷。料紅樓今夕，魂繞碧峰棲。怕蕭蕭、風卷殘葉，阻伶俜瘦夢渡寒谿。爭知我、一雙醒眼，没計尋伊。

戀情深

驀地春情難自掩，喜無人見。如何瞞得過花陰，一雙禽。　真珠簾押晝沉沉，風緊落花深。乍歇又還飛起，似人心。

# 天真閣集卷三十六　詞四

## 小銀河舫吹笙譜

### 摸魚兒

獨坐脩竹下，凉月漏衣，萬籟都寂，塵意灑然而醒。

拂蒼苔、半襟幽思，凉雲重疊難埽。瑠璃遮斷纖塵影，祇許玉蟾飛到。聲杳杳。問此際、誰從人外秋意討？菱絲露裊。待濯髮清池，風來水面，倒聽碧鸞嘯。　長安路，雪轍霜蹄送老。瑤琴知有誰抱？饒伲夢見江皐綠，旋被輭紅遮了。秋自好。未許翦、秋情寄與春夢曉。深林翠遶。儘掬取生香，此中詩語，莫與外人道。

### 又

送秋

儘西風、埽空寒籜，如何能埽愁緒？遙山一角如殘畫，遮得幾多秋住？瞻極浦。秋已被、斜陽拖春江度，曾説歸期屢誤。如今書也無據。桃花負了劉郎約，還遣冷楓低舞。天又雨。天似怨、瑠璃揭碎秋難補。閑情自苦。把一雨離愁，數行淒淚，抛擲與湘渚。

## 瀟瀟雨　秋陰〔一〕

天低寒閣雨，一分秋寫出十分愁。倚屏山不語〔二〕，湘雲一片，搖蕩瓊鈎〔三〕。深院晚凉先到，梧葉自颼颼。不是斜陽裏，也怕登樓。　漫想芙蓉采采〔四〕，悵紅衣落盡〔五〕，與水東流。賸菰蒲凉夢，高枕唤閑鷗〔六〕。約空江、明月如雪〔七〕，待何時、散髮櫂扁舟〔八〕。飄然意、趁冥鴻去，已落沙洲〔九〕。

### 【校記】

〔一〕《國朝詞綜》録此詞，題作『秋懷』。

〔二〕『天低』三句，《國朝詞綜》作『滿天風雨意，一分秋便作一分愁。任簾櫳蕩颺』。

〔三〕『搖蕩』，《國朝詞綜》作『不上』。

〔四〕『漫想』，《國朝詞綜》作『休想』。

〔五〕『悵紅衣』，《國朝詞綜》作『料紅衣』。

〔六〕『高枕』，《國朝詞綜》作『枕上』。

〔七〕『約空江、明月如雪』，《國朝詞綜》作『約秋江、蘆花片月』。
〔八〕『待何時』，《國朝詞綜》作『待明朝』。
〔九〕『飄然』三句，《國朝詞綜》作『惆悵冥冥鴻雁，叫過樓頭』。

## 渡江雲

秋海棠月下

一天風露裏，爲誰黯黯，耐盡月黄昏。嫩紅扶不起，化作階前，滿地澹秋痕。相思欲寄，怨前生、卻共誰論？還記得、一雙清淚，種出此愁根。　消魂。花間别後，瘦減容光，料如花淒悶，爭及得、花常見面，相傍溫存？素娥隔著青天闊，尚破雲、來照芳尊。人不遠、如何閉了重門？

## 桂枝香

中秋夕陰晦，醉行西麓間，人影衣香，颯然皆秋意。

蟾光緊閉，度縹緲玉笙，都是秋氣。惟有哀蛩密語，溼螢幽致。誰家秫釀新篘熟，滴紅珠、小槽聲細。者番清醒，西風送老，桂香塵世。　縱放出、花明月麗，也消得南樓，幾度沉醉。千古銅仙對此，不勝清淚。玉尊起舞回寒雪，且消除、舊恨如水。喝雲長嘯，西山傲骨，插天無際。

## 高陽臺

餐秀樓弔落花

天被雲糊，春憑水繪，闌干莫莫朝朝。怕上層樓，桃花隔水相招。繁紅墮地心猶活，更尋思、起舞爭嬌。任東風、幾陣催寒，卷過谿橋。　煩伊并卷春愁去，共零香賸粉，都付江潮。潮起還平，閑愁長了難消。西山幾點煙巒白，又商量、莫雨瀟瀟。且聽殘、清角黄昏，捱過今宵。

## 八寶妝

出北郭數里，由舜過井折而西，古緑漲天，緋桃隱約，巖際有三數人家跨泉而居。人蹟杳絶，但聞水聲潺湲，鳥啼花落而已。

遮一重雲，一重溪水，愈轉愈生幽碧。清絶纖塵飛不到，緑外遥天空滴。依巖茅屋數椽，三兩桃花，參差紅露春山缺。應是古仙源路，詩人尋得。　曾記夢裏來遊，石梁灑瀑，佩環聲與蕭瑟。爭回首、玉梯斷處，水花拂、輕衫成雪。覓前徑、沉沉翠壁。古苔空有雲行迹。算不是劉郎，閑情爲甚偏淒切？

## 桂枝香　雁聲

淒淒切切，漸轉入暗空，添倍嗚咽。何處零煙斷雨，帶來聲息。吳霜壓入平沙去，似琴絲、六絃中絕。一樓虛靜，一簾蕩漾，一燈明滅。　又一陣、商飈送急，料銜起蘆花，呼侶相覓。多少離情怨緒，玉箏彈徹。喚回枕上遼西路，起來尋、殘夢無迹。九邊書杳，三更秋冷，四圍天黑。

## 木蘭花慢　隱湖邨舍

把紅情翦斷，問春色，在誰家？但綠抱當門，白鷗天外，没點桃花。煙霞，淨將夢鎖，有詩情只寄與蒹葭。吟到無人和處，松濤自起簷牙。　韶華，冉冉去天涯。潑翠滿窗紗。已不管春來，那知春去，疊嶂空遮。藏鴉，暗窺細柳，愛孤邨受晝夕陽斜。隔水東風弄暝，閑雲載上仙槎。

## 翠樓吟

九月六日夜，古桂霏香，新月吐霽。聽鄰家笛聲數弄，同道華作。

樹繪深愁，雲搖薄夢，輕寒作弄花暝。玲瓏香雪裏，笑尋去詩情先等。閑庭清影。看翠拂蛾眉，風欹蟬鬟。天香頂，露珠吹下，一襟秋冷。　寂靜，收起銀燈，放半鈎凉魄，照人雙醒。飛來秋語好，奈微帶么絃商緊。陰晴難準。且莫負今宵，同拌凄領。窗紗隱，暗敲殘葉，幾聲堪聽。

## 望梅　席上賦蜜梅

酒邊唇渴，喜晶盤別薦，翠珠圓滴。怪舊時、風味全殊，帶些子燒春，半攙崖蜜。到口先消，更何惜、齒牙餘力？似相思見了，釋盡心酸，一味甘絶。　回思雨中望得，帶青枝摘下，清脆如雪。費綠窗、妙手圓搓，浸白定宣甆，蠟封嚴密。笑謝吴鹽，已不是、和羹才質。笑文君、未諳此味，遠山翠結。黄山谷詩：相如病渴應須此，莫與文君蹙遠山。

## 瑣窗寒

句曲駱佩香早寡，工詩，僦居京口，顔其室曰『聽秋』。繪爲圖册，介述庵司寇來索題。寒天苦語，了無佳致，惟於守貞抱素之志，或不戾云。《詞律》載清真九十九字，此從玉田體。

萬古江聲，六朝樹色，一詩人住。孤幃悄閉，落葉自和蟲語。問西風、蕭蕭爲誰，儘吹恨入秋中去。正簾深、燭短霜濃，月瘦夜長難曙。　延佇，聲何樹？怪曲徑虚廊，盡秋停處。寒蘆弄絮。又飛起、來迎愁句。爭知人、湘竹淚痕，冥冥化作江上雨。算惟應、遠渚孤鴻，定諳情意苦。

## 一萼紅　太真沉醉圖

被春風，把梨花素面，吹作海棠紅。眠去霞嬌，扶來玉輭，雲意先自朦朧。儘消受、君王笑眼，喚不起、仙帳醉芙蓉。絳幘空鳴，翠簪誰脱，孤負晨鐘。　惟有玉梅凄絶，抱冰魂雪魄，獨醒樓東。瑤殿恩深，金盤露湛，分與椒掖春濃。一曲霓裳舞罷〔一〕，華清夢、同在醉鄉中。不道豬龍嘯時，驚起巫峰。

【校記】

〔一〕據詞譜，此句疑脱一字。光緒本同。

## 西子妝慢　西施舞褭石

響屧廊空，浣紗磯冷，翠褭何勞還舞？當年本是石心人，受君恩、忍將君誤。扁舟載去。竟濯魄、明湖深處。望夫魂，化飄飄仙袂，風前猶舉。　誰攜取？擲向荒郊，亂繡苔花古。霓裳多少美人魂，啟空箱、蝶衣同腐。無情至汝。學垂手、猶凝綃霧。淚斑斑，一片吳宮暗雨。

## 湘江靜　王梅卿女史倚竹圖

薄莫梢梢寒欲雨，起尋秋、待尋何處？添香乍了，停琴未久，且愁和煙語。落日蕩詩魂，虧一片、綠雲扶住。　縈衣翠冷，煙耶水耶，還應認、夢湘渚。　露漸滴，風又舞。籜飛來、似催秋句。哀蛩訴寂，涼蟾弄暝，尚亭亭延佇。竹也耐清寒，真脩到、梅花夫壻。相依瘦影，香茅破後，牽蘿共補。

## 惜餘春慢

春盡日，坐餐秀樓，落花如煙，啼鳥俱寂，春光去矣。

怕見飛花，偏生飛去，一半猶依芳草。深深院落，有蝶無人，剛被綠陰遮了。還算東風有情，相伴遊絲，半空閑裊。問啼鵑聲裏，天涯留得，夕陽多少？　休更放、飛絮漫天，替花吹淚，卻恐連天都老。烟波一片，化去春痕，衹許亂萍知道。還掩重門醉眠，長笛弄愁，那須分曉？看明朝簾卷，蒼苔惟賸，碧雲難埽。

## 南歌子　寄道華

小别雲爲夢，相思月可呼。匆匆已是熟梅初，知道芭蕉緑到小窗無？　短札原無語，新詞便當書。落花如雪滿階除，爲問催人歸去又何如？

## 東風第一枝　春曉蕩舟三橋看柳色

殘月銜峰，孤雲隱水，嫩寒蒸透花霧。一彎濃緑低迷，不辨是烟是樹？黄鸝破曉，强喚覺、春眠張緒。試覓取、昨作平夜吟魂，定在畫橋横處。　須鑒賞、大癡妙譜。徐搱擋、志和勝具。隔汀飛起楊花，可解恨人俊語？紅樓此際，尚誤聽、絲絲春雨。待倚舷、吟到斜陽，莫管亂鴉相絮。

## 洞仙歌

懨懨小病，怕意中人在。强起紗窗默相對。爭温柔性格，驀地粗疏，全不解，體貼玉兒情態。　果然蒙愛寵，就算嬌瞋，底事當前便深怪？清淚灑梨華，寧受摧殘，未肯向，東風輕拜。直逼得檀郎自低頭，還悲咽難勝，教伊無奈。

## 鵲橋仙　織女圖

天河瀚筆，秋雲翦紙，描出霧鬟風致。三分恨色二分愁，更帶著、一分癡意。　萬年常聚，一年常別，嘗遍合離滋味。畫師若是畫雙星，反落了、尋常伉儷。

## 醉花陰　水仙

翠幙如煙深護穩，紅燭搖春影。時候正清寒，一曲瑤琴，彈得冰魂醒。　細抽碧玉靈苗並，豔吐檀心淨。遮斷小屏山，怕有風絲，吹著仙肌冷。

## 蝶戀花

睡起鬟多無氣力，鵲鏡初開，瘦了桃花靨。月樣牙梳編齒密，如何理得相思結？　舊夢分明長在憶，委地春雲，非我猶憐絶。悄向水精屏下立，曉風微透羅襦息。

## 小梅花 秋海棠

梨渦瘦，檀心透，天然秀色人無偶。學梅花，似梅花。沉香夢醒，微褪曉妝霞。一生甘避春風面，獨倚牆陰淚如綫。被人疑，怕人知。顣頞秋容，端的爲相思。　幽蟲語，哀蟬訴，如何寫盡秋愁緒？畫闌邊，鎖窗前。幾回凝竚，腸斷有誰憐？尋秋鳳子花間活，嗅得真香香在骨。雨瀟瀟，夜迢迢。酸情一點，崖蜜未能消。

## 薄倖

友人於賣餳擔頭得一扇，爲夢樓前輩録玉溪生詩，末云『爲柔卿書』。背面畫一姬，折花而立。因憶乾隆辛亥秋，隨園丈同遊紅映樓，有柔卿者出見，手攜夢樓此書，時墨瀋尚新。忽忽二十年，書者與樓中人都已化去，而此扇流落人間，幾於蘭亭紙矣。

春風人面，記少日、閑花過眼。正畫閣、簾波搖細，喚起梨雲妝倩。乍相逢、旋轉銀屏，羞蛾尚借冰紈掩。認小字分明，右軍筆格，戲與秋孃書徧。　只幾箇、昏騰醉，鴻雪地、滄桑已變。樓空燕子去，乘鸞煙影，人間賸了桃花扇。粉痕猶染。想當時酒次，歌闌褁角低徊展。晴窗細認，聊當蘭亭再見。

## 春從天上來

蔣伯生《香嬰室圖》。《詞律》收王惲作，較此少兩韻，少二字，平仄亦小異。此依《山中白雲詞》。

一簇紅霞，指鬱羅天上，舊是兒家。河澹珠澄，月明風細，降下七寶香車。攜得嬰年環珮，渾未解、碧玉分瓜。認光華。是窗中人面，不是桃花。　丹砂。有時戲擲，散馥郁輕煙，染徧紋紗。雙蝶飛來，猶疑花氣，縈繞仙鬟欹斜。情思纏綿如繭，郎心輭、兜起情芽。漫趺跏。早維摩丈室，散滿天葩。

## 醉春風

屈子謙遺墨，有桃花飛燕，自署『宋人春風圖』。子載屬題。

巧繪無蹤影，鈎取封姨性。兩三飛燕趁身輕，認、認、認。下上桃花，蹴花飛緩，掠花飛迅。　道是徐熙本，微與黃筌近。畫圖留得在人間，恨、恨、恨。孤負春風，幾番吹到，武陵花信。

## 柳梢青

待不相思，偏生昨夜，許下幽期。鬟影風搔，韈羅霜浸，忒煞情癡。　耐心莫説人兒，便月也、花陰慢移。等過黄昏，不如休等，眠去尋伊。

## 月照梨花

欲住，終去。留伊何處？緩過猧兒，潛開繡戶。門外風露零零，没人行。　歸房蠟淚紅如澍，背鐙不語。好夢渾無據。箇人蹤影疑復經。花落疎櫺，幾回聽？

## 海棠春

窗糊雲母晴光映，借一曲、屏山遮定。慢道寂無人，怕有迴廊影。　關心更是雙鬟聽，索遣去、海棠花徑。要捉蝶雙雙，試向花陰等。

## 思遠人

欲寫相思何處寫？寫了又停筆。三分來恨，七分來想，情事最難説。鴛鴦兩字纔書畢，旋把角兒折。怕小婢驀來，被伊窺見，人前漏消息。

## 念奴嬌

虞山北麓曰石梅，吾邑之小香雪海也。華亭改七香遊而樂之，思誅茆結廬其間，屬錢叔美作圖寄意。自題《壺中天》一闋，叔美和之，余亦次韻。

一窩秀冷，比桃源、多了秦時春雪。鶴守巖扉寒鎖緑，夢老東風蝴蝶。爲礙低枝，别穿斜牖，放入山容活。閑尋詩瘦，暗香飛動吟葉。　肯就空谷牽蘿，攜來家具，雞犬都仙骨。披取綃衣高臥穩，弄影瑶臺清絶。翠落床頭，雲行酒裏，笑看冰姿發。隔林呼我，共攜鴉觜鋤月。

## 賀新郎

臨别牽衣語。約還家、分符解襆，定期端午。轉眼榴花紅過了，望斷歸帆遠浦。接一紙、魚天箋素。道是銀灣煙波淺，怕空江桃葉難飛渡。須不是，舊盟誤。　而今已是重陽度。問西興、秋潮有信，往來雙艣。爭不載卿扁舟下，難道湖山絆住？休更說、石尤風阻。不怨連宵都無夢，怨分明手札難憑據。除見了，對伊訴。

## 暗香　紅梅

喚醒古雪，問幾時和了，朝霞顔色。隔著短籬，誤認桃花笑舒靨。還向西湖照影，看倒浸、珊瑚枝溼。賸一點、未化冰心，難與夕陽說。　清絶，豔自別。歎鶴頂養成，未縱仙翮。角聲弄徹，驚起明妃醉魂魄。無限懷君別恨，都化作、相思啼血。謂舊夢、抛去也，有如皦日。

## 疏影　綠梅

東風弄色，把嶺頭古樹，吹上寒碧。只合相逢，竹外松間，無言鬥取高格。湘雲隔斷羅浮夢，賴翠羽、能知消息。想夜深、萼綠華來，踏遍冷香無迹。　欲寄相思便寄，早春水樣淺，流去堪惜。莫等樓頭，墮下盈盈，卻向蒼苔尋覓。還疑玉笛吹哀怨，預換下、一天新葉。趁故人、猶在江南，好比柳枝先折。

## 聲聲慢

易安居士此闋〔一〕，千古絶調，當是德父亡後，無聊淒怨之作。玩其祭夫文云：『白日正中，歎龐公之機絶；堅城自墮，憐杞婦之悲深。』此正所謂悲深也，豈有與秦處厚書云云〔二〕？偶與改七香言之，七香仿詞意作圖，余填此解，爲居士一雪前謗，願普天下有心人，同聲和之。

何須訴出，滿紙淒風，如聞欲語又咽？夢已無蹤，還似夢中尋覓。心頭幾許舊事，盡交他、玉階殘葉〔三〕。雨外雁，雁邊雲，并作一天秋黑。　我讀秋聲愁絶，千古恨、除非見伊親説。畫不能言，卻勝未曾省識。黄花尚憐瘦影，抱寒香、共守寂寂。縱自怨，怎肯負霜後晚節？

**【校記】**

〔一〕此句，《銷寒詞》無『此闋』二字。

〔二〕『秦處厚』，『秦』當作『綦』。

〔三〕『交他』，《銷寒詞》作『托與』。

## 瑤花　唐花

誰從地底，偷取春來，把春翻瞞得？繁華太驟，須不是、羯鼓催將消息。紅鑪扇熖，看漸逼、芳心趨熱。偏暗中、送煗噓溫，奪了東風權力。　深林儘有芳菲，寧讓與冬烘，先弄春色。開非異種，異只在、未到應開時節。生香縱好，人巧極、天真微失。算此時、惟有梅花，自挺耐寒仙骨。

## 拜李圖題詞

詞中三李：太白，詞之祖也；南唐後主，繼別者也；漱玉，繼禰者也。詞家多奉姜張，而不知溯其先。予與諸子學詞〔一〕，而設醴以祀三李，作《拜李圖》。各就三家調，倚聲歌之，以當侑樂。

### 菩薩蠻　侑謫仙人〔二〕

詩仙自被蛟龍得，何人筆燦青蓮色？杯酒問寒空，一星搖酒中。　瓣香心禮佛，蘂向豪端活。可惜一千年，江山風月閑。

【校記】

〔一〕『諸子』，《銷寒詞》作『諸君』。

〔二〕《銷寒詞》無四字小題，詞末有小注『太白』二字。

## 浪淘沙　侑南唐後主〔一〕

吟管太生香，名士文章。風流强要作君王。染就一襟天水碧，褪了黄裳。　洗面淚珠涼，春短愁長。落花休自怨蒼黄。放下射鵰詞賦手，挽住斜陽。

【校記】

〔一〕《銷寒詞》無五字小題，詞末有小注『後主』二字。

## 醉花陰　侑易安居士〔一〕

餐盡百花人獨秀，露洗聰明透。風卷一簾秋，滿地寒香，飛上新詞瘦。　玲瓏藕孔香生九，絶調今誰又？我欲繡青蓮，有箇人兒，先勸將伊繡。

【校記】

〔一〕《銷寒詞》無五字小題，詞末有小注『易安』二字。

## 長亭怨慢

柳如是印。旁刻『癸未春楚秀鐫贈』。癸未，崇禎十六年也。〔一〕

問誰向、寒灰收取？兩字綢繆，一方花乳。乳暈桃花，絳雲人面在何許？玉纖摩撫，曾印徧、開元譜。縱使石能言，忍細説、前朝眉嫵。　孤墓，訪垂楊昔夢，祇賸翠條如故。茗華篆古，怎尚有、鬱嬪呵護。最怕是、俗手流傳，當紅豆、秋風抛去。願匣裏旃檀，還供妝樓閑貯。今昭文縣治東偏小樓〔二〕，爲河東君殉節之所，有小像供其上〔三〕。

【校記】

〔一〕《銷寒詞》載此詞，小序作：『消寒第八集席上，眉卿出一印章，云得之趙秀才家，朱文「如是」二字，旁刻「癸未春楚秀鐫贈」，其爲絳雲樓中物無疑。癸未，崇正十六年也。』

〔二〕《銷寒詞》此句無『今』字。

〔三〕《銷寒詞》無『有小像供其上』六字。

## 長相思

畫屏空，篆煙籠。一夜燈花摇冷紅，不知何處風？　亂山重，亂雲濃。有夢還愁不可通，夢兼無影蹤。

## 醉花陰

餐秀樓坐月，春光去矣，人月俱瘦，淒然有作。

山影堆煙煙影厚，素魄煙中漏。莫上鎖窗來，樹影添肥，人影新來瘦。　舊愁未了新愁陡，擬向姮娥剖。漫苦月淒涼，月去雲遮，天有愁時候。

## 玲瓏四犯

簷鐸

走葉院虛，停雲廊靜，淒淒何事相絮？半生空蕩過，四角誰遮護？偎窗正思細語。被東風、又教兜住。音戾音情，郎當身世，餘恨共千古。　憑闌爲伊凝竚，恁輕絲繫著，搖宕無主。遠天清脆鴿，自帶歡聲去。同時賸有伶仃響，在半背、斜陽低度。簷下苦，宵來怕、還淋暗雨。

## 虞美人

美人虹

憑空一縷春情化，豔絕殊難罷。問渠底事不成圓，貪著拖長只顧澹如煙。　料應天亦看無奈，遺下相思帶。分明畫出兩條心，隔著長空隔不斷離情。

## 水龍吟　白秋海棠

明明洗盡春紅，小名尚帶春風豔。前生是夢，今生是淚，新妝誰衒。瘦不成秋，三分薄病，七分淒怨。隱迷離澹月，何人瘦影，粉牆角，空尋徧。　不怕霜痕拂面，怕脂痕被人濡染。無多膩粉，儘教鉛水，一齊消滅。玉化輕煙，珠飛碎雨，甚時相見？抱相思渺渺，柔腸自斷，素心無變。

## 南浦　秋水

渺渺綠無邊，一泓秋，只有長天同淨。中有點紅無？游魚戲、還夢舊時紅影。蘆花自笑，西風獨對空明鏡。流得年光過半了，愁絶鏡中青鬢。　何人小注清矑，與澄澄活翠，同流不定。甚欲訴相思，娟娟隔、看到浪花煙暝。天河漸隱。素波下瀉人間冷。莫悵桃源芳訊斷，猶見御溝紅賸。

## 綺羅香　黃葉

病態支寒，衰容避酒，枯寂應通禪悟。如畫江南，都被夕陽鎔鑄。正歸櫂、遙指前邨，比橘柚、預知來路。笑丹楓、垂老春情，不招春妬怕秋妬。　秋光誰竟買去？猶賸疎林弄色，金將顔駐。莫便飄零，留鬬傲霜風趣。問幽人、箸述空山，可當得、硬黄箋楮。聽蕭蕭、憶著成陰，熟梅時節雨。

## 慶春宮

有持古瓦求售，云是銅雀臺者。長尺五寸，廣九寸，博四分，背有篆文，隱隱露『日王』二字，上下俱鏌鋣。按《楊升菴外集》云，銅雀宋時已不可得，升菴嘗得高歡避暑宫冰井臺瓦，上有『香姜』字，『日王』疑是『香姜』之剝蝕耳。是日，集天真閣作消寒第一會，因與諸子各填一解賦之。

青雀孤飛，高臺纔建，翠瓴慢認銅雀。鬥蟻軍容，連牛陣勢，奮呼應震屋角。聘來雙豔，快天半、雙鶤並落。金墉西毁，寶殿南開，夢酣香閣。　可憐敕勒歌成，賣履分香，氣同蕭索。鸜鵒聲淒，鴛鴦色冷，一夜冰花如鑿。赤蛇魂返，問何處、團焦寄託？摩挲遺甃，偏勝金甌，破殘京洛。

## 齊天樂

賈秋壑雕刻山水蟋蟀盆

傳來白雁秋聲緊，平章但饒秋興。賸水雙湖，殘山半壁，都入雕盆清景。軍容自整。看拔栅先登，跳身輕俊。報主長鳴，算伊奏捷似開慶。　能消幾回鬥勝，禦邊憑瓦注，難避霜信。羽騎三千，牙軍七萬，同畢沙蟲微命。金籠縱穩。笑拉脇須臾，到頭誰憫。落得哀啼，木緜菴月冷。

## 水龍吟　秋海棠

幾曾相識春風，可堪强把春情唤。相思萬種，爲誰顰頞，何心妝倩？不合天公，賦伊薄命，縱伊嬌豔。避墻陰一角，無人到處，又還被，人尋見。　不願西風寄遠，願西風、且休搖顫。本來是淚，那禁清露，撲珠盈臉。只顧低頭，卻勞蟲語，替傳幽怨。問花耶是否，分明畫出，箇人腸斷。

## 清平樂　題眉卿詞稾

愁長春短，都付紅牙管。已是飛花如雪滿，埽了又風吹亂。　人間儘有閑情，何曾解按簫聲？吹出一絲秋氣，不知多少聰明？

## 唐多令

同人有看楓之約，風雨敗興，雨霽而零落矣。爲填此解。

待得放晴耶？霜林日已斜。卷西風、亂落天涯。但是紅顔多薄命，原不合，似桃花。　埽去向誰家？春情供煑茶。天公既是妬妍華。自放明霞嬌豔煞，何苦染，葉如霞？

## 渡江雲

仇實父畫陶淵明歸去來圖

青山千古笑，年年望眼，望見幾人無？一枝鷗外水，一葉輕裝，人在義熙初。身閑似鶴，與閑雲、照影同孤。回首看、輭紅塵土，飛不到吾廬。　如余，蓬瀛小住叶仄，便櫂歸舟，伴菰蒲秋語叶仄，單少卻、梳煙挂月，五柳扶疎。先生儻許稱同調，借圖中、添我清臞。人縱淡、還思比菊何如？

## 水龍吟

二月十五夜，拜紅軒海棠花下拜花。

世間無此娉婷，用碧山句。對伊不醉何時醉？呼來皓月，弄嬌移豔，滿庭春碎。纔放三分，二分如笑，一分如睡。正東風送煗，生香幾點，早飛上，詩情媚。　不爲酒酣游戲，爲嫣然自消英氣。此花以外，問誰消得，詩人頂禮？醉不須扶，一身清露，臥花陰裏。怕枝頭綻滿，紅情點點，化相思淚。

## 月下笛

依白石腔，題《綠珠吹笛圖》。

絶代豪華，一人擅寵，萬花深處。茵于受譜，按新腔、趁雲度。春心吹入湘江竹，怎音帶、湘娥怨苦。料翾風此際，愁凝蛾緑，淚漬珊樹。　歌舞，風吹去。賸冷落園林，燕鶯聲絮。梅花瘦管，幾番花下圓聚。無情偏是吹樓月，向樓角、明珠静吐。忍拋箇，小宋姬，殘譜細弄秋語。

## 琵琶仙

『楊升菴松下煎茶圖』，裝於升菴所藏唐搨鍾王小楷之前，故定爲升菴像。畫無年月款識，角鈐『用修内子印』，斷爲黄安人作。安人工筆札，然謹慎，雖子弟不得見，宜其不署款也。庚辰冬日，獲觀於錢氏拜紅軒，既爲題識，復填此解。

明月飛來，甚時得、照見歸人顔色？離緒分付丹青，歸心畫難出。人漸老、孤松自媚，但凋卻、避煙枝碧。紗帽盧仝，宫袍太白，前夢休説。　待描箇、胡粉鸞花，料羌笛、聲中鬢添雪。還是舊時巾扇，與春風相識。招手喚、飛鴻下認，試寄將、錦字消息。衹怕南去風煙，片雲無蹟。

## 念奴嬌

臘月十九爲東坡生日，祀以酒脯，填此侑神。

放開雙眼，看長空、幾箇文星摇曳。更一千年逢此夕，定有寒芒飛起。大好江山，無邊風月，何處神游戲？梅花來勸，一尊遙酹雲際。爲問當代詞人，誰堪消受，萬古寒香祭？死縱得傳傳已死，何況傳人能幾？跌宕鶯花，流連山水，便是神仙計。人間天上，玉壺春煖同醉。

## 埽花遊

文與也《香影寮度夏圖》。與也，文肅之孫，嘗寄蹟寶慶寺度夏，作圖以遺寺僧。

停雲館廢，借半塢閑雲，自舒清嘯。豔陽過了。看紅消徑暗，翠盤陰老。世外秋聲，預遣涼颸送到。弄珠曉，更何處洞天，容此孤傲？ 迴眺，秋聲早。又瘦了青山，綠煙如埽。舊遊夢繞。賸寒蟬樹樹，曳愁殘照。喚取秋燈，細與商量畫稾。悟微妙，在圖中、自拈花笑。

# 天真閣集卷三十七　詞五

## 小銀河舫吹笙譜

### 解連環　李龍瞑白描文姬歸漢圖

玉關重見，怎明駝未入，又生淒戀。已自拚、身葬龍沙，待青冢歸魂，佩環隨雁。不分春風，竟吹得、月輪重轉。正桃花滿路，回首雪花，尚拂人面。　傷心塞雲慘變，恨天山峻絶，中外遮斷。念此去、身世飄零，縱霜葉棲根，究憑風颭。候館燈殘，又夢在、穹廬行殿。算留得、夜笳弄雨，借伊訴怨。

### 澡蘭香　周昉太真出浴圖

泉香浸玉，日影窺肌，一樹海棠帶雨。輕雲半掩，皓雪猶呈，瞥眼最防鸚鵡。看氤氲、蘭澤常溫，滿身瑤天湛露。粉黛三千，未許恩波分注。　豈料鴛鴦折羽？委地梨花，素顏塵汙。華清自膩，太液空流，不到馬嵬坡土。縱銀河、洗淨烟塵，難洗金錢謗語。問覓徧、縹渺仙山，瑤池何處？

## 永遇樂 班姬續史圖

非此蛾眉，何人敢繼，彪固而起？鏡匣香函，瓊匳翠鎖，一代風雲事。虎頭投筆，龍沙遠颺，讓與埽眉才子。比風家、踵成有妹，補天妙手如此。　梳妝纔了，紬書東觀，褏帶卻拖金紫。四海無雙，六宮齊拜，不櫛蘭臺史。豐生操翰，丁孃伸紙，滿屋班香縈髩。笑男兒、低頭受讀，可應愧死。

## 洞仙歌

友人屬爲韻濤書扇，其一面則畫『枇杷花裏閉門居』詩意也。爲題此闋。

晚風庭院，被雛鸎呼起。葉葉單衫領花氣。怪眉如秋瘦，笑讓春濃，擔受煞，竹外半肩涼翠。　前身應記得，萬里橋邊，一樹枇杷小門閉。結習未全忘，吟罷疏桐，芳名署、女兒青紙。但載取行雲采香涇，勝添築詩樓，碧雞坊底。

## 齊天樂

瘦芳小影，爲瞿花農作。

春風未識蘭香面，生綃乍逢秋影。籜粉吹香，藿陰暈碧，小院枇杷花逕。窗紗綠浸。弄斜照零星，斷紅低映。瘦不勝雲，數枝寒翠略扶定。　新涼漸籠翠鬢，爲尋思舊夢，眉黛孤凝。薄恨縈烟，深愁貯水，心事嫌秋同冷。搴蘭最稱。把九曲瀟湘，豔情消領。莫佩靈符，便偕仙伴隱。

## 水龍吟

博陵氏有秦少遊瓶，得之處州城下土中，蓋少游監酒稅時所製。

不知宜酒宜花，也無紹聖元符字。一官貶謫，綆修難盡，瓶羸先棄。缺甃俱閑，漏卮同擲，挈還無智。照綠波亭下，人和天瘦，祇落得，南園醉。　他日飄零更苦，望蓮城、又增淒淚。軍持在手，如何收得，郴江江水？一笑清泉，華光亭畔，甓湖珠碎。算千秋剩有，文人古澤，土花生翠。

## 疎影　菊影

呼來瘦玉，守夕陽黯黯，魂抱秋宿。漸近黄昏，欲化寒雲，扶持賴有籬竹。冥冥滿地痕難埽，又見在、陶家窗北。倩一絲、古月迷離，自寫此生幽獨。　惆悵人兒病起，湘簾正捲處，裊裊烟綠。借爾盈盈，繪出清臞，勝補圖中金屋。西風閃得霜枝亂，更替寫、閑愁心曲。看背燈、欲折還休，韻染翠襟雙幅。

## 更漏子　代閨人寄遠

乳雅昏，歸雁暝，偏是箇人無信。紅蠟淚，翠盤深，可知焦卻心。　葉如雨，秋如語，替訴離人心緒。秋處處，葉聲聲，問伊聽不聽？

## 暗香

姜白石像，宋時白良玉筆也。二十三世孫恭壽拾諸灰燼之餘，重裝寄題。既爲作詩，復同兒子文杓泛梅薦醴於禮姜館〔一〕，譜《暗香》、《疏影》二闋，以當迎神、送神之曲。

洞天白石，算未消萬古，苕溪風月。不見老仙，衹見寒燐馬塍碧。南渡江山舊夢，存羽扇、風流如昔。怪幾片、雪樣疎花，吹上古衣褶。　標格，尚奕奕。歎遁出冷灰，鬼也知惜。翠煙漸滅。明月無言自相識。招手青天似水，拚迓取、吹簫魂魄。聽鶴唳、何處也，可真見得？

【校記】

〔一〕『兒子文杓』，《銷寒詞》作『諸君』。

## 疎影

無由畫出，那野雲一片，來去無迹。只畫當風，鶴氅如烟，英姿靜寄蘿碧。容臺倡議成何事，但響落、空江殘篴。想舉朝、玉帶金貂，一箇布衣誰識？　如我蕭閑故里，水波蕩日去，堅卧巖石。花療清愁，月洗雄心，作了尋常詞客。芳尊手摘寒梅薦，自笑亦、滿身香雪。染翠豪、細譜神絃，少箇小紅低拍。

**【校記】**

〔一〕『誰識』，《銷寒詞》作『容得』。

〔二〕『少箇』，《銷寒詞》作『可有』。

## 清波引　唐六如御溝題紅圖

鎖愁銀漢，望人世、此生隔斷。墮紅風卷，瘦秋弄春怨。拾得片雲冷，當作題秋團扇。謾言溝水無情，但流去、任誰管。　隨波漸遠，是沉没、還是浪轉？素緣如見，定搖漾花片。桃源在天上，莫誤沿谿尋遍。儻使冰下浮沉，甚時冰泮？

## 八歸　李伯時西園雅集圖

山分秀氣，花窺文彩，高會僅見此客。亭臺富貴尋常有，難得畫書詩妙，一時英傑。漫說人才無此盛，便盛也如何能集？祇對著、老樹寒雲，歎賞古裹屐。　聊共閑鷗幾箇，秋笳聲外，料理吟牋詞筆。雪消花放，水流觴熌，到處皆吾園宅。未須留畫稾，畫了依然化秋葉。千秋事、瘦烟如夢，喚起諸公，圖中將夢說。

## 玲瓏四犯

去北郭三里許，曰勝果泉。就泉而屋者巢氏，依陂陀高下、流水曲折以爲園。梅花數百株，參錯石罅。時桃猶始花，水流花間，花映人面。茅屋隱隱，白雲冥冥，頓忘古今，何論人世？掬酒盡醉，曼聲而歌。

涉澗弄春，穿雲忘世，桃花迎我如笑。此間人籟絶，祇覺流泉鬧。殘梅尚縈曲沼，又東風、綻紅嬌小。萬事榮枯，百年開落，都付與殘照。　看花漫爭遲早，有輕盈勸酒，聊復傾倒。天風吹海色，稱我舒清嘯。山中儘有天台路，謾誇道、劉郎尋到。便作到，神仙也、愁花易老。

## 紅情

玉田改白石《暗香》調爲《紅情》，以賦荷花。余襲其名賦紅葉。

幾番落日，問有誰更向，吳江横篴？望斷碧雲，恰是天公醉時節。青女能施妙手，偏豫弄、春風消息。竟忘卻、老去飄零，情鍊少年色。　天末，正凋絶。待寄與素書，洞口遥隔。亂愁易積，不似寒霞自明滅。猶記濃陰竚處，都化作、相思嚈血。歎緑鬢、凋盡也，盛顔怎惜？

## 高陽臺

種玉堂共諸子餞秋

静卓山高，寒收月小，乾坤萬里無情。訪到蘆花，而今也自飄零。西風莫放秋聲去，弄凄笳、已不堪聽。更何堪、萬木都枯，一葉無聲。　前盟記共荷華語，剩荒烟幾縷，瘦畫鷗汀。鷗縱忘愁，如何唤也難醒？惜秋事比傷春苦，算殘年、拾得零星。且銜杯、守盡秋燈，數到寒更。

## 瑶花慢

眉卿於玉峰半繭園見海棠一枝，賦詞寄慨，從而和之。時道光元年十月也。

秋光已閉，忽漏春光，比舊時清麗。黄州夢後渾未料，此處相思重寄。天如有意，把殘局、翻騰成例。釀幾番、冷雨寒烟，發洩一絲春氣。　玉環豔魄難消，被落葉淒涼，濃睡呼起。西風正苦。翻自喜、賺出燕支紅淚。荒園徑裏，詫豔絶、爭先凝睇。怕有人、愁對江山，十月梨花同記。

## 雙雙燕

吳冰仙夫人梨花雙燕圖

素香弄暖，恰瓊蕱爭開，趁花飛度。翩然一影，意在下擒花住。一更翻身仰注，靜眼待、花來銜取。分明繪出春風，蕩漾韶光如許。　何處？容春久駐。借物態描橅，合離情緒。惜春心事，忍看燕追花去。寫盡消魂院宇，寫不盡、消魂辭句。日暮無限思量，一硯淚和花雨。

## 水龍吟

劍門

是誰劈破青蒼，一峰中斷秋分界。千年翠鎖，秦時霜繡，漢時雨灑。兩扇丹屏，半簾銀瀑，屹如雄塞。扣靈匙不應，沉沉積鐵，疑中有，奇兵在。　稱我登臨豪快，跨仙梯、上攀虹帶。銛鋩指處，碧天可削，星辰盡駭。嘘噏風雷，吐吞雲霧，泠泠虚籟。借苔花小憩，詩魂勝似，御青冥外。

## 采桑子　題畫蘭

墨痕澹到無尋處，風外香飄。香外雲飄，中有靈均一卷騷。　看來滿紙瀟湘水，薄夢如綃。清淚如朝，明月前身不可招。

## 珍珠簾　拂水巖

飛流欲下人間去，被迴風、强勒玉龍旋舞。倒卷一珠，簾障豁庢門戶。卷到晴空無氣力，竟撒下、明珠無數。延佇，看夕照峰頭，半邊秋雨。　莫誤，引出空山，縱清流不改，恐沾塵土。只合灑巖花，把作霖功補。天自將河傾下界，又似勸、飛還銀浦。回顧，訝雲際徧來，弄波神女。

## 石州慢　白雲栖石屋

洞吐雲陰，雲鎖洞寒，石似雲皺。一房翠雨無聲，雨外碧雲天瘦。潭横半月，水氣上合濃青，珠生石竅春情透。倒掛玉瓏玲，滴仙家清漏。　消受，夏凝泉雪，冬媚巖花，氣殊常候。似此陰森，才稱陰符靈叟。好攜玉斧，鑿破後壁層層，芙蓉别自開生竇。縱不是桃源，是靈奇詩藪。

## 萬年歡

七星檜。三株係梁代故物，其四株乃宋崇寧間補植。

樹樹離奇，是蒼龍降精，方位分布。一臂拏雲，六臂競前撐拄。或效潛虬臥舞，或自奮、鱗鬐噴雨。若非被、丹井纏根，定看一一飛去。　瑤壇偏漫翠霧，任蕭梁事改，我自雄據。一樹移栽，已彀霸先家住。蛻後龍孫再補，總不爽、天宮躔度。須知道、劫躲雄雷，萬年珠斗呵護。

## 高山流水

破龍澗六朝松

怒雷破石去神龍，蛻真形、還住山中。鱗甲動秋風，如聞古寺晨鐘。千年事、一霎匆匆。繁華夢，親見蕭家一姓，迭起爭雄。閱冰霜六代，劫火鍊青銅。　疑逢，齊梁舊髯叟，渾未改、瘦貌蒼容。雖不是秦封，儼然翠蓋摩穹。南朝樹、半造禪宮。藏深澗，寧作青虬臥雪，免斲梁虹。鎮花黃歲歲，金粉繡春濃。

## 絳都春　招真治崇禎三年梅

庭珠罥滿。問記否佩環，移來仙苑？乍試暗香，曾照明蟾吹簫伴。匆匆三月韶華變，悵喬木、都空兵燹。髗陽重賦，花如故態，看花人換。　誰見？當年樹下，綴巾帽、瘦玉一枝春輭。舊雪舊愁，新雨新歡花嘗徧。而今忘卻東風怨，任詞客、巡簷索遍。只除翠羽能言，勝朝夢短。

## 高陽臺　昭明讀書臺

只有當年，高臺片月，曾看帝子風流。人去臺空，依然月掛銀鉤。芸香沁入寒梅骨，帶六朝、古墨香幽。碧山頭、縹緲書聲，老樹吟秋。　千秋隻眼光如炬，把江花謝草，盡入冥搜。我有珊瑚，茫茫鐵網誰收？文星照徹江南北，隔江雲、對峙飛樓。相靈斿、來詠梅花，飛下揚州。

## 霜葉飛　紅豆山莊

問吟紅處，滄桑換，詩情猶逗高樹。一灣流水半莊雲，畫出殘詩路。巨木在、荒邨自古。花開誰寫相思句？縱喚作相思，拋散淚珠圓，斷夢不記前度。　聞道素髮悲秋，珊瑚擊碎，庾郎枯樹同賦。

寢園何處薦朱櫻，飽啄憑鸜鵒。又轉眼、眙仙化羽。東山絲竹風吹去。賸舊時、霜柯老，認得探枝，絳雲仙姥。紅豆詩序云：河東君探枝得之。

## 垂楊　河東君墓

閑題墓草，勝斷橋載酒，去尋蘇小。繡匣珠襦，翠苔長閉春風悄。空山惆悵無人埽。瘦煙伴、柳絲孤裊。想榕陰，月夜魂歸，尚幅巾風調。　擬喚重泉夢曉，把秋水絳雲，舊聞親討。恨隔瑤天，紫蘭香徑空旋繞。清明又是閑過了。問飛絮、更誰憑弔？猶贏一片平蕪，碑自倒。

## 西子妝慢

春來匝月，濃陰蔽空，絶無明媚之致。日取酒縱飲，醉後填此撥悶。

樹盡棲煙，山疑化水，一帶長天如夢。梅花纔欲透春痕，被清寒、浸來梢重。頹雲下擁。幾壓得、簾波無縫。問雲中，待幾時鞭醒，玻瓈魂凍。　天還縱，水墨圖濃，未許風推動。詩情都在霧中看，儻尋詩、定迷仙洞。林鳩謾哢。便呼起、垂楊何用？醉昏昏，愁與春江浪涌。

## 澡蘭香　餐秀閣禊事

花烘澹照，柳閣輕煙，又是浴蘭氣爽。芙鷗約伴，玳燕呼雛，迸土籜龍初長。問春江、綠似裙無，料理桃根畫槳。埽取閑愁，付與小槽紅釀。　莫負尊前美夜，秉燭徵歌，幾人能賞？梨雲養夢，杏雪催詩，轉眼碧沉簾幌。轉懸鈴、細語東風，如我春情澹蕩。喚竹外、一縷新蟾，安人眉上。

## 早梅芳近　寒夕同素心

燭搖波，屏掩霧，酒醒愁何處？隔窗殘葉，蕩影棲烟嘯秋雨。竹香人影靜，石翠詩情古。正衝寒幾陣，高嶺欲花吐。　月荒荒，蟲絮絮，未肯攜琴去。湖山如此，幾箇騷人弄秋句。霜清沉遠柝，風急停疏杵。耿長空，一雙仙鶴語。

## 東風第一枝　燈節詠春雪

臘怨晴枯，春嫌煖洩，天教玉戲來補。乍聽一夜東風，夢回訝蟾透戶。纔舒柳困，便作弄、輕盈飛絮。怕瘦梅、瘦到難堪，豔粉助他妝素。　空放著、試燈舊路，渾不見、繡韉印處。但憑簫鼓聲中，玉龍半天自舞。翩如蝴蝶，隊隊向、那家芳樹。趁暮雲、折取寒香，帶著碎瓊封去。

## 賀新郎

梵香菴聽雨同吳生壽芝

一雨無昏曉。乍消停、空堦點滴，又廉纖到。縷縷新愁飛不去，只共茶煙細裊。牆角認、青苔孤悄。豔絶桃花齊帶淚，未飄零已似飄零了。更幾陣，晚風峭。　挑燈且喜同年少。奈簷花、逼殘冷燄，一星紅小。蝶舞初晴鶯弄煥，我已愁春易老。况悶積、閑情如草。認取西窗雙影瘦，爲佗年豫畫鴻泥稾。留待把，月缸照。

## 點絳唇

題秋柳詞

綰住秋痕，和煙和夢將春訴。絶無春處，卻見花飛舞。　花氣聰明，飛上生香句。疑神女，滿身香雨，小立花梢語。

## 又

春聲和韻

蝶夢方酣，敲來幾點催花雨。花原無語，卻倩東風訴〔一〕。　隔院藏鶯〔二〕，但見垂楊舞。銀牆度，笑聲何處，帶了花香去〔三〕。

【校記】

〔一〕『卻倩東風訴』，殘稿本作『帶了如花訴』，『帶了』旁，有『有箇』二字，當是改而未定。

〔二〕『隔院藏鶯』，殘稿本作『只道花間』，『花間』旁，有『藏鶯』二字。

〔三〕『帶了花香去』，殘稿本作『香逐花香去』。

齊天樂　闌干

迴廊一折相逢地，花陰度來斜細。掐認玲瓏，行隨婉轉，都是那回曾記。輕輕拍起。正香夢初醒，起來閑倚。不道人窺，半身嬌露未迴避。　春慵正難料理，者邊纔靠穩，那角還憩。雨打紅蕎，風敲玉冷，偏閣清寒雙臂。回文謾睇。算曲曲回文，是誰能寄？盡日相思，問還憑徧未？

瑣窗寒　馬湘蘭墨竹

數點輕筠，幾竿瘦玉，滿齋煙雨。休論勁節，似此儘標風趣。稱佳名、亭亭翠寒，夢回自寫瀟湘語。借湘妃淚點，分明畫出，碧雲天暮。　飛絮，王百穀園名。人何處？待寄與平安，慰伊孤緒。眉樓一角，總被秋聲圍住。想拈豪、相思正深，豪端氣猶微帶怒。認圖中、俠骨柔情，細腰還弄舞。

## 洞仙歌

相抛十日，問伊人在否？重喚蘭橈小谿口。記青山有約，白社曾盟，雲迷洞，尋取夢痕如舊。更私把偏名迴舟風解帶，湖鏡平揩，倒影新妝晚霞鬬。笑指碧芙蓉，比似眉峰，還輸了、一分妍秀。說儂知，除屈子離騷，別經希有。

## 又

偶尋前約，卻不期真見。見了翻驚約能踐。怎飛梁度險，抱柱心堅，情無價，始覺黃金原賤。離懷難絮問，只問朝朝，有幅生綃可頻展？他日要親來，認了夫人，還自認、卷中人面。恁臨別將言又沉吟，且付與歸舟，清宵自轉。

## 蝶戀花

樓上消魂人細語，纔得春來，便怕春歸去。雪了花飛花了絮，中間況有風和雨？　我道春原無著處，春去枝頭，春在心頭住。開到杜鵑聞杜宇，夢魂只繞梅花樹。

## 浪淘沙

燕園雨中賞未開梅萼

隔歲盼南枝，盼到今時。又愁滿地雪催詩。開則須開開要緩，拖得春遲。　越是雨如絲，越顯清姿。縱然雨歇莫風吹。留取幾枝紅豆小，無限相思。

## 蝶戀花

送春

夢裏一襟紅翠雨，起問斜陽，春竟歸何處？芳草分明知去路，迢迢綠得愁無語。　莫上高樓還遠佇，瘦了青天，肥了天涯樹。就把東風留且住，東風只伴楊花舞。

## 鬬嬋娟

吴門往還，皆遇逆風，歸舟看來帆，作此自嘲。

眼前飄瞥，秋雲快，回看已滅雲迹。怪雙橈劃碎玻璃，鬬石尤無力。但覿面、鷗波拍拍。笑人何苦爲行客。記得來時夜，聽夢裏船頭，觸浪同此聲息。　猶憶蓬背歸來，馬當飛渡，少年曾擊蘭楫。短篷知我性疏慵，卷起凌風翼。待撥轉扁舟一葉。東西隨著風行色。又老樹、斜陽外，幾點寒雅，勸人歸歇。

## 摸魚兒

邑北郭自小洋子涇折而北，曰西施渡，多茭葦菱蕩，平曠幽翳。蒲華田參錯其間，十處五處，紅白交映。人行隄上，青山隨人行，如與花低昂。輕颸微颺，則馥芬迴互，縱目四眺，非蒲華皆蒲華矣。因思頻年櫂舟東湖及華滙，所見亦猶是，未意咫尺間有此奇觀，人情多務遠而忽於近也。

被蟬聲、喚回清夢，瀰瀰宛在煙渚。青山一朶芙蓉出，山外亂紅無數。風暗度。搖蕩得、綠雲都作盤中舞。雲迷處所。但四面香來，中間逗下，幾點露如雨。　吹簫約，何日扁舟共賦？閑鷗相見應妬。將身自化涼波月，飛墮花懷容與。花不語。花似笑、詩人未必真留住。徘徊自苦。怕去了重來，紅裳褪盡，且折一枝去。

## 淒涼犯

李生蘭齋，以乙亥冬季連哭兩弟詩見貿，因憶壬申歲之冬，予兄弟亦相繼逝，循覽此册，有同戚焉。爲填此解，直是借人輕苔，灑我痛淚耳。

鴒原一夜，秋風起、西堂自此蕭索。十年舊事，幾行澹墨，淚痕如昨。孤懷正惡。又牽我花前淚落。記當年、荆枝並萎，破臘正梅萼。　還念池塘夢，夢也都無，碧天寥廓。雁聲過處，賸寒空、數聲哀角。欲慰傷心，算除是泉臺復作。恨匆匆、輕易錯過，共被樂。

## 蝶戀花　題友人憶夢圖

正是傷心無哭處，驀地相逢，秋影闌干度。歡笑不知春久去，落花飛上相思樹？　記得鴛幃初結侶，各夢同牀，醒後喁喁語。昨夜分明鴛偶聚，如何風影渾無據？

## 又

無數新愁來眼底，不是秋聲，總在秋聲裏。畢竟愁從何處起，思量卻又茫無際。　作計排愁愁不理，花是愁根，酒是愁滋味。除是拋將東海洗，海波盡化相思淚。

## 南浦

陸遠湖上舍愚卿清池投餌，看魚浮照。用玉田體。

寒碧靜生漪，小紅欄，倒入孤圓明鏡。纔控半簾秋，蘋花外、搖蕩閑愁千頃。微渦弄暝，一珠扶起纖鱗穩。貪倚風前看綯綠，秋思水花彈醒。　江湖何限煙波，有投綸桂餌，驚魂不定。此處悟南華，濠梁樂、那怕如鉤蟾影？ 鱗鱗翠映。滿溪雲亦魚情性。溪上桃花流盡也，心與碧天同冷。

## 風入松　松泉結隱圖

半空飛瀑似游龍，吐沫濺青松。松間結箇幽人屋，風前聽、萬壑笙鐘。吟罷一天秋思，白雲暗了千重。　重重積翠晚煙濃，何處覓仙蹤？ 數聲鐵篴橫空過，餘音裊、東崦西峯。流水杳無行蹟，冥冥十二芙蓉。

## 長亭怨慢

道光六年臘月，集種玉張氏，詠殘雪。

漸收卻、瑤臺珠樹。墮玉無聲，古苔陰處。露了青山，山凹明滅尚凝素。晚風雖緊，吹不起、空庭絮。未是落梅時，怎委地、殘英如許？　延佇，想邊陲萬里，此際玉龍飛舞。陽春不到，那得見、瘦消冰柱？ 算便是、峻極瓊樓，恐清怨、難鎔朝曙。對高下璚田，缺陷如何能補？

## 東風第一枝

試燈之夕，月上，眉卿來，以酒共酌梅花下，朗吟問月樓除夕此調，綿渺淒戾，幾難爲懷，觸余舊感。亟取兒童所吹篘管，倚聲和之，借怨女之絲，舒感時之淚，中天一珠，滴衣欲溼矣。

酒茁愁苗，詞牽恨葉，春情欲化幽窈。謾思月色當年，爲臨素顔更好。前生紅豆，豫種下、今生離懊。算舊人、遠我如天，舊約未曾抛了。　何暇管、萬枝意鬧？拚枉卻、半生柱抱。弄春幾點梅花，背燈替人送笑。殘香無語，但苦學、纖雲低裊。料夢魂、不到瓊樓，坐待翠禽啼曉。

## 又

題問月樓詞稿，用卷中和湘娟女史韻。

娥易虧圓，媧難補漏，蒼蒼恨且如許。算來天若能言，定應破雲送語。無情芳草，尚未肯、容春虚度。把怨情、託與瓊簫，逗下半空秋雨。　纔樹底、嫩鶯巧絮。旋砌下、亂蟲暗訴。地天都在愁中，萬聲盡吟怨句。遙山淒緑，怎慣上、春人眉宇。問曉風、能埽殘紅，甚日埽將愁去？

## 長相思

山迢迢，水迢迢。拌著東風雙畫橈，天涯路豈遥？　想無聊，夢無聊。那得擡頭見碧霄？人如月可招。

## 山花子

深院寒香弄晚颸，黄昏斜控玉鈎遲。畢竟爲誰消瘦卻，不堪思。　鏡裏羞窺雙頰影，燈前怕認小腰支。除卻一簾秋月外，没人知。

## 虞美人

夕陽何處聲如雨？料理聽秋去。白鷗天濶好垂綸，引得秋雲蕩漾似魚鱗。　山光收入扁舟小，空外煙波好。未須惆悵晚來風，自有一天秋思月明中。

## 摸魚兒

眉卿作問月君誄，哀豔欲絶，觸予舊感，輙題其後。同牀各夢，正不妨醒後互相印證耳。

問銀蟾、乍圓旋缺，何如休要圓了？傷心淚灑秋空溼，衹恐碧天都老。天一笑。天自喜、美人不壽顔長好。思量愈惱。算就使將身，化爲璧月，那得九幽照？　情天路，我亦曾經夢到。瓊梯猶記雲表。人間水易流春去，水上落花難埽。波渺渺。何計把、東瀛種遍相思草？廣寒信杳。但各自心頭，洗空萬慮，鐫取斷腸稾。